Afscheid van Ierland

Voor Rick,
die alles mogelijk maakt

en voor Nigel en Gracelin —
o, wat hou ik veel van jullie

Ann Moore

Afscheid van Ierland

Uitgeverij Mozaïek, Zoetermeer

Ontwerp en illustratie omslag Jae Song/Toni Mulder

Vertaling Roeleke Meijer-Muilwijk
Oorspronkelijk verschenen bij New American Library, onderdeel van Penguin
Putnam Inc, New York, USA onder de titel *Leaving Ireland*

ISBN 90 239 9139 7
NUR 342

© Engelstalige versie 2004
© Nederlandse vertaling 2005 Uitgeverij Mozaïek, Zoetermeer

Meer informatie over deze roman en andere uitgaven van Mozaïek vindt u op
www.uitgeverijmozaiek.nl

Achterin dit boek is een verklarende woordenlijst opgenomen

'Want ik had honger en jullie gaven mij te eten, ik had dorst en jullie gaven mij te drinken. Ik was een vreemdeling, en jullie namen mij op, ik was naakt, en jullie kleedden mij. Ik was ziek en jullie bezochten mij, ik zat gevangen en jullie kwamen naar mij toe. (...) Alles wat jullie gedaan hebben voor een van de onaanzienlijkste van mijn broeders of zusters, dat hebben jullie voor mij gedaan,' zal de koning zeggen.

– naar Matteüs 25:35,36,40 (Nieuwe Bijbelvertaling)

Een

De Ierse Zee lag inmiddels achter hen. Dichte mist rolde over het dek terwijl het kleine schip langzaam zijn weg zocht tegen de stroom van de rivier de Mersey op; het enige wat ze konden horen was het scherpe gekraak van het zeil dat door de bemanning was bijgezet om elk zuchtje wind te vangen. Nog maar vijf kilometer naar de haven! Alle passagiers stonden woordeloos en waakzaam bij de reling en bereidden zich voor op alles wat tevoorschijn zou kunnen komen als ze vanuit deze wereld in de volgende zouden arriveren.

De mist werd doorboord door een straaltje kaarslicht en er ging een golf van gemompel door de groep. Nu het vaartuigje zich langzaam een weg baande langs de opdoemende kades, konden ze de rivieroevers in de verte zien, de rij fakkels langs de waterkant en de donkere massa van de pakhuizen daarachter.

Spookachtige gestaltes, in wervelende mist gehuld, dreven in het zicht en verdwenen weer; zwaarbeladen wagens en mannen te paard werden tijdelijk verlicht als ze door het flakkerende lichtschijnsel reden. De kreten van zeelieden, verkopers, immigranten en runners klonken gedempt en onsamenhangend, alsof deze stad wemelde van geestverschijningen. Gracelin O'Malley bukte zich om in de wijd geopende ogen van haar dochtertje te kunnen kijken.

'Liverpool,' fluisterde ze.

Alle passagiers dromden samen bij de reling. Met koude handen hielden ze hun zakken en tassen krampachtig vast; de ouders telden de neuzen van hun kinderen en pakten hen nog wat steviger in tegen de vochtige kilte van deze novembernacht. Het waren bijna allemaal plattelandsmensen die al onder de indruk waren van de steden in Ierland; ze waren volslagen onvoorbereid op wat ze hier zouden aantreffen.

Grace keek naar haar landgenoten. Ze kende hen zo goed: de ouderen, wier gezicht niets verried van hun innerlijke strijd, hun verbijstering, uitputting en smart; de gezinnen – acht, negen, tien op een kluitje bij elkaar, de grote kinderen hielden de kleintjes vast – moeders met baby's in hun armen, peuters op hun heup en kinderen aan hun rokken. Daar stonden jonge meisjes arm in arm verwachtingsvol te dromen van werken in een groot huis, eenmaal per maand een halve dag vrij, trouwen met een goede vent met een geregeld inkomen, baby's krijgen die in leven zouden blijven. De oude vrijsters haakten bij niemand in – een fabrieksbaantje, een gedeelde kamer en elke dag een warme maaltijd, meer vroegen ze niet. Zij werden niet eens opgemerkt door de jonge mannen die vol valse bravoure elkaar aan het duwen en stompen waren, terwijl ze heimelijk ongeruste blikken wierpen op de ruwe bende die op de kade stond te wachten. De oudere mannen – het gezicht grimmig en waakzaam, de kraag hoog opgezet en de muts ver over de oren getrokken – duwden hun ruwe werkhanden diep in hun versleten zakken.

Grace keek naar al deze haveloze mensen en wist dat zij de gelukkigen waren: degenen die op de een of andere manier aan de verschrikkelijke honger en het lijden ontsnapt waren. Dat wisten ze zelf ook; er was wat voorzichtige opluchting zichtbaar in hun houding, evenals schuldgevoel en – bij de ouderen, de mannen – vernedering. Nu waren ze afhankelijk van het land dat hen op de knieën gedwongen had. Ze kropen Engeland binnen op zoek naar voedsel, onderdak en op doorreis naar een beter leven – kruipend als meelijwekkende bedelaars, terwijl ze diep in hun hart wisten dat ze koningen waren.

Toch: koningen laten hun land niet in de steek, en hun landgenoten evenmin. Daarom hielden ze de ogen neergeslagen en spraken niet tenzij ze aangesproken werden. Sommigen zouden de lange reis naar Australië maken, in de hoop herenigd te worden met familieleden die naar Van Diemensland gedeporteerd waren.

Anderen wilden goedkoop naar Canada reizen, hoewel meer dan de helft van hen uiteindelijk de vreselijke voetreis door het achterland zou ondernemen en de grens naar de Verenigde Staten van Amerika zou oversteken. Degenen die iets meer geld hadden, konden rechtstreeks naar Boston of New York reizen, waar ze in de Ierse wijken opgenomen zouden worden; maar zij die elke penny hadden uitgegeven om de Ierse Zee te kunnen oversteken, zouden moeten knokken voor een slavenbaantje en een plekje op de vloer van een kamer in een van de smerige Ierse sloppenwijken die in alle grote steden in Engeland als paddestoelen uit de grond schoten. Een paar zouden zich misschien verder landinwaarts wagen – jonge mannen die zich elke zomer als boerenknecht verhuurd hadden en het land kenden – of in noordelijke richting reizen, naar Schotland. Voor velen die vanavond aan de reling van het schip stonden, was Liverpool echter het eindpunt.

'Hou Mary Kate nu stevig vast en blijf dicht bij me als we aan wal gaan.' De stem van Julia Martin klonk grimmig; ze speurde de kade af met de blik van een generaal die op het punt staat de strijd aan te binden. 'Kijk uit voor die jongens daar, dat zijn runners. Die zullen proberen je tas of Mary Kate weg te graaien en je te dwingen hen te volgen – wie weet waarheen.'

'Zo verdienen ze nou eenmaal de kost,' zei Grace, die zich de brief van haar broer over de haven van New York herinnerde.

'Laten ze maar aan iemand anders verdienen!' Julia wierp hen dreigende blikken toe. 'Wij weten waar we heen moeten tenslotte.'

'Kunnen we daarheen lopen dan?' vroeg Grace, terwijl ze Mary Kates hoofddoek zorgvuldig onder haar kin vastknoopte.

Julia aarzelde. Ze had een adres en aanwijzingen die nu nogal vaag leken, aangezien achter de enorme pakhuizen en hoge gebouwen niet meer dan een glimp van de wirwar van straten zichtbaar was.

'Dat weet ik niet zeker,' gaf ze toe. 'Maar we kunnen beter niet blijven rondhangen alsof we de weg kwijt zijn, anders komen die dieven binnen de kortste keren op ons af.' Ze tastte naar de beurs met munten die in haar rok genaaid was. 'Ik zie rijtuigen op de hoofdweg daarachter, maar eerst moeten we langs die menigte

11 ✥

daarheen zien te komen.' Ze wees naar een straat die door de mist nauwelijks zichtbaar was. 'Als we eenmaal op de hoofdweg zijn, huren we het eerste rijtuig dat we zien en dan geef ik de koetsier het adres, alsof ik precies weet waar het is. Als ik het zo aanpak, hebben we minder kans dat hij misbruik van ons vertrouwen maakt.'

Grace fronste haar wenkbrauwen. 'Zou ik zelf niet moeten weten hoe het heet? Voor het geval we elkaar kwijtraken?'

'We raken elkaar niet kwijt,' zei Julia resoluut. 'Gewoon dicht bij me blijven.'

Grace schudde haar hoofd. 'Hoezeer ik je ook vertrouw, ik ga niet van dit schip af voor je me precies vertelt waar we naartoe gaan.'

Julia keek naar de magere, vermoeide jonge vrouw die ze onder haar hoede had genomen en besefte dat zij iedereen kwijtgeraakt was behalve het meisje dat naast haar stond en haar arm stevig bleef vasthouden. Het is een wonder dat ze nog zo strijdlustig is, dacht Julia.

'Het is in de Prins Edwin Street. Nummer vier. Ene mevrouw Brookshire houdt de kamer voor ons vrij.'

Graces gezicht ontspande zich en ze knikte. 'Dank je wel. Dank je wel,' zei ze nogmaals en Julia merkte – niet voor het eerst – dat deze vrouw haar ontroerde, door alles wat ze meegemaakt had en de dapperheid waarmee ze dit doorstond. Julia kon zelf nauwelijks de gedachte aan alles wat verloren was gegaan, verdragen. Het was haar eigen schuld: toen William Smith O'Brien het nieuws van McDonaghs dood vertelde, had Julia erop gestaan dat zij Morgans weduwe veilig buiten Ierland zou brengen. Nu moest ze de realiteit daarvan onder ogen zien.

'Goed,' zei ze en schudde die overpeinzing van zich af. 'Ik zal deze tassen dragen. Neem jij die over je schouder, Grace. En hou Mary Kate met twee handen vast.'

Grace deed wat haar opgedragen werd; ze boog zich voorover, keek haar dochter aan en gaf een vriendelijk kneepje in haar handen.

'Kom op, agra,' zei Grace; ze knipoogde naar het meisje. 'Op naar het volgende avontuur met je ouwe moeder.'

Mary Kate knikte ernstig, maar zei niets. Ze was veel te rustig voor een driejarige, en voor de honderdste maal beloofde Grace zichzelf dat haar dochtertje op een dag omringd zou zijn door vreugde in plaats van verdriet. Nu hielden ze elkaar stevig vast, volgden de rij naar de wal en begaven zich in het gedrang en de verwarring op de kades.

'Deze kant op,' schreeuwde Julia en trok Grace en Mary Kate door de menigte naar de zijstraat die hen bij hun rijtuig zou brengen.

Door een plotselinge ruk aan haar tas werd Grace bijna omvergesleurd – tegelijkertijd werd Mary Kate de tegenovergestelde kant opgetrokken. Terwijl Grace met de moed der wanhoop zowel de tas als haar dochter vasthield, begon Mary Kate te gillen en te schoppen naar de jongen die haar andere arm gepakt had.

'Au! Krijg de klere!' De kleine schurk greep naar zijn scheen. 'Wil alleen maar helpen, mevrouw! Breng jullie goed onderdak, echt waar! Zoek 'n lekker happie voor jullie! Ik ben je man, mevrouw!' hield hij vol, terwijl hij voorzichtig probeerde Mary Kate weer te benaderen, maar zij schopte opnieuw naar hem.

De andere jongen schreeuwde ongeveer hetzelfde – ook hij kon hen van dienst zijn, nog beter! – en weigerde Graces tas los te laten. Zij volgde het voorbeeld van Mary Kate en schopte hem weg; haar hart bonkte toen hij op zijn knieën viel en het uitbrulde alsof zij hem aangevallen had. Het waren ruwe jongens, taai, maar broodmager en in lompen gekleed; een van hen had lappen om zijn voeten in plaats van laarzen.

'Sorry,' zei Grace en deed een stap achteruit. 'Het spijt me... Ik...'

'Donder op, brutale schooiers, of ik stuur de soldaten op jullie af!' Julia sloeg naar hen met haar tassen; daarna haakte ze haar arm stevig door die van Grace en trok haar haastig in de richting van de straat.

Het getier van de jongens achter hen stopte abrupt. Grace wierp een blik over haar schouder en zag dat ze samen een nieuw doelwit hadden gekozen: een groep verlegen jonge meisjes die op een kluitje onder een lamp stonden. Plotseling werd haar duidelijk dat de runners overal bezig waren immigranten aan te klampen en vervolgens te dwingen hen te volgen. Overdonderd als ze waren, lieten veel immigranten zich maar al te gemakkelijk meevoeren door steegjes en nauwe straten, weg van de kades, weg van vrienden en zelfs familieleden. Niemand deed er iets tegen. Graces hart bonkte van verontwaardiging.

Ze kwamen uit de zijstraat op een brede boulevard; Julia ontdekte een huurrijtuig en stak haar hand op om de koetsier het sein te geven dat ze zouden oversteken. De straat was slecht verlicht en overal doken paarden, rijtuigen en wagens plotseling uit de mist op, zodat Grace instinctief Mary Kate op haar arm nam – en van de pijn hoorbaar naar adem snakte.

'Zet neer!' eiste Julia meteen. 'Jij mag niets zwaars tillen, zei de dokter. Het is nog te kort na de bevalling!'

Grace liet haar kind voorzichtig weer zakken en ademde langzaam uit om de scherpe pijn in haar onderbuik tegen te gaan. Ze knipperde haar tranen weg, greep Mary Kate bij de hand en hield haar dicht bij zich terwijl ze de straat probeerden over te steken.

'Gaat het?' vroeg Julia wat vriendelijker. Ze overhandigde hun tassen aan de koetsier en tilde daarna Mary Kate in het rijtuig.

Grace knikte, omdat ze haar stem niet vertrouwde, pakte Julia's uitgestoken hand en gleed voorzichtig over de bank om ruimte te maken. Ze drukte haar handen tegen haar buik om de pijn onder controle te krijgen en hoopte dat ze niet weer een bloeding had.

'Prins Edwin Street graag, koetsier,' beval Julia.

De koetsier draaide zich op zijn zitplaats om en bekeek hen eens goed. Hij nam vooral Julia's goede hoed en jas, de kwaliteit van de bagage en de dure laarzen in zich op; daarna knikte hij, alsof hij tot een besluit gekomen was.

'Neem me niet kwalijk, juf,' zei hij en nam zijn hoed af. 'Maar u bent meer kwijt aan de reis naar de Prins Edwin Street dan aan het slapen daar.'

'Dat is onze zaak.' Julia ging kaarsrecht zitten. 'Rijden, graag.'

De koetsier fronste zijn wenkbrauwen en kauwde op het eindje van zijn sigaar. 'Neem me maar niet kwalijk, juf,' zei hij flink. 'Maar u ziet er niet uit als het soort dames dat in die straat daar moet slapen.'

'En waarom is dat?' vroeg Julia uit de hoogte.

'Nou, ziet u, juf, ze leggen ze daar met z'n tienen op de vloer. Misschien krijgt u dekens, misschien niet, maar u moet nog altijd met vreemden samen slapen terwijl u dames bent, en ik zie dat u een kleine hebt.'

'Wij hebben het vooraf besproken,' verzekerde Julia hem. 'Er wordt een privé-kamer voor ons vrijgehouden.'

'Nou, dat klopt vast wel.' De sigaar baande zich een weg naar zijn andere mondhoek. 'Ik wou alleen maar zeggen – met alle respect natuurlijk, juf – dat uw kamer vol met andere lui zit, van een ander soort, als u begrijpt wat ik bedoel. En ik zeg het niet graag, alleen voor uw bestwil, maar de pensions in de Prins Edwin Street zijn nogal besmettelijk, om nog maar niets te zeggen van lui die koorts meenemen.'

'Besmettelijk,' herhaalde Julia. 'Luizen, bedoelt u?'

'Die helemaal in je haar kruipen en zo, juf; dat zeg ik. De meeste Ierse lui die van de boot komen, zijn van een ander slag dan u en die merken er niets van, maar ze laten pietjes achter – sorry, juf – en andere dingen ook, en een boel gaan dood voor ze komen waar ze wezen moeten. Plus alle drank en ruwe taal en... Nou, het is niet behoorlijk voor dames als u; dat wou ik alleen maar zeggen.'

'Ik begrijp het.' Julia fronste bijna onmerkbaar haar wenkbrauwen. 'En wat zou u ons dan aanraden?'

'Nou,' zei hij, 'de man van de nicht van me vrouw heeft een mooi herbergje, toevallig, niet zo ver hiervandaan. King George heet het. Het is schoon – dat zweer ik bij het graf van me moeder – en u krijgt uw eigen kamer met vers water 's morgens en een lekker heet kopje thee bij het ontbijt; en dat ontbijt is meer dan een hard broodje. Heel betaalbaar, al zal het meer wezen dan u in de Prins Edwin Street zou betalen, daar ben ik ook eerlijk in.' Hij pufte aan zijn sigaar, zichtbaar ingenomen met zijn eigen goedheid.

Julia wierp een blik op Grace, die naar de plek keek waar Julia's beurs verborgen was, achter de plooien van haar rok. Julia knikte onopvallend; ze hadden genoeg.

'Goed dan,' kondigde Julia aan. 'U hebt de zaak goed bepleit en we vertrouwen erop dat u een eerlijk mens bent, die gewoon het beste met ons voorheeft – en met de man van uw nicht ook. U mag ons bij het King George hotel afleveren.'

De koetsier zette zijn hoed weer op en grijnsde om zijn sigaar heen. 'Komt voor elkaar, dames,' zei hij en stuurde zijn paard het verkeer in.

Het was geen lange rit, maar Grace had tijd genoeg om te beseffen dat hun waarschijnlijk een ellendige nacht bespaard was gebleven. Het rijtuig reed langzaam over de straatkeien, met kletterende wielen en klikklakkende paardenhoeven; gezichten verschenen en verdwenen weer in de mistige, sombere duisternis. Hier en daar ving ze een glimp op van een deur die openging voor een groep reizigers en daarachter, op de grond, haveloze bundels stof: dat waren slapende mensen, besefte ze.

Door groezelige, verlichte ramen – sommige lager dan de straat zelf – zag ze telkens weer hetzelfde tafereel: goedkoop onderdak voor immigranten die er waarschijnlijk voor het merendeel dankbaar voor waren. Ergens speelde een violist; jonge mannen zaten in groepjes in de steeg en gaven elkaar een fles door. Nu en dan stapte een meisje – jong of oud, dat was moeilijk te zien door de witte poeder en de rode lippenverf – naar voren in het licht van de straatlantaarns als de koets naderde, om weer in de schaduw terug te glippen als hij voorbij reed. Toen begonnen de gebouwen te veranderen. De gaslampen werden talrijker en er waren er meer aangestoken, deuropeningen waren schoner, af en toe kwam een nachtwaker de hoek om. Uiteindelijk stopten ze voor een klein, goed verlicht en net etablissement; boven de deur hing een bord in de vorm van een kroon, waarop KING GEORGE HOTEL stond.

De koetsier begeleidde hen naar binnen en droeg hun tassen naar de balie, waar hij vol trots de man van de nicht van zijn vrouw, Albert Wood, voorstelde. Mijnheer Wood verwelkomde hen hartelijk en drong er op aan dat ze in de comfortabele stoelen bij het vuur gingen zitten; dan zou hij zorgen dat er een schone kamer voor hen gereedgemaakt werd. Grace zakte opgelucht in een stoel en Mary Kate klauterde op haar schoot. Ze keken toe terwijl de twee mannen elkaar de hand schudden; mijnheer Wood gaf de koetsier een handvol munten, die onmiddellijk weggestopt werden – een aandeel in de gelukstreffer van deze avond.

'Ondernemende familie,' mompelde Julia droogjes, terwijl ook zij dit tafereel observeerde. 'Toch denk ik dat we in goede handen zijn.'

'Gods handen.' Grace drukte een kus op het hoofd van Mary Kate.

Ze kregen een knusse kamer met een bed dat groot genoeg was voor beide vrouwen en een uitgetrokken onderschuifbed voor Mary Kate. De kamer bevond zich boven de gelagkamer en was heerlijk warm dankzij de schoorsteen die door hun muur liep. Ze kleedden zich snel uit en gleden onder de dekens; nog voordat de lamp uitgedraaid werd, snurkte Julia zachtjes, en ook Mary Kate zakte snel in een lichte, onrustige slaap. Hoewel ze volkomen uitgeput was, werd Graces geest zo overspoeld door indrukken dat ze de slaap niet kon vatten.

Was het nog maar gisteravond dat ik over Dublin uitkeek uit het raam van het hotel? dacht ze. Nog maar een week geleden dat ik mijn kleine kereltje baarde, en een dag eerder dat ik hoorde van zijn vaders dood? Ze drukte haar gezicht in het kussen en probeerde in slaap te komen, ze smeekte om verlichting van de zware last die op haar hart lag, maar het hielp niet. De gezichten van haar geliefde familieleden flitsten aan haar geestesoog voorbij – dood of verdwenen, allemaal; allen behalve Sean, die in Amerika op haar wachtte, allen behalve haar vader en het kindje dat ze in Cork had achtergelaten. Ze moest hem achterlaten; ze wist dat het moest, het kon niet anders. En toch, en toch…

Weer draaide ze zich om in het bed, huiverend: haar lichaam deed pijn, haar hart was zwaar, haar geest gekweld. Hoe had ze het kunnen doen? 's Nachts, in het donker, was het onmogelijk zichzelf ervan te overtuigen dat een moeder een goede reden kon hebben om haar eigen kind in de steek te laten. Toch had ze dat gedaan en 's nachts, in het donker, vroeg ze zich af hoe ze in vredesnaam ooit de kracht zou vinden om daarmee te kunnen leven.

'Hoe dan, Vader?' kreunde ze. Hij antwoordde met een teder visioen dat haar de adem benam. Want daar, aan het eind van de lange weg van haar herinneringen, waren de ketellappers die met hun paard en wagen over de weg langs haar hut reden. En daar was ze zelf – dat moest zij wel zijn, dat gelukkige jonge ding met donker, golvend haar en wangen die glommen van de lentelucht

– rennend door de bossen, naar het moeras, samen met Morgan en Sean, om de modder tussen hun tenen door te laten soppen. Achter hen klonk het geluid van mams plagende gelach en lieflijke gezang. Daar was de vriendelijke, nuchtere stem van gran die de oude verhalen vertelde; de geur van pa's tabak als hij haar hoog in de lucht tilde; zijn sterke rug als hij het veld achter de hut bewerkte.

Toen de hut zelf: de houten tafel waar ze elke dag allemaal omheen zaten, een turfvuurtje om hen warm te houden, moeders prentbriefkaarten aan de muren, een kleed op de vloer, gordijnen naast de ramen, fris en lief, gelukkig en veilig, de landweg buiten zo weelderig groen en zo dierbaar met vogels in de lente, bessen in de zomer, vogelnesten vol gezang van de ochtend tot de avond, de nabije rivier ruisend, kolkend, flitsend van de zalm, de bossen daarachter vol wild. En Gracelin rende op blote voeten door dat alles heen, at naar hartelust en schaterde het uit van louter vreugde over de schoonheid van haar wereld.

Toen viel ze eindelijk in slaap, met diepe teugen drinkend uit de bron van haar kindertijd, een bron vol ondersteunende liefde. Haar hand gleed naast het bed naar beneden op zoek naar het warme lijfje van haar eigen dochter, streelde het kortgeknipte, verwarde haar en rustte ten slotte beschermend op de schouder van het kindje.

Bij deze aanraking trok de spanning uit Mary Kates lichaam weg; ze zuchtte en zonk in een diepe, verkwikkende slaap: haar moeder was er, waakte over haar; en over hen beiden, wist ze, waakte met een liefhebbende blik de Heer, die nooit slaapt.

Twee

De wereld die Grace in haar slaap bewoond had, werd versplinterd door het geluid van een nieuwe ochtend. Paarden en wagens klepperden lawaaiig door de straat onder het hotelraam. Voedsel en allerlei andere zaken werden gekocht en verkocht, er werden opdrachten gegeven en bestellingen geplaatst. Deuren zwaaiden met een klap open, ramen kraakten, honden blaften en bedienden riepen naar elkaar terwijl ze ondersteken leegden in de steeg, kleden uitschudden, ruzie maakten met de bakker over de prijs van zoete broodjes. Grace luisterde naar dat alles en herinnerde zich waar ze was en wat ze hier deed; daarna bad ze snel om bescherming voor de komende dag.

'Wakker worden, kleine meid.' Ze leunde voorover en streek met de achterkant van haar hand over Mary Kates wang. 'Het is ochtend.'

De ogen van het meisje gingen onmiddellijk open. 'Hebben we eten?' vroeg ze midden in een enorme geeuw.

'Aye,' stelde Grace haar gerust; maar er ging een steek van pijn door haar hart. Waarom moest de eerste gedachte van een kind zijn of ze wel te eten zou krijgen?

Toen werd de deur opengeduwd en Julia – volledig aangekleed en klaar voor de strijd – marcheerde binnen met een dienblad in de handen.

'Ik vond dat we eerst hierboven maar wat moesten eten voordat we de wereld in trekken.' Ze schopte de deur achter zich dicht en zette het dienblad neer op een tafeltje bij het raam. 'Wie wil er een bakje thee?'

'Ikke,' zei Mary Kate verlegen en ging rechtop zitten.

'Natuurlijk, ikke!' Julia glimlachte hartelijk naar het kleine meisje, pakte een beker melk en deed er een royale schep suiker in voordat ze de thee inschonk. 'En een warm broodje, zou ik denken, want we hebben weer een lange dag voor de boeg. Kom hier aan tafel zitten, Mary Kate. Doe die deken maar om je schouders.'

Mary Kate deed wat haar werd opgedragen, boog snel haar hoofd om te bidden en hapte in het broodje; haar ogen gingen wijd open toen ze proefde hoe zoet het was.

Julia bracht twee kopjes thee en een bord met twee broodjes naar het bed, overhandigde Grace een broodje en ging toen voorzichtig naast haar zitten.

'Ik ben bang dat ik slecht nieuws heb,' zei ze zachtjes. 'Ik ging jouw overtocht op de *Eliza J* bevestigen, maar het vertrek is uitgesteld. Ze hebben een stormachtige oversteek gehad en het schip moest gerepareerd worden. Het duurt langer dan verwacht. We moeten nog vier dagen wachten.'

'Dat klinkt niet best.' Grace keek naar het raam en de koude, donkere hemel buiten.

'Nee,' gaf Julia toe. 'Helemaal niet. Maar van alle schepen die naar Amerika vertrekken, heeft dit schip de beste reputatie. Williams contactpersoon hier heeft je overtocht geboekt; de kapitein wordt bijzonder aanbevolen. Hij is deels eigenaar van het schip en hij is Amerikaan – ze zeggen dat Amerikanen de beste schepen besturen – dus weten we zeker dat hij het schip behoorlijk laat repareren. Ik heb verhalen gehoord over kapiteins die gewoon de boel wat oplappen en uitvaren, omdat ze nog geen reis per jaar willen missen vanwege het geld. Veel van die schepen vergaan, alleen God weet waar: ze verdwalen en de voedselvoorraden raken op, of ze varen in deze tijd van het jaar op een ijsberg, of ze zinken tijdens een storm en niemand komt ooit te weten wat er precies gebeurd is.'

Grace keek haar verbijsterd aan, het kopje thee nog onderweg naar haar mond.

Julia huiverde. 'Sorry. Mijn vader zegt altijd dat ik evenveel tact heb als een orkaan. Let maar niet op mij.'

Ze bleven een ogenblik stil zitten zonder elkaar aan te kijken.

'Goed dan.' Grace zette haar kopje terug op het schoteltje.

'Vier dagen. Misschien langer. En de winter komt eraan, dus de oversteek zal riskant worden, op zijn minst, en natuurlijk zullen er minder boten zijn die de reis maken.'

Julia knikte.

'Zullen we dan een plek zoeken op een andere boot die meteen vertrekt, of zullen we wachten tot deze gerepareerd is? En is er geld beschikbaar voor onderdak als we besluiten te wachten?'

Julia beet op haar lip. 'We hebben nog geld om extra voorraden en kleding te kopen,' zei ze. 'En dat is vrij veel – William heeft eraan meebetaald en... de anderen ook.'

'Jijzelf, bedoel je?' vroeg Grace.

Julia negeerde die vraag. 'Je zou hier waarschijnlijk een week kunnen blijven en nog genoeg overhouden om extra voorraden voor jullie allebei te kopen, misschien warmere mantels en laarzen, een deken.'

'En als de boot over een week nog niet klaar is?'

'Ik weet het niet. Als jullie hier blijven, raakt het geld uiteindelijk een keer op, natuurlijk – al wordt het goedkoper omdat ik dan terugga naar Ierland.' Julia fronste nadenkend haar wenkbrauwen. 'Ik zou iemand kunnen sturen met meer geld. Maar hoe langer je in Engeland blijft, hoe riskanter het wordt.'

Grace wierp een blik op Mary Kate, die volkomen opging in het bekijken van alles wat er gebeurde in de straat onder hun raam. 'Aye,' zei ze zachtjes. 'We zitten hier in het hol van de leeuw.' Tenslotte werd ze juist door de Engelsen gezocht.

Julia knikte somber. 'We zullen alle vaarten deze week in de gaten houden. Als de *Eliza J* niet op tijd klaar is, kun je ergens anders een overtocht boeken en dan sturen wij Sean wel bericht.'

Grace zweeg en dacht na. 'Of Mary Kate en ik gaan gewoon vandaag met een andere boot.'

'Nee,' zei Julia streng. 'De *Eliza J* is zeewaardig en heeft een goede kapitein. Iedereen weet dat tegenwoordig elke lomperik die een boot bezit, zaken doet met immigranten. Het is het beste om nog even af te wachten. Aan boord van de *Eliza J* reizen is onze eerste keus. En de beste.'

Grace keek de kleine kamer rond en haalde eens diep adem. 'Ik vertrouw er maar op dat jij weet waar je het over hebt, Julia, al moeten wij – de Heer sta ons bij – op die boot reizen, niet jij.'

Julia begreep haar, maar aarzelde niet. 'We wachten. Dat is het beste.'

'Goed dan,' zei Grace. 'En wat wil je dat ik doe terwijl we wachten?'

Julia stond op en begon de ontbijtborden op te stapelen. 'Ik wil dat je hier wat uitrust terwijl ik erop uitga en wat zaken voor de reis bij elkaar zoek. Je hebt een kleine kist nodig om je spullen in op te bergen, met ruimte voor voedsel.'

'Is het eten niet bij de prijs van de overtocht inbegrepen?' Grace leverde haar theekopje in.

'Jawel. We hebben een privé-hut voor je geboekt en jullie gebruiken de maaltijden met de andere passagiers van de eerste klasse. De rest van de passagiers krijgt weekrantsoenen, die ze zelf klaarmaken. Maar alle rantsoenen raken op als er te veel plaatsen zijn geboekt, of als je slecht weer krijgt en de reis langer duurt dan verwacht, of als de kapitein niet zo eerlijk is als ze ons willen laten geloven...' Ze hield zich in. 'Sorry. Daar ga ik weer. Ik wil je niet ongeruster maken dan je al bent, maar als het klopt wat ze zeggen, is de oversteek nooit gemakkelijk, bij welk weer dan ook. En extra eten en drinken, een paar dekens – tenslotte is het winter en je zit op zee – medicijnen... Waarschijnlijk komt alles goed van pas.'

'Aye, mij heb je overtuigd,' zei Grace. 'Haal alles maar wat we volgens jou nodig hebben om dit te overleven. Elke keer als we die kist opendoen, zal ik je dankbaar zijn, reken maar.'

'Laten we hopen dat het niet nodig is,' zei Julia en ging de kamer uit met haar jas over haar arm.

'Grace.' Iemand schudde zacht, maar aanhoudend aan haar schouder. 'Grace, word wakker. Je hebt bezoek.'

Grace opende haar open en zag dat Mary Kate nog naast haar op het bed lag te dutten; buiten was het gaan sneeuwen. Ze draaide zich om en keek omhoog.

'Je hebt bezoek,' herhaalde Julia en deed een stap opzij, zodat

Grace een vrouw zag, die gekleed was in een lange fluwelen cape; haar gezicht bleef diep verborgen in de kap.

Grace zwaaide voorzichtig haar benen over de rand van het bed en kwam overeind. Ze veegde haar ogen en mond af met de rug van haar hand en streek haar rok glad; ze voelde zich niet op haar gemak tegenover deze rijk geklede vrouw en was nogal ontdaan over Julia's gebrek aan goede manieren.

'Hoe maakt u het?' vroeg ze zachtjes en stak haar hand uit. De hand die de hare greep, was glad en lelieblank; de lange vingers waren versierd met verschillende prachtige ringen. Met de andere hand trok de vrouw haar kap omlaag.

'Ken je me soms niet meer, Gracelin O'Malley?' vroeg ze met een halve glimlach.

Grace snakte naar adem. 'Aislinn!' Haar ogen vlogen naar Julia's gezicht en weer terug. 'Ik kan bijna niet geloven dat jij hier voor mijn neus staat! Het is Aislinn McDonagh!' zei ze tegen Julia. 'Het zusje van Morgan!'

Julia lachte zachtjes. 'Ik weet wel wie het is. Waarom zou ik haar anders hierheen gebracht hebben?'

'Nou, waar ter wereld heb je haar gevonden?' vroeg Grace verbijsterd. 'Waar heeft ze jou gevonden?' vroeg ze Aislinn, en toen begon ze te huilen.

Beide vrouwen kwamen onmiddellijk naar haar toe, maar het was Aislinn die haar omarmde, in het Iers iets toefluisterde en haar 'zusje' noemde.

'Je weet het dus?' vroeg Grace. 'Je weet... alles?'

Aislinn knikte bedroefd en ook haar ogen vulden zich met tranen.

'Mam.' Mary Kate was wakker en zat rechtop. 'Wie is dat, mam?'

'Jouw moeder is een heel goede vriendin van mijn broer geweest, en van mijn hele familie,' zei Aislinn vriendelijk. 'Ik wilde haar spreken voordat jullie weggaan.'

'Naar Amerika,' zei Mary Kate ernstig.

'Aye, dat is een wonderbaarlijk land; je gaat er vast veel van houden.' Ze liet Grace los en stapte naar het kleine meisje toe. 'Mag ik jou een cadeautje geven?' vroeg ze. 'Om je geluk te brengen?'

Mary Kate keek Grace aan, die knikte.

Aislinn liet een ring van haar pink glijden en hield die het meisje voor. 'Het is een heilige knoop,' zei ze. 'En zie je die groene steen in het midden?'

Mary Kate knikte; haar ogen waren onafgebroken op de ring gevestigd.

'Die komt uit Connemara, in het westen van Ierland,' legde ze uit. 'Ik heb deze ring laten maken om me aan thuis te herinneren, en nu wil ik hem aan jou geven om jou aan thuis te herinneren als je ver weg bent. Wil je hem hebben?'

'O, aye.' Mary Kate keek met grote ogen naar haar op en pakte de ring eerbiedig aan. 'Dank u wel.'

'Heel graag gedaan.' Aislinn raakte het dikke haar van het meisje even aan. 'Je doet me aan mijn kleine zusje denken. Fiona was ook zo'n mooi meiske.'

Mary Kate boog verlegen haar hoofd, maar ze konden zien dat ze glimlachte.

'Kom, juffertje.' Julia tilde haar van het bed af. 'Zullen wij met ons tweetjes beneden bij het grote vuur gaan eten en theedrinken? Dan kunnen jouw moeder en haar vriendin met elkaar praten en dan komen we later weer naar boven om gedag te zeggen. Wat vind je daarvan?'

Mary Kate knikte; ze was altijd blij met het vooruitzicht te kunnen eten. Ze zwaaide naar hen terwijl Julia haar uit de kamer droeg en de deur zachtjes sloot.

'Ik kan niet lang blijven, maar ik wilde je spreken voordat je weggaat.'

'Hoe heb je ons gevonden?' Grace liep naar het kleine raam en ging ernaast zitten. Buiten sneeuwde het zachtjes; de sneeuw bleef aan het glas-in-lood hangen.

'Door Julia.' Aislinn nam de andere stoel. 'Morgan heeft haar gevraagd mij te zoeken, en vorige zomer heeft ze me gevonden. Maar nadat ik uitgelegd had in welke positie ik me bevind, was zij het met me eens dat ik beter... nou ja, vermist kon blijven. Ze stuurde vooraf bericht dat jij hier zou zijn, maar dat heeft ze niet tegen jou gezegd, voor het geval ik niet in staat zou zijn om te komen.'

'Niet in staat?'

'Ik ben de maîtresse van een bijzonder machtig man. Een man die mijn leven gered heeft, eigenlijk, of wat daarvan over was. Hij vond het goed dat ik naar je toeging, als ik maar discreet was.' Ze aarzelde. 'Je bent geschokt.'

'Ach nee, Aislinn, nee,' sprak Grace haar tegen. 'Ik kan er gewoon niet over uit dat ik je zie, levend en wel! Dat is alles.'

Aislinn pakte Graces hand. 'Ik weet het,' zei ze. 'Van mam en pa. En de meisjes. Julia heeft alles verteld.'

'Barbara leeft nog. Ze wordt zuster John Paul genoemd in het klooster.'

'Natuurlijk! Altijd een heilig boontje geweest, die Barbara.' Aislinn keek stuurs en even was er weer iets te zien van het meisje dat ze was toen ze nog thuis woonde.

'Ik hou heel veel van je zus,' zei Grace. 'Zij heeft bij de bevalling van mijn zoon geholpen. Die heb ik John Paul Morgan genoemd, naar allebei.'

'Julia zegt dat jullie getrouwd zijn.' Aislinn schudde haar hoofd. 'Ik kon nauwelijks geloven dat het waar was.'

'Pastoor Brown heeft ons in het geheim getrouwd, zeven maanden geleden. Er was nog een man bij.' Ze glimlachte flauwtjes. 'Hij gaf Morgan zijn eigen ring, zo van zijn vinger. Ik draag die van jouw moeder.' Ze stak haar hand uit.

Aislinn pakte haar hand, kuste de ring en glimlachte. 'Ach, mam... Ik hield echt van haar.' Ze keek op naar Grace. 'Ze zou zo blij zijn als ze wist dat jij deze draagt, Grace, als ze wist dat jij en Morgan getrouwd zijn. En dat jullie weer een zoon hebben.'

'We hebben maar één nacht samen gehad, maar dat was dus genoeg.'

'Wist hij het?'

'Aye.' Grace sloot even haar ogen, en daar was Henry's gezicht. 'Een Engelse soldaat heeft ons geholpen. Hij heeft Morgans brief uit de gevangenis gesmokkeld, maar hij werd gedood terwijl hij die naar mij bracht.' Ze trok de brief onder haar hemd uit, waar ze hem bewaarde, en gaf hem aan Aislinn.

'Ik kan niet lezen, Grace,' bekende de jonge vrouw. 'Morgan en Barbara hebben allebei geprobeerd mij de letters te leren, maar...'

Ze haalde haar schouders op en glimlachte droogjes. 'Altijd meer aandacht gehad voor jongens en zo, weet je wel?'

Grace liet de brief weer veilig op zijn plekje bij haar hart glijden. 'Hij schrijft dat hij blij is met onze baby, maar weet dat hij hem nooit zal zien, dat ik voor mezelf en de kinderen een bestaan moet opbouwen en niet altijd moet blijven rouwen, omdat hij me op een dag zal terugzien. In de hemel.'

'En zo is het, Grace. Zo is het.'

'Ik heb nooit geweten dat hij al die tijd van me gehouden heeft.' Graces gezicht was ineens verwrongen van verdriet. 'Anders was hij mijn eerste geweest. Ik ben te goeder trouw met Bram getrouwd, de Heer weet het. En ik heb Mary Kate; dat is alles waard, hoe erg het ook was. Maar…' Ze zweeg en schudde haar hoofd. 'Het liep slecht af.'

'We hebben hier van alles over de moord gehoord,' zei Aislinn. 'De Donnelly's, weet je, en hun deftige kliek. Zij zeggen dat jouw broer het gedaan heeft, op jouw verzoek, maar daar geloofde ik geen woord van.'

Grace aarzelde even. 'Het was Moira.'

'Moira Sullivan?' Aislinn was niet eens verbaasd. 'Die legde het zeker achter jouw rug om met hem aan?'

'Bram joeg haar hoofd op hol met beloftes die hij nooit zou houden en toen hij haar zat was, kon zij dat niet verdragen, want ze had nog een kind ook. Ze wachtte hem op in de bossen en schoot hem dood.'

'Goed van haar.' Aislinns stem klonk hardvochtig. 'Hij was een ellendeling, Grace. Ze heeft jou een gunst bewezen.' Toen drong het tot haar door. 'Het was háár kind, dat jij aan Brams broer hebt weggegeven om op te voeden! Ik wist dat er iets niet klopte toen ik dat verhaal hoorde; de Gracelin O'Malley die ik gekend heb, zou nooit zonder slag of stoot haar kind opgeven. Ha!' Ze lachte verrukt. 'Die eejits voeden Moira Sullivans zoontje op tot edelman!'

Grace knikte en besloot ter plekke dat ze Aislinn niet de volledige waarheid zou vertellen – dat het kind niet eens van Bram was, maar een volbloed Ier. De Donnelly's hadden een echte 'Ierse bastaard' in hun familie opgenomen!

Aislinn snoof vrolijk. 'Ik ben blij dat te horen, Grace. Je hebt hun een mooie streek geleverd, nadat ze jou zo slecht behandeld hebben! En maak je maar geen zorgen: bij mij is je geheim veilig. Ik wist wel dat je nooit je eigen zoon zou opgeven.'

'Toch heb ik dat gedaan,' bekende Grace. 'Ik ga naar Amerika zonder mijn eigen zoon.'

'Dat is heel wat anders!' beweerde Aislinn. 'Je laat hem in vertrouwde handen tot hij sterk genoeg is om ook te komen. Op dit moment zou die reis vast zijn dood worden, maar jij hebt geen keus, Grace. Julia zegt dat je gezocht wordt in Ierland en dat je zeker in de gevangenis gegooid wordt als ze je vinden.'

'Voor het doodschieten van een soldaat die onze hut kwam slopen.' Ze zweeg even en keek uit het raam. 'En daarnaast ben ik natuurlijk de zus van Sean O'Malley, die gezocht wordt voor verraad en moord, en het gerucht gaat dat ik de vrouw ben van de vogelvrij verklaarde Morgan McDonagh. Dus moet ik volgens hen namen en plattegronden en verblijfplaatsen van anderen kennen, al weet ik in werkelijkheid niets.' Ze wendde zich weer naar Aislinn. 'Ik zou in Ierland gebleven zijn als het alleen mijn leven zou kosten, maar wat gebeurt er met mijn dochter en mijn kleine kereltje als ik in de gevangenis sterf?'

'Ik wist wel dat je door twijfels gekweld zou worden. Daarom moest ik juist naar je toe komen – om te zeggen dat je naar Amerika moet gaan. En om je een belofte te doen.' Ze leunde voorover. 'Nu heb ik geld, meer dan genoeg zelfs. Ik zal Julia wat meegeven om voor je zoon te zorgen, alles wat hij en je vader maar nodig hebben. Barbara mag alleen niet weten dat het van mij komt,' voegde ze eraan toe. 'Zij zou nooit geld aannemen van een hoer.'

'Als je dat denkt, ken jij je zus nog niet,' zei Grace streng. 'En jij bent geen hoer.'

'Hoe noem jij dat dan, een vrouw die haar gunsten verkoopt voor eten, een dak boven haar hoofd en de bescherming van een man?'

Grace dacht hier over na. '"Echtgenote" misschien?' stelde ze laconiek voor.

Aislinn barstte in lachen uit en omhelsde haar vriendin. 'Het is fijn om je te zien,' fluisterde ze. 'Een vertrouwd gezicht, iemand van thuis.'

Grace kuste haar op de wang en leunde achterover. 'De laatste keer dat ik je zag, was op die avond van het feestmaal bij de O'Flaherty's, toen Gerald je niet met rust kon laten. Ben jij er nou met hem vandoor gegaan? De dienstmeid die geschaakt wordt door de jonge meester?' Ze knipoogde.

Aislinn zuchtte vol afkeer en schudde haar hoofd. 'Wat een eejit was ik. Ik geloofde zijn leugens over liefde en een mooi leventje in Londen. Maar hij wou alleen maar met me naar bed natuurlijk, en alleen als het hem uitkwam. Ik wilde op reis, wat van de wereld zien, samen met hem, als zijn vrouw, en toen ik zwanger raakte van zijn kind, dacht ik dat we zeker zouden gaan trouwen. Maar hij was verloofd met iemand anders, een verre nicht die elk jaar een mooi sommetje geld kreeg, goedgekeurd door zijn moeder.'

Grace trok een wenkbrauw op; ze hadden allebei geleden onder mevrouw O'Flaherty.

'Ik was razend, maar hij beloofde me dat het slechts een verstandshuwelijk was, dat hij kamers voor mij en het kind zou regelen en daar bij ons zou komen. Aan die belofte heb ik me heel lang vastgehouden.' Aislinn zweeg even, verdiept in haar herinneringen. 'De huisbaas kwam twee keer om de huur vragen, maar ik had natuurlijk geen geld en ook geen enkele vriend of vriendin om het van te lenen. Hij werd hatelijk, die huisbaas, en toen pas realiseerde ik me dat ik in de steek gelaten was.'

Grace leunde voorover in haar stoel. 'Waarom ben je toen niet naar huis gegaan?' vroeg ze. 'Je moeder zou je meteen binnengehaald hebben.'

'Daar was ik te trots voor, en natuurlijk heb ik daar uiteindelijk een hoge prijs voor betaald.' Ze keek uit het raam om zichzelf weer onder controle te krijgen. 'Ik ging naar zijn kamers op de universiteit, maar hij wou me niet ontvangen, en ik… ik werd helemaal gek. Ik stak de boel daar in brand en hij stuurde de soldaten achter me aan, dus ik verstopte me – ging van kamer naar kamer, verkocht al mijn spullen.' Ze keek Grace recht in de ogen. 'Ook ik heb een zoon gebaard. Alleen – al kwam de hospita binnen met een mes om zijn navelstreng door te snijden, hem schoon te vegen en aan mij te geven. Ze zei dat ik moest zorgen dat hij rustig bleef, zodat de andere meisjes konden slapen, want ik deelde de kamer.' Haar voorhoofd rimpelde van smart. 'Ik probeerde hem warm te houden en te voeden, zo goed als ik kon, maar het geld raakte op en ik had niets meer over om te verkopen. We raakten onze plek in de kamer kwijt en raakten gewend aan slapen in steegjes, bedelen aan achterdeuren. Nooit van mijn leven ben ik zo bang geweest als toen.'

'En waar is hij nu?' vroeg Grace vriendelijk.

Aislinns ogen vulden zich met tranen, maar dat negeerde ze. 'Hij werd ziek en ik kon het niet verdragen hem te zien sterven, dus heb ik hem naar de nonnen gebracht.' Ze veegde met de rug van haar hand haar ogen af. 'Ik probeerde hem te vergeten, maar ik had nog steeds melk en mijn armen voelden leeg en ik miste zijn geur. Dus ging ik terug en smeekte te mogen weten waar hij was. Hij was beter af zo, zeiden ze, en ik ook. Ik kon me bekeren en God danken dat mijn zoon een behoorlijk leven zou hebben.' Ze tilde haar hoofd op. 'Ze hadden gelijk. Maar er gaat geen uur voorbij dat ik niet voor hem bid.'

'Ik vind het heel erg voor je, Aislinn,' zei Grace en pakte haar handen. 'Het is een verschrikkelijk verhaal. En hoe zit het nou met deze man? Is hij wel goed voor je?'

'Aye,' zei Aislinn zonder aarzeling. 'Hij heeft mijn leven gered. Ik was terneergeslagen nadat ik mijn jongen kwijt was en niets kon me meer schelen... Toen een man me geld aanbood om met hem mee te gaan, heb ik dat gedaan. Hij bracht me naar een huis en daar ben ik gewoon gebleven; ik had een eigen kamer, het was warm en er was eten, en elke nacht verdiende ik de kost en nog wat extra. Maar ik was diep bedroefd. Deze heer stelde belang in mij en na een tijd stemde ik in met een regeling. Ik heb mijn eigen kamers – ze zijn prachtig – en hij komt daarheen wanneer hij wil. Ik mag geen vrienden ontvangen, geen risico's nemen in het openbaar, en geen kinderen krijgen.'

'In ruil waarvoor?'

'Gemoedsrust,' zei Aislinn. 'Recht op mijn kamers in Londen en op eigendom van alles wat hij me geeft, en een kleine bankrekening waarop hij een maandelijkse toelage stort. Zoals je ziet, ben ik een echte zakenvrouw geworden,' zei ze droogjes. 'Ik ga wel eens uit, samen met mijn dienstmeisje, al ben ik voorzichtig.'

'Is hij getrouwd?'

'Aye, en ik geloof dat hij van haar houdt, hoewel ze nog ouder is dan hij. Ze hebben volwassen kinderen. Hij is heel rijk en indrukwekkend, maar ik vertrouw hem. Ook al is hij een Engelsman.'

Grace knikte. 'Er zijn goede bij,' gaf ze toe. 'Henry Adams, Lord Evans...'

'Lord David Evans?' vroeg Aislinn. 'De Zwarte Lord?'

'Zo heb ik hem nooit horen noemen, maar aye, hij is degene die zijn eigen ring aan Morgan gaf. Ze waren heel goede vrienden. Ken jij hem?'

'Nee, maar heel Londen praat over hem! Ze noemen hem de Zwarte Lord omdat hij aan onze kant staat. Hij is hierheen gebracht voor de rechtszaak.'

Grace werd neerslachtig. 'Dat wist ik niet.'

'De magistraten stellen de rechtszaak uit omdat ze bang zijn voor relletjes. Hij is ziek en ze denken dat hij wel snel zal sterven. Dan zijn zij van hem af – geen woedende menigte, geen stropopverbrandingen.'

Londen, dacht Grace. Hoe ver was dat hiervandaan? 'Is er een mogelijkheid om hem te spreken?' vroeg ze. 'Misschien kan die heer van jou me helpen?'

'Dat durf ik nooit te vragen,' bekende Aislinn. 'Hij staat welwillend tegenover onze zaak, maar hij beschouwt Lord Evans als een Engelsman van het slechtste soort. En je kunt in elk geval niet zomaar binnenwandelen...' Ze stopte.

'Wat is er?' Grace leunde voorover.

'Nou, er zijn wel vrouwen die de gevangenis binnenwandelen. Maar alleen na middernacht, en niemand wordt er wijzer van.'

Grace begreep het meteen. 'Ik zou een van die vrouwen kunnen zijn.'

Aislinn bekeek haar met een geoefende blik van boven naar beneden. 'Aye.' Ze grijnsde. 'Ik geloof wel dat jij dat zou kunnen.'

Drie

Sean O'Malley zat helemaal achter in *The Harp and Hound*, de bar van Sterke Dugan Ogue, het beroemde eigengebrouwen donkere bier te drinken en de New Yorkse kranten die voor hem lagen door te werken. Hij had de ellenlange hoofdartikelen van de *Sun* en de *Herald* al uit, evenals verschillende extra-edities die hij op weg hierheen bij de krantenjongen had gekocht. Het had weinig zin de andere kranten – de ouderwetse *Journal of Commerce*, de *Courier and Enquirer* en de *Express* – door te nemen, al zou hij wel een blik op de *Tribune* kunnen werpen. De kranten hadden zich tijdens de Mexicaanse Oorlog allemaal verenigd en hadden nu het monopolie op de meest actuele informatie. Ze noemden zich de Associated Press en hadden in elke stad verslaggevers met toegang tot de telegraafdienst en ontvingen dagelijks, soms zelfs elk uur, verslagen waaruit ze het nieuws voor de krant van de volgende dag samenstelden. Dat zorgde voor spannende lectuur, hoewel er veel herhaald werd in de verschillende kranten. De nieuwe telegraaflijnen verbonden New York met Boston, de landelijke hoofdstad, en met Albany, en er werd al gesproken over een lijn overzee naar Engeland.

Sean werd nog bijna elke ochtend wakker met het duizelige gevoel dat hij in de verre toekomst verdwaald was, in een snel, modern leven dat minstens een eeuw verwijderd was van de lemen hutten, de aardappelvelden en de strijd in de binnenlanden van Ierland. Bijna elk vrij stukje muur langs de straten werd volgeplakt met levensgrote advertenties voor alles – van Man-Van-De-Wereld

Haarverf en Echte Leverpillen tot Beroemde Handlezende Zigeuners en Circus Attracties uit de Hele Wereld – en dat maakte zijn gevoel van vervreemding nog groter.

Bars, oesterrestaurants, trekharmonica's, musea, alles en iedereen probeerde zijn naam ergens te laten verschijnen. Op muren, schuttingen, rijtuigen en sandwichborden… Aanplakkers deden na middernacht de ronde met borstels en emmers plaksel, bedekten de papieren van gisteren met die van vandaag, kwakten nieuwe aankondigingen over die van hun rivalen, die nog maar enkele minuten oud waren, zodat de omgeving elke dag enigszins veranderde en je niet meer kon zien langs welke straathoek je gisteren gekomen was.

Mannen met sandwichborden wandelden de straten op en neer en op elke hoek werd je een kaartje in handen gestopt met reclame voor Sean wist niet wat allemaal – van hoestsiroop tot prostitutie. Bovendien, alsof dit allemaal niet meer dan genoeg was voor een eenvoudig mens, leek de hele stad versierd met vlaggen en linten om de laatste politieke bijeenkomst aan te wijzen, zodat straatnaambordjes vaak onvindbaar waren. Hij was tijdens zijn eerste maand hier zo vaak verdwaald – ondanks de kaarten en reisgidsen die hij gekregen had – dat hij dit hele gebied te voet had leren kennen. Zelfs de weg vragen was problematisch, omdat zo veel mensen buitenlanders waren, met een zwaar accent en een heleboel gebaren die hem niets verder hielpen. Als hij al Amerikanen tegenkwam, spraken ze zo snel en zo afgebeten dat hij de grootste moeite had het bij te houden. Hun spraak was nasaler en minder lyrisch dan het Iers waaraan hij gewend was, hoewel ze ook een kleurig idioom hadden dat op zijn lachspieren werkte nu hij het begon te begrijpen.

'Kijk es aan, Sean – vers van de pers, zoals ze zeggen!' Tara Ogue, Dugans hardwerkende echtgenote, legde de laatste editie van de *Democratic Review* op zijn tafel en zette er een verse pint bier naast. 'Daar ben je wel even zoet mee, hè, jongen?' Ze stak haar hand uit, plukte de bril van zijn neus en veegde de glazen zorgvuldig schoon met de zoom van haar schort. 'Geen wonder dat je half blind bent,' mopperde ze goedhartig, 'als je probeert te lezen door zo'n smeerboel. Hier,' – ze gaf de bril terug – 'zo is het beter, hè?'

'Aye, Tara; wat zou ik zonder jou moeten beginnen?' Hij grinnikte, greep naar haar hand en kromp toen ineen van de pijn. 'Het is die schouder weer,' verkondigde zij en tuurde naar het betreffende lichaamsdeel. 'Denk eraan wat de dokter zei, jongen, en schei uit met dat krom zitten! Draag je dat harnasgeval niet?' Sean rekte zich voorzichtig uit en masseerde de verlamde arm. 'Vergeten, Tara. Eerlijk waar.'

'Nou, marcheer jij dan nu maar meteen de trap op naar je kamer en doe dat ding aan,' beval ze. 'Kun je niet veel makkelijker ademhalen sinds je dat hebt? En je bent ook niet half zo kortademig als eerst.'

'Aye,' stemde hij geestdriftig in. 'En is dat geen mirakel? Ik ben bijna mijn hele leven zwak en hoesterig geweest, op de rand van de dood vaak... En hier loop ik Manhattan rond te struinen, gezond en wel, en nauwelijks mank, dankzij die speciale schoenen. Het leven is goed, Tara. Het leven is groots – er is altijd hoop. Als een man iets kan dromen, kan hij het hier bereiken. Ach, Tara, is Amerika niet wonderbaarlijk?'

'Ach, schiet op, jij.' Ze gaf hem een vriendelijke pets om de oren. 'Met die fluwelen tong van jou is zeker niks mis, maar of je die nou van God of van de duivel gekregen hebt, dat weet ik nog zo net niet!'

'Tara!' riep Sean vol gespeelde verontwaardiging uit. 'Hoe kun je dat nou zeggen? Het is het werk van de Heer dat ik hier doe, en dat weet jij net zo goed als ieder ander.'

'Veel zul je niet doen als je weer ziek wordt,' bracht ze hem in herinnering.

'Eerst even die kranten uitlezen, en ik beloof dat ik dan regelrecht naar boven ga om dat harnas aan te trekken.'

'Denk erom dat je dat doet,' vermaande ze hem en liet haar handdoek in zijn richting knallen voordat ze zich bij haar echtgenoot voegde, vooraan in de zaak.

Sean keek toe terwijl Dugan een arm om het middel van zijn vrouw sloeg en haar naar zich toe trok voor een zoen, die zij speels probeerde af te weren; hij bedacht weer wat een geluk het was dat hij hier terechtgekomen was, waar de levenswijsheid van Sterke Dugan en de moederlijke aandacht van Tara bij het verblijf inbegrepen waren. Zij waren degenen die de Duitse arts hadden gevonden, en die geregeld hadden dat de aangepaste schoen en de schouderband gemaakt werden zodat Sean zich meer als een man dan als een invalide door de stad kon bewegen. Hij had zoveel aan hen te danken; nu hief hij zijn glas naar hen op en wierp hun een kushand toe, wat hen aan het lachen maakte.

'Aan het werk, boyo!' Dugans zware stem galmde door de ruimte; de oude drinkers draaiden hun hoofd in zijn richting en glimlachten trots vanwege de jonge Ier die zo hard voor de goede zaak werkte.

Sean lachte en richtte met alle plezier zijn aandacht weer op de krant voor zich. De *Democratic Review* werd uitgegeven door John O'Sullivan, een van de vele nieuwe vrienden die hij in New York gemaakt had. John had hem voorgesteld aan Evert Duyckinck, die het blad financieel ondersteunde en als mentor fungeerde voor een groep jonge zakenlieden die geld wilden verdienen en een echt Amerikaanse cultuur wilden creëren, die niet onderdanig was en eenvoudigweg Europa imiteerde. Ze stonden bekend als de Jonge Amerikanen en stonden lijnrecht tegenover de oude garde, een groep welvarende heren – voornamelijk Whigs* en Engels gezind – die vaker uit dan thuis dineerden en zich vermaakten met het schrijven van lichtelijk ironische essays voor het *Knickerbocker Magazine*, op dit moment het invloedrijkste literaire tijdschrift in Amerika – tot afgrijzen van Sean. Trouwens, alles aan de Knickerbockers* stond hem tegen; het waren bevoorrechte snobs, te bekrompen om een nieuwe cultuur van politiek idealisme en literair radicalisme te aanvaarden.

De Jonge Amerikanen echter zetten hun geld en hart op het steunen van de uitbreiding van de westerse cultuur en de Europese revolutie, wat Sean zowel opwindend als inspirerend vond. Zij gaven *Arcturus* uit, een blad dat Amerikaanse literatuur en essays aanmoedigde, en ze hadden een vereniging voor auteursrechten gevormd om de Knickerbockers te dwingen te betalen voor de Europese schrijfsels die ze zo lukraak plunderden. O'Sullivan en Duyckinck hadden bovendien een bondgenoot gevonden in de uitgever George Putham, en Duyckinck was algemeen redacteur van de Library of American Books. Zij hadden zojuist de *Literary*

World gelanceerd, een tijdschrift waaraan Sean meewerkte, al had hij nog niet de 'authentieke Amerikaanse stem' ontwikkeld, zoals de anderen het noemden.

Zijn Ierse stem was sterk genoeg en welkom in de *Democratic Review*; de aflevering die hij nu in handen had, bevatte een artikel dat hij geschreven had over het falen van de Britse regering in Ierland en de schadelijke invloed van die cultuur op een nieuw Amerika. Het was niet helemaal oorspronkelijk – hij had zich laten bijsturen door O'Sullivan – maar het was een begin om zijn eigen zaak wat breder bekend te maken.

De Jonge Amerikanen hadden hem op de dag van zijn aankomst onder hun hoede genomen en hij had O'Sullivan maar al te graag toegestaan zijn dagen te vullen met spreekbeurten, bijeenkomsten, etentjes en werk voor het tijdschrift. Zij kwamen er eerlijk voor uit dat ze hem gebruikten om hun eigen politieke doelen te bereiken; hij kwam er eerlijk voor uit dat zij alleen nuttig voor hem waren als zij bankwissels uitschreven voor geweren, ammunitie, voedsel en kleding – alles moest naar Dublin verscheept worden op speciaal hiervoor afgehuurde pakketboten. Zij respecteerden hem omdat hij bij de Jonge Ieren hoorde en in de fysieke wereld streed, terwijl zijzelf nooit anders dan met woorden gestreden hadden.

Soms drong het tot hem door dat hij zo volledig meegesleept werd dat hij niet meer wist waar Jong Ierland ophield en Jong Amerika begon. Hij begon te beseffen dat zijn hoofd vooral op hol gebracht werd door het enthousiasme van de democratie en de vooruitgang die door dit enthousiasme gevoed werd, een enthousiasme dat hij niet kon vertalen – hoezeer hij ook zijn best deed – naar het uitgeputte, van honger stervende Ierland.

Zijn aandacht richtte zich meer en meer op de Amerikaanse politiek, merkte hij. Volgende maand zou in New York de eerste verkiezing onder de nieuwe grondwet plaatsvinden. De Whigs zagen die verkiezing met vertrouwen tegemoet en pochten dat zij iedere tak van lands- en stadsbestuur zouden overnemen. In de kring waarin Sean zich bewoog, werd ijverig gewerkt om hen bij elke stap oppositie te bieden, en de debatten prikkelden en ontroerden hem. Hij ontmoette overal vooraanstaande, intelligente mensen – mensen als O'Sullivan, Putnam en Duyckinck,

Jay Livingston en zijn zus Florence – die allen verkeerden in de grotere wereld van ideeën, die grootse dromen over vooruitgang en toekomst droomden. Zij namen hem zo gretig op in die ideeën en dromen, dat hij soms vergat dat zijn leven hier slechts tijdelijk was, dat hij op een dag zou terugkeren naar Ierland.

Steeds vaker vroeg hij zich af wat er nu wérkelijk gebeurde in Ierland. De communicatie was mondjesmaat en onbetrouwbaar, en hoewel hij geld inzamelde en twee kleine schepen met voorraden had gestuurd, wist hij niet hoe het daarmee afgelopen was. William Smith O'Brien en John Mitchell waren beide gevangengezet, hoewel het gerucht ging dat William weer vrijgelaten was, en het laatste verslag uit Londen meldde dat kapitein Evans terechtgesteld zou worden wegens landverraad. Wat hem echter het meest dwarszat, was het verhaal dat Morgan tijdens een inval gevangengenomen was. Daarna had hij niets meer van zijn beste vriend gehoord en geen van de boten die dagelijks de stad binnenvoeren, had meer dan praatjes en geruchten te melden.

'Ha, daar zit je dus, helemaal kromgebogen boven die kranten en met een gezicht als een onweersbui. Geeft niks als ik ga zitten, hè?' De knappe jonge Ier trok een stoel bij zonder op antwoord te wachten.

'Hoe gaat het met jou, Danny?' Sean grijnsde naar zijn kleurrijke vriend, die straatarm was, maar altijd pronkte met een schoon overhemd en een zijden sjaal om zijn nek.

'Nou, met mij gaat het prima, maar ik hoor dat onze juffrouw Osgoode thuis in bed ligt; is dat geen heerlijk onderwerp om eens flink over uit te wijden?' Zijn ogen schitterden ondeugend.

'Schaam je, Danny.' Sean probeerde niet te glimlachen. 'Dat is geen manier om over een hoogstaande christelijke vrouw als Marcy Osgoode te praten.'

'Zeker niet met haar vader in de buurt, natuurlijk, maar hier onder vrienden kan een beetje mannenpraat toch geen kwaad?' Hij lachte, pakte Seans glas en gooide de helft van het bier in één slok naar binnen. 'Bedankt, boyo. Het is hier warm.'

'Zo warm is het nou ook weer niet.' Sean bracht zijn glas in veiligheid. 'Wat doe jij hier, trouwens? Waarom ben je niet aan het werk, zoals een eerlijk burger betaamt?'

'Ik ben mijn eigen baas, toch?' Danny zette een hoge borst op. 'Ik hou mijn eigen tijd bij, toch?' Hij wierp een blik uit het raam. 'Nou, en trouwens, het regent, dat is zeker, en niemand stopt om zijn laarzen te laten poetsen in dit hondenweer.' Hij richtte zijn aandacht weer op Sean. 'Kom jij vanavond naar de samenkomst, al is het zonder je lieve juffertje?'

Sean trok een lelijk gezicht. 'Om je de waarheid te zeggen: ik was het vergeten, maar zeg dat niet tegen haar vader. Ik moet een groep dokwerkers toespreken vanavond – voornamelijk Ieren – om hen te herinneren aan hun plicht ten opzichte van het vaderland.'

'Weet je, boyo, een heleboel mensen willen daar niet aan herinnerd worden,' vertelde Danny hem. 'De meesten willen gewoon door met hun leven, het beste ervan maken hier in het nieuwe land.'

'Dat weet ik wel. Maar zij die er levend uitgekomen zijn, moeten vechten voor degenen die achterbleven. Als Ierland vrij is, willen zij ook kunnen zeggen dat ze hun deel gedaan hebben.'

'Dat zullen ze toch wel zeggen; zo zijn Ieren wel.' Danny grijnsde.

Sean schoot in de lach. 'Dat is waar. Maar ik ga toch.'

'Denk je echt dat we ooit winnen, Sean? De Engelsen terugdrijven en ons land weer opeisen?'

'Ja,' zei Sean met meer overtuiging dan hij voelde. 'Maar niet zonder geweren en ammunitie, niet zonder voedsel en medicijnen.'

Danny knikte. 'Misschien sla ik de bidstond zelf wel over en kom ik vanavond met jou mee.'

'Mag je al die jonge vrouwen wel teleurstellen?' plaagde Sean.

'Aye, dat is waar, dat is waar,' zuchtte Danny schijnbaar nederig. 'Je weet dat ik mijn zusters dolgraag inspireer tot diepe devotie.' Hij grijnsde ondeugend. 'Maar ik voel gewoon dat ik het nodig heb om weer 'es onder de mannen te zijn – Ierse mannen. Ik ga tussen het publiek staan en luidkeels instemmen met alles wat je zegt, net of je me ompraat met je fijne redenatie. De broeders inspireren, voor de verandering. Trouwens,' zei hij en dempte zijn stem, 'die schurk van een Callahan zal wel komen opdagen, met zijn dienders. Denkt dat hij de enige Ier is die goed genoeg is om hier te wonen, probeert altijd de rest van ons eruit te werken.'

'Dat is helemaal waar, helaas.' Sean wreef over zijn arm. 'Het zou in ons voordeel moeten werken, een Ier zo hoog bij de politie te hebben; dat zou je denken, hè?'

'Niets ervan,' zei Danny minachtend. 'Net als de rentmeesters thuis is hij: Engels vanbinnen, maar Iers vanbuiten, en een bloedhekel aan iedereen die dat weet. Dat is duidelijk. Ik kom. Jij hebt een lijfwacht nodig, en ik ben je man. Krijg je daar lekker snel uit als er een knokpartij uitbreekt.'

'Ha, jij bent een echte vriend, Danny Young. Als je nou rond zeven uur langskomt, dan gaan we van hieruit.'

'Geregeld!' Danny sprong op van zijn stoel en sloeg Sean op de schouder. 'En daarna gaan we de ronde doen, toch?'

'Wie trakteert er?' vroeg Sean achterdochtig.

'Jij, natuurlijk. Als dank voor mijn steun tijdens weer zo'n beroemde langdradige – ik bedoel: hartroerende – toespraak over Moeder Ierland!' Hij knipoogde. 'Tot zeven uur, boyo, en laat me niet wachten!' Hij salueerde zwierig en baande zich een weg naar de voordeur, waarbij hij alle oude drinkers op de rug sloeg.

Sean keek hem na en bedacht opnieuw hoe leuk Grace Danny zou vinden – hij leek veel op Quinn Sheehan, bij hen thuis, en Quinn had Grace altijd aan het lachen kunnen krijgen. Grace... Zijn glimlach vervaagde. Hij hoopte maar dat William zijn brief had gekregen en Grace en Mary Kate te midden van alle chaos had kunnen vinden. Hij hoopte maar dat ze op dit moment al op het schip zaten en elke dag dichterbij kwamen.

Nu keek hij weer neer op de kranten die op de tafel uitgespreid lagen; er zat eigenlijk geen goed nieuws bij. Niet over Ierland. 'Alstublieft, Vader,' bad hij in stilte, 'verlos hen en breng hen veilig hier. En als het niet te veel moeite is, Heer, zou U datzelfde dan ook nog voor McDonagh willen doen?'

Hij sloot even zijn ogen en ving een glimp op van Grace die met Morgan danste op de bruiloft van hun broer, een mensenleven geleden – de violist in de hoek, de buren dicht opeen gedrongen langs de muren, de glazen vol clandestien gestookte whisky en bowl, de kinderen die in en uit renden, de ketellappers die bij de ramen naar binnen leunden – en hij werd vervuld met een zo sterk verlangen dat hij ervan huiverde en naar zijn borst greep. Toen opende hij zijn ogen en keek door het vettige raam naar buiten, zoals hij duizend keer per dag deed; tegen beter weten in hoopte hij haar gezicht te zien. Maar hij zag alleen de donkere, onheilspellende winterhemel.

Vier

'Beslist niet! Jij gaat niet!' Julia beende kwaad de kamer op en neer.

'Ik vroeg je toch niet om toestemming, of wel soms?' Grace zette haar tas op het bed en maakte hem open.

'Het is waanzin – dat is het!' Julia stak haar handen in de lucht. 'Pure waanzin! Je hebt een of andere inzinking.'

'Ik voel me juist beter dan de laatste tijd,' vertelde Grace. 'Op de een of andere manier ben ik nu pas goed wakker.'

'Ik had Aislinn nooit hierheen moeten brengen,' mopperde Julia, nog altijd ijsberend. 'Laat ze doodvallen! Hoe kon ze dit ook maar voorstellen? Jij gaat niet, en daarmee uit.'

'Ik ga wél en daarmee uit. De vraag is: wil jij me helpen of niet?' Grace zette haar handen in haar zij.

'Dat doe ik niet,' zei Julia koppig. 'Ik ga niet op jouw kind passen terwijl jij naar de gevangenis gaat – waar ik je nu juist úit probeer te houden, tussen haakjes – om David Evans op te zoeken, de best bewaakte man in dit hele rot-Engeland!'

'Kom dan mee; waarom niet?' Grace knipoogde naar haar dochter die met haar pop in haar armen op bed zat en ernstig de woordenwisseling volgde. 'Mary Kate zou heel graag Londen eens willen zien, toch, agra?'

Mary Kate knikte gehoorzaam.

'O, krijg de klere! Sorry,' zei Julia tegen Mary Kate, die haar met grote ogen aankeek. 'Vertel me dan waarom. Waarom zou je in 's hemelsnaam zo'n risico nemen, na alles wat we doorstaan hebben?'

'Er is helemaal geen risico,' zei Grace vol vertrouwen. 'Als we betrapt worden – bedenk wel: ze doen dit al jaren – moeten we een boete betalen, of hooguit een nacht in de gevangenis blijven.'

'En als ze ontdekken wie jij bent?'

'De soldaten weten niet eens dat ik uit Ierland vertrokken ben,' zei Grace. 'Ze zijn hier niet naar me op zoek.'

'Nog niet,' vulde Julia aan.

'Aye. En daarom moeten we het nu doen. Trouwens, we gaan over vier dagen weg. We hebben nauwelijks genoeg tijd, dus moeten we opschieten.'

'Ik ben ook dol op David, weet je. Hij is een oude vriend van me. Ik zou eigenlijk in jouw plaats moeten gaan. Dat doen we!' Julia stak een vinger omhoog. 'Ík ga!'

Grace schudde haar hoofd. 'Deze keer niet. Jij moet op Mary Kate passen. Het is mijn enige kans.'

'Maar waarom?'

'Ik ga niet met jou discussiëren, Julia, want dat verlies ik vast. Ik heb er mijn redenen voor. De stervenden zijn dicht bij God, weet je: ze hebben ons veel te vertellen.' Ze zweeg even en begon toen zachter te praten. 'Morgan is helemaal alleen gestorven, zonder dank of liefdevolle woorden van wie dan ook. Als hij hier geweest was, zou hij een manier verzonnen hebben om de man op te zoeken die zijn leven meer dan eens heeft gered.' Ze sloeg uitdagend haar armen over elkaar. 'En dus gá ik. Met of zonder jou.'

Julia liet een zucht van ergernis ontsnappen. 'Je bent net als hij, weet je. Zo edelmoedig dat ik er ziek van word.'

Grace glimlachte ondanks zichzelf. 'Dus je gaat mee?'

'Oké, oké.' Julia haalde het nette notitieboek tevoorschijn waarin ze haar eindeloze lijsten bijhield. 'Waar gaan we precies naartoe trouwens?'

'Sint Martin's Place, nummer zevenentwintig,' zei ze. 'Molly's Danszaal voor Heren.'

'O, mijn hemel,' kreunde Julia.

* * *

Londen was nog veel drukker dan het bedrijvige Liverpool. Julia, die toch gewend was zo nu en dan in hogere kringen te verkeren, merkte dat ze geïntimideerd werd door de aanblik van de fraaie rijtuigen, ruiters in vol ornaat, keurig geklede heren die hun hoed afnamen voor luisterrijke dames, uitgedost in met stroken afgezette rokken en op maat gemaakte jasjes onder hun warme wollen mantels. Hun hoedjes zweefden zwierig boven op kapsels waaraan het grootste deel van de ochtend besteed moest zijn. Ze waren vlak bij Hyde Park, en ondanks het kille weer waren dames en heren aan het wandelen om eetlust op te doen voor de overvloedige maaltijd die hun bij thuiskomst wachtte. Julia fronste haar wenkbrauwen en deed een poging haar eigen woeste haardos, die de dag tevoren haastig bij kaarslicht was vastgespeld, in het gareel te krijgen.

'Onder al hun fraaie kleren hebben ze dezelfde zorgen als wij,' zei Grace rustig, terwijl ze haar vriendin aankeek.

'Om de een of andere reden betwijfel ik toch of zij óók van plan zijn om vanavond als prostituees de gevangenis in te sluipen,' mompelde Julia.

Grace schoot in de lach, sloeg een arm om Mary Kate heen en drukte haar even tegen zich aan. 'Ach ja, daar kon je wel eens gelijk in hebben. Zo, en wat vind jij nou van de grote stad Londen, kleine meid?'

Mary Kate trok haar neus op en rimpelde haar hele gezichtje met zo'n intense afkeer, dat beide vrouwen erom moesten lachen.

'Te veel rijtuigen en niet genoeg scheppen.'

Grace gaf haar dochter een kus boven op haar hoofd.

In de grote stad rook het volkomen anders dan zij gewend waren; ze proefden de zwavelachtige scherpte van kolengruis achter in hun keel en roken de penetrante stank van de paardenmest die langs alle straten opgehoopt lag, de ranzige rottingslucht van slagersafval en visslijm uit de marktkramen en de stank van menselijke uitwerpselen uit latrines in de steegjes. Dit alles vervuilde de lucht als het heet was, en als het regende, ontstond een donkere, zompige vloeistof die samenvloeide in de straten, op de stoepen spatte en aan koetswielen, schoenzolen en jaszomen bleef hangen. Niemand leek het op te merken; niemand leek zich eraan te storen. Zo was het hier nu eenmaal.

Toen ze eindelijk bij het drukke station aangekomen waren, stapten ze uit de koets, verzamelden hun tassen en waagden zich op straat om een huurrijtuig aan te houden. De koetsier wierp hen een nieuwsgierige blik toe toen Julia – die niet bij een huis met een slechte reputatie afgezet wilde worden – hem een adres gaf waarvan ze hoopte dat het er vlakbij zou zijn, maar hij bracht hen onmiddellijk ter plaatse. Ze bleven even zitten en keken naar de fraai geklede heren die door de deuren van een statig gebouw in en uit liepen, elkaar joviaal toeknikten en stilhielden om een hand op de arm van een vriend of de schouder van een collega te leggen, beleefd te groeten en het laatste nieuws uit te wisselen. Plotseling begrepen ze de blik van de koetsier: nummer één was de Herensociëteit van West End.

Ze betaalden de koetsier, wachtten tot hij uit het zicht verdwenen was en wandelden toen snel de laan in. Naarmate ze verder langs de lange huizenblokken liepen, werden de heggen achter de smeedijzeren hekken dunner en vertoonden de hekken zelf meer achterstallig onderhoud. Hier werden de tuinen niet zorgvuldig met de hand bijgehouden in een stijl die de goede smaak van de eigenaars weerspiegelde, maar waren ze bijna anoniem geworden – nog altijd onderhouden, maar niet door tuinlieden. Meer gordijnen waren gesloten, wat de huizen nietszeggend maakte, en de huizen zelf leken te zijn opgedeeld in kleinere woningen. Dit bleek uit de huisnummers: ze zagen 10a, 10b en zelfs 10c. De duisternis viel in en sneeuwvlokken bleven aan hun mantels hangen.

Sint Martin's Place nummer 27 was nog altijd een heel, onverdeeld pand – in elk geval aan de buitenkant – hoewel de ramen op de begane grond bedekt waren en de ingang onopvallend was. Ondertussen bevonden ze zich beslist in een twijfelachtige buurt en de vrouwen gingen voorzichtig naar het huis toe. Ze stopten even bij het steegje tussen de nummers 26 en 27.

'Deze kant op,' wees Julia, na een haastige blik in de smalle, onverlichte gang die naar huisvuil en menselijke uitwerpselen rook.

Ze leidde hen voorzichtig naar een blauwe deur met een kleine, zwarte letter M erboven. Julia klopte. Het duurde een volle minuut voordat het kijkgaatje open ging en een bloeddoorlopen oog hen inspecteerde.

'Wij worden verwacht,' zei Julia snel. 'Laat ons binnen.'

Het kijkgaatje ging weer dicht en de deur ging op een kier open, tegengehouden door een ketting.

'Wie ben u?' gromde de dikke, grijsharige vrouw die de deur bewaakte.

Julia aarzelde. Alleen Molly kende hun namen. 'Ouwe vriendinnen van Molly, uit Liverpool,' zei ze, met een slechte imitatie van het plaatselijke dialect.

Drie mannen die, afgetekend tegen het lamplicht, bij de ingang van de steeg rondhingen, knikten even naar elkaar en begonnen de steeg in te lopen.

'Je ziet er niet uit of je vriendinnen van de bazin bent.' De vrouw bekeek hen achterdochtig. 'Misschien ben je wel van de kerk of zowat.'

'Ha!' Julia forceerde een lach. De mannen hadden hun pas versneld. 'In 's hemelsnaam, mens, doe die deur open of Molly zal je mores leren!'

Dat was afdoende. De deur sloeg dicht, de ketting ratelde en ze glipten naar binnen, achtervolgd door ontevreden gejoel en gefluit.

Grace haalde opgelucht adem en greep, onzeker over wat ze binnen zouden aantreffen, Mary Kate bij de hand. De ruimte werd verlicht door rode lampen; aan de muren hingen grote portretten van liggende vrouwen in verschillende stadia van ontkleding. Voor eenmaal was Grace innig dankbaar dat Mary Kate altijd zo verlegen haar blik op de grond gericht hield.

Hun gids leidde hen door een lange gang met een dikke Turkse loper op de grond; flakkerende kaarsen in matglazen lantaarns aan de muren verlichtten hun pad. Aan weerszijden waren zware houten deuren die de geluiden van het spel dat hier gespeeld werd – uitbarstingen van gelach en gemaakte gilletjes van de dames, de lage, bevelende stemmen van de mannen – nauwelijks dempten. Grace bleef precies in het midden van de gang lopen en bad dat niemand op dit moment naar buiten zou komen.

'Daarzo is de ontvangstkamer, waar de heren en dames elkaar ontmoeten,' vertelde hun gids. 'Boven heb je de privé-kamers om te kaarten en zo.'

'En zo,' fluisterde Julia terwijl ze Grace aanstootte. Ze keken elkaar met grote, ongelovige ogen aan: ze waren in een van de beruchtste bordelen van Londen.

'En hierzo woont de bazin.' Hun gids klopte op een deur met vergulde panelen, duwde die open en liet hen alleen.

'Eindelijk!' Een indrukwekkende vrouw, gekleed in een laag uitgesneden groene japon, stevende door de kamer om hen te begroeten. 'Molly O'Brien. Ik ben blij dat u veilig aangekomen bent.'

'Julia Martin.'

'Welkom. En u moet mevrouw McDonagh zijn.'

'Aye.' Grace stak haar hand uit, die Molly met beide handen pakte. 'Bedankt dat u hiermee instemt.'

'Het is een eer voor een beroep waarmee zelden eer te behalen valt.' Molly keek naar Mary Kate. 'En wat geweldig om een kleintje als gezelschap te hebben vanavond. Hoe heet jij, meisje?'

'Mary Kate,' antwoordde ze dapper.

'Ik ben juffrouw Molly. En jij zult wel uitgehongerd zijn. Zullen we bij het vuur gaan zitten en theedrinken? Hou jij van scones met boter en jam?'

Mary Kate knikte en liet zich naar de zitkamer leiden, waar een oude vrouw met prachtig wit haar aan het hoofd van de theetafel zat.

'Hier zijn ze, gran. Deze jongedame heet Mary Kate.'

'Hoe maak je het?' De oude vrouw knikte haar plechtig toe.

'Dit is mijn grootmoeder, Mary Kate,' verklaarde Molly. 'Ze heeft een prachtige poppenverzameling. Jij bent toch niet toevallig dol op poppen, of wel? Want ik weet dat zij er graag mee wil pronken.'

Mary Kate knikte verlegen en begon tegen de oude vrouw te praten. 'Ik heb er één,' zei ze zachtjes.

'Echt waar? En hoe heet ze?'

'Blossom. Gran heeft haar gemaakt.'

'Is jouw gran in Ierland, soms?'

Mary Kate schudde haar hoofd. 'Gran is in de hemel.'

De oude vrouw pakte haar kleine hand en wreef met haar duim over de gladde huid van het kind. 'Na de thee zal ik je mijn poppen laten zien en jij moet me maar aan jouw Blossom voorstellen.'

Ze aten zoete broodjes en dronken thee – met meer honger dan ze beseft hadden – en daarna nam de oude vrouw Mary Kate weer bij de hand en leidde haar weg. Het meisje glimlachte bezorgd achterom naar Grace.

'Wij zitten hier apart,' stelde Molly hen gerust. 'Gran gaat nooit buiten deze kamers.'

'Weet zij…?'

'O, aye.' Molly schoot in de lach. 'Zonder haar zou ik dit niet eens kunnen doen. Zij heeft echt een rekenknobbel. Heeft de helft van haar leven de kruidenierszaak van mijn opa bestuurd.'

'Maar hoe kan ze… Vindt ze het niet… verontrustend, allemaal?' vroeg Julia.

'We hebben allebei meer overleefd dan u voor mogelijk houdt. Eerlijk gezegd vinden wij het hier heerlijk rustig.'

'Toch is het een zwaar bestaan, of niet?'

'U denkt toch zeker niet dat ik van haar verwacht dat ze elke nacht de kost verdient?' Molly lachte, maar haar ogen stonden ernstig. 'Zie ik er zo hardvochtig uit soms?'

'Nee,' kwam Grace rustig tussenbeide. 'Vergeef ons, mevrouw O'Brien. Ik weet niet wat we verwacht hadden, maar zeker geen aantrekkelijke, vriendelijke en welsprekende vrouw, die met haar oude gran in zulke gezellige kamers woont!'

'Het spijt me,' voegde Julia eraan toe. 'We zijn u juist heel erg dankbaar en nu sla ik zo'n flater. Ik kan mezelf wel schoppen.'

'Dat is nog eens lenig,' zei Molly met een uitgestreken gezicht. 'Lui die in het verre oosten gewoond hebben, zijn dol op lenige vrouwen. U zou hier aardig kunnen verdienen.'

Julia gaapte haar verbijsterd aan, maar Molly had zich alweer tot Grace gewend.

'Waarschijnlijk zult u vanavond geen enkel probleem hebben. Dit is niet de eerste keer dat Lord Evans een van mijn meisjes ontvangt.' Ze zweeg even. 'Daalt hij nu in uw achting?'

'Dat zal nooit gebeuren.'

'Er is zeker geen kans dat u hem daaruit krijgt, hè?' vroeg Molly met een lichte ondertoon van hoop in haar stem.

'Nee.' Grace zuchtte. 'Al wens ik uit de grond van mijn hart dat ik daar iets op kon bedenken.'

Molly knikte grimmig. 'Dat willen we allemaal. We hebben er zelfs over gedacht hem een jurk aan te trekken en hem zo mee naar buiten te nemen, maar de bewakers controleren de cellen voordat ze de meisjes vrijlaten, en als Lord Evans ontsnapt, draaien wij allemaal de gevangenis in.'

'Zoiets zei Aislinn al. Ze kon me alleen beloven dat ze iets zou verzinnen om hem te spreken, niet om hem te redden.'

'Het gaat haar goed. Daar ben ik blij om. Haar verhaal is niet veel anders dan het mijne.' Molly stond op en schonk de laatste thee in. 'Als jullie terugkomen, heb ik nog wel wat sterkers klaarstaan,' zei ze. 'Maar tot die tijd kunnen jullie beter waakzaam zijn.'

Daar was Grace het mee eens, al was de gedachte om zich een beetje moed in te drinken nog zo verleidelijk.

'Wie zijn de anderen die vanavond meegaan?' vroeg Julia.

Molly haalde haar schouders op. 'Allemaal Iers, dit stel. Gewone meisjes. Allemaal op een of andere manier aan lager wal geraakt.' Ze nam een slokje van haar thee. 'Soms kiest een meisje er zelf voor, vooral vanwege de vrijheid die ze krijgt. Ze verdienen goed, hebben het naar hun zin en ze wonen hier veiliger dan op straat. Als zo'n meisje slim is en wat geld opzijzet, kan ze "met pensioen", zoals wij zeggen: ergens heen gaan waar niemand haar kent en het leven van een onafhankelijke vrouw leiden. Een aantal van hen trouwt, al zou je natuurlijk kunnen zeggen dat ze dan nog steeds werken.' Ze knipoogde. 'Over werken gesproken: het wordt tijd om u om te kleden, mevrouw McDonagh.' Ze stond op, liep de kamer door en riep over haar schouder: 'Deze kant op, dames. De nacht is nog jong.'

Grace en Julia keken elkaar even met grote ogen aan, zetten hun theekopjes neer en volgden hun gastvrouw in de richting van het geluid van tinkelende glazen en gelach.

Een ijzige motregen scheurde gaten in de rook en mist en verkilde Grace tot op het bot toen ze uit het huurrijtuig stapte. Ze waren naar de achterkant van een laag stenen pakhuis gebracht; de deur stond op een kier en een man met een lantaarn gebaarde dat ze moesten opschieten. Grace bedekte haar haren en gezicht met de hoofddoek en volgde de andere meisjes in de spelonkachtige ruimte. Daar bekeek de bewaker hen grondig van top tot teen bij het licht van zijn lantaarn; hij stopte om Grace van opzij te begluren.

'Die heb ik van me leven niet gezien,' zie hij en stapte naderbij.

Een meisje dat Grote Rooie genoemd werd, haakte haar arm door de zijne en trok hem dicht naar zich toe.

'Vast wel, Bill,' plaagde ze. 'Je hebt ons allemaal wel op de een of andere manier gezien, toch, of niet soms?' Ze knipoogde koket en zoende hem in zijn nek.

'Aye, Bill, het is Bridey, de nieuwe. Is een tijdje ziek geweest, maar nou is ze weer beter, toch, liefie?' Een bleek meisje met donker haar, gekleed in weelderig paars, ging dichter bij Grace staan en wreef kordaat in haar handen. 'Als we nog lang in dit ijskoude pakhuis moeten staan, zijn we straks allemaal ziek.'

'Of jij moet ons zelf willen opwarmen,' stelde Grote Rooie voor, terwijl ze haar omvangrijke boezem tegen Bills borst duwde.

Hij gromde en deed een stap terug, in verwarring gebracht door hun geflirt. 'Later misschien,' zei hij kortaf. 'Tijd om te gaan. Je heb niet de hele nacht.'

Hij loodste hen tussen stapels houten kratten en dichtgebonden kisten door naar het andere eind van het pakhuis. Daar gingen ze door een deurtje via een trap naar beneden naar een goederentunnel die uitkwam bij de keukens van de gevangenis.

Ze volgden hem in ganzenpas, hielden hun rokken op met hun in opzichtige handschoenen gestoken handen; ze stapten zorgvuldig om de plassen en de drek heen. In de enorme keuken werden ze overgedragen aan een andere man, die een lang uitbeenmes in zijn hand hield. Bill overhandigde hem de lantaarn, zodat het licht nu op een vettig wit, met bloed besmeurd schort scheen.

De meisjes waren aan deze gang van zaken gewend; ze knikten de slager toe. Ook hij bekeek hen van top tot teen; zijn lippen bewogen terwijl hij hen telde. Toen hij tevredengesteld was, gebaarde hij met het mes dat ze achter hem aan moesten komen.

Graces hart bonkte; ze voelde zich naakt in de dunne rode jurk die haar hele nek en schouders en het grootste deel van haar boezem onbedekt liet. Ze droeg een omslagdoek van felgekleurde zijde, maar het gevoel van zijde op haar blote huid herinnerde haar er des te meer aan hoe ongekleed ze in feite was. De andere meisjes hadden haar uitstekend vermomd en als ze naar hen keek, wist ze dat ze eruitzag als een van hen: haar haren waren zo vastgespeld dat hier en daar in haar nek krullen lossprongen, haar wangen glansden van de rouge over witte poeder, haar ogen waren omlijnd met kohl en net boven de hoek van haar mond was een schoonheidspleister geplakt. Haar tanden waren wit achter de rode lippenverf en in haar oorlelletjes waren lange oorbellen geschroefd. Over dat alles heen was een zwaar parfum gesprenkeld, dat bij elke beweging die Grace maakte opnieuw begon te geuren.

De slager leidde hen trappen op en af, door nauwe gangen en zware houten deuren, tot ze uiteindelijk bij een soort ondergrondse binnenplaats kwamen met cellen langs de wanden.

'Ze zijn er,' deelde hij de bewakers bij de ingang mee; zij knikten.

'Drie hier, vanavond,' beval een van hen.

Terwijl de eerste drie vrouwen uit de groep stapten, raakte Grace bijna in paniek. Was Lord Evans daar? Had ze haar kans gemist? De blik van Grote Rooie, die naast haar stond, zei nee.

Het gezelschap liep verder en stopte nog tweemaal om meisjes af te leveren voordat Grote Rooie snel in haar hand kneep en die toen liet vallen.

'Eén hier,' snauwde de slager.

Grace stapte met wild bonkend hart naar voren.

'Wakker worden, Evans. Je hebt bezoek.' De bewaker likte aan zijn onderlip en liet zijn hand langzaam over haar achterwerk glijden voordat hij haar naar de cel aan het eind van het vertrek duwde.

Een man trok zich langzaam aan de tralies omhoog.

'Blijf daar staan,' beval de bewaker.

Hij vond de sleutel aan zijn sleutelring, opende de deur van de cel, greep Grace bij de arm en schoof haar ruw naar binnen. De deur sloeg galmend dicht en de sleutel werd omgedraaid.

'Doe het snel.' Hij lachte lomp. 'Als jullie het al kunnen doen, tenminste.'

De bewaker liep weg en liet hen alleen; de echo van zijn knorrige stem bleef naklinken vanuit de zaal, waar hij met zijn collega's ging zitten drinken.

Nu kwam het enige licht van een toorts buiten de cel, hoewel Grace een kandelaar met kaars zag staan op een klein, ruw tafeltje waarop ook pen en papier lagen. Het gezicht van de man die rustig in het midden van de cel stond, kon ze niet onderscheiden.

'Goedenavond.' Zijn stem was zacht en hees, maar ze herkende die onmiddellijk. 'Aardig dat je gekomen bent, maar ik ben bang dat ik vanavond niet zo gezellig zal zijn.'

'Ach, jawel, Lord Evans, u bent toch altijd gezellig?'

Hij zweeg even en leunde enigszins voorover, met zijn hoofd scheef. 'Ken ik jou?'

Ze kwam naar voren en raakte zijn arm even aan. 'U zou het zo niet zeggen, als u me nu kon zien,' fluisterde ze. 'Maar u hebt op een ochtend vroeg, nog voor zonsopgang, mijn bruiloft meegemaakt.'

Hij leunde dichter naar haar toe en tuurde met samengeknepen ogen naar haar gezicht, overrompeld. 'Goeie genade, het is Grace!' Hij omhelsde haar stevig, keek nog eens, schoot in de lach en schudde zijn hoofd. 'Ik kan het nauwelijks geloven! Droom ik? Ben ik gestorven?'

'In dat geval ben ik ook gestorven, en ik moet zeggen:' – ze keek de donkere cel eens rond – 'de hemel valt een beetje tegen, vindt u niet?'

Hij knikte vol verbazing en raakte haar gezicht aan; toen hij de vettige verf voelde, het goedkope parfum rook en besefte wat haar kleding te betekenen had, keek hij haar bezorgd aan.

'Wat is er met je gebeurd, Grace?'

'Dit was de enige manier om binnen te komen, snapt u.'

'Nee, dat snap ik niet. Maar ik ben blij dat je er bent.' Hij nam haar bij de hand en leidde haar naar een krukje. 'Ga zitten, alsjeblieft.' Hij zag erop toe dat ze goed zat en liet zich vervolgens voorzichtig zakken op de berg stro die zijn bed vormde. 'Het spijt me dat ik je niet behoorlijk kan ontvangen. Ik weet nog hoe goed je eruitzag toen we elkaar voor het eerst ontmoetten. Je zat daar zo mooi in het kaarslicht, omringd door eten en drinken. Vol hartstocht was je de goede naam van McDonagh aan 't verdedigen onder

Donnelly's minachtende blikken. Ik vind het leuk om daar af en toe aan te denken.'

'We hebben nu een beetje kaarslicht. Eten en drinken trouwens ook.' Ze reikte onder haar rok en haalde er een plat pakje onder vandaan. 'Brood, kaas, worst en een beetje Ierse whisky van mevrouw O'Brien zelf.'

'Het moet echt hopeloos zijn, als Molly me eten en drinken stuurt zonder rekening erbij. Om van jou nog maar te zwijgen.' Hij pakte de flacon, schroefde de dop eraf en bood haar de drank aan. 'Dames gaan voor.'

Ze schudde haar hoofd. 'Ik ben al zenuwachtig genoeg hier,' bekende ze. 'Dan kan ik niet ook nog eens mijn verstand gaan benevelen, of wel soms?'

'Drink met mij, Grace,' smeekte hij; in zijn stem klonk een schrijnende eenzaamheid door.

Toen aarzelde ze niet langer, maar nam de flacon aan en dronk hem toe. 'Op uw gezondheid, Lord Evans,' zei ze en nam een slokje.

'Zeg maar liever "kapitein",' zei hij toen zij hem de whisky teruggaf. 'Dat is de enige titel die ik ooit verdiend heb. Op jouw gezondheid, lieve kind.' Hij nam een grote slok, en nog een.

De whisky verwarmde hen beiden, en ze keken elkaar aan. Graces ogen waren nu beter gewend aan het gedempte licht.

'Je bent zeker niet gekomen om me te laten ontsnappen, of wel?' vroeg hij; hij probeerde het als een grapje te laten klinken.

'Vertel me hoe dat moet, kapitein, dan doe ik het,' antwoordde zij ernstig.

'Mijn tijd is voorbij, dat is het punt.' Hij hoestte en hield een lap tegen zijn lippen; er kwam een donkere vlek op.

'Zolang u nog levensadem hebt, is er tijd. Er kan nog van alles gebeuren, kapitein. Zelfs een wonder.'

'Er zou inderdaad een wonder voor nodig zijn,' zei hij, 'en ik geloof dat ik al meer dan mijn deel gehad heb, wat wonderen betreft. Ze zijn op.'

'Is het bloed, wat u ophoest?'

Hij knikte en verfrommelde de lap in zijn hand. 'Het enige wonder waar ik op hoop, Grace, is dat het snel gaat.'

'Ach nee, kapitein, nee.'

Hij leunde voorover en pakte haar hand. 'Ik ben niet bang om te sterven, weet je. Mijn Heer wacht op mij en de enige vrouw van wie ik ooit heb gehouden ook. Leven is vaak angstaanjagender voor me geweest dan de gedachte aan sterven.' Hij glimlachte ironisch. 'Het enige wat mij spijt, is dat ik niet zal meemaken dat jij en Morgan over het "Eiland van Smaragd" regeren met een troep kinderen die uit jullie hut komen rollen.'

Graces ogen vulden zich met tranen; ze hoopte dat hij dat in het donker niet kon zien.

'Hoe gaat het met hem, die ouwe rebel?' Evans nam nog een teug uit de flacon. 'En wat bezielde hem in vredesnaam om jou zomaar in het hol van de leeuw te sturen?'

Grace beet op haar lip.

De kapitein liet zijn arm op zijn been vallen en zweeg; de stilte scheen een eeuwigheid te duren. 'Hij is dus dood – is dat het?'

'Aye,' zei Grace gesmoord.

Evans gooide de flacon tegen de muur; het ding kletterde naar beneden en liet een spoor van whiskytranen achter op de kille, grijze stenen.

'Laat ze naar de hel lopen,' gooide hij eruit. 'Vervloekt zijn hun ogen en al hun kinderen. En waarvoor? Waarvoor?' Hij probeerde op te staan, maar begon te hoesten en zakte in elkaar.

Grace hielp hem in een zittende houding, gaf hem de bloederige lap aan en veegde met haar omslagdoek het zweet van zijn voorhoofd.

'Het kwam door de koorts, dus vervloek die ook maar, als u toch bezig bent.' Ze zweeg even. 'Hij zat in de gevangenis, in Dublin, beschuldigd van landverraad. Hij wist dat hij stervende was en liet een brief voor mij naar buiten smokkelen. Tegen de tijd dat ik die las, was hij al dood.'

'O, Grace toch.' Hij legde zijn hand over de hare.

'Die dag heb ik onze zoon gebaard.'

'Een zoon.' Hij schudde zijn hoofd en probeerde het allemaal te bevatten. 'Weet je echt zeker dat hij dood is?' vroeg hij opeens. 'Geruchten, zoveel geruchten…'

Ze legde haar vingers op zijn mond om de woorden tegen te houden; daarna reikte ze in de voorkant van haar japon en trok een zakje van mousseline tevoorschijn dat diep tussen haar borsten weggestopt had gezeten. Ze deed het open en ving Morgans oorringen en zijn trouwring op in haar schoot; de laatste hield ze Evans voor. 'Ik weet het zeker,' zei ze.

Hij nam de ring aan en zag dat het de zijne was; toen sloot hij zijn hand eromheen en hield hem tegen zijn borst. 'McDonagh was de edelste man die ik ooit ontmoet heb,' zei hij zachtjes. 'Ik hield van hem alsof het mijn eigen broer is.'

'Aye, kapitein, en hij droeg u op handen. Ik vond dat u dat moest weten en dat u van mij moest horen wat er gebeurd is.'

'Dank je wel.' Hij zweeg en gaf de ring terug. 'Ik wil dat jij deze houdt, Grace. Geef hem aan je zoon als hij wat groter is. Vertel hem het verhaal van jullie heimelijke bruiloft en het verhaal van zijn vader. Hij kan trots zijn op de naam McDonagh.'

'Hij zal uw naam ook kennen, kapitein. Mijn kinderen en hun kinderen en kindskinderen – allemaal zullen ze uw naam kennen.'

Ze gaf hem haar hand; hij kuste die zachtjes en legde er toen een ogenblik zijn wang tegenaan.

'Wat gaat er nu met jou gebeuren?' vroeg hij.

'Ze zeggen dat ik naar mijn broer moet gaan, naar Sean, in Amerika.' Ze probeerde de ongerustheid niet in haar stem door te laten klinken.

'Wie zijn "ze"?'

'Smith O'Brien, Meagher, die Mitchel van jullie – de stemmen van Jong Ierland. Julia Martin heeft me naar Liverpool gebracht, maar de boot had vertraging, ziet u. En ik ontdekte waar u was, en hoe kon ik uit Engeland vertrekken zonder u nog één keer te zien, voor het laatst, zonder afscheid te nemen?'

'Het is bespottelijk.' Hij schudde zijn hoofd. 'Volkomen bespottelijk. Hoe ben je in 's hemelsnaam op dit idee gekomen?'

'Ach ja, ik heb nogal wat vrienden van laag allooi, dat weet u best,' plaagde ze.

'Ja, maar... prostituees?'

'Dat is een lang verhaal.'

'En we hebben geen tijd voor lange verhalen.' Hij zuchtte. 'Vertel me dan eens, wanneer vaar je af?'

'Nog twee dagen, misschien drie. Vanavond ga ik weer op weg naar Liverpool.'

'En de jongen, en – je hebt toch ook nog een dochter?'

'Mary Kate gaat met me mee, maar ik heb het kindje en mijn vader bij Barbara in het klooster achtergelaten. Die komen later, als ze sterk genoeg zijn.'

'Dat was moeilijk.'

Ze knikte en vocht tegen haar emoties.

'Wees niet bang om moeilijke keuzes te maken, Grace, als dat voor jou en je kinderen nodig is om in leven te blijven. Dat zou Morgan ook doen.' Hij zweeg even. 'Dat zou ik ook doen, als ik nog iets te kiezen had.'

Ze sloeg haar ogen op en keek hem aan. 'Dat is waar, en ik moet me schamen dat ik hier bij u medelijden met mezelf zit te hebben.'

'Dat vind ik niet.' Hij kneep in haar handen. 'Het betekent zo veel voor me dat ik je vanavond hier kan spreken. Het is een wonder, het laatste.'

'Is er iets wat ik voor u kan doen, kapitein? Wat dan ook?'

'Je zou me bij mijn voornaam kunnen noemen.' Hij glimlachte vermoeid. 'Het is een hele tijd geleden dat iemand dat gedaan heeft.'

Ze knikte en stond op het punt te spreken, toen het zwakke geluid van rinkelende sleutels en zware voetstappen in hun richting kwam.

'Tijd om te gaan.' Hij stond op, trok haar overeind en stopte een plukje van haar haren op zijn plaats. 'We moeten nu afscheid nemen. Niet voor het oog van… de anderen.'

Ze sloeg haar armen om hem heen en hief haar mond naar zijn oor. 'Ierland zal je nooit vergeten, David,' fluisterde ze. 'En ik ook niet. Ga met God.'

Hij sloot zijn ogen en liet zijn hoofd tegen het hare rusten tot de voetstappen stopten en de bewaker met zijn sleutels kwam.

'Kláár, allebei?' Hij lachte en deed de deur open. 'Eruit, jij.'

'Vaarwel.' Ze hield zich stevig vast en was niet in staat hem los te laten.

'Zo kan-ie wel weer,' mopperde de bewaker. 'Eruit, zei ik.'

'Wees niet bang,' fluisterde Evans en kuste haar op de wang. 'Jij ook niet,' antwoordde ze en vond de kracht om bij hem weg te gaan, al brak haar hart opnieuw bij dit afscheid.

De bewaker sloot de deur en dreef Grace in de richting van de zaal. Zij stopte, duwde hem opzij en keek om naar de plaats waar Evans vlak voor de tralies stond.

'Kijk naar beneden, zie op mij neer,' riep ze hem toe, 'als je daar aangekomen bent.'

Hij aarzelde een ogenblik en stak toen zijn hand op om te laten zien dat hij het begreep. 'Dat zullen we doen,' bezwoer hij haar.

Het was het laatste wat ze van hem hoorde.

Vijf

Sommige mensen zeggen dat je op zee dichter bij God bent, maar kapitein Reinders had Hem daar nooit aangetroffen; zeker niet aan boord van de *Eliza J*. Een god die in staat was het heelal te bevelen, zou dat heelal nooit hebben overgeleverd aan de genade van zoiets willekeurigs en chaotisch als de natuur. Tegenover welmenende vrienden die met glanzende ogen over verlossing spraken, beleed Reinders een vaag geloof in het hiernamaals, maar in zijn hart wist hij dat er maar een leven was en maar een wereld om in te leven. Zijn religie was de kunst om chaos op afstand te houden, het verschil tussen hen die onderworpen waren aan een geheimzinnig universum en hen die de geheimen van dat universum ontrafelden. Als kapitein Reinders een god had, heette die Logica, en de zegen die zijn god schonk, was de mogelijkheid zonder emoties te redeneren.

Door logisch redeneren was hij ertoe gekomen het leven op zee te overwegen; hij keek met tevredenheid de nette scheepshut rond, voelde het vertrouwde wiegen van het schip onder zijn voeten en besefte hoe anders het met hem had kunnen aflopen, als jongste zoon van een verbitterde, ongelukkige boer die overgeleverd was aan de grillen van de natuur. Het was nu vijftien jaar geleden dat Peter Reinders de boerderij in het noorden van de staat New York had verlaten. Eenmaal per jaar schreef hij plichtsgetrouw aan zijn moeder en ontving van haar een brief terug, in het Duits, in haar nauwgezette, vertrouwde handschrift. Die brief kwam altijd een week voor kerst en lag dan op hem te wachten in het fraaie huis van Lars Darmstadt, zijn zakenpartner, waar Reinders zijn eigen woongedeelte had. Detra, de lieftallige vrouw van Lars, legde de envelop altijd op de ladekast in zijn slaapkamer, waar die altijd het eerste was wat hij zag. Reinders wreef over zijn slapen terwijl hij daaraan dacht. De brief zou hem eraan herinneren dat zijn vader nu dood was en dat zijn zussen allemaal getrouwd en verhuisd waren. Zijn twee oudste broers werkten nog altijd op de boerderij, maar Hans was een paar jaar geleden gevallen en moest vaak het bed houden, en Josef kon, hoe hard hij ook werkte, niet meer aan het veld en de varkens verdienen dan hun vader gedaan had. Hij woonde met zijn vrouw en vijf kinderen in hun eigen huisje op hetzelfde stuk land en zwoegde eindeloos om voor iedereen te kunnen zorgen. Peters moeder vroeg nooit of hij naar huis kwam, maar hij las het tussen de regels door. Hij wist dat zij het moeilijk hadden en daar had hij het op zijn beurt moeilijk mee, maar hij weigerde zich door zijn emoties te laten leiden. Naar huis terugkeren was geen logische beslissing. Hij was geen boer; hij was zeeman, voor de helft eigenaar van een van de schitterendste schepen waarop hij ooit gevaren had, een gerespecteerde kapitein die genoeg verdiende om in zijn eigen behoeften te voorzien en eenmaal per jaar een bankwissel naar huis te sturen. Met dat geld werden medicijnen, werktuigen en voorraden gekocht; de eindeloze reparaties werden ervan betaald en als de oogst te weinig opbracht, voorzag het gedeeltelijk in hun levensonderhoud. Zijn geld was nuttiger voor hen dan zijn rug zou zijn. Hij zuchtte en schudde zijn hoofd.

'Lieve jongen' noemde zijn moeder hem in haar brieven, maar hij was nu een man van dertig, lang en mager, met het verweerde gezicht van een zeeman en voortdurend samengeknepen ogen door het turen in zon, wind en regen. Zijn bruine haar was strokleurig geworden, dik en samengeklit door het opstuivende zeewater. Aan land bedwong hij het met een royale hoeveelheid haarolie en dan zorgde hij er bovendien voor dat hij gladgeschoren was, maar op zee gaf hij de voorkeur aan baard en snor; dat was warmer bij slecht weer en verleende zijn gezag een zekere woeste scherpte. Hij liet zijn hand over zijn kaak glijden en voelde de stoppels; hij zorgde er altijd voor dat hij zich niet schoor zolang hij in Liverpool verbleef.

Nu stond hij op en rekte zich uit, dankbaar dat hij niet getemd en gebogen was als een ploeger, maar fier rechtop kon staan, standvastig en zeker als een doorgewinterde kapitein – zijn moeder zou de jongen die langgeleden woedend naar zee vertrokken was, niet herkend hebben.

Midden in een van zijn vaders veelvuldige driftbuien had zij stilletjes Peters plunjezak ingepakt. Toen hij met zijn vader op de vuist ging, had zij hen uit elkaar gehaald en de oude man naar binnen gebracht, waarbij ze maar eenmaal omkeek naar de jongen die kwaad, verward, midden op de weg stond. Ze had het klaargespeeld snel naar hem te glimlachen en hem bemoedigend toe te knikken – haar toestemming om te gaan. In de brief die ze in zijn plunjezak gestopt had, stond dat ze wist dat zijn vader een hardvochtig man was, vooral voor hem, omdat hij anders was dan de anderen en niets gaf om de varkens, het land en hun manier van leven. Toch hield zij van haar echtgenoot en dat zou ze altijd blijven doen, schreef ze; ze hield ook van haar zoon en droeg hem op aan zijn plicht tegenover God te blijven denken. Reinders fronste zijn wenkbrauwen; hij stond niet graag stil bij de herinnering aan de vader die hem dit plichtsbesef door de strot geduwd had – God was in de vuisten van zijn vader een wapen geweest.

Nu was hij vrij van dat alles, vertelde Reinders zichzelf, vrij om zijn eigen koers te bepalen. Toen hij had gehoord dat het schip van de legendarische Noorse kapitein Erik Boe in de haven lag, had hij net zo lang gebedeld tot hij aan boord mocht. Onder het veeleisende onderricht van de kapitein had hij een natuurlijke affiniteit met de zee getoond – en was opgeklommen van scheepsjongen tot gewoon matroos, tot matroos-eerste-klasse en toen tot tweede stuurman, van tweede stuurman tot stuurman en uiteindelijk tot kapitein. Vanuit die positie was hij de onderneming met Lars Darmstadt begonnen, die geleid had tot het deelgenootschap in de indrukwekkende pakketboot *Eliza J*. Elke cent die hij bezat – en hij had veel gespaard door te weigeren een huis aan de East River of fraaie kleding te kopen, ondanks de enorme percentages van de winst van het schip – had hij in de *Eliza J* gestoken. Hij kende elke centimeter van het achterschip tot de voorsteven, elk merkteken op de masten en elke groef in het dek beter dan zijn eigen lichaam;

de *Eliza J* was zijn eigen ziel en als zij zich verhief, zweefde hij mee. Het schip had er echter verschrikkelijk van langs gekregen in de laatste storm, en voor de duizendste maal snakte hij ernaar het veilig terug te hebben in hun beider thuishaven.

'Onzin,' mompelde hij en harkte met zijn vingers door zijn haar. De afstand van hier naar Amerika was vijfduizend kilometer over de Atlantische Oceaan. Vijfduizend kilometer, afgelegd in telkens weer een korte dag en een lange nacht in ijzige, onheilspellend jammerende wind, verblindende sneeuw en huizenhoge golven – als het meezat; in tot op het bot verkillende mist en windstilte als ze pech hadden. Misschien zouden ze de oversteek in slechts achtentwintig dagen maken, of misschien zouden ze wel zestig dagen voortzwoegen en al het voedsel en water opmaken. Dat gebeurde vaker dan zeelui wilden weten: schepen verdwaalden in dichte mist, als navigatie met behulp van hemellichamen onmogelijk was en de sextant en chronometer weinig hulp boden. Schepen sloegen om in verschrikkelijke stormen, konden honderden kilometers uit de koers raken of een mast en de kracht van het grootzeil verliezen. Ze konden 's nachts op een ijsberg varen en binnen enkele minuten zinken; het ijzige zwarte water bewaarde het geheim van hun noodlot voorgoed. Er waren altijd risico's tijdens een oceaanreis, en zeker als de reis in de winter werd ondernomen.

Reinders stond op en ijsbeerde door zijn kleine scheepshut. Hij hield niet van risico's op zee. Hij hield niet van winterreizen en ook niet van de handel in immigranten en hout, waarvan hij in de haven van Liverpool getuige was. Het idee om te overwinteren in deze voormalige slavenhandelsstad, met alle ellende en wanhoop die de keerzijde van de welvaart vormden, stond hem echter evenmin aan. Hij hunkerde naar zijn vaderland, naar het brutale optimisme van de inwoners van Boston en Gotham, de opwinding van hun armoedige kades, de vrijheid. Hij dacht aan Lily die daar op de kade vis verkocht en wachtte op nieuws van hem. Ze moest zich wel afvragen wat hem overkomen was, waar hij was, waarom hij niet naar huis gekomen was met genoeg geld om zijn belofte aan haar te vervullen; ze zou wel vrezen dat het nu te laat was, eenvoudigweg te laat. Hij voelde pijnlijk scherp het verlies van elke minuut oponthoud in deze havenstad. Voor haar moest het een foltering zijn.

Zijn mogelijkheden waren hier uitgeput en dat had hem veel gekost. Hij drukte zijn voorhoofd tegen het glas van de patrijspoort en herinnerde zich de wanhoop die hij gevoeld had toen de *Eliza J* de haven in sukkelde nadat ze aan de orkaan ontsnapt was. Het schip vloog toch al nooit over zee – pakketboten waren niet gebouwd op snelheid, maar ze voeren dan ook zelden in gebieden met weinig wind. De drie vierkant getuigde masten en enkelvoudige grootzeilen waren ontworpen om een enorme druk van de zeilen in zwaar weer te verdragen, en de bemanning was door hem persoonlijk geselecteerd uit de beste zeelui in het noordoosten van Amerika. Ze hadden al eerder stormen op zee doorstaan, heel veel stormen, maar nog nooit zo'n meedogenloze, en evenmin een storm die zo veel levens geëist had.

Te middernacht had hij het bevel 'alle hens aan dek' gegeven; twee mannen hielden het stuurwiel vast terwijl golven van zes meter hoog tegen de voorsteven sloegen en hen overboord dreigden te spoelen. Mijnheer Cobbs, zijn tweede stuurman, nam zes man mee het want in om over de zwaaiende ra en de glibberige touwen te kruipen en daar te worstelen om de zeilen te reven. Kleine John, de onverschrokken scheepsjongen, was hen gevolgd. Het zeil was opgeblazen als een ballon, het schip had ongenadig gestampt en geslingerd, en toen had de woeste wind toegeslagen, de ra en de marssteng gebroken en de mannen in de kolkende, zwarte zee gesmeten.

Er was geen enkele manier om hen te redden. Ondanks zijn bevel hadden ze zichzelf niet vastgebonden, omdat in een zo nietsontziende storm iedere minuut telde. Hij had hulpeloos moeten toezien hoe het drama zich ontvouwde: de ra en de mannen waren eenvoudig verdwenen, de marssteng brak en sloeg tegen de lagere mast, die de klap opving met een misselijkmakend gekraak. Zeilen waren voor zijn ogen aan flarden gescheurd en nog twee mannen waren overboord geveegd toen het zware canvas over het dek golfde. De reling was op drie plekken ingedeukt en in het dek boven het vooronder was een gat geslagen. Hij had samen met de rest van de bemanning doorgestreden tot zonsopgang, toen de storm eindelijk voorbij was en de zee kalmeerde. Uitgeput zaten ze bij elkaar, ontzet toen tijdens het oplezen van de lijst bleek hoe veel mannen ze verloren hadden. Cobbs, die drie jaar bij hem gebleven was ondanks aanbiedingen van andere kapiteins om eerste stuurman te worden; kleine John, voor wie de hele bemanning een zwak had gehad omdat hij altijd vrolijk was, onvermoeibaar in zijn werk... Reinders had zichzelf niet toegestaan smart te voelen – smart werkte verlammend en maakte een man zwak – maar hij erkende dat hij het betreurde en hij besefte ten diepste het verlies. Hij nam de volledige verantwoordelijkheid voor hun dood op zich, maar hij kon zich niet veroorloven in wanhoop te verzinken terwijl er zo veel werk verzet moest worden.

Zodra ze in Liverpool aankwamen, had de overgebleven bemanning zich gestort in de armen van de prostituees en kroegbazen die in de danszalen langs de kades zaken deden. Zeelui waren bijgelovig – zelfs de ruwe New Englanders, die pekelwater in hun aderen hadden in plaats van bloed – maar ondanks de zwarte wolk van onheil die het schip tot in de haven gevolgd had, zouden de meesten terugkeren; degenen die dat niet deden, zouden geen enkel probleem hebben als ze bij een ander schip aanmonsterden. Zijn matrozen behoorden tot de besten; vanaf het moment dat ze aan wal kwamen, werden ze opgewacht door ronselaars die mogelijke afvalligen voor zich trachtten te winnen met loze beloftes van betere schepen en kapiteins die meer geluk hadden.

Cole Mackley, zijn stuurman, verachtte ronselaars en spuugde op de eerste die het waagde hem te benaderen. Hij sliep elke nacht aan boord en stelde zichzelf elke dag beschikbaar voor de kapitein. Reinders had niet minder verwacht van zijn tweede man, maar heimelijk was hij opgelucht; Mackley was vanaf het begin bij hem geweest en Reinders vertrouwde op zijn uitstekende zeemanschap en goede raad. Mackley had voorgesteld Tom Dean tot tweede stuurman te benoemen; Dean was een kundig zeeman met een goede reputatie, die tijdens de storm grote moed had getoond. Net als Mackley was hij een eerlijke man met een onverschrokken plichtsbesef; Reinders wist instinctief dat hij hem kon vertrouwen. Beide mannen werden gerespecteerd door de anderen; ze zouden in staat zijn toezicht op de bemanning te houden en de reis te voltooien als hun kapitein door welke oorzaak dan ook uitgeschakeld zou worden.

Deze reis zou echter anders zijn in verband met de passagiers. Reinders was gedwongen geweest een overeenkomst te sluiten met de Liverpool Trading Company om zich ervan te verzekeren dat het schip gerepareerd werd: zij zouden de arbeidskosten en materialen betalen en in ruil daarvoor zou hij passagiers meenemen naar de stad New York. De directie van de handelsmaatschappij wist heel goed dat de *Eliza J* geen passagiersschip was, al had zij een paar kleine privé-hutten op het bovendek voor degenen die het konden betalen. De meeste passagiers zouden in het vooronder meereizen en de middelste verdieping van het schip was uitgerust met extra bedden, zodat er drie boven elkaar konden slapen in plaats van twee. Ze waren veel dichter opeengepakt dan volgens Reinders nodig was, maar hij had zich neergelegd bij het oordeel van de mensen aan wie hij geld schuldig was.

Behoorlijke ventilatie was een probleem en hij was van plan bij mooi weer zoveel mogelijk passagiers aan dek toe te laten. Ze zouden aan dek koken, en hij had zelfs een lage tent laten opzetten waar zij hun behoeften konden doen in een gat dat met zeewater schoongespoeld werd. De officiële richtlijn schreef een toilet op het bovenste dek in de boeg van het schip voor, maar vrouwen waren niet genegen dat te gebruiken in aanwezigheid van de matrozen die de hele situatie lachwekkend vonden – zelf pisten ze eenvoudig vanaf het achterschip in zee zonder enige aandacht voor zedigheid of comfort. Daarom zochten vrouwen en kinderen de afzondering en het gemak van het benedentussendek, onder het vooronder, was hem verteld, ondanks de stank die daar al na enkele dagen zou hangen. Anderen deden clandestien hun behoeften in emmers die ze aan dek brachten en over de reling leegden, maar vaak liepen die over of ze werden niet behoorlijk schoongemaakt; in combinatie met de stank en slechte ventilatie bevorderde dit de verspreiding van tyfus en cholera. Reinders was vastbesloten dat te vermijden. Hij wist alles over de varende doodskisten die Canada bereikten met meer doden dan levenden aan boord; die schande wilde hij beslist niet voor zijn schip.

Toch maakte hij zich zorgen. De directie had meer dan tweemaal zoveel passagiers geboekt als hij verwacht had. Dat was heel gebruikelijk, verzekerden zij hem, gewoon een manier om hun investering te beschermen. Niet iedereen die de overtocht betaalde, zou ook werkelijk aan boord van het schip komen, beweerden zij. Dat was een leugen, wist hij: hij had elke dag gepraat met zeelui die deze reis eerder gemaakt hadden. Zij hadden hem verteld dat hij kon verwachten dat elke passagier zou komen opdagen, zo wanhopig graag wilden die stakkers het land uit; hij moest zelfs rekening houden met verstekelingen. Ze raadden hem aan het schip grondig te onderzoeken zodra iedereen aan boord was; ze beloofden hem dat hij er minstens vijf zou vinden, en waarschijnlijk wel twintig in kisten en koffers in het vrachtruim gepakt. Die kon hij overboord gooien of aan wal zetten om door de magistraat berecht te worden – wat hij zelf het beste vond. Een aantal passagiers zou op zee sterven, zeiden ze nuchter; baby's overleefden het maar zelden, vooral als er ziekte aan boord was. Hetzelfde gold voor de jonge kinderen, de ouderen, de vrouwen. Aan boord bevallen was vreselijk; vrouwen verloren alle kracht en hoop, vooral als ze een kind op zee moesten begraven. De mannen verging het nog het beste, maar zij smokkelden drank aan boord en drank leidde tot gevechten; gewonde mannen konden blijven leven of sterven, dat hing af van de man en van het gebruikte wapen. Dat alles en nog meer werd hem verteld door deze veteranen. Het was waar – zij hadden het allemaal zien gebeuren. Vertrouw de mannen van de handelsmaatschappij nooit, waarschuwden ze hem.

Naarmate de vertrekdatum naderde, veranderden Reinders' onderhandelingen met de directie in verhitte discussies. Hij kon de verantwoordelijkheid voor de veiligheid en gezondheid van zo veel mensen niet dragen, hield hij vol; maar hem werd in duidelijke bewoordingen verteld dat de *Eliza J* dan vastgehouden zou worden totdat de reparaties volledig terugbetaald waren. Hij wond zich teveel op, susten zij; hij moest zich op het schip concentreren en de passagiers aan hen overlaten. Ze hadden zelfs gezorgd voor een scheepsarts, een Amerikaan zoals hij, die na zijn buitenlandse studie naar huis terugkeerde. Wat wilde hij nog meer?

Wat Reinders wilde – hij keerde naar zijn tafel terug en bekeek de onmogelijke lijst nog eens – was wat hij vanaf het begin gewild had: meer ruimte en minder personen, want ieder persoon had voorraden nodig. Hij rekende per passagier op tweeënhalve liter water per dag en een kleine hoeveelheid bloem, haver, zout, melasse en zout vlees per week. De directie had hem verzekerd dat dit meer dan genoeg was. Hij moest in gedachten houden dat dit Ierse boeren waren die een paar dagen geleden nog dreigden te verhongeren; ze zouden tevreden zijn met water en brood.

De veteranen schudden het wijze hoofd. Aye, zeiden ze, de uitgehongerde mensen zouden inderdaad dankbaar zijn voor hard brood en brak water, maar ze zouden een weekvoorraad in één dag opeten omdat ze zo uitgehongerd waren, en dan hielden ze niets over. Sommigen zouden extra voedsel meenemen, maar dat zouden ze met hun leven moeten bewaken, vooral 's nachts. Elke dag uitdelen zou ten koste gaan van de mankracht bij het zeilen, en wie kon mensen missen op de winterse zee? De oude rotten adviseerden hem de passagiers van tevoren duidelijk te vertellen hoe het zat: rantsoenen kwamen eenmaal per week, niet vaker. Pak iedereen die niet naar je luistert hardhandig aan, adviseerden ze; stel meteen een voorbeeld en draag een pistool om indruk te maken. Je hoeft het niet te gebruiken, als zij maar dénken dat je dat zou kunnen doen.

Tandenknarsend zat hij over dit alles na te denken; hij probeerde alle onvoorspelbare gebeurtenissen te voorzien. Hij hoopte de reis in vier, hooguit vijf weken te kunnen maken. Er was geen ruimte voor extra voorraden, geen ruimte voor vee, van welk soort ook, en evenmin voor grotere werktuigen – aambeelden, timmer- of landbouwwerktuigen, weefgetouwen of spinnenwielen. Elk gezin zou een plekje in het vooronder toegewezen krijgen voor één koffer, krat of vat; meer niet.

Reinders schoof de lijst van zich af; de hut werd hem plotseling te benauwd. Hij liep het vertrek uit en beklom met twee treden tegelijk de trap naar het dek op voor een inspectie van het schip dat zijn leven was. Hij haalde diep adem en bewonderde de stevige masten, het ingewikkelde web van de tuigage, de strak samengebonden zeilen en de stompe boeg. Boven zijn hoofd pakten zich zware wolken samen; ze duwden de hemel naar beneden tot laag boven de duistere rivier; een kille wind deed de tuigage ratelen. Voor de zoveelste maal overwoog hij de lijnen los te laten glippen en het schip over de rivier naar de open zee te navigeren. Het was sneller dan alle andere schuiten in deze haven; niemand zou hem te pakken krijgen als hij eenmaal op zee was. Hij kon het schip echter niet alleen besturen en hij kon niet ongemerkt de bemanning bijeenroepen. Uiteindelijk had hij zijn woord gegeven. Wat was hij trots geweest op het sluiten van die overeenkomst! Het was niet nodig Lars te schrijven en geld te vragen, of het kleine beetje dat ze verdiend hadden aan de katoen en tabak – het meeste was verloren gegaan in de storm – op te maken. Hij had zichzelf gefeliciteerd met het feit dat hij het hoofd koel had gehouden ondanks de catastrofe, dat hij onmiddellijk actie had ondernomen om het verlies van de veelbelovende handelsovereenkomst tot een minimum te beperken. Lars was officieel de financiële man, maar Reinders had willen bewijzen dat ook hij verstandig met geld kon omgaan.

Hij keek naar de kade, vol afkeer van zichzelf en zijn trots, en zag de sombere rij passagiers aan boord gaan, verderop – aan boord van kleine, gehavende schepen, bestuurd door apathische kapiteins en bij elkaar gescharrelde bemanningen, die alleen geld wilden verdienen en zich aan elke verantwoordelijkheid onttrokken. Die passagiers waren niets meer dan lading, en dat wisten ze. Ze schuifelden langzaam naar voren, met gebogen hoofd, angstig mompelend als ze de loopplank naderden.

Vuilgrijze meeuwen cirkelden boven de kades in hun eindeloze zoektocht naar voedsel, maar naast hem op de reling landde een enorme raaf. Het beest opende zijn snavel voor een raspend gekras; de zwarte ogen glinsterden. Slecht voorteken, dacht hij, en corrigeerde zichzelf meteen. Voortekens bestonden niet; het universum was willekeurig en chaotisch, dat was alles. Het was gewoon zijn eigen schuld. In het begin had hij vele keuzes gemaakt, op het laatst te weinig. Vandaag viel er niets te kiezen. Niet voor hem en evenmin voor die arme drommels verderop die intussen in een donker vrachtruim waren verdwenen.

Zes

'Heb je nu alles?' Julia bekeek de kleine koffer die naast Mary Kate stond. 'Ben je niets vergeten?'

Grace schudde haar hoofd.

'Goed zo.' Julia inspecteerde haar beschermelingen nog één keer en bekeek met grimmige voldoening hun stevige leren laarzen en zware wollen mantels. 'Die kun je over je heen trekken als het 's nachts te koud wordt,' bracht ze hun voor de honderdste maal in herinnering. 'En hou je laarzen aan.'

Grace pakte haar hand. 'We zullen alles onthouden wat je gezegd hebt, hè, Mary Kate?'

'Aye.' Het kleine meisje knikte. Ze kwam dichterbij en pakte Julia's andere kant. 'Gaat u mee? Alstublieft?'

'Ach, meisje-lief.' Julia tilde haar op en hield haar stevig vast. 'Ik wou dat het kon. Ik zal je zó missen.' Ze omhelsde haar nog eenmaal, zette haar weer op de grond en trok de muts die ze scheef geduwd had, weer recht. 'Pas goed op je moeder, jij. Zorg dat ze eet en warm blijft. En dat ze eet.'

'Dat hebt u al gezegd.' Mary Kate glimlachte verlegen.

Julia stapte uit de traag voortbewegende rij om te kijken wat er voorin gebeurde.

'Alle koffers en kisten gaan naar de ene kant,' vertelde ze. 'De matrozen dragen ze weg. Daarheen.' Ze wees naar een tweede loopplank aan het andere eind van het schip, waar bemanningsleden de bagage op hun rug aan boord droegen. 'Kijk, ze kunnen niet alles meenemen.'

Grace rekte haar nek en zag een groeiende stapel potten en pannen, landbouwwerktuigen, gereedschappen en spinnenwielen; er stonden twee kratten vol kakelende kippen en zelfs een eenzame geit.

'Iemand controleert de namen,' vervolgde Julia. 'Hij praat met iedereen die aan boord gaat. Waarover in vredesnaam, denk je?' 'Hebt u de vogelvrij verklaarde Grace O'Malley gezien? Weet u iets over Gracelin O'Malley?' zei Grace met een basstem.

'Niet grappig!' siste Julia en wierp een blik achterom. 'Dat is helemaal niet grappig!'

Grace sloeg haar arm om Julia's schouders en omhelsde haar geruststellend. 'Ik maak gewoon een geintje,' verontschuldigde ze zich. 'Om alles even te vergeten.'

'Nou, als je maar niet vergeet hoe jij geacht wordt te heten!' vermaande Julia. 'Je bent mevrouw Bram Donnelly, weet je nog, en dat is al riskant genoeg, volgens mij. Ik weet het, ik weet het,' – ze hield haar hand omhoog om haar vriendin het zwijgen op te leggen – 'je wilt er zeker van zijn dat Sean je kan vinden, wat er ook gebeurt.'

'En onze namen moeten opgetekend zijn voor Mary Kates bestwil,' voegde Grace eraan toe. 'Voor haar toekomst.'

'Dat is zo,' gaf Julia toe. 'Maar geen grappen meer, en geen andere namen noemen dan die op jullie papieren staan; afgesproken?' 'Afgesproken.'

De rij schuifelde dichter naar de loopplank en Grace keek op naar het schip waaraan zij haar eigen leven en dat van Mary Kate moest toevertrouwen, het schip dat hen over de enorme oceaan zou dragen. De grootte en stevigheid van het vaartuig stelden haar gerust, evenals het professionele gedrag van de bemanning die gestaag doorwerkte onder het waakzame oog van een lange, gezaghebbende gestalte bij de reling.

'Hoe heet hij trouwens? De kapitein?'

'Reinders,' vertelde Julia en spelde de naam voor haar. 'Duitse naam – je spreekt het uit als "Rainders" – maar het is een Amerikaan. Het schip is ook Amerikaans.'

'Dan zal hij de weg wel weten, hè?' De twee vrouwen wisselden een behoedzaam lachje boven Mary Kates hoofd.

Toen ze bijna aan de beurt waren, haalde Grace haar reispapieren tevoorschijn; ze hield ze stevig vast om ze te beschermen tegen de wind die met vlagen over de aanlegsteiger waaide. Ze keek de dik ingepakte Mary Kate even aan en gaf haar een bemoedigende knipoog. Toen wendde ze zich tot Julia.

'Ik wil iets tegen je zeggen, als jij tenminste een hele minuut je mond kunt houden.'

Julia deed haar mond al open om commentaar te leveren, maar hield zich bijtijds in en kneep schuldbewust haar lippen op elkaar.

'Ik wil je bedanken voor alles wat je gedaan hebt, Julia. Bedankt dat je met me meegegaan bent naar Londen, en in de eerste plaats, dat je ons naar Liverpool gebracht hebt. Ik weet echt niet wat ik zonder jou had moeten beginnen. Ik zou vast verdwaald zijn, dat weet ik zeker.'

Julia schudde haar hoofd.

'Aye,' hield Grace vol. 'Ik had nooit...' Ze aarzelde. 'Het was zo verschrikkelijk, weet je.'

Julia's ogen vulden zich met tranen.

Grace sloeg haar armen om die dappere schouders. 'Ach, Julia, ik weet dat je van hem hield. Eerst had ik het niet door, maar later wel.'

'Vergeef me,' fluisterde Julia met haar natte wang tegen die van Grace.

'Er valt niets te vergeven.' Grace gaf haar een zoen. 'En ik weet dat je nu ook van mij houdt, al weet ik zeker dat je me vaak vervloekt zult hebben.'

Julia wist niet of ze lachen of huilen, instemmen of ontkennen moest; dus hield ze haar vriendin alleen nog steviger vast.

'Daarom – op grond van ons beider liefde voor Morgan en voor elkaar – vraag ik jou, Julia: wil jij op mijn vader en de jongen letten? Wil jij voor hen zorgen tot dit allemaal geregeld is? Als Ierland wint, zeil ik op de volgende boot terug... Maar als het lang duurt...' Ze zette het opkomende gevoel van wanhoop snel van zich af. 'Wil jij hen dan naar mij toesturen? Wil jij hen helpen, zoals je mij geholpen hebt? Ik heb niemand anders om het aan te vragen, zie je, en als jij het me belooft, weet ik zeker dat het voor elkaar komt.'

Julia veegde haar ogen af. 'Dat beloof ik,' zei ze; toen begon haar hart te bonken omdat de groep voor hen verdween.

'Papieren?' Cole Mackley, de stuurman, nam de documenten van Grace aan en vergeleek de informatie met de namen op zijn passagierslijst.

'Mevrouw Bram Donnelly, twintig jaar, weduwe, en Mary Kathleen Donnelly, drie jaar, dochter, met bestemming New York?'

'Aye,' bevestigde Grace.

'Eén kist?'

'Aye.'

Hij hief zijn hand op en de pezige matroos naast hem hield de kist tegen. 'Openmaken, alstublieft.'

Grace aarzelde en keek Julia aan.

'Nu,' drong hij, niet onvriendelijk, aan.

'Verstekelingen,' mompelde Julia. Grace knikte, pakte haar sleutel en deed de kist open.

De matroos neusde even tussen de paar kledingstukken en het extra voedsel; toen stond hij op en knikte. Grace sloot de kist weer af.

'Nog vuurwapens of sterke drank bij u?' informeerde Mackley.

'Nee, meneer.' Het was niet nodig het uitbeenmes te noemen dat, in een schede van stevig leer, goed verborgen in haar laars zat.

'U kunt aan boord,' beval hij, en plotseling werd Grace naar de loopplank geleid, weg van Julia.

'Wacht!' riep ze, terwijl ze opgenomen werd in de stroom van mensen die over de plank naar het schip liepen. 'Wacht – Julia!'

'Iedereen aan boord!' De zeeman boven aan de loopplank wenkte dat ze door moesten lopen.

Ze worstelde om zich aan de stroom te onttrekken, terwijl de volgende groep haar van achteren insloot. 'Julia!' De paniek in haar stem ontmoedigde de anderen, die zenuwachtig begonnen te schuifelen en te mompelen.

'U daar! Stop!' beval Mackley toen Julia langs hem heen probeerde te komen. 'Terug in de rij!'

Er ontstond een worsteling doordat de passagiers, plotseling bang dat ze achtergelaten zouden worden, naar voren begonnen te dringen; toen werkte Julia zich met de ellebogen door de drukte heen. Ze haastte zich naar de loopplank en onderaan kwam ze Grace tegen. Ze sloeg haar arm om Grace heen en stak haar andere arm naar beneden om Mary Kate ook te omhelzen.

'Vaarwel,' fluisterde ze hun toe, ditmaal in het Iers. 'Vaarwel, vaarwel. God zegene en behoede jullie; moge Hij jullie veilig naar de overkant brengen.'

Hoewel de tranen over haar rood geworden wangen stroomden, probeerde zij hen vol zelfvertrouwen toe te knikken om hen gerust te stellen. Ze wilde hun zeggen dat alles goed zou komen, zelfs nu, met deze onmogelijke reis voor de boeg. Ze zette Mary Kate op de grond en kuste haar teder.

'Jij bent sterk en moedig,' verkondigde ze. 'Onthou dat.'

Ze omhelsde Grace voor de laatste maal en de woorden stroomden over haar lippen: 'Het spijt me dat we Morgan niet in veiligheid konden brengen, dat hij gestorven is... Dat hij zijn zoon nooit gezien heeft. O, mijn God, het spijt me zo. Ik smeek je: vergeef ons. Mij. Vergeef mij.'

Grace drukte haar wang tegen die van Julia. 'Ik heb het jou nooit kwalijk genomen,' fluisterde ze. 'Nooit.'

'Ik had zo'n hoge dunk van mezelf,' ging Julia snel verder. 'Mijn briljante geest, mijn nobele werk, bla, bla, bla.' Ze schudde haar hoofd. 'Maar nu schaam ik me, Grace. Ik ben niets vergeleken bij jou. Jij bent de meest hoogstaande vrouw die ik ooit gekend heb – vriendelijk en sterk en dapper en eerlijk.'

'Nou zeg, straks vraag je nog of ik een borrel voor je koop,' plaagde Grace door haar eigen tranen heen.

Julia schoot in de lach. Ze zette met moeite de wanhoop die haar dreigde te overmannen, van zich af en hield Grace vast tot de groep achter hen er genoeg van kreeg, naar voren drong en hen voor eens en voor altijd van elkaar scheidde.

'Tot weerziens,' schreeuwde Grace vanaf de bovenkant van de loopplank, hand in hand met Mary Kate. Ze zwaaiden allebei.

'Aye!' gilde Julia en wierp hen een kushand toe. 'Als God het wil,' zei ze zachtjes in zichzelf en bleef lang nadat het schip de haven uitgevaren was in de ijskoude regen staan.

'Dan wil ik de kapitein spreken,' hield Grace vol en onderdrukte de paniek in haar stem. 'Hij zal het wel rechtzetten als u dat niet kunt.'

Marcus Boardham kneep zijn donkere ogen afkeurend tot spleetjes, maar hij liet nogmaals zijn vinger langs de lijst lopen en tikte er halverwege op, met een beslist gebaar.

'Geen hut op die naam,' zei de hofmeester kortaf. 'Mevrouw Bram Donnelly en kind, twee bedden in het vooronder.'

'Wij hebben betaald voor een privé-hut. Dat staat duidelijk op mijn kaartje.' Ze hield zijn blik vast en negeerde zijn duidelijk zichtbare irritatie. Eindelijk stuurde hij iemand naar de kapitein.

'Ga naar beneden.' Hij wuifde haar weg.

'Nee, dank u,' zei ze flink. 'Ik wacht hier wel.'

De hofmeester liep langs hen heen, waarbij hij Mary Kate en haar dwong tegen de muur van de smalle gang te gaan staan, en ging zich snel bezighouden met een andere groep passagiers op zoek naar een hut – zij moesten volgens zijn lijst wel degelijk privé-accommodatie hebben en hadden daarom recht op zijn aandacht. Het waren stuk voor stuk Engelsen; Grace knarste met haar tanden en weigerde zich te laten intimideren.

'Problemen, meneer Boardham?'

Opgeschrikt door de gezaghebbende stem keek Grace over Boardhams schouder recht in een paar indrukwekkende blauwe ogen; met deze man viel niet te spotten.

'Kapitein Reinders.' Ze hield Mary Kates hand stevig vast en drong voorbij de hofmeester. 'Er is ruim van tevoren een privé-hut geboekt voor mijn dochter en mij, maar uw personeel zegt dat het niet doorgaat.'

'Hoe zit dat?' De kapitein keek over haar hoofd naar Boardham.

'Er staat geen "mevrouw Donnelly" bij de eerste klasse, kapitein. Alleen bij het vooronder.'

'Hebt u haar papieren bekeken?'

Boardham ontweek Grace, ging dichter bij de kapitein staan en nam hem terzijde, zodat ze buiten haar gehoor stonden.

'Kaartjes zijn eerste klasse,' gaf hij zachtjes, met tegenzin, toe. 'Maar de eerste klasse zit vol. Op de passagierslijst staat vooronder.' Hij hield de lijst omhoog als bewijs.

Reinders vloekte binnensmonds, met opeengeklemde kaken.

Laat die vervloekte dieven naar de hel lopen, dacht hij woedend. Hij zag meteen wat er gebeurd was. De directie had die Amerikaanse arts met zijn familie in de eerste klasse gezet, waarschijnlijk als gedeeltelijke beloning voor zijn diensten; de Ierse mevrouw Donnelly en haar dochtertje waren in het vooronder gedumpt. Hij wierp nog een blik op de passagierslijst. Alle anderen zouden inmiddels al op hun plaatsen zijn; niemand zou vrijwillig zijn hut opgeven. Het ontging hem niet dat mevrouw Donnelly de enige Ierse passagier in de eerste klasse geweest zou zijn. Vervloekte dieven, dacht hij nogmaals, maar er was niets aan te doen. Boardhams aanwezigheid was hij ook al beu – nog een voorwaarde van de directie, hoewel niemand wist waarom in vredesnaam. De man was bepaald irritant met zijn onbeschaamde zelfingenomenheid. Reinders duwde hem opzij en wendde zich tot de vrouw en haar dochtertje.

'Er is inderdaad een fout gemaakt, mevrouw Donnelly; daar hebt u volkomen gelijk in. Ik bied u mijn nederige excuses aan, evenals mijn hofmeester, meneer Boardham.' Hij wierp de man een waarschuwende blik toe.

Boardham liet zijn hoofd even zakken, maar het gebaar kwam niet bepaald oprecht of verontschuldigend over.

'Het spijt me, maar er is geen enkele manier om deze situatie te verhelpen, tenzij u onmiddellijk van boord wilt gaan en op een ander vaartuig wilt boeken.'

Graces hart sloeg een slag over. 'Nee, kapitein, dat doe ik niet.' Ze keek hem recht aan. 'Ik heb niet voor het schip betaald, maar voor uw reputatie als kapitein. Hebt u dit schip niet veilig de haven ingeloodst, ondanks een lelijke storm en het verlies van uw halve bemanning? Dat heb ik horen vertellen. Ik heb gehoord dat u een man van eer bent. God heeft mij ertoe geleid mijn leven en dat van mijn dochter in uw handen te leggen, kapitein Reinders, en ik blijf aan boord tot Hij zegt dat ik eraf moet.'

Verrast door deze toespraak bekeek hij haar nog eens. In plaats van de verlegenheid die hij van vrouwen – en van deze broodmagere, broze vrouw in het bijzonder – verwachtte, zag hij de vastbesloten vooruitgestoken kin en het snelle oplichten van haar ogen. Waren ze grijs of groen? vroeg hij zich tot zijn eigen verbazing af. Toen zag hij dat ze precies de kleur van de zee hadden, even veranderlijk. Hij nam een beslissing.

'Bent u bereid in het vooronder te reizen, mevrouw?'

'Heb ik een andere keuze, kapitein?'

'Nee, mevrouw Donnelly, ik vrees van niet.' Hij wierp een blik op het kind naast haar: even bleek als zij, maar vol zwijgend vertrouwen. 'Natuurlijk wordt uw reis volledig vergoed en ik zal alles doen wat in mijn macht is om te zorgen dat u van alle gemakken voorzien wordt.' Hij wendde zich tot de hofmeester. 'Mevrouw Donnelly en haar dochter moeten de twee laagste bedden naast de deur krijgen; die moeten met een gordijn afgeschermd worden zodat ze meer privacy hebben. Ik wil dat dit onmiddellijk geregeld wordt. Jij moet er persoonlijk voor zorgen, Boardham. Mevrouw Donnelly, u kunt uiteraard de maaltijden gebruiken in de eetzaal, samen met de passagiers van de eerste klasse.' Hij zweeg even en zei zachtjes: 'Beter eten voor het kind.'

'Dank u wel, kapitein.' Grace kneep bemoedigend in Mary Kates hand. 'Dan zal ik u verder geen last bezorgen.'

'U hebt mij geen last bezorgd, mevrouw Donnelly. Vraag gerust naar mij, als ik nog meer voor u kan doen.' Hij knikte kort, wierp de hofmeester een scherpe blik toe en liep met grote passen terug door de zaal.

Boardham, gestoken door de houding van de kapitein, snauwde een jonge matroos iets toe; die tilde snel Graces kist op zijn schouder en ging hun voor naar het smalle trappenhuis. Grace en Mary Kate volgden, maar raakten verder achter omdat ze op de trap zorgvuldig moesten kijken waar ze hun voeten neerzetten.

Het trappenhuis eindigde rechtstreeks in een enorme ruimte die door smalle wandelpaden in drie afdelingen verdeeld werd. Over de gehele lengte van de ruimte waren houten planken getimmerd, drie rijen boven elkaar, en ondanks het gedempte, flakkerende licht van olielampen aan de wand was het vrij donker. Het schip rolde licht doordat de zee er tegenaan klotste; het hout kreunde en kraakte. Grace voelde de aanwezigheid van mensen nog voordat ze hun gestaltes zag, ineengedoken op hun bed of zittend boven op hun gebutste kist om het weinige wat hun nog restte – kinderen inbegrepen – te beschermen. Hun ogen stonden waakzaam en ze spraken op gedempte toon.

'Hé, jullie zullen moeten verhuizen,' zei de matroos nors tegen twee oudere mannen die de bedden naast de deur voor zichzelf hadden opgeëist.

'En waarom dan wel?' vroeg een van de mannen achterdochtig.

'Gereserveerd voor deze vrouw en haar kind,' klonk het kordate antwoord. 'Opschieten, nu. Bevel van de kapitein.'

'En als we dat niet doen?' De andere man sprak nu op zachte, dreigende toon.

'Dan worden jullie van het schip gezet,' waarschuwde de matroos. 'Overboord gegooid waarschijnlijk. Kapitein Reinders vraagt nooit iets tweemaal. Hij is een Amerikaan.'

De twee mannen vervloekten de Amerikaanse kapitein en zijn bijdehante bemanning, maar haalden de bundel stof die hun gehele aardse bezit uitmaakte bij elkaar en liepen naar de achterkant van het vooronder, waarbij ze Grace ruwer opzij duwden dan noodzakelijk was.

Het gemompel in het vooronder was opgehouden omdat de andere passagiers bezorgd naar de woordenwisseling geluisterd hadden. Ze bekeken Grace achterdochtig; ze wisten niet zeker of het feit dat de kapitein belang in haar stelde, betekende dat het de moeite waard was haar te leren kennen of juist dat ze veel van haar te vrezen hadden.

'Bedankt voor uw hulp,' zei Grace zachtjes toen de jonge matroos haar kist naast het onderste bed zette.

'Geen probleem, mevrouw,' antwoordde hij monter. 'Ik kom zo terug om een gordijn voor u op te hangen.'

Grace overzag de situatie en kwam snel tot een besluit. 'Dat is niet nodig.' Ze sprak zo luid dat iedereen haar kon horen. 'Ben ik soms geen meisje van de landweg, gewend aan het goede gezelschap van mijn buren? Maak maar geen drukte over een gordijn.'

De matroos hield zijn hoofd scheef en keek haar verbaasd aan. 'Het is een bevel van de kapitein, mevrouw,' hield hij vol. 'Ik moet het hierheen brengen.' Hij keek naar de waakzame gestaltes op hun bedden. 'Maar ik mag het vast ook aan u geven; u kunt ermee doen wat u wilt.'

'Zal ik zeker doen.' Grace gaf hem een snelle knipoog. Het duurde een ogenblik voordat hij het begreep, maar toen knipoogde hij terug, knikte en liep fluitend de trap op, zodat zij alleen waren met de andere passagiers.

Ze zette haar eigen hoed af. Daarna maakte ze ook de linten van Mary Kates hoedje los, haalde haar vingers door de korte krullen van het kind en warmde de rode wangetjes tussen haar gehandschoende handen. Het meisje keek aandachtig naar haar op.

'Het komt allemaal goed, agra,' suste ze. 'We zijn veilig aan boord van dit prachtige schip gekomen. En kijk ons nou eens, met ieder een eigen bed, elke dag eten, dat is beloofd, en een groot avontuur voor ons. Nou, voor je het weet, zien we je oom Sean alweer, en zal die even verbaasd zijn omdat je zo ontzettend groot geworden bent!'

'Echt waar?' vroeg Mary Kate en raakte haar moeders wang aan.

'O, aye,' verzekerde Grace haar. 'Eerst ziet hij mij en dan kijkt hij om zich heen en vraagt: "Waar is mijn kleine Mary Kate, en wat is dat nou voor reus die je over zee hebt meegenomen?" Dan doet hij zijn armen over elkaar en kijkt boos naar jou, zo woest als hij maar kan, en vraagt streng wat jij met zijn lievelingsmeisje gedaan hebt.'

'Zeg dat ik haar ingeslikt heb.' Mary Kate giechelde en hield toen een hand voor haar mond.

Grace lachte ook, van de weeromstuit, en opeens konden ze geen van beiden ophouden. Ze gaven eraan toe en lachten tot de tranen over hun wangen rolden en ze het zout op hun tong proefden; Grace trok Mary Kate op het bed en bezorgde haar bijna de kieteldood. De mensen naast hen keken als bevroren toe, niet wetend wat ze ervan moesten denken. Toen het aanstekelijke gegiechel aanhield, keken ze elkaar verstolen aan en schudden meewarig het hoofd over die arme, waanzinnige vrienden van de

Amerikaanse kapitein. Al snel echter begonnen ook hun lippen te trillen; de vrolijkheid die hun van nature eigen was, liet zich niet langer bedwingen, zo besmettelijk waren het gegiechel van het kleine meisje en de vreugdekreten van haar moeder.

Langzaam verspreidde het gelach zich tot helemaal achter in het vooronder, tot het laatste bed in het donkerste hoekje; deze malligheid was een opluchting voor degenen die zeker wisten dat hun harten zouden barsten door de spanning van het vertrek. Het breidde zich uit en nam toe tot het aan dek de oren van de kapitein bereikte.

Hij hield zijn hoofd scheef om te luisteren naar het gekrijs van de meevliegende meeuwen, zoals hij eerst dacht, maar herkende toen het menselijke karakter ervan. Gelach. Gelach, afkomstig van die wanhopige, haveloze massa beneden! Wat vonden ze er in vredesnaam zo grappig aan als slaven in een donker, dompig vooronder gepakt te worden voor een riskante reis over een eindeloze, grillige zee naar een onbekend land?

'Ze zijn inderdáád gek,' mompelde hij en schudde zijn hoofd.

Toen het geluid echter sterker werd, begon zijn eigen mond ook te trillen; een glimlach overwon de spanning die zich eerst op zijn gezicht afgetekend had; het ongemakkelijke gevoel in zijn hart begon te verdwijnen en hij voelde opnieuw het zelfvertrouwen dat hem de laatste weken ontbroken had. De *Eliza J* voelde stevig aan onder zijn voeten, de volle zeilen boven zijn hoofd trokken het schip door een verkwikkende zee en de wind in zijn gezicht was prikkelend en schoon. Hij was meester en bevelhebber! De vrolijkheid die door zijn aderen stroomde, vond een uitweg in een krachtige lach, zodat alle bemanningsleden aan dek een ogenblik ophielden met werken en naar hem omkeken.

Mary Kate was na haar lachbui meteen in slaap gevallen, volkomen uitgeput, en ook Grace had liggen dommelen, met haar dochter in de armen. Toen ze weer wakker werd, was de sfeer in het vooronder veranderd; overal om haar heen hoorde ze haar medepassagiers die zich installeerden op de plek die de komende maand hun thuis zou zijn.

Ze trok voorzichtig haar arm onder Mary Kate uit. Daarna ging ze rechtop zitten, trok haar kleren recht en keek in het flakkerende, vage licht om zich heen naar alle onbekende gezichten. Nu en dan huilde ergens een baby; dat geluid werd gevolgd door het snelle sussen van de moeder en het geritsel van kleding als het kind aan de borst gelegd werd. Haar eigen borsten reageerden nog altijd op kindergehuil, maar de pijn werd elke dag minder. Ze zag dat de matroos was teruggekeerd terwijl ze sliep: een vierkante lap canvas was opgevouwen op haar kist gelegd, samen met een stuk touw. Hoezeer ze er ook naar snakte dit gordijn op te hangen en zich erachter te verbergen, ze deed het niet. Stilletjes, om Mary Kate niet te wekken, liet ze zich van het harde bed glijden en besefte, plotseling heel helder, dat er niet meer beddengoed was en dat dit stuk canvas uiteindelijk goed van pas zou kunnen komen als extra laag tussen de dunne mat en haar rug. Ze ging rechtop staan, stapte het voornaamste gangpad op dat over de hele lengte van het vooronder liep en keek nu wat openlijker om zich heen. Hoewel ze hoopte een bekende te zien, wist ze tegelijkertijd dat haar vrijheid afhing van anonimiteit; in feite had ze al gevaarlijk veel aandacht op zich gevestigd.

Ze draaide zich om toen ze voetstappen op de trap hoorde en zag dat Boardham met een lantaarndrager het vooronder binnenkwam. Hij bleef een ogenblik staan en sloeg toen hard met een gaffel tegen de wand.

'Attentie.' Zijn stem dreunde door de ongemakkelijke stilte. 'Het vrachtruim is ontdaan van verstekelingen; die zijn van boord gezet en bevinden zich nu onder het gezag van de magistraat.' Hij keek brutaal in het rond, iedereen tartend deze actie aan te vechten.

Sommige passagiers in het vooronder moesten wel vrienden of familie onder de verstekelingen hebben, dacht Grace, al durfde niemand dat nu nog toe te geven uit angst ook in de gevangenis terecht te komen.

'We hebben de riviermonding achter ons gelaten en zijn nu op zee,' kondigde de hofmeester zelfingenomen aan. 'Maak uw bezittingen vast en kom op ordelijke wijze naar het hoofddek, waar kapitein Reinders u zal toespreken.'

De passagiers drongen instinctief naar voren; Boardham bonkte opnieuw krachtig tegen de wand.

'Eén tegelijk, één tegelijk,' snauwde hij. 'Maak eerst uw bezittingen vast!'

Hij keek dreigend naar hen en verdween weer; doordat de man met het licht hem volgde, leken de schaduwen nog donkerder. Grace ging weer op het bed zitten en schudde Mary Kate zachtjes heen en weer tot haar ogen open gingen.

'Zijn we er?' Haar stem klonk hoog en schor.

'Ach nee, kleine meid!' Grace glimlachte. 'Het is nog een heel eind. Maar nu wil de kapitein ons allemaal spreken, dus hier is je hoedje, en dan gaan we!' Ze dwong zich enthousiast te spreken; ze besloot dat ze voortaan altijd zou doen alsof deze reis bijzonder plezierig was, alsof alles precies was zoals het moest zijn.

Ze waren bijna als eersten aan dek, maar steeds meer anderen vonden de weg naar boven; uiteindelijk werden ze omringd door een zee van gezichten. Omdat het schip op de golven deinde, stommelden veel passagiers – niet aan die beweging gewend – tegen hun buren aan zodat die ook nauwelijks in evenwicht konden blijven.

'Ga zo staan.' Grace zette haar voeten wijd uit elkaar op het dek. 'Laat je lichaam tegen de beweging van het schip in wiegen. Vecht er niet tegen,' voegde ze eraan toe. 'Zet je alleen schrap.'

Mary Kate deed wat haar gezegd werd en anderen volgden hun voorbeeld, tot iedereen in hun omgeving tamelijk stevig stond. Grace draaide haar gezicht naar de wind, kneep haar ogen half dicht en ademde de frisse lucht in.

'Welkom aan boord van de *Eliza J.*' De autoritaire stem trok ieders aandacht. 'Ik ben kapitein Reinders. Dit is meneer Mackley, de stuurman.' Hij wees op een pezige, woest uitziende man rechts van hem. 'En dit is meneer Dean, de tweede stuurman.' Dean was krachtig gebouwd, met enorme schouders; zijn gezicht was vriendelijk, vond Grace. 'Meneer Boardham, de hofmeester van het schip, hebt u al ontmoet. En dit is dokter Draper, die uw medische verzorging op zich zal nemen, mocht dat nodig zijn.'

De overdreven deftig geklede dokter stond op enige afstand naast de kapitein zijn vingernagels te bestuderen; hij reageerde nauwelijks op het feit dat hij voorgesteld werd.

Reinders fronste licht zijn wenkbrauwen en ging toen verder: 'Aan boord van elk schip gelden regels – zo ook op de *Eliza J.*

U moet deze regels nauwkeurig gehoorzamen; zo niet, dan steekt u de Atlantische Oceaan over in een kleine cel in het vrachtruim.' Hij zette een hand in zijn zij en schoof de achterkant van zijn jasje net genoeg opzij om de kolf van een pistool te laten zien. 'Nummer één: geen sterke drank. Als u die hebt, zorg dan dat u er meteen vanaf komt. Nummer twee: geen wapens. Geef uw pistolen, messen en knuppels bij meneer Mackley in bewaring; u krijgt ze terug als u van boord gaat. Nummer drie: geen vuur in het vooronder. Dat betekent: niet koken, niet roken, geen kaarsen. U moet op elkaar toezien; anders kan het gevolg zijn dat u midden op de oceaan op een brandend schip gevangen zit, als ratten in de val.' Hij zweeg even om het volle gewicht van zijn woorden tot hen door te laten dringen. 'En ten slotte: er mag niet gevochten worden. Ga met uw conflicten naar meneer Boardham, dan zal hij ze beslechten. Hij heeft het laatste woord.'

'Maar meneer, hoe moeten we dan koken?' vroeg een vrouw.

'Hierboven op het hoofddek zijn vier kombuizen.' Reinders wees op de kleine kookvuren. 'Die worden elke ochtend aangestoken. U komt eenmaal per dag in groepjes boven om te koken. Eenmaal maar. Hou daar dus rekening mee.' Hij zweeg even. 'U krijgt vanavond rantsoen voor een week; dan over zeven dagen weer. U moet daar zeven dagen mee doen. Eerder krijgt u niets. Water wordt elke ochtend uitgedeeld. Als meneer Mackley de klok luidt, breng dan uw potten mee en ga in de rij staan. Dat is uw water om te drinken, om mee te koken en te wassen. Begrepen?'

Ze keken elkaar aan en knikten aarzelend.

'De latrines bevinden zich op het dek,' vervolgde Reinders. 'U moet allemaal om beurten gaan, dus wees snel. Doe uw behoeften nooit, onder geen enkele omstandigheid, ergens anders op het schip; zelfs niet in een emmer die u goed wilt schoonmaken, want daarmee riskeren we het verspreiden van ziektes.'

Dat ging goed, vertelde hij zichzelf tevreden. Tot nu toe geen enkel probleem.

'De eetzaal op het hoofddek is alleen voor passagiers-eersteklasse, evenals het voordek. Op het achterdek kunt u koken, schoonmaken en een luchtje scheppen. U kunt hier ook een pijp roken.'

Hij keek Mackley even aan: had hij iets over het hoofd gezien? De stuurman knikte discreet met zijn hoofd in de richting van het vrachtruim.

'Juist. Niemand mag in het vrachtruim komen. Als u daaruit iets nodig hebt, vraag het dan aan meneer Mackley, die daar de leiding heeft tot onze aankomst.' Mackley knikte kort. 'Goed. Dat zijn de regels. Ze zullen opgehangen worden op een plek waar iedereen ze kan zien. Als u zich daaraan houdt, zal de reis voor u goed verlopen. Met goed weer kunnen we over dertig dagen in New York aankomen. Dank u wel.'

Hij keerde zich kordaat om en stapte naar de helmstok, met Mackley vlak achter zich. Dean stak over naar de plaats waar twee matrozen oude trossen uit elkaar haalden voor het breeuwen, terwijl Boardham over het dek de eetzaal voor de eerste klasse in glipte om de passagiers die daar op hem wachtten op de hoogte te brengen.

Grace voelde dat een hand verlegen op haar arm gelegd werd.

'Bent u dat, mevrouw Donnelly?'

Ze keerde zich om en keek in het bleke, afgetobde gezicht van een vrouw die ze nauwelijks herkende.

'Alice?' vroeg ze. 'Ben jij Alice? Uit het hotel?'

'Aye.' Alice glimlachte en Grace zag dat ze bijna al haar tanden verloren had. 'Dat was uw huwelijksreis, als ik me goed herinner. Droeg u niet op een avond een japon van nachtblauw fluweel, en uw haar helemaal opgemaakt met bloemen?'

Grace knikte en besefte hoe ze er op dit moment uitzag; haar hand ging omhoog naar de slierten die uit haar knot ontsnapt waren. 'Aye. Dat was een heel ander leven, toen.' Ze knikte. 'Dublin is veranderd sinds die tijd.'

'De hele wereld is veranderd,' zei Alice grimmig. 'Niets is nog hetzelfde.'

'Ben je nou je huis kwijtgeraakt? Ben je daarom weggegaan?'

'Aye, mijn huis en mijn werk. Maar mijn familie niet, God zij dank.' Alice sloeg vurig een kruisje. 'Mijn man is naar Amerika gegaan; dat is nou een jaar geleden, dus ga ik alleen met de twee kinderen.' Ze glimlachte naar het kleine meisje naast zich. 'Dit is Siobahn, en daar staat onze Liam.' Iets verderop stond een al even magere jongen van een jaar of tien. Hij zag er vastberaden uit, had de handen diep in de zakken van zijn jasje, de kraag omhoog, precies als de grote schooiers op het schip.

'Die zullen blij zijn hun vader weer te zien.'

'Ik hoop maar dat hij blij is hén weer te zien.' Alice keek bezorgd.

'Reken maar. Hij laat jullie toch zeker allemaal overkomen!' Alice trok Siobahn dichter naar zich toe. 'Eerlijk gezegd hebben we al die tijd niets van hem gehoord. Maar hij leeft nog,' verzekerde ze Grace. 'Tally McGarrity kreeg een brief van haar vent waarin stond dat die van ons in een kosthuis in Cross Street zat. Had met hem gesproken en zo.'

'Weet hij dat jullie komen?' vroeg Grace vriendelijk.

'O, aye.' Alices ogen lichtten hoopvol op. 'Ik heb een brief laten schrijven waarin staat dat we eraan komen. Ik heb geen keus: geen manier om de kost nog te verdienen, en geen eten voor de kinderen.'

'Dan verwacht hij jullie,' stelde Grace haar gerust, al had ze er een zwaar hoofd in als ze het achterdochtige gezicht van de jongen weer zag; ze keek in het gezichtje van haar eigen dochtertje, zo vol vertrouwen. 'Dit is mijn Mary Kate. Ze is verlegen, maar wel blij met jullie gezelschap.'

'Ach, maar u reist toch zeker eersteklas, mevrouw?' Alice keek achterom naar de hutten. 'We zullen u echt niet veel zien.'

'Toevallig ben ik aan de eersteklas hutten ontsnapt, Alice, en reis ik in het vooronder, met alle andere fatsoenlijke lui!' lachte Grace.

'Dat kan nooit. Uw jonker is een Engelsman!'

'Wás een Engelsman,' verbeterde Grace. 'Hij is gestorven en ik ben eruit gezet. Een Ierse weduwe kunnen ze niet luchten,' voegde ze er laconiek aan toe. 'Ik ga naar mijn broer.'

'Ach mevrouw, dan hebt u tegenspoed gehad.'

'Daar ontkomen we geen van allen aan, of wel soms, Alice?'

'Nee, mevrouw,' zei Alice plechtig. 'Het zijn zware tijden.'

Boardham keek geërgerd naar de twee vrouwen die nog aan dek waren. Ze hadden al lang geleden met de anderen mee naar beneden moeten gaan, maar nee. Dat was weer typisch Iers, ze deden gewoon wat ze maar wilden. Hij begon in hun richting te lopen en stopte opeens, van zijn stuk gebracht toen hij zag hoeveel de oudste vrouw op zijn moeder leek. Zijn maag draaide om bij de gedachte aan dat loeder dat hem had weggerukt bij de vader van wie hij hield. Hij proefde de zure smaak van gal in zijn mond; woedend spuugde hij op de grond. Ze was niets anders dan een hoer geweest, zijn moeder. Een Ierse hoer die niet wist hoe goed ze het getroffen had. Vol bitterheid dacht hij aan de dag waarop ze Liverpool uitvoeren, zonder bericht achter te laten, zodat zijn vader uit zijn werk niets meer dan een koude haard en een leeg huis zou aantreffen. Zijn vader – een Engelsman, een heer met goede manieren en een goede opleiding. Zij was weggelopen omdat hij haar sloeg, maar hij sloeg haar omdat zij dronk en ontrouw was; Boardham hoorde hem dat zeggen en geloofde dat meteen. Hij was nog maar een jongen geweest en zij had tegen hem gelogen, hem meegenomen naar Ierland, waar iedereen hem haatte omdat hij Engels was en waar hij iedereen haatte omdat zij dat niet waren. Het had twee lange jaren geduurd voordat hij besefte dat zijn vader hem niet kwam halen, dat hij zelfs geen idee had waar de jongen was; hij was weggelopen toen zijn moeder weer eens een delirium had – en toen kwam hij erachter dat zijn oude heer gestorven was. Eenzaam gestorven, zonder de troost van zijn zoon. Dat had Boardham haar nooit vergeven, en dat zou hij nooit doen. Hij hoopte dat zij dood was; daar bad hij om: dat de wereld van haar verlost zou worden. Voor zover alle anderen wisten, was hij een Engelsman die niets te maken had met al dat tuig in het vooronder.

Zeven

Lily Free haastte zich door Cross Street, met haar hoofd omlaag, maar haar ogen schoten van links naar rechts toen ze Murderer's Alley en de Old Brewery passeerde. Een grote zeug kwam, nagezeten door een troep haveloze jongens, krijsend voorbij en spoot haar drek uit op het wandelpad. Daarna schoot het beest de straat op. De paarden steigerden en stampten van schrik, zodat hun koetsiers de jongens vervloekten die alleen lachten en vloeken terug riepen. Lily bleef lopen, God nog maar eens dankend omdat Hij haar uit die verfoeilijke huurkazerne had verlost en in deze kleine, maar lichte kamer in Little Water Street gebracht had. Ondanks de slechte reputatie vanwege de prostituees en de pooiers die hen onderhielden, voelde Lily zich veiliger in Cow Bay waar zwarten, blanken en mulatten vrij met elkaar omgingen en niet te veel vragen stelden. De paar keer dat Lily tot haar wanhoop als prostituee had moeten werken, was dat in de Old Brewery geweest, in het steegje om de hoek. Ze liep sneller en zette die herinnering van zich af; weglopers hebben weinig te kiezen.

Het enige goede dat uit die tijd was voortgekomen, was Jakob Hesselbaum, een Duitse jood die net zo veel van andere immigranten verschilde als zijzelf; 'Wij zijn de enigen die niet naar huis verlangen,' had hij gezegd. Hij had zowaar met haar gesproken na hun snelle paring in de steeg; toen hij hoorde dat ze kinderen had, nam hij kleine eetbare geschenken voor hen mee, en ten slotte bood hij haar een echte baan aan: vis verkopen in zijn kraam op de kade, nu hij zulke goede zaken deed dat hij een paard en wagen kon kopen.

Ze had ja gezegd, omdat ze geen andere keuze had, en omdat seks met één man veiliger was dan met velen. Zodoende werkte ze voor hem; hij betaalde haar een klein salaris – genoeg om te verhuizen naar een eigen kamer met een raam, met licht en lucht – en af en toe sliep ze met hem. Haar kinderen hoefden het niet te weten, al wist God het wel en bad ze of Hij haar wilde vergeven.

Op een regenachtige dag had Jakob gevraagd of ze zijn vrouw wilde worden, maar ze had nee gezegd, omdat ze al een echtgenoot had, een goede man die nog als slaaf in Georgia was. En omdat ze twee oudere kinderen had, ook slaven, en niet zou rusten voor ze genoeg geld had om hen vrij te kopen. Ze schudde haar hoofd toen ze zich herinnerde hoe geschokt Jakob had gekeken toen ze hem dit vertelde. Toen kwam zijn verhaal over vervolging, over zijn vrouw en kinderen die nu gestorven waren, en wat hij er niet voor zou geven om hen terug te hebben. Ze dacht hieraan terwijl ze Mott Street overstak en over Pell naar de Bowery rende, waar ze nog maar net de omnibus naar de haven haalde. Ze stonk – dat wist ze best – naar zweet, roet, vet en visslijm, maar dat kon haar niet schelen; iedereen in de stad stonk, vooral in de hete maanden. Laat ze maar van haar wegschuiven in de bus, dat kon haar niet schelen. Het enige wat haar kon schelen, was dat ze laat was en dat Jakob bezorgd zou zijn.

Sinds ze hem over haar echtgenoot verteld had, nam hij haar niet langer mee naar bed en toch behandelde hij haar zo vriendelijk alsof ze minnaars waren; ze begreep daar niets van, maar ze was hem er dankbaar voor. Híj had er bij haar op aangedrongen dat ze het aanbod van kapitein Reinders zou aannemen, híj had haar zijn zuurverdiende dollars voorgeschoten zodat zij met haar gezin herenigd zou kunnen worden. Ze fronste haar wenkbrauwen – ze had zo veel aan hem te danken; ze kon het allemaal bijna niet verdragen nu het einde in zicht kwam. Als de kapitein uit Liverpool terugkwam, zou hij langs de kust varen en een tussenpersoon voor slavenhandel zoeken...

De bel klingelde; Lily stapte uit en trok haar omslagdoek steviger om haar schouders. Ze zou nooit wennen aan de ijzige kou hier in het noorden, aan het donkere, treurige winterlandschap, het onophoudelijke kabaal van de stad en de meedogenloze uitputting van het bij elkaar schrapen van een inkomen. Ze zou er nooit aan wennen, maar evenmin zou ze ooit klagen; want nu was ze wat ze nooit had verwacht ooit te zullen zijn, waar ze alleen voor haar kinderen van gedroomd had. De slavin die Lillian heette, was Lily Free geworden.

'Zzo, daar ben je eindelijk.' Jakobs accent was altijd duidelijker te horen als hij ongerust was, met zware v- en z-klanken. 'Ik heb een uur gewacht en nog kwam je niet. Ik denk: misschien is er iets gebeurd, misschien heb je een probleem.' Hij veegde zijn handen aan zijn schort af en bekeek haar van top tot teen. 'Alles in orde, dus?'

Ze knikte. 'We kregen politiebezoek. Iemand vond een lijk in de steeg achter Stookey's bar.'

'Die Stookey is een ezzel, altijd loopt hij met dat stomme mes te zzwaaien.' Hij overhandigde haar een groot, schoon schort.

'Ik kan mijn eigen was doen, Jakob,' zei ze en nam het met een schuldig gevoel aan.

'Dat weet ik.' Hij draaide haar om en maakte het op haar rug vast. 'Maar ja, al die kleren, die ruiken naar vvis... en al mijn kleren' – hij haalde zijn schouders op – 'die ruiken tóch al naar vvis!' Hij liet zijn handen een ogenblik op zijn heupen rusten. 'Hoe dan ook, ik wil het doen, en jij moet me gewoon laten. Trouwens, door jou ben ik te laat. Door jou en Stookey.'

Ze schoot in de lach.

'De politie – vvielen zze je lastig?'

'Nee,' zei ze en draaide zich weer om. 'Maar ik wilde Samuel en Ruth niet alleen laten voor het geval er iemand langs zou komen en vragen zou gaan stellen.'

'Je hebt gelijk,' stemde Jakob in. 'We willen geen problemen, vvooral niet als kapitein Reinders hier is, straks.'

Lily keek naar buiten, naar de haven en de binnenkomende schepen. 'Is er iets misgegaan denk je, Jakob?'

'Ach, nee. Hij maakt het goed. Het is winter. Stormen komen, schepen worden vvertraagd. De hele tijd worden zze vvertraagd. Hij komt wel. Ik beloof het je.'

'Dat kun je niet beloven,' bracht Lily hem in herinnering.

'Zzeker wel!' Hij grijnsde naar haar en wiebelde met zijn vingers. 'En nu ga ik, anders pakt die vervvloekte Moushevsky al mijn klanten. Goedendag, en vverkoop al die vvis vvoordat ik terugkom, mevvrouw Free!'

Hij zette de laatste emmer achter in zijn kar, klom erop en ging op weg; voordat hij de hoek naar de laan omging, groette hij haar vol respect. Wat een goede man, dacht ze opnieuw.

'Kopen, Lily?' Twee kleine jongens stonden voor de kraam met een klotsende emmer mosselen tussen zich in.

'Misschien,' zei ze. 'Hoe vers zijn ze?'

'Van vanmorgen, Lily! Eerlijk!' De oudste plonsde zijn hand in het ijskoude water en bood haar een handvol aan.

Ze nam er een, bekeek die goed, snoof er eens aan en knikte. 'Goed dan, jongens. Dezelfde prijs?'

Ze knikten gelijktijdig, brachten hun emmer naar de achterkant van de kraam en goten de inhoud in een van haar teilen. Ze gaf hun een paar penny's en probeerde niet te glimlachen toen hun ogen wijd opengingen van verbazing. Het was twee penny meer dan gewoonlijk, maar dat had Hesselbaum haar opgedragen; zijn moeder was een Poolse jodin geweest en deze jongens hadden dezelfde afkomst; hij wist welk leven zij achter zich gelaten hadden.

'Ha, goedemorgen, Lily!' Tara Ogue glimlachte terwijl de jongetjes wegrenden. 'Als dat verse mosselen zijn die je daar hebt, neem ik ze meteen van je over, reken maar.'

Lily spreidde een dikke laag krantenpapier uit en wikkelde de bestelling erin. 'Vanmorgen vers gevangen, zegt die jongen.' Deze mevrouw Ogue mocht ze graag, maar ze was in het algemeen op haar hoede voor Ieren – de dronkelappen en ruzieschoppers in haar buurt, die niet van zwarten hielden, met wie zij streden om de laagste sport van de maatschappelijke ladder. Ze ging nooit een Ierse bar in; ze praatte niet eens met Ieren tenzij het noodzakelijk was. Maar mevrouw Ogue was best aardig en een goede klant bovendien, omdat ze voor hun eigen restaurant in Chatham Street inkocht.

'Nou, hier kan ik een lekkere stoofpot van maken. Iets om die ouwe zuiplappen aan de bar een beetje mee te vullen, hè, Lily?' Tara knipoogde. 'Hoe gaat het met je kinderen? Een jongen en een meisje, zo was het toch?'

'Ja, mevrouw,' zei Lily, altijd weer van haar stuk gebracht door de vaardigheid waarmee deze vrouw haar informatie ontfutselde. 'Denk erom, geen ge-"mevrouw".' Tara propte het pakket in haar mand. 'Ik ben ook weduwe geweest, weet je.' Lily knikte. Ze voelde zich enigszins schuldig als ze beweerde dat ze weduwe was, maar dat was veiliger. Voor zover iedereen wist – vooral de slavenvangers – waren zij en haar kinderen wettelijk vrij; ze had valse papieren om dat te bewijzen.

'Het is nog niet lang geleden dat ik hier in de stad voor mezelf moest zorgen, net als jij. Ik weet wat tegenslag is. Maar ik had niet de zorg voor kinderen, weet je – en ook niet hun troost.' Ze stapte naderbij en boog zich over de emmers heen. 'God zal voor je zorgen,' verzekerde ze Lily. 'Heeft Hij me niet mijn eigen lieve Dugan Ogue gebracht, net toen ik dacht dat er niets dan verdriet en eenzaamheid zou zijn? Dat deed Hij,' zei ze beslist. 'En Hij zal hetzelfde voor jou doen.'

Lily voelde zich overrompeld door Tara's zeldzame vriendelijkheid in deze stad vol vreemden. 'Dank u wel, mevrouw,' zei ze oprecht.

'Tara.' Mevrouw Ogue glimlachte, deed een stap terug en schoof de mand goed om haar arm. 'En nu moet ik gaan, want onze kostganger – een prima jongen, onze Sean – verwacht zijn zus vandaag of morgen en ik heb beloofd dat ik de borden zou nakijken. Moet binnenkomen uit Ierland, dat meisje, en gauw, hoop ik, anders gaat hij nog dood van bezorgdheid!'

Lily wist hoe hij zich voelde. 'Veel geluk,' zei ze. 'En' – ze aarzelde even – 'tot de volgende keer, Tara.'

Ze keek mevrouw Ogue na die in de richting van de aankomstkantoren verdween en bedacht hoe goed het was te weten dat het leven soms goed afliep, dat deze vrouw verlies had geleden en wanhoop had gevoeld en het toch had overleefd. Niet alleen had ze het overleefd, maar ze was ook gelukkig. Dat gaf Lily hoop, en ze keek langs Tara – nu een gestalte tussen vele anderen in de haven – voorbij de steigers naar de zee, waar op dat moment een schip binnenkwam.

Acht

'Tara zegt dat ze niet op de lijst staan.'

Seans gezicht betrok. Ogue schonk hem een whisky puur in en liet het glas over de massieve eiken bar in de wachtende hand van de jonge man glijden.

'Ach, geef de moed nou niet op, jongen,' zei hij dringend. 'Vandaag of morgen komt ze wel opdagen, zo zeker als de zon opkomt. Het is een zware oversteek, weet je, en hoe lang dat duurt – dat is nou eenmaal bijna onvoorspelbaar in de winter.'

Sean keek nog ongelukkiger.

'Ach, luister maar niet naar mij.' Ogue schudde zijn hoofd, vol afkeer van zichzelf. Toen klaarde zijn gezicht op. 'Wacht even! Er is een pakket voor je gekomen, dat zou goed nieuws kunnen zijn. Let even op de zaak, boyo, dan haal ik het bij moeder de vrouw.'

Sean hoorde hem nauwelijks. Het pakket zou wel van O'Sullivan zijn: aantekeningen voor een artikel over Engelse graantransporten uit een uitgehongerd Ierland en een kopie van Duyckincks laatste toespraak; niets van dat alles leek belangrijk als hij dacht aan de hachelijke situatie van Grace.

Zij was gewoon niet op tijd geweest voor de afvaart, had kapitein Applegate verklaard nadat de *Lydia* de haven van Manhattan binnengelopen was. Sean had uren op de kade gestaan en de passagiers – de zee moe, uitgemergeld, met holle ogen, meteen al verslagen door de maalstroom van activiteit die hen nu omringde – ondervraagd. Ze waren stuk voor stuk blij een eerder aangekomen

Ier de hand te kunnen schudden, maar geen van hen kende Grace Donnelly of haar dochtertje.

Hij ging elke dag naar de haven om de passagierslijsten te lezen. Ieder uur liepen er schepen binnen en zijn ogen brandden van het ingespannen turen naar alle vrouwelijke gestalten die de loopplank afkwamen. Hij durfde niet eens met zijn ogen te knipperen uit angst dat hij haar zou mislopen in de menigte met stomheid geslagen immigranten. Met grote tegenzin beëindigde hij zijn zoektocht laat in de middag, als het al donker was, achtervolgd door de gedachte dat ze ziek was, misschien wel ijlde van de koorts, en niet aan land was toegelaten, maar in het zeehospitium op Staten Island lag. Toegelaten immigranten konden daar met de veerboot naartoe om bij hun vastgehouden familieleden te zijn, maar dat werd niet aangemoedigd; tyfus en cholera vormden reële gevaren. Nu was hij echter zo wanhopig, dat hij besloot er aan het eind van de week heen te gaan als ze dan nog niet aangekomen was.

Hij vreesde ook telkens dat ze vlak na zijn vertrek van boord zou komen, een gemakkelijke prooi voor de runners met hun groene halsdoeken en hun zware accent, de mannen die stonden te wachten om misbruik te kunnen maken van in verwarring geraakte en gedesoriënteerde passagiers. Het ergste vond hij de Ieren die eerder aangekomen waren en nu klaarstonden met groene hoeden op en groene vesten aan; die met een zwaar Iers accent – hoewel ze vaak al jaren in Amerika waren – hun voormalige landgenoten uitnodigden kaartjes te kopen voor treinen en boten die niet bestonden. Tegen een kleine vergoeding leidden zij hen naar 'gezellige Ierse kosthuizen' bij Greenwich Street – huizen die nauwelijks meer waren dan vervallen, smerige, drie verdiepingen hoge huurkazernes aan de waterkant, vaak met een dranklokaal op de begane grond, waar de pas aangekomen familie werd uitgenodigd om een glaasje mee te drinken na hun lange reis. Dan kregen ze meestal een kamer te zien waarin al twee andere families waren ondergebracht; er werd op aangedrongen dat ze het zich gemakkelijk zouden maken en hen werd verzekerd dat de betaling kon wachten tot later, als ze werk gevonden hadden. De immigranten zouden opgelucht hun bezittingen neerleggen en op de grond gaan liggen; nog lang nadat ze door slaap overmand hun ogen sloten, zou er een dankgebed op hun lippen zijn.

De waarheid kwam meestal later aan het licht, nadat minstens een van hen bij het arbeidsbureau werk had gevonden: dat er een rekening was bijgehouden vanaf de eerste slok grog en elk maaltje waterige soep en hard brood tot en met de kamer die ze met wel twintig anderen deelden. Tegen de tijd dat de huur betaald was en de boodschappen waren gedaan, was er niets over voor de huur van volgende week en stonden ze opnieuw in de schuld, niet in staat af te rekenen en te vertrekken. Dan pas zouden ze beseffen dat ze hun bedrieglijke huisbaas in Ierland eenvoudig verruild hadden voor een andere in Amerika. Als Grace in de doolhof van huurkamers verdween, zou het vrijwel onmogelijk zijn haar te vinden. Je kon wekenlang door de straten van de stad lopen zonder hetzelfde gezicht tweemaal te zien. Hij kon alleen maar hopen dat ze het aanplakbord voor het arbeidsbureau zou controleren; elke dag liet hij daar zijn naam en adres achter door opnieuw een briefje op te plakken over alle andere papiertjes die de wanhopige berichten van gisteren onleesbaar gemaakt hadden, heen.

De passagierslijsten doorkijken was een beproeving op zich: hoezeer hij ook verlangde haar naam te vinden, het ergste zou zijn die doorgestreept aan te treffen. En er waren zo veel doorgestreepte namen! Hij kon de gedachte niet verdragen dat zij en Mary Kate de reis niet overleefd hadden – of erger nog: dat Mary Kate voor zichzelf had moeten zorgen omdat Grace dood was. Dat zou verschrikkelijk voor het kind zijn. Hij had gezien hoe de lichamen van moeders in zeildoek genaaid en overboord gegooid werden, of, als er geen zeildoek was of de bemanning het te druk had, zelfs zonder dat laatste restje waardigheid overboord gingen. Hij had een lijk achter het schip aan zien dobberen – voer voor de haaien en alles wat er verder nog loerde in de diepten van de zee.

De gruwelijkheid van zijn eigen oversteek was de voedingsbodem voor die nachtmerries; daarom had hij erop gestaan dat zij op een Amerikaans schip met een Amerikaanse kapitein zou komen. De Amerikanen waren ruw, maar hun reputatie van wreedheid viel in het niet bij die van de Engelsen; een bemanning uit Liverpool was volgens alle verhalen het ergste.

Als hij het onbeschofte gesnauw van matrozen uit Liverpool hoorde, kreeg hij nog altijd het gevoel dat een ijzeren hand naar zijn keel greep. Hij kermde inwendig van ellende als zijn ge-dachten teruggingen naar zijn eigen plek in het donkere vooronder, waar hij voor de prijs die hij betaald had geen bed van twee bij twee meter had gekregen, zoals in de advertentie beloofd was, maar een kwart daarvan; hij moest het bed delen met een andere man, diens vrouw en hun kind. Hij had geen oog dichtgedaan. Sterke drank was verboden, maar de kapitein zelf verkocht eenmaal per week drank aan iedereen die het kon betalen. En Seans buurman was een dronkaard die het ondanks de beperkte ruimte en haar hulpeloze protesten volkomen normaal vond zijn vrouw te nemen wanneer hij maar wilde. Sean had hun de rug toegekeerd om het geluid van haar nederlaag buiten te sluiten, evenals het geluid van de felle tikken en kwaadaardige vloeken die hun zoon kreeg als hij vergeefs probeerde zijn vader van zijn moeder af te duwen. Sean mocht de jongen graag; later was hij, op de dagen dat de kapitein zijn grog verkocht, met hem op de trap gaan zitten om hem verhalen over Ierse koningen te vertellen tot er beneden niets anders te horen viel dan zwaar gesnurk.

De moeder stierf toen de ziekte uitbrak en Sean was de enige die zijn hand op de schouder van de jongen legde toen ze haar lichaam in zee gooiden. Daarna was de jongen ziek geworden en Seans pogingen om medicijnen te krijgen, bleken zinloos: de scheepsarts deelde die niet uit, maar verkocht ze.

Het water was slecht, bedorven door de wijn of het gezouten vlees dat tevoren in de vaten bewaard was; het vlees was ranzig en zo zout dat de passagiers moesten kiezen tussen water drinken of hun voedsel afspoelen; de scheepsbeschuit was oneetbaar. Daarom was Sean niet echt verbaasd toen de jongen het eenvoudig opgaf en stierf; zijn lichaam liet nauwelijks een kring in het water na toen het verdween.

Bevangen door de angst dat hij zelf de reis niet zou overleven, had Sean zich op het dek verborgen om de stinkende lucht beneden te vermijden. Toen hij ontdekt werd, was hij met stalen boksbeugels geslagen. Hij durfde zich echter niet te beklagen, omdat hij eenmaal de gevolgen van een dergelijke actie had gezien. Een oudere kerel die dreigde dat hij de bemanning zou rapporteren als er niet meer water uitgedeeld werd, was neergeslagen met stalen pennen en emmers, aan de hoofdmast vastgebonden en met een bot scheermes geschoren; vervolgens waren zijn wangen en nek met hete teer bedekt. Urenlang had de man gebruld van de pijn, terwijl de bemanning hem grog in het gezicht spuwde.

Daarom had Sean besloten het te verdragen en in leven te blijven. Uiteindelijk was hij van boord gesprongen toen de kapitein dreigde voor het gemak alle zichtbaar zieke en gewonde passagiers over te laden op een andere boot, die naar Grosse Isle, noordelijker in Canada, zou varen. De man was absoluut niet van plan op Staten Island de vereiste borg van tweeduizend dollar te betalen voor elke passagier die te ziek was om in Manhattan van boord te gaan. Later zou Sean te weten komen dat kapiteins vaak langs de kust terugzeilden en de zieken in New Yersey van boord zetten, zodat ze zelf naar de stad moesten lopen, maar die nacht durfde hij er niet op te rekenen dat hij niet naar Canada gebracht zou worden.

Hij ontsnapte terwijl het schip in de haven voor anker lag. Het water was zo ijzig koud dat het hem de adem benam; hij greep het eerste voorwerp dat langs dreef – een blok hout dat losgeraakt was van de giek – om te voorkomen dat hij verdronk. Het getij bracht hem dichter bij de kust, maar hij wist dat hij niet de kracht zou hebben om de haven in te zwemmen en dat de zee alsnog zijn graf zou worden. Terwijl hij bad, werd hij echter ontdekt door een groep engelen, vermomd als dronken Amerikaanse matrozen; die roeiden naar hem toe, sjorden hem in hun bootje en sloegen hem welgemoed op de rug toen hij ijswater ophoesttte. Ze brachten hem aan wal en droogden hem af, terwijl ze meelevend zeiden dat niets erger was dan minderwaardige Liverpoolse pikbroeken. Vervolgens gooiden ze hem vol met whisky en stuurden een loopjongen eropuit om Dugan Ogue te zoeken. Die was onmiddellijk, midden in de nacht, gekomen om de jongen op te halen en vroeg of het nou zo erg was in Ierland dat hij de hele weg hierheen had moeten zwemmen?!

Sean schudde de herinneringen van zich af en gooide de whisky naar binnen.

'Hier is hij.' Ogue keerde terug naar zijn plek achter de bar en stak hem een verfrommelde enveloppe toe; de inkt was vochtig – en dus vlekkerig – geworden.

Sean keek verbijsterd naar het handschrift; hij kon niet meer denken.

'Van thuis, zo te zien.' Ogue duwde de enveloppe over de bar. 'Misschien nieuws over je zus.'

Sean keek op, plotseling bang voor wat dat nieuws zou kunnen zijn. Voorzichtig pakte hij het pakket en scheurde één kant open; hij zag dat het twee brieven in verschillende handschriften bevatte.

'Deze is van William,' zei hij schor, de bladzijde vluchtig doorlezend. Alle kleur verdween van zijn gezicht.

Ogue vulde zijn glas meteen opnieuw en trok zich discreet terug.

De brief begon zonder formaliteit:

O'Malley,

Verschrikkelijk nieuws: McDonagh is dood. Hij zat in Dublin in de gevangenis. Verslagen melden koorts, maar we kunnen het niet met zekerheid zeggen, omdat zo velen zijn gestorven en zijn lichaam met de andere in de put gegooid is. Een gevangenispriester bevestigde dat hij het was en dat hij gemarteld was, maar niets had losgelaten. Hij was een dapper man, een spiritueel mens, en ongetwijfeld heeft hij zijn dood vol goede moed onder ogen gezien. Dit is een verpletterende slag. Het hele land rouwt over hem en ik vreesde dat ze alle hoop zouden verliezen, maar ze hebben sterker dan ooit de strijd opgenomen in zijn naam, zelfs te midden van het verschrikkelijke lijden dat ons nog altijd omringt. Meer dan honderd per dag worden dood uit de armenhuizen gehaald en zonder enige ceremonie in de putten gegooid; een dunne laag ongebluste kalk is hun enige lijkkleed. De koorts grijpt hier snel om zich heen en ieder uur komen er wezen bij. Het verhongeren duurt voort. Ik dank God dat jij eruit gekomen bent, want hele dorpen op het platteland zijn nu zo stil als het graf. Het zijn werkelijk graven geworden.

Ik heb mijn best gedaan je zus snel te lokaliseren, maar ik vond haar niet op tijd voor kapitein Applegate. Zij en haar dochter vertrekken over een week uit Liverpool op de Amerikaanse pakketboot de Eliza J, onder kapitein P. Reinders, een Amerikaan. Ze heeft McDonaghs zoon gebaard en werd onder druk gezet hem te verlaten, wat ze aanvankelijk weigerde. Uit angst voor gevangenschap en het verlies van beide kinderen besloot ze uiteindelijk toch te vertrekken. De baby

heeft ze bij je vader in Cork gelaten. Grace wordt gezocht voor de
moord op een soldaat en durft niet in het openbaar te reizen. Julia zal
hen vergezellen tot Liverpool en ervoor zorgen dat ze ook verder veilig
reizen. Ik stuur deze brief meteen op en bij goed weer zou hij eerder
moeten aankomen dan zij.

Wij Ieren hebben onze helden altijd hoog verheven: McDonaghs
leven wordt nu al uitgebreid bezongen door dichters en balladezan-
gers. Wij zijn werkelijk verlamd door alles wat Ierland bestookt, mijn
vriend, en mijn eigen beproevingen zijn groot, maar het verlangen
naar vrijheid is niet afgenomen en ik weet dat we sterker dan ooit
zullen herrijzen. Verdubbel je inspanningen in zijn naam. Ik wacht
op nieuws.

De brief was ondertekend met Smith O'Briens nette handtekening,
gevolgd door een naschrift.

Deze kwam vandaag van Alroy. Ik stuur hem op verzoek door.

Sean legde Williams brief neer en pakte die van Abban op, maar hij
kon niet lezen, omdat zijn ogen door tranen vertroebeld werden.
Hij herinnerde zich de eerste keer dat hij Abban Alroy zag, bij het
hutje in Macroom, hoe hij de man had overgehaald om zich bij hun
zaak te voegen. Morgan had iemand nodig die hij kon vertrouwen,
en Abban – wiens gezin omgekomen was van de honger – werd
McDonaghs rechterhand. Dit tweetal was een strijdkracht geworden waarmee de vijand terdege rekening moest houden. Abban was
Morgan volkomen toegewijd; zij hadden Sean uit de gevangenis
gehaald en op het schip naar Amerika gekregen; dat was de laatste
keer dat hij hen gezien had. Met trillende hand pakte hij zijn glas
op, leegde het in één brandende slok en knipperde stevig om weer
helder te kunnen zien.

Abbans brief was gekreukeld, alsof die in veel jaszakken was
meegedragen voordat hij William bereikt had. Veel woorden waren
haastig gespeld en doorgestreept, in het vlekkerige handschrift van
een oorlogsdichter die nauwelijks kan lezen of schrijven. Vanaf het
eerste woord hoorde hij in gedachten Abbans zware Connemara-
accent.

Sean, mijn broeder,

De onze werd bij een inval meegenomen en ik was er niet om hem te redden, al weet je dat ik ze allemaal met mijn blote handen verscheurd zou hebben als ik maar even de kans had gehad. Ik weet van zijn sterven door een brief in zijn eigen hand, bestemd voor Grace, en dat zij bij Barbara was, maar ik kon die niet zelf naar haar toe brengen omdat mijn voet eraf gegaan was, het been zou volgen. Zij is altijd in mijn gedachten omdat in de brief stond dat zij zijn kind droeg en we weten allebei hoeveel hij van haar hield. Dus ik ga naar Cork achter in een kar maar heb haar op een dag na gemist want ze is naar Liverpool gegaan en daarna naar jou, zegt Barbara. De Heer weet dat ik verder zou gaan als ik kon, maar ik zal hier blijven tot ik genezen ben, en op jouw vader en de kleine jongen passen. Het helpt mijn hart te weten dat hij Grace tot zijn vrouw gemaakt heeft en dit kind – dat is alles wat hij ooit gewild heeft in dit leven. Weet je nog die nacht dat we jou kwamen halen? Jij vervloekte de bewakers zo dat het tot buiten de muren schalde en Morgan lachte zo hard dat hij nauwelijks kon bedenken hoe hij jouw schrale lijf kon redden. Hij hield van jou als van een broer, nou en of. Nu zal ik dat voor hem doen. Ik vind het verschrikkelijk voor ons allemaal.

Abban.

Deze brief verkreukelde Sean tegen zijn borst en hij stootte een gebrul uit als van een gewond dier. Alle anderen in het vertrek zwegen meteen en keken aandachtig naar dat kreupele joch dat vaak aan een tafel achterin zat om plannen te maken met de machtigste mannen. Ze wisten dat hij hier was om voor Ierland te strijden – hij met zijn te korte been en zijn verwrongen arm, zijn scherpe verstand en zijn snelle tong – en ze pasten zo goed mogelijk op hem, maar toen ze de diepte van zijn smart hoorden, wisten ze dat ze niets konden doen, alleen stil blijven zitten. Want in dat gebrul weerklonk de smart van een hart dat verscheurd werd, een geest die ernaar snakte in te storten om te kunnen vergeten wat hij nu voorgoed moest weten, een zo enorm verlies dat hij er nooit volledig overheen zou komen. Deze man was niet meer alleen lichamelijk verlamd. Ze keken toe terwijl Ogue achter de grote bar vandaan kwam om hem zachtjes toe te spreken, naar de brieven te kijken die voor hem op tafel lagen. Daarna sloeg hij beschermend zijn sterke armen om hem heen en ondersteunde hem door het vertrek, de trap op naar zijn kamer. Ze wachtten in stilte; niemand kwam of ging, hief het glas of sprak een woord tot Ogue terugkwam en hun het verschrikkelijke, rampzalige nieuws vertelde dat McDonagh in Ierland gestorven was. Ze zaten zo ingespannen naar zijn gezicht te kijken alsof de sleutel tot het begrijpen ervan ergens in de ogen van deze grote man verborgen moest zijn. Hij schudde zijn hoofd – dat was alles. Toen schonk hij whisky in Seans glas, dat nog voor hem op de bar stond, en hief het glas hoog.

Ze stonden als één man op – stoelen en krukjes schraapten over de houten vloer – graaiden de petten van hun hoofd en gingen fier rechtop staan.

'Laten we nu een dronk op hem uitbrengen,' riep Ogue.

'McDonagh!' brulden de mannen en staken hun glazen woest in de lucht.

'En Ierland!' klonk een eenzame stem achterin en vijftig paar ogen werden vervuld met het mistige visioen van hun vaderland.

Toen dronken ze rustig verder – voor Ierse begrippen – grepen elkaar ernstig bij de hand en vertelden verhalen over de Geweldige zelf – al hadden de meeste hem nooit ontmoet, maar natuurlijk kenden ze wel iemand die hem ontmoet had. Zijn overvallen, zijn moed en medeleven, zijn onsterfelijke liefde voor Ierland en voor een mooi Iers meisje wier hart even groot was als het zijne. De legendes groeiden in de loop van de uren, terwijl het nieuws zich verspreidde door de buurt, van het Vierde District tot het Zesde, in Baxter Street en Mulberry. De Ieren, dronken en nuchter, kwamen tevoorschijn van hun ijskoude zolders en uit hun donkere kelders, smerige steegjes en kronkelende paadjes. Ze verdrongen zich voor de ramen en deuren van overbevolkte huurkazernes en stroomden de stoepen op, waar ze opgenomen werden door de zwijgende massa die de lange straten doorkruiste om de waarheid van Sterke Ogue zelf te horen – de ongehoorde, hartbrekende waarheid dat zij allen Morgan McDonagh, de Geweldige, verloren hadden.

Negen

Na twee weken vol ijskoude motregen en bijtende hagelbuien was er eindelijk een ochtend waarop de wolken optrokken en de zon broos en moeizaam scheen, weerkaatsend op de schuimkoppen, zodat iedereen die het waagde over de reling te turen, erdoor verblind werd. Beschut tegen de bijtende decemberwind aten Grace en Mary Kate wat van het ontbijt dat ze rond zonsopgang bij de kok gehaald hadden en gingen toen tevreden tussen twee grote trossen touw zitten, hun gezicht naar boven gekeerd om het licht op te vangen.

'Goedemorgen, mevrouw... eh... Donnelly. Geniet u van het weer?'

Grace opende haar ogen en knipperde tot de zonnevlekken weg waren.

'Aye, kapitein Reinders, dat doen we zeker. Het licht is een zegen na de donkere dagen beneden.'

'En hoe gaat het in het vooronder?' vroeg hij, opeens beseffend dat hij haar niet vaak gezien had sinds ze de zeilen gehesen hadden.

'Prima, dank u. Scheepsbeschuit?' Ze bood hem een stuk aan.

'Ik heb uren geleden al gegeten.'

'Daar twijfel ik geen moment aan. Vertel eens, kapitein,' vroeg ze speels, 'slaapt u eigenlijk ooit? Ik kan me geen moment bedenken dat u niet hierboven op het dek stond.'

'Nou, ik... dat wil zeggen...' stamelde hij, van zijn stuk gebracht door haar familiaire gedrag. 'Een goede kapitein moet tijdens elke wacht een oogje in het zeil houden, dus ik slaap een paar uur achter elkaar, sta dan op en zorg voor... de boel.'

Het was hem al opgevallen dat Ieren niet bepaald op formaliteit gesteld waren; ze stormden meteen binnen met de intiemste vragen over je familie en je persoonlijke mening. In feite leek er weinig te zijn waarover ze niet wilden spreken, vaak met de grootste vrolijkheid, wat voor een man als hij dubbel verwarrend was. Zeker was dat hij deze jonge vrouw met haar opmerkelijke ogen geen overzicht van zijn slaapgewoontes wilde geven. Een kapitein moest altijd geïnteresseerd lijken, terwijl hij gereserveerd bleef; het was beter zich niet mee te laten slepen. Hij besloot van onderwerp te veranderen.

'Mevrouw Donnelly, waarom gebruikt u de maaltijden niet in de eetzaal met de andere passagiers van de eerste klasse? Is het voedsel daar niet beter?'

'O, aye, kapitein, dat is het zeker, en ik ben u heel dankbaar.' Ze keek neer op de overgebleven scheepsbeschuit, kaas, appel en het gekookte spek in haar schoot. 'Ik eet liever in de open lucht, dat is alles, en ik hoop dat u daar geen probleem mee heeft.'

Hij keek eens naar het kleine meisje dat opgehouden was met kauwen, hoewel haar wangen volgepropt waren met eten.

'Nee.' Hij fronste zijn wenkbrauwen. 'Daar heb ik geen probleem mee. Maar we hebben de afgelopen weken vooral regen gehad. U wilt me toch niet vertellen dat u hier boven in de regen gaat zitten?'

Mary Kathleen, die hem voortdurend bleef aankijken, schudde haar hoofd.

'We nemen onze portie mee naar beneden,' gaf Grace toe.

'Maar waarom eten jullie niet in de eetzaal? Daar is het toch ook gezellig?'

Weer schudde Mary Kate haar hoofd.

Hij keek haar verbaasd aan. 'Nee?'

Grace beet op haar lip. 'Daar zitten vooral Engelsen, kapitein,' verklaarde ze verontschuldigend. 'En u weet dat die niet zo best over ons denken, vooral niet over degenen die elke dag naar boven komen, stinkend naar... wel, naar het vooronder.'

'Het spijt me zeer dat te horen.' Hij fronste zijn wenkbrauwen nogmaals. 'Weet u, ik zou ook in de eetzaal kunnen eten in plaats van in mijn hut.'

'Ach nee, kapitein.' Grace schudde haar hoofd. 'Doe geen moeite. Al die zure gezichten zouden úw eetlust vast ook nog bederven, en dat kunnen we niet hebben, of wel soms? Bovendien zijn Mary Kate en ik volkomen tevreden, en uw kok is zo vriendelijk ons elke dag ons eten in de keuken aan te geven.'

'Kombuis,' verbeterde Reinders afwezig. 'De keuken van een schip wordt de kombuis genoemd. Maar, mevrouw Donnelly, u mag gebruikmaken van alle voorrechten van de eerste klasse.'

'En is een van die voorrechten niet dat ik kan eten waar ik wil?' vroeg ze.

Hij knikte met tegenzin.

'Nou dan, Mary Kate en ik kiezen ervoor onze maaltijd daar beneden of hier buiten in Gods frisse lucht te gebruiken. Hartelijk dank voor uw goede zorgen, kapitein, maar maak u daar nou niet druk over.'

'Nou, het bevalt me niets,' zei hij koppig. 'En ik weet niet zeker of ik die aristocratische snobs ongestraft hun gang moet laten gaan. Maar als u dat wilt...'

'Dat wil ik,' zei ze beslist.

'Goed.' Hij stond op het punt zich om te draaien en te vertrekken; toen aarzelde hij even. 'Als ik het zeggen mag, mevrouw Donnelly: u bent een bijzonder welwillend mens.'

'Ach nee, kapitein, alleen maar dankbaar.' Ze keek hem recht aan. 'Op dit schip krijgen we elke dag te eten. Wat kan het mij dan schelen waar we het opeten?'

Daar had hij niet van terug; hij knikte eenvoudig en vertrok.

'Je mag best doorslikken wat je nog in je mond hebt, meisje,' zei Grace zachtjes. 'Er is geen reden om bang te zijn. Hij is net zo groot als jouw pa, maar toch is hij een heel ander soort man.'

Mary Kate deed wat haar gezegd werd en dronk daarna een beker water; ze zat bijna boven op haar moeder, zoals gewoonlijk. Grace duwde het laatste hapje spek in de mond van het kind en veegde de kruimels van hun rokken.

'Zullen we nu mevrouw Kelley gaan zoeken? Jij kunt met Siobahn en Liam spelen terwijl zij en ik de kleren schoonmaken.'

Mary Kate knikte; Grace trok haar overeind en leidde haar aan de hand over het dek naar het geopende luik. Beneden was de lucht merkbaar ranzig, zelfs nu de wind door het vooronder waaide. Sommige passagiers lagen nog in bed, of waren naar hun bed teruggegaan, ziek of ongemakkelijk door de reis, al leek de ergste zeeziekte over te zijn. Anderen hadden hun pap of scheepsbeschuit op en waren bedden aan het rechttrekken, aan het opruimen en hun kleren en dekens – voor zover ze die hadden – aan het uitschudden.

Grace trof Alice op de hoek van haar bed aan; ze zat met haar handen in haar schoot uitdrukkingsloos voor zich uit te kijken. Siobahn lag naast haar.

'Alice?' Grace leunde naar haar over. 'Gaat het? Wil je even naar boven, een luchtje scheppen?'

Alices ogen lichtten een ogenblik op maar stonden meteen daarna weer bezorgd. 'Het is Siobahn,' fluisterde ze. 'Ze heeft de hele nacht liggen woelen.'

Grace legde haar hand op het voorhoofd van het meisje. Niet heet, maar wel erg warm; haar wangen ook, en toen ze haar ogen opende, bleken die glazig te zijn. Het kind was de hele zeereis al onwel en Grace had haar gestage achteruitgang met toenemende ontsteltenis opgemerkt; ze werd geplaagd door een grillige koorts die haar telkens lustelozer dan tevoren achterliet. Vanmorgen waren haar lippen droog en gebarsten.

'Heeft ze al water gehad?'

Alice schudde haar hoofd.

'Ga dan gauw naar boven en ga in de rij staan. Ik heb hier wel wat, maar ze heeft meer nodig.' Grace pakte de handen van de vrouw en trok haar overeind. 'Ga dan,' vermaande ze. 'Ik ga wel bij haar zitten. Ga naar boven, in de frisse lucht. Het is lekker weer vanmorgen, je zult ervan opknappen. Waar is Liam?'

'Hier.' Het hoofd van de jongen schoot tevoorschijn uit het bovenste bed.

'Kom onmiddellijk daarvandaan, Liam Kelley,' mopperde Grace. 'De eigenaar van dat bed lust stoute jongens rauw, als ontbijt!'

Liam slingerde zich over de rand en landde sierlijk naast haar.

Hij was lenig en vol energie, lang niet zo stuurs als ze aanvankelijk gedacht had; Grace was veel van hem gaan houden.

'Ik heb een karweitje voor jou.' Ze gaf hem zijn pet aan. 'Neem je moeder mee naar boven en wacht met haar in de rij voor het water. Het is daar heerlijk. Ik ben er net geweest. Schiet op, jullie, wegwezen!'

Hij greep de hand van zijn moeder en nam haar op sleeptouw; voordat ze de trap op verdwenen, grijnsde hij over zijn schouder naar Grace.

Mary Kate bleef naast Grace staan en hield haar moeders rok stevig vast. 'Is ze ziek?'

'Aye.' Grace keek haar dochtertje recht in de ogen; het kind was wijs voor haar drie jaar en ze kon haar beter de waarheid vertellen.

'Ze heeft koorts.'

'Hij is ziek.' Mary Kate wees op een man die aan de overkant van het gangpad op zijn bed lag. 'En zij.' Ze wees op een andere gestalte die op haar zij lag. 'Zij ook.' Het laatste ging over een gezin van vier personen, die lusteloos bij elkaar lagen.

Grace keek van hen naar haar dochter en weer terug. Het kind had gelijk. Die mensen lagen te stil, met starende ogen, en ademden snel en oppervlakkig. Ze voelde nogmaals Siobahns voorhoofd. Was het kind warmer geworden in die paar minuten?

'Scheepskoorts, dat is alles.' Ze zei het luchtig, evenzeer om zichzelf gerust te stellen als om Mary Kate. 'Siobahn heeft frisse lucht nodig, water, en een beetje bouillon als we die kunnen maken.' Ze beet nadenkend op haar lip. 'Kom op, meisje.' Ze tilde Siobahn op, met deken en al. 'Het licht in met jou.'

Mary Kate ging voorop en Grace liep vlak achter haar. Ze voelde hoe Siobahn haar zwakke armpjes om haar nek sloeg en keek glimlachend in haar kleine gezichtje; de warmte van het kind was voelbaar door de ruwe deken heen. Boven, op het dek, zochten ze zorgvuldig hun weg terug naar de trossen, die de volle zon toelieten maar beschutting boden tegen de bijtend koude windstoten.

'Ga hier maar zitten, Mary Kate, bij Siobahn.' Ze zette de meisjes op een plekje voor een houten krat. 'Ik ga Alice en Liam zoeken, en kijken of ik bouillon kan trekken.'

Grace vond Alice meteen, bijna vooraan in de rij, en vertelde haar waar de meisjes waren. Liam smeekte mee te mogen toen ze zei dat ze naar de keuken ging – de kombuis, verbeterde ze zichzelf – en Alice liet hem graag gaan. Hij was een jongen die erop stond elk ogenblik van zijn leven te vullen, die zelfs als hij stillag, tintelde van nerveuze energie. Zijn moeder veronderstelde dat het een reactie was op het feit dat hij zo lang tussen de doden geleefd had; maar o, wat werd ze moe van hem.

Hij dartelde achter Grace aan en volgde haar over het dek naar de trap die naar de kombuis leidde; toen veranderde ze onverwacht van richting en ging naar de kapitein die bij een bemanningslid aan het stuurwiel stond.

'Kapitein Reinders,' zei ze; haar stem ging verloren in het geluid van klapperende, natte zeilen. 'Kapitein!'

Hij schrok op en draaide zich om. 'Mevrouw Donnelly!'

'Dit is Liam Kelley, kapitein. Ik weet zeker dat u hem al over-al over uw boot hebt zien scharrelen, als een eekhoorntje, dus wil ik dat u zijn naam weet voor het geval hij in moeilijkheden komt.'

Reinders keek de jongeman ernstig aan. 'Bevalt de *Eliza J* jou zo goed, jongen?'

Liams ogen gingen wijd open. 'O aye, kapitein. Ze is een schoonheid, echt! En zo snel! We zijn er vast al bijna, zoals zij over de zee vliegt. Wat een boot!'

Reinders' mondhoeken trilden. 'Schip,' corrigeerde hij. 'En we hebben nog een heel eind zeilen voor de boeg. Hé!' Zijn ogen vernauwden zich en hij boog zich naar de jongen over. 'Jij bent toch niet die jongen die mijn mannen gisteren uit het want moesten roepen, of wel?'

Liam liet zijn schouders zakken en zijn hoofd hangen. 'Aye, kapitein.' Hij gluurde deemoedig omhoog; zijn ogen stonden smekend. 'Maar ik had zo'n zin om het uitzicht te zien vanaf daar helemaal.' Hij wees naar het kraaiennest. 'En mijn voeten gingen vanzelf omhoog. Ik kon ze gewoon niet tegenhouden!' Hij keek kwaad naar zijn verraderlijke voeten en richtte toen zijn blik vol verwondering op die plek in de mast, hoog boven de zwoegende zeilen. 'Wat zien ze daarvandaan, denkt u, kapitein? Zien ze de hele wereld, van de ene kant naar de andere?'

Grace en de kapitein wisselden een blik boven het hoofd van de jongen.

'Meestal zien ze vooral water,' zei Reinders, die probeerde serieus te blijven ondanks het aanstekelijke enthousiasme van Liam. 'Water en nog eens water.'

'O.' Het gezicht van de jongen betrok.

'Maar soms ontdekken ze een ander schip aan de horizon,' voegde de kapitein eraan toe. 'Of een school haaien. Soms walvissen.'

'Walvissen!'

'In deze omgeving kijken we vooral naar ijsbergen.'

'IJsbergen! Ik heb nog nooit een ijsberg gezien! Die zijn zeker prachtig?'

'Prachtig en dodelijk,' waarschuwde Reinders. 'Ze liggen te wachten als kastelen van kristal. Zeelui dachten altijd dat het drijvende eilanden van ijs waren en kwamen er vlakbij met hun schepen, aangelokt door hun schittering. Maar het zijn geen eilanden. Wat jij en ik zien, is alleen de top. Ze gaan diep, die ijsbergen, helemaal tot aan de bodem van de zee. En vlak onder het wateroppervlak spreiden ze een rok van scherpe punten uit die de bodem van het stevigste schip kraken, of dwars door de zijkant heen steken. Op dit schip zorgen we dat we een flink eind uit de buurt van ijsbergen blijven.'

'Hebt u dan wel genoeg mannen op de uitkijk staan, denkt u?' Liam keek ongerust om zich heen.

'Ja,' verzekerde Reinders hem. 'We zullen er al snel voorbij zijn, en dan zal de uitkijk land ontdekken.'

'Zullen ze ons roepen, kapitein? Als ze Amerika zien?'

'Natuurlijk. Maar zie je die kerel daar?' Reinders wees naar de boeg, waar een oude man, met zijn jasje strak om zijn nek dichtgeknoopt en zijn hoed met een eindje touw onder zijn kin vastgeknoopt, zich vastklemde aan de reling.

Liam knikte.

'Ik durf te wedden dat hij het als eerste ziet.' De kapitein knipoogde. 'Hij nam die plaats in beslag op de dag dat we afvoeren, en op een paar uur slaap elke nacht na staat hij daar altijd, weer of geen weer, en houdt zijn ogen geen ogenblik van de horizon af. Ik heb hem eigenhandig aan die reling vastgebonden tijdens de eerste storm, want ik besefte dat hij, als ik hem naar beneden stuurde, toch stiekem terug zou komen. Hij zegt dat hij in Ierland geen familie meer heeft en dat er in Amerika niemand op hem wacht. Wat hij daar denkt te vinden, zou ik niet weten.'

'Ik wel,' merkte Grace op. 'Het is zijn laatste hoop. Hij denkt dat hij naar *Tir na Nog* gaat – het Land van de Jonge Mensen. Een nieuw leven.'

Reinders bleef een ogenblik naar haar gezicht kijken en richtte zijn blik toen weer op de plek waar de oude man stond. 'Het Land van de Jonge Mensen,' herhaalde hij peinzend. 'Hij zal droevig teleurgesteld worden als we daar aankomen.'

'Ach nee, kapitein,' lachte Grace. 'Daar zal niemand van ons droevig om zijn, echt niet!'

'Ik wel!' zei Liam luid en nadrukkelijk. 'Ik ben dol op deze boot!'

'Schip, jongen! Schip!' Reinders' stem klonk streng, maar hij mocht deze jongen met zijn vurigheid wel. 'Hoor eens, jongeheer Kelley. Jij blijft uit het want en bij slecht weer van het dek, en ik geef jou een rondleiding over het hele schip voordat we aankomen. Afgesproken?' Hij stak zijn hand uit.

'O, aye, kapitein! Aye!' Liam pakte zijn hand met twee handen beet en zwengelde die op en neer.

'En…?' souffleerde Grace.

'Dank u wel, meneer! Heel, heel erg bedankt, meneer!'

'Heel graag gedaan, en als je me nu wilt excuseren? Ik moet me ervan verzekeren dat we op weg zijn naar Noord-Amerika, niet naar Zuid.'

Grace en Liam keken hem na terwijl hij wegliep. Het viel Grace op hoe ferm recht zijn pet stond en hoe keurig zijn jasje zat – een man met zelfvertrouwen.

'Wat een knappe kerel, of niet, mevrouw?' Liams ogen straalden van bewondering.

'Aye,' stemde ze in. 'Maar denk er nou om wat hij je gezegd heeft: loop niet iedereen in de weg terwijl je op de boot rondzwerft.'

'Schip,' corrigeerde hij automatisch en ze schoot in de lach.

De kok, een oude, grijze zeeman met waterige ogen, was in een tamelijk goede bui en bezorgde hun een schenkel waar nog flarden rundvlees aan hingen. Grace bedankte hem hartelijk, net als ze elke morgen deed als ze haar ontbijt kreeg; ze zorgde er wel voor dat ze degene die over het voedsel besliste te vriend hield.

'Ga gauw naar beneden en haal mams kookpot,' beval ze Liam. 'Ik ga de meisjes halen en dan zorgen we dat we een plekje bij het vuur krijgen om een lekkere bouillon voor Siobahn te trekken.'

'Is ze dan erg ziek?' vroeg Liam. 'Thuis was ze ook altijd ziek en soms kwam ze de hele dag niet uit bed, vooral als er niets was. Geen avondeten, bedoel ik…' Zijn stem stierf weg.

'Ik weet dat jullie het zwaar gehad hebben.' Grace legde haar hand op zijn hoofd. 'Daarom zijn jullie weggegaan, om een nieuw leven te beginnen. En ze wordt wel beter, maak je maar geen zorgen.' Ze woelde door zijn dikke, verwarde haar en gaf toen een vriendschappelijke klap op zijn achterste. 'Ga nou maar gauw die kookpot zoeken.'

Ze keek hem na terwijl hij zich behendig een weg baande tussen de groepjes passagiers die aan dek gekomen waren, en bedacht opnieuw wat een lieve jongen hij was. Hij herinnerde haar aan de jonge Nolan Sullivan, de zoon van de huishoudster in Donnelly House; ze duwde deze gedachte snel weg, zoals ze de laatste tijd elke gedachte aan het verleden wegduwde. Morgans brief zat altijd aan de binnenkant van haar hemd en bijna elk uur van de dag, en vele malen per nacht, drukte ze haar hand er wel even tegenaan, maar stilstaan bij hem – bij het verlies van hem – of hun kind, dat ze achtergelaten had, zou een diepe wanhoop oproepen, waaruit ze misschien nooit meer zou kunnen opstaan. Daarom zorgde ze dat ze altijd druk bezig bleef.

Ze ontdekte de groene omslagdoek van Alice vooraan in de rij. Nu ze ervan verzekerd was dat ze water kregen, ging Grace op weg naar de meisjes. Toen ze de hoek om ging, zag ze dat een man over hen heen gebogen stond en zijn vuist in hun gezicht zwaaide. De ogen van Mary Kate waren groot en haar mond vormde een angstige O, maar ze hield haar arm stevig om de schouders van het oudere meisje.

'Wat is hier aan de hand?'

Boardham draaide zich om, met zijn ogen half dichtgeknepen tegen de zon die over Graces schouder scheen. 'Je kunt die snotapen van je niet zomaar achterlaten waar je wil,' gaf hij haar een standje. 'Ze zitten de bemanning in de weg.'

'Nu ben ik er weer.' Grace dwong zichzelf beleefd te zijn, omdat ze geen ruzie met hem wilde krijgen. 'U hoeft zich geen zorgen meer te maken.'

Hij keek stuurs. 'Als het slecht weer wordt, heeft de bemanning deze touwen nodig. Die snotapen zitten in de weg. Haal ze hier weg, zeg ik je.'

Grace keek omhoog, naar de lucht. 'We blijven nog maar heel even buiten.'

Hij kwam een stap dichterbij en nu scheen de zon niet meer in zijn ogen. 'Ik ken jou wel,' gromde hij. 'De Ierse die probeert door te gaan voor een fatsoenlijk mens. Toch werd je naar beneden gestuurd, of niet soms? Naar het vooronder. Waar je hoort.'

'Ik herinner me u ook, meneer Boardham,' antwoordde zij rustig. 'Wilt u ons nu met rust laten, of moet ik de kapitein roepen?'

Boardhams gemene oogjes vernauwden zich nog meer. 'Hem kun je misschien voor de gek houden, maar mij niet,' siste hij. 'Amerikanen als hij begrijpen jullie niet, smerige papen, stiekeme Ierse bastaards – maar ik wel.' In de hoek van zijn mond vormde zich een bel speeksel. 'Je kunt niet om mij heen.'

Graces ogen schoten naar de gezichtjes van de kinderen; hij volgde haar blik en de kleine meisjes kropen nog verder achteruit in de touwen. Hij keek hen dreigend aan, maar grijnsde toen opeens.

'Die ene daar is ziek.' Hij knikte in Siobahns richting. 'Koorts, zie ik. Ze steekt de bemanning nog aan. Koorts blijft beneden! Dat is een bevel van de kapitein, ik voer het alleen maar uit.' De grijns werd nog breder. 'Neem haar mee naar beneden en laat haar beneden tot ze beter wordt… of sterft!' Het laatste woord was een snauw: het klonk alsof hij het kind vervloekte.

Grace keek hem verbijsterd aan. Hij stak zijn hand op om aan te geven dat hun gesprek afgelopen was.

'Ik heb nog andere plichten te vervullen,' zei hij zelfingenomen, 'nu ik het dek op ongedierte heb gecontroleerd.' Hij lachte luid om zijn eigen grap, keerde hun de rug toe en vertrok.

'Stil nou maar, meisjes,' suste Grace en nam hen allebei in haar armen. 'Laat zo'n grote eejit nooit zien dat je huilt. Een man die kinderen bang maakt, is helemaal geen man. Daar komt je mam al aan, Siobahn. Veeg je tranen af en laat haar maar niet merken dat we moeilijkheden gehad hebben.'

Alice zette de emmer water neer en duwde haar omslagdoek naar achteren, terwijl ze haar dochter verrast bekeek. 'Ze ziet er echt beter uit. Heeft weer kleur en zo. Je had gelijk met je frisse lucht. Ze had alleen wat verandering nodig, denk ik.'

'Dit heb ik van de kok gekregen.' Grace hield de schenkel omhoog. 'En Liam is jouw kookpot halen.'

'God zegene je, Grace.' Alice pakte Siobahns hand en streelde die. 'Lieve moeder Gods en alle heiligen – de hemel weet wat we zonder jou zouden moeten beginnen op deze boot.'

'Schip,' verbeterde Liam en overhandigde haar de kookpot. 'Het is een schip.'

Tien

Barbara McDonaghs ogen prikten van vermoeidheid, geteisterd door haar nachtwake bij de koortsige slaap van anderen. Haar armen, die op het bureau in haar studeerkamer rustten, voelden stijf en zwaar aan. Ze luisterde naar de geluiden van het ontwakende klooster, die van ver weg leken te komen. Ze wist dat ze was terechtgekomen in de toestand van afstandelijkheid die de diep vermoeiden met een sluier bedekt, maar dat die toestand doorbroken zou worden door een sterke kop thee en haar acceptatie van het feit dat het werkelijk weer dag geworden was. Ze kneep in de bovenkant van haar neus en knipperde met haar droge ogen om ze weer een beetje vochtig te krijgen; maar het hielp nauwelijks.

Buiten de studeerkamer liet de gierende wind nog altijd de slecht passende ruiten rammelen; sommige waren gebroken in eerdere stormen en opgelapt met alles wat ze bij de hand hadden. Iedere barst en spleet die achterbleef, vormde een uitnodiging voor de bijtende wind en de studeerkamer was koud, ondanks de ene turf die zachtjes in de haard brandde. Toch wilde ze daar liever geen tweede aan toevoegen: de overvloedige voorraad die ze vroeg in de zomer hadden gestoken, verminderde snel door het warm houden van de kinderslaapzaal.

Ze dankte God dat Abban precies op tijd was gearriveerd. Zelfs nu hij een been kwijt was en rondhobbelde met zijn kruk, lapte hij muren op, repareerde ramen, verhielp lekkages en nu ging hij het bos in om brandstof te halen. De striemende winterse buien waren nog maar pas begonnen en ze had niet geweten hoe ze zich warm moesten houden gedurende de lange, donkere maanden. Geen van de drie overgebleven zusters was sterk genoeg om de kar naar het bos te rijden, een boom om te zagen, de takken eraf te halen, de stam in stukken te zagen, die op te stapelen, in te laden en weer naar huis te rijden, en ze durfde hen niet alleen te laten nu hun lieve moeder-overste gestorven was. Maar God had voorzien in Abban, en Abban voorzag in hoop – in de vorm van zijn onverwoestbare optimisme.

Ze draaide zich om en keek door het kleine raam aan de kant van de baai. De enorme, zwiepende regengordijnen van de vorige nacht hadden plaatsgemaakt voor spetters die slechts nu en dan in korte vlagen tegen het glas kwamen. Ze kon zien dat de wolken hoger aan de hemel stonden en lichter op de wind bewogen; de storm zou algauw voorbij zijn en dan zou ze met Abban naar buiten gaan om de schade op te nemen. Maar eerst zou ze naar het kamertje op de tweede verdieping gaan en kijken hoe het met haar kleine neefje ging, die angstig was geworden door de storm en de hele nacht rusteloos was geweest. Ze was verscheidene malen naar binnen gegaan om hem stil te krijgen en hem te wiegen zodat Patrick – die het kindje in zijn eigen kamer liet slapen – ook wat rust zou krijgen. Hij kon niet slapen en samen hadden ze de uren van de lange nacht bijgehouden; de woorden van hun enige gesprek galmden nog na in haar gedachten.

Ze drukte haar vingertoppen tegen haar oogleden en wreef zachtjes, tot een stevige klop op de deur haar deed opkijken.

'Ik kwam een bakkie thee brengen, zuster.'

Abban kwam onhandig de kamer binnen met het schoteltje in zijn ene hand en zijn kruk in de andere. Hij zette het kopje thee op Barbara's bureau en viste toen een hard broodje, in een doek gewikkeld, uit zijn zak.

'Dank je wel, Abban.' Barbara pakte de thee dankbaar aan en ademde de geur ervan in; haar stijve vingers werden opgewarmd door het aardewerk, haar gezicht werd verwarmd door de stoom. 'En God zij dank voor Julia Martin.'

Julia had een kist met voorraden gestuurd waarbij de luxueuze zwarte thee was inbegrepen, en Barbara had alle volwassenen in het huis één sterke kop per ochtend toegewezen: een welkome verandering na de slappe thee die zij voorheen van gedroogde bessen en kruiden hadden gebrouwen.

'Eet uw broodje nou op, want ik weet dat u vanmorgen nog niets gegeten hebt.' Abban haalde de doek ervan af en zwaaide het verleidelijk heen en weer. 'Het is echt een heerlijk broodje, dit – nog geen twee dagen oud en nog gemakkelijk weg te sabbelen.' Toen ze niet lachte, bekeek hij haar nog eens goed. 'U ziet er verschrikkelijk uitgeput uit, zuster. Zware nacht gehad?'

'Niet erger dan anders.' Barbara onderdrukte een geeuw. 'In de kleine uurtjes kwamen er nog meer kinderen. Dat zijn nou echt wezen in de storm, dit stel.'

'O, aye.' Abban keek uit het raam. 'Ik zag hen toen ze hun haver kwamen halen – twee kleine meisjes en een jongetje. Hoe zijn ze hier gekomen?'

'Een oudere broer. Hun moeder is in het kraambed gestorven – het kindje ook, neem ik aan, al zei hij daar niets over. Hun vader heeft hen naar de stad gebracht met de bedoeling naar Canada te reizen, maar de soepkeukens onderweg waren protestants en...' Ze haalde hulpeloos haar schouders op.

'Hij wilde het geloof niet opgeven,' voltooide Abban haar zin. 'Ach, die arme dronkelap – God hebbe hem lief.'

'Hij viel er onderweg bij neer, liet de jongen zweren hen veilig bij ons af te leveren – niet naar het armenhuis of naar protestanten. Toen snakte hij nog één keer naar adem en stierf.' Ze zuchtte. 'Hoe die jongen het voor elkaar gekregen heeft om ze allemaal hierheen te brengen, weet ik niet. De kleintjes zijn nog altijd sprakeloos van de schok en de jongen wilde niet meer zeggen dan: "Hier zijn ze dan en hartelijk dank dat u ze opneemt."'

'Wilde hij zelf dan niet blijven?'

Barbara schudde haar hoofd. 'Nee, al heb ik meer dan een uur op hem ingepraat. Hooguit tien jaar, dat joch, maar vastbesloten voor zichzelf te zorgen. Hij gaat overzee, zei hij; dat is wat zijn pa wilde en hij heeft het beloofd, zie je. Hij zal hen komen halen zodra hij in Amerika zichzelf een goede baan en een groot huis heeft bezorgd.' Ze glimlachte bedroefd. 'Hij liet toe dat ik een beetje voedsel in zijn zak stopte en hij zei geen nee tegen een deken. God zegene hem.'

'Arm joch,' zei Abban. 'Daar horen we vast nooit meer wat van.'

'Misschien wel,' hield Barbara vol. 'Waar is je geloof, man?'

'Ik heb geloof zat, zuster, maar dat is niet blind. Het is een riskante zaak om de grote oversteek te maken, laat staan als een kleine jongen dat in zijn eentje doet met alleen een broodje op zak en één deken om zich warm te houden. Het is al zwaar genoeg voor volwassen mannen en vrouwen om een oversteek in de winter te overleven.'

'Herinner me daar nou niet aan.' Barbara fronste haar wenkbrauwen.

Abban sloeg zich tegen het hoofd. 'Ach, wat een stomme eejit ben ik. Zij redden het wel, dat zeg ik, en dat weet ik in mijn hart zeker.'

'Echt waar, Abban?'

'Aye,' zei hij ferm. 'De Heer heeft veel te veel werk voor haar te doen om haar na dit alles te laten schieten.'

Barbara's ogen konden haar twijfel niet verbergen.

'Waar is je geloof, meisje?' plaagde hij.

'In mijn andere zak,' zei ze schuldbewust. 'Ik zal het na het ontbijt meteen gaan halen.'

'Doe dat,' zei hij vermanend. 'En hou het voortaan bij de hand. Houdt hij het een beetje vol?' Hij wees met een duim naar het plafond.

'Het gaat goed,' zei ze en ze zag Patrick voor zich in zijn kleine kamer, met het kindje in zijn armen. 'God werkt ook in hem en dat is voor hem niet makkelijk.'

'Hij is een trotse man,' gaf Abban toe.

Barbara knikte. 'We hebben gisteravond gepraat. Hij is zo bezorgd over haar, maar ik denk dat hij er nou wel vrede mee begint te krijgen.'

'Mooi. Zorgen doden langzamer dan een kogel, maar je gaat er net zo dood van.'

Ze keek hem aan. 'Waar ter wereld haal je dat toch allemaal vandaan?'

Hij grinnikte schaapachtig. 'Ach, nou, ik ben gewoon een ouwe boer die soldaat werd en toen klusjesman in het klooster, weet u.

'Die wijsheid van mij is een allegaartje; een beetje van dit en een beetje van dat.'

Toen glimlachte ze eindelijk, en hij glimlachte nog breder om haar gezicht.

'Eet uw broodje nou, dan ga ik naar dat gebroken glas in de keuken kijken.' Hij trok de kruk onder zijn arm omhoog en strompelde naar de deur.

'Dank je wel, Abban,' zei ze zachtjes. 'Voor alles.'

'U geeft hier onderdak aan een misdadiger, zuster,' bracht hij haar in herinnering, achterom kijkend. 'Dus laten we zeggen dat we quitte staan.'

'Afgesproken,' stemde ze in, 'al heb ik wel het meeste voordeel van die overeenkomst.'

Hij gooide zijn hoofd achterover en lachte. Toen dat geluid weggestorven was, richtte Barbara haar aandacht op haar povere maaltijd en maakte het broodje zacht boven de vervagende stoom van haar thee. Ze genoot van elke hap en toen het broodje op was, likte ze aan haar vinger om de gevallen kruimeltjes op te rapen en die als een verfijnde delicatesse op haar tong te leggen; er mocht niets verloren gaan!

Honger was haar vaste metgezel, maar haar maag was maanden geleden opgehouden met hevig protesteren, terwijl haar lichaam leerde met minder te functioneren. Ze was dankbaar dat ze elke dag kon rekenen op een bepaalde hoeveelheid voedsel, al was het maar oud brood en thee, slappe bouillon, een beetje gedroogde vis of haver; dat zou voor de meeste mensen in haar land al overvloed betekenen, wist ze. Ook voor haar was het overvloedig; zijzelf, Morgan, Aislinn en de kleine meisjes waren opgegroeid in een hut waar aardappels en karnemelk de hele maaltijd vormden.

Elke dag was het voedsel voldoende voor iedereen die bij hen onderdak vond, en hoewel de kinderen niet bepaald gezond en welvarend waren, stierven ze ook niet bij bosjes zoals in de armenhuizen, ziekenhuizen en koortsbarakken. Ze waren zwak, dat was maar al te waar. Haar hart deed pijn als ze naar hen keek: ze bleven elke dag van 's morgens tot 's avonds zo rustig zitten om hun geringe krachten te sparen, bewogen traag, lachten nooit en huilden zelden – ze waren zelfs te zwak om hun verdriet te uiten.

Elke ziekte kon hun fataal worden. Daarom bracht ze dagelijks tijd met hen door, lette op ieder kuchje of teken van koorts en zorgde ervoor dat ze onmiddellijk in quarantaine gingen tot ze beter waren of – meestal – tot hun beklagenswaardige leven hier eindigde. Ze vond het vreselijk om hen buiten de groep te sluiten, vooral als ze broertjes of zusjes hadden, maar ze zag geen andere mogelijkheid.

Bovendien wist ze dat zuster George hen zou onderdompelen in liefde en troost totdat het voorbij was, want het was altijd zuster George die met de zieken samen in quarantaine ging en voor hen bleef zorgen. Zij bracht meer dagen in die kamer door dan daarbuiten, maar haar toewijding aan de kinderen en haar overtuiging dat dit haar plaats was, werden nooit aan het wankelen gebracht. Eenmaal had Barbara haar bevolen weg te gaan en een dag of twee uit te rusten terwijl anderen het overnamen, maar toen had zuster George ferm en kalm gezegd dat zij een rechtstreeks bevel van Jezus Christus zelf ontvangen had. Had Hij haar niet gezegd dat het noodzakelijk was dat zij de overgang van deze kinderen van dit leven naar het volgende zou verlichten en had Hij haar geen sterke gezondheid en een sterk hart gegeven om dit te kunnen doen? Aye, antwoordde ze zelf, dat had Hij gedaan, en hier zou ze blijven tot Hij ander werk voor haar had. Barbara had er nooit meer met haar over gediscussieerd; ze had haar slechts toegevoegd aan de groeiende lijst van mensen voor wie ze dankbaar was.

Ze kon haar bezorgdheid over Graces kindje echter niet van zich afzetten. Hoewel hij regelmatig dronk aan de volle borst van mevrouw Keavy – de boerenvrouw die haar eigen baby enkele dagen na de geboorte verloren had – was hij nog altijd mager en lusteloos; zijn gejengel was meelijwekkend. Naar zijn gezichtje kijken leverde geen geruststelling op, want zijn ogen bleven melkachtige wolkjes, lichtblauwe ramen die geen licht binnenlieten. Barbara vreesde dat hij blind was.

Patrick sprak weinig. Hij zat voor het raam in zijn kamer het kleine jongetje in zijn armen te wiegen en staarde naar buiten over de toppen van de kale, door de wind geteisterde takken en over de heuvel naar de baai, alsof hij door op wacht te blijven zitten eerder nieuws over Grace zou ontvangen.

'Nou zijn ze midden op de oceaan,' had hij gisteravond gezegd toen zij binnenglipte om te kijken hoe het met de jongen ging. 'Niemand weet waar.'

Geschrokken van zijn stem had zij de lantaarn wat verder omhooggehouden. Daar lag hij, op zijn elleboog steunend; zijn ogen stonden even vermoeid als zij zich voelde en zijn gezicht was afgetobd door de last van hulpeloosheid en wanhoop.

'God weet het wel,' had zij gefluisterd. Toen had ze het licht op het tafeltje bij de deur gezet zodat ze het jammerende kindje kon opnemen; zijn luier was droog, dus ging ze in de stoel zitten om hem te wiegen. 'Kun je niet slapen, Patrick?'

Hij aarzelde een ogenblik en zei toen zachtjes: 'Ik ben bang voor de dromen die steeds komen.'

'Vertel ze maar aan mij, als dat je oplucht.'

Weer had hij geaarzeld, maar de last van de dromen was te groot. 'In één droom ligt ze op bed met Mary Kate ernaast. Ik wacht tot ze bewegen, maar dat doen ze nooit. Ik kan niet zien of ze slapen of…' Hij stopte en haalde diep adem. 'In een andere droom zit Mary Kate brood met jam te eten met een vreemde vrouw. Ze ziet er vriendelijk uit, maar het is geen goede plaats voor Mary Kate, en ik roep naar haar van buiten het raam, maar ze kan me niet horen. Het sneeuwt, het raam beslaat, en ze verdwijnt.' Hij schudde zijn hoofd, met een bezorgd gezicht. 'Dan zie ik Grace in een gebouw vol schaduwen, waar slechte mannen zijn – een gebouw waar niemand haar ooit zal vinden – en als ik wakker word, weet ik zeker dat mijn laatste uur geslagen heeft, zo benauwd is mijn hart.'

'Patrick…'

'Vannacht,' ging hij snel en geagiteerd verder, 'vannacht zag ik haar op de boot, diep onderin, in een donkere ruimte. Er was een storm, Barbara, een verschrikkelijke storm; golven zo hoog als de mast, de hemel zwart en verscheurd door bliksem. Mannen schreeuwden en al die mensen zaten in de val in die put onderin.' Zijn stem stokte en hij stopte. 'Ze worden mijn dood nog eens, Barbara, die dromen.'

'Je moet geloof hebben,' had ze tegen hem gezegd; de woorden hadden zelfs in haar eigen oren goedkoop geklonken.

'Dat heb ik nooit gehad. En ik weet niet hoe ik het nou nog moet vinden. Het spijt me, Barbara – jij bent een dochter van de

Kerk en zo – maar dat is de waarheid. Zij is degene die het geloof had. Net als haar moeder.'

'Dan is ze dus in Gods handen.'

'Ik heb nooit begrepen wat dat betekent,' had hij bekend. 'Het kan niet betekenen dat Hij haar veilig zal bewaren, want zijn al die arme donders buiten niet in zijn handen? En kijk hen nou – stervend door gebrek aan eten en een schuilplaats voor de nacht.'

'Je hebt gelijk,' had zij toegegeven. 'Het betekent niet dat Hij haar zal redden, hoewel Hij dat kan en elke dag doet. Hoe vaak wordt ons leven niet gespaard voordat we uiteindelijk sterven? Honderdmaal? Duizendmaal? Elke dag die we overleven, is een wonder op zich.' Ze had vele malen ervaren dat ze getuige van dat wonder was, maar hoe kon ze het uitleggen? 'Ik geloof, Patrick – maar wie ben ik? – dat "in zijn handen zijn" betekent dat Hij ons nooit verlaat, dat Hij naast ons staat in alle beproevingen van ons leven. Hij ziet ons, kent onze pijn en weent om ons, draagt ons in zijn eigen handen, zelfs als we onze dood tegemoet gaan, zodat we niet bang hoeven zijn, zodat we ieder einde met waardigheid kunnen dragen.'

'Komen deze dromen dan van God? Vertelt Hij me wat er gebeurt?'

'Dat weet ik niet,' had zij geantwoord. 'Dromen zijn een manier van zien, dat is waar, en de bijbel staat vol met dromen. Maar het is zeker dat de duivel ook onze simpele geest kan bespelen en dat hij onze zwakheden misbruikt voor zijn eigen doel, want zou hij je geen duizend waarheden vertellen om te zorgen dat jij die ene grote leugen gelooft: dat God niet de touwtjes in handen heeft? Het kan Gods stem zijn die jou toespreekt, of de duivel die zich voordoet als God; het antwoord ligt in de toestand van jouw eigen ziel.'

Buiten – als om hun gesprek kracht bij te zetten – raasde de wind: takken brekend, ramen inslaand, verwoesting zaaiend in het al zwaar geteisterde land.

'Mijn ziel is in een voortdurende tweestrijd: ik smeek God haar veilig te bewaren en tegelijk zou ik Hem willen vervloeken om wat ons overkomen is.' zei hij. Zijn smart was zelfs in het donker te zien. 'Ik kan niet verdragen dat zij daarbuiten is, alleen, overgeleverd aan de genade van wrede mannen, op weg naar een vreemd land waar haar broer misschien wel, misschien niet is.' Hij greep naar zijn voorhoofd alsof hij bevangen werd door een verschrikkelijke pijn. 'Ik had haar nooit alleen weg moeten laten gaan. Ik ben haar vader, nota bene, en het is mijn plicht haar te beschermen, want is haar leven niet duizendmaal meer waard dan het mijne?'

'Je zou voor haar sterven? Bedoel je dat?'

'Onmiddellijk.'

'Als je de moed hebt om voor haar te sterven, Patrick, kun je dan niet ook de moed vinden om voor haar te leven?'

Zijn ogen zochten de hare.

'Wat zij van jou nodig heeft, is de moed om tegen wanhoop te strijden, om hopeloosheid en zorgen te verslaan in de vele maanden die komen, want zal het geen lente of zelfs zomer zijn voordat we weten wat er van hen geworden is? Heb jij de moed om door te gaan met leven, voor je kind, en voor het kind van je kind – deze arme kleine jongen die niemand anders heeft dan ons? Kun je dat wel, Patrick?' had ze dringend, plotseling boos, gevraagd. 'Want zal ik je eens wat vertellen? Ik vertik het om haar, nadat ze die enorme reis over de verraderlijke zee heeft overleefd, te schrijven dat haar vader gestorven is aan dwaze dromen en het kindje ook, omdat ik in mijn eentje niet genoeg kracht had om voor hem te zorgen. Dat doe ik niet, Patrick! Ik zeg je dat ik dat vertik.'

Toen had hij het hoofd geheven en zijn kin vooruitgestoken; zijn rug was zo recht als van een veel jongere man; zijn schouders waren niet langer gebogen boven een gebroken hart. Op dat moment herinnerde Barbara zich de felle, trotse man die Patrick O'Malley eens geweest was.

'Zo'n brief hoef je niet te schrijven,' had hij toen gezegd. 'Ik ben oud geworden, dat is maar al te waar, een sentimentele dwaas, een makkelijke prooi voor boze dromen... Maar ik zal er niet meer aan toegeven en me ook niet meer van mijn hoop laten afbrengen. Je hebt gelijk: de duivel zelf zaait ze daar om me te verzwakken, en ik zweer je dat ik elke nacht met hem zal strijden als het zo zit.'

'Aye, Patrick. Zo zit het.'

'Ik heb een heleboel te leren, ook nu nog,' had hij gezegd, en zijn stem was vermoeid. 'Misschien heeft God me daarom nog hier gehouden. Zeker is dat ik mijn hele leven een beproeving voor mijn vrouw en kinderen geweest ben, te trots om mijn knieën te buigen voor de Heer. Ik dacht dat Hij het zou opgeven en me met rust zou laten als ik Hem maar lang genoeg negeerde.'

'Hij geeft het nooit op. Ik denk wel eens dat koppige mensen Hem het liefst zijn. Hij houdt wel van een uitdaging, weet je.'

'Dat ben ik altijd geweest, op zijn minst.' Hij zweeg even nadenkend. 'We zouden verloren geweest zijn zonder jou, Barbara, en dat is de volle waarheid. Ik had het mis, jaren geleden, toen ik de vriendschap tussen mijn eigen Kathleen en jouw moeder afkeurde. Dat was een goed mens, Mary, en je vader ook. Ik oordeelde te streng, terwijl ik daar het recht niet toe had. Ik hoop dat jij zo goed wilt zijn om me te vergeven.'

Ze had onmiddellijk geknikt. 'Mam was een goed mens, een van de besten, maar jij en ik weten allebei dat híj een schurk was. Hij heeft ons altijd meer verdriet dan troost bezorgd, en dat is de volle waarheid. Mórgan was het hoofd van de familie.'

'Aye, en de beste man die er was.'

Ze had neergekeken op het kindje dat in haar armen lag te slapen; zijn gewicht was niets vergeleken bij de druk die nog altijd op haar hart lag zodra ze aan zijn vader dacht.

'Nou slaapt hij.' Ze stond op, legde het kindje voorzichtig in zijn wieg en pakte toen de lantaarn op. 'Een goede nacht gewenst, Patrick. Slaap lekker.'

'God zij met je, Barbara.'

'Dat is Hij altijd,' antwoordde ze voordat ze de deur sloot.

'Dat bent U altijd,' zei ze nu, voor het raam van haar studeerkamer, tegen God.

De heldere ochtendzon overstroomde de tuin, liet de heuvels oplichten, sprankelde op de golven van de baai erachter en veranderde die in een bewegende massa licht. Daar buiten waren ze ergens, dacht zij, ergens op de enorme, open zee, en daar – op het heuveltje bij het hek, dezelfde kant op kijkend als zijzelf – zat Abban op zijn ene knie.

'We bidden allemaal, Heer,' zei ze hardop. 'En ik weet dat U ons kunt horen.'

Elf

's Nachts keerde Siobahns koorts terug en daarna was het onmogelijk haar aan dek te brengen. Geen enkel straaltje van de zwakke decemberzon doorboorde de lage wolken – zwaar als natte klei – waaruit een dichte regen met natte sneeuw begon te vallen, die het dek vulde met een ijzige sneeuwbrij. Grace, die bij het eerste daglicht was opgestaan om Mary Kate naar de latrines te brengen, zag hoe anderen wankelden of helemaal hun evenwicht verloren als ze over het verraderlijk gladde dek navigeerden om het water voor de komende dag te halen of dat van de vorige dag kwijt te raken. Slechts enkelen trotseerden de vreselijke kou om de kombuizen te gebruiken, dus hadden de meeste mensen alleen koude scheepsbeschuit en harde kaas te eten. Grace voelde zich schuldiger dan anders over het ophalen van haar fles hete thee, warme pap en gezouten varkensvlees bij de kok. Ze liet zich door dit gevoel echter niet afschrikken, maar haalde rustig haar mand en glipte de trappen op en het dek over naar de deur van de kombuis. Voordat ze terugkeerde, dekte ze het voedsel af met een doek.

Weer beneden deelde ze haar maaltijd met Mary Kate en Liam en schonk hete thee in voor Siobahn. Ze wist dat Alice elke hap van Graces rantsoen zou weigeren, maar fluisterend haar dank zou uiten voor het voedsel voor haar kinderen, vooral voor Liam, die alles at wat hij aangeboden kreeg. Het scheepsrantsoen voor de passagiers in het vooronder was genoeg om het lichaam te onderhouden, vond Grace, vooral uitgehongerde lichamen als deze, maar het bevatte niets voor de geest. Het regelmatige voedsel, hoe saai het ook was, had opnieuw een eetlust gewekt waarvan velen het bestaan vergeten waren, vooral bij de jongeren. Mary Kate at steeds meer, wat te zien was aan haar ronder wordende gezicht. Ook Liam verslond zijn eten en likte de restjes van zijn vingers en hoewel hij nooit om meer vroeg, zochten zijn ogen hongerig in de mand naar korsten en schillen. Alleen Siobahn knabbelde en nipte nog; piepkleine stukjes werden op haar tong gelegd alsof normale happen eenvoudig te zwaar voor haar waren om te verwerken.

'Haar arme kleine lijf is vergeten hoe het voeding moet opnemen,' jammerde Alice vaak. 'Niet dat we ooit veel te eten hadden voordat de ellende begon,' had ze Grace eens toevertrouwd. Ze hadden samen naar de twee meisjes zitten kijken – Mary Kate scheurde met haar tandjes enorme happen van het brood, Siobahn plukte wat aan de randen van haar broodje. 'Die van ons is een drinker – wás een drinker – voordat hij van de blauwe knoop werd en naar Amerika ging. Maar al te vaak dronk hij zijn eigen loon op en het grootste deel van het mijne ook, en al te vaak zaten we krap.'

Grace had Alices hand gepakt en daar, in het sombere vooronder, naar haar zitten luisteren.

'Het was een wonder dat hij van de blauwe knoop werd en al het drinkgeld opspaarde voor zijn reis. We hadden meer vrede toen hij weg was,' had ze verlegen toegegeven. 'Maar ik heb hem gemist, eerlijk waar, en de zorgen waren vreselijk. Ik denk niet dat hij wist hoe erg het was, anders had hij ons wel laten komen. Ik heb elke penny opgespaard en op een dag zag ik dat ik kon kiezen tussen eten voor een paar weken en dan niets meer, of de reis naar Amerika. Ik weet zeker dat we hem vinden, ik weet het zeker,' zei ze, meer tegen zichzelf dan tegen Grace. 'Ik heb een brief vooruitgestuurd naar een adres waar anderen zijn die hem weten te vinden.'

Grace had dat beaamd, maar in haar hart was ze er niet gerust op; ze bezwoer zichzelf dat ze dit gezin bij zich zou houden tot hun toekomst veiliggesteld was.

Met Alice zelf ging het niet goed; ze leed aan pijnen in haar maag en hoofd als de zee ruw was – en dat was bijna altijd het geval. Velen hadden in het begin van de reis aan zeeziekte geleden, maar leken een week later al opgeknapt te zijn. Dat gold niet voor Alice.

's Avonds was de stemming altijd beter. Dan zaten ze allemaal op hun bedden bij elkaar om te luisteren naar de violisten die de oude liederen speelden en soms zongen ze mee; de muziek was een troost voor degenen die zich ziek en bang voelden. Daarna, als ze gingen liggen om te slapen, vertelden ze elkaar met zachte stem legendes over koningen en kastelen, en over oorlogen die werden gevoerd om land – altijd verhalen over het land, over landgoederen die aan familie werden nagelaten en telkens weer verdeeld totdat het velden waren die van gezin op gezin overgingen; velden die eigendom van de Engelsen waren, maar in werkelijkheid toebehoorden aan de Ieren die het veld bewerkten. Ze vertelden verhalen over strijders en minnaars, vervloekingen en toverspreuken, elfen en veldgeesten, kattenkwaad en oorlog – altijd oorlog, zo lang zij zich konden herinneren – en over grootse, mysterieuze reizen zoals deze. De ouderen vertelden aan ieder die wilde luisteren en de jongeren luisterden naar ieder die wilde vertellen. Zo kwamen ze samen die eerste angstige dagen door, toen het land helemaal verdwenen was en zij in hun eigen beleving de laatste levende mensen op het aardoppervlak waren.

Terwijl Grace luisterde, rustte ze uit, at en hield haar dochter in haar armen. Haar kracht keerde terug; het bloed stroomde door haar herlevende hart en de mist in haar hoofd begon op te trekken. Ze had verdriet toen het schrijnen ophield en haar borsten zacht werden door de afwezigheid van melk, maar ze liet zich niet door verdriet overmannen. Toen de laatste druppels verdwenen waren, sloop ze midden in de nacht naar het dek en gooide opgelucht de oude vodden weg. Het was moeilijk geweest zichzelf schoon te houden, al had ze de vodden uitgespoeld in emmers zout water en heimelijk gedroogd op de achterkant van haar kist. Ze waren vochtig en stug gebleven, kil en schurend over haar huid en ze was bang geweest dat de bloeding weer zou beginnen of dat ze ziek zou worden.

Ze had weinig vertrouwen in de bekwaamheid van de scheepsdokter sinds ze hem de eerste avond aan boord ontmoet had bij het avondeten in de eetzaal. Draper heette hij; een dikke, arrogante man met borstelige bakkebaarden; hij had tegenover een aandachtig publiek zitten oreren over frenologie, een wetenschap die een radicale verandering in het medische vakgebied teweeg zou brengen. De vorm van de schedel, zei hij gewichtig, was een indicatie voor het erfelijk verschil in intellect tussen de rassen. De opvallende, vooruitstekende stand van de Ierse kaak, legde hij uit, was het bewijs van hun geringere intelligentie, die voorts bleek uit hun minderwaardige levenswijze, hun behoefte geregeerd te worden door anderen en hun koppige afhankelijkheid van één enkel gewas, hoewel de oogst daarvan onbetrouwbaar was. In feite – was hij doorgegaan, opgewarmd door de wijn en de verrukte aandacht van de andere passagiers – hadden de Ieren en de Afrikaanse wilden sterk op elkaar gelijkende schedels. Hieruit bleek dat beide volken op de laagste trap van de intellectuele ontwikkeling stonden; hoogstwaarschijnlijk zouden zij nooit in staat zijn te assimileren in de beschaafde samenleving. Dat, voegde hij eraan toe, was zoals God het bedoeld had, aangezien een vooruitstrevende samenleving slechts mogelijk werd dankzij het bestaan van een dienstbare klasse.

Grace had zich vreselijk geërgerd. Toen hij zijn toespraak eindelijk onderbrak om zijn maaltijd voort te zetten, vroeg zij met een zo zwaar mogelijk Iers accent of hij alsjeblieft de schaal met dat ene enkele gewas door wou geven, of was hij misschien van plan die zelf leeg te eten? Rood aangelopen – maar beslist niet van verlegenheid, dacht ze – bekeek de dokter haar: zijn ogen dwaalden een volle minuut over de vorm van haar schedel voordat hij de opscheplepel in de aardappelpuree terugzette. De maaltijd eindigde in een ongemakkelijke stilte en daarna had Grace gezworen liever ergens anders te eten dan Mary Kate vaker aan dit soort onzin te moeten blootstellen. Nu had ze spijt dat ze hem had uitgedaagd, omdat Siobahn behoorlijk ziek was van de koorts.

Ze was niet de enige. Tegen het vallen van de nacht was het braken in volle ernst begonnen. Verschillende mensen riepen ijlend om water, maar het was onmogelijk naar boven te gaan, omdat het weer verslechterd was. Alice waakte de hele nacht bij Siobahn en probeerde haar te verkoelen met doeken die ze in een emmer zeewater dompelde. Tegen de ochtend bewogen de lippen van het kind, maar ze brachten geen geluid voort; toen ze even haar ogen opende, waren die glazig van de pijn en toonde ze geen teken van herkenning. Alice was wanhopig.

'Siobahn.' Ze trok het meisje aan haar schouders omhoog en schudde haar heen en weer. 'Siobahn, doe je ogen nou open, kind, en zeg wat tegen je mam! Siobahn!' Ze schudde haar ruw door elkaar.

Grace ontwaakte uit een onrustige slaap, alsof ze geroepen werd, stond meteen op en ging naar het bed van de Kelleys. Ze nam Alice het kind zachtjes uit handen, liet haar op de matras zakken en voelde aan haar gezicht en keel. Tot haar opluchting ademde het kind nog.

'Ze is moe, Alice. Laat haar rusten.'

'Ze sterft!' Alice greep Graces blouse vast. 'Ik kon haar eerst niet warm genoeg houden, en nu is ze veel te heet en kan ik haar niet afkoelen. En het is zo nat... Het is hieronder zo nat. Ze heeft zich bevuild, maar ik kan haar niet verschonen. In 's hemelsnaam, Grace, doe iets. Haal ons van die boot af! De boot wordt haar dood. O Heer, ik had nooit weg moeten gaan!'

'Alice.' Grace zorgde dat haar stem zacht, maar streng klonk. 'Alice, hou op. Je weet dat het onmogelijk is van de boot af te gaan. Het ligt niet aan de boot. Ze is ziek, dat is alles. Ze is wel vaker ziek geweest. Ik zal je helpen. We zullen haar verschonen, zorgen dat ze wat thee binnenkrijgt en haar inpakken in extra dekens. Je bent moe, Alice. We zijn allemaal moe. Maar we slepen je hier wel doorheen.'

Ze keek naar het kind dat nu huiverde door de druppels zweet op haar voorhoofd heen. Het meisje stonk, maar toen Grace haar hoofd afkeerde, besefte ze hoeveel anderen ook ziek waren. De stank van dysenterie en braaksel vulde de lucht, evenals het gekreun van de ouderen en het gedrein van de jongste kinderen. Naarmate anderen wakker werden en beseften dat zij zelf ook ziek waren, voegden meer angstige kreten om water zich bij het koor.

'Liam,' zei Grace gebiedend. 'Liam, waar zit je?'

Hij kwam uit de schemer tevoorschijn. 'Ik zit boven aan de trap,' zei hij en haalde zijn neus op. 'Het stinkt hier vreselijk.'

'Aye. Het is heel erg.' Ze zweeg even en dacht na. 'Ik wil dat je kapitein Reinders zoekt. Vertel hem dat we hier koorts hebben. Er moet nodig water gebracht worden en de dokter moet komen. Kun je dat, jongen?'

Hij knikte.

'Wees voorzichtig boven,' waarschuwde ze. 'Het dek is glibberig en je kunt zomaar onderuitgaan. Ga nou maar en kom meteen terug.'

Hij was al weg en stommelde de trap op voordat ze uitgesproken was.

'Nou komt de dokter,' stelde ze Alice gerust. 'Hij weet wat hij moet doen en we zullen zorgen dat ze het luik open laten, zodat we weer frisse lucht krijgen.' Ze nam haar vriendin bij de hand. 'Ik moet even naar Mary Kate kijken. Daarna kom ik meteen terug.'

De lucht was een beetje frisser aan de voorkant, omdat ze elke keer dat iemand naar binnen of naar buiten ging, een windvlaag opvingen; toch bleef een misselijkmakende stank in alle dekens en kleren hangen. Ze legde een hand op het warme bundeltje dat vredig op hun bed lag en maakte haar zachtjes wakker.

'Word wakker, kind,' mompelde ze. 'Word wakker en kom uit je dromen.'

Mary Kate opende haar ogen en ging rechtop zitten, knipperde moeizaam met haar ogen en stak haar armen uit naar haar moeder. Ze gaapte en hoestte toen.

'Jakkes,' zei ze en trok haar neus op.

'Aye.' Grace veegde het slordige haar uit het gezicht van haar dochtertje, dat gelukkig koel aanvoelde.

'Zijn de mensen ziek?'

'Inderdaad. En wij kunnen beter zorgen dat we gezond blijven.'

'Is Siobahn dood?' vroeg ze. Graces hart kromp ineen toen ze hoorde hoe nuchter haar dochter die vraag stelde.

'Ach nee, meisje! Siobahn is ziek, dat is waar, maar haar moeder is bij haar en Liam is de dokter halen. We moeten overal het beste van hopen,' zei Grace en vroeg zich af hoe dit klonk in de oren van een kind dat opgroeide te midden van ellende; voor wie ziekte, honger en dood dagelijkse realiteit waren. 'Pak je mantel. En doe je laarzen aan. Zodra Liam terugkomt, gaan wij ons eten halen.'

Mary Kate deed wat haar gezegd werd. Toen Liam naar beneden kwam, het vooronder in, liep er echter niemand achter hem aan en zijn gezicht weerspiegelde zijn woede.

'Ach, wat een eejit is die man.' Liam rukte zijn pet af. 'De kapitein zegt dat hij meteen moet gaan, maar híj zegt dat hij eerst moet eten! En na het eten moet hij koffie en dan zijn pijp en dan zijn dagelijkse gezondheidswandeling!' Even won de nieuwsgierigheid van de jongen het van zijn afkeer. 'Wat is een gezondheidswandeling?'

Grace haalde haar schouders op. 'Gewoon iets om te zorgen dat hij niet naar beneden hoeft, zo te horen. Waar is de kapitein?'

'Op het voorschip met meneer Mackley, de stuurman. Ze stuurden die Boardham naar de dokter en ik moest mee om hem de weg te wijzen.' Hij keek nu weer kwaad.

'Heb je het wel tegen de kapitein gezegd?'

'Dat mocht niet! Van Boardham, bedoel ik. Die zei dat de dokter zou komen als hij klaar was en dat ik de kapitein met rust moest laten omdat hij genoeg te doen had met de storm die er aankomt en zo.'

'Komt er dan storm?' vroeg Grace, terwijl ze plotseling besefte dat het schip heviger stampte, dat de lantaarns heen en weer zwaaiden aan hun haken en dat het hout kreunde.

'O, aye!' Liams ogen glinsterden. 'Een geweldige storm! Vlak voor ons draait een enorme zwarte wolk boven zee rond en de kapitein zegt dat we eraan moeten geloven.' Hij klapte opgewonden in zijn handen. 'Ik ga naar boven om te kijken!'

Grace kreeg nog net een punt van zijn blouse te pakken. 'O nee, niets daarvan! Jij blijft hier bij Mary Kate terwijl ik eten en water ga halen,' beval ze. 'Straks kunnen we hier misschien een hele tijd niet meer weg.'

Hij deed zijn armen over elkaar, draaide zijn hoofd weg en snoof verongelijkt.

'Weet je wat,' zei ze om hem over te halen, 'als de storm ons nog niet overvallen heeft als ik terugkom, doen we onze jassen aan en gaan met zijn drieën naar boven. Maar dan moet je precies doen wat ik zeg. Hoor je, Liam?'

Hij knikte met tegenzin.

'En als de dokter komt, breng jij hem meteen naar je zusje. Tot die tijd blijf je hier bij Mary Kate. Begrepen?'

Opnieuw knikte hij stug; hij liet goed merken dat het ver beneden zijn waardigheid was om op kleine kinderen te moeten passen. Maar tegen de tijd dat zij er klaar voor was om naar boven te gaan, had hij zijn waardigheid alweer opzijgezet; hij zat in kleermakerszit op het bed tegenover Mary Kate en vermaakte haar met een klapspelletje.

Zodra Grace op het dek stapte, werd ze gegrepen door een rukwind en alleen met grote moeite kreeg ze het luik achter zich dicht. Toen boog ze haar hoofd en duwde zichzelf voorwaarts, waarbij ze zich aan de ene paal na de andere vastklampte om te voorkomen dat ze omvergeblazen werd. De hemel was nu bijna even donker als 's nachts, maar de dichte, ronddraaiende regenmassa vlak voor het schip was nog zwarter. Kapitein Reinders stond bij de helmstok met de hand aan zijn mond tegen de wind in bevelen te schreeuwen. Een paar matrozen klauterden uit het want, waar ze de zeilen binnengehaald en vastgebonden hadden, terwijl de rest snel bezig was het dek veilig te maken. Aan hun geconcentreerde houding viel af te lezen hoe urgent dit werk was. Grace voelde haar hart verkillen van angst; ze worstelde zich naar de kombuis en duwde de deur open.

'Je bent te laat!' schreeuwde de kok. 'Ik heb alles opgeborgen! Zie je dan niet dat we verschrikkelijk zwaar weer krijgen, mens?'

'Alstublieft,' riep Grace boven het bulderen van de wind uit. 'Wat u maar hebt!'

Hij knoopte het touw rond een kast los en trok er een vettig pakket uit. 'Gebakken brood,' gromde hij en schoof het naar haar toe. 'Boter en kaas.'

Ze propte alles stevig in haar etensmand en bedankte hem uitbundig.

'Neem dit maar.' Hij duwde drie gekookte eieren in haar handen. 'En dit.' Hij had al een stenen kruik met thee gevuld. 'Kom niet meer naar boven als het zo erg is,' waarschuwde hij. 'Je slaat zó overboord en niemand die je er uit kan vissen.'

'Dank u wel!' schreeuwde Grace. 'God zegene u!'

Nu was de wind nog erger en de regen sloeg verblindend in haar gezicht. Ze sloeg zich erdoorheen naar de steile trap en rukte het luik open. Toen ze in het vooronder afdaalde, vond ze het daar een ogenblik warm en droog, maar daarna overstelpend benauwd.

'Kom op de trap zitten,' wenkte ze Liam en Mary Kate en zij volgden haar tot halverwege, waar de stank niet zo erg was.

Ze maakte het pakket los en gaf hun ieder een gebakken boterham die ze eerst langs de boter had gehaald. Dit verslonden ze onmiddellijk, gevolgd door de kaas en eieren; tot slot spoelden ze alles weg met thee.

'We kunnen niet meer naar boven,' waarschuwde ze hen, Liam recht aankijkend. 'De storm is veel te woest. Het is niet veilig.'

'Waar moeten we dan plassen?' vroeg Liam. 'En hoe moet het met dat water voor mam en Siobahn?'

'Ik heb nog een beetje water van gisteren,' bedacht ze hardop. 'Als je het niet kunt ophouden, plas dan maar in de pot bij ons bed. Maar niet ernaast,' vermaande ze. 'Het is hier al smerig genoeg.'

Mary Kate keek met grote ogen naar haar op en knikte plechtig.

'Blijf hier, allebei,' beval ze. 'En verroer je niet. Ik ga je moeder opzoeken, Liam, en zorgen dat ze wat eet.'

De lucht werd beslist slechter naarmate ze verder naar achter liep in het vooronder en ze wenste dat ze de Kelleys op de een of andere manier naar een plek dichter bij de trap kon verhuizen. Aan het begin van de reis zou ze niet geaarzeld hebben hen alledrie in haar eigen bed te nemen; maar nu dácht ze daar niet eens aan, bekende ze zichzelf beschaamd. De noodzaak om te overleven maakte hen allemaal egoïstisch – het leven van haar eigen kind was belangrijker voor haar dan het leven van een ander kind, hoe dierbaar ook. Dat was de nuchtere, tragische waarheid. Toch werd haar hart zwaar bij het besef dat ze zozeer was veranderd.

'Hier.' Alice keek op bij het horen van haar stem. 'Nu moet je wat eten, anders kun je helemaal niets voor haar doen.' Ze overhandigde de uitgeputte vrouw een gekookt ei en een stuk brood en schonk de rest van de thee in Siobahns mok. 'Eet en drink, Alice. Dat moet.'

Alice zuchtte, knikte toen en begon de schil van het ei te pellen. Grace voelde Siobahns gezicht en luisterde naar haar oppervlakkige ademhaling; haar ogen bleven gesloten en haar borstkas reutelde.

'Waar blijft de dokter nou?' vroeg Alice uiteindelijk.

'Liam zegt dat de kapitein hem bevel gaf naar beneden te gaan, maar nu zitten we in een verschrikkelijke storm en ik weet niet wat er gebeurt. Ik ben zelf boven geweest,' vertelde ze. 'Het is ernstig; de hele bemanning is paraat en de kapitein heeft het druk om ons er veilig doorheen te krijgen.'

'Is hij Engels, die dokter?'

'Amerikaans,' vertelde Grace haar. 'Maar hij neemt een Engelse echtgenote mee naar huis.'

Alices gezicht betrok. 'Die zullen we dan niet beneden zien,' zei ze bitter en pakte de hand van haar dochter.

'Nou, maar dat zal de kapitein nooit goedvinden. Al moet hij de man zelf naar beneden slepen, dan doet hij dat, dat weet ik.'

Alice zei niets, maar Grace wist dat ze weinig hoop had.

'Ik heb Liam en Mary Kate op de trap gezet. De lucht is daar beter, dus is er minder kans dat ze ziek worden. Waarom ga jij niet even bij hen zitten? Ik blijf wel bij Siobahn.'

Alice schudde haar hoofd. 'Ze wil haar moeder als ze wakker wordt.' Ze keerde zich weer van Grace af. 'Ze wil haar moeder,' zei ze opnieuw en ging naast haar slapende kind liggen.

Twee dagen en twee nachten lang leverden ze een zware strijd tegen de zee. Toen op de ochtend van de derde dag de wolken uiteen dreven, slaakten de uitgeputte matrozen een collectieve zucht van opluchting en dankten God dat ze niemand verloren hadden. Nadat de schade was opgenomen en alle mannen die gemist konden worden verlof hadden gekregen om te gaan slapen, ging de vermoeide kapitein naar beneden om de passagiers persoonlijk te vertellen dat het ergste voorbij was en dat ze weer veilig aan dek konden komen.

Onfrisse lucht – het was onmogelijk geweest de latrines te gebruiken – en grimmige, angstige gezichten had hij wel verwacht. Hij had niet gerekend op de ontzetting van moeders die weeklaagden over hun dode kinderen en evenmin op de smerige stank die op zijn ogen sloeg en zijn adem verstikte, de gapende monden van de stervenden en de verbijsterde, beschuldigende blikken die op hem gericht werden. Toen hij dit alles zag – terwijl zijn ogen zich aanpasten aan het duister – en besefte wat er gebeurd was, was hij er kapot van.

'Waar was u?' vroeg Reinders in zijn hut; hij vervloekte de man tegenover zich.

Draper verplaatste, slecht op zijn gemak, zijn gewicht van de ene voet naar de andere terwijl het schip gelijkmatig bewoog op de golven.

'In mijn hut, kapitein. Ik moest zorgen voor het welzijn van mijn eigen vrouw en kinderen. En de anderen kalmeren, voor zover noodzakelijk.'

'Welke anderen?'

'Mijn medepassagiers in de bovenste hutten natuurlijk.' Draper stak met een verontwaardigd gezicht zijn kin omhoog. 'U verwachtte toch zeker niet dat ik mijn leven zou riskeren voor die lui in het vooronder? Een verantwoordelijk medicus is het aan iedere passagier aan boord verplicht zichzelf in leven en gezond te houden om voor hen te kunnen zorgen.'

'"Iedere passagier" betekent óók de mensen beneden,' zei Reinders tandenknarsend. 'Daar heb ik u heen gestuurd vóór de storm.'

'Mijn beste man…'

Reinders sloeg met zijn vuist op het bureau. 'Hoeveel doden?'

De dokter knipperde met zijn ogen en keek de andere kant op, alsof hij diep moest nadenken. 'Vijfendertig,' rapporteerde hij iets minder verontwaardigd. 'Vooral vrouwen, kinderen en bejaarden.'

'Hoeveel zieken?'

'Ongeveer evenveel; hoewel er nu meer mannen ziek zijn, en nog altijd een aantal kinderen.' Hij zette zijn bril af en poetste die op met een zakdoek die hij uit zijn vestzakje trok. 'Een paar daarvan zullen natuurlijk sterven,' voegde hij er zakelijk aan toe. 'Maar niet allemaal. En er zullen niet veel nieuwe gevallen komen nu de zwakken er tussenuit zijn.'

Reinders rilde. Ongevoelige ellendeling, dacht hij. 'Ik wil u de hele dag daar beneden hebben, elke dag, tot dit voorbij is. Begrepen?'

Draper zette de bril weer op zijn neus. 'Kapitein, u verlangt vast niet van mij dat ik uitgeput raak en op die manier mezelf aan ziekte blootstel. Dan bent u nog verder van huis.'

'Niet verder dan nu,' snauwde Reinders. 'Tot nog toe hebt u bewezen waardeloos te zijn. We zullen zien of u die staat van dienst kunt verbeteren. Zo niet, dan zal ik u bij de ziekenhuisraad rapporteren zodra we in New York gearriveerd zijn.'

Draper sloeg afwijzend met zijn zakdoek en draaide zich om alsof hij wilde vertrekken. 'Ik heb een uitstekende reputatie, kapitein.'

'Terwijl u in Londen van het goede leven genoot, is er veel veranderd in New York, dokter.' Reinders verrees in zijn volle lengte. 'Daar zijn nu medische tuchtcolleges. Normen en waarden. Meer dan genoeg vakbekwame dokters. Geen enkel ziekenhuis zal willen samenwerken met een man die honderden zieke passagiers liet sterven in het vooronder van een schip, alleen omdat hij zijn voeten niet nat wilde maken.'

Draper keek hem achterdochtig aan.

'Dus u pakt uw drankjes en uw pillen en wat u nog meer in die tas hebt en maakt dat u beneden komt om zo veel mogelijk van die arme stakkers te redden,' beval Reinders. 'Ik stel u de rest van de reis persoonlijk verantwoordelijk voor ieder sterfgeval op mijn schip. Begrepen?'

Draper deed zijn mond open en weer dicht, draaide zich om en liep verongelijkt het vertrek uit; maar Reinders wist zeker dat hij zijn tas met spullen zou pakken en haastig naar het vooronder zou gaan. De kapitein liet zich weer in zijn stoel zakken en gaf, met zijn hoofd in zijn handen, een ogenblik toe aan zijn vertwijfeling. Hij was zo trots geweest op de bemanning en het schip, die samen de storm doorgekomen waren. Vanmorgen nog was hij, ondanks zijn vermoeidheid, zo gelukkig toen de laatste wolk overwaaide en de onbewolkte hemel stralend voor hen lag. Zo trots. En nu zo vernederd.

Er klonk een stevige klop op de deur.

'Binnen.'

'Het spijt me dat ik u moet storen, kapitein.' Mackley sloot de deur achter zich en overhandigde Reinders een stuk papier. 'Hier is de lijst.'

Reinders zuchtte terwijl hij de lijst doorkeek. 'Je hebt het gecontroleerd? De namen van de doden zijn allemaal bevestigd door iemand anders aan boord?'

'Ja, meneer.' Mackley ging in de houding staan.

Reinders liep de lijst nog eens door; de naam *Donnelly* trok zijn aandacht – geen merkteken; ook niet bij de dochter. Hij was opgelucht. Dat was tenminste iets. Toen herinnerde hij zich de jongen en keek verderop in de lijst bij *Kelley*; daar waren er veel van, en één naam in het groepje van de jongen was gemarkeerd: *Siobahn, 5 jaar*. Dat moet Liams zusje geweest zijn, dacht hij, en wreef vermoeid over zijn voorhoofd.

'Neem me niet kwalijk, kapitein.' Mackley onderbrak zijn gedachtegang.

Reinders legde de lijst op zijn bureau en keek op.

'Ik heb alle mannen die ik kon missen aan het werk gezet om de lijken in zeildoek te naaien. Als u een paar woorden wilt zeggen, kunnen we hen bij zonsondergang begraven.'

Reinders knikte. Er was een liturgie voor het begraven op zee afgedrukt in zijn kapiteinshandboek en die zou hij voorlezen. Maar dit waren bijzonder godsdienstige mensen.

'Zijn er priesters aan boord?'

'Daar heb ik al aan gedacht, kapitein; er is één oude kerel die ziek is, maar nog wel op zijn benen kan staan. Moet ik hem vragen een gebed uit te spreken of zoiets?'

'Ja.' Reinders kneep peinzend in de bovenkant van zijn neus. 'Als iedereen aan dek is voor de begrafenis, wil ik een groep mannen naar het vooronder sturen. Het stinkt daar. Er zullen nog wel wat zieke passagiers zijn en die lapzwans van een dokter hoort daar zijn eigen werk te doen, maar geef hem toch ook maar een paar karweitjes.'

'Ja, meneer. Ik zal zorgen dat het vooronder geschrobd wordt en de toiletten ook. Die zijn overgestroomd tijdens de storm. En wat doen we met hun beddengoed, kapitein? Veel dekens zijn ondergescheten. Moeten we die overboord gooien?'

Dat zou vervloekt ongemakkelijk worden voor degenen die geen extra dekens hadden, maar het zou wel moeten als ze wilden voorkomen dat de ziekte zich verspreidde. 'Probeer te redden wat je kunt, maar in geval van twijfel moeten ze overboord.'

'Aye, aye, kapitein.' Mackley pakte de lijst op. 'Het is uw schuld niet, kapitein,' bracht hij naar voren. 'Gewoon pech gehad, weet u. Die vervloekte ambtenaren van de gezondheidsdienst in Liverpool kijken hen nauwelijks na voor ze aan boord komen. En dan de storm, en ze zaten allemaal opgesloten…' Zijn stem stierf weg. 'Gewoon pech gehad,' besloot hij zwakjes.

'Je kunt gaan, Mackley,' zei Reinders, niet onvriendelijk.

Toen de stuurman weg was, stond Reinders op en keek door de patrijspoort naar de pittige, maar rustige zee; de schuimkoppen glinsterden in het zonlicht. Hij luisterde naar de golven die tegen de romp van het schip sloegen, een geluid dat hem altijd bijzonder tevreden maakte en zelfs troostte, als je dat zo kon noemen. Vandaag bracht het hem echter geen tevredenheid, geen greintje troost. Vandaag zou hij vijfendertig mannen, vrouwen en kinderen in die golven moeten begraven, en morgen nog meer. Hij kon alleen maar hopen dat niemand van de bemanning ziek werd; maar als dat wel gebeurde, zou hij ook hen begraven. Nee, het geluid van de zee en haar enorme uitgestrektheid boden vandaag geen troost, maar herinnerden hem eraan hoe klein en eenzaam ieder mens in feite was.

Twaalf

Sean zat aan de lange tafel in de prachtige eetkamer van de Livingstons. Het eten koelde af, werd snel weggehaald en meteen vervangen door een volgende gang. Vlees, gevogelte, vis – het zag er voor hem allemaal hetzelfde uit.

'U hebt nog geen hap gegeten, meneer O'Malley,' mopperde Florence met haar warme, diepe stem. 'Ik heb die fazant speciaal voor u laten bereiden, met de saus die u de vorige keer zo lekker vond.'

'Vergeef mij, juffrouw Livingston,' verontschuldigde hij zich. 'Ik had vanavond niet moeten komen. Ik ben geen geschikt gezelschap aan uw heerlijke dis.'

'Komt het door uw zus?' informeerde ze vriendelijk, zachtjes, zodat de anderen hun persoonlijke gesprek niet zouden horen. 'U zult wel behoorlijk ongerust zijn.'

'Ik ben ziek van ongerustheid,' bekende hij. 'Ik kan aan niets anders denken, dag en nacht. Het weer is zo slecht, met die vroege sneeuw en zo, en zij is daar ergens buiten in weer en wind. Zij en de kleine.'

'Is er niets wat ik kan doen?' Ze legde heimelijk, zonder dat de anderen het zagen, haar hand op zijn arm. 'Je weet dat ik graag zou willen helpen, Sean.'

Hij schudde zijn hoofd. 'Er zit niets anders op dan afwachten.'

'Ik zie ernaar uit haar te ontmoeten, die geweldige zus van jou.' Ze kneep even hartelijk in zijn arm en liet die toen los. 'Zodra ze een beetje geacclimatiseerd is, moet je haar meenemen naar een van mijn middagen.'

'O, aye. Dat zal ze fijn vinden.' Hij wierp een blik op het raam; de zware gordijnen konden het geluid van de striemende regen tegen het glas niet dempen.

'Troost hem maar niet, Florence,' berispte Jay zijn zus goedmoedig vanaf de overkant van de tafel. 'Hij is de laatste tijd een en al noodlot en melancholie. Hoor eens, beste kerel, er varen dagelijks schepen van Ierland veilig naar onze kust en er is geen enkele reden waarom jouw zus niet behouden zou aankomen. Kom, neem een glas wijn en vertel ons het laatste nieuws. Niemand kan zo onderhoudend over ontluikende democratie spreken als jij.'

Sean deed zijn mond open in een poging hem dit genoegen te doen, maar zijn hoofd was volkomen leeg. Hij stond op en maakte een buiging voor zijn gastheer en gastvrouw. 'Willen jullie me alsjeblieft vergeven, Jay, juffrouw Livingston? Ik ben zeldzaam slecht in vorm vanavond en jullie hadden de ereplaats aan jullie tafel niet aan mij moeten verspillen.'

'O, Sean, kom nou,' klaagde Jay. 'Niet weggaan.'

De andere gasten waren opgehouden met praten en keken geboeid toe. De Livingstons nodigden altijd interessante mensen aan tafel, maar deze laatste aanwinst, de kreupele Ier, stelde de meeste van hen teleur. Kijk, nu bewees hij zelf dat hij een ongelikte beer was, zoals zij al gedacht hadden.

'Nou, laat mij dan met je meelopen naar de deur,' bood Jay aan, die de situatie snel inschatte. Hij stond op, liep naar Sean toe, nam hem vriendelijk bij de arm en leidde hem naar de grote hal. 'Echt, O'Malley, dat is helemaal niets voor jou! Ik heb die mensen hier uitgenodigd vanwege hun chequeboekjes, speciaal voor jou en je geliefde zaak.'

'Ik weet niet of ik nog in de zaak geloof.' Sean liet zich door de butler in zijn jas helpen. 'Ik weet niet of er een zaak bestaat die het waard is om in te geloven.'

'Wat?' Jay stak vol afschuw zijn armen in de lucht. 'En "Ierland voor de Ieren" dan? En "Onderwijs voor Iedereen" en "Iedere man een Kiezer"?' Hij keek zijn vriend argwanend aan. 'En "Vrijheid voor de Vrijheidsstrijders" – zoals jouw geweldige vriend McDonagh, en die Lord Evans? Ben je hen soms vergeten?'

'McDonagh is dood,' zei Sean eenvoudig. 'En Evans ook.' Zijn ogen gingen onderzoekend over Livingstons gezicht. 'Goeden-avond.'

'Mijn hemel, O'Malley!' Jay greep Sean geschokt bij zijn goede arm. 'Dat had ik nog niet gehoord. Dat wist ik niet. Mijn hemel, geen wonder dat je zo van streek bent. Wat vreselijk voor je,' zei hij wat kalmer. 'Ga alsjeblieft niet zo weg. Kom mee naar de biblio-theek. Laat me een drankje voor je inschenken.'

Sean schudde zijn hoofd. 'Dat kan ik niet, op dit moment. Eén drankje loopt voor mij uit op de hele fles. Ik heb ermee moeten kappen.'

'En je zus – jij zult het haar moeten vertellen. Hij was ook een vriend van haar, toch?' Jay zag de smart op het gezicht van zijn vriend. 'Er is nog iets. Je kunt het mij vertellen, Sean. Ik zal geen woord doorvertellen, dat zweer ik.'

De twee mannen keken elkaar aan.

'Hij was haar man,' onthulde Sean. 'Ik weet niet alles – alleen dat ze getrouwd zijn en dat zij een zoon gebaard heeft. Een zoon die ze moest achterlaten.'

'Waarom?'

'Ik denk dat hij misschien te zwak was en zij moest meteen het land uit.' Weer aarzelde hij. 'Ze wordt gezocht wegens moord, Jay.'

Livingston deed geschokt een stap achteruit.

'Ze heeft een soldaat gedood. Ik weet zeker dat het zelfverde-diging was, maar ze zouden haar toch ophangen. En als ze weten dat zij niet alleen mijn zus is, maar ook de vrouw van Morgan…' Hij kromp verslagen ineen. 'Ik kan me niet voorstellen dat zij dit overleeft.'

Jay nam hem bij de arm, voerde hem kordaat mee naar de biblio-theek en sloot de deuren achter zich. Hij ging regelrecht naar het dressoir en schonk twee glazen helemaal vol. 'Hier.' Hij duwde een glas in Seans hand. 'Drink de fles maar leeg. Dat maakt mij niet uit. Drink alle vervloekte flessen in dit hele vervloekte huis maar leeg, in de hele vervloekte stad voor mijn part.'

Hij werkte zijn eigen glas in twee slokken weg, wachtte terwijl Sean hetzelfde deed en schonk voor allebei nog een groot glas in.

'Mijn gróótmoeder was een Ierse,' verkondigde Jay met vochtige ogen door de gloed van de drank. 'Mijn grootmoeder was een Ierse, in 's hemelsnaam! De taaiste oude vrouw die ik ooit gekend heb. Gaf me een draai om de oren omdat ik een te hoge dunk van mezelf had en hield daarna een urenlange preek over wie ik was en dat ik niet zo'n lage dunk van mezelf moest hebben.' Hij lachte en nam nog een slok. 'Ik weet één ding zeker, O'Malley, één ding...'

Sean knikte; ook zijn ogen waren vochtig.

'Als jouw zus ook maar half zo'n vrouw is als mijn grootmoeder was,' – Jay keek zijn vriend aan en wankelde enigszins – 'en dat geloof ik, omdat ze jouw zus is, een twistzieke O'Malley – dan zal ze niet alleen dit verlies en deze reis overleven, maar ze zal triomferen! Hoor je me, O'Malley? Ze zal triomferen!' Hij hief zijn tweede glas en dronk het leeg. 'Mijn hemel, ik ben al half verliefd op haar!'

Toen schoot Sean in de lach en de banden om zijn hart werden een klein beetje losser.

Florence vertelde hun beiden de volgende ochtend dat ze de gasten langs het ongebreidelde, hartstochtelijke gezang dat achter de deuren van de bibliotheek vandaan kwam, had moeten leiden met een gezicht alsof zij niets hoorde, en dat ze het zou waarderen als ze in de toekomst wat discreter wilden zijn. Toen ze echter Seans nieuws en het hele verhaal erachter hoorde, hield ze op met mopperen, omhelsde hem en hield hem lange tijd in haar armen.

Dertien

Grace hield haar arm om het middel van Alice tijdens de korte kerkdienst en het langdurige neerlaten van vijfendertig lichamen in zee. Ze verstevigde haar greep toen Siobahn tegen het eind aan de beurt kwam. Liam stond aan de andere kant van zijn moeder en hield haar hand vast. Zijn gezicht was vertrokken van verbijstering en ongeloof; hoe konden ze zo beroofd worden en wie was de dief? Mary Kate klemde zich met twee handen aan Grace vast. Terwijl het schip stampte, voelde Grace de geruststellende, regelmatige rukjes aan haar rok; ze dankte God bij elke ademhaling voor het feit dat haar kind levend en wel naast haar stond.

Kapitein Reinders las eerst de liturgie voor met een heldere, sterke stem die in tegenspraak was met de vermoeidheid in zijn ogen. Niemand zag zijn hand trillen toen hij de bladzijde omsloeg, men zag alleen de trotse, brede schouders die zich schrap zetten tegen de wind. Uiteindelijk sloot hij het boek en maakte plaats voor de oude priester die zijn ambtsgewaad had aangetrokken. Toen deze laatste zijn grote crucifix kuste en dat voor de menigte passagiers omhoog-hield, zonken allen zwijgend op hun knieën en baden met hem om de genade en de vergeving van hun Vader en om een snelle reis naar de hemel voor hun doden. Het zien van deze beklagenswaardige groep mensen op hun knieën, met hun hoofden gebogen voor hun Heer en Verlosser, ontroerde kapitein Reinders. Hij wendde zijn blik van hen af en liet zijn ogen rusten op de eindeloze zee.

Toen de priester klaar was, stapte Reinders weer naar voren en begon de namen van de doden voor te lezen. Hij sprak elke naam duidelijk en volledig uit terwijl zijn mannen het lichaam dat die naam gedragen had voorzichtig optakelden en het vervolgens in zee lieten zakken. Terwijl de priester ieder lichaam zegende en er het teken van het kruis boven maakte, gaven veel passagiers zich over aan hun verdriet en begonnen openlijk te huilen. De lijst was lang, maar Reinders dwong zichzelf langzaam door te gaan, zodat op iedere naam een ogenblik ter herdenking volgde. Slechts eenmaal, na Siobahn Kelley, keek hij op om de roodomrande, boze ogen van de jongen te zoeken en hem aan te kijken met – naar hij hoopte – een gepaste hoeveelheid medeleven.

De zon was nog niet onder toen het laatste lichaam in het zeemansgraf gelegd was, maar de passagiers bleven aan dek tot ze door duisternis en bittere kou naar beneden gedreven werden. Grace en Liam hielpen Alice de smalle trap af, terug naar het vochtige vooronder; daar wachtten ze even tot hun ogen gewend waren aan het grillige, sputterende licht van de olielampen. Het vooronder was helemaal schoongemaakt, maar de stank van de dood was gebleven. Grace voelde de wanhoop in het verslapte lichaam van Alice en zag geen teken van leven in haar ogen. Nu vreesde Grace ook voor háár: ook Alice leed inmiddels aan de koorts, dat was zeker, en ze zou die niet overleven als ze niet de wil had om te leven.

'Kom nou,' mompelde Grace en leidde Alice kordaat naar haar eigen bed, vlak bij de trap. 'Jij moet nu hier liggen. Ze hebben Siobahns matras weggehaald en op de kale planken kun je niet slapen.'

Alice reageerde niet, maar sloot haar ogen zodra ze haar hoofd had neergelegd. Grace ging naast haar zitten en raakte haar gezicht en handen aan. Warm. Heel warm. Zweet glinsterde op haar voorhoofd. Morgenochtend zou Grace haar vervoeren naar de plaats waar de zieken nu apart gehouden werden, maar vandaag zou Alice bij hen blijven.

Met de dokter zouden ze geen problemen krijgen; die deed alleen of hij het druk had als de kapitein of de stuurman verscheen. Reinders was in de loop van deze lange dag tweemaal naar beneden gekomen om hen allemaal toe te spreken en uit te leggen wat er zou gebeuren bij wijze van begrafenis. Eerst had hij dokter Draper voorgesteld, terwijl hij de man ruw naar voren trok, en hun verzekerd dat ze elk uur van de dag konden rekenen op medische zorg tot de ziekte voorbij was. De tweede maal had hij hun gevraagd hun bezittingen op orde te brengen, zodat de zieken in een soort ziekenboeg bij elkaar konden liggen in een apart deel van het vooronder. Zo zou de dokter beter voor hen kunnen zorgen en de gezonde mensen konden ontzien worden. Op dat moment hadden Grace en een visser uit Galway zich vrijwillig aangemeld om het kleine ziekenhuis op te zetten.

Zodra ze met het feitelijke verhuizen waren begonnen, verliep alles vlot. Veel mensen wilden maar al te graag wat om handen hebben om hun gedachten af te leiden van de angst dat ook zij aan boord van dit schip zouden sterven en het beloofde land nooit zouden bereiken. Ze werden het erover eens dat er zo veel mogelijk van de resterende matrassen naar de ziekenboeg verhuisd moesten worden, zodat de zieken wat comfortabeler konden liggen. Er werd ook wel gemopperd en sommigen vonden het beangstigend dat ze tussen de andere zieken moesten liggen, alsof dat een doodsvonnis was; maar over het algemeen deden ze wat hun gevraagd werd. Tegen de tijd dat meneer Mackley de begrafenisdienst aankondigde, lagen alle zieken in één hoek van het vooronder, van de gezonde mensen gescheiden door twee rijen lege bedden. Het feit dat zo veel bedden leeg konden blijven, was veelzeggend.

Grace keek op en zag dat Liam duizelig van de spanning naast haar stond en ongerust naar het gezicht van zijn moeder keek. Ze pakte zijn kleine hand.

'Ze slaapt alleen maar,' zei ze troostend. 'Is ze niet dag en nacht opgebleven bij Siobahn, tot ze niet meer kon? Morgen gaat het beter, let maar op.'

Hij rukte zijn ogen los van Alice en keek haar aan. Zijn ogen toonden even weinig hoop als die van zijn moeder, maar hij was op dit moment nog bereid zich te laten overtuigen. Ze stond op, sloeg haar armen om zijn stugge schouders, trok hem naar zich toe en kuste hem boven op zijn dichte, zilte haardos. Na een tijdje liet hij zijn armen om haar middel glijden en leunde tegen haar aan.

'Nu moet je gaan liggen, Liam, en proberen uit te rusten,' drong ze aan.

'En als ze nou midden in de nacht wat nodig heeft?' vroeg hij ongelukkig. 'Nu ben ik alles wat ze heeft.'
'Vergeet je ons tweeën soms?' mopperde Grace vriendelijk. 'Je staat er niet alleen voor, weet je.'
Zijn gezicht was veel te bleek, dacht ze, en ze keek naar haar eigen dochtertje dat iets terzijde stond en haar blik beantwoordde. Het meisje verdroeg alles zwijgend, alsof zij het mysterie van leven en dood beter begreep dan zij allemaal.
'Mary Kate is zó moe,' fluisterde Grace in Liams oor. 'Wil jij bij haar liggen tot ze slaapt? Ik ben bang dat ze eraf rolt en ik heb nog wat te doen.'
Hij knikte tegen haar borst; dat wilde hij wel voor haar doen. Hij schoof uit haar warmte, hees zichzelf op het bed boven zijn moeder en stak zijn armen over de rand terwijl Grace Mary Kate optilde. Toen het kind onder de dunne deken was gaan liggen, krulde hij zich achter haar met één arm beschermend over haar lichaam geslagen en haar zachte haar vlak onder zijn kin genesteld, zoals hij bijna alle nachten van zijn leven naast Siobahn had gelegen. Mary Kate leek te weten dat dit hem troost bood; ze ging dicht tegen hem aan liggen, slaakte een diepe zucht en sloot haar ogen. Grace bad met hen en wenste hun een goede nacht, terwijl ze ter wille van Liam deed alsof ze de tranen niet zag die hij met zo veel moeite probeerde te verbergen.
Vanavond speelden er geen violisten en niemand danste; iedereen was te uitgeput en te wanhopig voor dromen. Terwijl Grace haar weg zocht tussen de smalle bedden, hoorde ze het gekreun van mannen die in hun slaap verschoven, verkrampt en ongemakkelijk op de harde planken, niet in staat iets voor hun vrouwen en kinderen te doen. Ze zag een vrouw, nu alleen, op de rand van haar bed heen en weer wiegen, met haar rok tussen beide handen verfrommeld tegen haar mond gedrukt om haar snikken te smoren. Grace legde in het voorbijgaan even een hand op haar hoofd. Ze luisterde tot ze het geluid van jengelende baby's, het zachte, klokkende geluid waarmee hun moeders hen susten en het tevreden gesabbel dat daarop volgde, hoorde. Niet alle kleine kinderen waren gestorven en dat gaf haar nieuwe moed. Ze bewoog voorzichtig door de schaduwen terug naar het licht van het gedeelte waar de zieken

lagen en waar de dokter op een afstandje tersluiks op zijn horloge stond te kijken.

'Goedenavond, dokter Draper.' Hij schrok op van haar stem. 'U gaat zeker gauw weer naar uw familie? Na zo'n lange dag als vandaag.'

'Dat doe ik niet!' Zijn frustratie doorbrak zijn besluit niet met deze bedelaars te converseren. 'Dat durf ik niet! Ik ben nu grondig blootgesteld aan alle ziektes die jullie aan boord gebracht hebben en ik kan zeker niet teruggaan naar mijn hut, waar jonge, onschuldige kinderen liggen te slapen bij hun lieve moeder!' Hij keek haar uitdagend aan, alsof dit alles haar schuld was.

'Dat is nou jammer,' sprak ze meelevend.

'Jammer is te zwak uitgedrukt! Toen kapitein Reinders mij beval in dit... dit hol te blijven, begreep hij wel degelijk wat daar de gevolgen van zouden zijn. Maar hij aarzelde niet toen hij bedacht welk ongemak – sterker nog: risico – dit voor mijn eigen gezin met zich meebrengt! Welke man doet zoiets?'

'Nou, ja, dat weet ik nog zo net niet,' antwoordde Grace bedachtzaam. 'Kapitein Reinders lijkt me een fatsoenlijke man, een man die geeft om iedereen op het schip.'

Draper propte het horloge terug in zijn vestzakje en keek woedend op haar neer. 'Wat wil je? Waarom val je me lastig? Als je ziek bent, ga dan liggen, dan kom ik later wel naar je kijken.'

'Ach, nee, mij mankeert niets, dank u,' zei Grace zo onnozel mogelijk. 'Maar ik vraag me af wat u nou doet voor die anderen. Kunt u hen genezen?' Ze wierp een blik op de twee leren dokterstassen die half geopend op een leeg bed stonden. 'Bestaat er een medicijn tegen?'

Hij volgde haar blik en zijn ogen vernauwden zich. 'Waarom?'

Grace haalde haar schouders op en hoopte dat ze onverschillig leek. 'Ik ben nieuwsgierig, anders niet. Mijn gran was een goeie met genezen; ze maakte allerlei medicijnen van kruiden die ze uit het veld en het bos bij onze hut haalde.'

'Een baker dus,' zei Draper neerbuigend.

'Ach, nee! Ze haalde geen kindjes, ze zorgde alleen voor zieken en gewonden. Geneeskunde voor armelui, meer niet, maar ik hielp haar soms en ik vroeg het me af. Dat is alles.'

De dokter weigerde in het gesprek betrokken te raken.

'U moet wel alles over genezen weten,' vleide ze. 'Naar de universiteit geweest en zo. In de grote ziekenhuizen van Londen en Amerika gewerkt. Ik durf te wedden dat er niets is wat u niet weet.'

Zijn gezicht weerspiegelde de tweestrijd tussen trots en koppigheid; uiteindelijk bleek trots de voorlopige winnaar. Hij bekeek Grace nog eens van top tot teen en knipte toen met zijn vingers; een gebaar dat haar toestemming gaf hem op eerbiedige afstand te volgen.

'Aangezien je enige minderwaardige interesse in medicijnen schijnt te hebben, zal ik je een blik op mijn heelkunde schenken.' Draper opende de eerste tas met een zo zwierig gebaar dat Grace aanvankelijk alleen zilver zag flitsen. Hij haalde alle instrumenten eruit terwijl hij ze besprak. 'Forceps voor moeilijke bevallingen, zagen en messen voor amputatie, natuurlijk. Een zaag van Hey, tourniquets ...' Hij glimlachte neerbuigend toen hij Grace zag verbleken. 'Ik weet zeker dat jouw opoe zulke moderne spullen niet had. Gebruikte een oude bijl, neem ik aan, zo van de houtstapel. Hoogstwaarschijnlijk hechtte ze wonden met dezelfde naald en draad als waarmee ze dekens doorstikte.'

Nu ging hij helemaal op in zijn voorstelling. Hij stak zijn hand dieper in de tas en haalde een klein etui van bewerkt leer tevoorschijn, maakte de gesp los en legde het open neer.

'Dit is een kleine standaardverbanduitrusting,' legde hij uit, overdreven articulerend, alsof hij tegen een achterlijk kind sprak. 'Scalpel, tandvleeslancet, tenaculum, schaar... Dit heet een bistouri.' Hij hield een klein, smal mes omhoog en draaide het om het licht op te vangen. 'Bijzonder scherp,' voegde hij eraan toe terwijl hij het puntje zachtjes aanraakte en op haar reactie lette. 'Snijdt dwars door vlees en spieren heen.'

Grace wierp een blik op de rij kromme naalden, op maat gerangschikt en op hun plaats gehouden door smalle strookjes leer.

'Hechten.' Liefdevol liet hij zijn wijsvinger over het rijtje naalden glijden. 'Geen wond te groot of te klein. Bijzonder bruikbare uitrusting. Men kan allerlei soorten operaties met succes verrichten met alleen dit materiaal. Een goede arts gaat nooit op stap zonder dit etui. Ik in elk geval niet.'

'Zou ik ook niet doen.' Grace slikte zichtbaar; haar mond was droog. 'En... en in de andere tas?'

'Voor te schrijven medicijnen,' zei hij gewichtig, terwijl hij de tweede tas opende en er een assortiment potjes, brede flessen, blikjes en papieren puntzakjes uit opdiepte. 'Capiribalsem, wonderolie, krimmetart, kalomel – tegen wormen.' Hij keek haar even aan en ging toen verder, terwijl hij het ene na het andere voorwerp optilde. 'Geest van hertshoorn, jalapwortelpoeder – een wonderbaarlijk purgeermiddel; kloosterbalsem, epsomzout, rabarberpoeder, pepermunt, laudanum...' Hij zweeg en zijn ogen vernauwden zich vol achterdocht. 'Ben je soms vertrouwd met laudanum?'

'Ach, nee,' zei Grace onschuldig, hoewel ze de blauwe fles goed in zich opgenomen had. 'Waar is het dan voor?'

'Kiespijn,' beweerde hij. 'Akelig spul, overigens. Veroorzaakt misselijkheid en waanideeën, maar ik vrees dat ik geteisterd word door kiespijn en dus moet ik altijd een fles bij me hebben voor het geval de pijn ondraaglijk wordt.'

'Dat is zeker wijs,' prees Grace. 'Dat kunnen we nou niet hebben, dat de dokter gek wordt van de pijn, nu we allemaal afhankelijk zijn van zijn wijsheid. En hoe zit het met die pot pillen daar?' Ze wees op de laatste fles.

'Ha!' Drapers ogen lichtten op. 'Kwikpillen! Een voorbeeld van moderne geneeskunde in haar meest verfijnde vorm,' zei hij gloedvol. 'Een uitstekende panacee die bijzonder wordt aanbevolen door de arts van de koninklijke familie. Mijn meest geliefde geneesmiddel.'

'Dus dat geeft u aan de lui met koorts?' Grace nam zijn enthousiaste toon over. 'Kwikpillen?'

Snel matigde de dokter zijn uitbundigheid en hij verstevigde zijn greep op de fles met een bezitterig gebaar. 'Nou, eh... nee. Ik bedoel: niet altijd. Alleen als ze het wérkelijk nodig hebben.'

'En hoe weet u dat, dokter?'

'Dat vereist een exacte inschatting,' antwoordde hij; hij zette opnieuw een hoge borst op. 'Als patiënten slechts lichte symptomen hebben, dan hebben zij ze niet nodig, en als ze al bezig zijn te bezwijken, dan zullen de pillen natuurlijk ook niet meer baten.'

'Aha!' knikte Grace. 'Dat is dus de truc: om ze nét een tel voor ze doodgaan zo'n pil te geven.'

Draper fronste zijn wenkbrauwen. 'Daar bestaat geen trúc voor, zoals jij dat noemt. De dokter bekijkt zijn patiënt zorgvuldig en dient de kwikpil precies op het juiste moment toe. Waarop de patiënt goed herstelt.'

'Hebt u er wel genoeg, vraag ik me af?' Hij wierp een blik op de fles die overduidelijk vol was. 'Ik neem aan van wel.'

'En hoeveel hebt u er al uitgedeeld?' vroeg ze. 'Vandaag, bedoel ik.'

Hij aarzelde even. 'Niet een.'

Grace keek naar de ongeveer dertig mensen die in de ziekenboeg lagen. 'Dus al die lui daar zijn óf niet echt ziek, óf zo goed als dood, wilt u zeggen?'

Hij vernauwde zijn ogen weer en knikte.

Zij zuchtte alsof dit alles haar begrip te boven ging. 'Nou, u bent echt een goeie dokter, reken maar! Is het geen zegen om u aan boord te hebben? U bent vast en zeker moe van het opblijven om op het juiste moment te wachten voor al die arme zielen.' Ze zweeg even. 'Dus ga ik nu maar en laat u met rust. En bedankt voor uw tijd.'

Hij knikte kort, niet bereid nog een woord aan haar te verspillen en niet helemaal zeker van wat er zojuist plaatsgevonden had. Toen hij haar nakeek terwijl ze haar weg zocht door het vaag verlichte vooronder, kreeg hij het gevoel dat er met hem gespeeld werd, maar je wist het nooit met vrouwen – wispelturige wezens. Besluiteloos, vaag. En deze was natuurlijk nog Iers op de koop toe en daarom niet in staat enig zinnig gesprek te voeren, laat staan als er logisch denken aan te pas kwam. Hij verachtte de Ieren – ze praatten en praatten maar, en uiteindelijk werd er weinig gezegd.

Nu schoot hem weer te binnen wie ze was en waar hij haar eerder gezien had. Zij was de vrouw die hem die avond aan het diner zo ongemanierd had aangesproken in een poging meer aardappels voor zichzelf en haar bleke, waakzame snotaap te bemachtigen. Dat soort hebberigheid was om misselijk van te worden; hij was blij toen ze niet meer verschenen was. Het was verstandig om haar weg te houden uit fatsoenlijk gezelschap. Hij had verondersteld dat anderen de klacht over haar manieren en volkomen ongeschiktheid voor het publiek van de eerste klasse hadden opgepakt en dat de kapitein onmiddellijk de juiste beslissing genomen had. Bij nader inzien herinnerde hij zich nu echter ook dat hij de kapitein verschillende malen vertrouwelijk met haar had zien praten. Een raadsel. Hij nam de houding aan die hem het liefst was, met zijn hand aan zijn kin, en herinnerde zich de verhalen over scheepskapiteins die af en toe een vrouw aan boord hielden, vermomd als passagier. Zou kunnen. Hij haalde zijn schouders op. Het ging hem natuurlijk niets aan als Reinders zo nodig met een waardeloze, ordinaire vrouw wilde stoeien. Hoewel dit misschien op de een of andere manier in zijn voordeel zou kunnen werken – bijvoorbeeld om wraak te nemen voor zijn overplaatsing naar deze hel.

Hij ging op de rand van het bed zitten en begon zijn potten en flessen op te bergen, zich warmend aan de gedachte Reinders te ruïneren zodra ze in New York aankwamen. Maar hoe zou hij dat aanpakken? Hij pakte de laudanum en wachtte een ogenblik voordat hij omzichtig de kurk uit het flesje trok en een slok nam. Diep nadenkend deed hij de stop er weer op en pakte de fles zorgvuldig in een lap stof, genietend van het effect van de eerste golf van het slaapmiddel. Het zou hem met een beetje hulp wel te binnen schieten. Hij ging liggen en dreef weg in een bijzonder bevredigende fantasie waarin een web werd gesponnen van schande voor de kapitein en eerbetoon aan de hooggeëerde dokter die misschien zelfs, in de loop van dit complot, in zijn eigen vrije tijd heimelijk wat plezier kon beleven aan die jonge vrouw die alleen een strakke hand nodig had om haar op het rechte pad te brengen. Hij sloot zijn ogen en likte zijn lippen af, zodat de plakkerige restanten tintelden op het puntje van zijn tong terwijl hij zijn hart ophaalde aan heerlijke visioenen van bevrijding.

Grace zocht voorzichtig haar weg tussen kisten en koffers naar haar bed. De geluiden van onrustige slaap volgden haar, evenals de blikken van de mensen die nog wakker waren. Zij passeerde hen zonder iets te zien; haar gedachten waren bij haar plan. De dokter zou uiteindelijk in slaap vallen, wist ze, en zijn slaap zou vergezeld gaan van diep gesnurk. Zij zou desnoods de hele nacht wakker liggen, zodat ze op het juiste moment naar die tas kon glippen, de sluiting losmaken en een handvol van die kwikpillen eruit schudden. En als kwikpillen niet genoeg waren om Alice in leven te houden, nou, dan zou ze ook de laudanum nog hebben. Siobahn was onder verschrikkelijke pijnen gestorven, en Liam zou zijn moeder niet op dezelfde manier zien heengaan. Als er niets anders opzat en alles verloren was, zou ze Alice genoeg laudanum geven om in vrede de grote oversteek te maken. Ze stond zichzelf niet toe te bedenken dat dit alles ook voor haarzelf of voor Mary Kate nodig zou kunnen zijn; wel bleef ze lang bij het bed staan om het rijzen en dalen van de borst van haar dochtertje te observeren, de achterkant van haar hand op haar wang te leggen en het verwarde haar glad te strijken.

Ze stopte de deken in om Liams magere schouders, voelde ook aan zijn gezicht en streed tegen de golf van hulpeloosheid die haar dreigde te overweldigen. Toen ging ze op de koude, harde trap zitten, trok haar omslagdoek strak om zich heen en hield het andere einde van het vooronder nauwlettend in de gaten tot het licht verflauwde en het gesnurk van de dokter haar vertelde dat het eindelijk tijd was.

Veertien

23 december 1847, schreef Reinders in zijn logboek. *Windstil.* En omdat er verder niets te vertellen viel, sloot hij het boek daarna weer.

Het vroor. De zware mist waarin ze verzeild geraakt waren, vervormde het geluid van de bemanningsleden die naar elkaar riepen van het voor- naar het achterschip, van het kraaiennest naar het dek. Mist bleef aan de zeilen en masten hangen en vormde dikke, trage druppels die hangend bevroren: ze werden ijskoud, veranderden daarna in ijsdruppels en vormden ten slotte ijspegels. Het dek was verraderlijk, ondanks de emmers zeewater die er overheen gegooid waren. Matrozen wikkelden vodden om hun handpalmen; hun vingers hielden ze vrij om de touwen te kunnen bedienen. En als hun vingers verstijfden van de kou, bliezen ze die weer warm. De *Eliza J* stampte zachtjes op de rustige zee: de touwen en katrollen sloegen tegen de zwaaiende masten, het enige zeil klapperde lusteloos alle kanten op, op zoek naar een zuchtje wind dat het schip uit deze problemen zou kunnen trekken.

Ze hadden voldoende voedsel, hoewel ze nu vijf dagen achter waren op schema, zonder uitzicht op wind. Hij kon nog niet met een goed geweten bevel geven het water te rantsoeneren – niet nu er nog zo veel zieken waren – hoewel dat binnen vierentwintig uur zou moeten gebeuren, omdat ze vaten verloren waren in de storm. Niet iedereen haalde zijn voedselrantsoen op, zelfs niet nadat hij Mackley naar beneden gestuurd had om met klem te zeggen dat iedereen die daartoe in staat was dat moest doen om op krachten te blijven. Het was stil beneden, had Mackley gerapporteerd. Geen gezang of muziek. Degenen die zich aan dek waagden, waren ook stil; ze hielden hun ogen neergeslagen en hun gezichten stonden grimmig.

Reinders haalde diep adem en blies luidruchtig weer uit; hij had vannacht een nachtmerrie gehad die hem nog altijd achtervolgde. Hij was in Georgia op de markt en daar waren Lily's kinderen, geketend. De veilingmeester vroeg om een openingsbod en Reinders deed zijn mond open, maar er kwam geen geluid; hij probeerde zijn arm op te steken, maar besefte dat hij stevig vastgebonden was. Hij worstelde hulpeloos terwijl het bieden om hem heen doorging. Daarna waren de kinderen weg en stond hij zelf op het blok, uitkijkend over een zee van blanke gezichten en wanhopig wensend dat iemand zou beseffen dat er een vergissing gemaakt was. Dat gebeurde niet; hij werd verkocht. Toen de kar van zijn nieuwe eigenaar de stad uit begon te rijden, keek Reinders naar buiten en zag zijn moeder aan de rand van de menigte staan, huilend en zijn naam roepend, terwijl vreemde mensen haar tegenhielden. Hij was in verschrikkelijke paniek ontwaakt, met een pijnlijk intens verlangen om haar nog eenmaal te zien, voor het laatst.

'Mackley,' riep hij terwijl hij opstond en zijn jas aantrok.

'Present, meneer.' Mackley verscheen in de deuropening met donkere kringen onder zijn ogen, die ondanks het slaapgebrek nog altijd vrolijk stonden.

'Is er al wind?'

'Alleen wat uit het achterste van de matrozen komt, kapitein, anders niet.'

Reinders lachte ondanks zichzelf. 'Verzamel de bemanning, wil je? Ik kom naar boven.'

Mackley gaf hem zijn pet aan. 'Aye, aye, kapitein. Iedereen?'

'Alleen de ochtendploeg. Laat de anderen maar slapen zolang het nog kan.'

'Het weer zou kunnen veranderen, kapitein.'

'Laten we het hopen,' zei Reinders en deed de deur achter zich dicht.

De ochtend bracht geen verlichting; de lucht die tot het vooronder doordrong, was nog altijd ijzig koud. Grace was tot op het bot verkleumd. Alice was nu met twee dekens bedekt, maar huiverde nog altijd ondanks de hitte die haar gezicht uitstraalde. Bij zonsopgang had Grace een van de kwikpillen tussen haar klapperende tanden geduwd en gezorgd dat ze die inslikte. Het had echter niet geholpen. Grace vervloekte zichzelf omdat ze de dokter niet gevraagd had hoeveel pillen per dag nodig waren en hoe lang het duurde voordat de patiënt beter begon te worden. Ze besloot niet te wachten, maar Alice nu nog een pil te geven.

Liam en Mary Kate zaten samen onder een deken en een omslagdoek boven aan de trap, precies in de ijzige lucht, maar vrij van de stank onderin. Grace controleerde of het goed met hen ging en keerde terug naar Alice om op haar te letten. Ze was uitgeput – ze had vannacht geen rust gehad – en bezorgd dat haar eigen duizeligheid wees op het begin van de koorts in plaats van op vermoeidheid. Ze had in de vroege ochtend geprobeerd haar plicht tegenover Alice af te wegen tegen de plicht zelf in leven te blijven, maar ontdekte dat ze geen beslissing kon nemen – niet met Liams angstige, bezorgde ogen die haar onderzoekend aankeken, elke keer dat hij kwam kijken of zijn moeder al beter werd.

'Grace.' Alices stem was hees en rauw en haar ogen waren bloeddoorlopen; ze worstelde om te gaan zitten, maar ze was niet sterk genoeg en viel terug.

'Hier ben ik, Alice. Hier ben ik.' Grace trok de deken weer omhoog. 'Rust maar uit. Je zult je beter voelen als je wat slaapt. We praten later nog wel.'

Alice keek naar het bewegen van Graces lippen en glimlachte toen; Grace herkende de glimlach van een stervende.

'Nu,' fluisterde Alice.

Grace knikte en liet de leugen van het 'snel beter worden' varen.

Alice hoestte en ademde zwoegend in. 'Siobahn is nog zo klein,' bracht ze hijgend uit. 'Liam' – ze haalde nog eens adem – 'kan… bij jou blijven.'

Grace luisterde en deed haar best sterk te blijven.

'Zijn vader.' Alice trok een grimas. 'Ik… weet niet…'

Grace reikte onder de deken en vond Alices hand. 'Hij gaat nergens naartoe voordat ik weet dat alles goed is,' bezwoer ze haar. 'Ik zal op hem passen. Dat beloof ik.'

Tranen van opluchting sprongen in Alices uitgeputte ogen; haar mond beefde. 'Dank je wel,' fluisterde ze. 'Laat hem niet... zien.'

'Ik zal je helpen,' fluisterde Grace in haar oor. 'Het zal lijken of je slaapt.'

Alice begreep het en knikte dankbaar. 'Waar is hij?'

Grace liet haar even alleen, klom de trap op naar de kinderen en vertelde Liam dat zijn moeder hem nodig had en dat zij bij Mary Kate zou gaan zitten. Zijn ogen gingen wijd open, maar hij zei geen woord, knikte alleen en ging als een grote jongen naar beneden.

Grace trok haar dochtertje naar zich toe, kuste haar hoofdje en liet haar mond op het haar van het kind rusten. Zo bleven ze bijna een uur zitten tot Liam terugkwam. Zijn ogen waren opgezwollen van het huilen, maar hij had ze heftig drooggewreven met zijn vuisten. In de tijd dat hij weggeweest was, had hij begrepen – Grace zag het aan de manier waarop hij zich nu afzijdig van hen hield – dat hij niet langer de geliefde zoon van zijn moeder zou zijn, maar de zoon van een wereld die hem niet naar waarde schatte. Ze zag dat hij bang was voor de toekomst, maar vastbesloten die angst te ontkennen. Haar hart deed pijn als ze naar hem keek.

Ze hielden die nacht en de volgende dag de wacht bij Alice terwijl de pijn gestaag erger werd en zij van hen weggleed in een delirium. Grace kon haar ongemak verzachten met slokjes laudanum uit de flacon waarin ze de helft van de fles van de dokter had gegoten, waarna ze die fles had bijgevuld met water. Daarna sliep Alice vrediger. Grace nam de kinderen mee naar boven voor de frisse lucht en om aan alle treurigheid te ontsnappen. Vele anderen waren ook ziek; terwijl de een na de ander stierf, dreigde het gewicht van rouw en verdriet zelfs de gezondste geesten te verpletteren. Veel beter was geweest, werd gefluisterd, om thuis gestorven te zijn – begraven te zijn in Ierse aarde, de plek gemarkeerd en gekoesterd – dan aan boord van dit schip te sterven en verslonden te worden door de zee; angst en berouw waren bittere slippendragers.

Eindelijk, aan het eind van een lange, zware dag, haalde iemand voor het eerst sinds weken een viool tevoorschijn. Grace stapte naar het eind van haar rij en zag een oude man op de rand van zijn bed zitten om de snaren te stemmen die door het vocht vals geworden waren. Zachtjes – zo zachtjes dat Grace het eerst nauwelijks kon horen – begon hij te spelen, een paar willekeurige tonen; naarmate zijn vingers warmer werden en de muziek over hem kwam, voegden de tonen zich samen. Eerst speelde hij een lied uit haar kindertijd en toen nog een lied dat haar moeder altijd zong. Daarna was het even stil. Toen hij opnieuw begon te spelen, was het 'Stille nacht, heilige nacht', want het was kerstavond.

Nu speelde hij teder, indrukwekkend. Een andere violist begon mee te spelen, toen een fluitist. Toen viel de ene na de andere stem in tot uiteindelijk iedereen in het vooronder zong, luid genoeg om gehoord te worden ondanks hun haperende stemmen en verstikkende tranen, ondanks de ellende van hun ziel. Ze zongen omdat ze met heel hun hart geloofden dat in de geboorte van Christus de onwankelbare liefde van hun Vader en zijn medeleven in hun moeilijke omstandigheden besloten lag. Ze zongen omdat hun geliefde doden op dit moment veilig in zijn armen waren en op dit moment op hen neerkeken en hun aanbidding aanhoorden. Daarom zongen zij.

Grace zong, Liam zong en Mary Kate keek naar hen beiden, raakte haar moeders tranen aan met haar vingertjes en toen ook die van Liam. Allen zongen – elke man, elke vrouw en elk kind, ieder die nog adem had – zelfs de dokter werd ontroerd door de schoonheid van hun stemmen en zong mee. Het geluid drong door tot de kapitein die boven aan de trap stond, verbijsterd door de kracht van hun liefde voor God, zelfs te midden van de dood.

'Silent night, holy night,
All is calm, all is bright...'

Bij deze woorden keek hij omhoog en zag dat de mist was opgetrokken. De hemel was helder, vol sterren om op te navigeren, met een volle maan om de weg te wijzen. Hij keek op en was niet in staat woorden te vinden, te bewegen of te spreken; deze droomtoestand bleef volledig ononderbroken tot hij een broederlijke hand op zijn schouder voelde.

'We hebben de zeilen gehesen, kapitein,' zei Mackley. 'Vrolijk kerstfeest, meneer.'

Op eerste kerstdag werden verschillende mensen begraven, onder wie Alice Kelley. Toen de plechtigheid voorbij was en de weinigen die zich in de kou boven gewaagd hadden weer naar beneden gegaan waren, baande kapitein Reinders zich een weg naar Grace en Mary Kate.

'Ik vind het heel erg voor de jongen, van zijn moeder, mevrouw Donnelly.' Hij stond er onhandig bij met zijn pet in de hand. 'Wilt u hem dat namens mij zeggen?'

'U kunt het hem zelf zeggen, kapitein.' Ze stapte opzij en daar, achter haar, stond Liam.

Reinders keek neer op de jongen die zo vertrouwd leek, al kende hij hem eigenlijk niet echt. Hij nam de dappere houding van de magere schouders in zich op, de uitdagende kin, de mond die strak stond om elk teken van zwakheid te voorkomen, de vragende ogen die beschuldigden en probeerden te verbergen hoe verschrikkelijk gekwetst hij was.

'Jongeheer Kelley,' zei hij vriendelijk, 'dit lijkt me een goed moment om je het schip te laten zien.'

Liam zei niets, maar bekeek het gezicht van de kapitein onderzoekend. Achter hem knikte Grace nauwelijks waarneembaar.

'Kom dan.' Reinders zette zijn pet goed, sloeg een arm om de schouders van de jongen en trok hem naar voren. 'We beginnen bij de helmstok.' Hij keek over zijn schouder vluchtig naar Grace. 'Hij zal het avondeten in mijn hut gebruiken en daarna zal ik hem terugbrengen, als u het goed vindt.'

'Aye,' zei Grace. 'Dank u wel, kapitein.'

Ze wandelden samen weg; Liam zweeg en de kapitein praatte genoeg voor twee. Grace was opgelucht. Als de kapitein om de jongen gaf, zou hij haar verzoek misschien inwilligen.

'Nou jij, agra.' Ze tilde Mary Kate in haar armen. 'Vrolijk kerstfeest, hoe verdrietig deze dag ook is.'

Mary Kate knikte ernstig.

'Ik heb een cadeau voor je,' kondigde Grace aan en zette haar op een watervat. 'Mond open, ogen dicht.'

Het kleine meisje deed wat haar gezegd werd; Grace trok een klein, donker blokje uit haar zak, haalde het papier eraf en stopte het in Mary Kates mond.

De ogen van het kind gingen wijd open van verbazing en werden nog groter terwijl ze haar tong over het wonderbaarlijke ding in haar mond bewoog.

'Het is chocolade.' Grace glimlachte, blij met de verrukking op Mary Kates gezicht. 'Onze vriend de kok gaf het vanmorgen bij het ontbijt en ik heb het helemaal voor jou bewaard! Is het lekker?'

Mary Kate knikte enthousiast en sloeg toen haar armpjes om Graces nek. 'Nou!' zei ze en liet een plakkerige kus achter op haar wang. 'Ik vind je lief, mam.'

Grace overdekte het kleine gezichtje met kussen en vocht tegen de tranen; ze wist niet dat ze nog tranen had. Ze was plotseling zo dankbaar dat zij hier nog waren, zij en haar dochtertje, dat ze dit overleefden en dat ze het misschien werkelijk helemaal tot aan Amerika zouden redden.

'Is Liam nu van ons?' vroeg Mary Kate; ze werd weer even ernstig als altijd. 'Zijn mam heeft dat tegen hem gezegd.'

Grace beet op haar lip. 'Wil hij van ons zijn, denk je?'

Mary Kate dacht daar over na. 'Hij zegt dat ik nou zijn zusje ben en dat hij op me zal passen, en toen huilde hij een hele tijd en viel in slaap.'

Grace knikte, evenzeer verbaasd over de lengte van deze toespraak als over de onthulling zelf.

'We moeten zijn pa zoeken,' vertelde ze haar dochtertje. 'Maar tot die tijd zijn jullie broer en zus.'

'En de baby ook,' zei Mary Kate vertrouwelijk.

Er ging een felle steek door Graces hart bij de gedachte aan haar kleine jongen en haar oude vader die zich deze kerstdag in het klooster zat af te vragen waar zij was.

'Aye.' Ze onderdrukte haar verdriet. 'En oom Sean is er ook nog, en jouw opa – allemaal bij elkaar in Amerika.'

'Als er maar genoeg plaats is,' zei Mary Kate bezorgd.

'Voor familie is er altijd plaats.' Grace kuste haar nog eens. 'Gezegend kerstfeest, lieve meid.'

'Gezegend kerstfeest, mam.'

Vijftien

'Je bent te laat,' kondigde meneer Martin aan toen de voordeur met een klap openvloog. 'Mevrouw Geelan heeft een of ander gebraad voor ons achtergelaten en ik heb honger!'

'O, hemel, het zal de kát toch niet zijn, vader?' Julia stormde de kamer binnen, knoopte ondertussen haar jas los en gooide die toen neer. 'Ze háátte die kat. En u ook!' Ze zakte op haar stoel aan tafel en bekeek het gebraad achterdochtig.

'Ik haatte die kat absoluut niet,' verklaarde hij. 'Ik was degene die het beestje mee naar huis nam – voor jóu, lieverd, om je te troosten.'

'En dat werkte ook,' gaf ze toe. 'Tot hij groot werd. Vader, u moet echt eens toegeven dat u hem niet uit een normaal nest gehaald hebt; u moet hem bij een voorbijkomend circus vandaan hebben, of bij de zigeuners!' Haar ogen glinsterden ondeugend. 'Die hebben altijd exotische beesten – leeuwen en dergelijke.'

'Het was beslist geen leeuw.'

'Het wás beslist geen kat!' Ze pakte haar vork en prikte voorzichtig in het nog warme vlees. 'Ze zeggen dat het eigenlijk best lekker is, kat.'

'Het is geen kat!' zei hij stellig.

'Dat zeg ik dus.' Ze grijnsde en legde de vork weer neer. 'Maar goed, hoe was uw ochtend, vader?'

'Eenzaam.' Hij keek haar doordringend aan. 'Ik weet dat je niet veel met conventies ophebt, Julia, maar de meeste gezinnen brengen de kerstdagen sámen door.'

Ze knipperde met haar ogen. 'O, vader, het spijt me. Ik was het helemaal vergeten!'

'Dat weet ik,' zei hij streng, maar zijn ogen waren warm van genegenheid. 'Je zat zeker weer bij dat vod van een krant. Was daar eigenlijk wel iemand, op eerste kerstdag?'

'John, natuurlijk. Ze zijn bezig met het zetten van zijn artikel over "De Misdaad van Sir Grey en de Verkrachting van de Wet" en u weet hoe hij is: hij moet en zal toezicht houden op elke punt en komma.'

Meneer Martin glimlachte en schonk voor ieder een glas wijn in. 'Clarendon is een beetje gek geworden van zijn macht, dat valt niet te ontkennen. Nog meer arrestaties?'

'Te veel om te tellen.' Julia pakte haar glas. 'Elke keer dat er een moord plaatsvindt – en u weet hoe vaak dat is – roept hij onmiddellijk een politiemacht op naar dat district te komen en dwingt alle mannen tussen de zestien en zestig mee te doen aan de klopjacht. Als ze weigeren, moeten ze twee jaar naar de gevangenis.'

'Dat lijkt nogal wreed.'

'Het is niet alleen wreed.' Julia's ogen vlamden van woede. 'Het is beledigend! En wat nog erger is: nadat hij zijn schurken het district ingestuurd heeft, dwingt hij de dorpelingen alle kosten van hun onderhoud en onderdak te betalen! Dat is belachelijk.' Ze schudde vol afkeer het hoofd. 'Niemand mag een wapen dragen zonder speciale vergunning, behalve jachtopzieners en gezinnen die bescherming nodig hebben – lees: Engelsen – dus hoe, vervloekt nog aan toe... Sorry, vader... hoe kunnen de boeren in vredesnaam hun eigen huis beschermen of jagen om hun eigen gezin te voeden?'

'Ik neem aan dat jij je eigen artikel hierover geschreven hebt, onder je alibi, meneer Freeman?' Hij hield even op met vlees snijden en trok zijn wenkbrauwen op.

'Dat komt in de *Nation* van volgende week.'

'Jij en meneer Mitchel strijden blijkbaar nek aan nek om het kampioenschap "Engelsen Ergeren". Geef je bord eens aan, lieverd.'

'Het ergeren van de Engelsen is een plezierige bijkomstigheid, meer niet. Dit gaat om de Ierse Emancipatie, zoals u heel goed weet.' Ze nam haar bord weer terug en snoof aan het grauwe vlees. 'Het is kat, zeg ik u.'

'Dat is het niet. Neem ook wat aardappels en geef de schaal door.'

'In elk geval denk ik dat John het zo ongeveer wel gehad heeft bij de *Nation*.' Ze liet een paar aardappels op haar bord rollen en prakte ze met haar vork fijn. 'Duffy en hij doen tegenwoordig niet anders dan ruziemaken. Afschaffing* en nog eens Afschaffing. Duffy zegt dat we langzaam en voorzichtig moeten zijn, John zegt dat we alle voorzichtigheid overboord moeten gooien en aanvallen.'

'Och heden.' Meneer Martin kauwde zijn eerste hap gebraden vlees langdurig en er verscheen een eigenaardige blik op zijn gezicht. Hij slikte en spoelde het voedsel weg met een slok van zijn bordeaux. 'Het zal wel een tijd geleden zijn dat we vlees op tafel hadden,' zei hij voorzichtig. 'Ik ben de smaak ontwend.'

'Het is geen kat, vader,' stelde Julia hem gerust. 'Het is oud lamsvlees, om precies te zijn. Ik heb het gisteren zelf bij de slager gehaald. Ik maakte maar een grapje.'

'Heb je het hem zelf in stukken zien snijden?' Meneer Martin was niet overtuigd. 'Weet je het zeker?'

'Nee, dat heb ik niet gezien; en ja, ik weet het zeker. Kijk.' Ze stopte een hap in haar mond en kauwde energiek. 'Beslist lamsvlees,' bevestigde ze. 'Heerlijk oud, stevig, uitgedroogd lamsvlees. Precies zoals u het lekker vindt.'

Hij lachte. 'Fijn om de oude Julia terug te hebben. Ik heb je gemist – met slechte grappen en al.'

Ze reikte over de tafel en gaf een kneepje in zijn hand. 'Het spijt me als het moeilijk voor u was. Ik denk dat het gewoon allemaal te veel tegelijk was – legertroepen die de stad overspoelen, overal hongersnood, al die ziekte…'

'Morgans dood,' voegde hij er zachtjes aan toe.

Ze knikte.

'En daarna heb jij zijn weduwe helemaal naar Liverpool gebracht, haar op het schip naar Amerika gezet en beloofd voor haar kindje en haar oude vader te zorgen.' Hij schudde zijn hoofd. 'Zo'n zware last voor zulke jonge schouders.'

'Niet zo zwaar als de last die zij draagt.' Julia ging rechtop zitten. 'Als God wil, zal ze het halen. Als ze maar niet nog steeds op zee zit in de winter.'

'Ga je binnenkort naar Cork om te kijken hoe het met de anderen gaat?'

'Zodra ik weg kan. Ze hebben vast meer voedsel en andere voorraden nodig. Morgans zus leidde dat klooster helemaal alleen, en eerlijk gezegd vertrouw ik pastoor Sheehan niet; volgens mij sluit hij de boel nu ze nog maar met een paar mensen over zijn.'

'Wat zou er met de kinderen gebeuren?'

'Naar het armenhuis, waarschijnlijk, of ze worden aan hun lot overgelaten.' Ze zuchtte en duwde haar bord weg.

'Ik weet dat het moeilijk voor je is om een goede maaltijd te hebben terwijl anderen verhongeren,' zei hij tegen haar. 'Maar je helpt hen ook niet door je eten te laten bederven. Eet het nu maar op, dan heb ik misschien een cadeautje voor je.'

'Het is toch niet nóg een leeuw, hè?'

'Nee, lieverd,' grinnikte hij. 'Wacht even...' Hij rommelde in zijn vestzak en overhandigde haar toen een gouden doosje. 'Hier. Vrolijk kerstfeest, mijn liefste Julia.'

Ze opende het voorzichtig en haalde er een gouden kettinkje uit met een verfijnd kruisje eraan. 'Van moeder,' zei ze en haar ogen vulden zich met tranen.

'Je weet dat we allemaal bijna geëxcommuniceerd zijn vanwege haar pamfletten over geboortebeperking,' bracht meneer Martin haar in herinnering. 'Maar ze was toch een zeer godsdienstige vrouw; elke ochtend liet ze dit kruis om haar nek glijden. "De wapenrusting Gods aandoen" noemde ze dat.' Hij zweeg even. 'Jij hebt zo veel doorgemaakt, lieverd,' zei hij zachtjes. 'Ik dacht dat jij wel een beetje extra wapenrusting kon gebruiken.'

Ze liep naar hem toe, knielde naast zijn stoel en sloeg haar armen om zijn middel.

'Kom, kom.' Hij streek haar haar glad. 'Je lijkt zo veel op haar, weet je. Ik heb jullie tweeën altijd reusachtig bewonderd.'

Ze keek naar hem op. 'Ik heb ook iets voor u.' Ze stopte een ingelijst miniatuurtje in zijn hand. 'Dit heeft ze vlak voor haar dood laten schilderen. Het moest een verrassing voor u zijn, dus verstopte ze het in mijn la. Ik vond het weer toen ik terugkwam uit Liverpool.'

'O, Julia.' Hij kon zijn ogen er niet van afhouden. 'Kijk toch eens hoeveel jullie op elkaar lijken.'

Julia schudde treurig haar hoofd. 'Nee, vader; weet u niet meer dat iedereen door haar betoverd werd? Ze was zo bijzonder mooi.'

'Precies.' Hij hield het portret naar voren en voor de eerste maal keek Julia werkelijk naar de vrouw die haar moeder geweest was. Ze herkende de koppige vorm van haar kin en de intelligente humor in haar ogen; precies zulke ogen als Julia zelf had.

'Ik mis haar,' zei ze toen.

'Ik mis haar ook, maar o, wat ben ik God dankbaar dat ik haar dochter heb!' Meneer Martin kuste Julia op haar voorhoofd. 'Sta nu maar op en eet je kat op voordat hij koud wordt.'

Ze schoten allebei in de lach en aten hun warme maaltijd op. Daarna zaten ze de hele middag bij de haard, genoten van elkaars gezelschap en van de rest van de bordeaux en sloten – korte tijd – de zware last van de wereld buiten.

Zestien

Kapitein Reinders merkte dat hij bijzonder gehecht raakte aan de jongen die hem nu overal volgde; hij vroeg zich af wat er met hem zou gebeuren als ze aan land kwamen. Werden wezen teruggestuurd naar Ierland, vroeg hij zich af, moesten ze naar het tehuis in de stad, of werden ze gewoon aan hun lot overgelaten? Reinders moest er niet aan denken dat de jongen achter slot en grendel gezet zou worden, waar hij jarenlang zou kunnen wegkwijnen als niemand hem opeiste. Evenmin wilde hij eraan denken dat Liam op een of andere straathoek om penny's zou moeten bedelen, overgeleverd aan de genade van schurken die hem met geweld zijn dagelijkse verdienste zouden afnemen. Mevrouw Donnelly had hem momenteel blijkbaar onder haar hoede, maar zou ze hem bij zich houden als ze aan land kwamen? Zou ze dat wel kunnen? Weduwen hadden maar zelden de controle over hun eigen leven, wist hij.

En dus begon hij zich af te vragen hoe het zou zijn om Liam bij zich te houden en hem al zeilend het vak te leren. Was dat een behoorlijk leven voor een jongen, was dat de logische oplossing? Hoe meer hij erover nadacht, hoe meer hij besefte hoe graag hij dit wilde doen, of het nu logisch was of niet. Liam Kelley was iets voor hem gaan betekenen.

Nu keek hij naar de hoek van zijn hut waar Liam zijn middageten zat op te eten en naar de zeekaarten op de kaartentafel zat te kijken.

'Kun je daarmee naar de hele wereld gaan, meneer?' vroeg hij op zijn enthousiaste manier.

'Je kunt overal heen gaan, met of zonder die kaarten.' Reinders kwam naar de jongen toe en wierp een blik over diens schouder. 'Maar misschien weet je niet altijd waar je bent. Kaarten tonen je waar het land is en het water eromheen, zeekaarten laten dat ook zien, maar nog meer: hoe de wind kan staan, hoe diep het water zou kunnen zijn in een haven of een lagune en wat de snelste route is van de ene naar de andere plaats.'

'Zijn er dan ook plaatsen die niet op de kaart staan?' Liam keek op; aan zijn onderlip hingen broodkruimels.

'Er zijn een heleboel plaatsen die nog niet in kaart zijn gebracht, maar waarvan we weten dat ze bestaan.'

'O, kapitein,' zuchtte Liam met wijd geopende ogen, 'dat wil ik doen als ik groot ben. Ik wil die plaatsen vinden en ze tekenen op die kaarten voor zeelui.' Hij keerde zich weer naar de ingewikkelde zeekaarten. 'Dat zijn toch de mooiste dingen die er bestaan, meneer, of niet?'

Reinders glimlachte en legde een hand op de schouder van de jongen. 'Absoluut.'

Er werd geklopt. Zonder op antwoord te wachten kwam Boardham binnen. Hij bekeek het tafereel met zo'n wellustige grijns dat Reinders de schouder van de jongen losliet en voor de kaartentafel ging staan om hem af te schermen.

'Wat is er?' vroeg hij streng.

'De passagiers eerste klasse vragen zich af waarom er zo weinig variatie in hun menu zit, kapitein.'

Reinders sloeg zijn armen over elkaar. 'Omdat we bijna twee weken langer op zee zijn dan verwacht; dat weet je best. Ze boffen dat zij nog wat variatie hebben; de andere passagiers hebben alleen nog maar brak water en harde scheepsbeschuit.'

'Dat heb ik hun verteld, meneer, maar ze vragen zich af waarom u nooit in de eetzaal uw maaltijden gebruikt.' Hij zweeg even. 'Ze zijn nogal boos over de arts,' voegde hij eraan toe op een toon die aangaf dat hij het met hen eens was.

'Het kan me geen donder schelen wat zij van de arts vinden. Hij heeft patiënten beneden, en daar blijft hij tot we aan land gaan. Wat mijn maaltijden betreft: ik heb geen tijd om een avond aan dat praatzieke stelletje te verspillen.'

'Natuurlijk, meneer.' Boardham boog even en sprak toen met gespeelde tegenzin verder. 'Als ik het zeggen mag, meneer – ze hebben er kritiek op dat u zo vaak hier met die jongen zit en dat u zo regelmatig naar beneden gaat.'

'Dat zijn míjn zaken,' zei Reinders flink. 'Dat gaat niemand iets aan.'

'O, absoluut, meneer, absoluut. Een scheepsjongen is natuurlijk een hele troost op een lange reis. Dat weten we allemaal,' zei Boardham met een knipoog.

In twee stappen beende Reinders naar de andere kant van de kamer; hij greep de hofmeester bij zijn kraag en duwde hem tegen de muur. 'Als je dat ooit nog eens zegt, smeerlap, gooi ik je in de scheepsgevangenis en vergeet je hele bestaan.'

'Neem me niet kwalijk, kapitein.' Boardham wrong zich in allerlei bochten. 'Ik bedoelde er niets mee.'

'Dat is je geraden.' Hij liet hem los, maar bleef dreigend voor hem staan. 'Ik hou je al een tijdje in de gaten, Boardham, en ik mag jou niet. Ik mag de manier waarop jij je plicht ontloopt niet en de manier waarop jij de passagiers behandelt, vooral de vrouwen, evenmin. Zoals jij rondsluipt en zoals jij met de mannen loopt te gokken... Je speelt vals, Boardham, en ik heb een hekel aan valsspelers. Zelfs je uiterlijk staat me niet aan. Als jij de rest van deze reis niet onder in mijn schip wilt doorbrengen, moet jij je smerige praatjes voor je houden en mijn bevelen naar de letter opvolgen, te beginnen met dit bevel: eruit.'

Met een rood hoofd sloop Boardham de deur uit. Reinders merkte dat hij Liam niet in de ogen durfde te kijken uit angst dat het venijn van de hofmeester de onschuld van de jongen en hun vriendschap aangetast had.

'Ik heb hem nooit gemogen,' merkte Liam op en Reinders snoof opgelucht.

'Ik had mijn zelfbeheersing niet moeten verliezen. Een goede kapitein laat dit soort tuig nooit winnen; onthou dat voor later, als je je eigen schip hebt.'

Liam kleurde van plezier bij die gedachte.

'En blijf uit zijn buurt,' voegde Reinders eraan toe; hij kon de manier waarop Boardham naar de jongen gekeken had niet van zich afzetten. 'Hij deugt niet.'

Hoe koud het ook was, Reinders liep over het hoofddek heen en weer tot hij Grace naar boven zag komen om in de rij voor de toiletten te gaan staan. Boardham was nergens te zien, dat was jammer; Reinders zou graag een excuus gehad hebben om hem op te sluiten.

'Mevrouw Donnelly.' Hij kreeg haar te pakken voordat ze weer naar beneden ging. 'Ik hoopte al dat ik u zou tegenkomen. Mag ik even met u praten?'

'Aye, kapitein.' Graces tanden klapperden. 'Ik was ook al van plan om u te spreken.'

'U bevriest nog eens.' Hij moest zijn stem verheffen om boven het geluid van de wind die over het dek gierde, uit te komen. 'Komt u even mee naar mijn hut? Mag ik u thee aanbieden?'

Grace knikte en volgde hem naar beneden, naar een onbekende deur die hij voor haar openhield. Ze ging naar binnen en wierp een vlugge blik op het kleine slaapvertrek: de verhoogde slaapbank, de hangende lantaarn, de aan de vloer bevestigde kaartentafel met de zeekaarten, verzwaard met een platte steen, de koperen instrumenten – sommige in hun huls, andere niet – aan een kant van het kleine bureau, de scheepskoffer in de hoek. Hij gebaarde dat ze in de stoel naast de koffer moest gaan zitten en stak zijn hoofd weer naar buiten.

'Fletcher,' riep hij, 'breng een pot thee en twee kopjes. Nu meteen.' Hij sloot de deur en ging achter zijn bureau zitten. 'Ik wilde eens over Liam praten.'

'Ik ook,' zei Grace. Het rillen werd al minder.

'Mooi. Dat is mooi. We zitten op dezelfde koers.' Hij zweeg even en vroeg zich af wat hij nu moest zeggen. Ik kan maar het beste open kaart spelen, besloot hij. 'Mevrouw Donnelly, ik zou Liam Kelley graag willen adopteren.'

'Kapitein!' Grace viel bijna van haar stoel. 'Dat is heel vriendelijk van u, maar hij is nog maar negen en wat weet een vrijgezelle zeeman als u nou van jongens van negen?'

Daar had Reinders al op gerekend. 'Ik ben zelf ooit negen geweest,' antwoordde hij vertrouwelijk. 'En ik was een jongen natuurlijk.'

'Vooruit dan maar,' plaagde Grace. 'U mag hem hebben.'

'Ik meen het! De jongen is een wees en blijkbaar is hij dol op de zee. Ik weet dat het geen gewoon leven is, maar ik zou erop toezien dat hij een opleiding krijgt en ik zou hem alles kunnen leren wat er over navigatie te leren valt. Kunt u zich voorstellen wat een schitterende zeeman hij zou worden?'

'U zou ongetwijfeld goed voor hem zijn, kapitein, maar hij heeft een vader – in Amerika.' Ze zweeg even; het speet haar dat hij nu zo gekwetst keek.

'Hij heeft nooit verteld dat hij een vader heeft.'

'Die liet het gezin meer dan een jaar geleden achter en heeft sindsdien niets meer laten horen. Nu de omstandigheden in Ierland zo slecht zijn, zat er voor hen niets anders op dan ook te vertrekken.'

'Dachten ze dat hij gewoon op hen zou staan wachten als ze van boord gingen?' vroeg Reinders ongelovig.

'Er zijn er veel die dat denken. Hun familie wordt vermist en ze hebben er geen idee van hoe groot Amerika is. Dat weet ik zelf ook niet, maar ik vermoed dat een vent daar gewoon kan verdwijnen, en misschien is dat juist wat sommigen zo aantrekt.'

'Misschien is hij dood.'

'Misschien wel,' stemde ze in. 'Waarschijnlijk wel. Een drinker, zeggen ze, en niet al te betrouwbaar. Maar misschien is hij ook wel nuchter geworden, aan het werk gegaan, en wacht hij op ze.'

'Hebben ze van tevoren geschreven?'

'Aye, een tijdje terug. Ik heb een adres waar ik hem kan zoeken.'

'En als u hem niet kunt vinden?' Reinders kon het nauwelijks geloven.

'Daar heb ik zelf ook al heel wat over zitten piekeren sinds zijn moeder gestorven is, kapitein,' zei Grace vermoeid. 'Ik heb beloofd dat ik op hem zou passen, maar kan ik hem wel gewoon meenemen?'

'Zijn jullie familie?'

'Nee,' gaf ze toe. 'Al beschouw ik hem als mijn zoon.'

Reinders glimlachte laconiek. 'Het is makkelijk om van hem te gaan houden, hè?' Hij dacht een ogenblik na. 'Kunt u hem bij u houden tot we meer over zijn vader weten?'

'O, aye.' Haar gezicht klaarde op. 'Ik ga bij mijn broer wonen. Hij is een goed mens en een kind méér zal hij niet erg vinden. Maar zal Liam met mij mee mogen?'

Reinders fronste zijn wenkbrauwen. 'Ik weet het niet. Hij zou naar de autoriteiten gebracht moeten worden en daarna waarschijnlijk naar het weeshuis.'

Grace schudde haar hoofd. 'Absoluut niet, kapitein.'

'Ik ben het met u eens. Dat zou verschrikkelijk voor hem zijn.'

De deurknop werd omgedraaid en Boardham stapte naar binnen met een dienblad. 'Uw thee, meneer.' Hij hield zijn ogen berouwvol neergeslagen. 'Twee kopjes, zoals u vroeg. Anders nog iets, kapitein?' Hij keek snel op; zijn blik schoot van de kapitein naar Grace en weer naar beneden.

'Nee,' zei Reinders kortaf en stuurde hem weg.

'Zal ik de bemanning zeggen dat u niet gestoord mag worden, meneer?' vroeg Boardham op neutrale toon vanuit de deuropening.

'Ja.' Reinders voelde dat hij rood werd. 'Nee. Ga door met je werk,' beval hij.

'Ik mag die man niet,' zei Grace toen de deur dicht was.

'Niemand mag hem.' Hij schonk een kopje thee in en overhandigde haar dat, terwijl hij zijn ergernis over de hofmeester onderdrukte. 'Ik heb iets bedacht,' hernam hij. 'U bent familie van Liam. Ik zal hier notitie van maken op de passagierslijst en in mijn logboek de aantekening zetten dat hij op de sterfdag van zijn moeder onder voogdij kwam van zijn tante, mevrouw Gracelin Donnelly. Als er dan vragen gesteld worden als we aan land gaan, zijn we gedekt.'

Grace zette haar thee neer en keek hem aan. 'Bedankt, kapitein. Hartelijk bedankt. Maar is dat niet tegen de regels?' Ze beet op haar lip. 'Kunt u daarmee niet in de problemen komen?'

'Het is niet volgens het reglement,' gaf hij toe. 'Het dagboek van de kapitein moet de absolute waarheid zijn, er mag niet achteraf mee gerommeld worden. Maar in dit geval, ach – maakt het iemand wat uit waar hij heen gaat?'

'Het maakt voor u wat uit, kapitein,' zei ze vriendelijk. 'U had plannen met hem. U had het al helemaal uitgewerkt.'

Hij keek een ogenblik in zijn kopje. 'Ik wil alleen wat het beste voor de jongen is,' zei hij. 'Maar ik zou u één ding willen vragen: als zijn vader dood is en u merkt dat u niet voor hem kunt zorgen, wilt u hem dan met mij mee laten gaan? Of zelfs in de toekomst: als hij nog steeds zo dol op de zee is, kan hij altijd bij mij aan boord komen. Ik zou hem alles leren.'

'Hij boft dat iemand als u in hem geïnteresseerd is.'

'Dat is dan afgesproken.' Reinders knikte. 'We houden contact.'

'Mag ik u wat vragen, kapitein?' Ze leunde voorover; het kopje rustte op haar knieën. 'Over uzelf?'

Hij keek haar weifelend aan en knikte toen.

'Hebt u zelf nog familie in Amerika?'

'Mijn moeder en broers wonen op een boerderij in het noorden van de staat New York,' vertelde hij haar. 'Ik had bedacht dat ik Liam daar een tijd heen zou sturen als hij te jong bleek om aan boord te wonen; dan zou ik hem zo vaak opzoeken als ik kon.'

'Is het zo ver weg dan?'

'Een paar dagen rijden,' gaf Reinders toe. 'Maar ik ben er al een hele tijd niet geweest. Vijftien jaar, om precies te zijn.' Voor het eerst voelde hij hoe lang dat eigenlijk was.

Grace knipperde verbaasd met haar ogen. 'Hoe weet u dat ze nog leven?'

'Mijn moeder schrijft eenmaal per jaar.'

'Als ik het zeggen mag, kapitein: dat is een rare manier om met uw bloedeigen moeder om te gaan. Hebt u soms iets vreselijks gedaan, dat ze u nooit meer wil zien?'

'Natuurlijk niet! Ze zou me graag willen zien.'

'Waarom bent u dan in vredesnaam al die tijd niet naar huis geweest?'

Hij aarzelde. 'Ik weet het niet precies,' zei hij uiteindelijk. 'Ik denk er wel over na. Ik mis haar wel. En de boerderij.' Hij stopte en schudde ferm zijn hoofd. 'Maar ik ben kapitein. Ik leid nu een ander leven.'

'Als u Liam had, zou u er naartoe gaan,' bracht ze hem in herinnering. 'Waarom kunt u dan niet gewoon gaan, al is Liam er niet?'

Hij fronste zijn wenkbrauwen; hij voelde zich bijzonder slecht op zijn gemak onder de kritische blik in die groene ogen. 'Als ik Liam had, zou ik vader zijn in plaats van zoon. Ze zouden niet van me verwachten dat ik zou blijven. Maar als ik alleen ga…' Hij zuchtte getergd. 'Ze verwachten zo veel. Zij verwacht zo veel van me. En nu is ze oud. Ik zal de tweede keer niet weg kunnen lopen.'

'Hoe ging het de eerste keer eigenlijk?'

'Ze pakte mijn tas in, leidde me naar de deur en wees me de weg,' herinnerde hij zich. 'Zij zorgde ervoor dat ik ging. Ze zei dat ze wist dat ik geen boer was en dat ik daar nooit gelukkig zou worden.'

'En dat kunt u haar niet vergeven?'

'Integendeel!' riep hij uit. 'Ik ben haar juist dankbaar.'

'Zo dankbaar dat ze u nooit meer te zien krijgt?' Grace schonk hem de blik die ze voor domme kinderen reserveerde. 'Ach nee, kapitein, niemand zegt een man wat hij moet doen; hij doet wat hij wil.' Ze knikte. 'Uw moeder is oud en moet leven met alle keuzes die ze gemaakt heeft. Ze wil niet dat u voorgoed thuiskomt; ze wil alleen maar naar u kijken en zien wat voor man u geworden bent, in uw ogen kijken en zien of u gelukkig bent met uw leven. Want als u dat bent, kapitein, blijkt dat een goede keus geweest te zijn en dan kan haar hart gerust zijn.'

Reinders voelde zich diep in zijn hart geraakt door haar woorden en ging in de verdediging. 'U ziet er niet oud genoeg uit om wijsheden over moeders en zoons te debiteren, mevrouw Donnelly.'

'Ik ben twintig jaar,' deelde ze mee; het volle gewicht van haar leven stond in haar standvastige blik te lezen. 'En ik heb verstand van moeders omdat mijn moeder de beste was die ooit op aarde rondgelopen heeft. Ze is jong gestorven en háár moeder werd mijn moeder – de beste die ooit op aarde rondgelopen heeft. En als een van beiden op dit moment nog leefde – bij het vuur op mij zat te wachten – zou ik erheen gaan, waar op de wereld ik ook was. Ik zou gaan. Zij hebben me gemaakt tot wie ik ben.' Haar oog viel op de uitgevouwen zeekaarten op het tafeltje. 'Een mens kan niet door het leven navigeren zonder te begrijpen waar hij vandaan gekomen is en waarheen hij misschien op weg is. O, aye, kapitein, als ik hier op aarde nog een moeder had die me niets aangedaan had, zou ik haar niet verlaten op haar ouwe dag.'

Schuldig, veroordeelde hij zichzelf, schuldig aan deze aanklacht.

'Ik zeg niet dat het uw schuld is,' vervolgde ze. 'Maar u bent haar zoon, en moeders zijn dol op hun zoons. Daar weet ik ook alles van, ziet u. Ik heb er twee begraven en één achtergelaten.' Ze kon de woorden niet meer tegenhouden.

'Achtergelaten?' Reinders was verbaasd. 'In Ierland?'

'Hij was nog maar net geboren,' legde ze aarzelend uit. 'En ziekelijk. Ik durfde hem niet mee te nemen. Ik was bang dat het zijn dood zou worden.'

'Dus u leest mij de les omdat ik mijn moeder verlaten heb, terwijl u zonder gewetensbezwaren uw eigen zoon in de steek gelaten hebt?' Hij hoorde de hardvochtigheid in zijn eigen stem, maar was niet in staat die te temperen. Ze had hem gekwetst.

'Daar heb ik spijt van,' zei Grace zachtjes. 'Elke dag vervloek ik mezelf omdat ik de moed niet had om achter te blijven.'

'Waar is hij? In een weeshuis?'

Grace kromp ineen. 'Hij is bij mijn vader.'

'Dus u hebt uw zoontje én uw vader in de steek gelaten?' Reinders schudde zijn hoofd. 'Mooie familieliefde, moet ik zeggen.'

'Ik hou met heel mijn hart van mijn familie.' Grace sloeg haar ogen neer en weigerde hem haar verdriet te laten zien.

'Nou, mevrouw Donnelly, als dat de manier is waarop u van uw familie houdt – vooral van uw zoon – moet ik er misschien nog eens over nadenken of ik Liam wel aan u wil toevertrouwen.'

Grace keek naar het harde gezicht van de kapitein en vroeg zich af hoe ze het zo snel had klaargespeeld hem kwaad te maken. Ze keek hem onderzoekend aan en wist opeens zeker dat ze hem de waarheid moest vertellen.

'Ik had geen keus toen ik mijn zoon achterliet,' zei ze resoluut. 'Een moeder overzee is beter dan een moeder die opgehangen wordt.'

Nu had ze zijn aandacht.

Ze leunde voorover en begon zachter te praten. 'Ik word gezocht in Ierland,' bekende ze. 'Voor het doden van een Engelse soldaat.'

Reinders keek haar verbijsterd aan. 'En hebt u dat echt gedaan?'

'Aye,' zei ze rustig, maar niet zonder berouw.

'Ik ben sprakeloos.'

'Ik hoop maar dat u dat blijft.' Ze glimlachte bedroefd. 'En dat u me niet zo hard veroordeelt. U hebt geen idee hoe dat is, kapitein – zo veel mensen dood, zo veel mensen uit hun huizen gegooid. Mijn eigen huis werd omvergehaald, mijn oude vader werd neergeschoten door een inhalige rentmeester, en ik deed wat ik moest doen,' zei ze resoluut. 'Een heleboel van ons deden wat we moesten doen om onze familie in leven te houden. Er is niets om van te leven in Ierland, kapitein, als je geen stukje grond hebt om je eten te verbouwen. De Engelsen willen het land hebben, alles, en ze zijn niet van plan de lui die het bezetten eten te geven. Dus dan vechten we, of sterven we. Of we vertrekken.'

'Het spijt me,' zei hij welgemeend.

'Ik hoef uw medelijden niet.' Grace hief haar kin. 'Ik heb mijn eigen keus gemaakt en daar zal ik mee leven. Ik bid dat ik mijn zoon kan zien voordat zijn eerste jaar om is…' Ze beet op haar lip. 'Maar er kan van alles gebeuren. Ik hoop alleen dat hij, zelfs als hij opgroeit zonder mij, me niet gaat haten omdat ik die keus gemaakt heb, maar dat hij snapt dat het mijn hart gebroken heeft. En ik hoop dat hij me opzoekt zodat ik hem kan vertellen dat er geen uur voorbijging zonder dat ik ernaar snakte zijn gezicht te zien.'

Reinders ademde langzaam uit en bekeek haar nog eens goed. 'Daarom nam u Liam onder uw hoede – omdat hij een verloren zoon is.'

Grace knikte en vocht tegen haar tranen. 'Ik heb u meer verteld dan ik had moeten doen.' Haar handen trilden nu ze de enorme omvang van haar schuldbelijdenis besefte.

'Dat risico nam u voor de jongen. En omdat u wilt dat ik naar mijn moeder ga,' voegde hij er laconiek aan toe.

'Aye.' Ze lachte een beetje en veegde haar ogen af. 'Gaat u nou?'

'Ik zal wel moeten, denk ik.' Hij klopte op zijn zakken in de hoop dat er op magische wijze een zakdoek zou verschijnen. 'Ik zweer u, mevrouw Donnelly, dat niets van wat u me vandaag verteld heeft ooit deze kamer zal verlaten.' Die belofte was alles wat hij haar kon aanbieden.

Grace knikte, nog altijd geschokt.

'Ik zal alles voor Liam doen wat ik kan,' verzekerde hij haar.

'Zeg maar dat hij u vast "tante" moet gaan noemen, zodat het een gewoonte wordt.'

'Dat zal ik doen.' Nu voelde ze zich opgelaten en leeg. Ze zette haar kopje op het bureau, stond op, streek haar rok en haren glad en trok haar omslagdoek om zich heen.

Hij stond ook op en kwam naar haar toe. 'Ik... Ik vond dit een heel goed gesprek,' zei hij onhandig. 'En ik ben blij dat we tot overeenstemming zijn gekomen.'

Grace schonk hem een beverige glimlach en stak haar hand uit; hij schudde die hartelijk. Wat een opmerkelijke ogen, dacht hij opnieuw.

'Mijn vader heeft ooit gezegd dat ze precies op die van de grote piratenkoningin Grainne O'Maille lijken – al heb ik geen idee hoe híj dat kan weten. Hij heeft me naar haar genoemd en hij wordt nooit moe van dat verhaal.'

Reinders knikte, opgelaten omdat hij zijn gedachte blijkbaar hardop uitgesproken had.

'Hoe dan ook, ik ben u dankbaar, kapitein.' Ze liet zijn hand los. 'Het is hard voor de jongen dat hij zijn moeder verloren heeft.'

'Goedemiddag, mevrouw Donnelly,' zei hij vriendelijk.

'Goedemiddag, kapitein. Dank u wel.'

Nadat Grace weg was, ging Reinders weer zitten en haalde zijn logboek tevoorschijn. Hij schreef echter niets, maar zat eenvoudig op zijn stoel en staarde naar de muur – nadenkend. Hij werd zo door zijn gedachten in beslag genomen, dat hij het kraken van Boardhams heimelijke voetstappen niet eens hoorde toen de hofmeester zich losmaakte uit de schaduw van de smalle gang en wegsloop van de deur waar hij zijn oor tegenaan gedrukt had gehouden tot mevrouw Donnelly afscheid nam.

Zeventien

'Je bent gekomen!' Danny sprong door de kamer en schudde Seans gezonde hand. 'De lieftallige juffrouw Osgoode is hier ook,' voegde hij er vertrouwelijk aan toe.

Sean duwde hem van zich af. 'Hou die grote waffel van je, wil je?' Hij keek onzeker om zich heen. 'De hemel verhoede dat zij je hoort blaten en denkt dat ik net zo'n eejit ben als jij.'

'Ach nee, boyo.' Danny sloeg zijn arm om Seans schouders en nam hem apart. 'Je mag dan alles op me voorhebben op het gebied van hersens en dergelijke, maar als het op zaken van het hart aankomt,' – hij klopte zich op de borst – 'dan ben ik je man.'

'Probeer je me soms te vertellen dat je van me houdt, Danny?' vroeg Sean met een uitgestreken gezicht. 'Want je weet best dat ik ook dol op jou ben. Ik denk alleen niet op die manier aan je.'

Danny lachte en stompte hem. 'Je bent knetter, man! Je weet best dat je mijn type niet bent!'

'Ik ben niemands type.' Sean wierp een droevige blik op Marcy die omringd werd door een kring van bewonderaars. 'Kijk dat eens! Allemaal grote, stoere Zweden en Duitsers. Wie wil er nou een kreupele Ier die nauwelijks genoeg kan verdienen om zichzelf te onderhouden?'

'Je hebt wel een lelijke bek, dat is waar,' gaf Danny toe. 'En je bent niet bepaald indrukwekkend, met die arm en die grote schoen. Je woont boven de bar, je kleren zijn aan alle kanten versteld – '

'Nou voel ik me een stuk beter,' onderbrak Sean hem. 'Wacht even, ik ga haar meteen ten huwelijk vragen.'

'Zoals ik zei,' grijnsde Danny, 'het mag dan lijken of je niet veel te bieden hebt, maar je vergeet één ding.'

'En dat is?'

'Je charme.' Danny sloeg tevreden zijn armen over elkaar. 'Je bent grandioos gezelschap, O'Malley – vooral als je trakteert.' Hij knipoogde. 'Een echte heer, dat ben je. Iedereen voelt zich een beetje scherpzinniger, een beetje opgewekter bij jou in de buurt.'

'Goed dan. Hoeveel wil je lenen?' Sean beklopte zijn zakken alsof hij op zoek was naar geld.

'Ach, nou, je weet dat het waar is! Jij hebt een gave! Ik durf te wedden dat je zelfs commissaris Callahan zou kunnen bezweren, die gladde slang.'

'Ik wil niet eens dicht genoeg bij hem in de buurt komen om dat te proberen,' deelde Sean mee. 'Dat is nou net iemand wiens aandacht ik graag wil vermijden.'

'Ik wou dat ik dat kon! Hij is de nieuwe huisbaas en onze huur is meteen omhooggegaan, of niet soms?' Danny schudde vol afkeer zijn hoofd. 'Hij stuurde een stelletje Bowery B'hoys* om ons wakker te schudden: we konden maar beter betalen – of wegwezen. Nou moeten we nog een man erbij nemen om de kamer te kunnen houden.'

'Jullie zitten daar al met zijn zessen! Is het raam nog steeds kapot?'

Danny knikte. 'Aye, en de ratten komen door het gat in de muur naar binnen. Maar hij gaat voorlopig niets repareren; hij maakt er alleen meer kamers bij, achterin.'

'Hoe kan hij dat ongestraft doen?' Sean was verontwaardigd. 'Zijn er soms geen inspecteurs? Moet de stad dan niet proberen dat huis op te knappen en voor behoorlijke huurkamers zorgen?'

'Ach nee, niet echt.' Danny haalde zijn schouders op. 'Dat zeggen ze alleen in de kranten. Ik ben hier nou twee jaar en het wordt alleen maar erger in plaats van beter.'

'Waarom zeggen de huurders er niets van?'

'Wie zou naar hen luisteren? Elke dag stromen er honderden van de boten, die zelfs op de keldervloer willen slapen als ze niets anders vinden. Je kunt maar het beste nemen wat er is, de helft aan een andere arme donder verhuren en verder zien te komen.

Het is toch allemaal chantage trouwens. Niemand wil zijn mond opentrekken en er dan uitgegooid worden.' Hij rolde vermoeid met zijn ogen. 'Ik ben het zelf ook zo zat. Dat is toch geen leven, over elkaar heen scharrelen als ratten.'

'Dus je wordt er depressief van?'

'Aye, reken maar. Ik ben een onbehouwen kerel – niet zoals jij met al je charme – en het wordt er alleen maar erger op.' Danny wierp een blik op het blonde meisje achter de tafel met verfrissingen. 'Ellen LeVang daar heeft wel zin om me te temmen, en ik begin ervoor te voelen.'

'Zware dag gehad zeker,' grapte Sean.

Danny lachte niet. 'Alle dagen zijn zwaar. En voor je het weet, ben ik een zuiplap, net als de anderen in mijn kamer – de zoveelste arme, stomme Ier die naar het nieuwe land is gekomen en niets bereikt heeft.'

Sean deinsde verbaasd terug. 'Danny, ik…'

'Ach, laat maar.' Danny sloeg een arm om Seans schouders. 'Dronkemanstranen, anders niet. Maar dat van juffrouw LeVang, dat meen ik,' zei hij. 'En trouwens, zij heeft me een geheimpje verklapt.'

Sean bekeek hem achterdochtig.

'Jouw juffrouw Osgoode geeft niets om die stomme boerenjongens. Ze schijnt haar zinnen op een trotse stadsjongen gezet te hebben – een Ier nog wel!' Danny kneep hem in zijn arm.

'Ik geloof er niets van.' Sean trok zich los. 'Dat is niet waar. En al was het wel zo – haar vader is advocaat en ouderling in de kerk. Hij zou het nooit toestaan.'

'Dat weet je niet!' hield Danny vol. 'Zij is zijn lievelingetje, omdat ze geen moeder heeft en zo. Ik durf te wedden dat alles wat zíj belangrijk vindt, ook belangrijk voor hem is.'

Juist op het moment dat Sean naar de andere kant van de kamer keek, keerde Marcy zich om en hun blikken ontmoetten elkaar. Ze glimlachte hartelijk, vriendelijk; toen verontschuldigde ze zich bij haar gezelschap en kwam naar hem toe.

'O, hemel,' mompelde Sean geschrokken.

'Praat nou maar gewoon met haar,' adviseerde Danny. 'Als er iets is waar jij reuzegoed in bent, vriend, is het wel praten. Goedenavond, juffrouw Osgoode. Kent u mijn vriend Sean O'Malley nog?'

'Natuurlijk.' Ze glimlachte opnieuw en Sean merkte dat hij zijn ogen niet van haar kon afhouden.

'Neem me niet kwalijk, maar ik wil juffrouw LeVang nog even gedag zeggen voor de samenkomst begint.' Danny boog beleefd, keerde zich om en wierp Sean een bemoedigende knipoog toe voor hij vertrok.

'Ik ben blij dat u ons nog weet te vinden, meneer O'Malley. Danny vertelde bij de vorige samenkomst dat u slecht nieuws van thuis had gekregen.' Marcy aarzelde. 'De dood van uw vriend. En het schip van uw zus is nog steeds niet binnengelopen. We hebben voor u gebeden.' Ze raakte zijn hand even aan.

'Dank u wel,' zei hij oprecht. 'Het is zwaar voor me, reken maar. Morgan was als een broer voor me, en Grace...' Hij stopte; dit onderwerp was te zwaar voor een hoffelijk gesprek.

Marcy keek hem oplettend aan. 'U moet zich nogal alleen voelen. Ik weet niet of het u enige troost kan bieden, maar ik hoop dat u weet dat u hier ook familie hebt. Bij ons.' Ze bloosde en sloeg haar ogen neer.

'Weet u zeker dat hier plaats is voor een Ier?' vroeg hij nadrukkelijk. 'We zijn nogal vaak buitenbeentjes in dit soort families.'

'Helemaal niet!' riep ze uit. 'Zo denken wij niet! Wij zijn geen Noren of Duitsers, Polen of Ieren, maar Amerikanen! Allemaal Amerikanen die als één lichaam samenkomen om te aanbidden. Kinderen van één Vader.' Haar ogen glansden en ze leunde dichter naar hem toe. 'En jij bent welkom als familielid, Sean. Als je dat wilt.'

'Dat wil ik,' zei hij, opgaand in haar vurigheid, de intimiteit van dit ogenblik, de nabijheid van haar lichaam.

'Daar ben ik heel blij om.' Ze pakte zijn arm – zijn verlamde arm – en dat betekende meer voor hem dan al het andere. 'Kom je vanavond bij me zitten als vader spreekt?'

Hij knikte en liet zich door de kamer leiden zonder Ellens tevreden knik en Danny's opgestoken duim op te merken. Hij zat naast Marcy, ademde haar frisse zeeplucht in en hoorde geen woord van wat haar vader zei, maar voelde – voor het eerst in lange tijd – zich onbetwistbaar getroost omdat hij ergens bij hoorde.

Achttien

Dokter Draper vond het een bijzonder bevredigende regeling: een regelmatige aanvoer van goede whisky in ruil voor een plek waar meneer Boardham zaken kon doen – een heimelijke, levendige handel in extra voedsel, water, dekens, sterke drank, tabak – zodat tegelijkertijd het gezag van de kapitein die hij verafschuwde ondermijnd werd. Drapers jongste zoon was ziek geworden en hoewel de kapitein hem toestond voor hem te zorgen, mocht hij geen vrijaf nemen van zijn andere taken. Nu zijn laudanum op was, was hij afhankelijk van whisky om de lange nachten door te komen; hij was de hofmeester veel verschuldigd. Dat was weliswaar een hardvochtig mannetje, maar hij toonde tenminste begrip voor de benarde positie waarin de arts verkeerde.

Vanavond was hij iets ernstiger dronken dan gewoonlijk, maar wat maakte het uit? De patiënten – trouwens, de meeste passagiers in het vooronder – sliepen allemaal diep; alleen meneer Boardham en zijn vriendin waren nog wakker. Vriendin! Draper snoof minachtend. Niet iedereen had penny's of snuisterijtjes om handel mee te drijven. Als mannen zonder bezit iets nodig hadden, hadden ze gewoon pech, maar als het vrouwen waren... Hij luisterde naar het gegiechel, het geluid van ritselende kleren. Oeps, een scheur! Een snik! Draper schoof zijn stoel een beetje dichter naar het gordijn dat zijn eigen ruimte afscheidde van de rest van de ziekenboeg en hield zijn hoofd schuin in de richting van de geluiden – nu nog dringender: Boardhams lage, eisende stem, een meisjesachtig gilletje. Opgewonden nam de dokter een grote teug uit zijn flacon en sloot zijn ogen om zich beter te kunnen voorstellen wat er anderhalve meter verderop gebeurde. Daar klonk onmiskenbaar het scheuren van stof en gejank van het meisje, gevolgd door een doffe klap – met de achterkant van Boardhams hand, waarschijnlijk. Een beetje meppen en kietelen, dat was alles, zei Draper tegen zichzelf. Dat wilde de hofmeester in ruil voor een brood. Daar was niets mis mee. Het meisje was vrijwillig gekomen; ze wist wat er van haar verwacht werd. Draper likte zijn lippen en overwoog om het hoekje van het gordijn te gluren. Er zat duidelijk vooruitgang in; het beuken en kreunen was luider geworden.

'Wat gebeurt hier?' Graces stem, rauw van vermoeidheid, deed de dokter opschrikken. Hij opende zijn waterige ogen en keek haar boos aan.

'Ga weg. Jij hebt hier niets mee te maken.' Hij nam haar eens in zich op: verkreukte kleren, losgeknoopte blouse. 'Tenzij jij de volgende bent natuurlijk.'

Ze zag de flacon in zijn hand en nam alles in zich op: zijn dronkenschap en de geluiden van een worsteling. Ze stapte naar het gordijn toe.

Hij stond op, duwde zijn stoel achteruit en versperde haar de doorgang. 'Het zijn jouw zaken niet,' zei hij scherp en herkende haar opeens. 'Jij!'

Er klonk een harde bons tegen de muur of de vloer; het meisje gilde het uit. Ze werd hard geslagen, waarop haar een heftige krachtterm ontsnapte.

Grace keek naar de dokter en besefte dat hij niets zou doen om te helpen. Ze stapte om hem heen en trok het gordijn opzij. Het meisje zat vastgeklemd onder Boardham. Ze keerde haar gezicht smekend naar Grace. Haar lip bloedde, haar oog werd dik, de voorkant van haar japon was opengescheurd en de rok naar boven geduwd. Ook Boardham keerde zich om, woedend vanwege de onderbreking.

'Ga weg,' siste hij; zijn speeksel spatte in het rond.

Het meisje onder hem hervatte haar worsteling; hij liet haar lang genoeg los om haar een stevige stomp op haar kin te bezorgen.

'Laat haar gaan!' Grace deed een stap naar voren, maar Draper sloeg een arm om haar middel en bedekte haar mond met zijn hand.

'Doe het,' drong Boardham aan. 'Neem jij haar maar eerst.'

Grace stampte met de hak van haar laars hard op de tenen van de dokter, zodat zijn greep verslapte. Ze stootte haar elleboog in zijn buik en duwde hem toen weg. Snel, voordat hij zich kon herstellen, trok ze het uitbeenmes uit de schede in haar laars en hield dat naar voren om de dokter af te weren.

'Laat haar gaan,' eiste ze en tot haar verrassing stond Boardham op; het haar van het meisje hield hij echter stevig vast; hij trok haar mee omhoog.

'Laat dat mes vallen.'

'Help!' gilde Grace.

'Hou je bek!' Boardham kwam dichterbij. 'Laat het vallen, of ik vertel alles. Over de moord. Dat jij gezocht wordt wegens moord.'

De moed zonk Grace in de schoenen, maar ze verstevigde haar greep op het mes.

'Ze zullen daar heel erg in geïnteresseerd zijn als we aan land gaan,' waarschuwde hij met glinsterende ogen. 'Ze zullen je opsluiten. Die kleine snotaap van je afnemen. En de jongen ook.' Hij raakte de snee in zijn onderlip aan met zijn tong. 'Laat dat mes vallen, dan komt niemand iets te weten.'

Grace hield stand en bleef zowel de hofmeester als Draper in het oog houden. Ze besefte dat er nu meer mensen wakker waren. Sommigen waren opgestaan en stonden net buiten de lichtkring, maar niemand kwam naar voren om te helpen. Hadden ze Boardhams woorden gehoord? vroeg ze zich af. Wisten ze het nu? Of waren ze alleen te bang om tegen de zwarthandelaar en de enige arts op het schip in te gaan?

'Laat haar gaan,' eiste Grace fel. 'Dan blijf jij in leven.'

Nu ze Boardham uitdaagde, gooide hij het meisje woedend op de vloer en knikte naar de dokter die van opzij naar haar toe sloop. Grace deed twee stappen achteruit en liet het mes van de ene man naar de andere zwaaien, maar toen Boardham plotseling een uitval deed, week ze geen duimbreed. Hij dook omlaag en liet toen zo'n gekwelde brul horen dat iedereen doodstil bleef staan. Boardham haalde zijn hand van zijn wang en keek verbijsterd van het bloed dat van zijn vingers droop naar Grace.

'Teef!' snauwde hij. 'Smerige teef!'

Hij viel aan en zij hakte weer op hem in, sneed zijn arm open en stak hem in zijn schouder toen hij op zijn knieën viel. Het mes was een deel van haar hand geworden, een deel van zo'n duistere razernij dat zij hem gemakkelijk zou kunnen afslachten op de plaats waar hij neerknielde, en daarna de dokter, en iedereen die haar in de weg stond. Ze was zo moe; zo woedend en boos en zo moe van dit alles. Ze hief haar hand, maar die werd midden in de lucht gevangen – gevangen en stevig vastgehouden, terwijl een sterke arm om haar middel geslagen werd en een vertrouwde stem in haar oor zei: 'Stop, nu, mevrouw Donnelly. Mevrouw Donnelly, ophouden,' zei de stem. 'Ik ben er nu.'

Ze deed wat hij beval. Haar gezichtsvermogen kwam terug en ze zag Boardham op de grond in elkaar duiken, overdekt met bloed, veel bloed; ze zag de dokter met wijd geopende ogen in de hoek staan, zag de andere passagiers voorzichtig uit de schaduw komen. Ze zag Liam met zijn armen om Mary Kate geslagen, haar verbiedend te kijken, hoewel hij zelf wel keek – keek en zag en verbijsterd was. En op dat moment verdween alle lucht uit haar lichaam. Ze zakte in elkaar tegen de kapitein aan, die het mes uit haar hand nam.

'Wat gebeurt hier in vredesnaam allemaal?' Reinders, met Mackley en Dean naast zich, keek het vertrek rond. 'Boardham?' De hofmeester kwam moeizaam overeind, terwijl hij kreunend zijn arm vasthield. 'Draper? Ik wil antwoord. Nu!'

De dokter liet zijn ogen over de toeschouwers gaan en schatte de situatie in. 'Dat mens Donnelly viel hem aan,' probeerde hij voorzichtig. 'Een kwestie van jaloezie, geloof ik, kapitein. Uw hofmeester is nogal populair bij de dames.'

'O ja?' snauwde Reinders.

'Ik bemoeide me met mijn eigen zaken en toen kwam zij met dat mes op me af,' klaagde Boardham, het spel meespelend. 'Ik bloed, meneer. Ik ben gewond. Er was niets aan de hand, maar zij moest me zo nodig snijden.'

Reinders bekeek het bebloede mes dat uit Graces hand gevallen was. 'Hoe zit dat, mevrouw Donnelly? Hebt u iets te zeggen?'

Ze hoorde hem als van verre en kon geen antwoord geven, alleen naar de hofmeester staren alsof ze vergeten was wie hij was.

Iedereen was het afgedankte meisje vergeten; nu richtte zij zich op en stapte uit het donker tevoorschijn. 'Geef haar niet de schuld,' zei ze zachtjes; ze hield haar gescheurde jurk met één hand bij elkaar. 'Het is mijn fout, allemaal.'

'Wie bent u?' vroeg Reinders, niet onvriendelijk.

'Ada, meneer. Ada Murphy.' Ze liet haar hoofd zakken. 'Ik wist niet dat ik… dat hij bedoelde…' Ze sloeg haar handen voor haar gezicht en begon te huilen. 'Hij zei dat hij ons brood zou geven.'

'Klopt dat?'

Boardham haalde stuurs zijn schouders op. 'Zíj was degene die het aanbood – ik zag er geen been in om haar daaraan te houden.'

'Dat laatste geloof ik meteen.' Reinders wendde zich weer tot het meisje. 'Wat gebeurde er toen mevrouw Donnelly probeerde u te helpen?'

'Ze hielden haar vast,' zei Ada door haar tranen heen. 'Hij daar en de dokter. Ze zeiden dat zij de volgende was. Maar ze sloeg hen van zich af.'

De kaak van de kapitein verstrakte. 'Goed. Ik heb genoeg gehoord. Bent u met iemand samen op het schip, juffrouw Murphy?'

'Mijn zus.' Ze snikte nu hardop.

Reinders zuchtte. 'Meneer Dean, help haar om haar zus te vinden, alstublieft.'

Dean stapte naar voren, nam het snikkende meisje bij de arm en schermde haar af terwijl hij haar door de menigte leidde.

'De rest moet nu terug naar bed,' beval Reinders. 'Jij niet, Draper,' voegde hij eraan toe. 'Jij komt hier.'

Draper sperde zijn ogen wijd open. 'Ik? Kapitein, u denkt toch zeker niet dat ik hier iets mee te maken had? Ik heb de situatie misschien verkeerd beoordeeld in mijn onwetendheid, maar mijn enige misdaad is dat ik naïef ben…'

'Ik weet nog niet zeker wat jouw misdaad is,' waarschuwde Reinders. 'Maar de jouwe' – hij wendde zich tot Boardham – 'is aanranding.'

'Aanranding!' Boardham stak een vuist op en kromp direct ineen van pijn. 'Zíj had een mes, ik niet. Wat vindt u daarvan?'

Reinders en Mackley wisselden een snelle blik.

'Dat is jóuw mes, Boardham,' zei de stuurman minzaam. 'Ik heb je er zeker tien keer mee gezien.'

'Ze trok het uit haar laars!' hield Draper vol. 'Werkelijk, kapitein, dat zijn valse aanklachten.'

'Als u mij aanklaagt,' dreigde Boardham, 'zal ik háár bij de autoriteiten aangeven zodra we aan land gaan. Wegens moord.'

Reinders voelde Grace verstijven en hield zijn arm stevig om haar middel.

'Ze gooien haar meteen in de gevangenis,' zei Boardham smalend. 'Of ze sturen haar terug om opgehangen te worden.'

'Krankzinnigen sluiten ze ook op. Neem hem mee, meneer Mackley.'

De stuurman greep Boardham bij zijn goede arm.

'Ik meen het, kapitein.' De hofmeester rukte zijn arm weg. 'Ik heb alles gehoord. In uw hut. U bent medeplichtig.'

Grace was nu helder – pijnlijk helder, omdat ze wist dat Mary Kate en Liam luisterden – en ging weer op haar eigen benen staan.

'Wat?' Draper kneep zijn ogen samen. 'Is dat waar, kapitein? Dus u wist dat deze vrouw gezocht wordt wegens moord? En nu heeft ze bijna weer een moord gepleegd!'

Reinders kon vanuit zijn ooghoek Liams gezicht zien. 'Boardham is een leugenaar en een bedrieger; zijn woord betekent niets aan boord van mijn schip.'

'Kennelijk niet, maar dat zou aan land wel eens anders kunnen zijn, en ik ben van plan deze zaak met de juiste autoriteiten op te nemen.'

'Doe dat,' zei Reinders effen. 'Ha, meneer Dean. Alles goed met die jonge vrouw?'

'Ja, meneer.' Dean sloeg zijn enorme armen over elkaar en bekeek de hofmeester vol afkeer. 'Ze zeggen dat onze meneer Boardham hier beneden goeie zaken deed, en dat de brave dokter –'

'Ik had hier niets mee te maken!' Draper stak afwerend zijn handen omhoog.

Dean knikte. 'Te dronken, denk ik. Boardham deed wat hij wilde.'

'Breng hem naar de scheepsgevangenis,' beval Reinders.

Mackley en Dean grepen de hofmeester elk bij een arm en sleepten hem naar de trap.

'En jij,' Reinders wendde zich tot Draper, 'haal je spullen bij elkaar. Ga daarna naar beneden en hecht die wond. Mackley komt je wel halen.'

'Zeg,' sputterde Draper tegen.

'Jij bent niet in een positie om iets te zeggen. Schiet op.' Hij wendde zich tot Grace. 'Kunt u lopen?' vroeg hij zachtjes. 'Bent u gewond?'

'Nee, kapitein.' Haar stem was beverig. 'Ik kan wel lopen.'

'Mooi. Volg mij dan maar.' Ze zag er vreselijk uit, dacht hij. 'Liam.' Hij legde zijn hand op de schouder van de jongen. 'Flink van je, dat je hulp ging halen. Ik ben trots op je, zoon.'

Liam glimlachte zwakjes.

'Breng jij het kleine meisje maar naar bed. Tot morgen.' Hij knielde voor Mary Kate neer. 'Ik moet met je moeder praten, maar ik zal haar niet lang ophouden,' beloofde hij. 'Ze heeft iets heel dappers gedaan vannacht. Het spijt me dat je bang was.'

Mary Kate knikte, rende naar Grace toe en begroef haar gezicht in haar moeders rokken. Grace verborg haar bebloede hand achter haar rug en streelde Mary Kates haar met de andere hand.

'Ga maar met Liam mee, agra,' mompelde ze. 'Het is nou voorbij en ik kom snel terug.'

Ze kuste beide kinderen en volgde de kapitein de trap op en het dek over. Ze stopte even om de heldere, glinsterende sterrenhemel in zich op te nemen en de frisse lucht in te ademen voordat ze zijn hut inging.

'Ga zitten.' Hij gaf haar een glas cognac. 'Drink dit op. Ik neem er ook minstens één, dat weet ik wel.'

Ze dronk en voelde zich kalmer worden; ze keken elkaar aan in het gedempte lamplicht van de hut.

'Wat gebeurt er nu?' vroeg ze. 'Nu ik er zo'n puinhoop van gemaakt heb?'

Hij lachte kort. 'Ach, waarschijnlijk hebt u juffrouw Murphy de geboorte van een ongewenst kind bespaard, over negen maanden.'

'Hij moet aan de deur hebben staan luisteren.' Grace schudde haar hoofd. 'Nu weten ze het allemaal. En de dokter. Ik ben bang voor de kinderen.' Haar ogen schoten vol tranen.

Reinders zette zijn glas neer. 'Ik zal Boardham gevangen houden tot we aan land gaan en u veilig en wel vertrokken bent. Ik moet degenen die nog ziek zijn naar het marinehospitaal brengen, maar ik zal voorwenden dat ik dat niet weet, de gezonde passagiers eerst uitladen en dan terugvaren naar Staten Island.'

'Zullen ze niet met de dokter praten?'

'Ik denk dat hij het dan te druk zal hebben.' Hij grijnsde laconiek. 'Met een operatie of zo. Misschien stuur ik hem wel terug naar Boardham en vergeet ik dat hij daar zit. Zijn familie kan wel van boord gaan – een medisch noodgeval, dat begrijpen ze vast wel.'

Ze knikte dankbaar. 'Dank u wel, kapitein. Ik bezorg u een heleboel moeite.'

Dat wuifde hij weg. 'Komt uw broer u op de kade tegemoet?'

'Dat weet ik niet,' bekende ze. 'Hij denkt dat we op een ander schip reizen, vanaf Cork, maar ik vind hem wel. Hij woont boven de bar van Sterke Dugan Ogue.'

'De bokser?' Reinders' wenkbrauwen gingen omhoog van verbazing.

'Ik ken hem zelf niet,' gaf ze toe, 'maar hij is voor de Ierse zaak, en Sean is daar al sinds zijn aankomst.'

'Als u problemen krijgt, ga dan naar de Irish Emigrant Society. Zij hebben een goede reputatie wat betreft het helpen van hun eigen mensen.' De kapitein leunde, iets minder gespannen, achterover in zijn stoel. 'Ik zal in elk geval blij zijn als u in de drukte van de stad opgeslokt wordt.'

'Komen er problemen dan?'

Reinders haalde zijn schouders op. 'Ik zal Boardham een pak slaag laten geven en hem overboord laten gooien. De dokter moet toekijken en dan zal ik dreigen dat ik hetzelfde met hem zal doen. Dat zal hun allebei de mond moeten snoeren tot ik mijn aanklachten tegen hen ingediend heb. Voordat ik de stad weer verlaat, wil ik die twee in opspraak brengen.'

'Moet u zo snel weer op reis?'

'Een korte reis maar,' zei hij nonchalant. 'Iets belangrijks dat ik al een tijd moet doen. Maar daarna denk ik dat ik maar eens een tochtje naar het noorden moest maken.' Reinders glimlachte. 'Hoog tijd dat ik dat doe, vindt u niet, mevrouw Donnelly?'

'Aye, kapitein, dat vind ik zeker.'

Ze keken elkaar lange tijd aan.

'Mevrouw Donnelly.' Reinders leunde weer naar voren en aarzelde even voordat hij verder sprak. 'Ik wil dat u weet dat ik niet iemand ben die veel waarde hecht aan de achting van anderen – vooral niet van idioten die in hogere kringen verkeren – maar ik merk dat uw achting, uw mening heel belangrijk voor me is.'

Ze keek hem verbaasd aan. 'Weet u nog, kapitein, wat ik de allereerste dag tegen u zei – toen u vroeg of ik van boord wilde gaan?'

Hij dacht een ogenblik na. 'U zei dat ik de reputatie heb dat ik schepen naar de haven breng, ondanks lelijke stormen.'

'En wat nog meer?'

Hij fronste zijn wenkbrauwen. 'Dat God gezegd had dat u uw leven in mijn handen moest leggen.'

'Nou dan, kapitein, als God zo'n achting voor u heeft, kan ik toch niet anders?' Ze glimlachte vriendelijk. 'Had Hij gelijk, denkt u, dat Hij mijn leven in uw handen legde?'

Reinders overdacht dit onder haar standvastige blik, in het licht van haar geloof en alles wat ze doorgemaakt had. Over een dag zouden ze aankomen in Manhattan, in het jaar 1848, in een land waarover James Knox Polk regeerde als elfde president van de Verenigde Staten. Al deze passagiers – allen behalve de vijfenzestig die gestorven waren – zouden onderdak en een baan zoeken, met moeite een bestaan opbouwen, gezinnen stichten; langzaam maar zeker zou het verhaal van hun reis naar het nieuwe land veranderen in een verhaal van triomf en dan zouden de beproevingen vergeten zijn. Dat hoopte hij met heel zijn hart.

'Ja, mevrouw Donnelly,' zei hij uiteindelijk. 'Hij had gelijk.'

Ze hoorde de roep 'Land!' midden in de nacht niet, maar toen ze 's morgens aan dek ging, lag daar de kust in volle glorie, met al haar grote schepen en nog grotere gebouwen, lawaai en drukte, wolken donker kolengruis en wolken witte stoom. En op de voorplecht, op de plaats die hij vanaf de eerste dag opgeëist had, zat de verweerde oude man; zijn gezicht straalde van vreugde.

'Dat is Amerika, dus?' Ze legde haar hand zachtjes op zijn arm.

'Aye, dat is het!' Hij keerde zich om en omhelsde haar heftig. 'We hebben het gehaald, meiske! De hele weg over de bittere zee naar het land van de vrijheid!'

Hij joelde vrolijk en danste een jig; zij lachte toen ze dat zag. Ze gaf hem een zoen op de goede afloop; toen ging ze naar beneden om afscheid te nemen van degenen die ze had leren kennen: de violisten en fluitisten, de vrijgezellen, de echtparen en de gezinnen, oude lieden en jonge rondrennende kinderen. Liam en Mary Kate dansten om haar heen van enthousiasme en eindelijk gingen ze aan dek om daar te blijven tot het schip zijn plek vond aan de lange kades van South Street, Manhattan, Amerika.

De loopplank ging uit en de passagiers gingen in de rij staan om aan wal te gaan; ze luisterden naar de instructies over het eerst passeren van het gebouw van de medische inspectie. Toen Grace, Mary Kate en Liam halverwege de rij waren, verscheen de kapitein met een schoon jasje en geborstelde pet; hij nam Grace bij de arm en trok haar terzijde.

'Ga nu meteen van boord,' zei hij zachtjes. 'Met de passagiers eerste klasse. Ik zal u daar zelf heen brengen.'

'Mijn kist.' Grace keek zoekend om zich heen.

'Hier.' Hij knikte in de richting van meneer Dean, die de kist op zijn schouder gehesen had en klaarstond om hen te volgen.

Hij leidde haar naar het begin van de rij en droeg haar over aan Mackley, die haar naam van de lijst oplas en wegstreepte.

'Mevrouw Gracelin Donnelly,' las de stuurman met een grote grijns op zijn knappe gezicht. 'Mary Kathleen, dochter. Liam Kelley, neef.'

'Aye.' Grace wierp een heimelijke blik op de kapitein.

'Welkom in Amerika, mevrouw Donnelly.' Mackley tikte aan zijn pet en deed een stap achteruit om haar te laten passeren.

'Kapitein, ik...'

Reinders stak zijn hand uit. 'Mevrouw Donnelly, ik wens u het beste. En jou ook, juffertje.' Hij boog zich voorover om Mary Kathleen aan te kijken. 'Je hebt bewezen bijzonder zeewaardig te zijn. Evenals jij, jongeheer Kelley.'

'O, kapitein.' Liam ging rechtop staan en salueerde perfect. 'Ik ben dol op de *Eliza J*, kapitein!'

'Dan zul je terug moeten komen als je groter bent en moeten leren hoe je haar zelf kunt laten varen. Dat is een bevel.'

` 'O, mag ik?' fluisterde hij.

'Ik zal een plek voor je vrijhouden,' beloofde Reinders. 'Nu moet je van boord. Je houdt de rij op.'

Grace keek de kapitein over het hoofd van de jongen heen aan en zij sloten een woordeloze overeenkomst.

'Kom ons opzoeken,' zei ze zachtjes en stak haar hand uit.

'Dat zal ik doen,' zei hij, terwijl hij haar hand stevig vasthield. 'Ik zal u alles over mijn moeder vertellen.'

Haar ogen straalden en toen lachte ze, liet zijn hand los en begon de houten loopplank af te lopen met haar hand aan het touw. De kinderen liepen achter haar aan: Mary Kate hield zich vast aan Graces rok en Liam hield zijn hand op Mary Kates schouder. Toen ze de kade bereikt hadden, draaiden ze zich om en zwaaiden naar de kapitein, die zijn pet afnam en tegen zijn hart hield. Veel geluk, mevrouw Donnelly, dacht hij.

'Veel geluk, kapitein!' riep zij en stapte een nieuwe wereld binnen.

Grace hield haar adem in toen ze door de immigratiepost liepen en er aan de andere kant weer uit kwamen in de krioelende verwarring van de haven. Ze herkende de runners met hun groene halsdoeken meteen en sloeg hen van zich af voordat ze een woord konden zeggen. Ze zag een Ier met een bolhoed en groen vest, maar weerstond de drang om hem te benaderen; daar was ze dankbaar voor toen ze zag dat hij met professionele objectiviteit de menigte bekeek, een simpele, uitgeputte familie uitzocht en hen met de uitbundigheid van een lang verloren oom begroette voordat hij hen wegvoerde. Hij was hun oom niet: binnen tien minuten keerde hij terug om een ander geteisterd en verward slachtoffer uit te zoeken.

Het was hetzelfde als in Liverpool. Ze onderdrukte haar teleurstelling; ze had gehoopt dat het in Amerika beter zou zijn, maar misschien was dit niet echt Amerika – misschien lag Amerika verder landinwaarts, voorbij de haven. Ze snoof de lucht op, maar die was hetzelfde als overal: zout water, kolengruis, gebraden vlees, paardenmest. Ze wierp een blik om zich heen, maar de mensen waren ook niet anders; misschien spraken ze een andere taal, maar de gezichten waren net zo verbijsterd en de kinderen waren net zo haveloos als de gezichten en de kinderen die zij eerder gezien had. De gebouwen langs de kade waren nieuwer en zagen er moderner uit, maar hun bestemming was hetzelfde als die van elk ander gebouw op elke andere kade. Alleen het geluid was anders, nu ze goed luisterde: het Engels klonk scherper en opgewekter, de ruwe taal was onbekend maar aanmatigend – gecombineerd met knipoogjes, knikjes en het aantikken van de pet – de spraak en manieren van brutale optimisten. Amerikanen. Ze werd er aan alle kanten door omringd.

'Blijf nou dicht bij me,' vermaande ze de kinderen. 'Ga boven op die kist zitten en verroer je niet; ik moet nadenken over wat we moeten doen.'

Ze gaf niet toe aan het gevoel van volledige uitputting, maar dwong zichzelf stil te staan en eens goed om zich heen te kijken. Ze bevonden zich op een onmetelijke binnenplaats; nauwe straatjes leidden van de waterkant naar de hoofdwegen erachter. Er stonden veel grote gebouwen en een aantal huurkazernes; ze zag bordjes dat er kamers te huur waren, maar wist dat die duur en smerig zouden zijn. Ze had medelijden met de vermoeide groepjes mensen die zich een weg baanden naar de eerste de beste geopende deur.

De kist was zwaar – ze had alles uit de kist van Alice ook ingepakt – en bovendien droeg ze in iedere hand een reistas. De kunst was nu de kist, de tassen, de kinderen en zichzelf in een rijtuig te krijgen; maar de rijtuigen reden op de hoofdweg en dat was te ver. Ze wilde liever niemand om hulp vragen, want nu zag iedereen er buitenlands uit, terwijl al die mensen een paar tellen geleden nog zo vertrouwd schenen. Ze had het gevoel dat ze uit haar lichaam trad, dat ze zichzelf bekeek, iedereen bekeek; ze schudde energiek haar hoofd. Het vroor en sneeuwvlokken daalden neer op haar hoofd en schouders. Haar tanden klapperden; ze beet op haar lip en zond een stil gebed op tot God.

'Gracelin!'

Ze draaide zich om en daar was Sean, haar geliefde broer! Hij kwam, zo snel als zijn handicap hem toestond, met uitgestrekte armen over het plein aanrennen.

'Grace! Mijn hemel, het is Grace!' Hij trok haar in een stevige omhelzing, bedekte haar gezicht met kussen, hield haar van zich af om haar aanblik in te drinken en omhelsde haar weer, keer op keer, lachend alsof hij zijn ogen niet geloofde.

'Sean,' was alles wat ze kon uitbrengen. Ze fluisterde het in de kraag van zijn jas; zijn geur, zijn warmte en heel zijn solide aanwezigheid overweldigden haar plotseling. Hij was hier. Ze klampte zich stevig aan hem vast en begon te huilen.

'Ach, meisje-lief,' mompelde hij en veegde haar tranen af met zijn vingertoppen. 'Nou ben je veilig. Je hebt het gehaald. Goddank, je bent er.' Hij keek over haar schouder en speurde de menigte af.

'Hij is niet...' Ze stopte. 'Hij is dood.'

Sean keek haar weer in de ogen met een uitdrukking van oneindige droefenis. 'Ik weet het. William schreef het. Ik hoopte dat hij het mis had, dat is alles.'

Ze schudde haar hoofd en hij hield haar vast.

'Laten we jou nou eerst eens thuis krijgen,' zei hij vriendelijk. 'Daarna praten we nog wel.'

Ze knikte, niet tot spreken in staat; de tranen verblindden haar en stroomden over haar wangen. Hij veegde ze weg en tuurde toen naar de twee kinderen die achter haar op de kist zaten.

'En wie heb je nou meegebracht?' Hij deed alsof hij verbijsterd was. 'Dat is toch zeker niet onze Mary Kathleen, want dat was zo'n klein ding en dit is een prachtige reuzin! Wat heb je met haar gedaan, brutaal schepsel? Je weet toch dat ik alleen van háár hou?'

Mary Kate trok snel haar hoofd in. 'Ik bén haar,' zei ze verlegen en gooide toen opeens haar armpjes in de lucht.

Hij tilde haar op en begroef zijn gezicht in haar nek. 'Ach, kleintje,' fluisterde hij in haar oor. 'Ik wist al dat jij haar was, en ik ben zo blij dat ik je weer zie! Ik heb je gemist, Mary Kate. Je bent net zo mooi als je moeder.'

Liam zat zwijgend, met half neergeslagen ogen, hen alledrie te bekijken en met zijn hiel tegen de kist te schoppen.

'Dit is Liam Kelley,' vertelde Grace haar broer. 'Zijn moeder en zusje zijn aan boord gestorven. Hij komt bij ons wonen tot we zijn vader vinden. Is dat goed, Sean? Heb je ruimte voor ons allemaal?'

Sean zette Mary Kate neer en stak zijn goede hand uit naar de jongen. 'Welkom in Amerika, Liam; beroerd, dat je zo'n vreselijke tegenslag gehad hebt. Het zal me een genoegen zijn je erbij te hebben, want anders zou ik als man in de minderheid zijn en je weet hoe lastig dat is.'

Liam glimlachte ondanks zichzelf.

'Nou, is dat jouw kist?' vroeg Sean. 'Of hou je hem warm voor iemand met een grotere erfenis?'

De jongen lachte. 'Hij is van ons,' zei hij terwijl hij eraf sprong. 'De tassen ook. Ik draag de tassen wel.'

'Nou, ik help je wel,' bood Sean aan. 'Maar eerst zal ik eens voor een rijtuig zorgen. De koetsier kan de kist ophalen. Kom jij met me mee voor het echte mannenwerk?'

Liam knikte verlegen.

Sean kuste zijn zus nog een keer. 'Ik durf je eigenlijk niet uit het oog te verliezen, maar ik ben zo terug.'

Ze deed haar mond open om te antwoorden, maar haar stem haperde; opnieuw schoten de tranen in haar ogen en begon haar mond te trillen.

'Ik weet het.' Hij legde zijn hand tegen haar wang. 'Hou vol.'

Ze keken hem en Liam na; toen ging Grace naast Mary Kate op de kist zitten en sloeg haar arm om het kind heen.

'We hebben het gehaald,' zei ze, terwijl ze haar ogen afveegde en tot rust probeerde te komen.

'Aye,' antwoordde Mary Kate kalmpjes. 'Dat had God al gezegd.'

Grace trok haar dochter dicht tegen zich aan en hield haar vast terwijl de sneeuw om hen beiden heen wervelde, de klantenlokkers in de kraampjes en de runners het uitriepen, zeelui zich langs hen heen haastten, schip na schip zijn vooronder vol menselijke lading loste en immigranten van boord strompelden, de grond kusten en in tranen uitbarstten.

Negentien

Sterke Ogue liet geen ogenblik verloren gaan. Hij organiseerde onmiddellijk een feest, het beste dat de bar had aanschouwd sinds de dag waarop 'Yankee' Sullivan William Bell versloeg in een gevecht met blote vuisten, na vierentwintig rondes en achtendertig minuten. Het was een grote dag geweest voor alle Ierse vuistvechters; Dugan had met vreugde de winnaars van de weddenschap getrakteerd, want Sullivan was gedurende de gloriedagen van Sterke Ogue zijn coach geweest in Sawdust House. Dat was in augustus vijf jaar geleden; de heetste maand augustus die Ogue zich kon herinneren.

De voormalige bokser, nu bareigenaar, hield op met zijn werk en zuchtte diep bij de gedachte aan Sullivan die op dit moment stroomopwaarts in de Sing Sing gevangenis zat voor het organiseren van het beruchte gevecht tussen Thomas McCoy en Christopher Lilly. Het gevecht eindigde dramatisch: McCoy – de Ier – was in zijn eigen bloed verdronken en Lilly – de Engelsman – moest het land uitgesmokkeld worden. De rechtszaak die daarop volgde, was een van de sensationeelste zaken die de stad ooit had aanschouwd; Sullivan werd naar de gevangenis gestuurd voor het aanzetten tot ordeverstoring en doodslag.

Ogue schudde zijn hoofd en hervatte het poetsen van de bar. De stad was maar tam geworden zonder Sullivan, vond hij; zelf was hij uit het boksersleven gestapt voordat hij al zijn tanden en zijn neus kwijtraakte en te lelijk zou zijn om het hart van zijn eigen lieve Tara te winnen.

Maar dit was geen warme avond in augustus, waarop zijn bar tot de nok toe gevuld was met Ieren die lyrisch werden over iemand die ze persoonlijk kenden, die de beste vechter was die ooit in de hele wereld gezien was, onbetwist door iedereen die het laatste gevecht gezien had, en als je het niet had gezien, dan wist je niet waar je het over had en kon je beter meteen je bek houden. Nee, het was geen warme augustusavond, maar een ijskoude avond in januari. De bar vulde zich zonder veel lawaai met degenen die Sean dag in, dag uit, weer of geen weer, naar buiten hadden zien gaan voor het geval zijn zus op de kade stond te wachten. En toen hij eergisterochtend terug was gekomen met zijn zus en de kinderen in zijn kielzog was iedereen dankbaar, Ogue in het bijzonder; hij was de voorraadkamer ingeslopen om God persoonlijk te danken en er zelfs even tussenuit geknepen naar de kerk om een extra penny in de armenbus te stoppen.

Hoewel het niemand ronduit verteld was, scheen bijna iedereen te weten dat O'Malleys zus de weduwe van Morgan McDonagh was. Ze stond bij het vuur en verlegen kwamen ze naar haar toe, – de ouderen die alles van persoonlijke offers wisten en haar respect wilden bewijzen, de jongeren, de jongens die net man waren geworden – omdat ze mooi was en omdat haar man zelfs hier een legende was. Ook de vrouwen kwamen, omdat zij wisten hoe pijnlijk moeilijk het was adem te halen rondom de scherven van een gebroken hart – hadden ze niet allemaal een man of minnaar, zonen en dochters, vrienden en buren verloren? Dat probeerden ze over te brengen in zowel Ierse als Engelse woorden – oude woorden van troost, nieuwe woorden van hoop.

Daarna lieten ze haar met rust, gingen hier en daar in het vertrek zitten en begroetten elkaar met ernstig fatsoen. Ze installeerden zich om nieuwtjes en brieven van thuis uit te wisselen, berichten over werk en waar je brood kon kopen, wie werk had en wie niet, wie een kind verloren of juist gekregen had, waarom die twee eigenlijk ooit met elkaar getrouwd waren en wat zeg je van de vreselijke gevechten waar hij daar altijd in verzeild raakt? Zo lieten ze de enorme bal van hun conversatie verder en verder rollen, totdat de onderwerpen aan bod kwamen die hen het meest aan het hart gingen: Ierland en Ierse politiek, Amerika en Amerikaanse politiek, politiek in het algemeen, God en boksen.

Nu was het vertrek vol met vijftig gesprekken tegelijk; stemmen werden verheven om gehoord te worden, wangen liepen rood aan van hartstocht en drank. Toen men over boksen begon te praten, werden Ogue's gevechten tevoorschijn gehaald en afgestoft, stoot voor stoot in herinnering gebracht door de jongens die op hem gewed hadden. Dit leidde uiteraard tot een bespreking van Sullivans genialiteit in het trainen van boksers en de goede oude tijd in Sawdust House. Het gerucht ging dat Sullivan weer zou gaan vechten als hij uit de gevangenis kwam – misschien in Maryland, omdat het in New York verboden was. De goklustige heren in het gezelschap begonnen weddenschappen op het gevecht af te sluiten, hoewel het pas over een jaar afgesproken zou worden, hoewel niemand wist tegen wie Sullivan zou vechten, hoewel Sullivan tegen die tijd misschien niet eens meer in leven zou zijn. Toen dit werd opgemerkt – door een kleingelovige, een man die nog maar net van de boot kwam; misschien was het zelfs een student – merkte de twijfelaar dat hij oog in oog stond met iemand die zijn mouwen oprolde, uitdagend begon te dribbelen en met de vuisten omhoog stoten op hem richtte. De twijfelaar nam de uitdaging aan, trok zijn jasje uit, zette zijn pet af, rolde ook zijn mouwen op en speelde het spel mee door zelf ook schijnbewegingen te maken, naar het publiek te grijnzen en naar de meisjes te knipogen terwijl de kring enthousiaste supporters om hen heen steeds groter werd.

De eerste klap veegde de grijns van zijn gezicht; hij keek zijn tegenstander aan met oprechte verbazing. Dezelfde uitdrukking verscheen ook op het gezicht van de andere man, want wie had kunnen denken dat het werkelijk op een gevecht zou uitdraaien? Maar nu waren ze woedend – om duizend kleine redenen naast de ene grote reden – en hun verbazing en schijnbewegingen veranderden in geconcentreerde vastberadenheid en berekende klappen. Geld wisselde snel van eigenaar terwijl eerst de ene man neerviel en toen de andere, alleen om weer overeind en de ring in geduwd te worden door de handen die het geld vasthielden. Een bloedneus, woedend gebrul, een opengehaalde wenkbrauw, geroep om meer en toen – voordat er tafels en stoelen gesloopt werden – werd het vuur geblust door het rinkelen van Ogues bel en zijn aankondiging: 'Rondje van het huis! Twee drankjes en driewerf hoera voor de boksers!'

De twee vechtersbazen schudden elkaar de hand en werden het erover eens dat Sullivan – een Ier, tenslotte – lang genoeg in leven zou blijven om nog eens te vechten en dat Ogue zelf alle weddenschappen zou aannemen. Met de armen om elkaars schouders strompelden de boksers naar de bar, hielden hun glazen whisky omhoog en aanvaardden het hoerageroep; ze feliciteerden elkaar luidkeels terwijl ieder heimelijk zichzelf de overwinning toeschreef.

Daarna kwam iedereen weer tot rust en de aanwezigen beseften dat ze – op dit moment althans – de onderwerpen Ierland, politiek, God en boksen afdoende behandeld hadden. Dus gingen ze gemakkelijk zitten, bestelden meer te drinken en riepen om een lied.

Kleine, tengere Tara Ogue deed hun het genoegen haar viool tevoorschijn te halen en zich aan het eind van de grote ruimte op te stellen. Nadat ze wat aan de snaren geplukt en haar instrument gestemd had, stampte ze met haar voet en begon te spelen. Andere voeten volgden het voorbeeld van de hare, knieën werden losgeschud, handen klapten, hoofden knikten en uiteindelijk stond een aantal van de grote jongens – die zich niet langer konden beheersen, vooral omdat ze ook het gevecht al misgelopen waren – op en danste energiek de jig. De stemming werd vrolijk en familiair. Ogue haalde meer gezouten eieren, ham, brood en boter tevoorschijn om hen allemaal behoorlijk te voeden en ze dansten tot hij hen er rond middernacht uit gooide.

Toen allen vertrokken waren en afscheid genomen hadden, de stoelen rechtgezet en de deuren gesloten waren, was de vrouw van de Geweldige – mevrouw Donnelly wilde ze genoemd worden – hem komen bedanken. Hij antwoordde dat het een eer was, een voorrecht, het minste wat hij had kunnen doen, en waren ze soms niet allemaal bijzonder dankbaar dat ze haar in hun midden hadden?

Ze ging op haar tenen staan en kuste hem op de wang. Daarna bedankte ze hem nogmaals voor alles wat hij gedaan had voor haar broer en haarzelf, voor de twee kleintjes en voor Ierland.

Hij werd erdoor getroffen, door haar welgekozen woorden en de manier waarop ze tot in zijn ziel keek met ogen in de kleur van de Ierse Zee. Ze herinnerde hem aan iemand, aan de oude verhalen, aan koningen en koninginnen en krijgshaftige dichters; dat alles straalde ze uit door haar houding en de wijsheid in haar ogen, een wijsheid jaren ouder dan zijzelf. Ze deed hem heel anders aan zijn vaderland denken dan hij gedaan had sinds hij naar Amerika gekomen was. Er was een glimp van zijn moeder in haar, van zijn grootmoeder en al zijn tantes, van alle sterke vrouwen die hij ooit gekend had, tot en met zijn eigen Tara, die helemaal uit de eilanden in het noorden gekomen was om een enorm verdriet te dragen. In al deze vrouwen zag hij een zeldzame schoonheid, een soort stralende adeldom die afgestompt werd door jaren in de harde stad. Maar in Grace was die schoonheid nog fris; zij was nog altijd een dochter van Ierland, een dochter van de duizend koningen die eens hun eiland regeerden, een herinnering aan de majesteit waaruit zij voortgekomen waren. Tara en hij waren nooit gezegend met kinderen, maar hij had vaderlijke gevoelens gekregen voor Sean en nu nam hij ook Grace in zijn hart op. Hij zou het nooit tegen haar zeggen, het nooit toegeven, zelfs niet aan Tara, maar zo zou hij voor hen zorgen, voor deze kinderen van zijn vaderland. Zo zou hij zich blijven herinneren wie hij werkelijk was.

Twintig

Abban en Barbara dekten het derde graf af, pakten het pikhouweel en de schep op en gingen de warme keuken in.

'Ze gingen tenminste alledrie tegelijk – God zegene hun zielen.' Abban zonk vermoeid op een voetenbankje en liet zijn kruk tegen de muur leunen.

'Ik vraag me af of hun broer het gehaald heeft of onderweg gestorven is.' Barbara hing de ketel boven het vuur. 'Des te erger voor hem als hij alléén gegaan is.'

'Aye.' Abban schopte een stoel bij de tafel vandaan. 'Kom, ga nou eens zitten, zuster, en rust uit. U hebt de laatste dagen helemaal niet geslapen, omdat u voor hen zorgde.'

'Ik mis zuster George.' Barbara's ogen werden wazig; ze veegde het haar uit haar gezicht; een modderige vlek bleef op haar voorhoofd achter. 'Niet alleen vanwege haar toewijding aan de kinderen.'

'Dat jonkie, zuster James, is ook goed voor hen.' Abban tikte met zijn voet tegen de stoel. 'Kop op, zuster.'

Barbara liep de kamer door, ging moeizaam aan tafel zitten en klopte Abban op zijn knie. 'Ik ben je zo dankbaar. Zo blij dat ik jou heb in al deze narigheid.'

'Ach nee,' spotte hij. 'Ik heb een dak boven mijn hoofd en de bescherming van de geweldige Grijze Dames, dus bedank mij maar niet. Voor mij is het hier veiliger dan in de wereld.'

'Over de wereld gesproken,' – ze duwde een lange brief naar hem toe – 'heb jij deze gelezen, van Julia?'

'Ik wou het niet weten,' bekende hij. 'Tegenwoordig is al het nieuws slecht of erger.'

Barbara knikte treurig. 'Ze is weer naar Liverpool geweest om te helpen met ondersteuning van alle paupers die binnenstromen. Er is niet genoeg plaats en eten voor allemaal.'

'Ze vluchten, maar ze komen nergens, hè?'

'Ze overspoelen de havens om het land uit te komen, zegt ze. Duizenden per week.'

'Duizenden.' Abban zuchtte. 'De landheren betalen hun oversteek zeker.'

Barbara knikte. 'Een paar shilling, dan zijn ze niet meer ons probleem, maar dat van Engeland.' Ze tikte op de brief. 'Julia zegt dat het waanzin is. Die zeelui geven nergens om; hoe meer passagiers, hoe meer geld ze verdienen. Ze schoppen en vloeken, drijven ze zomaar op een boot. De dekken zijn overvol en gevaarlijk; mensen vallen eraf, worden verpletterd of overboord geduwd. Overal lopen varkens, zegt ze, maar daar wordt wel op gelet omdat ze nog enige waarde hebben. Meer waarde dan Ierse emigranten, denk ik.'

'Arme drommels.' Abban masseerde de dij van zijn goede been. 'Worden ze dáár ook nog tegengehouden voor ze het land inkomen?'

Barbara stond op om de ketel te pakken. 'Ik denk niet dat dat kan,' zei ze. 'Als je een kaartje hebt, moeten ze je laten oversteken. Maar het wordt de ondergang van de parochie, volgens Julia. Er is niet genoeg geld voor meer ondersteuning en onze mensen hebben dichtgetimmerde kelders opengebroken om in te wonen. Wel veertig mensen per kamer, zegt Julia; allemaal uitgehongerd, velen stervend.'

'Dus ze nemen de koorts met zich mee, ze ontsnappen er niet aan.' Abban nam de beker die ze hem aanreikte en warmde zijn handen eraan.

'Aye, en in Liverpool komt ook een epidemie. Ze dreigen al bijeengedreven en teruggestuurd te worden.' Ze ging weer zitten en nam een slokje thee. 'Julia zegt dat ze 's nachts stiekem wegsluipen en zich door heel Engeland, Schotland en Wales verspreiden. Maar ze krijgen geen werk.' Ze fronste haar wenkbrauwen. 'De Engelse arbeiders haten onze jongens en nu hebben ze de angst voor koorts als goede reden om hen buiten te sluiten.'

'En in Manchester dan?' vroeg Abban. 'Klein Ierland?'

'Ach, daar is het verschrikkelijk, heb ik gehoord; één grote krottenwijk. Niets dan smerigheid en zonde, en al stampvol met Ieren. Nee.' Ze schudde haar hoofd. 'Daar zullen niet veel mensen een dak boven het hoofd vinden. Ze zullen doorreizen naar Londen en als ze het overleven en het klaarspelen om werk te vinden, proberen ze in Amerika of Canada te komen.'

'Alles om maar aan eten te komen,' zei hij somber. 'De halve wereld rond voor een kom havermout en een strobed.'

'En om vrij te zijn. Vrij van dit alles.' Ze liet haar schouders hangen. 'Soms zou ik zelf bijna naar de kade willen, Abban, en aan boord van de eerste de beste boot naar het buitenland gaan. Weg zien te komen van deze eindeloze ellende en een nieuw leven beginnen. Soms haat ik alles hier. Zo zwak ben ik nou.' Ze sloeg beschaamd een hand voor haar mond.

Abban trok haar hand weg. 'Je hebt modder op je hele gezicht, meisje,' vermaande hij vriendelijk. 'Met die vuile vegen en met je haar zo wild om je heen lijk je sprekend op je broer, vind ik.'

Ze schudde haar hoofd. 'Ik schaam me; hij heeft vast in zijn hele leven geen zwak ogenblik gekend.'

'Zeker wel, reken maar.' Abban keek haar recht aan. 'En dat maakte hem pas echt dapper. Soms was hij tot op het bot uitgeput, uitgehongerd, vuil en zo neerslachtig dat hij nauwelijks de ene voet voor de andere kon zetten, laat staan dat zootje ongeregeld naar de overwinning leiden.' Hij kneep in haar hand. 'Maar toch deed hij het. Keer op keer.'

Ze bleef een ogenblik zwijgend zitten. 'Denk je dat hij met haar meegegaan zou zijn naar Amerika, als hij het overleefd had?'

'Hij zou desnoods naar de maan gegaan zijn, als ze daar was.'

Haar ogen vulden zich met tranen. 'Arme Morgan.'

'Ach, nee.' Hij kneep weer in haar hand. 'Morgan was een geluksvogel. Wat een geluk om zo'n enorme liefde gekend te hebben.'

'Arme Grace dan.'

'Aye. Degenen die achterblijven, lijden het meest. Maar zijn liefde zal haar dragen tot het einde. Daar twijfel ik geen moment aan.'

'Ben jij eigenlijk ooit getrouwd geweest, Abban?'

Hij liet haar hand los en sloeg zijn ogen neer. 'Ze is gestorven toen de hongersnood begon, zij en mijn zoons. Ik heb hen begraven. En toen ben ik verder gegaan.'

'Jij bent ook een dapper man.'

'We zijn allemaal dapper, ieder op zijn eigen manier. Zelfs de man die gewoon elke morgen opstaat in het licht van al deze ellende.'

Toen keken ze elkaar aan, de vermoeide, verweerde man met één been en genoeg verdriet om drie levens mee te vullen en de vermoeide jonge vrouw die zolang ze zich kon herinneren voor anderen gezorgd had en probeerde te overleven. Beiden vonden troost in elkanders gezelschap: een warmte die uitstraalde in twee harten die zich alleen de plicht van de liefde konden herinneren, niet de vreugde. En ze waren in staat verder te gaan.

Eenentwintig

Wat Grace het meest van alles verbijsterde, was het eten. Zelfs midden in de winter ontdekte ze fruit en groente op iedere straathoek, etalages vol brood, koeken en pasteitjes, snoepgoed voor een penny en iets wat een ijsje genoemd werd, melk, cider en bier, zo veel soorten kaas, verse vis, allerlei soorten vlees en gevogelte, niertjes, lever, hart en hersenen, botten, staarten, worsten en smeerleverworst. Het was een ongelooflijke overvloed. De aanblik van dit alles maakte haar duizelig en huilerig en ze was niet in staat een aankoop te doen, hoewel Sean haar geld had gegeven. 'Ga maar naar buiten en kijk maar,' had hij tegen haar gezegd. 'Kijk elke dag goed om je heen, dan raak je er snel aan gewend.'

Hij ging de eerste weken zelf mee om haar de beroemde straten en parken, de herenhuizen en het district met huurkazernes te laten zien. Hij nam haar mee naar de Irish Emigrant Society, waar Liams naam geregistreerd en de naam van zijn vader, Seamus Kelley uit Dublin, aangeplakt werd. Sean leerde haar hoe ze het vreemde geld moest gebruiken, hoe ze met de omnibus mee kon rijden. Al snel kon ze het zelf en daar ging ze elke dag; elke dag maakte ze een groter rondje tot ze aan het uiterlijk, de geluiden en de geuren begon te wennen. Tara stuurde haar op boodschappen uit – vis, schoenen, augurken, vlees – en langzaam maar zeker leerde ze zich oriënteren.

Karl Eberhardt, de slager om de hoek, had zoals vele Duitsers besloten liever in de stad te blijven dan naar het noorden te gaan, naar Albany, of naar het westen om boerenland te vinden.

Ze bleven in de stad en beheerden hun zaak met een schort vol bloedvegen voor en een zoon aan hun zijde – als ze die hadden; anders een vrouw of dochter. Karls vrouw Dagmar werkte met hem samen, woog het vlees af en telde het geld uit. Elke dag, behalve zondag.

Grace had geen Ierse slagers kunnen vinden. Ieren waren straatkooplui die knopen, garen, vioolsnaren, sokophouders, zeep en lucifers verkochten: alles wat klein was en gemakkelijk gekocht en verkocht kon worden. Het waren voerlui, koetsiers, dokwerkers, ongeschoolde arbeiders, runners, schoenpoetsers, barvegers, mestscheppers, strandjutters die 'Verse elft!' en 'Mosselen uit Rockaway!' riepen met zangerige stemmen die haar gedachten onmiddellijk vervulden met heimwee. Dat waren de Ierse mannen. De vrouwen deden naaiwerk in schemerige, lawaaiige fabrieken waar ze blind of doof werden of tuberculose kregen van het inademen van de vezels in de lucht. Of thuis, waar ze stukwerk leverden voor een paar penny's, vaak bedrogen door chefs die maar een fractie betaalden van wat ze beloofd hadden – áls ze al betaalden. Want wie stond de arme, onwetende Ierse vrouw bij die, omringd door haar hongerige kinderen, bij kaarslicht in een koude hoek van de kelder overhemden zat te stikken? Zij waren het kwetsbaarst, onzichtbaar achter de deuren van vuile huurkazernes. Iets zichtbaarder waren de dienstmeiden: zij schrobden vloeren bij de rijkelui, kookten maaltijden, poetsten zilver, dekten tafels en wasten het vuile linnengoed. Al waren het verfoeilijke papen, aan hun blanke gezichten werd de voorkeur gegeven boven de donkere van hen die voorheen dit werk deden.

Die donkere gezichten fascineerden Grace. Meer dan eens had Sean haar een standje gegeven omdat ze hen nastaarde als ze hen zag venten met karnemelk en bedstro. Zij waren ook schoorsteenvegers en obers, koetsiers en portiers, matrozen en loopjongens. Kwamen ze allemaal uit Afrika? had ze zich hardop afgevraagd. Sean had haar alles verteld over slavernij en over de staten waar slavernij zorgvuldig verdedigd werd. De meeste zwarten die Grace zag, waren vrijgelaten, zei Sean, maar er waren ook vluchtelingen die in voortdurende angst leefden opgepakt te worden door de slavenvangers die de stad afstroopten om hen te zoeken. Zelfs vrijgelaten slaven waren niet veilig voor deze schurken die er geen been in zagen zwarte mannen en vrouwen te ontvoeren naar het zuiden om hen daar uit te leveren tegen een beloning of te verkopen. Waarschijnlijk hielden ze daarom hun ogen neergeslagen, dacht Grace, en liepen ze daarom zo snel door de menigte. Net als de Ieren gaven zij de voorkeur aan het gezelschap van hun eigen soort en wantrouwden ze alle anderen.

De joden waren ook nogal eenzelvig, maar ze had de onderlinge verschillen tussen hen leren kennen. Russische en Poolse joden herkende ze aan de kreet: 'Glas inzetten!' waarmee ze zichzelf met hun vaardigheid als glaszetter aanboden. Duitse joden, uit romantisch klinkende oorden als Bavarië, Bohemen, Moravië en Posen, marchandeerden met klanten voor hun winkels in tweedehands kleding in Chatham Street en Baxter Street. De Italiaanse mannen waren ongeschoolde arbeiders, de vrouwen waren voddenraapsters. Vaak spaarden zij om een fruitstalletje te kunnen kopen, zoals meneer Marconi die hoopte op een dag een groentewinkel te drijven. De Fransen behoorden meer tot de gevestigde orde. Zij bezaten restaurants en hoedenzaken, waren kleermakers voor de hoogste klasse of hadden prachtige bakkerijen – zoals de winkel waar Liam en Mary Kate altijd voor het raam stilstonden om te turen naar de piepkleine geglazuurde gebakjes, grote gelaagde taarten, gevlochten zoete broodjes en lange, knapperige stokbroden.

Ook haar kinderen waren immigranten, maar zij werkten nog niet. Andere kinderen wel: die verkochten 's zomers op de straathoeken warme maïskolven met boter, veegden 's winters de straten als er veel modder lag of ventten het hele jaar door met kranten. Die kinderen moesten wel werken om hun familie te laten overleven; als ze wees werden, was dit werk alles wat hen in leven hield.

Amerika was weliswaar het land van overvloed, maar er waren veel mensen die niets hadden en onder hen waren veel Ieren. Iedere groep immigranten had haar eigen gemeenschap, een eigen plaats in de maatschappij. Grace had vanaf de eerste dag dat ze erop uitging begrepen dat Ieren op de laatste plaats kwamen. Ieren en zwarten leken te vechten om een plaats op de laagste sport van de glibberige ladder van het dagelijks overleven, zonder een uitgestoken hand om hen omhoog te trekken. GEEN WERK VOOR IEREN was een gebruikelijke mededeling in etalages en advertenties, en Grace begon zich zorgen te maken. Ze kon zich verhuren als serveerster, maar alleen als men haar aan het eind van de dag naar huis liet gaan, wat zeer onwaarschijnlijk was. Ze werd nog meer ontmoedigd door de overvloedig aanwezige spotprenten die de draak staken met de veronderstelde stommiteit en onbekwaamheid van de Ierse hulp in de huishouding. Alle meisjes in die spotprenten heetten *Brigid*, hadden een apengezicht en begrepen niets van de beleefdheden die in meer ontwikkelde, hogere kringen gangbaar waren. Telkens als Grace er een zag, kromp ze ineen van schaamte en woede.

Ze voelde ook schaamte en woede over de reputatie van de Ieren als onverbeterlijke zuiplappen. In Ierland was er te veel zwaar dagelijks werk en te weinig geld geweest om dronkenschap tot een probleem te maken. Maar hier was sterke drank goedkoop en overvloedig; een troost voor degenen die ontheemd en stuurloos, gedesillusioneerd en ontmoedigd, onbemind en teleurgesteld waren. Er waren bars voor de gewone man, drankwinkels in huurkazernes voor de huurders, bierhuizen voor de dagloners, voerlieden en matrozen, kroegen voor de ambachtslui, klerken en kooplieden, pubs voor journalisten en literatuurkenners, whiskyverkopers op de hoek voor hen die een goedkope fles wilden, en privé-sociëteiten, elk met een conversatiezaal voor heren. Dan waren er ook nog de enorme danshallen – Deutscher Volksgarten, Atlantic Gardens en Lindenmuller's Odean – waar honderden mensen tegelijk heen gingen om muziek te horen, te dansen en te drinken. Maar dat deden de Ieren niet. Zij konden het zich niet veroorloven; bovendien waren ze bang en bleven daarom dichter bij huis.

Grace wist dat ze een borrel namen aan het eind van een dag waarop ze geen werk gevonden hadden, hoewel er voldoende werk was. Al snel begónnen ze elke dag ook met een borrel, om zichzelf te sterken tegen de aanslagen op hun trots. Daarna vloeiden de ochtendborrel en de avondborrel ineen tot één lange dag drinken, want hoe konden ze zonder iets thuiskomen? Zonder geld, brood of de belofte van beter onderdak; met alleen paardenmest aan hun schoenen en de stank van goedkope whisky en tabak in hun kleding. Hun verbittering nam toe naarmate de blik in de ogen van hun kinderen van hoop in teleurstelling veranderde.

Grace begreep dat een glaasje pure whisky vertroosting bood. Gelijkgestemden zochten elkaar op om troost en eerherstel te vinden en kwamen daarom bijeen in bars en drankzaken. In elke straat was er één – in een Ierse straat waren er twee. De laagste vorm bestond uit een plank over twee tonnen in de dompige kelder van een oud gebouw, onder aan een steile trap die naar urine en braaksel stonk; als de drank zelf al niet dodelijk was, zou de man naast je dat wel kunnen zijn. Hier kwamen de meest hopelozen samen, mannen en vrouwen die hun krediet hadden uitgeput in betere drinkgelegenheden zoals de *Harp*, wier dagen alleen nog bestonden uit een zoektocht naar goedkope drank. Al het andere waren ze vergeten. Eten konden ze niet meer verdragen, familie waren ze verloren, hun trots was voorgoed verdwenen en hun God zag hen toch niet in deze hel.

Haar hart bloedde elke keer als ze deze holen passeerde en een Ier naar buiten zag strompelen, nauwelijks in leven, weer een waardeloze dag tegemoet. Ze sloot zich af voor de ellende van de vrouwen: verlaten door hun echtgenoot, in huis genomen door iemand die hen later had laten zitten, vaak zwanger en al. Veel kinderen leefden alleen op straat. Italiaanse en Duitse kinderen bedelden om penny's in ruil voor een liedje, donker getinte zwerfkinderen vormden bendes zakkenrollers. Dan waren er blonde Engelse kinderen die iedere voorbijganger waakzaam bekeken en taxeerden op de mogelijkheid een munt af te bedelen of te stelen. Grace had de hoofdartikelen gelezen die de haveloze en hopeloze toestand betreurden waarin dagelijks meer kinderen verkeerden. De fatsoenlijke samenleving kon niet aansprakelijk gesteld worden voor de bedelende kinderen van immigranten en slaven, werd beweerd; maar andere schrijvers wezen erop dat het nu negéren van het probleem alleen betekende dat het later onder ogen gezien moest worden. Deze kinderen zouden opgroeien tot gevaarlijke mannen en vrouwen, verbitterd door een samenleving die voor hen minder barmhartig was dan voor paarden, een samenleving die toestond dat zij het slachtoffer werden van elke geperverteerde die belust was op kinderen. Grace kon zich nog altijd niet voorstellen dat kinderen geprostitueerd werden, maar dat was een van de vele nachtelijke verdorvenheden die in deze stad werden aangeboden. Ze was het eens met de redacteur die schreef dat deze kinderen door het gebrek aan voorbeelden van vriendelijkheid, achting en zedelijk gedrag zouden opgroeien tot een generatie van ongeëvenaarde roofdieren. Als er nu niets voor hen gedaan werd, zouden zij de wreedste volwassenen aller tijden worden, zonder enig maatschappelijk geweten. Eerst had ze gedacht dat de armen van Dublin het meest ten einde raad waren, tot ze Liverpool zag. Hier in New York besefte ze dat mensen nog dieper konden zinken.

En toch had ze hier, in deze stad, de mooiste dingen gezien die de mens tot stand kan brengen: indrukwekkende architectuur, luisterrijke kunst, schitterende muziek, prachtige parken. Overal waar ze keek, zag ze scholen, zaken, vervoer, machines, kortom: vooruitgang. Maar ze was ook tot het besef gekomen dat deze hoogtepunten van menselijke prestaties geëvenaard werden door dieptepunten van menselijke degeneratie. Deze stad was uiterlijk sterk en vol zelfvertrouwen, maar werd gevoed door een onderbuik die stonk naar bederf. De Ieren raakten de draad kwijt in deze omgeving, ver verwijderd van de invloed van hun oude parochie en vorige generaties. Mannen raakten vervreemd van hun vrouw en kinderen, werden naar beneden gehaald door drank en afkeer van zichzelf en vonden nergens steun. Wat Grace de grootste ironie vond, was dat de Ieren – voor wie land alles was, die tot de dood gestreden hadden voor elke centimeter – zich zo volledig in de stad gevestigd hadden; en niet alleen in de stad, maar in de ergste, dichtstbevolkte sloppenwijken. Ze waren te eenzaam, vertelde Sean, te eenzaam en neerslachtig om verder naar het westen te trekken, waar je voor een dagloon hele akkers kon kopen, maar de dichtstbijzijnde buurman mijlen ver weg was.

Grace dacht verlangend aan die akkers – ruimte om adem te halen, privacy, vrijheid voor de kinderen om buiten rond te rennen – maar ze wist dat daar geen sprake van kon zijn. Misschien zou ze tegen de tijd dat haar vader en haar zoontje kwamen genoeg gespaard hebben om een boerderij voor hen allemaal te kopen. Ze potte het laatste beetje geld van Alice op, maar ze wist dat ze werk moest zoeken. Sean verdiende wat met schrijven en spreekbeurten en Ogue vroeg bijna niets voor hun kost en inwoning. Maar Grace bedacht hoeveel ze hem al schuldig waren – al misgunde ze haar broer geen ogenblik de medische kosten die voor hem gemaakt waren. Hij droeg tegenwoordig een speciaal voor hem gemaakte schoen die zijn been vijf centimeter langer maakte en een beugel die zijn knie stabiel hield zodat hij beter liep. Zijn arm werd langzaam gestrekt met behulp van een leren schouderharnas dat hij 's nachts droeg. Dit alles had een ander mens van hem gemaakt. Hij liep rechtop, bewoog zich met zelfvertrouwen door de kamer en converseerde zonder kleinerende opmerkingen over zichzelf te maken. Hij was aangekomen, gezonder geworden; deze winter had hij nog geen lange ziekte met schurende hoestbuien gehad. Zijn huid glansde en zijn ogen straalden; zijn haar was lang geworden en hij droeg tegenwoordig goed passende kleren en – voor het eerst van zijn leven – laarzen. Hij gedijde uitstekend in Amerika. Daar was ze dankbaar voor, want ze wist dat hij gemakkelijk had kunnen sterven als hij in Ierland gebleven was. Ze vreesde dat haar komst met twee kinderen een last voor hem zou worden; daarom lag ze vaak wakker, haar mogelijkheden te overdenken.

Het zou naaiwerk moeten worden, besloot ze. In County Cork was ze beroemd geweest om haar vaardigheid met de naald, maar ze had geen idee hoe ze in een stad vol geoefende naaisters gewaardeerd zou worden. Ze wilde de kinderen niet elke dag zestien uur in de steek laten om in een kledingfabriek te gaan werken, tenzij het niet anders kon. Daarom overwoog ze stukwerk. Ze had advertenties in de krant gezien: Daniel Devlin, een Ier uit Donegal, betaalde vijfenzeventig cent per week voor thuiswerk. Ze wist dat vijfenzeventig cent niet veel was en dat coupeurs en kleermakers aan huis – meestal mannen – dat per dag verdienden, maar het zou een begin zijn. Uiteindelijk, nadat ze urenlang met de kinderen door de stad had gesjouwd, ging ze terug naar de bar en bracht de kwestie ter sprake bij Dugan.

'Ach, nee, Grace, de lui die het uitbesteden, zijn allemaal achterbakse dieven en de lui met fabrieken zijn slavendrijvers!'

'Ik moet iets doen,' hield Grace vol, terwijl ze de sneeuwvlokken van haar omslagdoek schudde. 'We moeten echt ons brood verdienen, Sean en ik. We moeten sparen en een huis in orde maken voor onze vader en het kind.'

'Jullie kunnen allemaal hier wonen!' Ogue zwaaide zijn armen wijd open. 'Wat betekent nog een oude man en een kleintje nou helemaal?'

Liam en Mary Kate knikten enthousiast; Grace stuurde hen naar de haard om zich te warmen.

'Dat betekent nog twee monden te voeden,' zei Grace. 'En je moet ook aan je eigen gezin denken. Hoe gaat het trouwens met haar?'

Ogues gezicht betrok. 'Niet zo best, schat. Ze is niet jong meer, Grace, dat weet je. Ik ben mijn hele leven een armzalige vrijgezel geweest en ik dank God dat ze met me getrouwd is. Nooit heb ik het erg gevonden dat we geen kinderen kregen, daar had ik zelfs nooit aan gedacht! Ik was al zo gelukkig dat ik haar had. En nu...' Hij zweeg, met de mond vol tanden. 'Nou, het is een wonder, dit. Echt een wonder. Maar ik wil je best vertellen dat ik er bang van word.'

'Dat hoeft toch niet.' Grace pakte zijn hand. 'Kan ik ergens mee helpen?'

'Nou, dat is het hem nou juist, zie je.' Zijn ogen begonnen weer te stralen. 'Ik weet dat jij werk nodig hebt en ik wilde je werk aanbieden, maar weet je,' – hij ging wat zachter praten – 'een vrouw als jij moet eigenlijk niet in zo'n zaak als deze werken.'

'Wees niet zo'n eejit,' berispte Grace. 'Jouw eigen vrouw werkt hier toch zeker ook?'

'Niet meer,' bekende hij. 'Ze moet in bed blijven, zegt de dokter, vanwege de mazelen. Anders raakt ze het kind kwijt. Maar het is niet makkelijk voor haar. Ze werkt haar hele leven al, zie je.'

'Dus je hebt iemand nodig om op haar te passen en karweitjes in de keuken te doen?'

'Aye.' Hij knikte opgelucht. 'Ik zou toch een meisje moeten aannemen, Grace, en zij zou er gek van worden als een of ander wispelturig kind onze kamers in- en uitliep en een troep van haar keuken maakte. Snap je?'

'Zeker.' Grace wist hoe trots Tara was.

'Maar zij zegt: "Vraag onze Grace of die het wil doen. Dat is een goeie," zegt ze, "die vertrouw ik wel."' Hij stak met een smekend gebaar zijn handen uit. 'Dus vraag ik jou om die baan te nemen, alsjeblieft, en ik zeg je dat we wel ruimte maken voor je vader en de jongen als die komen.'

'Dan zou ik kunnen sparen,' dacht Grace hardop. 'Jullie terugbetalen. En als Tara weer op de been is, hoeven jullie geen last meer van ons te hebben.'

'Je mag hier wonen zolang je wilt, lieve schat, dat kan me niets schelen,' zei hij oprecht. 'Maar je doet het dus?'

'O, aye, Dugan. Natuurlijk doe ik het.' Ze sloeg haar armen om de grote man heen; hij klopte haar verlegen op de rug.

'Ga maar gauw naar boven om het haar te zeggen. Voor ze nog eens op de vloer bonkt om het mij te vragen.'

Grace grijnsde, viste een stel gepekelde eieren uit de pot op de toog en gaf die met een dikke snee brood erbij aan Mary Kate en Liam. Ze vermaande de jongen niet alles in één hap naar binnen te slokken en waarschuwde het meisje dat ze alles op moest eten en niets onder haar kussen bewaren voor later. De kinderen knikten plechtig, maar ze wist dat ze nog geen van beiden geleerd hadden op een volgende maaltijd te rekenen. Hoofdschuddend liep ze de trap op.

Dugan en Tara woonden boven de keuken achter de bar. Ze klopte zachtjes, duwde de deur open en stapte een zitkamer met kanten gordijnen in. Tara had een schoon kleed op de vloer, haar twee goede stoelen, een sofa, een dressoir en een ovale tafel met een olielamp en op de schoorsteenmantel stond een klok. Hier boven de keuken was het warm en de klok tikte vredig.

'Ben jij dat, Grace?' riep Tara vanaf de andere kant van de gang. 'Kom maar hier!' Ze glimlachte bekommerd toen Grace in de deuropening van de slaapkamer verscheen. 'Dus hij heeft het gevraagd? Over het werk en zo?'

'Aye.' Grace ging op een stoel naast het bed zitten. 'En ik ben jullie allebei dankbaar. Jullie zijn zo goed voor ons.'

'Ach nee. Het is Gods wil dat jij hier bent, juist nu. Dat geloof ik echt.'

'Maak jij je nou maar geen zorgen.'

'Dat doe ik toch wel,' gaf Tara toe. 'Ik blijf maar denken aan mijn eigen moeder. Ze kreeg mij toen ze al niet meer zo jong was, en zij is eraan gestorven, zie je. Aan de bevalling. En ik ben nog ouder dan zij toen was.'

'Nou ja, maar dat is een hele tijd geleden en jij woont toch zeker in een grote stad, met dokters vlakbij?' Grace glimlachte bemoedigend. 'Elke keer dat je je zorgen maakt, moet je gewoon je ogen dichtdoen en je voorstellen dat je een lief kindje in je armen houdt. Ik heb het zelf al drie keer overleefd,' stelde ze haar gerust. 'Drie keer – vier kinderen.'

'Vier?'

Grace beet op haar lip toen ze besefte dat ze een blunder gemaakt had. 'Twee zijn er jong gestorven, maar ik heb er nog twee die in leven zijn. Mary Kate ken je, en mijn zoontje in Ierland.'

'Daar wilde ik al naar vragen, maar Dugan zei dat ik je met rust moest laten. Die zoon, die is dus van Morgan?'

Grace knikte; plotseling werd alles wazig.

Tara pakte nadenkend haar rozenkrans. 'Vóór Dugan had ik een andere man,' vertrouwde ze Grace zachtjes toe. 'Caolon en ik kwamen langgeleden samen op de boot hierheen, vol plannen voor een nieuw leven. We zijn samen opgegroeid; ik kan me niet anders herinneren dan dat hij er was.'

Ik weet wat je bedoelt, dacht Grace. Ik weet het.

'Hij werd door een op hol geslagen koets geraakt, op een avond toen we naar de winkels liepen te kijken. Nog geen tien dagen nadat we in de stad aankwamen. Er was een opstootje en hij duwde mij opzij, maar was zelf niet op tijd weg.' Haar gezicht verstrakte bij de herinnering. 'Het ene moment waren we aan het wandelen, arm in arm, met ons hele leven voor ons – en het volgende moment lag hij op de grond, zijn hoofd helemaal opengebarsten en al dat bloed dat eruit stroomde...' Ze kromp ineen. 'Dat rijtuig werd bestuurd door een jonge heer – mooi aangekleed en niet zo'n beetje dronken. Hij werd snel afgevoerd door andere mannen met mooie kleren, maar eerst gaf hij me een beurs vol geld. Voor de dokter, zei hij, maar ik heb er de begrafenis van betaald.' Haar blik keerde terug naar het heden en ze keek Grace onderzoekend aan. 'Sinds de dag dat jij kwam, met je vreselijke verlies, moet ik zo sterk aan hem denken. Ik wou gewoon dat je dit van mij wist.'

'Soms kan ik het nauwelijks dragen.' Graces mond beefde.

Tara knikte. 'Ik wilde alleen maar gaan liggen en doodgaan toen Caolon gestorven was. Het duurde eeuwen voordat ik wist dat ik weer leefde; en ook toen was ik verdrietig. Maar God is goed: Dugan Ogue houdt van me en ik ga zijn kind krijgen. Ik heb de zwartste dagen van mijn leven overleefd,' zei ze flink. 'En jij overleeft het ook. Omdat hij van je hield.'

'Dat deed hij zeker,' zei Grace en droogde haar tranen.

Tweeëntwintig

'Ga zitten, meneer... Boardham, klopt dat?' Callahan wenkte hem met zijn aangestoken sigaar binnen.

Boardham bleef in de deuropening staan. 'Ik heb niets verkeerd gedaan,' gromde hij. 'Ik kom aangeven dat ík slecht behandeld ben.'

'Dat heb ik gehoord.' Callahan leunde achterover in zijn stoel. 'Interessant verhaal, wat u beneden vertelde. Ik wil het graag even met u doornemen.'

'Waarom?'

'Gewoon, nieuwsgierigheid.' Callahan haalde zijn schouders op. 'Sigaar?'

Boardham likte zijn lippen. 'Dat sla ik niet af.' Hij liep steels naar het bureau toe, pakte de sigaar en ging voorzichtig in de stoel zitten.

'Laten we eens zien of ik het goed begrepen heb.' Callahan nam een trekje en de sigaar gloeide op. 'U voer op een Amerikaans schip dat in november uit Liverpool vertrok; correct?'

Boardham stak zijn eigen sigaar aan. 'De *Eliza J*, kapitein P. Reinders.'

'En u zegt dat kapitein Reinders illegaal passagiers uitlaadde – waaronder een misdadiger, met zijn medeweten – voordat hij weer naar Staten Island ging. Nog steeds correct?' Callahan bekeek hem door de rook heen.

'Aye.'

'U en een arts,' – hij wierp een blik op zijn aantekeningen –

'Draper, dokter Draper, maakten hier bezwaar tegen en werden afgeranseld.'

'Precies.' Boardham wees met zijn sigaar naar de commissaris. 'Draper heb ik nooit meer gezien, maar mij namen ze zowaar mee naar Boston; en lieten me in de haven achter! Ik moest zelf maar zien terug te komen, zonder geld of iets!'

'Waarom hebt u tot nu gewacht met uw aangifte?'

Boardham verstrakte weer. 'Nou, ik vreesde voor mijn leven, of niet soms?' jammerde hij. 'Ze zeiden dat ze achter me aan zouden komen als ik het vertelde, en dat zullen ze ook. Ik ben helemaal niet blij dat ik hier zit.'

Callahan leunde voorover. 'Waarom zit u hier dan?'

'Een beetje in moeilijkheden geraakt, denk ik,' mompelde Boardham.

'U bent betrokken geraakt bij een messengevecht en hebt iemand de keel doorgesneden.'

'Dat zeg ik ook! Hij was een lid van de bemanning die me mishandeld had! Let wel, niet degene die ik te pakken wíl krijgen.' Boardham keek dreigend. 'Maar het was een begin.'

Callahan bekeek hem vol interesse. 'Beseft u wel dat u in het kantoor van een commissaris van politie zit te praten over de moorden die u zou willen plegen?'

'Geen moord,' corrigeerde Boardham. 'Wraak. En hij begon.'

'Dus het was zelfverdediging? U verdedigde uzelf tegen deze man?'

Boardham ging enthousiast rechtop zitten. 'Ja! Ja, ik verdedigde mezelf. Hij kwam eerst op mij af.'

Callahan knikte. 'U zou een bijzonder lange gevangenisstraf kunnen krijgen.'

'Maar u zei –'

'Ik ben geïnteresseerd in meer informatie over die kapitein.' Callahan nam nonchalant nog een trekje van zijn sigaar. 'Het waren Ierse immigranten, zei u?'

'Ja.' Boardhams hart bonkte.

'Deze stad wordt platgelopen door Ierse immigranten.' Callahan keek hem onderzoekend aan. 'U bent geen Ier, of wel soms?'

'Nee,' snauwde Boardham. 'Zo Engels als het maar kan.'

'Toch ziet u er Iers uit. Klein en spijkerhard. U drinkt blijkbaar ook als een Ier.'

'Mijn naam is Boardham.' Op beide wangen van de hofmeester verscheen een rode vlek. 'Dat is een Engelse naam. Geen Ierse, zoals Callahan.'

De commissaris trok zijn wenkbrauwen op. 'Heel goed.' Hij knikte goedkeurend. 'Heel slim. Ja, u hebt helemaal gelijk. Callahan is een oude Ierse naam; ik stam van Ieren af, al woont mijn familie sinds twee generaties in dit land.'

Boardham zweeg even, onzeker, en besloot toen de gok te wagen. 'Mijn moeder heette Ceallachan,' merkte hij op.

'Dus u bent wél Iers.' Callahan keek tevreden.

'Mijn vader was Engels. Ik ben opgegroeid in Liverpool. Ik beschouw mezelf als een Engelsman.'

'En ik beschouw mezelf als een Amerikaan.' Callahan legde zijn sigaar neer. 'De Ieren die de laatste tijd van de schepen komen, zijn allemaal tuig: bedelaars en dieven, zuiplappen en verkwisters. En ze komen bij drommen tegelijk. Iedere dag worden er weer nieuwe in de stad achtergelaten, en eerlijk gezegd maken ze degenen onder ons die wél wat bereikt hebben, te schande.'

Boardham zag een mogelijkheid om zichzelf vrij te pleiten. 'De kapiteins halen hen hierheen om winst te maken,' zei hij. 'Als die stevig aangepakt worden... Geen Ieren meer.'

'Ja.' Callahan knikte. 'Zij vormen zeker een deel van het probleem, vooral als ze criminelen het land inbrengen. Hij wordt gezocht wegens moord, zei u – hoe heet hij?'

'Donnelly.' Boardham kon het niet snel genoeg zeggen. 'Mevrouw Grace Donnelly.'

'Een vrouw?'

'Een teef,' snauwde Boardham. 'Kwam zowaar met een mes op me af.'

'U schijnt dat aan te trekken.' Callahan glimlachte even. 'Weet u waar ze woont?'

'Nee. Ik ben op zoek, dat wel.'

'Mooi.' Callahan sloot zijn notitieblok. 'Als u haar vindt, wil ik het graag meteen weten. Voordat u ook maar iets doet. Intussen zal ik die kapitein Reinders en zijn immigrantenhandel onderzoeken.'

'Anders nog iets?' vroeg Boardham voorzichtig.

'Op dit moment niet. Maar misschien wil ik u nog eens spreken. Misschien ga ik u wel vervolgen voor de moord op die arme meneer' – Callahan keek zijn notities weer in – 'Dean.'

Boardham knarste zijn tanden.

'Wilt u een baan hebben?' vroeg Callahan zonder omhaal. 'Hoe zou u het vinden om voor mij te werken?'

Boardham, van zijn stuk gebracht, deed alsof hij erover nadacht. 'Wat schuift het?'

Callahan lachte hardop. 'U zou elk werk doen als u maar genoeg betaald kreeg; zo is het toch, meneer Boardham? Daarom bent u het waard aangenomen te worden. Mijn partners en ik bezitten een paar gebouwen in het Five Pointsdistrict. Een in Little Water Street, twee in Orange Street. Kent u die omgeving?'

Boardham knikte. Het was een ruige buurt – met veel bars en hoeren; hij ging daar nogal eens naar toe.

'Het zit daar vol met Ieren. En ze betalen de huur niet. Ik heb iemand nodig die zorgt dat ze betalen of verhuizen.' Hij leunde voorover. 'U krijgt een gratis kamer en twee dollar per week plus een deel van alle huur die u ophaalt.'

Boardham ging verbaasd wat achterover zitten. 'Dat is heel redelijk.'

'Ik ben een redelijk mens. Zolang ik krijg wat ik wil. Af en toe zal ik om een wederdienst vragen.' Hij zweeg even. 'Begrijpen we elkaar?'

'Zeker.'

'Mooi.' Callahan schreef iets op een stuk papier en overhandigde het hem. 'Hier is het adres. Kom morgen terug, dan praten we verder.'

Drieëntwintig

De eerste dag van april was verbazend koud en een gestage regen trommelde op het dak; Grace luisterde ernaar terwijl ze hun zolderkamer opruimde. In de hoek zat Mary Kate te spelen met het poppenbedje dat ze in februari van Liam had gekregen voor haar vierde verjaardag. Liam had het zelf gemaakt van een kratje dat Dugan in de steeg gegooid had; de jongen had het schoongemaakt, wit geverfd en BLOSSOM op het hoofdeinde geschreven. Grace had een poppendeken gestikt en een piepklein hoofdkussen opgevuld. Mary Kate hield het bedje dicht bij zich, naast haar eigen bed. Ze had nog meer gekregen: een prentenboek van Sean, een jurk met schort van de familie Ogue, een appel van meneer Marconi uit de straat, een haarlint van Seans vriendin Marcy Osgoode en een paar nieuwe laarzen en een reep chocolade van Grace. De kersverse vierjarige had een stukje taart gegeten, haar cadeaus uitgepakt en was toen, volkomen overweldigd door dit alles, in tranen uitgebarsten. Maar vandaag droeg ze de jurk, speelde met het speelgoed en deelde haar ontbijt met Liam, die ze aanbad.

Grace wierp een blik op de jongen die bij het raam in het prentenboek zat te kijken. Hij werd dikker en groter; ze wist zeker dat hij nog deze lente nieuwe kleren nodig had. En laarzen. Hij had zich dapper aangepast aan zijn nieuwe familie en liet zich niet kennen, al sliep hij met Alices kam en Siobahns sok onder zijn kussen. Hij was verknocht aan Mary Kate, leerde haar dammen en touwtjespringen en als hij dacht dat niemand keek, speelde hij zelfs mee met haar pop. Grace was bijzonder op hem gesteld.

Ze was moe vanmorgen; de boeiende gesprekken van gisteravond galmden nog na in haar hoofd. Sean had haar meegenomen naar een diner bij de familie Livingston en ze had zijn vrienden Jay en Florence ontmoet. Jay was een verschrikkelijke flirt, maar ze nam er geen aanstoot aan omdat hij met elke aanwezige jongedame evenveel flirtte; en Florence was vriendelijk en geestig, met intelligente, stralende ogen die haar aan Julia deden denken.

Grace was naast de Amerikaanse schrijver Herman Melville gezet, die een boek over Polynesiërs geschreven had dat volgens Florence schandalig was, maar dat hem zo veel geld had opgeleverd dat hij er nog een aan het schrijven was. Aan tafel had hij Grace echter toevertrouwd dat hij eigenlijk het liefst een boek over de walvisjacht zou schrijven. Het obsedeerde hem, zei hij na een aantal glazen wijn: mens tegen beest, de rauwe natuurelementen. Hij wist zeker dat het zijn beste boek zou worden en hij beloofde haar een gesigneerd exemplaar. Ze vond hem bijzonder aardig. Edgar Poe, een andere schrijver, was ook uitgenodigd, maar hij was niet komen opdagen. Jay had geopperd dat hij misschien in een opiumkeet zou zitten, maar Florence zei dat Poes vrouw pas gestorven was en dat Jay medelijden met hem zou moeten hebben. De gouverneur was ook aanwezig geweest, evenals een zanger, twee bisschoppen, de dames die evenals Florence aanhangers van het abolitionisme* waren en Jays vrienden uit de uitgeverswereld. Grace zat zelf nogal met de mond vol tanden, merkte ze, maar keek vol bewondering hoe haar broer zich staande hield in dit schitterende gezelschap. Hij had het ver geschopt in Amerika! Ze was trots op hem.

'Grace!' Nu onderbrak hij haar gedachten; hij stond onder aan de trap te roepen. 'Gracie! Kom je even naar beneden?'

Ze wierp een blik op haar kinderen, die tevreden aan het spelen waren, en ging kijken wat er zo dringend was.

'Ze hebben hem gevonden!' Sean nam haar bij de arm en leidde haar naar een bank tegen de muur. 'Liams vader. Ze hebben zijn adres bij de Irish Emigrant Society.'

De moed zonk Grace in de schoenen. 'Er zijn vast wel duizend Kelleys in de stad. Weten ze het zeker? Seamus Kelley uit Dublin?'

'Aye. Ze hebben er iemand heen gestuurd. Zijn vrouw heette Alice, twee kinderen. Ze hebben hem verteld wat er aan boord gebeurd is; hij wil de jongen meteen spreken.' Hij pakte haar hand. 'Ik weet hoe jij je voelt, Grace, maar het is zijn bloedeigen vader.'

'Hij praat nooit over zijn vader. Alice heeft me verteld dat het een drinker was, en ik heb haar beloofd dat ik voorzichtig zou zijn.'

'We gaan samen,' stelde hij haar gerust. 'Met zijn drieën.'

'Wanneer?'

'Vandaag,' zei hij vriendelijk. 'Ga het hem nou maar vertellen – hij moet het van jou horen – en zorg dat hij mee kan. Dugan zal ons erheen brengen.'

'Vandaag?' Ze kon het niet geloven. 'Kan het niet tot morgen wachten? We kunnen toch morgenochtend gaan?'

Sean schudde zijn hoofd. 'Ze hebben hem verteld dat we komen, en als het nou een goede man is, Grace? Als hij nou al die tijd op nieuws over zijn zoon heeft zitten wachten?'

Dat begreep ze. Zij wachtte zo verlangend op nieuws over haar eigen zoon! 'Goed dan. Ik ga het hem vertellen.'

'Grote meid. Ik ga Dugan helpen.'

Grace klom vermoeid de trap op en bleef een ogenblik in de deuropening staan kijken naar de jongen die ze als familie beschouwde.

'Liam!' Ze dwong zichzelf enthousiast te klinken. 'Liam, we hebben nieuws. Over je vader.'

Hij keek met grote ogen naar haar op.

'Hij leeft nog,' voegde ze er snel aan toe. 'Hij leeft nog en hij wil je meteen spreken. Vandaag.'

'Vandaag?' Hij wierp een blik op Mary Kate, die hem verbijsterd aankeek.

Grace liep de kamer door, nam haar dochter in de armen en ging op het bed zitten. Ze klopte op het bed en Liam kwam onmiddellijk naast haar zitten.

'Het is een beetje een schok, ik weet het. Sean heeft vaak naar hem geïnformeerd, maar ik begon al te denken dat je vader misschien…'

'Dood was,' voltooide Liam.

'Aye, en daar heb ik nou spijt van.' Ze sloeg een arm om zijn schouders. 'Want hij is levend en wel, en hij was al die tijd naar jou op zoek.'

'Echt?' Liam keek ongelovig.

'Nou, natuurlijk wel, want nou hebben we elkaar allemaal gevonden. Is het niet heerlijk dat we hem hebben gevonden, en dat hij jou gevonden heeft?' Ik bazel, dacht Grace.

Mary Kate keek haar moeder aan en fronste haar wenkbrauwen. 'Ik wil niet dat Liam weggaat.' Ze kreeg een slip van zijn blouse te pakken en sloot haar knuistje eromheen.

Grace zuchtte. 'Ik ook niet. Ik zou liegen als ik zei van wel.'

'Moet ik gaan?' Liam keek zo hunkerend naar haar op dat ze hem stevig tegen zich aan trok om zijn gezicht niet te hoeven zien.

'Aye, Liam, dat moet. Het is je vader en hij houdt van je. Jij bent alles wat hij nu nog heeft.'

Hij drukte zijn hoofd een ogenblik tegen haar schouder en stond toen op. 'Goed dan,' zei hij, haar dappere jongen. 'Dan kan ik beter mijn spullen pakken. Is het ver? Ga ik hier ver vandaan?'

'Nee,' stelde ze hem gerust. 'Helemaal niet ver. Vandaag brengt Dugan ons met de kar, omdat we jouw koffer meenemen en omdat het zo hard regent, maar Sean zegt dat we het ook kunnen lopen. Je kunt elke dag naar ons toe.'

Zijn gezicht klaarde op. 'Dus ik kan het lopen.'

Grace knikte. 'Wanneer je wilt. Elke dag.'

Hij had nog meer vragen, die ze geen van alle kon beantwoorden, maar waarmee het half uur dat ze nodig hadden om zijn schamele bezittingen te verzamelen gevuld werd. Daarna gingen ze naar beneden.

Dugan had de kist van de Kelleys uit de kelder gehaald en Liam legde zijn stapeltje erin.

'Nou, jongen,' – de grote man zette zijn handen op zijn heupen – 'je zult je ouwe vrienden hier bij de *Harp and Hound* toch niet vergeten, hè?'

'Nee, meneer.' Liam stak stoïcijns een hand uit, maar werd van zijn plaats gerukt en in een reusachtige berenomhelzing gevangen.

'Ach, gekke bedelaar die je bent.' Dugan wreef met zijn neus in de nek van de jongen tot hij begon te giechelen. 'Wat moet ik hier beginnen zonder al die kwajongensstreken van jou? Wie moet nou het dienblad laten vallen, het drinken op de grond gooien, het verkeerde meenemen van de groenteboer en een miljoen vragen stellen? Hè?' Hij blies toeterend in Liams nek en Liam schaterde het uit.

'Mary Kate!' Ogue keek over zijn schouder. 'Jij laat zijn dienbladen wel voor hem vallen, hè?'

'Nee!' Mary Kate stampvoette; Grace keek haar verbaasd aan. 'Dat doe ik niet.'

Liam wrong zich los uit Dugans omhelzing en liep naar het kleine meisje, dat haar armpjes nijdig over elkaar geslagen had, toe.

'Ach, wees nou niet boos,' zei hij, terwijl hij zich op een knie liet zakken. 'Ik kom heel vaak op bezoek en dan gaan we touwtjespringen en tikkertje doen.'

Ze schudde haar hoofd; haar ogen vulden zich met tranen.

'Ah joh.' Hij sloeg zijn armen om haar heen, fluisterde iets in haar oor en kuste haar op de wang.

'Beloofd?' vroeg ze.

Hij sloeg een kruisje over zijn hart en spuugde op de grond; zij deed hetzelfde.

Sean kwam door de achterdeur binnen. 'Klaar, jongen?'

'Aye.' Liam keek nog een keer uitgebreid om zich heen en knipoogde toen naar Mary Kate. 'Tot ziens.'

Grace keek over zijn hoofd naar Dugan; die haalde zijn schouders op.

Ze lieten Mary Kate in Tara's kamer spelen en vertrokken in noordelijke richting naar Five Points. De regen was opgehouden, maar vanaf de wielen spetterde modder omhoog. Ze reden door steeds slechtere buurten tot ze ten slotte Orange Street bereikten, waar varkens – losgelaten uit hun hokken op de hoek van de straat – door de drek kuierden. Nu al stonden mannen tegen de muren te leunen, wachtend of er nog iets zou gebeuren.

'Vreselijke straat is dit,' mopperde Dugan. 'Wordt elke dag erger.'

'Hoe ver nog?' vroeg Grace.

'We zijn er.' Hij liet de kar stoppen voor een smal stenen gebouw, waarachter een houten barak oprees. 'Ik kan het beste eerst gaan.'

Grace merkte een stel rondhangende jonge mannen op die de kar stonden te bekijken. 'Jij kunt beter hier blijven.' Ze knikte in de richting van de mannen. 'Wij brengen hem wel.'

Met de kist tussen hen in baanden Sean en Grace zich een weg door de rommel op de stoep naar de voordeur en toen naar binnen.

'Waar is nummer negen?' vroeg Sean aan een vermoeide vrouw die met haar kindje op de gammele trap zat. 'Seamus Kelley.'

De vrouw snoof minachtend. 'Door de steeg,' wees ze. 'Achterin, drie trappen op. Zonde van je tijd, als je het mij vraagt.'

Sean en Grace wisselden een blik, pakten de kist weer op en verlieten het gebouw. Ze gingen een smal steegje door dat door andere twijfelachtige paadjes gekruist werd. Hun schoenen zakten weg in de drek. Ze kwamen uit op een kleine binnenplaats, de bron van de verrotte, weeïge stank die over de hele buurt hing en die maar één ding kon betekenen: bottenkokers. Mannen en vrouwen stonden boven de stinkende kookpotten te roeren in het vleesafval dat ze in straten en op markten verzameld hadden: botten, ingewanden en huidflinters werden samen gekookt en vormden een onsmakelijke stoofpot. Dit waren de nieuwe meesters van het vuile werk – het koken van botten, het villen van paarden, het maken van lijm en spontaan ontvlammende lucifers – karweitjes die niemand anders wilde doen, maar die door deze hopelozen werden aangegrepen om nog iets te verdienen. Grace kon zich niet eens voorstellen hoe afschuwelijk dit in de hete zomer moest zijn. Ze maakten een omtrekkende beweging langs krakkemikkige latrines waar een gestage stroom mensen in en uit liep, velen met emmers die ze eenvoudig leeg kieperden. De groene smurrie op de grond en de stank maakten de lucht nog benauwender. Toch was er op nog geen vijf meter afstand een goedkope kroeg zonder ramen, donker, met plassen stilstaand water en bergen verrot materiaal in de deuropening, waar een man naar hen stond te kijken met zijn armen over elkaar.

De houten barak was niet meer dan een aanbouw aan de achterkant van een stenen gebouw. Toen ze binnenkwamen, besefte Grace dat het geheel in zulke benauwd kleine kamertjes was verdeeld, dat vele geen raam hadden. Ze kon niet zien waar ze liep en raakte de muur aan, die vochtig was van de schimmel. Ze probeerde in het kielzog van haar broer in het midden van de nauwe gang te blijven. Deuren kierden open, gezichten tuurden naar buiten en Grace ving hier en daar een glimp licht van een kaarsstompje op. Dit was geen haar beter dan de ergste steegjes in Skibbereen, dacht ze bij zichzelf: geen stoelen, geen bedden, alleen stapels stro of vodden, grote hoeveelheden kinderen en uitgeputte volwassenen, de stank van zweet en ziekte. Ze kon nauwelijks ademen. Liam kwam dichter achter haar lopen en greep haar rok vast, tot ze uiteindelijk bij nummer negen kwamen. Sean zette de kist neer en klopte aan. Uit de kamer klonk gekuch, het geschuifel van voeten, een bonk en een vloek; toen ging de deur open.

'Wie is daar nou?' Een man – Grace kon door het vettige haar en het vuil op zijn gezicht niet zien of hij oud of jong was – hield een kaars naar voren en bekeek hen achterdochtig van top tot teen. 'Wat moet je van me?'

Liam drong langs Grace naar voren. 'Pa? Ik ben het, pa! Liam!'

Het gezicht van de man lichtte op en zijn ontstoken ogen begonnen te tranen. Hij trok de jongen in zijn armen en bedekte diens hoofd met kussen. 'Ach, jongen toch, je bent er! Je bent er! O, mijn bloedeigen zoon, helemaal hierheen gekomen en je arme moeder verloren – God hebbe haar ziel. Haar verloren, en je zusje ook. O nee. O nee!' Nu huilde hij en wiegde de jongen in zijn armen. 'O, had ik hen nog maar één keer kunnen zien, voor het laatst! O jongen. Mijn zoon.'

Liam huilde ook, overstelpt door alle emotie, en Sean en Grace keken elkaar aan.

'Nou, kom binnen, kom binnen.' Seamus veegde zijn gezicht af aan zijn mouw en deed de deur wijder open. 'U moet meneer O'Malley zijn.' Hij stak een vuile, natte hand uit en Sean nam die aan.

'We zijn blij u te ontmoeten, meneer Kelley.' Hij keek de donkere kamer rond en zag een stapel stro in de hoek, een kruk en een ton. 'Al zullen we uw zoon missen als hij niet meer bij ons woont.'

Liam kon zijn ogen niet van zijn vader afhouden.

'De dame mag het krukje hebben.' Seamus duwde het naar haar toe en zette toen de kaars op de ton.

'Dit is Grace, mijn zus,' zei Sean. 'Zij zat samen met uw vrouw op het schip.'

'Alice was een goed mens,' merkte Grace op. 'Ze hield heel veel van de kinderen en wilde dat ik zou zorgen dat Liam een goed thuis had.'

Seamus knikte somber. 'Dus ze is aan de koorts doodgegaan. En de kleine ook.'

'Aye. Er was een dienst aan boord. Liam en ik zijn samen verder gereisd en hij heeft sinds die tijd bij ons gewoond.'

'Daar dank ik u voor. Ikzelf ben niet gezond, zoals u ziet.' Hij hoestte rochelend en spuugde in een hoek. 'De lieve Heer heeft hem precies op tijd gestuurd, want ik zit zonder geld en de huur moet betaald, maar een sterke jongen als hij kan dat wel verdienen – en nog wel meer ook.'

Liam keek op naar Grace, die haar gezicht neutraal hield.

'Kom hier, jongen, en geef je ouwe pa een kus.' Hij stak zijn armen uit en Liam ging plichtsgetrouw naar hem toe, maar nu bewoog hij zich stijfjes en onzeker. 'Aye, we komen er wel uit nou jij er bent, hè jongen?'

'Weet u zeker dat u gezond genoeg bent?' vroeg Sean voorzichtig. 'We willen hem met alle genoegen bij ons houden tot u weer op de been bent.'

Seamus fronste zijn wenkbrauwen. 'Hem opgeven nou hij eindelijk thuis is? Nooit!' Hij werd overvallen door een hoestbui en reikte naar een fles achter de ton. 'Mijn medicijn,' verklaarde hij en nam een teug.

'Echt, meneer Kelley, u lijkt me niet…' Sean maakte een hulpeloos gebaar.

'Misschien kunt u nou beter gaan.' Seamus trok Liam naar zich toe. 'Geef ons wat tijd om elkaar weer te leren kennen. Bedankt voor alles wat u gedaan hebt; ik weet zeker dat u een mooie beloning krijgt in de hemel. Zeg maar gedag, jongen.'

'Dag,' zei Liam zachtjes, terwijl hij Sean en Grace beurtelings aankeek.

Grace kwam naar hem toe, kuste hem en fluisterde in zijn oor: 'Je weet ons te vinden, Liam.'

Hij knikte. Sean gaf hem een hand en daarna vertrokken ze. Als verdoofd zochten ze op de tast de weg: de trap af, de binnenplaats over en naar buiten, waar het weer was gaan regenen.

Dugan wierp één blik op hen en sloeg toen met zijn vuist tegen de zijkant van de kar. 'Ik wist het. Ik wist het wel. Het is een zatte ouwe zuiplap, of niet soms?'

Sean en Grace knikten langzaam, niet in staat het te geloven.

'Nou, we kunnen hem hier niet zomaar achterlaten.' Dugan nam de buurt in zich op. 'Het is hier niets voor hem.'

'Het is allemaal mijn schuld,' zei Sean verbouwereerd. 'Ik kan gewoon niet geloven dat ik dit gedaan heb.'

'Nee.' Grace legde haar hand op zijn arm. 'We moesten zijn vader zoeken. We wisten niet dat het zo zou gaan.'

Ze reden zwijgend door de regen naar huis, het troosteloze stadsdistrict uit naar het minder troosteloze district, naar de warm stralende lichten van de *Harp and Hound* en de vertrouwde geur van bier en augurken, versgebakken brood en aardappelsoep. Langs de bar stonden al klanten; Danny Young stond erachter te bedienen alsof hij nooit anders gedaan had. Mary Kate had gezien dat ze de kar achter parkeerden en de muilezel onder het afdak leidden. Ze kwam de trap af rennen om hen te begroeten; haar wangen gloeiden.

'Hij komt terug,' zei ze resoluut toen ze hun gezichten zag.

Grace tilde haar dochter op en begroef haar gezicht in het krullende haar – het meisje voelde lekker stevig aan; ze was flink gegroeid sinds ze van boord waren.

'Echt waar.' Mary Kate liet Alices kam en Siobahns sok zien. 'Dat heeft hij beloofd.'

Vierentwintig

Het rijtuig verliet de ruwe plattelandsweggetjes en sloeg de drukke hoofdweg naar Cork in. Julia wist dat ze de stad naderde toen ze het aantal weldoorvoede Engelse soldaten langs de weg zag – sinds januari waren er in totaal vijftienduizend méér in Ierland, met dank aan Lord Clarendon. Ze had op het einde van de invasie gehoopt toen de gerechtelijke onderzoekscommissie verklaarde dat iedere moord die zij had onderzocht, verband hield met landkwesties, in het bijzonder met uitzetting van families die al wanhopig waren. Zoals opperrechter Lord Blackborn formuleerde: 'Het motief was de ongeciviliseerde gerechtigheid van de wraak.' Clarendon antwoordde hier natuurlijk op dat Ierland in een toestand van slavenoorlog verkeerde; dit was een slavenopstand die de kop ingedrukt moest worden. Vervolgens had hij meer troepen gestuurd: alleen al in Dublin was er tienduizend man bij gekomen op oorlogsschepen die in de baai van Cork voor anker lagen.

Julia zuchtte en keek uit het raam. Een mistige juniregen had een glinsterend laagje op de heggen achtergelaten; velden vol wilde bloemen wiegden in de wind. De bomen waren inmiddels vol met glanzende bladeren, hoewel vogels en wilde dieren ontbraken en in kleine dorpen te zien was dat de bomen tijdens de winter ontschorst waren. De soldaten van de Ierse rebellie bleven een uitgemergeld, haveloos zootje, maar ze bevroren nu tenminste niet meer. Tijdens de afgelopen lange winter leken overal ter wereld landen in beweging te komen. Door de opstand in Sicilië was de koning gedwongen het verzoek om een grondwet in te willigen; ook de bewoners van Piedmont hadden zich van een grondwet verzekerd. Koning Louis Philippe van Frankrijk was naar Engeland gevlucht na een volksopstand die bijna zonder bloedvergieten verliep. Er was een republiek uitgeroepen met Lamartine, de dichter, als minister van Buitenlandse Zaken. De Engelse kranten bagatelliseerden elke vergelijking met Ierland, maar de Ierse kranten verheugden zich in de triomf van het Franse volk en vierden die overal in het land met vreugdevuren. Mitchel had hiervan geprofiteerd door de Engelsen de volle laag van zijn retoriek te geven en tegelijkertijd de Ierse Confederatie, de nieuwste arm van Jong Ierland, op te roepen militaire druk uit te oefenen op de Britse regering om onmiddellijk de Unie af te schaffen en een Iers parlement in te stellen. Dit was het enige dat Ierland nog kon redden van de totale verwoesting, hield hij vol. Julia bewonderde zijn hartstocht.

Hij was zo gefrustreerd geweest toen de massale bijeenkomst van de aanhangers van het chartisme* in Engeland – geleid door Feargus O'Conner, de Ierse voorstander van de Afschaffing – op niets was uitgelopen. De mars was bij de brug over de Theems tegengehouden door negenduizend soldaten en batterijen veldartillerie, samen met speciaal aangestelde officieren. Ze waren tot een compromis gekomen: de massale bijeenkomst werd afgeblazen in ruil voor een besloten bijeenkomst op een later tijdstip. Nu de massa verspreid en de vergadering aan het oog van het publiek onttrokken werd, verminderde de aanhang van de chartisten drastisch. Alweer een klap voor de Ierse zaak.

Woedend – altijd woedend – had John Mitchel met Jong Ierland gebroken; samen met Fintan Lalor had hij een partij gevormd die gewijd was aan gewapende rebellie, te beginnen met een staking tegen hoge huren. Een later artikel, waarin hij voorstelde de armenbelasting niet langer te betalen, betekende het einde van zijn vriendschap met Charles Duffy. Duffy hield onvermurwbaar vol dat de armenbelasting, hoe ellendig deze ook was, het enige was wat duizenden berooide Ieren nog in leven hield; hij eiste dat John zijn voorstel schriftelijk zou herroepen. John weigerde dit, vertrok en richtte zijn eigen krant op, *The United Irishman*, waarin hij onvermoeibaar opriep tot rebellie en Engeland kwaad maakte met bedreigingen en beledigingen. Het was onstuimige kletspraat, maar

Julia moest toegeven dat ze zich heimelijk vermaakt had toen hij Lord Clarendon 'Hare Majesteits Opperbeul en Algemene Slachter van Ierland' noemde.

De anderen gingen door. Julia vergezelde Thomas Meagher en William naar de Music Hall in Abbey Street toen ze solliciteerden om in dienst van de Gewapende Nationale Garde te komen. Daar brachten de mannen in herinnering dat de Amerikanen bezig waren een Ierse Brigade te werven en dat een derde van het Britse leger uit Ieren bestond. Binnen enkele dagen werden beide mannen gearresteerd vanwege het houden van opruiende toespraken. Ook John werd gearresteerd, wegens het schrijven van zijn artikelen; maar alle drie de mannen betaalden borgtocht en gingen onmiddellijk weer aan het werk. Thomas en William waren van plan naar Parijs te gaan met een brief voor Lamartine, in de hoop dat hij de Ierse zaak zou steunen, en John bleef enorme menigten toespreken die naar zijn kreet 'Te wapen, in Gods naam!' kwamen luisteren. Er was echter niet veel waarmee ze zichzelf konden bewapenen; verschillende schepen uit Amerika waren in beslag genomen toen er geweren aan boord ontdekt waren.

Nu de rechtszaak voorbij was, was Julia uitgeput – en verbitterd over de straf die John gekregen had – maar ze wist dat ze naar Cork moest gaan. De Britse regering had zware druk op Rome uitgeoefend en paus Pius IX, voorheen de ruimdenkende paus genoemd, had de Ierse priesters berispt om hun betrokkenheid bij de politiek en alle verdere politieke activiteiten verboden. Priesters werden overgeplaatst, religieuze ordes werden ontbonden en kloosters gesloten. Haar dierbare vriend pastoor Kenyon was openlijk aanhanger van Jong Ierland en velen rekenden op zijn leiding, maar hij was spoorloos verdwenen. Julia maakte zich zorgen om Barbara; en wat zou er met Patrick en het kind gebeuren?

Eindelijk reden ze de lange kronkelweg op naar het klooster dat grauw en bouwvallig boven op de heuvel stond. Het hek stond open – beter gezegd: het was uit de scharnieren geraakt – en ze reden rechtstreeks de binnenplaats op. Julia klom zonder hulp uit het rijtuig en vroeg de koetsier de kist met voorraden achterom naar de keuken te brengen. Ze klopte op de voordeur en duwde die toen open.

'Hallo!' riep ze terwijl ze haar hoedenspelden losmaakte. 'Barbara?'

Barbara kwam met uitgestrekte armen de trap af. 'Julia! God zij dank dat je er bent! Kom binnen, kom binnen!' Ze nam haar vriendin bij de arm en leidde haar de studeerkamer in. 'Abban zag je al aankomen. Hij is thee voor ons aan het zetten.'

Julia keek de studeerkamer rond en zag de koude haard, de dichtgetimmerde ruiten en door water kromgetrokken schuiframen. Ze hoorde de stilte. 'Waar is iedereen?' Ze legde haar hoed op het bureau.

'De meesten zijn bij de Heer,' zei Barbara zonder omhaal. 'We zijn zwaar getroffen door de koorts. Alleen zuster James en ik zijn er nog om alles te leiden. En Abban natuurlijk – God zegene hem.'

'En meneer O'Malley dan? En het kindje?'

Barbara draaide zich om en keek haar aan. 'Dus je hebt mijn brief niet gekregen? Over Patrick?'

Julia ging zitten. 'Nee.'

'Hij is vlak na Pasen gestorven.' Ze zuchtte en ging ook zitten. 'Ik vroeg me al af waarom ik niets van jou gehoord had,' voegde ze eraan toe. 'Ik dacht dat je misschien weer op reis was, misschien wel naar Engeland, na alles wat er gebeurd is.'

'Ik ben niet veel thuis geweest,' zei Julia verontschuldigend. 'En de post is niet betrouwbaar meer.'

'Ik had je nog een keer moeten schrijven.'

Julia schudde haar hoofd. 'Het is jouw schuld niet. Ik... Was het de koorts?'

'Aye. Maar hij had het in orde gemaakt met God; hij had rust.'

'En hoe is het met het kindje?'

'Hij leeft, al weet ik niet hoe lang nog. Zijn voedster is gestorven, maar Abban is naar de stad gegaan en heeft een geit gestolen, zo onder hun Engelse neuzen vandaan! Moge God het hem vergeven,' voegde ze er berouwvol aan toe.

'Heb je wat van Grace gehoord? Weet zij het?'

'Ik heb haar nog niet geschreven.' Barbara keek naar haar handen. 'Er is hier zo veel gebeurd, kort na elkaar. En we hebben zo lang niets van haar gehoord; alleen die ene brief waarin stond dat ze aangekomen was, en die heeft er maanden over gedaan.' Ze zuchtte. 'Maar ik weet dat ik het moet doen. Ze is vast doodongerust.'

'Ik heb haar geschreven.' Julia fronste haar voorhoofd. 'Ik heb haar verteld dat alles goed ging, dat ik jou in de lente zou opzoeken en haar vader en zoon snel naar haar toe zou sturen.'

'Ik breng hem wel.' Abban duwde een primitieve theekar de kamer in. 'En daarna kom ik weer terug.'

'Jij met je ene been kunt een klein, ziekelijk, blind kind en een koppige geit niet met een schip naar Amerika brengen,' voerde Barbara aan.

'Dat kan ik en dat zal ik, mens!'

'Dat kun je niet! Hij maakt zich druk en spuugt dan zijn eten uit, hij wordt voortdurend ziek. Dat overleeft hij niet, Abban, dat weet je best! Misschien overleef jíj het niet eens.'

'Barbara heeft gelijk,' viel Julia haar in de rede. 'Jij kunt hem niet wegbrengen, Abban. Dat heeft helemaal geen zin.'

'Wat moeten we dan?' vroeg hij dringend. 'Heeft ze je al verteld dat ze het klooster sluiten en dat zij weggestuurd wordt?'

'Daar was ik al bang voor.' Julia keek grimmig. 'Het gebeurt overal. Ze zijn bang voor opstand binnen de ordes. Jullie, nonnen, zijn het ergste,' grapte ze treurig. 'Eten en wapens smokkelen, voortvluchtige misdadigers herbergen... Niet te vertrouwen, weet je.'

'Maar kijk dan eens naar pastoor Kenyon!' riep Barbara uit. 'Hij kan overal vrijuit spreken!'

'De laatste tijd niet meer,' vertelde Julia. 'Of hij is geschorst, of hij zit ergens ondergedoken.'

'Maar sinds de dag waarop de kerk gesticht werd, hebben priesters zich al met de politiek bemoeid.' Abban schudde vol afkeer zijn hoofd. 'Ik ben mijn levenlang een goede katholiek geweest. Met alle respect: zijne heiligheid laat de zachte stem van God overstemmen door de harde stemmen van boze mannen.'

'En de geestelijken luisteren naar hem,' merkte Julia op. 'Niemand wil de heilige vader tegenspreken; ze zijn bang dat ze vervangen zullen worden.'

'Ik denk echt niet dat er een wachtlijst is voor priesters die naar Ierland willen komen,' schimpte Abban. 'Je hebt zwakke en sterke mannen, dat is alles. Zij die ons aan ons lot overlaten, zijn voor God nooit veel waard geweest.'

'Jij zou je eigen orde moeten stichten,' plaagde Julia.

'Nee, bedankt. God heeft ander werk voor me. Kijk nou,' – hij pakte de thee van het karretje – 'de thee wordt koud.' Hij schonk de kopjes vol en deelde ze uit. 'Wat kun jij ons over de rechtszaken vertellen, Julia? Was je erbij?'

Ze knikte. 'William werd door tienduizend man van zijn kamer in Westland Row gehaald en naar de rechtbank gevoerd. Het was een partijdige jury, dat wist iedereen, maar hij werd verdedigd door Isaac Butts.'

'Die naam ken ik.' Abban stond naast Barbara's stoel; zijn hand rustte op haar schouder.

'Briljante man,' zei Julia vol bewondering. 'Briljante toespraak. Hij heeft gewonnen: het werd vrijspraak.'

'En meneer Meagher?' Barbara leunde voorover. 'Is hij ook vrijgesproken? Hij werd toch ook verdedigd door meneer Butts?'

'Hij werd de volgende dag berecht, en Isaac sprak geestdriftiger dan ooit. Weer een waardeloze jury natuurlijk, maar er was een Quaker bij die weigerde toe te geven, dus er kwam geen veroordeling.'

'Hoe hebben ze Mitchel te pakken gekregen?' vroeg Abban. 'Hij had die ouwe Robert Holmes als verdediger; we dachten echt dat hij vrij zou komen.'

'Ze hebben hem veroordeeld onder de nieuwe Wet op Verraad,' legde ze uit. 'Die hadden de Whigs speciaal voor hem erdoor gedrukt in Westminster. Hij zat al een week voor de rechtszaak in Newgate. Ze namen geen enkel risico met hem – iemand moest boeten voor al die vernederende retoriek. En het hielp natuurlijk ook niet dat hij iedereen vertelde dat opruiing nog niets was en dat hij van plan was hoogverraad te plegen.' Ze glimlachte droevig. 'Er zat niet één katholiek in de jury, terwijl er duizenden op de lijst stonden.'

'Werd het deportatie?'

'Vijf jaar, naar Bermuda.' Julia zuchtte. 'Het is niet te geloven hoeveel soldaten Dublin binnenstromen. Clarendon is zeker bang dat hij in zijn slaap vermoord wordt.'

'Misschien gebeurt dat ook wel.' Abban verstevigde zijn greep op Barbara's schouder.

'Niet door jou.' Julia keek hem eens aan. 'In alle districten worden verenigingen gevormd. William zegt dat er op dit moment vijftigduizend mannen gedrild worden. Geld, wapens en officieren worden uit het buitenland verwacht, en Oud en Jong Ierland zijn bezig zich met elkaar te verzoenen. John O'Connell –'

'Poeh!'

'Ik weet het; de vader heeft miljoenen mannen voor de zaak geworven en de zoon heeft er miljoenen weggejaagd. Maar hij is nog altijd een bijzonder machtig man en William heeft afgesproken dat hij met hem zal onderhandelen.'

'Onderhandelen,' schimpte Abban. 'Wanneer gaan we vechten? Meer hoef ik niet te weten.'

Julia zette haar kopje neer. 'In de herfst. William zegt dat hij een baantje voor je heeft, als je dat wilt.'

'Dat wil ik,' zei hij onmiddellijk; daarna keek hij naar Barbara. 'Maar hoe moet dat met haar en het kind?'

Julia beet op haar lip. 'Weet jij al waar ze jou naartoe sturen?'

'Nee. En ik denk niet dat ik ga trouwens.'

'Barbara –'

'Stil, jij.' Ze legde haar hand op die van Abban. 'Dit gaat alleen jou en mij aan, niemand anders.' Ze wendde zich tot Julia. 'Ik ga nergens naar toe zonder het kindje.'

'Nee.' Julia keek van de een naar de ander. 'Dat begrijp ik. Ben je bereid de orde te verlaten?' vroeg ze voorzichtig.

Abban en Barbara keken elkaar aan en wisselden zwijgend van gedachten.

'Ik begrijp het.' Julia leunde achterover in haar stoel. En toen glimlachte ze. 'Goed dan.' Ze klapte met een beslist gebaar in haar handen. 'Ik heb een idee.'

Ze praatten de hele middag en avond verder, tot het schemerde en hun stemmen hees waren. Niemand sliep die nacht goed, iedereen stond bij zonsopgang op. Toen Julia vertrok, droeg ze Morgans zoon in haar armen mee.

Vijfentwintig

'Je kunt niet blijven weglopen.' Het was heet, Grace was moe en Liam stond voor haar neus, alwéér.

'Ik blijf alleen vandaag,' pleitte hij. 'Vanavond ga ik terug, dat beloof ik.'

'Ach Liam, lieverd, dat zeg je altijd, en dan doe je het weer niet. Ik heb het hart niet om je te dwingen, en dan komt je pa hierheen stormen en een vreselijke rel schoppen, en je weet wat hij gezegd heeft te zullen doen als je weer weg zou lopen.'

Liam liet zijn hoofd hangen. 'Me naar een verbeteringsgesticht sturen.'

'Aye, en dat doet hij, daar twijfel ik niet aan.' Ze zuchtte en trok hem naar zich toe om hem te knuffelen. 'Het is een puinhoop. Ik weet niet wat ik eraan moet doen. Maar ik weet wel dat ik je naar huis moet brengen.'

Mary Kate keek vanaf de barkruk boos naar haar.

'Zo is het wel genoeg, juffertje,' berispte Grace. 'Denk je soms dat ik het leuk vind hem daarheen te brengen? Nou, helemaal niet. Dat is geen plek voor een kind, of voor wie dan ook. Niemand zou daar mogen wonen, helemaal niemand. Heb je wat gegeten?' vroeg ze aan de groezelige jongen.

Hij schudde zijn hoofd.

'Hoeveel dagen al?'

Hij keek naar beneden en haalde zijn schouders op.

'En hebben jullie daar soms geen water om je te wassen?' Ze kon dit eenvoudigweg niet verdragen. 'Want je ziet er gewoon afschuwelijk uit. Is dat bloed, daar op je kin?' Ze veegde er met haar duim overheen.

'Ben je nou boos op me?' Zijn ogen schoten vol tranen.

'Ach nee, lieverd.' Ze omhelsde hem nogmaals. 'Ik ben boos op mezelf, dat is het. En nou reageer ik het op jou af. Ga zitten, dan haal ik wat te eten voor je.'

Ze stormde de keuken in en botste om de hoek tegen Dugan op die zijn voorraad stond te controleren.

'Rustig aan, meisje! Veel te heet om zo te rennen,' klaagde hij; toen bekeek hij haar gezicht wat nauwkeuriger. 'Wat is er?'

Ze veegde het zweet van haar voorhoofd. 'Liam is er. Hij heeft honger. Hij ziet er verschrikkelijk uit. Heeft daar gevochten of zo.'

Dugans gezicht werd hard. 'Denk je dat die schooier hem slaat?' Zijn eigen handen balden zich tot vuisten. 'Het is hoog tijd dat ik daarheen ga en die ellendeling doodsla. Neem me niet kwalijk.'

'Daar heb ik zelf ook al over gedacht.' Grace rukte een brood naar zich toe en sneed er woedend een stuk af. 'Maar er is niets aan te doen. Die ouwe zatlap laat dat joch voor zich werken, verdient geld aan hem, zodat hij genoeg te drinken heeft; dat is het enige waar hij om geeft.'

'Laat hem werken?' Dugan keek nors. 'Weet je waar ik hem de laatste keer aantrof? Op de stoep, bezig klanten te werven voor een hoer. Ze betaalde zijn vader tien cent voor elke man die Liam te pakken kreeg. En ik weet dat hij daar met die bende straatjongens meedoet, honden doodslaan.'

Grace tuurde door de achterdeur het steegje in, alsof ze verwachtte dat daar nu een hond aankwam. 'En als hij gebeten wordt, of aangevallen? De helft van die honden is hondsdol.'

'Dat houdt hen niet tegen, niet als ze vijftig cent per karkas krijgen. Ik vind het ook vreselijk om die kleine jongens achter elke hond zonder muilkorf aan te zien rennen, schreeuwend en joelend, en ze dat beest de hersens te zien inslaan voor de beloning.' Hij schudde zijn hoofd. 'Ze worden er even wild van als de hond zelf.'

'Hij ziet er vreselijk uitgeknepen uit.' Grace sneed een stuk ham af en legde dat op het brood. 'Nou is het juli en hij is nog net zo bleek als in de winter; zijn hoofd zit vol luizen, zijn neus loopt, hij stinkt.' Ze legde het mes met een klap neer. 'Weet je wat het is, Dugan? Ik kan het bijna niet verdragen. Het is al erg genoeg dat ik niet weet waar mijn eigen zoon is of wat daar gebeurt, maar ik kan niet eens voor déze jongen zorgen!'

'Ach, Grace.' Zijn grote gezicht was vol medelijden. 'Ik weet dat je bezorgd bent. En je zegt er nooit een woord over. Je bent zo goed voor mijn Tara en ik zou de zaak niet eens meer aankunnen zonder jou nu er elke avond zo veel mensen binnenkomen...' Hij stopte en rommelde in zijn zak. 'Ik heb gisteravond wat gewonnen met wedden. Hier, neem jij de helft en koop wat voor de jongen.'

Ze keek naar het geld en toen weer naar zijn gezicht. 'Dat is het!' riep ze uit. 'Wil jij Liam inhuren voor dit geld? Hij kan hier werken en dan betalen we zijn loon aan zijn vader. Dit is vast meer dan hij nu in een week aan hem verdient!'

'Dat is geen slecht idee. De zaken gaan nu bijzonder goed en hij is groot genoeg om me echt te helpen.' Hij grijnsde. 'Dat is een geweldig idee! Dat doen we!'

Grace haastte zich de bar in, op de voet gevolgd door Dugan. Ze zette het bord voor Liam neer en keek toe terwijl hij er uitgehongerd op aanviel.

'Rustig aan, jongen,' zei Dugan vriendelijk. 'Voor jou is hier altijd wat te eten.'

Liam hield op, haalde diep adem en knikte.

'Wij hebben een idee.' De grote man ging schrijlings op de kruk naast hem zitten. 'Grace en ik hebben bedacht dat we jou zouden kunnen inhuren om hier te werken. En je betalen. Je vader betalen,' verbeterde hij.

Liams wenkbrauwen gingen omhoog en hij slikte de hap die hij in zijn mond had, door. 'Hem betalen om mij hier te houden?' Zijn stem sloeg over.

'Zo zou ik het niet willen noemen. Maar je kunt hier meer verdienen dan in Orange Street, en we zouden hem elke week rechtstreeks betalen.'

'Ga ik dan 's avonds nog naar huis?'

Dugan schudde zijn hoofd. 'Je zult hier moeten inwonen omdat de bar laat sluit. Wat vind jij ervan?'

Zijn gezicht lichtte op. 'Aye! Dat is geweldig! Echt geweldig!' Hij sloeg zijn armen om Grace heen. 'Dank je wel.'

'Bedank hém maar,' berispte ze. 'Hij is degene die betaalt.'

'Dank je wel, Dugan.' Liam omhelsde de grote man.

'Je moet je wel wassen, jongen,' zei Dugan, die ontroerd was, ruw. 'We kunnen niet hebben dat je de klanten wegjaagt met die stank.'

Liam lachte. 'Ja, meneer. Wanneer mag ik beginnen?'

'Nu meteen, dus ga maar gauw met Grace naar je vader.'

'Hoera!' juichte Mary Kate; ze keken allemaal naar haar en barstten toen in lachen uit.

Voortdurend op hun hoede voor kwaadaardige honden en loslopende varkens gingen Liam en Grace door de drukkende hitte; ze zorgden dat ze zo veel mogelijk in de schaduw bleven. Er was al weken geen regen gevallen en langs de kant van de weg lag een enorme hoeveelheid uitgedroogde paardenmest. Uit de stegen die ze passeerden, kwam de duizelingwekkende stank van ongezuiverd rioolwater – de hitte was de inwoners van huurkazernes slecht gezind. Lijnen met wasgoed strekten zich uit van de ene naar de andere kant; lusteloze vrouwen, gekleed in mouwloze blouses, en mannen met alleen hun onderhemd aan zaten op de stoep te roken of te praten. Misschien hadden ze werk, misschien niet; hun enige hoop op vermaak was een ongeluk met een rijtuigje of een goed gevecht met de buren. Alle kinderen, op de allerjongsten na, waren al verdwenen op zoek naar water of schaduw.

'Dus je denkt dat hij thuis is?' vroeg Grace toen ze Orange Street inliepen.

'Hij is altijd thuis,' zei Liam grimmig.

Ze passeerden een bende halfnaakte kinderen, van wie enkelen Liam begroetten en zich lang genoeg van de groep losmaakten om Grace te volgen naar de smerige barak achterin.

'Schiet op,' zei Grace en alle kinderen stoven gillend weg, behalve twee kleine meisjes die zich verlegen afzijdig hielden; Grace viste een penny uit haar tas en gaf die aan het oudste meisje. 'Voor een ijsje,' fluisterde ze. 'Niet verder vertellen.'

Ze beklommen de donkere trap; Liam ging voorop en deed de deur naar nummer negen open.

'Waar ben jij geweest?' riep zijn vader, terwijl hij overeind krabbelde. 'De man van de huur kwam net en…' Toen zag hij Grace. 'Jíj weer. Ik heb het al gezegd: je mag hem niet hebben. Hij is van mij. Het is een Kelley.'

Kelley was dronken en Grace was niet in de stemming om ruzie met hem te maken. Ze opende haar tas en strooide de munten op de deksel van zijn ton. Zijn ogen gingen wijd open van verbazing en vernauwden zich toen achterdochtig.

'Ik verkoop hem niet,' gromde hij.

'Nee,' zei Grace snel. 'Natuurlijk niet. Ik wil zaken met u doen, meneer Kelley.'

Hij raakte de munten met de top van zijn vieze wijsvinger aan en duwde ze in het rond. 'Ga door.'

'Elke keer als Liam komt, doet hij karweitjes voor ons,' loog ze; ze durfde de jongen niet aan te kijken. 'Het is een harde werker en meneer Ogue heeft hem een baan aangeboden. Zo veel verdient hij elke week,' voegde ze eraan toe.

Kelley likte zijn lippen af terwijl hij het geld telde en nadacht. 'Elke week, zeg je?'

'Aye. Maar hij moet bij ons inwonen,' zei ze flink. 'Hij moet lang werken en we kunnen hem niet elke avond thuisbrengen.'

'Wie neemt het geld voor me mee?'

'Ik.'

'Hoe weet ik of je over de brug komt?' Hij legde zijn hand op de munten.

'Ik zal vooruit betalen,' legde Grace uit. 'Dit is het geld dat Liam volgende week gaat verdienen. Elke week kom ik vooruitbetalen. Zo kunt u zijn loon niet mislopen.'

Kelley bekeek zijn zoon eens. 'Jij wilt dat zeker wel?' Hij spuugde in de hoek. 'Aangezien je blijkbaar nooit genoeg krijgt van die lui daar.'

'Aye, pa.' Liam deed een stap naar voren. 'Ik zal hard werken en u mag elke penny hebben.'

'Halen jullie er kost en inwoning af?'

'Nee. Wij geven hem te eten. Alles wat hij verdient, is voor u.' Grace weerstond de drang Liam vast te pakken en hard weg te lopen. 'Zijn we het eens?'

Hij schraapte de munten van het vat en stopte ze in zijn zak. 'Ja. Zeg me maar gedag, jongen.'

'Dag, pa.' Liam stak zijn hand uit en zijn vader schudde die.

'Kom me af en toe eens opzoeken.'

'Dat zal ik doen.'

'Vergeet niet dat ik dit voor jou gedaan heb.'

'Nee, pa. Ik zal het niet vergeten, pa.' Liam keek naar Grace.

'Dag, meneer Kelley,' zei Grace, die ineens medelijden had met deze mislukkeling. 'Tot volgende week zaterdag.'

'Ja, ga nou maar.' Hij keerde hun de rug toe en begon te hoesten.

Grace en Liam vlogen bijna, de hele, lange weg naar huis. Dugan, die in de deuropening had staan wachten met een ruwe handdoek over zijn schouder en een stuk sterke zeep in zijn hand, ontving hen met gejuich.

'Ik wist wel dat de goede God het met ons eens zou zijn,' lachte hij. 'De tobbe staat in de keuken te wachten. Koel, helder water, dat is vast lekker op een dag als vandaag!'

Er kwam geen klacht over Liams lippen; hij stopte alleen op de terugweg even om speels aan Mary Kates haar te trekken.

'Ik moet weer weg om avondeten te halen,' zei Grace tegen haar dochter en gaf haar een kus. 'Wil je mee?'

Mary Kate schudde haar hoofd. 'Veel te warm. En Liam is er!'

'Ik weet het.' Grace grijnsde. 'Nou, veel plezier.'

Het was lang geleden dat ze zich zo goed gevoeld had. Ze besloot met de omnibus naar de waterzijde van de stad te gaan, waar beslist een briesje zou zijn. Grace was dol op de bus; weliswaar hadden de koetsiers van dit voertuig de reputatie dat ze vaak roekeloos reden, maar toch was het een snelle, gemakkelijke manier om de stad te doorkruisen. Ze liet het geld voor haar rit in de doos vallen die de koetsier vanaf zijn hoge plaats liet zakken en toen haar bestemming naderde, trok ze aan het touw dat aan zijn been bevestigd was om hem te laten weten dat ze wilde uitstappen.

De enorme aanlegkades waren nog een paar straten verderop; ze liep die afstand met plezier, genietend van de frisse, zilte bries in haar gezicht. Meneer Hesselbaum zou later op de dag met zijn kar door haar straat rijden, maar zij ging liever bij Lily op bezoek, die dan nog wel geen vriendin was – want Lily was nogal op zichzelf – maar tenminste wel een vertrouwd gezicht. Tara had hen aan elkaar voorgesteld, maar aanvankelijk durfde Lily Grace niet eens aan te kijken. Op een ochtend had ze Liam en Mary Kate meegenomen en toen was het ijs gebroken. Lily had ook een jongen en een meisje – een tweeling – en ze praatten over de kinderen.

Grace baande zich een weg tussen de groepjes mensen op de kade door naar Hesselbaums kraam. Toen ze dichterbij kwam, zag ze Lily ernstig praten met de enige andere klant. Grace aarzelde, omdat ze het blijkbaar belangrijke gesprek niet wilde onderbreken. Ze bleef beleefd op een afstand staan, wachtte haar beurt af en verwonderde zich erover dat de man met wie Lily sprak, haar zo bekend voorkwam. Toen besefte ze wie het was.

'Kapitein Reinders?' vroeg ze en deed een stap naar voren.

Hij draaide zich geschrokken om en zette toen zijn pet af. 'Mevrouw Donnelly! Wat een verrassing! Wat doet u hier?'

'Nou, ik hoop een lekker stukje vis te kunnen kopen bij mijn vriendin Lily Free.' Grace lachte hardop. 'Dus dat bent u ook aan het doen?'

'Nee,' zei Reinders op hetzelfde moment dat Lily knikte. Er viel een pijnlijke stilte. 'Mevrouw Free is een oude vriendin van mij. Ik kwam alleen even gedag zeggen,' legde hij uit en wendde zich toen tot Lily. 'Mevrouw Donnelly is helemaal uit Ierland gekomen met mijn schip.'

'Daar heb ik over gehoord.' Lily knikte. 'Ik wist alleen niet dat het uw schip was, kapitein. Ze was vel over been toen ze hier aankwam.'

'Zware reis,' zei hij kort en keek van de een naar de ander. 'Vreemd genoeg verbaast het me niets dat jullie tweeën elkaar gevonden hebben.' Hij lachte. 'Hoe gaat het met u, mevrouw Donnelly? Volledig hersteld, hoop ik?'

'Het gaat heel goed met me, kapitein.' Grace verplaatste de boodschappenmand naar haar andere arm. 'En hoe gaat het met u? Bent u even thuis?'

'Eigenlijk vertrek ik morgen weer. Tabaksvaart – snel en pijnloos.' Hij wierp een blik op Lily, die bijna onwaarneembaar knikte.

'Maar ik ben mijn moeder gaan opzoeken, mevrouw Donnelly. Ik heb gezegd dat het helemaal uw verdienste was dat ik kwam.'

'En u bent niet overgehaald tot het boerenleven, zo te zien.'

Hij lachte. 'Nee. Dat probeerde ze zelfs niet, al hebben zij het nog steeds zwaar.' Zijn gezicht werd ernstig. 'Het was goed dat ik haar opzocht. Ze is oud en ziek en ik schaam me dat ik niet eerder gegaan ben. Dank u wel.'

'Ach, dat zit wel goed,' zei ze.

'Hoe gaat het met Liam?' Hij draaide zich zo dat de zon niet meer in haar ogen viel. 'Hebt u zijn vader nog gevonden?'

'Ik vrees van wel, en dat was niet bepaald het beste voor hem,' bekende ze. Daarna klaarde haar gezicht weer op. 'Maar vandaag heb ik goed nieuws.' Ze wendde zich naar Lily om haar bij het gesprek te betrekken. 'We zijn tot een akkoord gekomen: Liam gaat voor Dugan in de bar werken en staat zijn loon aan Seamus af, die op zijn beurt goedvindt dat Liam bij ons woont.'

'Dat is mooi,' zei Lily, terwijl ze een stuk kabeljauw voor Grace uitzocht. 'Het is een lieve jongen en Mary Kate houdt zo veel van hem.'

'Ik ben blij dat het gunstig uitpakt.' Reinders draaide zijn pet tussen zijn handen. 'Praat hij nog wel eens over het schip?'

'Voortdurend.' Grace grinnikte. 'Tegen iedereen, of ze het willen horen of niet. U bent een reus in zijn ogen.'

'Dan kan ik hem maar beter niet komen opzoeken. Ik zou hem misschien te veel tegenvallen.'

'U mag altijd langskomen. Hij vindt het vast heerlijk om u te zien.'

'Ik zou hem ook graag willen zien.' Hij zweeg even. 'Hebt u verder geen problemen gehad sinds we aan land gekomen zijn?'

'Helemaal niet,' stelde ze hem gerust. 'Ik ben gewoon een Ierse weduwe, een van de duizenden. Maar ik kan niet terug naar Ierland. Nog niet, in elk geval. Bent u daar nog geweest?'

'In Ierland?' Hij schudde zijn hoofd. 'Nee. Dat zal ik ook niet doen. Ik wil nooit meer verantwoordelijk zijn voor zo veel mensen, zolang ik leef.'

'Ik hoop altijd op nieuws,' zei ze bij wijze van verklaring.

'Uw zoon,' herinnerde hij zich. 'Nog niet aangekomen?'

'Evenmin als mijn vader, en we hebben ook geen bericht gekregen behalve één brief van mijn vriendin Julia Martin.' Haar gezicht betrok. 'Ze zeggen dat het er slecht voorstaat in Cork, en daar zijn ze nou juist, die twee.'

'Het spijt me voor u,' zei hij. 'Ik wou dat ik iets voor u kon doen.'

'U zou me terug kunnen brengen, de oceaan over,' zei ze, slechts half voor de grap.

'Ik wou dat dat kon. Ik zou het zo doen, als ik kon.'

'Dat weet ik.' Ze voelde zich dwaas omdat ze die grap gemaakt had. 'Het komt wel goed. Ze zijn in Gods handen.'

'Dat zijn we allemaal, als ik me goed herinner,' plaagde hij vriendelijk. 'Mevrouw Free denkt er ook zo over, geloof ik.'

'Het zijn grote handen, kapitein.' Lily overhandigde Grace de in krantenpapier gewikkelde vis. 'Ik heb er een paar van die garnalen bij gedaan,' zei ze.

'Bedankt, Lily.' Grace stopte het pakket in haar mand. 'Daar is Sean dol op.'

'Uw broer?' vroeg Reinders.

Grace knikte. 'Hij is in de hele stad nogal bekend, weet u. Houdt veel toespraken voor Ierland – hoewel hij de laatste tijd nogal godsdienstig wordt. Dat overkomt Sean wel vaker,' voegde ze er laconiek aan toe.

'Godsdienstiger dan u?' Reinders deed alsof hij geschokt was.

Ze lachte. 'O, aye. Hij heeft zich aangesloten bij die Heiligen der Laatste Dagen. Weet u daar iets over?'

'Niet echt,' gaf hij toe. 'Wat trekt hem daarin aan?'

'Ene juffrouw Marcy Osgoode als u het mij vraagt, maar hij beweert dat het een geestelijke opwekking is.'

'Ach zo,' zei Reinders. 'Geen commentaar.'

'U moet 's avonds eens naar de *Harp* komen, dan trakteer ik u op een glas echt Iers bier. Dugan maakt het zelf, weet u.' Ze veegde haar voorhoofd af met de rug van haar hand. 'En misschien maak ik ook nog een bord avondeten voor u klaar. Bij wijze van dank.'

'Ik weet niet of ik mezelf staande kan houden in een kamer vol Ieren,' zei hij weifelend. 'Barsten ze niet voortdurend uit in ballades en jigs?'

'Aye, en vechtpartijen!' Ze lachte. 'Maar ik twijfel er geen moment aan dat u zichzelf staande zult kunnen houden, kapitein, en het lijkt me leuk om te kijken als u ook eens de jig probeert.' Haar ogen schitterden vrolijk.

Hij herinnerde zich die ogen, waarvan de kleur veranderde terwijl hij ernaar keek – van blauw naar groen naar hazelnootbruin met gouden stippeltjes – precies zoals de zon de kleuren van de golven verandert.

'Misschien kom ik wel in de verleiding om te dansen als u met me meedoet,' hoorde hij zichzelf zeggen; toen zweeg hij blozend. Allemachtig, Reinders, wat moet dat voorstellen? berispte hij zichzelf. Jouw armzalige versie van flirten soms? Hij wierp een blik op Lily, die haar ogen neergeslagen hield.

'Ik heb niet meer gedanst sinds mijn man gestorven is,' bekende Grace. 'Maar ik weet dat het tijd wordt om het weer eens te proberen.'

'Ik vertrek morgen,' verontschuldigde hij zich. 'Maar ik zal langskomen als ik terug ben… Om de jongen te zien.' Hij wierp een blik op de schepen, op de matrozen die over de aanlegsteigers ronddwaalden, en zijn toon werd opeens dringend. 'Herinnert u zich Marcus Boardham nog, de hofmeester?'

'Hoe zou ik die kunnen vergeten?' vroeg Grace ernstig.

'Juist. Ik ben naar Boston gevaren en heb hem daar van boord gezet, maar ik heb reden om te geloven dat hij terug is.' Hij aarzelde even. 'Eén van mijn mannen – Tom Dean – blijkt dood te zijn, en Boardham voldoet aan de beschrijving van de man die het gedaan heeft. Als u hem ooit ziet, wil ik dat u er zo snel mogelijk vandoor gaat.'

'Dat doe ik,' zei ze resoluut. 'Hoe zit het met die dokter?'

'Die zal geen probleem opleveren. We hebben hem een beetje afgetuigd en hem toen met een waarschuwing laten gaan. Trouwens, mannen als hij komen niet vaak in de buurt waar u woont, maar ratten als Boardham wel. Ik wil uw buurt niet beledigen,' voegde hij eraan toe. 'Ik denk trouwens niet dat hij u zou herkennen – u ziet er nu anders uit.'

'Echt?' Ze raakte verlegen haar gezicht aan.

'U was vreselijk mager.'

'Ja, dat was ze zeker!' zei Lily hardop; daarna deed ze alsof ze aan de andere kant van de kraam veel te doen had.

'Ja, dat was u zeker,' zei hij. 'Mager en bleek, met donkere kringen onder uw ogen en altijd die omslagdoek over uw hoofd. U ziet er nu veel beter uit.' Hij bekeek haar waarderend: het ronde, met sproeten overdekte gezicht, de rode glans in haar donkere haar. 'Echt. Veel beter. Uw gezicht en uw...' Zijn handen fladderden onbeheersbaar in de lucht, zag hij. 'En u bent echt aangekomen.'

In 's hemelsnaam, Reinders, zei hij tegen zichzelf, hou je nou nog eens je mond?

'Dank u wel.' Grace beet op haar lip en probeerde niet te glimlachen.

De kapitein knikte; hij voelde zich een idioot. Hij vertrouwde zichzelf niet genoeg om nog iets te zeggen en zijn verraderlijke handen vertrouwde hij evenmin, dus zette hij die aan het werk: zijn pet afzetten, aan de band friemelen, de pet stevig weer op zijn hoofd zetten – en intussen moest hij die ogen vermijden.

'U zult wel een heleboel te doen hebben om alles in orde te maken voor de reis,' zei ze toen om hem te helpen.

'Het is al laat.' Reinders keek naar de positie van de zon. 'Ik ben blij dat ik u gezien heb, mevrouw Donnelly. Doe Mary Kate en Liam de groeten van mij en zeg maar dat ik langskom als ik terug ben.' Als ik de moed heb, voegde hij er bij zichzelf aan toe.

'Ach, kapitein, wees maar niet bang.' Grace stak grinnikend haar hand uit. 'Behouden vaart gewenst en pas op voor ijsbergen.'

Ondanks zichzelf schoot Reinders in de lach en bevrijdde voorzichtig één hand uit zijn opsluiting om die van haar een ogenblik vast te kunnen houden. 'Het was een genoegen, mevrouw Donnelly, zoals altijd. Lily,' – hij wendde zich tot haar – 'ik kom nog wel even langs voordat ik vertrek.'

Hij liep met grote stappen het plankier af. Mensen stapten voor hem opzij en keken over hun schouder achterom naar de lange, indrukwekkende kapitein die zichzelf zachtjes leek te vervloeken.

'Hij is anders dan andere mannen,' zei Lily veelbetekenend.

'Ja.' Grace keek hem na. 'Dat is hij zeker.'

Marcus Boardham was zo dol op zijn nieuwe baantje dat hij 's morgens vroeg al aan zijn rondes begon. Zo had hij dat mens van Donnelly ontdekt toen ze uit de kamer in Orange Street kwam. Wist ze dan niet dat dit een gevaarlijke buurt was? had hij zich afgevraagd terwijl hij terugstapte in de schaduw aan het eind van de steeg. Vrouwen konden hier elk moment aangevallen worden, peinsde hij en likte even aan zijn onderlip. Nou, misschien niet op zaterdagochtend als iedereen zijn roes uitsliep, moest hij toegeven, maar toch... Dit was geen buurt voor een dame. Hij had gezien dat ze aanklopte en naar binnen ging, alleen om een paar minuten later weer te vertrekken. Hij overwoog haar te volgen, maar dan liep hij het risico gezien te worden en hij wilde het verrassingselement behouden. De dronkelap zou het wel weten, besloot Boardham. Hij was gemakkelijk aan het praten te krijgen.

'Hallo, ouwe vriend.' Hij liet de deur met zijn vuist open klappen en lachte gemeen. 'Ik was toevallig in de buurt.'

'Ik heb deze maand al betaald.' Kelley schoot terug in zijn hoek, maar te laat: Boardham had het zakje in zijn hand al ontdekt.

'Wat heb je daar?' Hij liep in twee stappen de kamer door en graaide het weg. 'Geld? Waar haal jij geld vandaan?'

'Van mijn zoon,' jammerde Kelley. 'Geef het terug!'

'Je zoon, hè?' Boardham liet het zakje net buiten zijn bereik bengelen. 'Wat doet hij, je zoon, dat hij zo'n zak met geld verdient?'

'Waarom wilt u dat weten?'

'Dat is mijn werk, alles weten.'

'Werkt in een bar, schoonmaken en zo.' Hij graaide naar het zakje, maar Boardham rukte het weg.

'Welke bar?'

'De *Harp and Hound*, bij de havens. Wordt door een bokser gedreven,' voegde Kelley er strijdlustig aan toe. 'Sterke Ogue – enorme man – vindt het vast niets dat jij het geld van mijn zoon afpakt.'

'Ik pak het niet af,' zei Boardham rustig. 'Ik hou het alleen even voor je vast. Nou,' – hij leunde tegen de muur – 'wie is die vrouw die het komt brengen?'

'Dat weet ik niet,' loog Kelley. 'Gewoon een vrouw die voor Ogue werkt.'

'Fout.' Boardham opende het zakje, haalde er een paar munten uit en stopte die in zijn eigen zak. 'Probeer het nog eens.'

'Goed, goed. Grace, zo noemt Liam haar. Grace Donnelly.'

En plotseling wist Boardham het. 'Jouw zoon is Liam Kelley. Natuurlijk. En hij woont bij mevrouw Donnelly. Jij bent de vader van Liam Kelley.'

Kelley wist zeker dat Boardham dronken was. Eén van hen beiden moest dronken zijn. 'Ik ben ziek geweest,' legde hij uit. 'Het is beter voor de jongen om daar te wonen en de kost te verdienen.'

'Voor jullie allebei zeker.'

De oude man zei niets.

Boardham stond een ogenblik volkomen stil en gooide toen onverwachts Kelley het zakje weer toe. 'Dat was alles wat ik weten wou,' zei hij vriendelijk. 'Bedankt voor je tijd.'

Nadat hij de deur had gesloten, hoorde Boardham Kelley in zijn hoek neerzinken. Hij glimlachte en klopte op de munten in zijn zak. Hoe hij deze informatie zou gebruiken, wist hij nog niet, maar hij genoot ervan dat hij het wist. Hij zou het nog niet meteen aan Callahan vertellen, besloot hij. Eerst zou hij mevrouw Donnelly een bezoekje brengen.

Zesentwintig

Grace kwam de bovenste verdieping op met een japon over haar arm.

'Wat vind je hiervan?' Ze hield het kledingstuk omhoog. 'Het is dezelfde japon, maar met een nieuwe kraag en met mouwen omdat het nu wat koeler wordt. Is dat goed genoeg, denk je? Voor het feest van Florence, zaterdagavond?'

Sean legde zijn krant neer. 'Ach, Grace, ik kan niet. Ik ben zaterdag de hele dag weg, en 's avonds houdt meneer Osgoode een samenkomst waar ik naartoe moet.'

Graces gezicht betrok. 'En wanneer was je van plan mij dat te vertellen, Sean O'Malley? Het is morgen al, of niet soms?'

'Ja,' gaf hij berouwvol toe. 'Ach toe, vergeef me. Ik wist het zelf ook pas vanmorgen. Marcy stuurde me vlak na het ontbijt een boodschap.'

Grace probeerde haar ergernis te verbergen. 'Ga je me nu vertellen dat je een prachtig feest waarvoor je de uitnodiging al had aangenomen, laat schieten om weer in zo'n samenkomst van de Heiligen te zitten? En je vrienden dan?'

'De Heiligen zíjn mijn vrienden,' antwoordde hij verontwaardigd.

'Niet de vrienden die je van werk voorzien of aan jouw toekomst denken,' antwoordde zij scherp.

'Dat zie je nou precies verkeerd!' Hij prikte met een vinger in haar richting. 'Zij geven juist wel om mijn toekomst – let wel: mijn eeuwige toekomst, en die is veel belangrijker. God zegt dat we schatten in de hemel moeten verzamelen, niet op aarde.'

'Als jij ze in de hemel verzamelt, waarom kost het je hier beneden dan zo veel?' Grace gooide de jurk over een stoel in de hoek en zette haar handen op haar heupen. 'Elke keer weer vertrek je met geld op zak, en kom je met niets terug.'

Seans gezicht liep rood aan. 'Jij komt niets tekort, of wel soms?' Hij stond op; zijn gezicht vertrok toen zijn heup tegen de tafelrand botste. 'Breng ik soms niet genoeg mee voor eten en kleren, zelfs voor de jongen die niet eens familie is?'

'Schaam je, Sean O'Malley.' Ze schudde vol afkeer haar hoofd. 'Je weet dat ik dankbaar ben voor alles wat je doet. Daar gaat het niet om. We hebben dit vaker meegemaakt, of niet soms? Je bent toch protestant en katholiek geweest, quaker en vrijmetselaar? En hoe zit dat met je vrienden – Quinn en Cavan? Danny Young? Zie je die ooit nog?'

'Danny is degene die me naar de Heiligen meegenomen heeft!' bracht hij haar in herinnering. 'Weet je niet meer dat ik je vertelde dat zijn oom Joseph Smith zelf gekend heeft, toen hij als vrijmetselaar nog bezig was het boek te vertalen?'

'Welk boek?'

'Het boek van Mormon, meisje!' Hij spitte rond in de bergen papier op zijn bureau en haalde een boek vol ezelsoren tevoorschijn, dat van begin tot eind vol zat met stukjes papier als bladwijzers. 'Wat denk je dat ik dag in, dag uit zit te lezen?'

'De bijbel,' zei ze, van haar stuk gebracht. 'Die ligt dáár, en die heb ik geopend op je bureau zien liggen.'

'Ja, die was ik aan het lezen,' gaf hij toe. 'En ook dat andere boek, dat verdergaat waar de bijbel ophoudt.'

Grace keek hem achterdochtig aan. 'Waar de bijbel ophoudt? Wat bedoel je daarmee?'

'Dit is het verslag van de dagen dat Christus hier in Amerika onder de inboorlingen wandelde.' Sean leunde voorover; zijn ogen vlamden van het religieuze fanatisme dat Grace van vroeger herkende.

'Poeh,' zei ze. 'De bijbel is het heilige, geïnspireerde Woord van God, en nergens aan het eind staat: "wordt vervolgd."'

Ondanks zichzelf schoot hij in de lach. 'Maar dat zeggen joden toch ook van het Oude Testament? Dat jíj het niet gelooft, betekent nog niet dat dit niet het geïnspireerde woord van God is.'

'Of het geïnspireerde woord van een charlatan,' wierp zij tegen. 'Ik weet alles van jullie Joseph Smith, Sean. Hij was een helderziende die voor anderen naar verloren schatten groef, werd schuldig verklaard aan fraude en vervalsing en uiteindelijk gedood in een vuurgevecht in de gevangenis waar hij en zijn broer op hun rechtszaak zaten te wachten.'

'Hyrum en hij waren martelaars,' beweerde Sean verontwaardigd. 'Satan is altijd bezig de waarheid voor ons verborgen te houden.'

'En misschien is hij daarin geslaagd door te zorgen dat die man van jullie een kant-en-klare profeet werd,' vuurde ze terug.

'Grace!' Gekwetst stak hij zijn handen uit. 'Waarom maken we hier ruzie over?'

Ze deed haar armen over elkaar, maar liet haar schouders hangen. 'Ik weet het niet. Ik snap het niet. Het maakt me bang.'

'Maar waarom?'

'Ik denk omdat jij intelligenter bent dan ik, Sean; jij gaat voor, ik volg je. Alleen wil ik niet deze kant op. Deze richting voelt verkeerd voor mij.'

'Waarom heb je dat niet eerder gezegd?'

Verlegen fronste Grace haar wenkbrauwen. 'Ik denk dat ik niet begreep dat je het zo serieus nam. Ik dacht dat je alleen juffrouw Osgoode serieus nam. Zij neemt jou zeker serieus, daar twijfel ik geen moment aan.'

'Dus jij dacht dat ik alleen hieraan meedeed om Marcy het hof te maken?'

'Aye,' gaf ze toe. 'Ik dacht dat jij háár uiteindelijk zou overhalen om weg te gaan bij dat stel, niet dat zij jou zou binnenhalen.'

Hij schudde zijn hoofd en Grace was bang dat hij op het punt stond weer kwaad te worden, maar hij schoot in de lach.

'Nou, je hebt voor de helft gelijk. Geen meisje heeft me ooit zoveel aandacht gegeven als Marcy, en ik geef toe dat ik dat fijn vind. Dit' – hij trok zijn verdraaide schouder omhoog – 'ziet ze niet eens en mijn beugel kan haar ook niets schelen. Dat betekent veel voor mij, Grace. Dat een meisje daar doorheen kan kijken.'

'Dat weet ik wel,' zei ze schuldbewust. 'En als ze echt van je houdt en jij van haar, ben ik blij voor jullie.'

'Ze houdt echt van me.' Hij zweeg even. 'Maar ik ben een heiden.'

'Nou, natuurlijk ben je dat! Zij niet, dan?'

Hij schudde zijn hoofd. 'God beval Joseph om een nieuwe kerk te stichten, omdat de oude kerken corrupt en verdeeld waren. Als je een echte gelovige bent, hoor je bij de Heiligen. Alle anderen, ook de joden, zijn heidenen.'

'Ach, Sean, nou maak je me weer bang. Bedoel je nou dat je niet met juffrouw Osgoode kan trouwen tenzij je lid wordt van de Heiligen der Laatste Dagen? Zit het zo?'

Hij knikte aarzelend.

'Wil je met haar trouwen?'

'Misschien. Ik denk dat ik van haar begin te houden. Maar ik zou me alleen bij de kerk aansluiten uit liefde voor God, Grace, niet voor een vrouw.'

Ze keek naar het vertrouwde gezicht van haar broer met de bril halverwege zijn neus. 'Ik wil je gelukkig zien, Sean,' zei ze voorzichtig. 'Maar ik wil je niet kwijtraken. Ik ben niet bereid je hierin te volgen, en wat gebeurt er als ik nooit zover kom?'

'De Heiligen zorgen voor hun familie.' Hij sprak met rustige overtuiging. 'Ik zal er niet vandoor gaan en jou in de steek laten, wat er ook gebeurt.'

'Kun je dat wel beloven?'

'Aye,' zei hij. 'Wil jij mij ook iets beloven?'

Ze knikte.

'Wil je erover nadenken, met mij meegaan naar een samenkomst, een aantal van die mensen leren kennen en zelf kijken wat jij ervan vindt? Misschien zelfs hier een beetje in lezen?' Hij hield het boek met de ezelsoren omhoog.

Nee, riep haar hart. Nee, nee, nee! Ze keken elkaar doordringend aan.

'Goed dan,' zei ze uiteindelijk, omdat ze bang was hem anders te verliezen. 'Ik zal erover nadenken.'

Hij ging weer zitten en pakte zijn krant op. 'Dat is nou fijn, Grace. Dat is groots. En hoor eens, ga jij maar zonder mij naar Florence.'

'Ach, nee, dat durf ik nooit,' protesteerde ze. 'Niet alleen!'

'Jay komt rechtstreeks vanuit zijn sociëteit hierheen om ons een lift te geven. Hij neemt je wel mee. Het is goed voor jou om uit te gaan en wat afleiding te zoeken,' hield hij vol. 'Bovendien wil ik jou daar hebben om al dat hatelijke geklets achter mijn rug te stoppen.' Hij knipoogde.

Ze beet op haar lip, in tweestrijd.

'Denk eens aan al het werk dat je in die prachtige japon gestoken hebt,' vleide hij. 'De uren die je eraan besteed hebt, het geld voor kant...'

'O, hou op.' Ze stak haar hand op. 'Ik ga wel. Maar niet vanwege die japon. Ik ga alleen omdat ik daar misschien een paar van die transcendentale filosofen en shakers* tegenkom, een stel vrijmetselaars en een theosoof; misschien ga ik jou dan een beetje begrijpen.'

'Dat hoop ik dan maar.' Sean schoot in de lach en duwde zijn bril recht.

'Poeh,' zei ze en liep de kamer uit.

'Ik heb een verrassing voor jullie,' zei Grace de volgende ochtend tegen Liam en Mary Kate toen ze terugkwam uit Orange Street. 'Dugan heeft ons vandaag vrij gegeven, zodat ik jullie allebei kan meenemen naar een verjaardagsfeest!'

Hun monden vielen open van verbazing.

'Jullie werken vanmorgen met me mee, zodat hij niet alles alleen hoeft te doen, daarna gaan we de stad in en dan' – ze zweeg even voor het dramatische effect – 'gaan we in het park met Lily en haar twee kinderen picknicken! De kinderen zijn jarig; het is hún verjaardagsfeest. Wat zeggen jullie daarvan?'

Ze slaakten allebei een vreugdekreet en sloegen hun armen om haar heen: Liams armen lagen om haar middel, die van Mary Kate om haar benen. Ze knuffelde hen om beurten en haar hart werd warm. Het waren lieve kinderen.

Ze veegden, wasten af en ruimden op; Grace bakte een heleboel brood voor bij de kaas en braadde het vlees van de boerenmaaltijd die 's avonds samen met gepekelde eieren aan de bar zou worden geserveerd. Ze pakte een mand in voor hun picknick, deed een sjaal om haar hoofd en stuurde Liam en Mary Kate naar boven om warme hoeden te zoeken, want het was oktober en de wind was guur ondanks de diepblauwe hemel en de warme tinten van de bomen: helder oranje, goudbruin en rood.

'Waar gaan we eerst heen?' vroeg Liam, die naast haar liep.

Hij zou binnenkort nieuwe laarzen nodig hebben, dacht Grace, die zag dat zijn laarzen te smal werden en bij de tenen bijna doorgesleten waren. Nieuwe laarzen, een nieuwe broek, een nieuwe winterjas. Hetzelfde gold voor Mary Kate, die in een verbijsterend tempo groeide. De klandizie zou afnemen in de winter, maar ze zou Liams vader nog steeds elke week moeten betalen. En hoe zou het met haar vader en de baby – nee, nu al geen baby meer – gaan? Ze beet op haar lip.

'Mam?' Mary Kate trok aan haar jas.

'Mm?' Ze duwde de gedachten die zo veel van haar doorwaakte nachten in beslag namen, weg. 'O, aye. We gaan naar Broadway om ergens binnen naar daguerreotypen te kijken.'

'Wat?' Liam kneep verbluft zijn ogen tot spleetjes.

'Portretten, gemaakt door een man met een camera,' legde ze uit. 'Deze man is heel beroemd, een Ier nog wel: Mathew Brady. Heeft in de krant gestaan en alles. Ze noemen hem "Brady van Broadway" omdat hij plaatjes maakt van beroemde mensen.'

Ze wilde graag dat de kinderen belangrijke Ieren zagen, Ieren die wat bereikt hadden, als tegenwicht voor het vooroordeel waar ze op wel honderd subtiele manieren tegenaan liepen. Maar aan hun gezichten zag ze dat zij zich allebei afvroegen of het saai zou zijn of niet.

'Het is iets heel nieuws,' vertelde ze hen nuchter. 'En omdat wij avontuurlijke mensen zijn die in een geweldige stad wonen, zouden we niet bang moeten zijn voor nieuwe dingen.'

Dat gaf de doorslag voor Liam; hij richtte zich in zijn volle lengte op en trok zijn schouders met een ruk naar achteren.

'Wie zegt dat ik bang ben?' vroeg hij streng. 'Ik ben niet bang voor plaatjes, allemachtig nog aan toe! Laten we meteen gaan kijken. Bang voor een paar stomme plaatjes,' mopperde hij in zichzelf. 'Tss!'

'Tss!' Mary Kate deed een poging Liams gesnoef te imiteren.

Grace glimlachte terwijl ze de kinderen de smalle straat uit en de brede hoofdstraat in loodste. Daar trok ze hen opzij en liet hen dicht langs de gebouwen lopen om de gevaarlijke huurrijtuigen en koetsen te ontwijken, heel de gecompliceerde warboel van het stedelijke verkeer.

Uiteindelijk kwamen ze op Broadway; terwijl ze over de stoep liepen, zagen ze fotografieën van aantrekkelijke en beroemde mensen in de etalages van Gurney, Edward en Anthony.

'Dat zijn er een paar van meneer Brady,' wees Grace; de kinderen stopten plichtsgetrouw om de portretten te bewonderen.

Ze kwamen bij een gebouw op de hoek van Broadway en Fulton, gingen naar binnen en beklommen de trap naar de bovenste verdieping, waar de Daguerrean Miniature Gallery gehuisvest was.

'Absoluut niets aanraken,' waarschuwde de magere, kritische bediende achter de balie, terwijl hij vooral naar Liam keek. 'En niet treuzelen,' snoof hij. 'Blijf in de rij en loop door.'

Grace knikte en leidde de kinderen de rij in die langzaam in de richting van een grotere ruimte bewoog. Een aanplakbiljet, bedrukt met een schets van Brady en een paar zinnen over zijn leven en werk, werd door een schildersezel overeind gehouden. Grace las de tekst zachtjes voor aan de kinderen die goed luisterden, terwijl ze intussen heimelijk de ruimte rondkeken. Eén gedeelte sloeg ze over; waar stond dat Brady geen gewone arbeiders fotografeerde, maar wel had meegewerkt aan een onderzoek in de gevangenis van Blackwell's Island voor een boek over het duiden van schedelvormen. Dit herinnerde Grace al te scherp aan dokter Draper; de Ierse Mathew Brady daalde een graadje in haar achting.

De foto's waren bijzonder goed. Grace ontdekte dat de vrouwenportretten haar bijzonder aantrokken, het zelfvertrouwen in hun glimlach, hun spectaculaire kleding, hun dramatische ogen. Die ogen – zo levend, zo werkelijk en toch behoedzaam – namen haar aandacht volledig in beslag. Ze ging dichterbij staan, tuurde erin en probeerde een blik in de ziel van deze vrouwen te werpen, de waarheid over hun leven te zien en te begrijpen wat het was om Amerikaanse te zijn en een Amerikaans leven te leiden. Haar intense, nauwkeurige onderzoek drong hier en daar door een barrière heen en dan ving ze een glimp op van wie ze werkelijk waren.

Deze vrouw, zag ze duidelijk, deze theaterster – zo modieus met haar diamanten oorbellen en lange parelkettingen – had veel minnaars gehad toen ze nog jong was, veel minnaars en drie zwangerschappen die ze zonder veel nadenken had beëindigd. Toen ze ouder werd, had ze eindelijk haar grote liefde gevonden, maar was niet in staat geweest hem de kinderen te schenken waarnaar hij verlangde. Ze had de ironie van de situatie ingezien en ze was zo bitter geworden dat ze hem weggejaagd had. Door duizenden bewonderaars werd ze bemind, maar niet door hem; haar pijn was te lezen in de donkere gedeeltes van haar ogen en in de fijne lijntjes die vanaf haar mond naar beneden liepen terwijl ze vol zelfvertrouwen glimlachte naar de camera.

Het portret ernaast toonde een welvarende man die miljoenen had verdiend met het kopen en verkopen van land, even fraai gekleed als alle anderen, met een hand in zijn zak en de andere bovenop een met sierlijk houtsnijwerk versierde wandelstok. Zijn gezicht was verborgen onder een dichte baard en bakkebaarden, zijn ogen werden overschaduwd door zware wenkbrauwen. Grace kon nauwelijks in die zwaar bewaakte ogen kijken, maar ze concentreerde zich en zag hem: een jongen die samen met zijn moeder uit hun huis gezet was en midden in de winter op straat moest bedelen. En daar was hij opnieuw: hij zat in een donker steegje terwijl de sneeuw op het levenloze lichaam naast hem viel en probeerde te voorkomen dat haar gezicht ermee bedekt werd. Nu was hij een man voor wie rijkdom alles betekende en hij voedde zijn verschrikkelijke honger met land – kopen, verkopen. Altijd wilde hij meer hebben, meer verdienen, meer sparen, zodat hij op winteravonden, als de sneeuw viel, kon uitrusten; hij kon binnen zitten, lekker warm bij het vuur, een glas cognac drinken, een goede maaltijd eten en zichzelf vertellen dat hij in werkelijkheid deze man was en niet die jongen. Hij dacht niet aan bedelaars in de sneeuw, keek nooit naar hun gezicht en zeker niet in hun ogen; hij haatte hen, bovenal de jongens, omdat die hem herinnerden aan dingen die hij in die wanhopige tijd had moeten doen om zijn volgende maaltijd te verdienen. Er was nog meer, maar dat wilde Grace liever niet zien.

Met de kinderen in haar kielzog stapte ze iets achteruit, uit de rij, en bekeek de foto's van verderaf, maar zelfs op die afstand zag ze wie zij werkelijk waren: wezen, prostituees, gokkers, leugenaars, bedriegers, profeten, geleerden, geduldige arbeiders en ook heiligen. Die rijke oudere man en zijn vrouw die iets opzij keken alsof ze verlegen waren, hadden zonder veel ophef een ziekenhuis gesticht voor jonge vrouwen in nood, meisjes die moesten bevallen en nergens naartoe konden. Zij gaven niet alleen geld, maar ook belangstelling: ze zochten de meisjes op, spraken met hen, bezorgden hun kinderen een goed thuis en deelden in stilte geld uit zodat het gemakkelijker zou zijn om een nieuwe start te maken. Grace kon de verleiding niet weerstaan om weer in de rij te stappen en in de ogen van de vrouw te kijken. Aha, daar was het: een dochter wier aanbidder zij geweigerd hadden, een dochter wier smart zij genegeerd hadden, een dochter die verdwenen was omdat ze zwanger was. Het was allemaal te zien.

Grace liep de rij langs; ze keek wijselijk niet van dichtbij naar bisschoppen en rechters, hoewel de strengste en ernstigste man een vaag zichtbaar aureool om zijn hoofd had. Ze had nooit geweten dat deze manier van portretteren zo veel van de ziel kon vangen; ze vroeg zich af wat haar eigen portret zou onthullen aan degenen die het zagen.

'Ik denk dat we nou wel klaar zijn.'

Liam en Mary Kate wankelden op hun benen door de benauwde warmte in de ruimte en al die starende ogen. Ze leidde hen naar de hal en de trap af en stopte even om hun jassen dicht te knopen en hun hoeden vast te maken voordat ze weer naar buiten gingen.

'Wat vonden jullie daar nou van?' De scherpe wind bracht haar weer bij haar positieven.

'Zijn ze allemaal rijk?' vroeg Liam. 'Ze zien er rijk uit.'

'Ach, ja, ze zijn allemaal beroemd, en roem brengt vaak rijkdom met zich mee.'

'Waar zijn ze beroemd om?'

'Sommigen zijn fantastische zangers of toneelspelers,' vertelde ze. 'Sommigen zijn sporters of politici. Schrijvers van boeken of uitvinders. Ze hebben grote gebouwen gemaakt of dingen ontdekt. Anderen hebben veel geld verdiend met zakendoen.'

'Kun je beroemd worden omdat je veel geld verdient?'

Grace haalde haar schouders op. 'Geld verdienen is een gave, net zo goed als andere talenten, en veel mensen vinden dat interessant.'

Terwijl ze naar het park liepen, besefte Grace dat Mary Kate haar hand steviger vasthield dan gewoonlijk en dat haar gezicht ontmoedigd stond.

'En hoe vond jij het allemaal, kleine meid?'

'Verdrietig,' klonk het zacht.

Grace hield halt en bukte zich een beetje om haar aan te kunnen kijken. 'Waarom?'

'Dat weet ik niet. Zien ze er echt zo uit?'

'Niet altijd. Ze zijn helemaal mooi aangekleed voor de camera.'

'Ik bedoel hun gezicht.' Mary Kate keek haar moeder recht aan. 'Hun ogen.'

'Aha.' Grace begreep het. 'Ze zijn niet allemaal zo verdrietig.'

'Nee?'

'Nee. En als je wat groter bent, zal ik je vertellen wat het betekent, zodat het niet zo zwaar op je drukt.'

Mary Kates gezicht ontspande zich en ze aaide haar moeder over haar wang. 'Laten we nu naar het park gaan.'

Grace pakte haar hand en die van Liam en ze kuierden verder over de stoep, voorbij Chambers Street in de richting van Reade. Ze vertraagden hun pas toen ze voor een met wit marmer bedekt gebouw van vijf verdiepingen stonden, ondersteund door reusachtige Corinthische zuilen; de enorme glazen ramen weerspiegelden de zon.

'Wie woont hier?' fluisterde Liam vol ontzag.

Grace lachte hardop. 'Het is een winkel.'

'Een winkel?' riep hij schril uit. 'Wat voor soort winkel?'

'Een heleboel soorten. Ze verkopen hier van alles.' Ze keek de etalage in. 'Kleren, laarzen, hoeden, parfum, speelgoed...'

'Speelgoed?' onderbrak hij haar.

'Aye.' Ze schoot weer in de lach toen ze de blik op zijn gezicht zag. 'Het wordt het Marmeren Paleis genoemd. Weet je dat eerste portret nog, van die dikke man die in een fluwelen stoel zat?'

Beide kinderen knikten.

'Nou, dat was meneer Stewart, Alexander T. Stewart; dat is de man die deze winkel gebouwd heeft, hij is de baas. De mensen komen overal vandaan om te kijken. Het moet heel mooi zijn daar binnen.'

'Mogen we naar binnen?' vroeg Liam hoopvol.

Grace beet op haar lip, zich pijnlijk bewust van hun verstelde kleren en modderige laarzen. 'Vandaag hebben we geen tijd. Een ander keertje; dat beloof ik.'

Ze gingen weer verder; Liam bleef met gestrekte nek achterom kijken, niet in staat zijn ogen van het schitterende gebouw af te houden. Toen ze op de hoek kwamen, was de straat zo vol rijtuigen, privé-koetsen en omnibussen, dat ze gedwongen waren stil te staan en te wachten tot het in de knoop geraakte verkeer tijdelijk tot rust kwam.

Terwijl de kinderen naar een gelegenheid zochten om over te steken, wierp Grace een behoedzame blik op het boekenkraampje op de hoek. Kort na haar aankomst was ze gretig op een paar van deze kraampjes afgegaan in de hoop een aardige stuiverroman te vinden voor haar broer of misschien zelfs voor zichzelf, maar ze werd overdonderd door sensationele titels als *Bekentenissen van een Kamermeisje*, *Het Leven van een Huisknecht* en *Haar Eigen Dagboek*. Om nog maar te zwijgen van de kranten: *Straat van de Misdaad*, *Beroemde Misdadigers*, *Nationale Gazet van de Politie* en *Leven in de Stad*, die allemaal op goedkoop papier gedrukt waren. Toen ze in vertrouwen gevraagd had of er misschien nog iets anders was, iets wat haar broer, die jong was en een kieskeurige lezer, zou interesseren, had de verkoper haar sluw aangekeken en een boek aangeboden dat er stevig ingebonden uitzag, in geel papier – slechts tien cent, had hij gezegd, en precies wat alle moderne jongemannen lazen. Ze had het trots onder haar arm meegedragen – haar eerste cadeau voor haar broer – en de blikken van mannen die ze passeerde ten onrechte aangezien voor bewondering voor haar cultureel hoogstaande aankoop. Wat was ze opgelaten geweest toen Sean bij het zien van de omslag in de lach schoot, het boek vriendelijk uit haar handen pakte en haar vervolgens uitlegde dat goedkope en exotische romans vooral een dekmantel vormden voor de meer winstgevende handel van de boekverkoper – pornografie. Hoewel hij probeerde haar dit begrip zo tactvol mogelijk uit te leggen, kon hij niet verhinderen dat zij zich vernederd voelde en woedend werd. Hij raadde haar aan voortaan naar de tweedehands boekwinkels in Nassau Street en Pearl Street of langs het kanaal in de betere woonwijk te gaan, maar nooit naar kraampjes op de hoek. Die vermeed ze nu als de pest; ze leidde de kinderen zover mogelijk ervandaan en keek dreigend naar de mensen die ze boeken en kranten zag doorbladeren.

Eindelijk konden ze de straat oversteken; ze stapten snel maar voorzichtig om modderige geulen en bergen paardenmest heen. Toen ze in het park kwamen, vertraagden ze onmiddellijk hun tempo. Het was een wonderbaarlijk mooie dag, ondanks de kou, en Grace genoot van de warme, heldere kleuren van de bomen tegen het ononderbroken blauw van de wolkenloze hemel, de roze wangen en stralende ogen van iedereen die ze passeerde. Mannen en vrouwen slenterden arm in arm over de wandelpaden; kindermeisjes duwden een kinderwagen voort of zaten slaperig op een bankje hun dommelende pupillen te wiegen; winkelmeisjes liepen in groepen te lachen, te praten en te kijken naar de jonge mannen die op hun beurt hen bekeken of brutaalweg stilstonden om gedag te zeggen. En er werden honden uitgelaten; dit nam Mary Kates aandacht volledig in beslag omdat zij dol op honden was – alle honden, hoe groot of klein ook – en altijd hoopte dat zij er een zou mogen aaien.

Grace liet de kinderen voor zich uit rennen. Tegen de tijd dat ze bij de eendenvijver aankwamen, hadden zij al bijna de helft van het park veroverd. Nu was ze moe; ze liet zich op een bankje zakken en keek naar de kinderen die aan de waterkant gingen staan, de eenden riepen en dit uiteindelijk weer opgaven om stokken en stenen te verzamelen. Lily was er nog niet, dus trok Grace haar omslagdoek naar achteren en keerde haar gezicht naar de zon.

Lily had deze kant van het park gekozen en Grace zag wel waarom: de meeste wandelaars hier waren bedienden, arbeiders en handelslui die een kortere weg namen. Er was nog een vijver met een spuitende fontein vlak bij de ingang; ze veronderstelde dat daar de beter gesitueerde gezinnen heen gingen om een luchtje te scheppen. Ze keek hoe mensen het pad af liepen of dwars het grasveld overstaken, en eindelijk zag ze Lily met snelle stappen over het grasveld lopen met aan elke hand een kind.

'Lily!' Ze stond op en zwaaide met haar arm.

'Ik dacht al dat u dat was,' zei Lily na aankomst. 'Ik zag de kinderen bij de vijver.'

Grace knikte. 'En dit moeten Samuel en Ruth zijn.'

'Hoe maakt u het?' vroegen ze tegelijk.

Grace schoot in de lach.

'Nou, zijn jullie geen mooie kinderen?' Ze glimlachte eerst naar de lange jongen met de lange wimpers en toen naar het meisje dat kleiner was, maar precies dezelfde ogen had als haar broer. 'Jullie moeder heeft me alles over jullie tweeën verteld. We zijn blij dat we op jullie verjaardag mogen komen.'

'Waarom gaan jullie daar niet even spelen?' Lily maakte haar hoofddoek los. 'We roepen jullie wel als het etenstijd is.'

Ze kusten hun moeder, renden toen naar de kant van de vijver en zeiden iets tegen Liam die plechtig knikte en achterom naar Grace keek. Ze zwaaide naar hem; hij zwaaide terug en overhandigde Samuel een stok om mee te gooien. Mary Kate stond verwonderd naar Ruth op te kijken; ze was nog nooit vlak bij iemand geweest wiens huid zo anders was.

'Ze zijn meteen vrienden.' Grace schoof wat opzij op het bankje om plaats te maken. 'Heeft meneer Hesselbaum je een vrije dag gegeven, of heb je vanmorgen al gewerkt?'

'Vrije dag. Hij vindt dat we eens wat plezier moeten maken.' Ze ging zitten. 'Jakob is een goed mens. Wat dat betreft hebben we geluk.'

'Én je kent kapitein Reinders.'

Lily aarzelde. 'Ik neem aan dat hij u over mij verteld heeft.'

Grace schudde haar hoofd, in de war gebracht, en herinnerde zich de blik van verstandhouding tussen die twee. 'Is hij soms je vriend?'

'O, nee!' Lily schoot in de lach. 'Daar heb ik genoeg van. Hij bewijst me een gunst, dat is alles. Maar het is wel reusachtig belangrijk voor me en ik zit al een tijd op nieuws te wachten. Ik dacht dat hij misschien úw vriend was.'

Nu schoot Grace op haar beurt in de lach. 'Ach, nee. Ik ben alleen maar een dankbare passagier die hem een keer op avondeten wil trakteren bij wijze van dank. Hij heeft mij ook een gunst bewezen. Wat doet hij dan voor jou?'

Lily's gezicht werd gesloten en ze keerde zich af.

'Het spijt me,' zei Grace vlug. 'Je hoeft het me niet te vertellen. Dat zijn jouw zaken.'

Lily fronste nadenkend haar wenkbrauwen en ten slotte schoof ze dichterbij. 'Ik heb nog twee kinderen. Zij zijn nog slaven.' Ze keek Grace voorzichtig aan. 'Ik vertel u dat omdat ik weet dat u ook een kind achtergelaten hebt.'

Grace knikte stug; het deed altijd pijn om daaraan te denken. 'Hij is bijna een jaar oud. Hij heet Morgan, naar zijn vader.'

'Mijn oudste heet Solomon,' zei Lily zachtjes. 'Mary is mijn andere dochter.'

'Dan ben jij dus ontsnapt?' Grace dacht hierover na.

'Ja. Ik en de jongste twee. Maar ik heb papieren waarop staat dat we vrij zijn.'

'De andere twee, zijn die nog in het huis waar jij vandaan komt?'

'Sol misschien wel.' Lily zweeg even. 'Maar Mary is verkocht.'

'Verkocht,' herhaalde Grace. De volledige ernst van dit woord drong tot haar door en verscheurde haar hart; haar ogen zochten Mary Kate.

Ook Lily keek naar de kinderen. 'Op een ochtend ging ze naar het veld, net als altijd, maar January – dat is mijn man – kwam zonder haar terug. Zo doen ze dat,' legde ze uit. 'Zo is het makkelijker, zeggen ze; geen gehuil of aanstellerij, geen gebedel om bij elkaar te mogen blijven.'

Grace probeerde de vrouw naast zich aan te kijken, maar Lily hield haar blik op haar kinderen gericht.

'Hij verkocht haar aan de overkant van de rivier en deed of hij ons goed behandeld had: zij wordt een huisslavin en hoeft zich niet af te beulen op het veld. Ze mocht ons op zondag opzoeken, misschien, als ze braaf was.' Ze fronste haar wenkbrauwen. 'Een groot huis, da's niet best als je een mooi meisje bent. En ze ziet er ouder uit dan ze is…'

'Hoe oud is ze?'

'Twaalf,' zei Lily en verbeterde zichzelf toen. 'Veertien, nu.'

'En Solomon?'

'Twee jaar ouder. Dat is een grote jongen, lijkt op zijn vader.' Ze zuchtte. 'Hij haat het om slaaf te zijn – het slavenleven, alles. January zegt altijd dat hij sterk moet zijn, geen problemen maken, gewoon meewerken. Maar hij werd het zat om dat te horen en liep weg. Ze hebben hem vreselijk geslagen, maar toen hij genezen was, ging hij meteen weer.' Ze kneep haar ogen halfdicht van de pijn die de herinnering opriep. 'De derde keer sneden ze hem; hij kan nog wel werken, maar nooit meer rennen.'

'O, wat afschuwelijk!' bracht Grace haperend uit.

'Ze houden hem de hele tijd in de gaten. Hij mag niet eens zijn behoefte doen zonder dat er iemand met hem meegaat. Ze kunnen hem niet verkopen; niemand koopt een slaaf als hij, niets dan problemen. Dus de volgende keer, zeiden ze, hangen ze hem gewoon op. Toen wisten we dat we weg moesten.'

Grace knikte.

'January regelde dat er een gids klaarstond, maar die wachtte niet lang genoeg. Toen het signaal kwam, konden we Mary en Solomon niet naar buiten krijgen; die moesten de hele nacht in de schuren werken.' Haar ogen smeekten om begrip. 'Jan zei dat we misschien nooit meer een kans zouden krijgen. We konden beter twee kinderen redden dan vier verliezen. Hij zei dat ik verder moest gaan en hij neemt Mary en Sol mee zodra hij kan.' Ze zweeg even. 'Dat is nu twee jaar geleden.'

'Misschien zijn ze wel ontsnapt,' zei Grace hoopvol. 'Misschien hebben ze jou alleen nog niet gevonden. Dit is een grote stad.'

'Niet zo groot dat hij de zwarte wijk niet vindt. Nee, waarschijnlijk is hij geslagen toen we weg waren – vreselijk geslagen, om de anderen die willen vluchten tegen te houden. Dat ken ik. Heb ik zo vaak meegemaakt. Voor hen is het het beste als ze ouwe Jan mank maken zodat hij ons niet kan volgen, om een voorbeeld te stellen.'

'Ach, Lily,' zei Grace verslagen.

'Ik probeer er niet te veel aan te denken. Ik doe wat ik kan.' Lily's stem was intens vastberaden. 'Ze zijn in Gods handen. En in die van de kapitein.'

'Hoe heb jij hem eigenlijk leren kennen, Lily?' vroeg Grace.

'Ik heb zijn leven gered,' zei ze eenvoudig. 'Op een dag was ik in 't donker op de kades en ik zag een bende negerjongens een blanke man aftuigen. Ze sloegen hem met een knuppel, schopten naar hem, graaiden in zijn zakken. Ik zei tegen mezelf: gewoon doorlopen, een blanke man is mijn zaak niet en die jongens hebben een heleboel redenen om te haten. Maar toen hoorde ik Gods stem, glashelder: "Help die man." Ik heb een vismes, weet je, en ik trok het tevoorschijn, krijsend, zwaaide ermee alsof ik gek was.' Ze lachte bij de herinnering, terwijl Grace haar met open mond verbijsterd aankeek. 'Het waren nog maar jongens, maar wel groot en sterk. Ze renden weg. De man was zwaargewond, had bloed op zijn hele gezicht. Hij probeerde op te staan en te praten, viel meteen weer om, dus ik sloeg een arm om hem heen en op de een of andere manier begonnen we te lopen. Die Mackley kwam er aanrennen, vroeg wat er gebeurd was en gaf me geld voor de moeite.' Ze zweeg even. 'Maar Jakob is een slimme man. En toen de kapitein zelf langskwam om me te bedanken en zei dat hij zijn leven aan me te danken heeft, hebben we een afspraak gemaakt.'

'Dus daar is hij nou mee bezig? Koopt hij je gezin vrij?'

Lily schudde haar hoofd. 'Noorderlingen kunnen geen slaven opkopen. Dat hebben ze door, ze hebben een systeem. Hij moet rondvragen, naar slavenmarkten gaan, veilingen, uitzoeken waar iedereen is. Dan moeten we een makelaar inhuren, een tussenpersoon. En dan moeten we hen uit Georgia zien te krijgen.'

'Heeft hij al iets gevonden?'

'We hebben een tijd gedacht dat Mary misschien te koop aangeboden werd, maar dat spoor zijn we kwijt. Ik blijf hopen op nieuws van January of Sol – daar ging hij deze keer heen, de kapitein.'

'Ik wou dat ik wist wanneer hij terugkwam.'

'Ik ook.' Lily leunde voorover. 'U mag niemand hierover vertellen. Hij zou een heleboel problemen krijgen: zijn schip kwijtraken, naar de gevangenis moeten.'

'Ik zal niets zeggen,' beloofde Grace. 'Mij kun je vertrouwen.'

Toen glimlachte Lily en knikte, opgelucht nu ze de last van haar verhaal had kunnen delen. Ze stonden op, rekten zich uit en riepen de kinderen die, hongerig als ze waren, enthousiast kwamen aanrennen. Ze spreidden een deken uit op de grond en legden hun brood met vlees, kaas, appels, noten en cider voor allemaal erop, en kleine taartjes, speciaal gebakken voor de tienjarige tweeling die verlegen en verrukt lachte en ze uitdeelde. Bladeren dwarrelden uit de oudste bomen en wervelden in een herfstdans rond, eekhoorns trippelden heen en weer om noten te verzamelen voor de winter, ganzen rezen als één vogel op uit de rimpelende vijver en klommen in een volmaakte formatie naar de hemel. Ze keken naar dit alles terwijl de laatste zonnestralen hen beschenen. Een ogenblik lang hadden ze vrede.

Zevenentwintig

Sean stond elleboog aan elleboog met Jay Livingston aan de bar een groot glas van 'Ogues Sterk Iers Bier' te drinken tegen de koude avondlucht. Ze praatten zachtjes. Jay gaf Sean een standje omdat hij bij het diner van vanavond wegbleef vanwege een lezing over religie; Sean antwoordde dat een man die zijn ziel verwaarloosde ter wille van zijn buik, zijn plaats aan de enige tafel die werkelijk belangrijk was in gevaar bracht. Jay fronste zijn wenkbrauwen. Hij had er een hekel aan als Sean deze zelfingenomen toon aansloeg: met een man die een uitnodiging van God omhoog hield als antwoord op een uitnodiging van Florence Livingston – die de intelligentste, openhartigste vrouw uit hun kennissenkring was – viel niet te praten.

Dugan luisterde aandachtig terwijl hij hetzelfde glas telkens opnieuw afdroogde. Hij was het met de jonge mencer Livingston eens dat Sean te veel tijd doorbracht met die nieuwe fanaten en helemaal verstrikt raakte in hun club en hun werk terwijl hij zijn eigen taak vergat. Sean moest eropuit, de oorlogstrom slaan voor Ierland, harten in beroering brengen met zijn zilveren tong, dat was zijn plaats. Hij was een Ier – wat drommel! Als hij behoefte had aan meer religie, waarom ging hij dan niet gewoon bij de katholieken? Dát was voldoende religie voor wie dan ook! Dugan schudde zijn hoofd, niet in staat de aantrekkingskracht van gouden tafels en een leven zonder drank te doorgronden. Zonder drank, nota bene, terwijl Christus zelf niet geaarzeld had om water in wijn te veranderen! Hij zette het glas met een klap neer en stond al op het punt zich met Seans zaken te gaan bemoeien, ondanks zijn plechtige belofte dat nooit te doen, toen iedereen in het vertrek plotseling verstomde; de mannen aan de voorste tafels keken ademloos naar de zijdeur.

'Goeienavond, mevrouw Donnelly,' mompelden zij vol eerbied.

'Ziet u er niet lieflijk uit vanavond...'

'Als de roos van Ierland zelf...'

'Ach, was ik nog maar jong...'

'Een lust voor arme Ierse ogen...'

Dugan grijnsde trots toen zij door het vertrek zweefde. 'Ik geloof dat ze klaar is, meneer Livingston.'

Jay, die met zijn rug naar de trap had gezeten, wierp nu een blik over zijn schouder en verslikte zich in zijn bier. Met de zakdoek die Sean hem aangaf, depte hij snel zijn snor droog. Toen raakte hij zijn zwart satijnen halsdoek even aan, streek het bruin fluwelen vest glad, schraapte zijn keel, bevochtigde zijn lippen en draaide zich uiterst beleefd naar haar toe om haar te begroeten.

'Ach, Gracelin, je bent werkelijk een visioen van lieftalligheid.' Hij nam haar hand en kuste die met een elegant buiginkje.

'Jij ziet er anders ook niet armoedig uit vanavond, Jay,' plaagde ze. 'Kun jij me hiermee een handje helpen?'

Ze stak hem haar mantel toe, draaide zich om en wachtte, onbewust van het feit dat hij doodstil bleef staan, als verlamd door de aanblik van haar schouders onder het doorschijnende materiaal. Ze keerde zich om en zag de blik op zijn gezicht.

'Meneer Livingston, een man van de wereld als u kan toch zeker wel een dame in haar mantel helpen?' Ze keek met grote, onschuldige ogen rond. 'Maar zo niet, dan kan ik meneer Ogue daar wel vragen of hij het even voordoet.'

Dugan schoot in de lach, de mannen binnen gehoorsafstand bulderden van het lachen en sloegen zich op de knieën of stompten elkaar hartelijk tegen de schouder. Was hun Grace geen fantastische meid? Sean deed met hen mee, genietend van het schouwspel: de wereldwijze Jay die van zijn stuk gebracht werd door een arme Ierse weduwe.

'Ik weet zeker dat hij dat kan,' zei Jay galant tegen de hele zaal. 'Maar ik geloof dat die eer mij te beurt valt.' Hij stapte naar voren en schikte de lange mantel met kap deskundig over die prachtige schouders. 'Je ziet er schitterend uit,' mompelde hij met zijn mond vlak bij haar oor.

'En jij bent al te hoffelijk, dat is zeker.' De warmte van zijn adem in haar nek bracht haar van de wijs en ze richtte een smekende blik op haar broer. 'Wil je echt niet met ons meegaan, weet je dat zeker? Je weet best dat je daar veel plezier zult hebben.'

'Ach nee, Grace, dat hebben we al besproken. Maar ik loop wel met jullie mee naar buiten. Het is tijd, ik moet maken dat ik bij de Osgoodes kom. Ze staan vast al te wachten.'

'Zullen we gaan dan?' Jay bood Grace zijn arm en zij nam die aan – een beetje zenuwachtig, dacht hij, wat hem plezier deed.

Vanaf het ogenblik dat hij haar ontmoet had, was Grace een uitdaging geweest. Altijd speelde ze het klaar om hem onzeker te maken, of ze nu met emmer en dweil de bar liep te soppen met een nat schort, slordige haardos en kinderen aan haar rokken, of dat ze alleen op een feest stond in haar beste japon, modieus uit de mode, dat betoverende haar losjes opgestoken terwijl ze luisterde naar de gesprekken die om haar heen wervelden. Maar Jay was een man die een uitdaging wist te waarderen, vooral een uitdaging in de vorm van een begerenswaardige vrouw.

Buiten namen ze afscheid van Sean – hij ging de tegenovergestelde kant op en wilde niets weten van meerijden – en stapten vervolgens in Jays fraaie rijtuig.

'Het is een vreemde vogel, die broer van jou,' zei Jay terwijl ze wegreden.

'Ach nee, hij is alleen bij jullie een vreemde eend in de bijt.' Grace bekeek Jays verfijnde avondkleding van de bovenkant van zijn perfecte hoed tot de punten van zijn glanzende leren laarzen. 'Zet je hem in zijn eigen vijver, dan is hij echt niet zo vreemd meer.'

Jay proestte het uit. 'Je bent al even gevat als hij. Misschien zal ik hem vanavond uiteindelijk toch niet missen.'

'Vast wel,' antwoordde ze. 'Want ik ben niet half zo slim als hij.'

'Maar tweemaal zo charmant. En duizendmaal mooier. Ik zal er de hele avond van genieten om naar jou te kijken, zelfs als je niets te zeggen hebt!'

Hij lachte terwijl het rijtuig de laan uit slingerde; zijn knie rustte nu stevig tegen de hare.

'Maar je zus zal hem wel missen.' Ze veranderde behendig van houding terwijl ze sprak.

Hij trok zijn wenkbrauwen heel lichtjes op als teken van herkenning van deze fysieke tegenzet in hun spelletje.

'Dat is waar,' erkende hij. 'Het aantal onderwerpen waarover die twee kunnen praten, is onuitputtelijk – vrijheidsstrijders en abolitionisten hebben een heleboel gemeenschappelijk. Florence is bijzonder dol op hem, weet je.'

Grace keek verbaasd op. 'Is dat zo?'

'Nou en of.' Hij leunde achterover en opnieuw raakte zijn been het hare. 'Ze hoopt alleen maar dat ze hun vriendschap kunnen voortzetten ondanks het feit dat hij de populaire juffrouw Osgoode het hof maakt.'

'Hij mag juffrouw Osgoode graag, dat is waar,' gaf Grace toe. 'Maar of hij haar het hof maakt? Daar weet ik niets van.'

'Ik heb een overhaaste conclusie getrokken,' verklaarde Jay. 'Vergeef me, alsjeblieft. Komt voort uit frustratie, neem ik aan. Hij is tegenwoordig zo vaak niet beschikbaar en als hij er wel is, praat hij over niets anders dan over die... die groep.' Hij wuifde vaag met zijn hand. 'Hoe dan ook, we missen hem. Florence vooral, omdat hij een trouwe bezoeker van haar middagparty's was en ze zo van zijn gezelschap genoot. Al die boeiende gesprekken, weet je. Die jagen je hoofd op hol.'

'Was hij... Heeft hij...' Grace aarzelde. 'Zeg je nou dat er iets tussen hen was?'

'Beslist niet,' zei Jay snel. 'Hij is een eerzaam man, je broer, en zijn bedoelingen zijn altijd volkomen duidelijk geweest, hoewel – en nu neem ik je echt in vertrouwen, liefje – hoewel Florence hoopte dat zijn gevoelens in de loop van hun wederzijdse bewondering anders zouden worden.'

'Ik snap het.' Grace trok aan de vingers van haar handschoenen. 'Ik vind Florence heel aardig.'

'Zij vindt jou ook aardig.'

Ze stond zichzelf een snelle blik in zijn ogen toe en was blij te zien dat hij het meende.

'Hij is zichzelf niet,' vertrouwde ze hem toe. Toen beet ze op haar lip; het verlangen haar broer te begrijpen en de vrees hem te verraden streden om de voorrang. 'Het is niets voor hem om zich af te keren van goede vrienden, zoals je zus en jij.'

'En anderen!' riep Jay uit. 'Hoewel wij daar misschien ook enigszins verantwoordelijk voor zijn. Hij heeft een heleboel plagerijen moeten slikken over dit alles. Iedereen kreeg genoeg van zijn voortdurende gebral, en misschien zijn we niet zo tactvol geweest als we hadden moeten zijn.'

'Ach.' Grace vlocht haar vingers in elkaar om ze stil te houden.

'In het begin zijn we hem nog wel ter wille geweest, omdat hij zo'n ongelooflijk scherp verstand heeft en zo overtuigend is. Maar even serieus: je kunt van een redelijk mens toch niet verwachten dat hij dat allemaal gelooft? Je hoeft alleen maar de achtergrond van die Joseph Smith na te pluizen...' Hij haalde afwerend zijn schouders op.

Ze wendde zich naar het raam om naar de natte straten te kijken; door het gaslicht veroorzaakte schaduwen vielen groot en dreigend op donkere gebouwen.

'O, zeg, jij kunt er wel hetzelfde over denken als je broer, en dan heb ik je nu beledigd.' Toen Grace geen antwoord gaf, voegde hij eraan toe: 'Mijn excuses.'

'Als Sean zegt dat het de waarheid is' – ze worstelde om loyaal te blijven – 'en ik zie dat niet, dan kan ik alleen maar denken dat ik niet goed genoeg gekeken heb.'

'Of misschien is het gewoon niet zo,' opperde hij. 'Die nieuwe godsdiensten kunnen met allerlei emoties zo'n indruk op iemand maken, dat redelijkheid niet langer zo logisch is als je zou denken.' Hij wierp een blik uit het raam. 'We zijn er.'

Het rijtuig volgde een ronde oprijlaan en kwam tot stilstand voor de hoofdingang. Jay stapte uit, hielp Grace uit het rijtuig en begeleidde haar naar de deur, die onmiddellijk openging. Een huisknecht hielp haar uit haar mantel en nam vervolgens de hoed, handschoenen en overjas van zijn jonge meester aan.

'Ha, daar zijn jullie eindelijk!' Florence stevende de hal in om hen te begroeten. 'Wat zie jij er liftallig uit vanavond, Grace! Waar is Sean?'

'Die is ziek,' loog Jay gladjes. 'Hij wilde komen, maakte er een enorme drukte over, maar ik heb gezegd dat hij, zoals hij eruitzag, absoluut niet kon komen.'

'Hoe ziek is hij?' Florences gezicht betrok. 'Zullen we een dokter naar hem toe sturen?'

'Na een goede lange nachtrust is hij weer zo goed als nieuw,' stelde Jay haar gerust. 'Maar ik heb erop gestaan dat Grace toch zou komen, en zij was zo vriendelijk om daarmee in te stemmen.'

'Daar ben ik blij om.' Florence was te hoffelijk om haar teleurstelling te laten blijken; nu nam ze haar gast hartelijk bij de arm. 'Kom, laat ik je aan iedereen voorstellen. Het is een saai stelletje vanavond. Ik zal je broer missen,' vertrouwde ze haar zachtjes toe.

'Aye,' knikte Grace. 'Die heeft zijn mening altijd wel klaar.'

Florence lachte hardop en Grace liet zich de voornaamste zitkamer binnenleiden, waar de mensen al in kleine groepjes stonden of zaten te converseren. Florence stelde haar aan een aantal mensen voor en stopte bij een groepje jonge mensen die verschillende minstrel shows* met elkaar aan het vergelijken waren. Florence rolde met haar ogen en stond op het punt door te lopen, toen een van hen aan haar mouw trok.

'O, juffrouw Livingston, geef uw mening eens,' bedelde hij gemaakt serieus. 'U kent de zwartjes beter dan wij. Wie doen hen het best na – de Christy Minstrels of de Kentucky Rattlers?'

De groep leek collectief de adem in te houden. Florence bekeek hen een voor een met haar pienterste blik.

'Ze doen zichzélf het best na,' zei ze scherp. 'Ik heb veel negers voortreffelijk hun eigen muziek horen spelen, hun eigen grappen horen vertellen en hun eigen dansen zien uitvoeren. En dat amusement was veel meer de moeite waard dan een podium vol blanke mannen die hun gezichten zwart schilderen.'

De jonge man volhardde. 'Maar juffrouw Livingston, u begrijpt toch zeker dat de minstrel show juist een eerbetoon is aan het leven van de zwar... van de negers? We zien hoe ze leven, we begrijpen hen beter, we zijn beter in staat hen van dienst te zijn in beschaafd gezelschap. Dat is toch zo?' vroeg hij aan de groep, tevreden over zijn eigen hoogdravendheid.

Grace beet op haar lip toen ze zag hoe rood Florences gezicht aanliep.

'Ik had niet gedacht dat u zo stompzinnig was, meneer... Tweedle, is het niet?'

'Eigenlijk heet ik Tweedham.' Zijn glimlach stokte.

'Welnu, meneer Tweedle, minstrel shows zijn helemaal geen eerbetoon aan de cultuur van een volk dat met geweld uit zijn vaderland hierheen gebracht en zo afschuwelijk behandeld is. Verre van dat! Ze bespótten alles wat goed en fatsoenlijk aan de negers is en kleineren hun lijden. Minstrel shows proberen ons ervan te overtuigen dat zij te stom en onwetend zijn om bezwaar te hebben tegen wat er gebeurd is. Dat is smaad, meneer Tweedle, een verregaande belediging van de velen wier levens wreed ondergeschikt gemaakt zijn aan het scheppen van welvaart voor een relatief kleine groep.'

Grace zag de gezichten van Lily en haar kinderen voor zich; ze bekeek Florence met hernieuwde bewondering.

'Ik hoop dat uw vraag daarmee voldoende beantwoord is, meneer Tweedle?' Florence keek de jonge man zo indringend aan dat hij zijn ogen neersloeg.

'Tweedham,' stamelde hij. 'Dank u wel.'

'Graag gedaan.' Florence gaf Grace opnieuw een arm en duwde haar voor zich uit naar de zijkant van de kamer. 'Ik kan dat soort domheid gewoon niet verdragen. Het spijt me als het voor jou een pijnlijke situatie was.'

'Helemaal niet.' Grace grinnikte. 'Het deed me denken aan een vrouw die ik heb leren kennen, aan haar leven.'

'Is zij een slavin geweest?'

'Aye. Nu is ze vrij, maar ze heeft mensen moeten achterlaten.'

'Ik ken er veel die zo'n keuze hebben moeten maken,' zei Florence grimmig. 'Slavernij is een gruwel, een verwoestende invloed op de ziel van dit volk.'

'Jij bent een abolitionist.'

'Veel mensen hier noemen mij een negrofiel.' Haar ogen glinsterden somber. 'Maar ze komen er nog wel van terug. Op dit moment loopt alles uit op een crisis, weet je, en als er niets aan gedaan wordt, komt hier oorlog van. Daar ben ik doodsbang voor.' Ze huiverde. 'De prijs voor vrijheid wordt zo vaak betaald in bloed.'

'Aye,' zei Grace en de twee vrouwen wisselden een blik vol begrip.

'Ik moet nog iets doen,' zei Florence verontschuldigend. 'Mag ik je een ogenblik alleen laten?'

'Ik vermaak me wel. Ik luister graag naar wat er gezegd wordt.'

'Je zou stilletjes bij die groep kunnen gaan staan.' Florence wees op een kring mannen die dicht bij elkaar aan de andere kant van de enorme haard stonden, blijkbaar verwikkeld in een verhitte discussie. 'Je kent meneer O'Sullivan wel, van de krant. Waarschijnlijk is Ierland het onderwerp van gesprek.'

Toen vertrok ze en Grace slenterde in de richting van de kring onder het voorwendsel dat ze zich wilde warmen bij het laaiende vuur.

'Duffy had nooit een ultimatum moeten stellen,' argumenteerde een gedistingeerde man met een bril. 'Nooit verdeeldheid moeten zaaien.'

'Dat bewijst alleen hoe onstabiel Jong Ierland eigenlijk was.' Dit kwam van een ronde man met bakkebaarden, die bij elke stelling die hij poneerde op zijn tegenstander wees. 'Mitchel is een heethoofd. Het zijn allemaal heethoofden. Zij zagen er geen been in verdeeldheid te zaaien toen ze braken met de groep van O'Connell!'

'Daar hebben ze heel goed over nagedacht,' bracht O'Sullivan in het midden. 'Oud Ierland weigerde de wapens op te nemen. De onderdrukking was erger dan ooit. Zonder Mitchel en Smith O'Brien zouden ze nog altijd –'

'Verhongeren?' onderbrak Bakkebaard. 'Als vliegen sterven aan ziektes? Bij duizenden migreren? Poeh! Voor zover ik zie, maakt Jong Ierland geen greintje verschil.'

'Dat is puur hypothetisch, heren,' interrumpeerde Bril. 'Mitchel is gedeporteerd – veertien jaar naar Bermuda. John Martin tien jaar. Smith O'Brien veroordeeld tot de galg, en Meagher –'

Grace kwam bij het vuur vandaan en stapte in de kring, niet in staat zich te beheersen. 'Beweert u dat het offer van die mannen niets voor hun land betekent, meneer? Dat hun levens voor niets opgeofferd zijn?'

Meneer O'Sullivan schraapte zijn keel. 'Heren, dit is mevrouw Grace Donnelly, de zuster van onze eigen grote orator Sean O'Malley.'

De mannen knikten beleefd, hoewel enkelen zichtbaar geïrriteerd waren omdat hun intellectuele debat door vrouwelijke emotionaliteit aan waarde zou inboeten.

'Wat wij beweerden, mevrouw Donnelly,' – Bakkebaard sprak zorgvuldig, als tegen een kind – 'is dat er teveel is opgeofferd voor te weinig winst, en dat, als de beweging van Jong Ierland binnen de regels van Oud Ierland was gebleven, dat offer veel minder groot zou zijn geweest.'

'Aye, omdat die lui van O'Connell het vertikten te vechten!' Door de emotie klonk Graces Ierse accent duidelijker door. 'Omdat ze uiteindelijk meer om hun eigen politiek gaven dan om het voeden van hun volk!'

'Dat is nauwelijks een accurate weergave, mevrouw Donnelly.' Het was duidelijk dat Bakkebaard zich moest beheersen om niet naar haar te wijzen. 'Jong Ierland werd geleid door verwende idealisten, mannen die de ervaring misten die nodig – nee, veréist – is om te onderhandelen over de voorwaarden voor Ierse onafhankelijkheid. Kijk maar eens wie ze de leiding gaven om de uitvallen uit te voeren. Ik wil uw broer niet beledigen, mevrouw. Dat is een briljante man; waarschijnlijk is hij de enige reden dat ze nog zo veel bereikt hebben. Maar die McDonagh – een ongeschoolde boer, hij kon nauwelijks lezen en schrijven voor zover ik begrepen heb, die geen keus had in feite – van hem werd verwacht dat hij legers organiseerde met ondervoede, haveloze mannen als hijzelf! Hoe haalden ze het in 's hemelsnaam in hun hoofd? Hadden ze geen betere mannen dan hij?'

Grace voelde zich warm worden; de warmte verspreidde zich van haar borst naar haar nek en wangen. Ze dwong zichzelf kalm te worden, de verleiding te weerstaan om deze weldoorvoede, goedgeklede imbecielen in hun gekmakend zelfgenoegzame gezichten te meppen.

'McDonagh had meer moed en overtuiging in zijn blik dan

jullie allemaal bij elkaar,' zei ze op rustige toon om haar woede te maskeren. 'Hij had Ierland kunnen verlaten. Die keus had hij. Hij had hierheen kunnen komen met zijn gezin, de vrouw van wie hij hield...' Ze bedwong zich. 'Maar dat deed hij niet. Hij bleef en gaf zijn landgenoten kracht, sprak voor hen, vocht voor hen.' Ze keek hen een voor een aan, ving O'Sullivans bijna onzichtbare hoofdknik op en ging verder. 'Midden in de ergste honger die we ooit gekend hebben, gaf hij ons hoop; hij gaf ons iets om voor te leven! Jullie steunen de Ierse onafhankelijkheid door je portefeuille te trekken. Hij steunde de zaak door zijn leven af te leggen.' Ze wees naar Bakkebaard. 'Wie is nou de beste man?'

Bakkebaard legde zijn hand op zijn borst en veinsde ongeloof. 'Beste mevrouw, we zijn inmiddels allemaal vertrouwd met die legende. Ik spreek over de trieste werkelijkheid: een man, onvoorbereid op de last die op hem gelegd werd, die door de leiders gebruikt werd als pion om de sentimenten van het volk te bespelen.'

Grace was bijna blind van woede. 'U moet echt gestoord zijn om zulke dingen te zeggen. Morgan McDonagh was de meest hoogstaande man die ik ooit gekend heb.'

'Hij is de meest hoogstaande man die elke Ier ooit gekend heeft, mijn beste.' Bakkebaard keerde zich grinnikend naar zijn metgezellen. 'En ze kennen hem allemáál. Elke Ier die van de boot stapt, heeft een persoonlijk verhaal over zichzelf en "De Geweldige".'

'Als mevrouw Donnelly zegt dat ze die man kent, is dat ook zo.'

De stem achter Grace was ernstig en gezaghebbend; het zelfgenoegzame lachje verdween onmiddellijk van Bakkebaards gezicht.

'Kapitein Reinders. U begrijpt me verkeerd, meneer. Ik twijfelde niet aan de waarheid van mevrouw Donnelly's bewering.'

'Het is geen bewering, het is een feit,' verklaarde Reinders. 'U bent haar een excuus schuldig.'

'Natuurlijk.' Bakkebaard fronste zijn wenkbrauwen en deed toen een poging een berouwvol gezicht te trekken. 'Vergeef me alstublieft als ik u op enigerlei wijze beledigd heb, mevrouw Donnelly. Ik twijfel er beslist niet aan dat McDonagh inderdaad tot uw kennissenkring behoorde.'

'En hij was een groot man,' voegde zij eraan toe. 'Een beter mens dan u. Wilt u mij verontschuldigen, heren? Kapitein Reinders. Meneer O'Sullivan.'

'Hartelijke groeten aan uw broer, mevrouw Donnelly.' O'Sullivan keerde zich van de anderen af, maakte een buiginkje en ging wat zachter praten. 'Goed gedaan.'

Grace liep bevend de zaal door en vluchtte de bibliotheek in. Er brandde een klein vuurtje in de haard. Ze knielde op het vloerkleed met haar hoofd naar beneden, haar ogen dicht, en duwde de woorden van die domme, domme man uit haar geest. Minuten gingen voorbij zonder dat ze iets anders deed dan luisteren naar het gestage tikken van de klok op de schoorsteenmantel en het ruisen van uit elkaar vallende sintels. Ze werd uit haar eenzaamheid opgeschrikt door het geluid van iemand die doelbewust zijn keel schraapte. Onmiddellijk beheerste ze zich en toen ze zich omdraaide, was haar gezicht rustig.

'Ik heb iets versterkends meegebracht.' Reinders hield twee kristallen glazen met punch omhoog. 'Mag ik binnenkomen?'

Hij stond verlegen glimlachend in de deuropening en ze besefte dat hij avondkleding droeg. Hij zag er anders uit zonder zijn pet.

'Ik ben bang dat u me betrapt hebt op verstoppertje spelen.'

'Voor mij hoeft u niet op te staan. Zo te zien zit u heel gemakkelijk.' Hij overhandigde haar een glas.

Ze nam het dankbaar aan en ze dronken allebei; Reinders dronk zijn drankje in één teug op en keek toen boos in het glas, alsof dit hem verraden had.

'Ik denk dat ik dorst had,' merkte hij op. 'Dit zijn anders kleine glaasjes. Punchglaasjes zijn altijd klein. Of misschien had ik gewoon dorst.' O nee, dacht hij, daar ga ik weer. Hij glimlachte zwakjes en wenste dat hij zijn pet bij zich had.

'Ik herkende u bijna niet zonder pet, maar ik ben nog nooit zo blij geweest uw gezicht te zien,' zei ze dankbaar. 'U hebt me gered van mezelf, dat is zeker.'

'Onzin.' Hij zette het glas op de schoorsteenmantel. 'Het is alleen jammer dat Florence het niet gehoord heeft. U zou haar nieuwe heldin geworden zijn.'

Grace bedekte haar gezicht met haar handen. 'Ik geloof dat ik op het punt stond die man een klap te geven.'

'Ja, dat geloof ik ook,' zei hij, merkwaardig tevreden. 'Hij verdiende het en ik had het u moeten laten doen.'

'Ach nee.' Ze wuifde die opmerking weg. 'Dat zou een schande geweest zijn – en dat terwijl de Livingstons zo goed zijn voor mijn broer.'

'Dus zo kent u Florence.'

'Aye. Sean had vanavond moeten komen, maar' – ze aarzelde even – 'hij kon niet. Dus heeft Jay mij alleen meegenomen.'

'Is Jay Livingston uw begeleider?'

Ze begreep hem meteen. 'Ik weet dat hij een beetje een vrouwengek is.'

'Een beetje?' Reinders snoof. 'Het verbaast me dat uw broer u met hem alleen liet gaan.'

'Ik kan tegenwoordig uitstekend op mezelf passen, kapitein.'

'Dat weet ik.'

Ze keken elkaar een tijdje aan, tot Grace haar blik weer op het vuur richtte.

'Is er nog nieuws uit Ierland?' vroeg hij.

'Geen woord.' Ze keek op naar zijn gezicht en hij ving een flits van paniek op, maar die was meteen weer verdwenen. 'Ik heb heel vaak geschreven, maar we horen niets. Van niemand. En nu is het weer veranderd, anders zou ik zelf achter hen aangaan.'

'Daar mag u zelfs niet aan denken,' zei hij streng. 'Alle tekenen wijzen op een lange, stormachtige winter – wat op zee veel erger is, zoals u weet.'

'Aye.' Ze zuchtte. 'Dat kan ik de kinderen niet nog eens aandoen.'

'Hoe gaat het met hen? Ik heb het nogal druk gehad,' verontschuldigde hij zich.

'Met Mary Kate gaat het geweldig, en met Liam een stuk beter nu hij weer bij ons is. Het is een dijk van een jongen; hij wil niets liever dan zijn fortuin maken en later het land leiden.'

'Wil hij president worden?' Reinders probeerde zijn teleurstelling te verbergen.

'Maar eerst wil hij kapitein worden, zoals zijn grote held:

een paar keer de wereld rond zeilen en nieuwe plaatsen ontdekken.'

Reinders grinnikte. 'Ik heb die jongen altijd gemogen. Zodra ik hem zag, wist ik dat hij een geboren zeeman was.'

'Dus wanneer kunt u eens komen, denkt u, kapitein? Hij zal zo blij zijn u te zien. Hij loopt altijd door de haven te rennen op zoek naar uw schip.' Toen wist ze het weer. 'U moet natuurlijk eerst naar Lily.'

'Waarom naar Lily?'

'Nou, die maakt zich zorgen, toch? Over haar familie en zo.' Grace zag de waakzame blik op zijn gezicht. 'Ze heeft me verteld wat u voor haar doet.'

Hij bestudeerde haar een tijdlang. 'U begrijpt dat ik het me niet kan veroorloven dat dit bekend wordt?'

'Ze vertelde het alleen omdat ze niets van u gehoord had en ik misschien wel, dacht ze.'

'U?'

'Aye. Ze dacht dat wij, u weet wel,' – Grace voelde dat ze begon te blozen – 'verkering hadden.'

Zijn mond viel open en hij lachte. 'Waarom zou ze dat denken?'

'Dat weet ik niet,' zei ze verdedigend.

'Ik geloof niet dat ik u ooit genoemd heb tegenover haar.'

'Dat heeft ze ook nooit beweerd.'

'Waarom zou ze dan denken dat wij iets met elkaar hebben?'

'Dat weet ik niet,' herhaalde Grace en kwam overeind. 'Een misverstand, neem ik aan. Ik maakte die fout zelf ook.'

Hij keek haar verward aan. 'Ú dacht dat we iets met elkaar hadden?'

'Nee, natuurlijk niet,' mopperde zij. 'Ik dacht dat u iets met háár had.'

'Dacht u dat?' Hij voelde zich dwaas, hij voelde zijn gezicht gloeien. 'Waarom?'

'Dat weet ik niet,' zei ze voor de derde keer, geërgerd. 'We spraken over u, dat is alles. Het was een vergissing. We hebben er flink om gelachen.'

'Gelachen?' Hij was alle controle over het gesprek kwijt.

'Ach, natuurlijk,' riep ze uit. 'Ziet u het voor u, kapitein: een van ons met u op stap?'

'Nee.' Zijn stem klonk scherper dan hij bedoeld had en dat kwetste haar – dat kon hij zien.

'Ach, natuurlijk niet,' zei ze en keek een andere kant op.

De stilte was ongelooflijk pijnlijk; hij voelde zich plotseling leeg en veel te oud. 'Misschien kan ik beter gaan.'

'Aye, ze vragen zich vast allemaal af waar u zo lang blijft, en u zou niet willen dat hier een misverstand zou ontstaan, hè?'

Hij opende zijn mond alsof hij iets wilde zeggen, sloot die toen weer en verliet de kamer.

Ze liet zich onmiddellijk in de dichtstbijzijnde stoel zakken, woedend op hem, maar nog veel kwader op zichzelf. Hij was haar te hulp gekomen en daarna had hij haar opgezocht voor een gesprek waar ze oprecht van genoten had – totdat ze blijkbaar iets verkeerds gezegd had, waardoor ze hem beledigde. Maar hoe kon dat nou? Zij was niet geïnteresseerd in romantiek en hij evenmin. Waarom was hij zo kwaad geworden? En zij ook? Ze werd er moe van als ze erover nadacht. Ze begreep gewoon niets van mannen, besloot ze. Vooral niet van Amerikaanse mannen. Die zeiden nooit wat ze echt bedoelden. Maar het was niet zijn schuld; het was haar eigen schuld en ze wenste dat ze het over kon doen.

Iemand kuchte in de deuropening; ze keek opgelucht op en begon zich al te verontschuldigen.

'Kapitein, ik ben…'

'Klaar om aan tafel te gaan, hoop ik.' Jay trok geamuseerd een wenkbrauw op. 'Ik heb u overal lopen zoeken, mevrouw Donnelly. Wat ondeugend van u om ons uw aangename gezelschap te ontzeggen.'

'Het spijt me, Jay.' Ze drukte een koele hand tegen haar gloeiende wang en streek daarna de voorkant van haar japon glad. 'Zullen we naar binnen gaan?'

'Met alle plezier.' Hij bood haar zijn arm; toen ze die aannam, bedekte hij haar hand met de zijne en trok haar knus tegen zich aan. 'We zijn vanavond met één persoon minder aan tafel,' zei hij vertrouwelijk aan haar oor. 'Die arme kapitein Reinders is ziek naar huis gegaan.'

Achtentwintig

Julia wist niet of ze nog een maand vol rampzalige rechtszaken en wrede veroordelingen kon doorstaan. John Mitchel was verbannen naar Bermuda en William Smith O'Brien was tot de galg veroordeeld. Dat was de zwaarste klap geweest, vooral omdat de aanklager hem een uitweg geboden had – Smith O'Brien hoefde alleen maar toe te geven dat het 'diabolische temperament' van Duffy een verzachtende omstandigheid was om tot zulke extreme acties over te gaan. Maar William – die beste William – had dit geweigerd omdat hij de publieke opinie over iemand die nog op terechtstelling wachtte niet negatief wilde beïnvloeden. Tom Meaghers rechtszaak was net afgelopen; hij was samen met MacManus en O'Donohoe terechtgesteld. Die waren tot de galg veroordeeld, al waren de rechters het erover eens dat Meagher vanwege zijn jeugdige leeftijd wel aan dit lot zou ontsnappen. Maar Tom, die het voorbeeld van Smith O'Brien volgde, had dit geweigerd. Hij had het hof verteld dat hij nergens berouw van had, niets terug wilde nemen, dat zijn enige ambitie was om Ierland te verheffen tot een weldaad voor de mensheid in plaats van de armste bedelaar ter wereld. Meagher zei dat hij begreep dat deze ambitie ook zijn misdaad was, maar dat de geschiedenis van Ierland die rechtvaardigde en dat hij er naar uitzag voor een hoger gerecht te verschijnen, voor de Rechter vol oneindige goedheid, die vast en zeker elk onrechtvaardig vonnis zou vernietigen.

Julia zuchtte diep toen ze zich de hartstocht en welsprekendheid herinnerde waarvan ze getuige was geweest. Ze ging er niet meer op uit; ze was al weken niet meer buiten geweest. Haar woede was uitgeput, al haar tranen waren vergoten en de inkt in haar pen was opgedroogd. Er was nog maar één reden om elke ochtend uit bed te komen, één mens die voorkwam dat ze aan haar wanhoop ten onder ging. Ze controleerde of alles goed met hem was, nu hij in zijn bedje in de hoek van haar kamer lag te slapen.

Hij was mooi in haar ogen, hoewel anderen het gezicht afwendden als ze met hem wilde pronken. Zij werden verontrust door zijn ogen met de doffe, melkachtige starende blik en de korst van ontstekingsvocht die aan zijn wimpers hing. Maar voor haar was hij allerliefst en ze was met haar hele hart van hem gaan houden, hoewel ze gewaarschuwd was dat hij waarschijnlijk niet lang in leven zou blijven. Dit weigerde ze te geloven. Ze nam elke dag zoals die kwam; ze hield hem urenlang vast als hij fluitend ademhaalde, lepelde nauwgezet warme pap in zijn mond en zorgde dat hij elk uur een beetje melk dronk. Hij was bijna een jaar oud, de kleine Morgan McDonagh, en nu noemde hij Julia 'mam'.

'Hallo.' Haar vader stak zijn hoofd om de hoek van de deur. 'Hoe gaat het met de jongen? Nog aan het dutten?'

Ze knikte.

'Ik blijf wel bij hem.' Meneer Martin kwam helemaal binnen. 'Waarom ga jij niet even naar buiten? Een wandelingetje langs de rivier maken, of naar de universiteit?'

'Heus, vader, met mij gaat het best.'

Hij verplaatste een stapel boeken en ging voorzichtig op de rand van haar bureaustoel zitten. 'Het is een schitterde dag,' zei hij om haar over te halen. 'Prachtige blauwe lucht, de laatste herfstbladeren. Heel veel nieuwe spullen in de etalages.'

'Daar geef ik niets om.' Ze fronste haar wenkbrauwen.

'Tja, lieverd, maar je bent zo veranderd dat ik dat niet meer zeker wist.' Hij leunde voorover. 'Gaat het wel goed met je, Julia?'

'Het is niet zo erg als vorig jaar,' zei ze streng tegen hem.

'O nee?' Hij keek rond in de kleine kamer met de gesloten gordijnen, de borden met onaangeraakt voedsel, de gemorste inkt, de stapels stoffige boeken.

'Ik wil gewoon niet meer naar buiten. Te deprimerend.'

'Ach zo. Deprimerend.' Hij knikte. 'Maar word je niet gedeprimeerd van het voortdurend opgesloten zitten?'

'Natuurlijk niet.' Ze keek naar het kindje. 'Ik ben veel liever bij hem dan waar dan ook.'

'Het is een fantastisch joch,' stemde meneer Martin in. 'En je weet best hoeveel ik met hem op heb. Maar het is voor jullie allebei niet goed om in dit benauwde hokje te zitten; kleine kinderen hebben frisse lucht nodig, zonneschijn, de stimulans van nieuwe gezichten en nieuwe dingen om naar te kijken.'

Ze bekeek hem achterdochtig. 'Sinds wanneer bent u zo'n expert op het gebied van kinderverzorging?'

'Tja, denk je dat jij volkomen volgroeid uit je moeder bent gekomen?' Hij lachte. 'Je moeder had het altijd druk en ik heb heel wat tijd met jou doorgebracht, waar ik altijd dankbaar voor geweest ben. Zij wist wanneer ze bij jou moest blijven en wanneer ze weg kon gaan, en kijk maar eens hoe goed het met jou afgelopen is!'

'Beweert u soms dat ik geen bijzonder goede moeder ben?'

'Natuurlijk niet!' Meneer Martin schudde het hoofd en leunde weer naar voren. 'Maar om je de waarheid te zeggen: je bent eigenlijk helemaal geen moeder. Ben je vergeten dat hij nog een eigen moeder heeft? Want daar maak ik me wel zorgen over: dat je dat vergeet.'

Julia speelde zenuwachtig met haar pen. 'Hoe zou ik dat ooit kunnen vergeten? Maar we hebben nog geen woord van haar gehoord, of wel? Hoe kunnen we weten of ze nog in leven is?'

'Dat weten we niet,' gaf hij toe. 'Maar Barbara dan? Zij houdt van de jongen en het is haar eigen vlees en bloed.'

'Ze is samen met Abban naar Galway gegaan – dat weet u best. Ze werken op de scholen met de kinderen daar.' Ze legde de pen neer. 'Hier heeft hij een dokter en wij hebben genoeg te eten. Ik heb haar beloofd dat ik goed voor hem zou zorgen.'

'Tot zij terugkomt.'

'Ja,' zei Julia tegen hem. 'Natuurlijk.'

Meneer Martin bekeek haar met zijn edelmoedige, vriendelijke ogen. 'Ik wil alleen niet dat je opnieuw teleurgesteld raakt, liever. Je hebt al veel leed gedragen, voor iemand die zo jong is. En ik weet hoe eenzaam je bent.'

Ze weigerde hem aan te kijken, hem de tranen in haar ogen te laten zien; om haar een ogenblik respijt te geven stond hij op en ging naar de wieg toe.

'Dus jij denkt dat dit kereltje nog wel een tijdje bij ons zal blijven?'

'Ja.' Ze veegde haar ogen af voordat hij zich omkeerde. 'Dat denk ik wel.'

'Goed dan.' Hij schonk haar een glimlach. 'Wat zeg je ervan als wij een overeenkomst sluiten, jij en ik?'

'Een overeenkomst?' Ze probeerde achterdochtig te klinken, maar schoot ondanks zichzelf in de lach. 'Word ik er weer eens ingeluisd?'

Hij haalde zijn schouders op. 'Misschien; een beetje maar.'

'Ik neem aan dat die overeenkomst met frisse lucht en zonneschijn te maken heeft?'

'Zo ken ik je weer, verstandig meisje.' Meneer Martin trok de gordijnen open en een straal zonlicht scheen door de hele kamer. 'Ik wil je geen valse hoop geven, maar ik heb contact met een bijzonder interessante, bijzonder progressieve jonge arts in Londen.'

'Engeland?' Ze schudde haar hoofd. 'Daar ga ik niet meer heen, vader, nooit meer.' Toen werden haar ogen groot van schrik. 'U laat me toch niet opnemen in een sanatorium of zoiets? Dat kunt u me niet verplichten!'

'Jij hebt al genoeg verplichtingen, liever.' Hij lachte en stapelde borden en kopjes op een leeg dienblad. 'Dit gaat eigenlijk om Morgan. Ik heb een bepaald spoor gevolgd en dat heeft me naar dokter Nigel Wilkes geleid.' Hij zweeg even. 'Dokter Wilkes is een oogarts.'

Ze hield haar adem in.

'Hij stemt ermee in de jongen te onderzoeken, maar dan moet jij bereid zijn het huis uit te gaan, weet je. Bereid om terug naar Engeland te gaan.'

'O, vader.' Haar ogen vulden zich opnieuw met tranen, maar ditmaal vond ze het niet erg. 'Dank u wel. Dank u wel. Ik zal gaan inpakken.' Ze stond op en verplaatste een stapel boeken. 'Nu meteen.'

Hij glimlachte, opgelucht omdat ze de situatie weer beheerste. 'Ik kan zorgen dat je tegen het einde van de week op reis kunt, maar voordat je vertrekt,' – zijn stem werd ernstig – 'moet je Barbara berichten en je móet een brief naar Grace sturen. Zij moeten weten wat er gebeurt… voor het geval dat…'

'Ik zal het doen,' beloofde ze. 'Ik zal het vanmiddag doen.'

'Nadat je hem mee uit wandelen genomen hebt.' Hij pakte het dienblad op.

'Goed.' Ze grinnikte. 'Na onze wandeling.'

'Grote meid.' Hij kuste haar op de wang en verliet de kamer; het rammelen van het servies was op de trap te horen, tot aan de keuken van mevrouw Geelan.

Julia liep naar Morgans wieg en keek neer op de jongen – háár jongen, dacht ze. Ze moest Grace schrijven – ze wist dat het moest. Ze had Barbara beloofd dat te doen, maar ze had dag na dag voorbij laten gaan tot Barbara maandenlang weg was – en Julia nog altijd niet geschreven had.

Barbara was maar een paar dagen in Dublin gebleven, bang pastoor Sheehan tegen het lijf te lopen, die daar vaak was voor verplichtingen vanuit de kerk en die zou kunnen proberen haar van gedachten te laten veranderen. Ze hadden zuster James opgedragen het nieuws van Barbara's moedwillige verlating aan hem te vertellen, omdat dit meisje van plan was zelf naar haar oude moeder terug te gaan als ze de moed kon opbrengen. Ze zou maar een paar dagen alleen zijn, tot de leidinggevende priester arriveerde. Dus verwisselde Barbara haar nonnenpij voor een lange broek en een pet; als arbeiders gekleed zochten Abban en zij hun weg naar het noorden. Al snel beseften ze hoe gevaarlijk het in Dublin was. De stad krioelde van de soldaten, op zoek naar misdadige verraders als zij – en van Abban was bekend dat hij een been miste. Julia, die tegen die tijd dol op de kleine Morgan was, had gesmeekt hem te mogen houden, hen gewezen op de kwaliteit van de verzorging die hij hier kon krijgen, regelmatig eten en gegarandeerd onderdak, de dokter vlakbij. Na uren vol zielenstrijd had Barbara daar eindelijk mee ingestemd. Abban en zij besloten naar het westen te gaan om vrijwillig te helpen waar de nood het grootst was; ze beloofden contact te houden en de jongen op te zoeken wanneer ze maar konden.

Nu keek Julia op hem neer. Hij werd wakker, met zijn armpjes zwaaiend terwijl hij worstelde om zich om te draaien en rechtop te gaan zitten. Hij riep haar en ze tilde hem op, hield zijn vochtige, zoet geurende hoofd tegen haar borst en bad God om vergeving.

Negenentwintig

Door de ramen van de *Harp* was de sneeuw te zien die gestaag uit een inktzwarte hemel kwam vallen, door stralenkransen van lamplicht wervelde, met vlagen in deuropeningen woei en de smerige, rommelige stoepen en modderige steegjes met een witte deken bedekte. De drek bevroor tot gevaarlijke hobbels, zodat de straten onbegaanbaar werden voor paard en wagen. De stad was vreemd stil; alle geluiden werden gedempt door de dikke vlokken. Het verkeer was vrijwel opgehouden; de weinige voetgangers die zich nog op de stoepen gewaagd hadden, gleden uit en klampten zich aan elkaar vast om hun evenwicht te bewaren. Het was een prachtige, verraderlijke avond.

Grace drukte haar warme voorhoofd tegen het bevroren vensterglas en bad om het geluid van Dugans zware laarzen op de trap, gevolgd door de haastige stappen van de vroedvrouw. Hij was drie uur geleden, toen bleek dat Tara's onbehaaglijkheid door barensweeën veroorzaakt werd, op weg gegaan. Inmiddels besefte Grace dat het heel goed mogelijk was dat zíj deze baby ter wereld zou moeten helpen. Ze keek de kamer rond en hoopte dat deze alles bevatte wat ze nodig zouden hebben. Haar eigen bevallingen lagen haar nog vers in het geheugen en ze vertrouwde op die herinneringen als leidraad; ze hoorde de stemmen van Brigid Sullivan en Barbara die haar vertelden wat ze moest doen en zag voor haar geestesoog de stomende ketel water, de wasbak om de baby schoon te maken, de stapel fris linnengoed, de kranten en extra lakens die onder de kraamvrouw moesten liggen. Ze wist genoeg om een schoon schort aan te trekken, haar mouwen op te rollen en haar handen te wassen, en ze wist dat er geperst moest worden... alleen niet wanneer. Met bidden-zoals-bidden-hoort was ze een uur geleden, tijdens Tara's eerste echte gekreun, opgehouden. Ze vertrouwde erop dat haar Vader haar nu op zijn eigen manier zou leiden.

Tara was zo'n klein vrouwtje; ze leek een en al zwangerschap en ze had veel kracht verloren door de lange maanden in bed. Grace was onderhand weliswaar erg bezorgd, maar Tara was doodsbenauwd en dus probeerde Grace uiterlijk kalm en vastberaden te blijven, alsof zij precies wist wat hun te wachten stond.

'Ach, nee,' hijgde Tara vanaf het bed. 'Nee, nee, nee. Hier ben ik vast en zeker te oud voor! Dit overleef ik nooit!'

'Hou daarmee op!' beval Grace. Streng zijn was het beste – zo veel wist ze nog wel. Een barende vrouw had al haar kracht nodig; aan medelijden had ze niets. Grace stapte doelbewust naar het bed, pakte Tara's hand en beklopte die kordaat. 'Jij? Jij kunt dit kind baren en vandaag nog een jig dansen ook. Ben je soms niet kerngezond?'

Tara keek Grace in de ogen om te zien of zij zelf geloofde wat ze zei; de angstige uitdrukking op haar gezicht maakte plaats voor een zwakke, hoopvolle glimlach. Maar toen verwrong de glimlach en werden haar ogen dichtgeknepen terwijl ze begon aan de beklimming van de volgende berg van pijn, haar voorhoofd vochtig van het zweet. Ze klemde Graces hand vast tussen haar eigen handen en kromde haar rug.

'Hou me maar stevig vast.' Graces lichaam deed pijn als reactie op Tara's ellende. 'Hou vast!'

De weeën kwamen zo snel na elkaar dat Tara telkens maar een minuut of twee rust had; ze was al zo moe van de zwangerschap en de bevalling matte haar nu sterk af. Ze bleef stil liggen en haalde oppervlakkig adem.

'Jij moet het kind nemen, Grace. Er is niemand anders en Dugan... Dugan...' De tranen stroomden over haar wangen op het kussen dat al vochtig was van het zweet.

'Doe je ogen open!' eiste Grace. 'Heb ik soms niet genoeg familie die ik in de gaten moet houden, verspreid over de halve wereld?' Ze dwong zichzelf kwaad te klinken. 'Je zúlt dit kind op de wereld zetten, Tara Ogue, en je zúlt in leven blijven om het groot te brengen, want ik ga dat niet voor je doen. Nou, zet hem op.'

Deze keer liet Grace Tara haar knieën buigen en schoof haar hielen omhoog in de richting van haar heupen. De wanhopige vrouw schreeuwde het uit.

'Ik zie iets!' schreeuwde Grace, met haar handen stevig om Tara's enkels om ze op hun plaats te houden. 'Het is het hoofd, Tara! Het hoofd van het kind!'

Tara spartelde, kreunde en greep de ijzeren stangen van haar bed vast; haar gezicht werd paars van inspanning.

'Goed zo!' riep Grace. 'Persen! Persen!'

Tot haar verbazing kwam het hoofd van het kind tevoorschijn, gevolgd door zijn kleine schoudertjes – een schijnbaar onmogelijke prestatie – en toen vloog de deur open en haastte de vroedvrouw zich naar binnen.

'Het komt!' riep Grace over haar schouder. 'Schiet op!'

De vroedvrouw wierp een blik op het bed en liep toen naar de wasbak om haar handen schoon te boenen. 'Opschieten hoeft niet meer. Het moeilijkste is voorbij. Ga door,' drong ze zachtjes aan terwijl ze haar handen aan een schone doek afdroogde. 'Pak hem op.'

Grace keek verwonderd naar het kleine ding dat nu schreeuwend en spartelend op het bed lag, nog altijd verbonden met de moederschoot. Ze pakte hem voorzichtig op en de vroedvrouw sneed de navelstreng door.

'Doe een deken om hem heen en geef hem aan zijn moeder,' gebood de vroedvrouw. 'We zullen hem laten drinken terwijl ik jouw werk hier bekijk. Nog een keer persen, mevrouw.' Ze klopte op Tara's been en Grace keek gefascineerd toe terwijl de nageboorte kwam. 'Mooi werk allebei, meisjes,' zei de vroedvrouw goedkeurend. 'Jullie hebben vanavond een sterke, gezonde jongen op de wereld gezet.'

Nog altijd verbijsterd door dit wonder wikkelde Grace het kind in een schone, zachte deken en droeg hem om het bed heen naar Tara, die woordeloos haar armen uitstak. Ze nam haar zoon aan en tuurde verwonderd in zijn kleine gezichtje, overweldigd door emoties. Toen zijn gejengel luider en dringender werd, keek ze haar vriendin ongerust aan.

'Hij heeft alleen maar honger gekregen van al dat gedoe. Je kunt best voor hem zorgen.' Grace maakte de bovenkant van Tara's hemd los en hielp haar het kind aan de borst te leggen.

Hij hield onmiddellijk op met huilen en huiverde nog af en toe na terwijl zijn moeder hem wiegde met hunkerende tederheid; ze kon haar ogen niet afhouden van het mooie gezichtje van dit kind, haar eigen kind. En toen viel hij, uitgeput van zijn reis, prompt in slaap.

De vroedvrouw belastte zich met de slaapdronken baby en maakte hem met geoefende doelmatigheid schoon; hij werd geïnspecteerd, gewassen, van een luier voorzien en veilig opnieuw ingepakt in een nachthemdje en deken zonder dat hij helemaal wakker werd. Grace richtte haar aandacht op het kraambed: ze rolde Tara zachtjes van de ene op de andere zij om het vuile linnengoed en krantenpapier te verwijderen, maakte het bed opnieuw op met schone kranten en lakens, stopte de dekens in en schudde het kussen op.

Terwijl moeder en kind stilletjes samen uitrustten, waste de vroedvrouw haar handen, rolde haar mouwen af en kondigde aan dat ze in de keuken te vinden zou zijn om een slokje bier en een hapje van de gerookte ham te nemen die volgens meneer Ogue op haar stonden te wachten. Ze dacht zelfs dat twee glaasjes wel op hun plaats zouden zijn omdat alles zo goed gegaan was en omdat ze toch vannacht hier zou blijven, want het was onmogelijk om met dit weer nog zo laat naar huis te gaan, of niet soms? Grace bedankte haar uitgebreid en drong erop aan dat ze naar beneden zou gaan; zij zou de kamer wel verder op orde brengen.

Tara bleek in slaap gevallen te zijn met haar arm in een merkwaardige hoek om het kind heen; Grace tilde het warme bundeltje voorzichtig op. Terwijl ze hem in de houten wieg legde, gluurde Dugan om de hoek van de deur.

'Nou, ik vroeg me al af wanneer je eindelijk eens met je kersverse zoon kwam kennismaken,' plaagde Grace zachtjes.

'Aye,' fluisterde hij schaapachtig en stapte de kamer in. 'De vroedvrouw zei dat het een jongen was. Een flinke jongen. En

Tara…' Hij keek naar zijn vreselijk bleke vrouw die met haar ogen dicht en haar mond enigszins open lag.

'Ze maakt het prima,' stelde Grace hem gerust. 'Ze rust nu even uit, dat is alles. Het heeft haar een heleboel moeite gekost, al kwam hij uiteindelijk nog snel. Zeg hem maar even gedag – waarom niet?'

De grote man liep op zijn tenen door de kamer en bukte onhandig boven de wieg; precies op dat moment gingen de ogen van het kind open en vader en zoon keken elkaar vol verbazing aan. Hij raakte het bundeltje met één vinger aan.

'Dat heeft zij voor mij gedaan.'

'Ik heb het voor ons allebei gedaan.' Tara's stem was hees. 'Maar ik weet niet of ik dat nog eens doe, als het jou om het even is.'

Hij kwam voorzichtig op de rand van het bed zitten, pakte haar hand en glimlachte teder naar haar uitgeputte, voldane gezicht.

'Eén is al wonderbaarlijk genoeg voor mij,' vertelde hij haar. 'Hoe wou je hem noemen?'

'Nou, ik ben gek op Dugan, zoals je weet.'

'Ach, nou, daarvan is een meer dan genoeg, vind je niet?' Hij lachte en toen werd zijn gezicht opeens ernstig. 'Waar ik aan dacht, beneden bij het vuur… ik bedoel, als jij het goed vindt…' Hij wierp een blik op zijn vrouw. 'Wat ik dus dacht… Ik dacht dat we hem misschien Caolon konden noemen. Je weet wel. Naar die van jou.'

Tara keek hem verbijsterd en ongelovig aan; toen sloeg ze haar handen voor haar gezicht. Dugan keek geschrokken naar Grace op, schoof dichter naar zijn vrouw toe en nam haar in zijn armen.

'Ach, Tara, vergeef me,' mompelde hij. 'Je bent met een echte eejit getrouwd, dat zie je. Het spijt me, meisje; het spijt me dat ik daarover begon. Juist vandaag.'

Ze trok zich los, veegde haar tranen af en bekeek hem even bewonderend als ze haar zoon zojuist bekeken had.

'Jij bent de beste man die ik ooit gekend heb, Dugan Ogue.' Haar mond beefde. 'Wie anders zou zo'n naam voor zijn oudste zoon kiezen? Dat zou ik wel eens willen weten!'

'En waarom niet?' antwoordde hij. 'Hij was je man en hij heeft toch prima voor je gezorgd zolang hij kon, of niet soms? Daar ben ik hem dankbaar voor. Het is jammer dat hij gestorven is en dat jij daar al die jaren zo onder geleden hebt. Ik dacht: als we de jongen naar hem noemen... misschien vergoedt dat op de een of andere manier jouw verlies.'

Tara legde haar handen aan weerszijden van dat grote, dierbare gezicht. 'Jij...' Ze keek hem diep in de ogen. 'Jij hebt dat vergoed op de dag dat je zei dat je van me hield. Jij, Dugan,' herhaalde ze. 'Het kind, dat...' Ze moest ophouden omdat haar keel dik was van tranen. 'Hij is een extraatje – nóg een wonder, na alle andere. Maar jij...' Weer brak ze haar zin af en schudde haar hoofd.

Toen kuste hij haar, zo teder als alleen iemand de vrouw die hij liefheeft heeft kan kussen, en drukte haar tegen zijn enorme borstkas. 'Dus dat is afgesproken,' stelde hij vast. 'We noemen hem Caolon. Caolon Ogue.'

'Stérke Caolon Ogue,' verbeterde zij; ze lachten allebei en hielden elkaar zo stevig vast dat ze niet hoorden dat Grace stilletjes vertrok.

Ze glipte onopgemerkt uit de warme kamer de kille hal in. Het was inmiddels donker, maar ze wist zonder moeite de weg te vinden naar de *Harp*, die nu leeg was, maar zoals altijd hing er de geur van bier en tabak. De trap recht ertegenover leidde naar haar eigen kamer; die ging ze op en ze opende de deur bovenaan, dankbaar voor de lamp die Sean laag had laten branden. Ze ging bij het raam zitten, nog te wakker om te slapen; ze had behoefte om even in stilte alleen te zitten. Vanuit de kinderbedden hoorde ze de rustige ademhaling van Liam en Mary Kate, het geritsel als ze zich omdraaiden; uit de achterkamer kwam het zachte gesnurk en af en toe het gemompel van Sean, die in zijn dromen al even levendig was als overdag.

Buiten sneeuwde het nog steeds; op de een of andere manier beurde de aanblik van de langs het raam zwevende vlokken haar op. Stil was het... Zo stil. Ze voelde zich warm en veilig, ingepakt en verborgen, ver van de kou, de honger en het verdriet. Het kind had het overleefd en Tara ook! Dat gaf hoop en Grace nam die hoop gretig aan. Dit kind had het overleefd, haar eigen kind leefde ook nog steeds en ze zou hem weer in haar armen houden – het maakte niet uit dat hij nu een jaar oud was en ongetwijfeld al kon kruipen. Ze glimlachte en stelde zich haar vader voor, op de grond kruipend achter het kind dat vast en zeker alles voor hem betekende. Hoe zag hij eruit, deze jongen, hún jongen? Hoe zag hij er nu uit?

Ze zag haar spiegelbeeld in het bevroren glas en hief een hand op om het aan te raken. Het lamplicht glansde op haar trouwring; ze raakte die aan en draaide hem om haar vinger rond. 'Ach, Morgan,' fluisterde ze, maar dat was alles wat ze hardop zei. Zwijgend keerde ze terug naar de herinnering aan zijn knappe gezicht, de lach in zijn stem, de manier waarop haar hart opsprong als hij zijn armen om haar heen sloeg en in haar haren fluisterde dat hij van haar hield. En toen sloot ze – zacht, maar ferm – de deur achter die herinneringen. Want ze wist dat het anders te veel zou worden; ze was al dankbaar dat deze korte ogenblikken haar niet fataal werden. Ze bracht haar hand naar haar mond, kuste teder de ring die hij aan haar vinger had geschoven in de laatste nacht dat ze hem gezien had en liet haar hand weer vallen. Opeens vermoeid liet ze de schoenen van haar voeten glijden, draaide de lamp uit en ging naar bed.

Wat Boardham het liefste deed naast drinken, hoereren en gokken op hondengevechten – besefte hij terwijl hij op de stoep stond, recht tegenover de *Harp* – was mevrouw Donnelly bekijken. Hij was zelfs een zekere genegenheid voor haar gaan voelen en hij hield de kleine veranderingen in haar uiterlijk – haar kapsel, een nieuwe rok, het feit dat ze niet meer zo mager was – nauwkeurig bij, als een boer die trots is op het varken dat hij vetmest voor de winter.

Het was heel laat en alle klanten waren allang naar huis gegaan, maar in de bar brandde nog steeds licht en het leek erop dat iemand in deze koude nacht een kind gebaard had. Maar mevrouw Donnelly niet; zo'n verandering in haar uiterlijk zou hij zeker met belangstelling opgemerkt hebben. Mevrouw Donnelly was nog op; ze had het nogal druk vannacht. Ze had ongerust naar buiten getuurd, eerst door het ene, toen door het andere raam, op zoek naar die reusachtige Ierse stomkop die uiteindelijk over de stoep kwam glibberen met een ouwe baker achter zich aan. Het moest zijn vrouw wel zijn die nog een Iers jong op de wereld schopte, precies op tijd voor Kerstmis. Waarschijnlijk hadden ze al een krib-betje klaar en had de vrouw een lange jurk en een serene glimlach als de maagd Maria zelf – onwetende papen als ze waren.

Boardham lachte gemeen – de rum van vanavond warmde zijn buik nog altijd. Hij haalde een stompje sigaar tevoorschijn en deed dat tussen zijn lippen terwijl hij opkeek naar het raam. Daar was ze; ze raakte het raam aan. Ze zag er moe uit, dacht hij. Tijd om naar bed te gaan. Hij zou haar best willen helpen bij het uitkleden, maar hij was een geduldig man. Hij streek een lucifer aan en hield zijn andere hand eromheen terwijl hij het restje sigaar aanstak en wolkjes rook uitblies; het eindje gloeide rood op in het donker.

Maar eigenlijk was het Reinders die hij echt wilde pakken – Boardham doofde de lucifer. Mevrouw Donnelly was alleen het aas. Hij wist dat ze elkaar nog zagen. Hij was getuige geweest van hun gesprekje in de haven, toen Reinders voor het oog van God en alle mensen met Ieren en zwarten stond te praten; hij wist niet wat fatsoenlijk gezelschap was. Hij had een veel te hoge dunk van zichzelf, die man – Boardham kneep zijn ogen samen – maar daar zou binnenkort verandering in komen. Reinders moest boeten voor die lange wandeling vanuit Boston, met vreselijke pijn bij elke ademteug vanwege zijn gebroken ribben. Hij zou met gelijke munt betaald worden.

Boardhams wraakzuchtige dromen waren het zoetste wat hij had. Vaak haalde hij ze tevoorschijn om ze met elkaar te verge-lijken, hun mogelijkheden te overwegen en hun genialiteit te bewonderen. En alles was natuurlijk mogelijk, want hij had de wet aan zijn kant – of, beter gezegd: in zijn zak. Hij was buitengewoon loyaal aan Callahan. Elk karwei – chantage, afpersing, afranseling, diefstal – had hij tot het gewenste einde gebracht zonder vragen te stellen. Alleen had hij zelf af en toe wat in eigen zak gestoken nadat voor Callahan gezorgd was, als niemand het verschil zag. En door dit alles was Boardham nu de grote man in alle achter-buurten. Iedereen was zijn vriend; de mensen verdrongen zich om zijn volgende drankje te betalen en hem in vertrouwen te nemen. Sommigen begonnen zelfs op eigen initiatief ratten te vangen om bij hem in de gunst te komen, om meneer Boardham uit Liver-pool te vriend te houden. Elke nacht selecteerde hij de moeizaam verzamelde gegevens over de onderwereld en bood Callahan de rijpste aan, die het best geplukt konden worden. Inmiddels stond Callahan bij hém in het krijt, reken maar! Boardham kon doen wat hij wilde met betrekking tot Reinders; niemand zou het erg goed onderzoeken, evenmin als ze de dood van Tom Dean ooit goed onderzocht hadden.

Ja, Boardham kon in deze wijk doen wat hij wilde, maar niet als de kapitein weg was. Alweer. Nog een reis langs de kust, die hem frustreerde maar ook interesseerde. Hij kon wachten; hij had het aas. Boven ging het licht uit; de ramen werden donker.

'Droom maar fijn, mevrouw Donnelly,' gromde hij en trapte het stompje van zijn zwarte sigaar uit in de schone witte sneeuw.

Dertig

Reinders werd zwetend wakker en een ogenblik lang kon hij zich niet herinneren waar hij was. Charleston. Hij was in Charleston. Alweer. Hoewel hij gedroomd had van Georgia – Georgia in de zomer, met de zon zo heet op het veld dat hij er zeker van was geweest dat de hitte hem fataal zou worden. Hoe de anderen het overleefden, zou hij nooit begrijpen. Zij werkten van 's morgens vroeg tot 's avonds laat op het veld, werden in de schaduw van de bosjes gesleept als ze flauwvielen, maar zodra ze bijkwamen, stonden ze op en gingen weer aan het werk. Ze durfden niet te klagen bij de opzichter. Reinders had gezien waarom. Hij had gezien hoe een hoogzwangere vrouw uitgekleed en gegeseld werd voor de ogen van haar kinderen. Ook zag hij een jonge man met aan elkaar geketende voeten en een ijzeren halsband; op de plekken waar het metaal dag en nacht over de huid schuurde, zaten schaafwonden. Hij zag brandmerken, verlammingen en verminkingen. Ledematen waren afgesneden, ogen uitgestoken. En dat waren alleen nog maar de lichamelijke littekens.

Toen hij de eerste maal in Charleston kwam, was hij onder de indruk geweest bij het zien van zwarten die vrij rondliepen en hun werk deden. De onafhankelijkheid van lijfeigenen die verhuurd werden om in de fabrieken of velden te werken, het komen en gaan van de slaven: alles leek hem zo beschaafd. Iedereen scheen zich tamelijk vrij te kunnen bewegen. Ze droegen fatsoenlijke kleding; in feite kleedden ze zich uitstekend. Zwarte mensen hadden geld op zak om voedsel en goederen te kopen, dreven kleine zaakjes, hadden hun eigen kerk. Weliswaar moesten ze onderhandelen binnen een ingewikkeld maatschappelijk systeem, maar iedereen leek de regels te begrijpen en gewillig mee te werken. Al met al hadden zij nog niet zo'n slecht leven; hij had veel meer ellende en ziekte gezien in de huurkazernes van New York. Zij werden tenminste gevoed en gekleed en hadden onderdak. Blijkbaar, zei hij tegen zichzelf, was slavernij niet zo slecht als veel noorderlingen beweerden. Maar in Georgia was zijn mening voorgoed veranderd.

Reinders kwam uit zijn kooi en kleedde zich resoluut aan, omdat hij wist dat hij vannacht toch niet meer zou slapen. Hij stak de lamp aan, zette die op zijn bureau, maakte de la open en haalde een afgesloten metalen doos tevoorschijn. Daaruit haalde hij een bundel papier, waaronder aankondigingen over weggelopen slaven en pamfletten van veilingen. Hij streek een pamflet glad en dacht aan de tabaksmakelaar die hij had leren kennen en respecteren. Deze man had een heimelijke afkeer van de zaken die zijn familie deed en hij had volgehouden dat Reinders zich niet moest laten verblinden voor de ware aard ervan. Het kopen en verkopen werd voornamelijk achter de schermen gedaan, had de makelaar uitgelegd, soms op initiatief van de slaven zelf omdat ze voor andere meesters wilden werken. Deze methode – buiten de openbaarheid – had de voorkeur. Maar veilingen bestonden wel degelijk; die werden gebruikt om grote hoeveelheden menselijk vee te verhandelen. Hij nam Reinders mee naar een veiling. Ondanks de pogingen die Florence had gedaan om hem op de hoogte te brengen, was hij geschokt toen hij ontdekte dat gezinnen werden gescheiden. Hij had toegekeken terwijl een man, zijn vrouw en vijf van hun kinderen aan verschillende eigenaars werden verkocht, hoewel hun meester had verzocht hen onder één nummer te veilen en hoewel de man en vrouw smeekten bij elkaar te mogen blijven. Hij zag dat zussen gescheiden en kleine kinderen alléén verkocht werden. Oude mannen werden aangeboden voor twintig dollar met de belofte dat ze nog een paar jaar hard zouden kunnen werken. Na die middag was Reinders nooit meer dezelfde geworden; de verontwaardiging over deze wandaden brandde voortdurend in zijn hart.

Daarom had hij Lily's verzoek beschouwd als een kans om niet alleen haar kinderen terug te kopen – hoewel dat reden genoeg was om ermee in te stemmen – maar ook een grotere schuld in te lossen. Hij had het onmiddellijk aan Lars verteld – tenslotte waren ze partners – en die had hem zijn zegen gegeven onder één voorbehoud: raak het schip niet kwijt. Lars had nog wel andere ondernemingen, andere bronnen van inkomsten, maar een groot deel van zijn kapitaal was afhankelijk van de tabakshandel. Dat belang wilde Reinders niet in gevaar brengen. Ze hadden geen van beiden ooit echt nagedacht over de arbeidskrachten die gebruikt werden door de mannen met wie ze handel dreven – of ze hadden ervoor gekózen daar nooit over na te denken, verbeterde hij zichzelf terwijl hij in gedachten Florences stem duidelijk hoorde. Zij was degene die hen in contact had gebracht met een verkenner: een zuiderling die familieleden van voormalige slaven opspoorde, terwijl hij zich voordeed als premiejager. Florence had veel van dit soort contacten. Zij had ook voor Lily en de tweeling de papieren geregeld waarop stond dat zij vrijgelaten waren, en nog drie stel die klaarlagen voor de rest van het gezin.

'Neem me niet kwalijk, kapitein.' Mackley opende de deur en doorbrak Reinders' gedachtegang. 'Ik zag dat u licht aan had. Iets nodig, meneer?'

'Ik zou niet weten wat,' antwoordde Reinders droog.

'U zou moeten proberen wat te slapen, meneer. We hebben een lange dag voor de boeg.'

'Waarom ben jij nog op? Heeft die nieuwe man niet de wacht?'

'Nickerson. Ja, meneer, inderdaad.'

'Nickerson,' herhaalde Reinders, en toen zuchtte hij. 'Ik wou dat Dean hier was. Ik kan niet geloven dat hij dood is.'

Mackleys kaakspieren verstrakten. 'Boardham. Die smeerlap hadden we moeten doden toen we de kans hadden.'

Dat ze hem gewoon hadden laten lopen, zou Reinders zichzelf ook nooit vergeven.

'We krijgen hem nog wel,' beloofde hij zijn stuurman. 'Op een dag steekt hij die lelijke kop van hem wel uit; dan hakken we die eraf en sturen hem naar Deans vrouw.'

'Ik ben helemaal vóór afhakken, kapitein, maar ik zou hem liever aan de vissen voeren dan naar Laura sturen.' Mackley stapte verder naar binnen. 'Weet u zeker dat u niets mankeert, meneer?'

Reinders stond op met zijn hand op zijn buik. 'Een beetje nerveus, denk ik. Bang dat ze er met het geld vandoor zijn, net als de vorige keer. Of dat die jongen weer weggelopen is. We zijn hem nu al twee keer misgelopen, weet je.'

'Het scheelde maar een paar dagen, meneer.'

'Mislopen is mislopen. De volgende keer zullen ze hem vermoorden.' Hij masseerde de gevoelige plek. 'En ik weet niet waar January zit.'

'Maar de verkenner zei toch dat hij in Mississippi verkocht is, kapitein? En dat hij wist dat wij hem kwamen halen?'

'Dat was zeker meer dan hij kon verdragen.' Reinders hield een pamflet naar voren. 'Hij is weer weggelopen.'

'Gezocht,' las Mackley. 'January. Een weggelopen slaaf, eigendom van Charles Beaustead. Ongeveer veertig jaar, grijzend haar. Lange, sterke, grof gebouwde man, bijzonder zwart, gemerkt door de gesel en een brandmerk op zijn rechterwang. Mist de linkerarm...' Mackley's stem aarzelde. 'Ik wist niet dat hij een arm miste.'

'Dat was ook niet zo,' zei Reinders grimmig.

'De smeerlappen. "Voor het laatst gezien met een ijzeren halsband om. Kan onderweg zijn naar de Westerfieldplantage in Georgia."' Mackley keek op. 'Ze bieden een beloning van tweehonderd dollar.'

'Dat is allemaal geen goed nieuws.' Reinders keek naar de klok op zijn bureau. 'Ze zouden die jongen inmiddels opgepikt moeten hebben. Als alles volgens plan gaat. Nog een paar uur, dan weten we het.'

'En hoe zit het met zijn zusje, kapitein?'

'De boodschap is gisteravond gebracht.' Hij zweeg even. 'Nu is het haar zaak.'

Mackley keek uit het raam. Nog geen teken van de dageraad. De kapitein zou de hele tijd in zijn hut op en neer lopen. Hij moest van het schip af, naar buiten in de koele nachtlucht, zijn gedachten op een rijtje krijgen, tot kalmte komen.

'Neem me niet kwalijk, meneer. Als we nu eens naar het pakhuis gingen? De wandeling zal ons allebei goeddoen, en het is nog steeds donker genoeg.'

Reinders knikte; dat idee stond hem wel aan. 'Meneer Mackley,' zei hij terwijl hij naar zijn pet greep, 'jij verdient je loon dubbel en dwars.'

Eenendertig

Het was een jaar geleden dat Grace haar zoon voor het laatst gezien had. Naarmate het kerstfeest naderde, koesterde ze tegen beter weten in de hoop dat Patrick en Morgan nu elke dag konden arriveren – dat was God haar toch zeker wel schuldig! Ze stond zichzelf niet toe te denken aan de ontberingen die ze zouden doorstaan als ze in deze tijd van het jaar de oceaan overstaken. Mary Kate en zijzelf hadden de reis overleefd en zij zouden het ook overleven. Ze sprak met niemand over deze hoop en dus groeide die ongehinderd, tot ze begon te geloven dat hun aankomst werkelijk ophanden was.

Heimelijk spaarde ze extra voedsel en tabak op voor haar vader, bepaalde waar hij zou slapen, vulde een hoofdkussen voor hem; ze naaide een blouse en broek voor haar zoon die nu wel zou lopen, kocht een etenskommetje en beker voor hem en dong af op een stel houten blokken, die ze in de hoek onder haar bed verstopte. Verschillende malen per dag sprong de vreugde in haar op als een luchtbel die in haar keel bleef hangen, zodat ze er bijna van ging zweven.

'Aye, jij zit vol geheimen, of niet soms?' Sean kreeg haar te pakken toen ze van de markt binnenkwam met rode wangen en doorweekte laarzen van de half gesmolten sneeuw. 'Voor mij kun je niets verbergen.'

'Alleen voorbereidingen voor het kerstfeest, dat is alles.' Ze hield zich bezig met de dingen in haar mand.

'Wat je me nou vertelt, is maar een deel van de waarheid.' Hij nam haar speels taxerend op. 'Maar ik zal het je makkelijk maken, op voorwaarde dat er op kerstmorgen een groots cadeau voor me is.'

Ze lachte. Ze had zijn cadeau al: het vierde boek van de *Leatherstocking Tales* door meneer Cooper. Sean was in de ban geraakt van deze verhalen over het wilde Westen en nu zou hij *The Pathfinder* krijgen om zijn serie compleet te maken.

'Wat zullen we doen tijdens de kerstdagen?' Ze hing haar zware mantel bij het vuur te drogen. 'Gaan we naar de kerk? Dugan heeft ons uitgenodigd voor de mis in Saint Patrick's. We zouden ook naar de Grace Church kunnen gaan als je dat wilt.'

Een geërgerde blik flitste over Seans gezicht. 'Dat is volgens mij allemaal zinloos – dat weet je best.'

'Ga je dan met juffrouw Osgoode mee?' Ze probeerde haar eigen ergernis te verbergen.

'Jij mag ook komen,' bood hij aan. 'Ik wou dat je dat deed, Grace. We kunnen de kinderen meenemen. Je zult ervan genieten.'

Grace worstelde met haar tegenzin. 'Hoeveel Ieren zijn er in die groep?'

Sean keek haar teleurgesteld aan. 'Je kent het antwoord al: niet veel. Maar dat geeft niets. We zijn daar allemaal Amerikanen, allemaal Heiligen.'

'Nou, ik ben gewoon een Ierse en dat vind ik prima.' Ze kwam bij het vuur vandaan en ging tegenover hem zitten. 'En ik mis jouw Ierse vrienden. We zien hen bijna nooit meer.'

'Waar heb je het in vredesnaam over? Ben je niet elke avond omringd door Ieren, hier?'

'Je weet best wat ik bedoel. Wat is er met je vrienden bij de krant gebeurd – meneer O'Sullivan en zo? Waar zijn de jongens van de Irish Society gebleven? Niemand komt jou nog opzoeken, behalve Danny Young.' Ze hief uitdagend haar kin op. 'Wil je soms van de Ieren af? Zijn we niet goed genoeg meer voor je?'

Sean sloeg met zijn vuist op tafel. Grace kreeg opeens een visioen van haar vader die precies hetzelfde deed op de avond waarop hij haar verloving met Bram Donnelly aangekondigd had – Patrick zei dat hij een Ier was, in naam van God! Dat was zijn godsdienst! En dat zou die van zijn kinderen ook moeten zijn, als ze hun verstand gebruikten.

'Ben je helemaal gek geworden?' Hij klonk ook precies als hun vader. 'Het is onmogelijk om van de Ieren af te komen! Ik word er elke dag aan herinnerd hoe Iers ik ben, als ik weer een tekening zie van een of andere voddenraper met een apengezicht, een fles in de ene en een aardappel in de andere hand. "Ieren in Amerika," staat er, "even gelukkig als de varkens waar ze bij slapen." Of van de dienstmeiden – die allemaal Brigid of Colleen heten, nota bene, alsof we geen andere namen voor onze vrouwen hebben – die hun mevrouw een vraag stellen waarop elk kind het antwoord zou weten.'

Hij schudde vol afkeer zijn hoofd. 'Maar ze halen het zich zelf op de hals, weet je. Zoals ze de domme, zorgeloze Paddy uithangen. Ik word doodziek van de Ieren die zich onnozel gedragen en stomme dingen uitspoken, en de rest van ons ervoor laten opdraaien,' zei hij kwaad. 'Als ik een winkel binnenkom, kijken ze eerst naar mijn gezicht, dan naar mijn been en vervolgens wijzen ze op het bordje waarop staat: "Geen Werk Voor Ieren." "Ik heb geen werk nodig," zeg ik tegen hen. "Ik wil wat kopen." "Koop het hiernaast maar," zeggen ze dan. "Wij doen geen zaken met Ieren."'

Grace leunde verbijsterd achterover. Zelf merkte ze de wreedheid van deze stad ten opzichte van de Ieren voortdurend op, maar ze had gedacht dat Sean zich daar niet bewust van was. Ze had aangenomen dat hij zich bewoog in een wereld vol idealen, ver verheven boven de bittere onwetendheid van de straat.

'Schaam jij je dan?' vroeg ze zachtjes.

'Nee. Ik schaam me niet. Ik ben kwaad,' verklaarde hij. 'En ik ben het zat. Ik ben de Ieren die op hun rug gaan liggen terwijl ze moeten opstaan zat. Ik ben het zat om te zien hoe ze elke keer opnieuw verslagen worden, hoe ze respect eisen, maar nooit terugslaan – of te laat terugslaan met te weinig mensen. Hoe ze een verloren strijd strijden. Altijd verliezen. Het is alsof we geboren zijn om andermans voetveeg te worden.' Hij sloeg met zijn vlakke hand op de tafel. 'Al het werk dat we gedaan hebben. Alle levens die opgeofferd zijn – waarvoor? Toen de verrassingsaanval mislukte en ze allemaal gearresteerd werden, de een na de ander...' Hij zweeg, verslagen.

'Maar ze gaan dood van de honger, Sean.' Grace leunde weer voorover. 'Ze kunnen nauwelijks over een veld marcheren, laat staan een gevecht leveren. Zo zit het nou eenmaal; misschien hadden we moeten wachten.'

'Wachten! Waarop?' vroeg hij bitter. 'Op het eind van de hongersnood? We hebben in Ierland altijd honger gehad, en dat zullen we altijd hebben. Wachten tot de koortsen afgelopen zijn, tot de mannen sterk geworden zijn, wachten op wapens en eten? Poeh. Wij sturen geld en wapens, maar alles wordt bij de haven in beslag genomen. Wij sturen eten, maar het verdwijnt voordat degenen die het nodig hebben er een hap van gezien hebben.'

'Beweer je soms dat we het moeten opgeven, na alles wat we overleefd hebben? Denk er eens over na! Elizabeth I, Cromwell, voortdurende invasies en altijd blootgesteld aan koortsen, hongersnoden en verschrikkelijke armoe. Dat hebben we onszelf niet aangedaan, weet je. Daar is eeuwenlang aan gewerkt!' argumenteerde Grace.

'Dat hebben we onszelf wél aangedaan!' snauwde hij. 'We hebben toegelaten dat ze ons land plunderden, onze bossen omhakten, onze koningen tot paupers maakten, onze godsdienst belasterden. En al die tijd namen wij beleefd onze hoed voor hen af en boden hun een glas van ons beste Uisage batha* aan. De Ieren zijn domme stijfkoppen, Grace, dat is de treurige waarheid. Zelfs door een oceaan over te steken kunnen we daar niet aan ontsnappen.'

Grace keek hem verontwaardigd aan. Stijfkoppen? Misschien. Maar dom? 'Ik geloof mijn oren niet,' berispte ze. 'Jouw hoofd zit zo ingepakt in die nieuwe godsdienst van je, dat je uit het oog verloren bent wie je werkelijk bent, wie wij zijn! Nee, ontken het maar niet!' waarschuwde ze. 'Jij hebt alleen maar medelijden met jezelf. Geen werk voor Ieren? Wanneer heb jij hier ooit naar een baantje hoeven zoeken? Nou?' Ze wachtte niet op antwoord. 'Nooit! Jij kreeg een baan aangeboden zodra je van de boot stapte, bij een krant nota bene – en waarom? Omdat je een Ier bent! Omdat je intelligent bent! En zijn er soms geen andere intelligente Ieren aan het werk hier? Of ergens anders, trouwens? Ben jij soms de enige Ier in de hele wereld die het zout in de pap waard is?' Ze duwde haar stoel achteruit en stond op. 'Ik zal jou eens wat vertellen, broer. Als je het mij vraagt, is er maar één domme stijfkop van een

Ier in deze stad, en die zit hier voor me. Ik heb me nog nooit van mijn leven voor een Ier geschaamd, maar nu wel. Op een dag zal Ierland vrij zijn en dan zullen die woorden je berouwen.'

'Ierland zal nooit vrij zijn. Er zit geen pit meer in; alle fatsoenlijke mannen zijn dood of vertrokken.' Hij keek naar haar op. 'En zelfs als Ierland vrij zou zijn, zou ik niet teruggaan. Nooit meer. Ik was niemand in Ierland. Een kreupele die met stukwerk bij de haard de kost verdiende, zonder kans op iets beters. Hier kan ik iets bereiken, ondanks...' Hij zweeg even. 'Ik ben een Amerikaan, Grace. Dat ben ik geworden.'

'Aye.' Ze deed haar armen over elkaar. 'En dat is dan ook alles.' Kende ze hem eigenlijk nog wel? vroeg ze zich af.

Hij sloot zijn ogen en ze zag de vermoeidheid in zijn verslapte wangen, zijn zwaarmoedige mond. 'Het spijt me.' Hij keek haar weer aan. 'Ik wil geen ruzie met je maken. Ik had dat allemaal niet moeten zeggen.'

Ze fronste haar wenkbrauwen; ze wilde hem vergeven, maar was er niet helemaal toe in staat.

'Eigenlijk,' begon hij; hij aarzelde even en dwong zichzelf toen verder te gaan, 'om je de waarheid te zeggen: de mensen voor wie ik werk, beginnen zich af te vragen of de Ierse revolutie hun toewijding wel waard is. Abolitionisme neemt tegenwoordig al hun gedachten in beslag; het maakt niet uit dat er in het zuiden maar half zoveel slaven zijn als in Ierland.' Hij zuchtte. 'Ik wilde het niet vertellen, om jou er niet mee te belasten, maar er is gewoon niet zo veel werk voor me, de laatste tijd.'

Graces armen zakten naar beneden; ze ging weer zitten.

Hij hield zijn blik gericht op zijn handen die hij plat, met gespreide vingers, op tafel gelegd had. 'Dus valt het me de laatste tijd nogal op in hoeveel etalages het bordje "Geen Werk Voor Ieren" staat, en ik begin te beseffen dat, als er niets bijzonders gebeurt, mijn gezicht en mijn accent me in de weg staan om de kost te blijven verdienen.'

Ze legde haar eigen hand op tafel en raakte zijn vingertoppen met de hare aan.

'Maar ik ga niet terug naar Ierland, dat meen ik. Hoe moeilijk het ook is, hier heb ik tenminste nog een kans.' Hij keek haar aan.

'Ik begin te geloven dat God mijn wanhopige gebeden de laatste tijd heeft beantwoord door me af te snijden van mijn verleden en me te dwingen erover na te denken waarom ik hier in werkelijkheid ben.' Hij zweeg even nadenkend. 'Jij vraagt waarom onze vrienden niet meer langskomen. Nou, dat komt omdat ze zich nog steeds vastklampen aan het verleden – aan het feit dat ze Iers zijn, dat ze Ierland moeten redden – terwijl ze hier in Amerika een toekomst zouden moeten opbouwen, een toekomst die gewijd is aan het op een nieuwe manier dienen van God. Nu blijven ze mij uit de weg omdat ik deel uitmaak van iets wat ze niet kunnen begrijpen en dat accepteer ik. Maar ik wil niet dat dat met ons ook gebeurt, Grace.'

Ze vlocht haar vingers tussen de zijne.

'Ik pretendeer niet dat ik Gods wil begrijp,' ging hij verder. 'Maar het is duidelijk dat Hij een bepaalde reden had om me naar Amerika te brengen, en nu heeft Hij me hierheen geleid. Ik denk dat Hij dat ook voor jou wil doen.'

Ze keek onderzoekend naar zijn gezicht, zijn gekwetste blik. O, wat hield ze veel van hem – haar hartstochtelijke, fanatieke broer. Ze dacht aan de hoop die ze in haar hart meedroeg; kon het zo zijn dat God haar gebed niet verhoord had omdat ze zich niet had voorbereid, niet naar haar broer had geluisterd? Toen ze haar ogen sloot, zag ze het verweerde, gerimpelde gezicht van haar vader, het gladde gezichtje van haar zoon. Ze had Sean al in zo veel zaken nagevolgd, haar leven lang al; ze had hem altijd de leiding toevertrouwd omdat hij zo vertrouwelijk met hun Heer wandelde. Hij had haar nog nooit de verkeerde kant op geleid.

'Goed dan, Sean.' Ze opende haar ogen. 'Ik ga met je mee.'

Het leek meer op een gebedsbijeenkomst, dacht Grace, met juffrouw Osgoode blijkbaar aan het hoofd. Na een uur was de samenkomst niet afgelopen, maar veranderd in een algemeen gesprek over aanvallen op de kolonie in Illinois. Sean had Grace verteld over de zendingsstad Nauvoo, het modeldorp dat door Heiligen bestuurd werd; de wetten waren ontleend aan de leer van Smith en van Brigham Young, zijn opvolger. Er waren echter moeilijkheden gerezen en het dorp werd belegerd door mensen van buitenaf, die zich bedreigd voelden en jaloers waren op de welvaart van Nauvoo. Sommigen waren in de oorspronkelijke nederzetting gebleven. Anderen waren onder leiding van Young naar het westen getrokken om een nog grotere gemeenschap te bouwen in de verlaten woestijn van Utah.

Dit onderwerp riep vanavond het grootste enthousiasme op. Sommige kerkgangers waren van plan hun bezittingen te verkopen, het geld aan de kerk te geven en zich te voegen bij de karavaan die met algemene instemming het komend voorjaar zou vertrekken. Grace begreep dat velen familieleden of vrienden hadden die daar al waren. Geïnteresseerd luisterde ze naar de brieven die werden voorgelezen: beschrijvingen van de woestijn, hoeveel er gebouwd was om klaar te zijn voor de winter, hoe het boerenbedrijf was en welke voorraden vooral uit het oosten moesten worden aangevoerd. Ze keek naar Sean, die geheel in beslag genomen werd door een gesprek met Danny Young. Toen hij eindelijk opkeek, was dat om hartelijk naar Marcy Osgoode, die naast Grace zat, te glimlachen.

Toen stonden ze allemaal op en duwden hun stoelen naar achteren. De mannen dreven af naar de ene kant van de ruimte, de vrouwen verzamelden zich aan de andere kant. Marcy gaf Grace een arm en leidde haar naar een groep vrouwen van hun eigen leeftijd – hoewel er ook een aantal getrouwde dames aanwezig was. Die trokken toegeeflijk glimlachend kraagjes recht en stopten losgeraakte plukjes haar in. Zo maakten ze de meisjes op discrete wijze netjes, terwijl ze intussen een oogje hielden op de jonge mannen.

'Dames,' kondigde Marcy met haar rustige, bezadigde stem aan, 'dit is mevrouw Donnelly, de zuster van onze eigen meneer O'Malley; ze is weduwe.'

De anderen bekeken haar nu met levendige belangstelling en ze kreeg een glas limonade aangeboden; ze was dankbaar dat ze iets in haar handen had.

'U bent zo jong om al weduwe te zijn,' sprak mevrouw Bishop als eerste. 'En uw broer zegt dat u kinderen hebt.'

Grace wist nooit zeker wat ze over haar familie zou vertellen; moest ze kleine Morgan wel noemen, die nog in Ierland was? Of Liam, die niet echt van haar was?' 'Inderdaad,' zei ze zwakjes.

'Dat moet heel zwaar geweest zijn om ze helemaal hierheen mee te nemen, zo alleen.' De stem van mevrouw Bishop was vol plechtige bezorgdheid. 'Het is heel vriendelijk van uw broer om u allemaal bij zich in huis te nemen.'

'Hij is zo'n goed mens,' verklaarde Marcy en bloosde. 'Hij is zo gelukkig sinds u aangekomen bent. En zo vol hoop dat u zich bij ons zult aansluiten.'

'Daar hebben we voor gebeden,' bracht een jonge vrouw spontaan te berde; daarna sloeg ze haar hand voor haar mond, verlegen tegenover een vreemde.

'Ja, en ook voor uw kinderen,' voegde mevrouw Bishop eraan toe.

Alle vrouwen knikten instemmend.

'Kinderen zijn de toekomst van de eeuwigheid.' De jonge vrouw haalde haar hand lang genoeg weg om een verrukte glimlach te laten zien.

'Hebt u zelf dan ook kinderen?' informeerde Grace beleefd.

'Nog niet. Maar ik hoop er veel te krijgen. Zo veel als God me schenkt,' voegde ze er snel aan toe. 'Ik ga volgende maand trouwen. Met hem.' Ze wees op de kerel die naast Sean stond.

'Danny? Gaat u met Danny Young trouwen?'

'Nou en of!' riep het meisje uit; toen bloosde ze hevig en haar handen schoten weer naar haar gezicht.

De andere vrouwen lachten vol genegenheid en raakten haar arm aan; ze was populair en er waren heel wat gebeden opgezonden dat de Heer haar een echtgenoot zou schenken.

'Ellen en Danny hebben zich nog maar kortgeleden verloofd,' vertelde Marcy aan Grace. 'We zijn allemaal zo blij voor hen.'

Ellens ogen tintelden van blijdschap. 'Het ging wel snel, maar als we nu trouwen, kunnen we volgende lente met mijn broers en hun vrouwen meereizen naar Utah. Dan hoeven we niet te wachten tot we later nog eens kunnen gaan.'

Grace beet op haar lip. Dat Danny naar Utah verhuisde, was geen goed nieuws, in aanmerking genomen dat hij veel invloed op haar broer had.

'Hoeveel mensen gaan er, als ik vragen mag?'

'Bijna allemaal,' kondigde mevrouw Bishop trots aan. 'Mijn

man en onze oudste zoon maakten deel uit van de groep die met Brigham Young meetrok. En nu zal de rest van ons gezin zich eindelijk bij hen voegen. Een paar van ons zullen achterblijven – niet iedereen heeft de benodigde financiën al bij elkaar, ziet u.'

Grace slaakte inwendig een zucht van opluchting. Als er geld voor nodig was om met deze groep mee te reizen, zou Sean niet gaan. Nog niet, in elk geval.

'En natuurlijk is hier ook belangrijk werk te doen, zodat het wenselijk is dat sommigen achterblijven,' vervolgde mevrouw Bishop. 'Maar uiteindelijk zullen we allemaal samen in de nieuwe gemeenschap wonen, waar Gods werk in volle ernst kan beginnen. Deze stad is moeilijk voor christenvrouwen, vindt u ook niet, mevrouw Donnelly?'

Grace dacht daar over na. 'Toen ik uit Ierland vertrok, stierven de mensen van de honger langs de weg en in de armenhuizen. Ik moet zeggen, mevrouw Bishop, dat ik het een zegen vind ergens te zijn waar ik kan werken, eten kan kopen en mijn kinderen kleding en onderdak geven. Het leven in de stad is moeilijk, dat is waar, maar ik geloof dat dat meer te maken heeft met armoede dan met christen-zijn.'

'Och heden.' Het gezicht van de matrone verstarde tot een masker van bestudeerde beleefdheid. 'Ik merk dat u even openhartig bent als uw broer.'

'Ach, nee.' Grace koos ervoor haar verkeerd te begrijpen. 'Sean is briljant, het hoofd van onze familie.'

'En u bent de handen, neem ik aan.' Mevrouw Bishops stem klonk sluw. 'U doet al het werk?'

'Nee,' zei Grace voorzichtig. 'We doen het werk samen. Misschien ben ik het hart,' voegde ze eraan toe, terwijl ze aan de kinderen dacht.

'O, dat is prachtig gezegd,' riep Marcy uit. 'Vrouwen zijn werkelijk het hart van hun gezin, of niet soms? Dat getuigt van veel inzicht, Grace. Of niet, dames?'

Alle vrouwen knikten en glimlachten Grace hartelijk en bemoedigend toe. Grace glimlachte zwijgend terug; ze besefte dat ze een soort test doorstaan had, maar had geen idee wat dat te betekenen had. Het leek uren te duren voordat Sean met haar mantel kwam en zei dat ze beter naar huis konden gaan, omdat de wegen later nog glibberiger zouden worden.

Hij was de hele weg naar huis bijzonder opgewekt. Hij bleef maar babbelen over meneer Osgoode: dat hij zo'n voortreffelijk mens was en hoe sterk zijn leiderschap was dat de hele gemeenschap inspireerde om naar Utah te verhuizen. Het idee van mensen die als één man samenwerkten om een nieuw bestaan op te bouwen in de woestijn sprak hem, de romanticus, bijzonder aan. Grace merkte het en haar ongerustheid groeide.

'Ik heb het meisje ontmoet waar Danny Young zich mee verloofd heeft,' zei ze om Seans stroom van loftuitingen te onderbreken.

'Ellen LeVang,' bevestigde hij. 'Leuk meisje. Goede familie, met een heleboel hardwerkende broers. Ze mogen Danny echt graag.'

'Zij zegt dat ze met de stoet kolonisten mee zullen gaan.'

'Aye, hij denkt aan zijn toekomst, die Danny, en het zal een troost voor hem zijn om een goede vrouw te hebben en zo. Hij heeft hier niemand, weet je, en hij is het geknok in de stad moe geworden.'

Ze liepen voorzichtig, rekening houdend met het ijs op de stoep.

'Ik zal hem missen, dat wel.'

'Denk jij er dan niet over om mee te gaan?' Grace hield haar adem in.

Sean stond stokstijf stil en keek haar aan. 'Natuurlijk niet! Waarom zou ik in vredesnaam helemaal naar Utah gaan?'

'Je hebt zelf gezegd dat je bij de Heiligen een bestaan wilt opbouwen en ik ken jou, Sean O'Malley; met hen meegaan naar het westen klinkt echt als een avontuur. Daar ben je altijd gek op geweest, of niet soms?'

'Zo gek ben ik nou ook weer niet.' Hij zweeg even. 'Maar ik moet toegeven dat ik aan een kant best mee zou willen, er deel van zou willen uitmaken.'

De moed zonk haar in de schoenen.

Hij stak zijn arm door de hare en ze liepen weer verder. 'Maar we gaan nergens naartoe tot pa en kleine Morgan komen, en daarmee uit.'

Ze knikte alleen maar, omdat ze haar eigen stem niet vertrouwde.

'Bovendien,' ging hij verder, 'blijft meneer Osgoode achter om toezicht te houden op het omzetten van goederen in geld, en hij heeft mij gevraagd voor hem te werken. Het is betaald werk, veel werk.'

'Blijft Marcy dan ook?'

'Natuurlijk! Wat dacht jij dan! Zij zou nooit zonder haar vader gaan. En hij heeft voor haar ook werk te doen.'

'Ik snap het.' Ze grijnsde.

'Ach, je snapt er niets van.' Hij kneep in haar arm en lachte. 'Ik mag Marcy graag – dat weet je best. Maar we moeten elkaar nog een stuk beter leren kennen voordat we ooit over trouwen kunnen spreken.'

'En je zult een heleboel over haar te weten komen, als je zo nauw met haar vader samenwerkt en zo; reken maar,' plaagde Grace.

Hij lachte opnieuw; Grace was blij hem weer eens zo zorgeloos te zien.

'Bedankt voor het meegaan, vanavond. Ik wilde dat je het zelf ook eens hoorde en ik wil dat je Marcy leert kennen. Ik vind het belangrijk hoe jij erover denkt, Grace. Je bent mijn zus.'

'Ik denk dat je niet goed wijs bent, Sean O'Malley, maar ik bén je zus en jij bent mijn broer en we hebben altijd voor elkaar gezorgd, of niet soms?'

'Zo is het.' Hij gaf haar een zoen op haar rode wang; zij liet haar hand in de zak van zijn overjas glijden en trok hem dichter naar zich toe.

Ze zochten hun weg door de stad die er heel anders uitzag onder de witte sneeuwdeken, onder een heldere, donkere hemel, verlicht door miljoenen sterren. Paarden met rinkelende bellen wierpen snuivend het hoofd in de nek; het geluid van hun hoeven klonk gedempt terwijl ze stapvoets door de straat gingen. Stelletjes die een avondje uit waren, bleven voor de feestelijke etalages staan, wezen elkaar op wonderlijke dingen en lachten zachtjes achter hun in handschoenen gehulde handen. Kaarslicht stroomde uit kerken naar buiten op de stoep terwijl parochieleden kwamen en gingen met hun manden vol eten voor de behoeftige medemens. Sean en Grace liepen alles en iedereen voorbij naar het licht van hun eigen huis en de mensen die op hen zaten te wachten.

Tweeëndertig

'Mam, het is kerstfeest!'

De kleine handjes bleven aan Graces schouder schudden; ze voelde Mary Kates adem warm op haar wang.

'Opstaan, opstaan!'

'Hoe bedoel je, opstaan?' Grace trok haar dochtertje bij zich in bed en kietelde haar. 'Stoute meid die je bent, om je arme ouwe moeder op de verkeerde dag wakker te maken! Kerstfeest is morgen, dat weet je best!'

Mary Kate hield op met lachen en ging overeind zitten; haar onderlipje begon te trillen.

'Ach, foei toch.' Grace knuffelde haar snel. 'Wat een vreselijke streek! Ik krijg vast en zeker kool in mijn kous voor straf!'

'Is het dan wel kerstfeest?' vroeg Mary Kate met onvaste stem.

'Aye; vrolijk kerstfeest, agra.' Grace kuste haar. 'Denk je dat de kerstman ons wel heeft kunnen vinden, zo ver weg?'

Mary Kate knikte met wijdopen ogen; Grace gleed uit bed, verruilde haar warme nachtjapon voor haar koude ondergoed en trok toen de groene wollen jurk aan die ze speciaal voor vandaag gemaakt had. Vandaag. Ze hield haar adem in en bad snel: laat ze komen, alstublieft.

'Klaar?' Ze stak een hand uit en zag toen dat haar dochters knopen schots en scheef zaten en haar haarlint op half zeven hing. 'En wie heeft jou vanmorgen aangekleed, als ik vragen mag? Heb je dat zelf zo mooi gedaan?'

Mary Kate schudde haar hoofd. 'Liam. Maar hij was boos en zei: "Stilstaan, stilstaan!"'

Grace lachte en deed snel de knopen over, streek Mary Kates nieuwe kraag glad en stopte haar haren – nu wat langer en krullend aan de uiteinden – achter haar oren. 'Nou, waar is hij dan, die bediende van jou?'

'Beneden. Ik moest je meenemen.'

'Hoe zijn jullie in vredesnaam allemaal opgestaan zonder dat ik iets gehoord heb?' Ze zette haar handen op haar heupen.

'Oom Sean heeft ons bij de haard gezet om ons aan te kleden.' Mary Kate zette een lage stem op en keek dreigend om hem te imiteren. 'Sst! Stelletje relschoppers, sst!' Ze zweeg even. 'Wat is een relschopper?'

'Nou zeg, dat weet ik niet eens.' Grace lachte. 'Wacht!' Ze liep naar haar kist, haalde er een doosje uit en hield dat Mary Kate voor. 'Wil je soms die mooie ring om die Aislinn je gegeven heeft? Tenslotte is het kerstfeest. Een bijzondere dag.'

Mary Kates ogen gingen nog wijder open. 'O, aye,' fluisterde ze terwijl ze het doosje opende en de ring met de steen uit Connemara eruit haalde. Ze deed de ring voorzichtig om en liet hem aan haar moeder zien.

'Hij is bijna even mooi als jij bent, kleine meid,' zei Grace. Gezegend kerstfeest, Aislinn, bad ze haar in gedachten toe. We denken hier aan je.

'Nou moet je meekomen, mam.' Mary Kate giechelde en trok Grace aan haar hand mee, de deur uit en de trap af.

Toen ze beneden kwamen, barstte er een enorm 'Vrolijk kerstfeest!' los en Grace zag dat de lange tafel bij de haard gedekt was met een heerlijk ontbijt; zij kreeg de ereplaats toegewezen.

'Aangezien jij de rest van de dag bezig bent met koken en ons allemaal bedienen, vond ik dat wij jou eerst maar eens op een ontbijt moesten trakteren,' verkondigde Sean, die eruitzag alsof hij bijzonder tevreden met zichzelf was. 'Thee?' Hij hield de pot omhoog.

'Graag.' Ze ging met stralende ogen zitten. 'Wat groots! Vrolijk kerstfeest, allemaal – vrolijk kerstfeest, Tara… Dugan. En veel geluk met je allereerste kerstfeest, kleine Caolon.'

De Ogues straalden; Liam kuste haar op de wang en overhandigde haar toen verlegen een zwaar, zorgvuldig ingepakt pakketje.

'Gaan we nou al cadeautjes geven?' vroeg ze; iedereen haalde de schouders op.

'Nou ja, dat is een bijzonder cadeau,' onthulde Dugan met zijn bromstem. 'Waarom maak je het niet open? Hij heeft er hard genoeg aan gewerkt, hè jongen?'

Liam knikte met een gespannen glimlach. Grace klopte hem op de wang, maakte toen het touwtje los en trok het grauwe pakpapier voorzichtig weg.

Het was een houten kistje met een goed passende deksel, zo goed geschuurd en geolied dat de houtnerven glansden. Midden op de deksel was een ruwe schets gekerfd van een schip met masten dat over de golven zeilde, en op de voorkant van het kistje stond met zorgvuldig uitgesneden letters het woord MOEDER.

'Sean en Dugan dachten dat ik dat wel mocht zeggen, aangezien u al die tijd zo goed voor me gezorgd hebt.' Liam stond stijf rechtop. 'Mag het?'

Grace zette het kistje zó voorzichtig op tafel alsof dit het meest breekbare voorwerp ter wereld was; toen stond ze op, sloeg haar armen om hem heen en hield hem vast tot ze zijn armen om haar middel voelde.

'Aye.' Ze glimlachte naar zijn lieve gezicht en overdekte het met kussen tot hij er verlegen van werd en zich uit haar greep los probeerde te wurmen. 'Nee, nee, jongen,' mopperde ze luchthartig. 'Dat is het recht van een moeder, om haar zoon te zoenen wanneer ze maar wil. Nou, wil je je nog bedenken?'

Hij hield op met kronkelen, schudde zijn hoofd, hief stoïcijns zijn kin op en bood haar zijn gezicht.

'Dat is beter.' Ze kuste hem nog eenmaal op elke wang. 'Het is een prachtig cadeau, Liam. Ik zal het altijd als een schat bewaren. Dank je wel.'

Mary Kate trommelde met haar lepel op tafel. 'Laten we gaan eten!'

Ze schoten allemaal in de lach om haar enthousiasme; toen schepten ze de eieren met worstjes, het kerstbrood met boter op en aten en lachten, lachten en aten tot al het eten verdwenen was.

Na het ontbijt droeg Grace het dierbare houten kistje mee naar boven en zette het op de tafel bij het raam. De tranen prikten achter haar ogen, de hele ochtend al, maar ze had er niet aan toegegeven – er was nog steeds veel te doen om het kerstdiner voor te bereiden. Sean was met de Osgoodes weggegaan en Dugan had de kinderen mee naar de mis genomen, zodat Tara en het kindje konden rusten; Grace had de keuken voor zich alleen.

Terwijl ze op en neer liep tussen de kast en de lange tafel bleef ze opletten of ze op de deur hoorde kloppen; ze was er zeker van dat er aangeklopt zou worden. Was ze niet met Sean meegegaan naar de samenkomsten op zondag? Had ze niet gelezen wat ze haar te lezen gaven, gehoord wat ze haar wilden laten horen, gezegd wat ze verondersteld werd te zeggen? De vrouwen waren altijd vriendelijk en hartelijk, boden haar kleren aan voor de kinderen en adviezen bij de opvoeding, potjes jam en medicijnen. Ze hadden alles gedaan wat in hun vermogen lag om te zorgen dat ze zich welkom voelde, een deel van de groep – de fout lag bij haar, niet bij hen, hoewel ze genoeg haar best deed. Haar dagelijkse gesprekken met God waren vol smeekbedes en beloftes. Ze was geduldig en gehoorzaam geweest, ze had vertrouwd en geloofd – God zou haar vast niet opnieuw teleurstellen.

Vandaag zou de tafel vol familieleden en vrienden zijn – de Ogues, de Osgoodes, Lily en haar kinderen. Liams vader liet zich niet overhalen mee te eten, dus had Liam een briefje op het prikbord voor de zeelui gehangen om kapitein Reinders uit te nodigen als zijn schip binnengaats was. Allemaal zouden ze erbij zijn als de vader van Grace de deur kwam binnenstappen met kleine Morgan in zijn armen. Grace zou opspringen en zich haasten om hen allebei te omhelzen en haar zoon na al die tijd vast te houden. Ze zag het voor zich, ze hoorde het in gedachten. Zo zou het gebeuren.

Drieëndertig

Het was koud hier boven, bitter koud; klonten vuile sneeuw lagen overal op de kade en uit de lucht dreigde nog meer sneeuw te vallen. Het schip was vastgelegd, de papieren waren getoond, de lading was gelost, maar Reinders was nog altijd gespannen.

Mackley stond op dit moment beneden met de controlelijst in zijn hand bij de twee grote hutkoffers met hangslot; die waren eigendom van Reinders, zoals iedereen wist – hij nam er vaak een of twee mee op korte reizen naar het zuiden om persoonlijke voorraden rum of melasse, sigaren of stof in mee te slepen, of soms een stuk antiek voor Detra, de vrouw van Lars. De bemanningsleden vonden de aanwezigheid van deze hutkoffers niets bijzonders en deden geen moeite meer te vragen welke schat hij ditmaal had verworven. Hij was dankbaar voor dat gebrek aan nieuwsgierigheid, omdat hij tijdens deze reis de kostbaarste schat van alle te pakken had gekregen.

Nu dacht hij aan die schat en weerstond de drang om naar beneden te gaan en te kijken of alles goed ging. Ze hadden het tot hiertoe gehaald, vertelde hij zichzelf. Het zou niet al te lang meer duren; hij moest niets ongewoons doen.

'Alles is klaar, kapitein.' Mackley presenteerde hem de controlelijst.

Reinders keek de lijst na, bedankte de bemanningsleden voor de goede reis en liet hen gaan; hij wenste hun allen vrolijk kerstfeest en tot ziens in het nieuwe jaar. Pas toen de laatste man vertrokken was, slaakten de kapitein en de stuurman een zucht van opluchting.

'Hoe gaat het daar beneden?' vroeg Reinders. 'Nog problemen gehad?'

'Het meisje heeft een paar keer gehoest, kapitein. Eenmaal heel hard – het arme kind – maar ik denk niet dat iemand het gehoord heeft. Hoe eerder we haar daaruit halen, hoe beter.'

Reinders was het volkomen met hem eens. 'Dat doe ik. Jij gaat naar de markt en je zoekt Lily. Als ze daar niet is,' – hij overhandigde hem een stuk papier met een van inkt voorzien symbool erop – 'hang je dit op het prikbord voor de zeelui.'

'Ja, meneer. Wat doen we dan?'

'Eerlijk gezegd heb ik geen idee. Ik had er niet op gerekend onaangekondigd op eerste kerstdag te arriveren.'

Toen Mackley aan wal gegaan was, trok Reinders de loopplank in en liep in gedachten zijn activiteiten van de laatste paar weken nog eens na. Hij had zijn logboek overdreven nauwgezet bijgehouden, omdat hij wist dat hij misschien van elke dag zou moeten verantwoorden waar hij geweest was, misschien zelfs van elk uur. Hij had alibi's, hij had getuigen en de enige echte bewijzen tegen hem stonden op het punt bij hun moeder afgeleverd te worden. Het plan was altijd geweest haar op de hoogte te brengen zodra hij arriveerde, te wachten op het vallen van de avond en hen dan in de wagen van Hesselbaum te laden, met stro te bedekken en voorbij de slavenvangers, die dit gebied afstroopten op zoek naar verstekelingen, te rijden. Lily stond altijd op de kade, elke dag stond ze op de kade. Alleen op eerste kerstdag niet. Ze had hen niet eens verwacht. Hij had haar niet verteld hoe dicht hij bij het doel was, voor het geval alles nog mis zou lopen; ze was al zo vaak teleurgesteld en het was kersttijd. Hij was een idioot.

Grimmig maakte hij de touwen vast en ging naar beneden. Zelfs voordat hij bij het vooronder was, hoorde hij het zachte, benauwde gehoest van iemand die probeert stil te zijn. Hij maakte zich zorgen over Mary; ze had er in het pakhuis al niet gezond uitgezien en daarna was ze in een hutkoffer gestopt en in een kar naar het schip vervoerd. Dagenlang kou en vocht, weinig voedsel en vreselijke spanning hadden alles zeker nog verergerd. Solomon was er niet beter aan toe; hij kon nauwelijks lopen: de pezen van zijn benen waren doorgesneden en hij had geen tenen meer aan zijn voeten, maar Reinders had de razernij in de ogen van de jongen gezien en wist dat zijn wil om in leven te blijven gevoed werd door pure woede. Hij had geen woord tegen de kapitein gezegd toen hij in zijn eigen hutkoffer klom. Mackley zei dat hij de hele reis niet gesproken had.

'Hij zou net zo lief mijn keel doorsnijden als me aankijken,' had de stuurman gerapporteerd. 'Hij haat blanke mannen, dat is zeker.'

'Kun je hem dat kwalijk nemen?' had Reinders gevraagd.

'Nee, meneer.' Mackley kon de voeten van de jongen nog altijd niet vergeten. 'Dat neem ik hem niet kwalijk.'

Reinders deed de eerste hutkoffer van het slot en tilde de zware deksel op. Haar ogen waren wijd opengesperd in het donker, haar gezicht was uitgeput van vermoeidheid en spanning. Hij opende de andere hutkoffer en ditmaal kwam de geprikkelde opstandigheid van de jongen hem tegemoet. Ze kwamen allebei uit hun schuilplaats; hun benen waren verstijfd door gebrek aan beweging, hun schouders en nek waren pijnlijk van de lange uren in dezelfde houding. Het meisje begon weer te hoesten, zo hard dat ze dubbelsloeg. Reinders sloeg een arm om haar heen en ondersteunde haar tot de hoestbui voorbij was.

'Ik weet dat het zwaar was,' zei hij verontschuldigend. 'Nu zijn we er. De bemanning is weg. Strek je benen een beetje. Daarna gaan we naar mijn hut.'

Broer en zus wandelden het vooronder in de lengte door en stopten aan het eind voor een haastige, gefluisterde woordenwisseling die Reinders niet kon volgen.

'Pas op waar je loopt,' waarschuwde hij toen ze terugkwamen. 'Ik heb geen lamp bij me.'

Hij ging hen voor het vooronder uit, de gang door en een korte ladder op naar de smalle gang die naar zijn hut leidde. Zodra ze allemaal binnen waren, sloot en vergrendelde hij de deur, stak de lamp aan en hing die aan de haak. In dit licht zagen ze er nog slechter uit. Het meisje was uitgeput en klappertandde.

'Trek dit aan.' Reinders overhandigde haar een dikke visserstrui en gooide de jongen een wollen blouse toe. 'Jij ook. Ga zitten.'

Ze trokken de kledingstukken aan en gingen voorzichtig aan zijn bureau zitten.

'Ik heb Mack er op uitgestuurd om jullie moeder te zoeken. Ze werkt op de kade. Maar het is kerstfeest. Ik weet niet of ze er is.'

'Wat dan?' Solomons stem was zacht en mompelend. 'Gaan wij dan zoeken?'

Reinders schudde nadrukkelijk het hoofd. 'Jullie tweeën niet. Je zou evengoed een bord op je rug kunnen hebben met "Weggelopen slaaf" erop.'

'Is New York dan niet vrij?' Een nieuwe angst welde op in Mary's ogen.

'Jawel,' stelde Reinders haar gerust. 'Maar we hebben hier veel te veel premiejagers die staan te wachten om je een klap op je hoofd te geven en je terug te slepen. De abolitionisten houden een oogje in het zeil, maar als ze besluiten jullie te kidnappen, kan niemand daar veel tegen doen. Het ís een vrije staat,' herhaalde hij, 'maar je staat er beslist alleen voor.'

'Hoe vinden we haar dan?' De jonge man fronste zijn wenkbrauwen.

'Er is een prikbord voor zeelui in de haven. Daar kijkt je moeder na of er een briefje van me is.'

'Ze kan niet lezen.' Mary keek Solomon aan.

'Dat weet ik. Het is een symbool. Dat zal ze herkennen.'

'Gaat het goed met haar?' De ogen van het meisje vulden zich plotseling met tranen.

Reinders besefte dat hij hun helemaal niets verteld had.

'Prima. Echt waar.' Hij pijnigde zijn hersenen om details te kunnen vertellen. 'Ze werkt op de vismarkt voor Jakob Hesselbaum. Dat is een goed mens. Hij zorgt voor je moeder. Het gaat prima met je broertje en zusje. Samuel,' herinnerde hij zich. 'Samuel en Ruth. Ze maken het allebei prima.'

Het meisje leunde voorover en dronk zijn woorden gretig in, zonder acht te slaan op de tranen die over haar wangen stroomden. De jonge man luisterde ook, maar hield zijn emoties zorgvuldig onder controle.

'Ze wonen in Five Points. Dat is hier niet ver vandaan. Maar wel nogal een ruige buurt,' voegde Reinders eraan toe.

'Maar ze zijn vrij; klopt dat?' vroeg Solomon nogmaals na.

De kapitein knikte. 'Ze zijn vrij. Ze heeft papieren. Die krijgen jullie ook.'

Mackley floot vanaf de kade.

'Daar is hij,' kondigde Reinders aan; ze stonden allemaal tegelijk op. 'Blijf hier. Als hij haar bij zich heeft, neem ik haar mee naar binnen.'

Hij ging aan dek en stapte vlug naar de andere kant, maar de stuurman was alleen. Hij legde de loopplank uit.

'Hier, kapitein.' Mackley overhandigde hem een kleine envelop. 'Ik ging het briefje ophangen, maar toen vond ik dit.'

Reinders scheurde de envelop open.

Beste kapitein,
Kom alstublieft naar het kerstdiner als u kunt. Lily komt ook.
Kom alstublieft.

Uw vriend
Liam Kelley

'Ha!' Hij verfrommelde het blaadje. 'Ze is in de *Harp*!'

'Wat denkt u, meneer? Moeten we dat wel riskeren?'

Reinders keek eens goed om zich heen. De haven was bijna helemaal verlaten; alleen een enkele matroos liep nog rond en aan de andere kant van het plein zat een haveloze bende voor een van de pakhuizen te roken en samen uit een fles te drinken. Ze zagen er niet uit als slavenvangers. Hun aandacht was gericht op een volgeladen kar die onbewaakt voor een open deur was blijven staan.

'Ga naar de hoofdweg en huur een gesloten rijtuig. Wacht aan het eind van het steegje op ons. We komen binnen vijf minuten.'

'Goed!' Mackley sprong in de richting van de loopplank; toen draaide hij zich om. 'Hoe bestaat het dat ze op eerste kerstdag bij hun moeder terugkomen!' merkte hij verbaasd op. 'Dat is bijzonder, of niet?'

'Dat is puur toeval,' zei Reinders stellig. 'Ga nu maar.'

Mary en Solomon hadden niets in te pakken en, besefte hij opeens, nauwelijks schoenen aan hun voeten. Het meisje droeg dunne katoenen slippers en de jongen was blootsvoets. Terwijl hij de situatie uitlegde, diepte Reinders snel een paar regenlaarzen op en stopte die de jonge man in handen. Daarna pakte hij de lamp en liep door de donkere gang naar de dompige ruimte waar de bemanning onderweg sliep. Hij ging rechtstreeks naar de kast van de kok – een klein kereltje – en rommelde daarin rond tot hij een paar laarzen voor het meisje vond. Weer in de hut sloeg hij zijn eigen cape om Solomons schouders en trok een pet stevig over het hoofd van de jonge man, tot vlak boven zijn ogen; Mackleys cape ging om Mary heen, een bivakmuts over haar kortgeschoren haar.

'Hou je hoofd naar beneden,' beval hij. 'Kijk niet op, wat er ook gebeurt. Solomon, ik geef je een arm, dan kunnen we sneller lopen.' Hij keek naar de laarzen. 'Hoe voelen die?'

'Pijnlijk.' Solomon schonk hem een zweem van een glimlach.

'Ongetwijfeld.' Reinders huiverde bij de gedachte aan die voeten-zonder-tenen die tegen dat harde leer aanstootten. Sokken, hij had sokken moeten halen! 'Maar je komt er mee naar het rijtuig.'

Solomon knikte, trok de pet nog verder naar beneden en trok zijn schouders onder de cape omhoog zodat zijn nek bedekt werd.

'Mary.' Reinders wendde zich tot het meisje. 'Jij moet vlak achter ons lopen. Grote stappen, hoofd naar beneden. Als ik ren, ren jij ook, en je stopt niet voordat we bij het rijtuig zijn.'

'Ja, meneer.' Haar ogen gingen geschrokken wijd open toen ze zag dat hij een pistool uit de la haalde, dat laadde en in zijn jaszak liet glijden.

'Klaar?'

Ze knikten.

'Laten we gaan.'

Aan dek wierpen die twee een snelle eerste blik op de vrijheid. De sneeuw verraste hen, evenals de bijtende kou, maar ze zeiden niets, geconcentreerd als ze waren op het volgen van Reinders over de loopplank. Onderaan stak Solomon zijn arm door die van de kapitein en liep zo snel hij kon over de glibberige kade. Mary kwam meteen achter hen aan; haar ogen waren op de hakken van Reinders' laarzen gericht. Met gebogen hoofd liepen ze snel en doelbewust in het laatste daglicht; niemand keek naar hen, want iedereen had haast om thuis te komen. De onbewaakte kar was gered en de koetsier hield de groep ruwe matrozen waakzaam in het oog; zijn stem, die bij het paard aandrong op haast, weergalmde in de stilte. De man probeert zichzelf moed in te praten, dacht Reinders. Even keek hij op, maar liet zijn hoofd meteen weer zakken toen hij besefte dat de belangstelling van de matrozen zich naar hem verplaatste.

Met een korte knik naar zijn metgezellen stapte Boardham uit de groep, trok zijn jasje wat strakker om zich heen en volgde Reinders het steegje in. Wat aardig van de kapitein om zich zo als kerstcadeautje aan te bieden, gnuifde Boardham inwendig. Hij had die ellendeling van een Mackley over de kade heen en weer zien springen en toen door het steegje naar de hoofdweg zien gaan. En wie kwam daar meteen achteraan? Wie anders dan de edele kapitein zelf, met nog een paar rare figuren naast zich. Hij volgde hen op afstand en keek toe terwijl ze uit het donkere steegje meteen in een klaarstaand rijtuig glipten.

Mackley klopte tegen het plafond van het huurrijtuig en het schoot met een ruk vooruit, zodat Solomon en Mary bijna van de bank gleden. Ze zetten zich schrap en keken elkaar aan, maar niemand zei een woord en het rijtuig vulde zich met ongeruste stilte. Telkens als het rijtuig een hoek omging, leunden ze naar de ene of de andere kant. Eindelijk tilde Mackley het gordijn een eindje op en keek naar buiten. Hij herkende de omgeving; ze waren een flink eind van de waterkant af. Nu wendde hij zich glimlachend en handenwrijvend weer naar de anderen.

'Ha!' klonk zijn rauwe stem verrukt. 'We hebben het gehaald!'

Solomon kneep Mary in haar been. Reinders nam zijn pet af en haalde een hand door zijn ongekamde, geklitte haar.

'Goed gedaan, Mack. Mooi werk.' Reinders gaf hem een klap op zijn knie; de opluchting was overduidelijk in zijn stem te horen.

'Mooi werk, van u ook, meneer.' Mackley grijnsde en keek toen weer uit het raampje. 'Ik ga er hier uit, kapitein, als u het niet erg vindt.' Hij klopte nogmaals en het rijtuig kwam tot stilstand. 'In dit deel van de stad heb ik vrienden die graag een kerstmaal en een halve fles drank ruilen voor een goed zeemansverhaal.'

'Maar niet dít verhaal,' waarschuwde Reinders.

'O nee, meneer. Ik verdien mijn loon dubbel en dwars, weet u nog? Bovendien' – hij knipoogde – 'hou ik altijd een paar verhalen achter de hand voor als ik ze echt nodig heb.'

Reinders schoot in de lach en stak zijn hand uit. 'Je bent een goed mens, Mack. Dat meen ik. Bedankt voor alles, en vrolijk kerstfeest.'

'U ook vrolijk kerstfeest, meneer.' Hij schudde Reinders' hand hartelijk, stapte uit het rijtuig en bleef een ogenblik staan voordat hij de deur sloot. 'Veel geluk,' zei hij tegen Solomon; tegen Mary voegde hij eraan toe: 'Het ga je goed, doe de groeten aan je moeder.' Toen was hij verdwenen.

Ze zwegen terwijl het rijtuig door de straat slingerde en de wielen over bevroren hobbels bonkten. Buiten waren jonge lantaarnaanstekers hard aan het werk; ze liepen voorzichtig over de stoep, elk met een krukje onder de arm geklemd. Het was gaan sneeuwen; de sneeuw bleef aan de manen en staart van de grote trekpaarden hangen en hun adem kwam als witte wolkjes damp uit hun neusgaten. Nog een paar van dit soort dagen, dacht Reinders, dan zouden de rijtuigen op stal gezet en de paarden voor sleeën gespannen worden. Hij moest toegeven dat hij dat prachtig vond: de dampende paarden die ladingen in bont gehulde passagiers voorttrokken, het ijzige gesuis van de glijders over de aangestampte sneeuw. En de stilte. Van de stilte van een ondergesneeuwde stad hield hij nog het meest. Het was alsof iedereen op zee was, alsof de tijd stilstond en de wereld tot rust kwam.

Plotseling stopte het rijtuig. Reinders keek naar buiten.

'We zijn er.' Hij klauterde naar beneden, betaalde de koetsier en hielp Mary en Solomon de stoep op.

De *Harp* leek donker, maar hij zag de warme gloed van een haardvuur achterin en hoorde het gedempte geluid van gepraat en zacht gelach. Hij knikte de twee jonge mensen naast zich geruststellend toe en klopte luid op de voordeur. Binnen stopte het gesprek. Zware voetstappen kwamen dichterbij; de deur werd geopend door een krachtig gebouwde Ier met een platgeslagen neus.

'We zijn gesloten,' gromde hij. 'Maar ik wens jullie in elk geval vrolijk kerstfeest.'

'Ogue?' vroeg Reinders snel. 'Sterke Ogue?'

'Aye. Ken ik u?'

'Kapitein Reinders.' Hij zette zijn pet af. 'Liam heeft ons uitgenodigd.'

Ogues gezicht verbreedde zich in een enorme grijns; hij greep hen alledrie vast en sleepte hen bijna het warme vertrek in.

'Liam!' riep hij over zijn schouder. 'Je zou haast denken dat onze lieve Heer zelf verschenen is.'

De jongen kwam door de kamer stuiven en stortte zich in de armen van de kapitein; toen herinnerde hij zich zijn waardigheid en ging met een ruk rechtop staan. Zijn gezicht straalde.

'U bent gekomen,' zei hij en verkondigde toen aan de anderen: 'Hij is gekomen! Ik wist het wel,' voegde hij er zelfverzekerd aan toe.

Reinders streek de jongen over zijn haar; hij was niet in staat die brede grijns te weerstaan en grijnsde zelf ook.

'Ik zou het voor geen goud willen missen,' antwoordde hij. 'En ik ben ook niet met lege handen gekomen.'

'Kapitein Reinders!' Grace veegde haar handen aan haar schort af; haar gezicht gloeide van het vuur en het bier. Ze nam de twee jonge mensen die aarzelend naast hem stonden in zich op. 'Wie hebt u dan meegebracht?"

Maar op hetzelfde moment wist ze wie zij waren; ook Lily, die geruisloos naar voren was gekomen, wist het. Ze liep eerst naar haar dochter, toen naar haar zoon en raakte hun gezichten voorzichtig aan met haar vingertoppen, alsof ze van glas waren.

Zij staken hun handen uit en raakten ook haar aan: haar haren, haar gezicht, haar schouders, haar armen – tot ze die armen om hen beiden heen sloeg en hen naar zich toetrok. Het vertrek was volkomen stil terwijl ze elkaar vasthielden, met hun ogen stijf dicht, en toen fluisterde Mary: 'Mama.'

'Mama,' herhaalde Solomon; het woord bleef bijna in zijn keel steken.

Lily greep hen nog steviger vast; toen opende ze haar ogen en wendde zich tot de twee andere kinderen, die achter haar stonden.

'Ruth.' Ze wenkte vriendelijk. 'Samuel. Kom eens hier.'

Ze kwamen verlegen naar voren en alle vijf keken ze naar elkaar.

'Jij bent groot.' Mary glimlachte door haar tranen heen en raakte het lint van Ruths vlecht aan.

'Hoe is het met jou, Sam?' Solomon legde zijn hand op de schouder van de jongen en voelde door de katoenen blouse heen of hij wel echt was.

'Goed, Sol. Echt goed.' Samuel probeerde met hoopvolle ogen achter zijn grote broer te kijken. 'Is papa er ook?'

De twee oudste kinderen keken hem even verbluft aan en lieten toen het hoofd hangen.

'Dat geeft niet,' zei Lily onmiddellijk, terwijl ze haar eigen smart verjoeg. 'Het is genoeg dat jullie hier zijn, jullie twee.' Ze legde haar ene hand onder Solomons kin en de andere onder die van Ruth en tilde hun kin omhoog tot ze hun ogen duidelijk kon zien. 'Meer dan genoeg.'

Ze nam haar kinderen – ál haar kinderen – in haar armen, die lang en sterk genoeg leken om hen allemaal vast te houden; ze wiegde hen, troostte hen terwijl ze huilden, mompelde woorden van bemoediging, liefde en dankbaarheid. Ze hoefden nu niet meer vol te houden; zíj zou dat voortaan voor hen doen.

Grace keek toe, niet in staat haar ogen van hen af te wenden, al deed haar eigen hart pijn.

Toen schraapte Dugan zijn keel en zei: 'Wilt u bij ons aan tafel komen zitten, kapitein? Dan geven we deze familie even de tijd.'

Reinders knikte en keek naar Grace; hij zag hoe ze worstelde met haar eigen verlangen maar dat zorgvuldig opzijzette en verving door vreugde voor haar vrienden. Het ontroerde hem, maar hij wist dat woorden van troost haar te veel zouden worden. In plaats daarvan bood hij haar zijn arm. Die nam ze aan; Liam hing aan zijn andere hand en samen volgden ze Dugan naar de tafel.

'Sean O'Malley, kapitein. De broer van Grace. Het is me een genoegen u eindelijk te ontmoeten, meneer.' Hij grijnsde hartelijk en pompte Reinders' hand op en neer.

'Het genoegen is geheel aan mijn kant.' Reinders mocht hem meteen, deze charismatische jonge man die wel wat op Grace leek, vooral rond de ogen.

'Ik ben blij dat ik de kans krijg u fatsoenlijk te bedanken, kapitein, omdat u mijn zus en de kinderen veilig over zee naar me toe gebracht hebt.'

'Nogmaals: het genoegen was aan mijn kant.' Reinders wierp een blik op Grace. 'Uw zus is verbazingwekkend.'

'Aye, en dan hebt u nog niet eens geproefd hoe lekker ze kookt,' zei Sean vertrouwelijk.

'Dat zal nooit gebeuren als je nou je mond niet houdt,' onderbrak Dugan. 'Ga alstublieft hier zitten, kapitein.' Hij gebaarde naar het hoofd van de tafel. 'We vinden het een eer u te ontvangen.'

'Dank u.' Reinders ging zitten en knikte naar de anderen, die hem allemaal vol belangstelling zaten te bekijken. 'Hallo, Mary Kate,' begroette hij het meisje dat met wijd open ogen naast haar moeder zat. 'Ken je me nog?'

Ze knikte en schonk hem een hartveroverende glimlach; het feit dat ze inmiddels een tand miste, maakte haar nog aantrekkelijker. 'Aye, aye,' zei ze en zwaaide.

'Aye, aye.' Hij zwaaide terug.

Dugan schonk een glas vol met donker, schuimend bier en zette dat voor de kapitein neer. 'U kunt beter eerst uw keel smeren,' waarschuwde hij met een knipoog. 'We verwachten een paar sterke verhalen over reusachtige vissen en ijsbergen en dergelijke. Grace,' vermaande hij luchthartig, 'ga je nou nog eten voor die arme man opscheppen? Anders kwijnt hij nog weg op deze koude avond.'

Grace schoot in de lach en ging onmiddellijk dikke plakken rundvlees voor hem snijden en krachtige jus opscheppen over een bord vol aardappels, kool, wortelen en pastinaken. Mary Kate graaide een grote homp brood van de plank en gooide die boven op de berg eten.

'Kijk eens hoe veel!' riep ze.

'Het ruikt verrukkelijk.' Opeens besefte Reinders hoeveel honger hij had. 'Maar moet u hun niet eerst te eten geven?' Hij knikte in de richting van Lily, die nu ernstig met haar kinderen zat te praten, en zei, zo zacht dat alleen Grace het kon horen: 'Ze hebben het zwaar gehad op het schip.'

'We hebben genoeg om hen vol te stoppen, en dan is er nog

over.' Ze klopte hem op de hand. 'Ga gerust uw gang, geniet maar van uw kerstdiner.'

Mary Kate en zij begonnen borden vol te scheppen voor Solomon en Mary aan het eind van de tafel. Reinders had net een vork vol mals rundvlees in zijn mond gestopt toen Sean zijn maaltijd onderbrak.

'Kapitein, ik zou u graag willen voorstellen aan meneer Franklin Osgoode en zijn dochter.' Hij wees op de twee mensen die rechts van hem zaten.

'Hoe maakt u het?' informeerde Reinders zo beleefd als hij kon met zijn mond vol.

'Kapitein Reinders is een zeer beroemde zeeman,' legde Sean de Osgoodes uit. 'Hij heeft al veel dappere en gewaagde daden op zijn naam staan. Liam hier zal u met alle plezier alles over hem vertellen, zelfs als u er niet naar vraagt.'

'O, aye.' Liam knikte enthousiast, bloosde toen en richtte zijn aandacht op de laatste aardappel op zijn bord. Mary Kate gicchelde.

'En het lijkt erop dat u vandaag bovendien uw reputatie als weldoener gevestigd heeft,' verklaarde meneer Osgoode. 'Door het herenigen van familieleden.'

'Ik heb hun alleen maar een lift gegeven,' improviseerde Reinders, die niet zeker wist wat hij aan de Osgoodes had. 'Vanaf Boston.'

'Bedienden?'

'Niet meer.' Reinders dacht snel na. 'Hun werkgever gaat naar het westen, dus komen zij naar huis. Om bij hun moeder te zijn. Het was een verrassing,' voegde hij eraan toe. 'Ze verwachtte hen pas in de lente.'

'Een ontroerend tafereel,' was Osgoodes commentaar. 'Ik begrijp dat het geruime tijd geleden is dat ze elkaar voor het laatst gezien hebben.'

'Misschien kunnen ze nu wél eten.' Grace wierp de kapitein een snelle blik toe voordat ze van tafel ging.

'En wat doet u voor de kost, meneer Osgoode?' Reinders veranderde van gespreksonderwerp om Grace de kans te geven Lily te instrueren.

'Ik ben gerechtelijk ambtenaar,' zei Osgoode gewichtig. 'En ook ouderling van de Kerk van Jezus Christus van de Heiligen der Laatste Dagen.'

Aha, dacht Reinders, dus dat is nou juffrouw Osgoode.

'Kapitein Reinders is een man van de rede.' Grace was teruggekomen; haar ogen glinsterden ondeugend. 'Een logisch denkend man. Niet geheel overtuigd van het bestaan van God.'

'Een atheïst!' riep Osgoode uit, ineens vol belangstelling.

'Ach, nou, hij valt zo af en toe eens terug in onze richting, vooral tijdens zwaar weer op zee,' plaagde Grace. 'Maar in het algemeen voert hij liever het bevel op zijn eigen schip, zou je kunnen zeggen.'

'En hoe zit het met uw onsterfelijke ziel, meneer?' Osgoode liep warm voor dit gesprek. 'Voert u daar ook het bevel over?'

Reinders fronste zijn wenkbrauwen; dit soort gesprekken had hij genoeg gevoerd voor de rest van zijn leven. 'Ik heb vele boeken over anatomie bestudeerd, meneer Osgoode, en ik moet het eerste boek met een plaatje van de zetel van de ziel nog zien.'

'En daarom bestaat die niet?'

Reinders zag dat de man vol zat met argumenten die gemakkelijk weerlegd konden worden, maar hij had niet de behoefte om dat vandaag aan deze tafel te doen.

'Ik neem aan dat het met de ziel net zo is als met de liefde: als je ervoor kiest erin te geloven, bestaat die ook.' Hij glimlachte beleefd naar Osgoode en wendde zich toen tot Grace, die vlak bij hem stond. 'Dit is verrukkelijk,' complimenteerde hij haar. 'Het lekkerste wat ik ooit gegeten heb.'

'Laat ik u dan nog eens opscheppen. Verder nog iemand?' En ze begon schotels door te geven, zo snel dat elke verdere discussie over godsdienst in de kiem gesmoord werd.

Lily en de kinderen kwamen weer bij de anderen zitten; Solomon en Mary aten zwijgend, terwijl hun moeder toekeek. Eindelijk zeiden de Osgoodes dat ze eens moesten opstappen en tot verbazing van Grace haalde Sean meteen ook zijn eigen jas.

'Maar het is kerstfeest,' zei ze smekend, onder vier ogen.

'Meneer Osgoode heeft me uitgenodigd in hun gastenkamer te logeren. Ik zou er morgenochtend in elk geval heen moeten. En jij hebt me niet echt nódig, of wel soms?'

'Ik denk het niet. Maar ik vind het jammer dat je zo opeens vertrekt.'

Hij kuste haar op de wang. 'Tot morgenavond. Bedankt voor het grandioze kerstdiner. En ik vind mijn boek geweldig!' Hij trok het uit zijn zak.

'Ach, schiet toch op.' Ze gaf hem speels een duw.

De Osgoodes wensten iedereen goedenavond en het viel Grace op dat Sean Marcy bij de arm nam voordat ze naar buiten stapten, de sneeuw in. Toen de deur weer dicht en op slot was, haalde Dugan tabak en nog meer bier tevoorschijn en zette dat allebei resoluut voor kapitein Reinders neer. 'Ik ruik een goed verhaal op een mijl afstand,' verklaarde hij.

Reinders keek naar Lily en zij keek naar haar kinderen; toen knikte hij.

'Goed dan. Maar het komt niet verder dan deze kamer.'

De door het vuur verlichte gezichten rondom de tafel knikten instemmend.

'Solomon en Mary zijn slaven. Zijn slaven gewéést,' verbeterde hij zichzelf en hief zijn glas in hun richting. 'We probeerden al een hele tijd hen naar het noorden te brengen, maar het ging steeds mis. Toen kregen we nog een kans, maar ik moest onmiddellijk vertrekken. Ik heb Lily niets verteld omdat, tja…'

'Het begon moeilijk te worden,' gaf ze zachtjes toe.

'Solomon werkte buiten op het veld op maar een paar uur reisafstand. Onze verkenner betaalde een paar slavenvangers om daarheen te gaan en hem 's nachts mee te nemen. Een risico – we zijn al vaker bedrogen – maar we hadden hen tweemaal de vraagprijs beloofd als ze hem ongedeerd zouden meenemen. We moesten alleen nog wel een bonus betalen.' Reinders grinnikte. 'Die zoon van jou verzette zich nogal.'

Nu het allemaal voorbij was, stond Solomon zichzelf een voorzichtige glimlach toe.

'Dezelfde nacht dat ze Sol gingen halen, betaalden we de vrije zwarte die de was voor Mary's familie deed om haar de boodschap over te brengen dat ze bij zonsopgang uit het huis moest komen om haar broer te ontmoeten.' Reinders keek haar aan. 'Blijkbaar is ze daarin geslaagd.'

Mary glimlachte verlegen, maar haar stem klonk trots. 'Ik zei tegen juffrouw Hayes dat ik een zus in de stad heb die net een kindje heeft, en vroeg of ik mocht gaan kijken. Zij zei: "Goed dan," en gaf me een briefje, wat kinderkleertjes zelfs. Maar ik liet die vallen. Toen ze me pakten.'

Lily sloeg een arm om haar dochter heen.

'Ik zag haar boven uit het pakhuisraam.' Solomon vergat zichzelf en ging verder met het verhaal. 'Ik wees haar aan en zij gingen haar halen. Zij was flink bang tot ze zag dat ik het was.'

'Er was geen tijd om te praten,' vervolgde Reinders. 'Ik moest hen zo snel mogelijk in die hutkoffers aan boord gestouwd hebben zodat we daar weg konden komen.'

'Ik was bang,' gaf Mary toe. 'Het kon bedrog zijn: slavenvangers die ons ergens anders wilden verkopen. Dan bleef ik liever waar ik zat.'

'Als ze de hutkoffers opendeden om ons eten te geven, konden we een beetje praten. We waren bezorgd omdat het zo lang duurde.'

Mary knikte. 'Maar we hebben het gehaald.'

In Lily's ogen welden nieuwe tranen op. 'Ja,' fluisterde ze.

Alle anderen rondom de tafel keken met open mond van verbazing van de een naar de ander.

Dugan bonsde met zijn vuist op tafel. 'Is dat niet het ongelooflijkste verhaal dat je in je hele leven gehoord hebt?'

'We hebben veel geluk gehad,' gaf Reinders toe.

'Ach, nee, kapitein.' Dugan schudde onvermurwbaar zijn hoofd. 'Dat heeft allemaal niets met geluk te maken. Het kan alleen maar de hand van de Heer zijn die jullie allemaal verlost heeft.'

'Aye,' bevestigde Grace. 'Een wonder.'

'Hoe zit het met je man, Lily?' vroeg Tara vanaf haar plekje bij de haard, waar ze Caolon zat te wiegen. 'Weet je waar die is?'

Lily schudde haar hoofd. 'Weet u het?' vroeg ze aan de kapitein.

Reinders stak zijn hand in zijn zak en haalde er een opgevouwen stuk papier uit. Dat gaf hij aan Lily die het voorzichtig uitvouwde, op tafel uitspreidde en de kreukels gladstreek.

'Ik kan dit niet lezen,' zei ze. 'Maar ik weet wat het is.'

'Het spijt me, Lily. Hij is op de vlucht en ze zijn naar hem op zoek. Maar wij blijven ook zoeken.'

Ze knikte, haar ogen nog altijd op het drukwerk gericht. 'Het is een sterke man en hij vertrouwt op de Heer. Ik tel de zegeningen die ik hier voor me heb.' Ze dwong zichzelf te glimlachen en keek toen naar haar kinderen, die stuk voor stuk zaten te knikkebollen aan tafel. 'Ik kan hen nu beter mee naar huis nemen en naar bed brengen.'

'Welnee, mens. Er gaat vannacht niemand meer naar buiten!' Dugan zwaaide met zijn hand naar de ramen die met een dun laagje ijs bedekt waren. Daarachter sneeuwde het nog steeds. 'Jullie zijn mijn gasten, jullie zijn van harte welkom allemaal. Dat wil zeggen: als je het niet erg vindt om in de voorkamer te slapen.'

'Er ligt een vloerkleed,' dacht Tara hardop.

'Ik zal eens kijken wat ik bij de hand heb aan dekens en dergelijke.' Dugan stond op. 'Kapitein, u blijft toch ook slapen?'

Reinders dacht aan zijn koude kamers aan de andere kant van de stad, een ijskoude rit verderop. 'Graag,' besloot hij, 'als het niet te veel moeite is.'

Dugan en Tara leidden de familie de trap op naar hun bedden voor vannacht; daarna keerde Dugan terug met een paar dunne dekens en een kussen, die hij de kapitein overhandigde.

'Meer heb ik niet. Maar u kunt op de bank daar bij de haard gaan liggen, dan vriest u niet dood; dat beloof ik.'

'Ik heb nog wel primitiever geslapen, meneer Ogue, maar toch bedankt.'

'Dat geloof ik meteen, kapitein.' Dugan lachte. 'En dat "meneer" kunt u weglaten als u met mij praat. Nu bent u een vriend van de familie.'

Reinders schudde hem de hand, wenste hem goedenacht en begon zijn geïmproviseerde bed klaar te maken.

'Ach, laat mij daar nou bij helpen,' bood Grace aan toen ze uit de keuken kwam waar ze de borden en bekers neergezet had. 'Liam, breng Mary Kate eens naar bed. Dan ben je een lieve jongen.'

Liam bleef als vastgenageld staan, alsof hij haar niet gehoord had.

'Kom op nou, het is geen droom; morgen is hij er ook nog.' Ze knipoogde naar de kapitein.

Reinders stapte naar hen toe. Hij tilde de jongen met zijn ene arm op, Mary Kate met de andere, en droeg hen naar de trap. 'Het want in, maatjes,' beval hij terwijl hij hen op de eerste trede neerzette. 'Ik zie je in de kombuis voor het ontbijt.' Hij gaf elk kind een vriendelijke tik op de billen en ze begonnen omhoog te lopen.

'Tot morgen dan, kapitein.' Liams ogen waren troebel van vermoeidheid, maar hij raapte een laatste grijns bijeen voor de man die hij zo bewonderde, de man die was gekomen met Lily's kinderen en het fantastische verhaal van hun redding. O, dacht hij en het duizelde hem van al die avonturen, wat een wonderbaarlijk kerstfeest is dit!

Vierendertig

Het vertrek was stil nu bijna iedereen weg was. Grace was zich er sterk van bewust dat ze alleen met de kapitein was. Ze hield zich bezig met het uitkloppen van dekens en het opschudden van kussens tot er niets meer te doen was; toen draaide ze zich om en merkte dat ze recht in een paar buitengewoon geamuseerde ogen keek.

'Nu weet u waarom ik zo plotseling verdwenen was tijdens het feestje van Florence. Ik heb tegen Jay gezegd dat ik ziek was. Het spijt me als u zich zorgen maakte.'

'Ik maakte me geen zorgen,' antwoordde ze. 'Ik... Ik heb er eigenlijk verder niet over nagedacht.'

Reinders' glimlach verdween. 'Nee. Natuurlijk niet.'

Ze keken elkaar even aan en keken toen allebei een andere kant op, opnieuw gevangen in een ongemakkelijke stilte.

Grace doorbrak de stilte. 'Wat een avond, hè, kapitein? Toen u door die deur kwam stappen met Solomon en Mary...' Ze schudde haar hoofd. 'Ik kan nog maar nauwelijks geloven dat het echt gebeurd is. Dat ze allemaal samen zijn.' Tot haar afgrijzen stroomden de hete tranen over haar wangen.

'Grace.' Hij deed een stap in haar richting.

'Nee.' Ze hield hem tegen. 'Ik ben blij voor hen. Ik ben dolblij. Ze hebben het verdiend na alles wat ze geleden hebben.'

'Jij hebt het ook verdiend,' zei hij zachtjes. 'Ik weet dat je aan je vader en je zoon dacht. Ik kon het aan je gezicht zien.'

'Nou schaam ik me werkelijk, omdat ik aan mezelf en mijn eigen noden zat te denken terwijl God druk bezig was zo'n zegen te schenken. Het is toch ook geen wonder dat Hij niet meer naar mij luistert, als ik zo egoïstisch ben?' Ze dwong zichzelf tot een glimlach.

'Hij luistert wel.'

'Ach, nou, kapitein, dat gelooft u zelf niet,' berispte ze. 'Ik weet beter dan de meeste mensen wat uw standpunt over God is, of niet soms?'

'Ja! En nog hartelijk bedankt dat je dat vanavond tijdens het diner verraden hebt aan een stel godsdienstfanaten.'

Ze lachte een beetje en veegde haar ogen af.

'Ik zal je een geheimpje verklappen als je belooft het niet tegen me te gebruiken.' Hij wachtte tot ze knikte. 'Goed. Na alles wat me de laatste twee jaar is overkomen, ben ik bereid te overwegen – let wel, overwegen – dat er misschien... misschíen... een hogere macht aan het werk is ergens in de wereld. Eventueel. Misschien.'

Grace keek verbijsterd. 'Sjonge, kapitein, dat zijn al twee wonderen waar ik vanavond getuige van mag zijn! Maar bij mij is uw geheim veilig. En maak u geen zorgen: volgens mij is er in de nabije toekomst weinig kans op uw bekering, zelfs niet door middel van de buitengewoon overtuigende familie Osgoode.'

Hij lachte en zij ook; het volgende moment deed hij nog een stap, sloeg zijn armen om haar heen en hield haar tegen zijn borst met haar wang tegen de ruwe stof van zijn overhemd gedrukt. Ze bewoog zich niet en hij evenmin, bang deze geheimzinnige betovering te verbreken. Hij durfde nauwelijks adem te halen, hoewel haar geur zijn hoofd vervulde. Toen – nogal plotseling – werd hij zich bewust van zijn eigen geur, van het zure zweet en plakkerige zout dat aan zijn kleren hing, zijn verwarde haar en onverzorgde baard stug maakte. Hij stonk ook nog naar olie, roet en vuil, dat kon niet anders, en zo had hij aan haar tafel gezeten! Nu wreef hij het letterlijk onder haar neus! Stap achteruit, zei hij tegen zichzelf, maar toen voelde hij haar armen zachtjes om zijn middel en zijn hart begon zo luid te bonken dat hij zeker wist dat zij het kon horen. Laat los, beval hij zichzelf nu, maar in plaats daarvan drukte hij zijn mond op haar hoofd. Blijkbaar gehoorzaamde zijn lichaam zijn geest niet meer. Het zweet brak hem uit. Op dat moment zou hij een moord doen voor een bad!

Ze keek naar hem op. 'Nu?' vroeg ze, van haar stuk gebracht. 'Vanavond?'

'Wat?'

Ze deed een stap achteruit en verbrak hun omhelzing. 'Een bad?'

'Een wat?'

'O.' Nu was ze helemaal van de wijs. 'Ik... Ik verstond het verkeerd. Ik dacht dat u zei... Zei u dat? Dat u een bad wilde?'

Hij voelde zijn gezicht warm worden. 'Zei ik dat dan hardop?'

Ze beet op haar lip.

'Ik bedoel: ik heb watten in mijn kop,' improviseerde hij en legde zijn hand op zijn voorhoofd. 'Het is een lange dag geweest en ik denk dat het me gewoon allemaal te veel wordt. Ik ben vermoeider dan ik dacht, en het is een lange dag geweest...' Hou op met bazelen, beval hij zichzelf. 'Bood je mij soms een bad aan?' besloot hij zwakjes, nu volledig verloren.

'Nou, nee.' Haar mondhoeken trilden. 'Maar ik zou wat water kunnen koken en dan zou u zich in de keuken kunnen wassen, als u wilt.'

'Nee. Nee, dat hoeft niet. Ik zal gewoon, eh...' Hij gebaarde naar de bank naast de haard. 'We moeten naar bed, nu. Eh... ík moet naar bed... nu.'

'U zult wel uitgeput zijn.' Ze raakte zijn arm aan.

'Ja. Uitgeput. Dat ben ik.'

'Welterusten dan, kapitein.' Ze kuste hem lichtjes op de wang en draaide zich om. 'Tot morgen.'

'Morgen,' herhaalde hij terwijl hij haar nakeek en meteen haar warmte in zijn armen begon te missen.

Hij stompte zichzelf tegen het voorhoofd. Deze vrouw, kwelde hij zichzelf, deze vrouw veranderde hem binnen enkele seconden in een leuterende idioot. Hij was een logisch denkend man, in 's hemelsnaam – een man met onovertroffen redelijkheid, in staat kalm te blijven te midden van een levensbedreigende crisis, maar elke keer dat hij met haar samen was, veranderde hij in een huiverende massa emoties! Hij sloeg met een ruk de dekens op, kroop in bed en zocht in de verste uithoeken van zijn rede naar een antwoord, om niet naar de zachte stem van zijn hart te hoeven luisteren. Want natuurlijk kende zijn hart de waarheid, vanaf het moment dat het een glimp opving van ogen in de kleur van de zee en een hart even edelmoedig als het zijne was. En nu wachtte dat hart geduldig tot de slaap de scherpe lijnen van de redelijkheid vervaagde, zodat het de man waarin het woonde op de hoogte zou kunnen brengen – de man die nu zijn vermoeide ledematen strekte op de harde bank, de ruwe dekens optrok tot aan zijn kin, zijn ogen sloot en droomde over die laatste ogenblikken zoals ze verlopen zouden zijn als hij wél naar de zachte stem van zijn hart geluisterd had. Eindelijk, verzonken in een slaap zo diep als de zee, ontspande hij zich met haar naam op de lippen. En zijn hart was gelukkig.

'Sta op!' siste een stem; Reinders werd wakker met een koud mes op zijn keel. 'Overeind. Waar zijn ze?'

Het was de lelijkste man die de kapitein ooit gezien had, maar ook een van de grootste. Meteen begreep hij de situatie: slavenvangers!

'Wegwezen!' schreeuwde hij zo hard als hij kon voordat de vuist van de lelijke man op zijn gezicht inbeukte. Hij viel op zijn knieën, het bloed gutste uit zijn neus; de laars van de lelijke man kwam tegen zijn kin en hij raakte buiten westen.

Een paar tellen later kwam hij bij in de gedempte geluiden van een totale chaos. Hij kreunde, rolde op zijn zij en zag dat de lelijke man met nog drie anderen Lily en de kinderen – vastgebonden, met een prop in hun mond en de jongste twee met het mes op de keel – van de trap duwde, terwijl Ogue hulpeloos achter hen aan kwam. Hij kwam met moeite overeind en strompelde voorwaarts.

'Wacht.' Ogue ving hem op, hield hem tegen. 'Ze zullen hen vermoorden.'

'Ja,' gromde Lelijkerd terwijl hij langzaam achteruitliep; het mes sneed bijna in Samuels nek. 'We hebben niks te verliezen.'

'Wij zullen betalen.' Reinders' stem klonk hemzelf in de oren alsof het geluid van ver weg kwam en zijn zicht was vertroebeld. 'Laat hen gaan. Wij betalen wat ze waard zijn.'

De man die Samuel vasthield, lachte. 'Vijf sterke zwartjes zijn op de markt heel wat meer waard dan jij hebt.'

Lily's ogen waren wijd opengesperd; ze was doodsbang.

De mannen sleepten hun gevangenen door de achterdeur, die stilletjes uit de scharnieren gelicht en rechtop in de steeg gezet was, naast de klaarstaande wagen. Reinders en Ogue volgden hen naar buiten, maar op een afstand; Ogue pakte een stuk hout uit het vuur.

'Leg dat neer, ouwe,' zei Lelijkerd dreigend. 'Ik zweer je dat ik deze nikker ter plekke doodmaak. Dat verlies kan ik me permitteren. Het meisje zal dat dubbel en dwars vergoeden.' Hij likte aan Mary's wang.

Ze kreunde angstig en Solomon worstelde, wat hem een stoot in de maag en een hak van een laars op zijn voetstompje opleverde. Hij zakte met rollende ogen in elkaar.

Nu werd Reinders bang. Zodra ze iedereen in de wagen en met een deken afgedekt hadden, zouden ze over elk van de honderd achterafwegen naar het zuiden kunnen verdwijnen. Of erger nog: ze zouden snel naar de haven rijden en hen op een schip laden terwijl de kapitein de andere kant op keek, met een hand uitgestoken voor de omkoopsom. Ze hadden nog maar een paar minuten om dit op te lossen.

'Hoeveel?' vroeg hij, opeens weer helder. 'Ik heb geld.'

Ze negeerden hem. Ruth werd ruw achter in de wagen gegooid, daarna Lily.

'Ik geef je duizend dollar.'

Dat bracht hen tot stilstand.

'Zo veel geld heb jij niet.' De voerman spuugde een straal tabakssap langs zijn paard in de sneeuw.

'Misschien wel,' hield Reinders een slag om de arm. 'Is dat de moeite waard?'

Lelijkerd kneep zijn ogen samen. 'We krijgen al zeshonderd voor die daar.' Hij gaf een ruk met zijn hoofd in de richting van de drie die nog overeind stonden.

'Misschien. Maar het kost ook wat om hen af te leveren, of niet?' Blijf praten, zei hij tegen zichzelf. 'Je moet eten hebben, drinken, overal smeergeld betalen, verse paarden…'

De slavenvangers keken elkaar snel aan.

'Ik bied jullie duizend dollar. Nu meteen. Vannacht nog.'

Lelijkerd likte aan zijn lip en dacht diep na.

'Jullie kunnen hier vandaan komen met duizend dollar in je zak. Makkelijker verdiend dan je ooit gedaan hebt.' Reinders zweeg even om het te laten doordringen. 'Doen we dat?'

'Laat zien,' daagde de voerman uit.

'Het zit in mijn beurs, in de zak van mijn jasje, op de lange tafel naast de haard.'

'Ik geef je tien tellen,' beloofde Lelijkerd. 'En dan zijn we verdwenen.'

Reinders draaide zich om en rende de bar in, die nu donker was omdat het vuur was uitgegaan. Hij baande zich tastend een weg naar de achterkant van het vertrek, pakte zijn jasje en keerde op zijn schreden terug. Grace stond in de schaduw van het trappenhuis met het vleesmes in haar hand.

'Leg dat neer,' siste hij terwijl hij langs haar heen rende.

'Tien.' Lelijkerd lachte. 'Waar is het geld?'

'Hier.' Reinders stak zijn hand in de zak en haalde er een leren portefeuille stampvol papiergeld uit. 'Dat is duizend dollar.' Hij liet het aan hen zien en stopte het daarna terug. 'Winst uit mijn laatste onderneming.'

'Geef hier,' eiste Lelijkerd.

'Niet voordat jij hen losmaakt.'

'Dan denk ik dat we het gewoon pakken.' Hij grinnikte spottend en de anderen vielen hem bij. 'Alle duivels, wat ben jij een stomme smeerlap.'

'Maar wel gewapend.' Reinders trok zijn hand weer uit zijn zak; ditmaal hield hij het pistool vast. 'Het is geladen, heren, en op dit moment zou ik er geen enkel probleem mee hebben de trekker over te halen. "Niks te verliezen" – zo was het toch?'

Ogue keek toe, met stomheid geslagen door de gebeurtenissen, maar nog altijd klaar om mee te doen. Hij stapte dichter naar Reinders toe.

'We gaan het volgende doen,' kondigde de kapitein aan in een poging tijd te rekken. 'Ten eerste: maak het kleine meisje en de vrouw in de wagen los en laat hen gaan.'

Lelijkerd vouwde uitdagend zijn armen over elkaar en Reinders richtte het pistool op zijn gezicht.

'Vannacht kun je sterven,' stelde hij kalm, 'of als een rijk man naar huis gaan.'

'Doe het,' brulde Lelijkerd over zijn schouder.

De voerman klom de wagen in, sneed de touwen van Lily en Ruth door, schopte hen er aan de achterkant uit en sprong daarna zelf op de grond.

'Nu hij.' Reinders knikte in Solomons richting.

'Ik denk dat ik hem misschien gewoon doodmaak.'

'Ik denk dat ik jóu misschien gewoon doodmaak. Geen goede ruil, maar dan slaap ik wel beter.'

Ze zaten in een impasse; Reinders voelde een straaltje zweet over zijn rug lopen. 'Ogue,' beval hij zonder zijn hoofd om te draaien, 'pak honderd dollar uit die beurs en geef die aan de voerman.'

Dugan deed het snel.

'Dat is voor het goede vertrouwen. Snij hem nu los.'

De man die Solomon vasthield, liet zijn mes tussen de polsen van de jongen glijden en sneed het touw door. Solomon strompelde naar de plaats waar Reinders stond en trok de prop uit zijn mond.

'Nog eens honderd,' beval Reinders en weer overhandigde Dugan het geld. 'Nu de kleine jongen.'

Opnieuw keken ze elkaar strak aan, tot een beweging aan het andere eind van de steeg beide mannen daarheen deed kijken; twee grote gestalten met geheven wapens staken af tegen het lamplicht.

Dugan maakte van dat ogenblik gebruik om tussenbeide te komen en snel de man die Sam vasthield met zijn vuist in het gezicht te slaan, één, twee, drie keer; bij elke klap knakte het hoofd van de man achterover. Met verbazende behendigheid slingerde hij Sam opzij, duwde de man omver en ging naar de voerman toe.

Lelijkerd liep achteruit naar de kar, woedend, met zijn mes onder Mary's kin. 'Ga achteruit!' snauwde hij. 'Achteruit!'

'Achter je!' riep Reinders en Lelijkerd draaide zowaar zijn hoofd om. 'Stomme smeerlap,' mopperde Reinders terwijl Dugan in één beweging het mes uit zijn hand en Mary uit zijn greep wrong.

Grace vloog naar voren, greep het meisje vast, trok haar naar de deuropening en sneed haar touwen door.

De andere twee mannen renden nu door de steeg – Reinders had geen idee of ze vrienden of vijanden waren. Hij zette zich schrap, dankbaar voor de grote man aan zijn zijde. De slavenvangers persten zich in hun kar en gaven het paard de zweep tot het dier naar het andere eind van de steeg rende, in de bocht bijna slipte over het ijs en de straat op vloog.

Reinders en Ogue keerden zich in de richting van de nieuwe groep aanvallers, maar toen liet Dugan zijn vuisten zakken en begon te lachen.

'Als dat Karl Eberhardt en meneer Marconi niet zijn!'

De slager en de kruidenier kwamen schuivend tot stilstand, op de voet gevolgd door Liam.

'Ik heb hulp gehaald!' De jongen sprong op en neer en trok aan Dugans arm. 'Ik ben door de tunnel gegaan! Grace heeft me gestuurd!'

'Tunnel?' Reinders knipperde met zijn ogen.

'Die loopt van mijn kelder naar die van Eberhardt,' vertelde Ogue. 'We gebruiken hem nooit. Alleen voor opslag.' Hij was buiten adem.

'Nou, de jongen kwam gillend de trap op, schreeuwde moord en brand, bonkte op de deur.' Ook Eberhardt was buiten adem. 'Ik dacht dat iedereen hier vermoord werd.'

'Ik hoorde het ook,' verklaarde Marconi. 'Ik stond net bij het raam en ik zag Karl de deur uit rennen, daarmee.' Hij wees op het hakmes. 'Ik dacht: straks valt hij nog op het ijs en hakt zichzelf dood. En de jongen ook. Ik wou helpen, maar alles wat ik heb, is dit.' Hij hield een oude hamer omhoog. 'Die is nog van mijn vader uit Italië geweest. Dus: wat is er aan de hand?' Hij keek de groep verblufte gezichten rond. 'Zijn jullie beroofd?'

'Slavenvangers,' zei Dugan vol afkeer. 'Die kwamen binnen, zo brutaal als wat, en probeerden hen mee te nemen.'

Marconi keek verbolgen naar Lily en haar kinderen. 'Jullie zijn toch zeker geen arme slavenfamilie! Het is vreselijk. Dat zijn vreselijke mannen. We roepen de politie!'

Iedereen zweeg en Marconi bekeek hen nog eens goed.

'Misschien doen we dat toch maar niet,' verbeterde hij. 'Misschien zeggen we toch maar niets. Tegen niemand.'

'Ze komen terug, denk ik.' Karl veegde het zweet van zijn voorhoofd en schudde de sneeuw uit zijn haar. 'Wacht maar af. Jullie moeten voorzichtig zijn.'

Reinders keek naar Lily en de kinderen. 'Hoe wisten ze dat zij hier was?' Hij dacht even na en toen werd zijn gezicht hard. 'We moeten gevolgd zijn. Ze hebben een tip gehad.' Boardham! dacht hij.

'Dat denk ik ook,' antwoordde Grace. 'Ze kan niet naar huis, kapitein. Dat is niet veilig. En ze kunnen hier ook niet meer blijven.'

'Ik weet waar ik ze heen kan brengen. Maar we moeten vertrekken voor het licht wordt.' Hij keek op naar de hemel. 'Mogen we de kar nemen, Ogue?'

'Aye.' De grote man knikte. 'Maar ik kan beter meegaan, kapitein, voor het geval ze daar nog ergens zijn. Op ze wachten, weet u.'

'En ik ga mee.' Karl vouwde zijn sterke armen over zijn borst.

De kruidenier hield zijn hamer omhoog. 'Met meneer Marconi valt niet te spotten!'

Grace verzamelde alle dekens uit het huis en bedekte Lily en de kinderen, die achter in de kar gingen liggen, ermee. Dugan en kapitein Reinders zaten voorop, Karl en Marconi achterop. Inmiddels sneeuwde het hevig, maar ze gingen dapper op weg.

Vijfendertig

Abban en Barbara waren grimmig en vastberaden naar het westen getrokken tot zij eindelijk in Galway kwamen. De scholen die graaf Strzelecki overal langs de zwaar getroffen westelijke rand had gesticht, werden nu gesloten omdat de hulpbronnen van de British Association uitgeput raakten. Een aantal vrijwilligers probeerde echter het werk voort te zetten. Deze scholen waren in de eerste plaats posten waar voedsel verstrekt werd aan behoeftige kinderen, zodat ze tenminste dagelijks een beker bouillon en een stuk roggebrood kregen. De kosten werden geschat op een derde penny per kind per dag. Na één jaar had de Association meer dan zeshonderdduizend pond uitgegeven, en het einde was nog niet in zicht. Strzelecki had geweigerd zelf enige betaling aan te nemen. Hij had een bescheiden inkomen uit zijn familielandgoe aan de Pools-Russische grens en schonk het meeste daarvan aan de Ierse zaak. Deze opmerkelijke graaf was een van Barbara's helden; ze kwam haar diensten als vrijwilliger aanbieden. Abban – die geen uitvoerbare manier zag om in Dublin te helpen – was haar gevolgd, met krukken en al.

Het was de dag na kerst. In Ierland brak het vierde jaar van de hongersnood aan. De emigratie van het voorgaande jaar had duizenden veelbelovende boeren weggevoerd; boeren namelijk met wat grotere bedrijven en kleine bankrekeningen: een werkende klasse die Ierland slecht kon missen. En toch werden ze aangemoedigd te vertrekken. De economen die het nieuwe Ierland ontwierpen, zetten juist in op de kleine bedrijven. Ze waren ervan overtuigd dat het bestendigen van kleine boerderijen de enige manier was om landheren ertoe te brengen gedeeltes van hun landgoed te verkopen. De kleine boerderij-eigenaren waren bereid daarin te investeren, aldus de economen, en alleen zo zou er uiteindelijk een soort evenwicht kunnen komen – een nieuw begin voor Ierland.

Tijdens hun voettocht naar het westen waren Abban en Barbara getuige van de tragische mislukking van deze gedachtegang: overal was land te koop, in de meeste gevallen was het eenvoudig verlaten door boeren die ten einde raad waren, hun verlies beperkten en vertrokken. Niemand wilde investeren in een land dat nu in feite één groot armenhuis was, tot de nok toe vol met ongelukkige, aan lager wal geraakte mensen. De steden waren leeggelopen toen de winkels hun deuren sloten. Zelfs in de fraaiste straten van Dublin waren luiken gesloten en gebroken ramen met lappen dichtgestopt. De handel lag stil. Er was een overvloed aan goederen, maar de armen konden zich niet veroorloven die te kopen, zelfs niet tegen gereduceerde prijzen. En de armen waren degenen die achterbleven, nu goedkope overtochten niet meer aangeboden werden en alle weldoeners zelf het land verlieten.

In Dublin was Abban ontzet geweest over de duizenden die gedeporteerd werden als straf voor criminele activiteiten: 'zo veel jonge mensen,' treurde hij. Julia had uitgelegd dat de gevangenis de laatste toevlucht was voor degenen die niets hadden, dat deze mensen misdaden begingen, louter om gevangen en gedeporteerd te worden – ze sméékten om gedeporteerd te worden. Zelfs vastgeketend op een schip naar Van Diemensland konden ze nog rekenen op onderdak en voedsel. Tot zeven jaar veroordeeld worden was nu een zegening, geen straf. De gevangenisdirecteurs klaagden echter, vertelde ze hem: de laatste maanden waren er meer gevangenen gedeporteerd dan in de afgelopen drie jaar, en wat moesten ze doen met mensen die duidelijk te fatsoenlijk, te welgemanierd en vriendelijk waren om met de ruwe gevangenisbewoners te kunnen omgaan? Niemand wist een oplossing, dus ging de gestage stroom emigranten gewoon door. Na alweer een mislukte oogst waren de inwoners van Ierland uitzonderlijk depressief; de meesten geloofden dat het land vervloekt was. Abban vreesde dat ze misschien gelijk hadden. De cholera stak zijn lelijke kop op.

'Vandaag hebben ze het huis van Martin Eady in brand gestoken,' vertelde hij Barbara toen ze zijn kom soep naar de bank op het schoolplein bracht.

'Aye.' Ze ging naast hem zitten. 'Het derde huis in het dorp, deze week. Iedereen binnen is dood en waarom zouden ze het risico nemen naar binnen te gaan, als ze hen toch moeten verbranden?' Ze zuchtte en keek in haar soepkom. 'Toch hard, om ze allemaal zo naar boven te zien gaan.'

Hij hoorde de vermoeidheid in haar stem. 'Wil je terug, Barbara? Julia en de jongen opzoeken?'

Ze schudde snel haar hoofd. 'Ik zou bang zijn dat ik de ziekte meenam, hoewel die toch vast en zeker al door het hele land is verspreid. Ik hoop maar dat ze in Londen gebleven zijn. Zo verstandig zal Julia wel zijn geweest. Zij zou het niet riskeren.'

'Nee,' stemde hij in. 'Ze houdt van die kleine jongen alsof het haar eigen kind was. Trouwens, als het nou werkt, wat dan?' Hij keek haar aan. 'Als ze nou in staat zijn die blindheid te genezen?'

'Het feit dat hij dit alles overleefd heeft, is al wonderbaarlijk genoeg voor mij,' zei Barbara. 'Maar als hij ook nog zou kunnen zien?' Ze dacht een ogenblik na. 'Ik zou God op mijn blote knieën danken, de rest van mijn leven.'

'Mis je het leven dat je vroeger had?' vroeg hij vriendelijk. 'In het klooster, dicht bij God en zo?'

'Ik ben hier dichter bij Hem.' Haar stem klonk sterk en resoluut. 'Soms vraag ik me wel af of ik terug zou moeten, maar ik kan mezelf er niet toe zetten.'

'Als je dat werkelijk zou willen, zou ik je brengen,' zwoer Abban. 'Al zou het mijn hart breken.'

'Het mijne ook.' Ze legde haar hand op zijn dij.

Hij voelde de warmte van haar hand en bedekte die met zijn eigen ruwe hand. 'Barbara,' begon hij en aarzelde toen. 'Barbara, vind je niet dat we moeten trouwen?'

'Je weet dat dat niet kan.' Ze fronste haar wenkbrauwen. 'Misschien heb ik mijn roeping in de steek gelaten, maar ik heb God niet verlaten, en ben ik niet allang zíjn bruid?'

'Nou, daar heb ik over zitten denken.' Abban haalde diep adem.

'En wat ik denk, is dat God het niet zo erg zou vinden. Ik bedoel: waarom zou Hij?'

'Ik ben nooit ontslagen van mijn geloften. En het is onmogelijk om van God te schéiden, Abban!' Ze legde ontzet haar hand op haar hart. 'Het is zelfs zonde dat te denken.'

'Nou, ik heb toch niets over scheiden gezegd, of wel?' bracht hij ertegenin. 'Maar weet je, vannacht lag ik ze eens op te tellen – onze zonden, bedoel ik, en dat zijn er heel wat volgens de Kerk. Dus als ik het zo bekijk, vraag ik me af: wat maakt één meer eigenlijk uit?' Hij zocht haar ogen. 'Nee, echt, Barbara. Zijn we geen mensen die in moeilijke tijden leven, mensen die ondanks alles de Heer liefhebben en Hem vol toewijding dienen? Vooral jij!' Hij kneep in haar hand. 'Als jij geen heilige bent, dan bestaan ze helemaal niet. God zal ons genadig oordelen als we uiteindelijk voor Hem staan, reken maar!'

'Abban...' Ze probeerde haar hand weg te trekken.

'Als ik een priester zou vinden die ons wil trouwen – als hij het hele verhaal weet, natuurlijk – wil je mij dan als man hebben?'

'Geen enkele priester die het zout in de pap waard is, zou daarmee instemmen.'

'Beantwoord mijn vraag, lieverd. En als het nee is,' voegde hij er ernstig aan toe terwijl hij haar hand losliet en zijn arm om haar schouders sloeg, 'zal ik er nooit meer over beginnen. Dan gaan we gewoon zo verder, dat is ook goed.'

Ze keek uit over het verlaten landschap; haar adem was als mist in de koude middaglucht. De zon scheen bleek aan de grauwe hemel; roeken riepen in hun nesten, hoog in de kale bomen, en doken laag over de stoppelige velden. Een bende kinderen kwam langs rennen – haveloos, vuil, sommigen zo ziek dat ze binnenkort zouden sterven, maar ze renden nog en ze lachten nog, omdat ze bij het ogenblik leefden.

'Ja,' beloofde ze en voelde zijn arm steviger om zich heen. 'Ik wil,' fluisterde ze en legde haar hoofd tegen zijn hart.

Zesendertig

Reinders liep voor de haard heen en weer. 'Ze zijn op dit moment bij Florence thuis, maar vanavond vertrekken we naar Boston.'

'Maar ze heeft een heel leger mensen die dit soort dingen doen,' protesteerde Lars Darmstadt van achter zijn bureau. 'Waarom moet jij gaan?'

'Omdat het mijn schuld is.' Reinders stond stil. 'Ik had die ellendeling nooit in leven moeten laten. Het is hem om mij te doen.'

'Een reden te meer om te zorgen dat iemand anders Lily en haar gezin meeneemt,' legde Darmstadt uit. 'Al denk ik wel dat het een goed idee is om een tijdje de stad uit te gaan.' Hij schoof Reinders een brief toe. 'Dit kwam vanmorgen. Afgeleverd door twee politie-agenten.'

Reinders keek naar de ondertekening. 'Wie is die Callahan?'

'Een halsstarrige ezel. Haat Italianen, joden, zwarten, Ieren. Polen ook, geloof ik. Zigeuners.'

'Is Callahan geen Ierse naam?'

'Haat árme Ieren,' preciseerde Darmstadt. 'Een schande voor de oude families die zich al binnen de fatsoenlijke maatschappij gevestigd hebben, blijkbaar.'

'Zó een.'

'Zó een met een politiepenning,' zei Darmstadt nadrukkelijk. 'Beschouwt de gestage stroom van immigranten als een rivier die ingedamd moet worden en heeft een bijzondere afkeer van zwarten, die hij minder dan menselijk vindt. Als hij zijn zin kreeg, zouden ze allemaal slaven blijven of verscheept worden naar Afrika, waar ze volgens hem allemaal vandaan komen.'

'Hoe weet jij dat allemaal?' Reinders hield op met ijsberen en ging zitten.

'Ik zorg dat ik het weet. Als je in deze stad wilt slagen, kun je beter begrijpen wie de politiemensen zijn, welke wijken eerlijk zijn en welke corrupt. Die van hem is een van de ergste,' merkte Darmstadt op. 'En daar valt onze ligplaats onder.'

'Waarom heb je me dat nooit eerder verteld?'

Darmstadt haalde zijn schouders op. 'Het is jouw taak om het schip te besturen, de mijne om het bedrijf te besturen en te zorgen dat alles soepel verloopt. Hoe dan ook, we zijn nu onder zijn persoonlijke aandacht gekomen en ik wil dat je goed begrijpt wat dat betekent.'

'Maar ik heb geen wetten overtreden. Hier niet.'

'Geen geschréven wetten,' verbeterde Darmstadt. 'Callahan is een van die ambtenaren die onder één hoedje spelen met de slavenvangers. Ongetwijfeld is dat behoorlijk lucratief voor hem.' Hij stak een sigaar op, trok er verwoed aan om hem op gang te krijgen en schudde de lucifer uit. 'Hij onderhoudt nauwe betrekkingen met veel van zijn collega's langs de kust, en die zouden niet blij zijn als ze te weten kwamen dat een van hun meest frequente pendelaars ook slaven naar het noorden smokkelt.'

'Waar is het bewijs?' vroeg Reinders dringend.

'Lees die brief, beste jongen. Dit is geen beschuldiging, maar intimidatie. Hij heeft een verslag van verdachte activiteiten aan boord van het schip en maakt melding van een ruzie met twee mannen in een steegje op latere datum.'

'Vijf mannen. En hoe zou hij dat weten als hij er niet bij betrokken was?'

'Tja, natuurlijk. Precies. Heb je ook al geraden wie die verdachte activiteiten gerapporteerd zou kunnen hebben?'

Reinders liet zijn hand met een klap op het bureau neerkomen.

'Alweer goed. En nu weten we waarom Boardham ongestraft blijft voor die moord. Hij werkt voor Callahan.' Darmstadt leunde voorover. 'Als dit gewoon om geld ging, zou ik het spel kunnen meespelen. Maar het is veel meer.' Hij zweeg even. 'Als Callahan de havenautoriteiten langs onze route op de hoogte brengt, mogen we daar niet meer binnenvaren. Slavernij is hun goed recht en ze verfoeien iedereen die tussenbeide komt. Zo hard hebben ze onze klandizie niet nodig.'

Reinders begreep het. 'Het spijt me, Lars. Het schip…' Hij aarzelde. 'Je zult een andere kapitein moeten zoeken.'

Darmstadt stak afwerend zijn hand op. 'We zijn hier samen bij betrokken, en niemand anders dan jij bestuurt dat schip. Bovendien zijn we nog niet zover. Daarom wil ik dat je een tijdje de stad uit gaat. Zorg dat je niet beschikbaar bent voor verder onderzoek, dan vindt hij misschien iemand anders die hij het leven zuur kan maken. Tenslotte heeft hij belangrijker dingen te doen. Detra en ik gaan zelf een reis maken,' voegde hij eraan toe. 'Ik zal Mackley de leiding over het schip geven. Misschien laat ik hem het schip ergens in het zuiden in een haven leggen. Over een paar weken kan dit best allemaal overgewaaid zijn.'

Reinders dacht hier over na. 'Goed dan,' besloot hij. 'Ik ga wel weg. Maar het spijt me echt dat ik jou hierin meegesleept heb, Lars.'

'We verdienen allebei goed aan het zakendoen met mensen die hun fortuin maken over de ruggen van deze slaven heen,' antwoordde Darmstadt. 'Het verlicht mijn geweten – enigszins, althans – te weten dat er twee naar de vrijheid gebracht zijn op datzelfde schip.'

'Dat maakt alles de moeite waard,' gaf Reinders toe. 'Alleen het gezicht van Lily al, toen ze Mary en Solomon daar zag staan.'

'Denk daar maar aan als je weg bent.' Darmstadt glimlachte vol genegenheid naar zijn partner. 'En zorg dat je je zeebenen niet kwijtraakt.'

'Nooit.' Reinders greep zijn pet. 'Ik moet nog even weg. Daarna zal ik inpakken.'

'Nog even weg? Is dat wijs, denk je? Is het noodzakelijk?'

Reinders keek door het raam naar buiten, naar de sneeuw op de bomen; alles was zo schoon en schitterend wit. 'Ja,' zei hij uiteindelijk. 'Dat is het zeker.'

'Je moet beslist nog even bij de Ierse weduwe langs, bedoel je?'

Reinders' mond viel open van verbazing.

'Ha!' grinnikte Darmstadt en drukte zijn sigaar uit. 'Detra zegt al maanden dat je verliefd bent. Ze heeft het altijd bij het rechte eind,' voegde hij eraan toe.

'Ik ben niet verliefd!'

'Ach ja, wij mannen weten het vaak zelf pas als laatste.' Darmstadt lachte. 'Beantwoordt zij jouw – hoe zullen we het dan noemen – jouw genegenheid?'

'Nee! Ik weet het niet.' Hij weifelde. 'Ik geloof dat ze nog niet over de dood van haar man heen is. En ze heeft nog meer zorgen: een dochter hier en een klein kind dat ze in Ierland moest achterlaten vanwege een… een of ander probleem.'

'Je hebt nog heel wat te overwinnen,' erkende Darmstadt. 'Jij bent de enige die zich aangetrokken voelt tot zulke uitdagingen om een vrouw te veroveren.'

'Veroveren?"

'Weet je hoe vaak je het over haar gehad hebt in de loop van het afgelopen jaar, Peter?' Darmstadt liep om zijn bureau heen. 'Hoe vaak het onderwerp Ierland opduikt in jouw conversatie? En hoe zit dat met die nogal grote donatie aan de Irish Emigrant Society?'

Reinders keek vragend.

'Vergeet niet dat ik de boekhouding doe.'

'Maar door haar voel ik me zo'n idioot!' protesteerde Reinders. 'Als ik bij haar in de buurt ben, kan ik geen twee zinnen achter elkaar zeggen, en we lijken elkaar altijd verkeerd te begrijpen. En ze plaagt me. Daar heb ik zo'n hekel aan.'

'Ik mag haar nu al,' grinnikte Darmstadt.

'We passen helemaal niet bij elkaar. Het zou echt nergens op slaan.' Hij schudde zijn hoofd. 'Ze is wel aantrekkelijk,' gaf hij met tegenzin toe. 'En bijzonder toegewijd – aan haar kinderen, aan haar broer, aan haar vrienden – en ze is dapper,' zei hij, terugdenkend aan de oversteek. 'En vriendelijk. Beslist vriendelijk.'

'Ik snap het. Maar je bent niet verliefd en je wilt niet trouwen.'

'Nee.'

'Ze is gewoon een vriendin. Een goede vriendin.'

'Ja,' hield Reinders zwakjes vol.

Darmstadt bekeek hem geamuseerd. 'Peter, ik denk dat je een beetje te veel tijd op zee doorgebracht hebt.' Hij stopte een verse sigaar in de zak van Reinders' jas en klopte daar liefdevol op. 'Rook die maar in het huis van je moeder.'

'Ik ga niet naar het huis van mijn moeder.'

'Natuurlijk wel,' zei Darmstadt vol zelfvertrouwen. 'Waar zou je anders heen gaan? En als je daar bent, wil ik dat je op een middag buiten op de veranda gaat staan om over dat kale, winterse landschap uit te kijken en dat je eerlijk tegen jezelf bent over die vrouw. Je bent geen jonge man meer, vriend. Het is tijd om aan je toekomst te denken.'

Reinders fronste koppig zijn wenkbrauwen.

'Detra gaat nog inkopen doen voor onze reis. Je kunt met haar in het rijtuig meegaan en je daar laten afzetten. Kun je zelf de weg terug vinden?'

'Maar natuurlijk! Ik woon hier al jaren!'

'Nee, Peter,' zei Darmstadt hartelijk. 'Ik denk niet dat je hier echt woont.'

Grace was uitgeput. Tara en zij hadden niet kunnen slapen na de verschrikkelijke gebeurtenissen van die kerstavond, dus hadden ze de haard in de grote kamer aangestoken en de ene na de andere kop hete koffie gedronken tot Dugan na zonsopgang eindelijk thuis kwam.

Ze hadden Lily en de kinderen naar de Livingstons gebracht, vertelde hij. Juffrouw Livingston – zo vriendelijk en hoffelijk, heel anders dan haar broer, die gladde charmeur – had onmiddellijk de leiding genomen en de arme, doodsbange familie naar een ander deel van het huis gebonjourd. Ze had Dugan en de andere mannen alleen gelaten met een fles cognac; tegen de tijd dat ze terugkwam, hadden ze het klaargespeeld die half leeg te drinken. Lily en haar kinderen zouden in het geheim de stad uit gebracht worden, vertelde ze, naar het noorden, naar een onderduikadres, zoals zij dat noemde. Daar zou voor hen gezorgd worden tot ze konden beslissen hoe het verder moest.

Nu was het middag en Dugan was naar boven gegaan om te slapen voordat de klanten van vanavond kwamen. Hij zag er niet goed uit; hij klaagde over pijn in zijn borst en had een lelijke snee in zijn arm van het mes van de slavenvanger.

Grace vond het niet erg alleen beneden achter te blijven – haar eigen kinderen lagen te slapen, zelfs Liam was uitgeput van opwinding. Zij was ook moe, maar haar hart bleef de hele middag wild bonken en ze had zwarte vlekken voor haar ogen. Ze werd overspoeld door emoties en haar geest kwam niet tot rust; waar ze haar gedachten ook op richtte, overal trof ze verwarring aan. Het geweld van de afgelopen nacht had haar diep geschokt, vooral het feit dat ze opnieuw zelf een mes in handen had gehad; de woede die in haar opgeweld was, was beangstigend en zelfs uren later had ze die nog nauwelijks onder controle. Haar blijdschap voor Lily werd verstoord door jaloezie en kwaadheid omdat haar eigen kind gisteravond niet was aangekomen, dat haar eigen familie vandaag niet bij haar was – en ze haatte zichzelf om deze gevoelens. Ze was kwaad op Sean omdat hij er niet was, omdat hij weg was geweest toen ze hem zo hard nodig hadden. Hij was nog steeds niet teruggekomen en hij had geen idee wat ze allemaal meegemaakt hadden. Waarschijnlijk zou hij over een dag of zo thuiskomen en haar een standje geven omdat ze ongerust over hem was terwijl hij toch zeker een vrij man was die kon komen en gaan wanneer het hem beliefde?! En ze was kwaad op kapitein Reinders, hoewel ze niet wist waarom. Waar haalde hij het recht vandaan zo in haar hart te kijken, haar in zijn armen te nemen terwijl hij wist dat ze zichzelf niet was?

Ze schudde haar hoofd, kwaad op zichzelf en haar stortvloed van emoties. Af en toe dacht ze dat ze haar verstand zou verliezen door al dat wachten en zich afvragen hoe het ging. Ze had God om hulp gebeden. Maar Hij had haar niet geholpen.

Haar gedachtegang werd onderbroken door Jay Livingston die de deur van de bar openduwde en uitbundig het vertrek kwam binnenstormen.

'Grace! Wat hebben jullie een buitengewone nacht gehad!' Hij borstelde de sneeuw van zijn hoed en schudde zijn jas uit. 'Ik kom vertellen dat alles goed gaat. Florence laat hen vanavond naar Boston brengen.' Hij keek de ruimte rond, die leeg was op een paar verspreid zittende drinkers achterin na. 'Waar is die dolende broer van jou? Ik zou dolgraag zijn breedsprakige verslag van de gebeurtenissen willen horen.'

'Hij was hier niet,' antwoordde ze kortaf. 'Hij is na het avondeten met de Osgoodes meegegaan en daarna hebben we hem niet meer gezien. Hij weet helemaal niets over vannacht.'

'Wat wordt hij toch saai! Wat een boer – om daar te zijn in plaats van hier. En dat op kerstfeest! Ik moet echt eens een hartig woordje met hem spreken.' Hij gooide zijn hoed op tafel.

'Nou, het is wel werk, hè?' merkte ze op. 'Hij werkt voor hen: regelt van alles voor het vertrek van de karavaan, binnenkort, en –'

'En voor zijn bruiloft met juffrouw Osgoode,' voegde Livingston er lichtzinnig aan toe.

'Ach, Jay, zeg dat nou niet.'

Hij hoorde hoe moe ze was en zag, toen hij haar wat beter bekeek, de uitputting in haar ogen, de spanning op haar gezicht. 'Sorry. Ik ga te ver. Zoals gewoonlijk. Luister,' – hij zette een leren schoudertas op tafel – 'ik kwam ook langs omdat hier iets in zit waarvan ik weet dat jullie het willen hebben.'

Ze keek er verbluft naar.

'Seans post; die stapelt zich nu al weken op bij de krant. Ik had O'Sullivan mee willen nemen voor het middageten – die is daar altijd, weet je – maar hij vroeg alleen of ik dit wilde afleveren. Misschien kunnen jullie de post voortaan beter rechtstreeks hierheen laten sturen als Sean toch nooit meer op kantoor komt. Hoe dan ook...' Hij rommelde in de tas. 'Brieven uit Ierland. Eentje met jouw naam erop.'

Haar hart stond stil en ze kon alleen maar naar het stapeltje in zijn handen staren; hij zag hoe bleek ze plotseling werd.

'Laat me even zoeken.' Hij bladerde de brieven door tot hij bij een envelop kwam die er minder officieel uitzag dan de rest, nat geworden en vlekkerig; deze legde hij in haar handen.

Ze draaide de envelop om en zag het adres van het klooster in Cork.

'Laten we gaan zitten.' Jay trok een stoel achteruit. 'Ik denk dat ik ons even een drankje inschenk.' Hij kwam achter de bar staan en keek uit zijn ooghoek toe terwijl zij de brief langzaam naar zich toetrok, las, neerlegde en voor zich uit staarde.

'Grace?' riep hij zachtjes; toen ze geen antwoord gaf, kwam hij weer naast haar staan en legde een hand op haar arm. 'Gracelin?'

Ze keek op, maar haar ogen waren leeg.

'Mag ik?' Hij pakte de brief op en las hem door; zijn hele gezicht betrok door de zwaarte van het nieuws dat erin stond. Hij ademde puffend uit en ging zitten.

'Deze pastoor Sheehan zegt dat ze allemaal dood waren tegen de tijd dat hij daar aankwam. Heeft hij het over je vader, Grace? Je zoon?'

Ze richtte haar wijd geopende ogen op hem en knikte langzaam.

Hij keek weer naar de brief. 'Zuster James was blijkbaar de enige overlevende en zij was al naar haar moeder teruggegaan. Jouw brieven lagen ongeopend in een stapel correspondentie die hij mee terug nam naar Dublin.' Jay keek op. 'Hij bevestigt dat hij de graven van de andere nonnen heeft gezien, van je vader en van een klein kind.'

Grace stootte een diep gekreun uit en stond toen op, waarbij ze haar stoel omgooide; haar ogen doorzochten de ruimte alsof ze gek werd van verdriet. Ze begon te jammeren, daarna te gillen en tenslotte krijste ze het uit, trok aan haar eigen haar en klauwde zichzelf in het gezicht. Hij sprong overeind, greep haar beet en hield haar armen naar beneden zodat ze zichzelf geen pijn kon doen. Zij spartelde tegen, maar hij hield haar stevig vast en wiegde haar tot het gejammer ophield en ze hijgend naar lucht snakte, tot hij haar armen om zich heen voelde, haar handen zich krampachtig aan zijn overhemd en zijn schouders vastklampten, alsof zij dreigde te verdrinken in een razende zee en hij haar laatste houvast was. En hij liet haar niet los.

Zevenendertig

Op de laatste dag van januari verliet kapitein Reinders de warme keuken van zijn moeders boerderij en ging buiten op de veranda staan met Darmstadts sigaar stevig tussen zijn tanden. Hij leunde over de balustrade en keek over de kale tuin naar de kleine schuur, waarbij hij zijn ogen liet gaan over de stal, de verschillende bijgebouwen, de hokken en hekken, die onlangs gerepareerd waren. De boerderij zag er nog altijd niet zo uit als vroeger, toen hij hier woonde, maar alles was nu in veel betere staat dan toen hij vijf weken geleden aankwam; hij wist dat zijn moeder en broers hem dankbaar waren. Ze waren verrast geweest hem zo snel na zijn vorige bezoek weer te zien, maar hadden geen vragen gesteld en hij had alleen verteld dat het nogal rustig was op zijn werk, dat het schip opgeknapt moest worden en dat hij rust nodig had. Hij glimlachte met spottend zelfmedelijden, want rusten was wel het laatste wat hij de eerste weken gedaan had: vroeg opstaan, uren achter elkaar rondzwerven – hele dagen – met alleen een rugzak en een geweer bij zich, en terugkomen met eekhoorns en konijnen die zijn moeder klaarmaakte als avondeten. Dát had hij gedaan.

Hij had gejaagd tot hij niet meer kon en zich daarna met al zijn energie op de boerderij gestort: repareren, oplappen, leegmaken, schoonmaken, werken tot het zweet van zijn lichaam droop ondanks de kou, tot zijn armen en benen trilden van zo'n diepe vermoeidheid dat hij 's avonds nauwelijks zijn hemd over zijn hoofd kon trekken.

Zijn moeder had niets gezegd, maar hem gewoon laten begaan.

Ze had Hans en Josef gezegd dat ze hem werk moesten geven en hem verder met rust moesten laten. Soms betrapte hij haar erop dat ze naar hem keek met een vraag in haar ogen, en eindelijk, toen ze op een avond samen bij de haard zaten – zij met haar breiwerk, hij met een geweer dat schoongemaakt en geolied moest worden – had ze hem aangesproken.

'Trouwen kapiteins ooit, Peter?' had ze zonder enige aanleiding gevraagd.

Zonder een spier te vertrekken, had hij gezegd: 'Nee, moeder, nooit.'

'Ach, du. Ze trouwen wél, en sommigen hebben zelfs een gezin. Kleine kinderen.'

'Nee toch?'

'Peter, ik meen het. En ik wil weten waarom jij nog geen aardige vrouw hebt gevonden.'

'Nou...' Hij had geen pasklaar antwoord. 'Ik ben nooit echt lang genoeg aan wal om iemand te ontmoeten. En zelfs als ik iemand ontmoet, is het allemaal zo onhandig. Ik kom en ga voortdurend; we zouden elkaar steeds opnieuw moeten leren kennen.' Hij voelde zich ineens bijzonder geërgerd, gefrustreerd. 'Ik ben ruwe mannen gewend, moeder, ruwe taal, mensen commanderen. Ik ben niet goed in beleefde gesprekken, in onbenullige praatjes. Ik word vaak verkeerd begrepen. Blijkbaar.'

Ze was opgehouden met breien. 'Ik begrijp het.'

Hij had het geweer in het rek teruggezet en geprobeerd het gesprek te beëindigen, maar ze had geweigerd het onderwerp te laten rusten.

'Ik zal je iets vertellen, Peter, dat de meeste mannen nooit leren. Vrouwen, die luisteren hier.' Ze legde haar hand op haar borst. 'Meer dan hier.' Ze trok aan haar oorlel. 'Begrijp je dat?'

'Ik zou ja kunnen zeggen, moeder, maar eerlijk gezegd vind ik vrouwen de laatste tijd nogal verbijsterend.'

Toen had ze hem uitgelachen. 'Ach du, Peter! Je bent een goede jongen, maar zo koppig, net als je vader. Jij ziet wat jij wilt zien, niet wat God wil dat je ziet. Ik zal je nog iets vertellen.'

'Goed dan.' Hij had vermoeidheid geveinsd en was op de trap gaan zitten.

'Een vrouw zal de schat van haar hart als een leeuwin bewaken. Maar als je het vertrouwen van de leeuwin weet te winnen, wil ze die schat graag delen.'

'Moeder!' Hij was verrast geweest. 'Ik had geen idee dat u zo'n filosofe was.'

'Ik ben maar een oude Duitse boerin, maar sommige dingen weet ik wel.'

'Dat blijkt.' En hij had haar een kushand toegeworpen; een gebaar dat zo ongewoon voor hem was dat haar ogen wijd opengingen van verbazing.

'Je bent veranderd,' had ze verkondigd. 'Het staat je goed.'

Hij was naar bed gegaan en hoewel ze niet meer over dergelijke zaken hadden gepraat, voelde kapitein Reinders dat zijn moeder en hij elkaar nader gekomen waren dan ooit, en hij wist dat zij dat ook voelde.

De laatste dagen waren snel voorbijgegaan. Hij was dankbaar dat ze hem niet gevraagd had naar huis te komen, een vrouw te zoeken, samen met zijn broers op de boerderij te werken. Ze toonde dat ze hem accepteerde als de man die hij geworden was door hem vier paar wollen sokken te geven en een behaaglijke muts die hij over zijn oren zou kunnen trekken als hij in weer en wind op zijn schip stond om zijn koers te bepalen.

Hij wenste dat hij nu ook zo gemakkelijk zijn koers kon bepalen, hier op de veranda van zijn moeders huis, en terwijl hij Darmstadts sigaar opstak, dacht hij aan het advies van zijn zakenpartner. Opnieuw herinnerde hij zich de laatste keer dat hij Grace zag – de donkere middag, de sneeuw die op zijn schouders viel terwijl hij voor de *Harp* stond, en Jay Livingston die Grace in zijn armen hield. Hij was bijna toch naar binnen gegaan – Livingston was zo'n verleider – maar de blik op het gezicht van de man had hem weerhouden en ervoor gezorgd dat hij als bevroren buiten in de sneeuw bleef staan. De gewone zelfingenomenheid had plaatsgemaakt voor een bijna pijnlijke tederheid die alleen door liefde kon zijn ingegeven. Reinders had hem op dat ogenblik benijd; toen was hij van het raam weggegaan en had zijn weg naar huis gezocht.

Hier op het platteland had Reinders geprobeerd haar te vergeten door weken langer te blijven dan hij van plan was geweest, maar dat had geen zin. Hij vertelde zichzelf dat het geen liefde was geweest wat hij voor haar voelde, dat het geen liefde kon zijn – maar diep in zijn hart wist hij de waarheid. Zij had hem haar vriendschap toevertrouwd en hem nooit om de tuin geleid; als hij zich niet als een volslagen idioot gedroeg, zou hij die vriendschap nog steeds kunnen genieten, nog steeds welkom zijn in haar huis. En zou dat genoeg zijn? Ja, vertelde hij zichzelf terwijl hij de sigaar uitdoofde; dat móest genoeg zijn.

Als ze er ooit over spraken, noemden ze het haar 'ziekte'. Dugan en Tara hadden haar in bed gestopt en daarna het slechte nieuws aan Sean verteld, die de hele nacht in de bar bleef zitten. Ze waren verbijsterd toen Grace de volgende ochtend naar beneden kwam, aangekleed en klaar om aan de slag te gaan. Het was een schok geweest, had ze toegegeven, een vreselijke schok, en het speet haar dat ze zich zo had laten gaan. Maar nu ging het weer goed, heus. Ze moest het in haar hart al geweten hebben: zoveel maanden geen bericht, het kindje was zo ziek toen ze hem achterliet, haar vader was gewond en eenzaam geweest. Ze had te veel verwacht, zei ze, toen ze dacht dat ze het zouden overleven. Hoewel ze haar reactie niet begrepen, accepteerden ze die en lieten haar begaan.

Wat ze niet wisten, was dat zij alleen deed of ze verder leefde. Ze wisten niet dat ze haar hart zozeer haatte om wat het geweten had, dat ze het nu volledig in de ban had gedaan. Duisternis nam de plaats in van haar hart en 's nachts in haar slaap werd ze door allerlei verschrikkingen geteisterd. 's Morgens werd ze wakker met een diepe leegte die ze absoluut niet kon vullen. Bitterheid kon dat wel. Bitterheid vervulde elke ademtocht en maakte dat ze het de klanten kwalijk nam dat ze zaten te drinken en niet naar huis gingen, naar hun gezin. Ze nam Dugan zijn medeleven kwalijk, zijn aandringen dat ze een vrije dag zou nemen, naar boven zou gaan, zou gaan liggen. Ze nam het Sean kwalijk dat hij plotseling aanwezig was na weken afwezigheid, dat hij haar uitnodigde voor gebedssamenkomsten. Boven alles nam ze Tara haar verontschuldigende blikken kwalijk als ze met haar eigen zoon levend en wel in haar armen woorden van troost zei, woorden die Grace werktuiglijk accepteerde maar niet tot haar hart liet doordringen – omdat ze haar hart in de ban had gedaan.

Langzaam, heel langzaam, smeulde de bitterheid verder tot deze in woede opvlamde: scherpe woorden tegen de kinderen, of helemaal geen woorden, potten die werden neergekwakt in de keuken, maaltijden die ze op tafel smeet zonder te vragen of hun handen waren gewassen, of ze gebeden hadden. En na het eten stuurde ze hen weg, naar bed. De vlammen laaiden op tot een groot vuur. Ze zei tegen Tara dat ze dat huilende kind mee naar boven moest nemen, uit haar ogen, want ze werd doodziek van dat geluid. Ze ruziede met Sean over zijn idiote religie en zijn fanatieke geloof, over die hoogmoedige Marcy Osgoode en haar intolerante vader, over geld en plicht, egoïsme en kinderen – hij had zelf geen kinderen, schreeuwde ze, hoe kon hij er ook maar iets van weten?

Haar woede veranderde in razernij toen Liam op een middag laat binnensloop en niet wilde vertellen waar hij geweest was. Ze greep hem bij zijn tengere schouders en schudde hem heen en weer, bleef hem maar door elkaar rammelen en schreeuwde in zijn verbijsterde gezicht dat hij geen haar beter was dan zijn dronken vader en dat hij daar misschien thuis hoorde. Ze schreeuwde tot hij zich losrukte en naar boven rende.

Toen werd ze overvallen, volledig opgeslokt, door razernij. Ze had alles binnen haar bereik op de vloer kapot gegooid, haar eigen kleren gescheurd, bladzijden uit boeken gerukt, stoelen tegen de muur gekwakt, de tafel omgeschopt, de blokken gevonden die ze haar zoontje voor kerst had willen geven en die door het raam geslingerd. Dugan was de kamer binnengestormd op het moment dat ze de punt van het mes tegen haar hart drukte, het hart dat ze zo haatte. Hij had twee van haar vingers moeten breken om het los te kunnen wrikken, zo sterk was haar wanhopige greep. Het mes had hij door de kamer gegooid. Toen was zij tot de aanval overgegaan, had zich keer op keer boven op hem geworpen, schoppend en bijtend, klauwend, krijsend, woedend worstelend terwijl hij probeerde haar tegen te houden zonder nog meer pijn te veroorzaken.

De dokter was gehaald – Liam had de hele weg gerend – en had laudanum in haar keel gegoten terwijl Dugan haar vasthield met een krachtige arm over haar borst en de andere hand op haar voorhoofd om haar hoofd achterover te houden. De dokter had de vloeistof tussen haar tanden laten lopen, vloekend toen ze hem schopte. Uiteindelijk was ze slap geworden in Dugans armen, terwijl de grote man zelf huilde.

Dagen waren voorbij gegaan in een mist van verdoving. 's Nachts was ze wakker geworden en had, starend in de duisternis, stemmen uit het verleden gehoord, fluisterend, net buiten haar bereik. Bij het aanbreken van de dag hadden haar ogen zich weer gesloten en een diepe, zwarte slaap binnengelaten die alle stemmen, alle herinneringen en alle verlies buitensloot.

De arts van de Livingstons had opname in een inrichting aanbevolen, maar Dugan had verklaard dat hij de eerste man die ook maar probeerde hun Grace naar zo'n plek te brengen, eigenhandig zou vermoorden. De dokter had gezucht, zijn hoofd geschud en nog een fles laudanum achtergelaten die Dugan in het steegje had leeggegoten omdat hij zichzelf vertelde dat ze misschien wakker zou worden en met opzet te veel zou nemen. Het beeld van het mes dat ze tegen haar hart gedrukt had, stond op zijn netvlies gebrand.

De kinderen sliepen op veldbedden in de voorkamer van de Ogues, waar ze door Tara verzorgd konden worden, innerlijk verwond als ze waren. Mary Kate sprak maar zelden en de spanning op haar gezichtje werd alleen minder als ze op Caolon mocht passen. Liam stond vaak in Graces kamer naar haar gezicht te kijken; soms fluisterde hij haar naam of schudde zachtjes aan haar schouder. Buiten die kamer was hij echter dwars en koppig; hij weigerde boodschappen voor Dugan te doen en ruziede luidkeels met Sean, die geen idee had hoe hij de woedende jongen moest aanpakken.

Sean bleef bij de Osgoodes werken en kwam laat in de middag terug om Dugan te helpen bij het bedienen van het avondpubliek. Ze hadden een meisje ingehuurd om te koken, maar het eten smaakte slecht en haar gezicht stond nors; de oude drinkers smeekten om de terugkeer van mevrouw Donnelly – mocht het God behagen. Soms zat Sean 's avonds naast Grace en las haar voor of hield alleen haar schijnbaar levenloze hand vast, meer om zichzelf te troosten dan haar.

Toen de dienstmeid meer taken overnam, begon Sean dagen achter elkaar bij de Osgoodes te logeren. Er was veel te doen, vertelde hij zichzelf, en hij had het geld hard nodig nu Grace te ziek was om te werken. Marcy had aangeboden haar te bezoeken, maar Sean verklaarde dat zijn zus daar veel te zwak voor was. In werkelijkheid vreesde hij dat de aanblik van deze jonge vrouw Grace een nieuwe aanval zou bezorgen. Marcy richtte haar aandacht toen maar op de mannen in haar eigen huis. Ze bracht hun maaltijden naar de studeerkamer, haalde inkt, pennen en papier bij de boekhandel, liet Seans kleren wassen en repareerde die zelf. Het was een verademing, moest hij toegeven, dat er weer voor hem gezorgd werd.

Uiteindelijk begon Grace uit haar vreemde sluimering te ontwaken, hoewel ze uitgeput was en aanvankelijk nauwelijks rechtop kon zitten. Toen ze besefte hoe lang ze ziek geweest was en hoe diep de kinderen hierdoor getroffen waren – vooral Mary Kate, die Grace nu pijnlijk herinnerde aan het kindje dat ze vroeger in Ierland geweest was – dwong ze zichzelf eerst op een stoel bij het raam te gaan zitten, toen de kamer rond te wandelen en ten slotte zich aan te kleden en naar beneden te komen. Nu deed ze dit elke dag; ze zorgde voor haar kinderen en hervatte haar taken. De aanwezigheid van Una, het stugge dienstmeisje, baarde haar zorgen, maar Dugan verzekerde haar dat haar baantje als kok met smart op haar wachtte: zodra ze zich daartoe weer in staat voelde, kon ze beginnen. Toch zouden ze Una nog een tijdje langer aanhouden, want Grace moest niet meteen weer al het werk op zich nemen; ze moest uitrusten, tijd met de kinderen doorbrengen, buiten komen in het licht, naar het park gaan.

Dat was een goed advies. Grace nam haar kleine gezin weer mee naar de eendenvijver waar ze de afgelopen herfst zo'n heerlijke dag hadden gehad. Ze dacht dat ze zouden gaan spelen, zoals anders, maar ze zaten alleen stilletjes aan haar zijde, raakten haar aan, leunden tegen haar aan en zuchtten alsof ze teruggekomen waren van een lange, lange reis en nu pas konden uitrusten. Thuis pakten ze haar soms bij de hand en drongen erop aan dat ze ging zitten. Ze brachten haar kopjes thee en hapjes eten, en boden haar kleine dingen aan die ze gevonden hadden – meeuwenveren, gladde stenen, een blad of een nieuwe bloem. 'Kijk,' zeiden ze dan, 'is dat niet mooi?' Als om haar ervan te overtuigen dat er nog altijd schoonheid in de wereld was, alsof ze haar moesten overhalen hier te blijven.

En dus trok ze, om hun te bewijzen dat ze niet opnieuw weg zou gaan, elke dag opnieuw de wereld in. Ze ging naar buiten en zocht de bedrijvigheid, de vergetelheid van de wereld op, wandelde tussen de mensen, putte kracht uit hen, uit hun veerkracht en uit de menselijke natuur zelf, omdat ze zag dat het leven verderging. Af en toe werd het haar teveel – te luidruchtig en onstuimig, te feestelijk – en dan merkte ze dat ze naar de rand van de stad getrokken werd, naar oudere buurten, naar parken, naar rust en stilte. Soms zat ze volkomen stil voor zich uit te staren, maar nooit als Liam en Mary Kate erbij waren, nooit als Sean het zou kunnen zien.

Daarom kwam ze in beweging toen ze zijn voetstappen op de trap hoorde; ze wilde niet dat hij haar uit het raam starend zou aantreffen. Ze opende de bijbel op haar schoot op de plaats waar ze haar bladwijzer had gelegd, keek toen op en begroette hem hartelijk. Hij was zo blij dat ze er goed uitzag, dat hij een stoel pakte en bij haar kwam zitten. Eindelijk, nadat hij bijna een uur tegen haar gekletst had en voelde dat zij volledig tot zichzelf gekomen was, zweeg hij even en stelde toen de vraag die zij van hem had verwacht.

'Kun je me wat vertellen, Grace?' Hij leunde voorover in zijn stoel. 'Weet je waarom de dood van dit kind je meer pijn doet dan die van de anderen? Hield je meer van hem omdat het Morgans kind was?'

'Van de twee andere jongens die ik gebaard heb, hield ik evenveel,' vertelde ze hem eerlijk. 'Van Morgan zélf hield ik meer dan van wie dan ook. Zijn zoon was alles wat ik nog van hem bezat op deze wereld, en die zoon heb ik achtergelaten. Dat kon ik mezelf niet vergeven.'

'Maar als hij tijdens de oversteek gestorven was, zou je het jezelf ook niet vergeven hebben.'

'Aye.' Dat wist ze wel. 'Maar dan zou hij tenminste gestorven zijn in de armen van zijn moeder, die van hem hield.'

'Pa hield van hem. Barbara hield van hem.'

'Hij was míjn zoon. Onze jongen. En ik wilde hem zo graag hebben om zijn vader in hem terug te zien.' Ze stopte; haar keel kneep dicht van emotie. 'Ik wilde dat hij bleef leven.'

'Grace.' Sean leunde weer naar voren en pakte haar hand. 'Je zult ook dit te boven komen. Je bent sterk, Grace. Sterker dan wij allemaal.'

'Ik ben helemaal niet sterk, broer. Daar vergis je je in. Ik ben koppig, dat is het.' Ze fronste haar wenkbrauwen. 'Ik kon God niet dankbaar zijn voor wat ik had. Nee, ik moest zo nodig met Hem onderhandelen.'

'Wat?'

'Ik ben zo kwaad op God geweest,' biechtte ze op. 'Over alles wat er gebeurd is. Maar ik wist dat het zonde was en misschien wilde Hij daarom niet naar me luisteren.' Ze aarzelde. 'Dus besloot ik met Hem te onderhandelen: ik zou jou volgen naar de Heiligen als Hij me zou geven wat ik wilde.'

Sean kromp ineen. 'Maar in plaats daarvan stierven ze.'

'En toen haatte ik God.'

'Maar zo werkt Hij niet, Grace! Dat weet je best.'

'Tja, maar ik was koppig, weet je nog? Ik wilde wat ik wilde. Ik wilde God haten, dus deed ik dat. Ik duwde Hem zo ver weg dat ik geen troost meer had. En toen werd ik krankzinnig.'

'Dat was geen krankzinnigheid, Grace,' hield Sean vol. 'Je was uitgeput. Het was een verschrikkelijke klap, na alle andere klappen.'

'Nee, broer,' zei ze ferm. 'Het was krankzinnigheid. En een geschenk. Het was God die tegen me zei: "Stop nu. Stop en herinner je alle goede dingen. Ik ben niet degene die de pijn veroorzaakt, maar Ik zal je er doorheen helpen als je maar ophoudt met doen alsof je Mij niet nodig hebt."'

Sean ging verrast rechtop zitten. 'God heeft zichzelf aan jou geopenbaard, Grace. Dat moet je aan de anderen vertellen.'

'Nee. Ik vertel het aan jou en aan niemand anders. Dit is persoonlijk, onder ons. En, Sean'– Laat me hem niet verliezen, bad ze in stilte –'ik ga voortaan niet meer met je mee naar de samenkomsten.'

Zijn gezicht betrok.

'Het is niet de juiste weg voor mij,' voegde ze eraan toe, zo vriendelijk als ze kon. 'Ik wil niet meer verdwalen, nu ik God heb teruggevonden.' Ze legde haar bijbel op tafel.

Hij zag de tekst die ze aangestreept had. 'Ik ben de opstanding en het leven. Wie in Mij gelooft, zal leven, ook al is hij gestorven.'

'Dat las jij me op een avond voor. Ik kon je stem horen en toen... toen braken die woorden door.'

'Dat weet ik nog.' Zijn gezicht was bedroefd. 'Ik wilde je alleen maar troosten, Grace, je hoop geven.'

'Dat heb je gedaan.'

'Ik zou willen dat je hun nog een kans gaf. Het zijn zulke goede mensen. Ik voel dat God in hun midden is en ik kan het niet verdragen dat op te geven.'

'Dat vraag ik ook niet van je.' Ze bleef onverstoorbaar.

Hij knikte en worstelde met zijn teleurstelling. 'Het spijt me, Grace. Ik werd zo door mijn eigen leven in beslag genomen dat ik te weinig op jou gelet heb.'

'Het wordt tijd dat ik mijn eigen weg vind, broer,' vertelde ze hem ernstig. 'Je had gelijk toen je zei dat we het verleden los moeten laten en naar de toekomst moeten kijken. Ik stond met één been in Ierland en het andere in Amerika; dat is een heel wijde spagaat en uiteindelijk was ik volkomen uitgeput.'

Hij nam haar handen en kuste die. 'Komt alles dan wel goed met jou?'

'Ja.' Ze glimlachte naar hem, haar geliefde broer. 'Ik ben niet voor niets zover gekomen.'

Achtendertig

Hoezeer ze de Engelsen ook verfoeide, Julia moest toegeven dat Londen prachtig was in de lente. Overal langs de lanen dwarrelden, als welriekende sneeuw, roze en witte bloesemblaadjes van de bomen; perkjes met sleutelbloemen, viooltjes en narcissen fleurden de parken op en het gras was mals, zoet en vol verse klaver. De lucht was zo bedwelmend dat ze na haar lange wandelingen vaak duizelig terugkwam in het ziekenhuis, en haar vader zou tevreden geweest zijn als hij had kunnen zien hoezeer zij de laatste maanden zelf opgebloeid was. De bleke, verslagen vrouw die nauwelijks in staat was geweest uit haar kamer te komen, die zich wanhopig had afgevraagd of ze ooit weer een doel in haar leven zou vinden, die zo onmogelijk veel moeite had om beslissingen te nemen, was verdwenen. Als Julia nu in de spiegel keek, zag ze degene die ze voorheen was: het meisje dat dingen voor elkaar kreeg, wier ogen straalden en wier geest vrolijk met honderd details tegelijk jongleerde.

'Ha, dokter Wilkes. Is hij al wakker?'

De lange, rossige man in de witte ziekenhuisjas keerde zich van zijn patiënt af en glimlachte bij het zien van de voogdes van het kind, met helder roze wangen van de zon en de wind en sprankelende ogen. Hij hield van sprankelende ogen.

'Ja, dat is hij zeker. Hij is opgestaan om naar u te luisteren, geloof ik.' Wilkes stapte opzij zodat ze de dreumes kon zien staan in zijn bedje met zijn handen op de rand van het hekje, springend en kirrend nu hij haar stem hoorde.

'Hallo, kleine Morgan.' Ze dook naar beneden en pakte hem op, zo tevreden met zijn stevige lijfje, het gezonde gewicht in haar armen. 'Tijd voor je druppeltjes, en daarna gaan we thee drinken. Ik heb een koffiebroodje voor je meegenomen,' fluisterde ze hem in het oor en hij giechelde. 'Ik heb er dríe voor u meegenomen, dokter.'

'Och hemel.' Hij lachte verlegen. 'Ik merk dat mijn passie voor koffiebroodjes u de vorige keer dat we thee dronken, is opgevallen. Ik weet dat ik me nu vernederd zou moeten voelen.' Hij gluurde in de zak die ze hem voorhield. 'Maar blijkbaar ken ik geen schaamte.'

'Zullen we hem dan maar op tafel leggen? Of op mijn schoot houden?'

'Hij wordt hier aardig goed in.' Wilkes glimlachte vriendelijk naar de kleine jongen. 'Laten we de tafel maar doen.'

Julia legde Morgan neer, trok zijn hemd omhoog en kuste zijn ronde buikje, zodat hij de gulle lach liet horen waar ze nooit genoeg van kreeg.

'Goed dan, kerel.' Wilkes streek het donkere haar van het voorhoofd van de jongen en begon het verband los te maken. 'Hoe ziet het er vandaag uit, daaronder, hm?'

Morgan lag volkomen stil, inmiddels gewend aan deze behandeling.

Nigel Wilkes haastte zich nooit. Hij was een geduldig mens en al zijn patiënten hielden van hem om zijn vriendelijke toegeeflijkheid en zijn zachte aanraking, zijn persoonlijke aandacht en zijn droge humor.

Julia ging bij Morgans voetjes op haar tenen staan om het te kunnen zien. 'Wat denkt u?' Ze beet op haar lip. 'Is er verbetering?'

'Ja. Een beetje minder droog vandaag, minder geïrriteerd, en hier,' – hij maakte ruimte voor haar – 'ziet u dat de roodheid daar bijna verdwenen is en dat er vocht in de hoeken zit?'

Ze knikte.

'De traanklieren werken nu goed en uiteindelijk zal hij geen druppels meer nodig hebben.'

'Zal hij ooit duidelijk kunnen zien, denkt u?'

'Pas als hij wat ouder is en kan praten, weten we echt zeker hoeveel hij ziet. Maar' – hij glimlachte bemoedigend – 'hij zal in elk geval íets kunnen zien, al is het misschien wazig. Hij zal waarschijnlijk een bril moeten dragen, maar dat is geen probleem als je bedenkt wat het alternatief is.'

Julia schudde haar hoofd; de tranen sprongen in haar eigen ogen. 'Ik kan het nauwelijks geloven. Dat het geholpen heeft!'

'U hebt hem goed aangepakt, juffrouw Martin. Eerlijk gezegd vreesde ik in de loop van de winter dat hij het van de longontsteking zou verliezen, maar hij is een vechtersbaas, hè? En u hebt hem prima geholpen de moed erin te houden. Zijn moeder zou dankbaar zijn als ze wist hoe goed u voor hem zorgt.'

Julia voelde een steek van schuldgevoel terwijl ze naar dokter Wilkes keek die over het gezicht van het kind gebogen stond, nu met al zijn aandacht bij het openhouden en druppelen van het oog. Ze had hem verteld dat Morgans moeder gestorven was en het kind aan haar had toevertrouwd; hetzelfde verhaal dat ze iedereen had verteld – zijn verzorgsters, de ziekenhuisstaf – tot ze het bijna zelf was gaan geloven.

Er was geen brief van Grace of bericht van Sean gekomen, en Julia had het schrijven telkens uitgesteld. Ze had zichzelf wijsgemaakt dat de jongen de winter misschien niet zou overleven, of een van de daaropvolgende operaties. Die waren moeilijk geweest. Dokter Wilkes had haar eerlijk verteld dat vele patiënten bezweken omdat ze een lage pijngrens hadden en dat hij daarom opiaten toediende, zowel oraal als in een tinctuur die hij rechtstreeks in het oog druppelde. En nog was het verschillende malen een dubbeltje op zijn kant geweest. Julia had tegen zichzelf gezegd dat het wreed zou zijn Grace te schrijven dat hij in leven was, alleen om daarna te moeten schrijven dat hij dood was. Misschien leefde Grace zelf niet meer, of misschien had ze een nieuw leven opgebouwd met haar dochter en miste ze haar zoon niet heel erg. Deze excuses had ze keer op keer bij zichzelf herhaald om te proberen haar gedrag te rechtvaardigen. Maar toen had ze Aislinn ontmoet en bleken het allemaal drogredenen te zijn.

'Helemaal klaar.' Wilkes verbond Morgans ogen opnieuw, zette hem overeind en aaide hem over zijn bol. 'Zo'n knappe jongen,' zei hij terwijl hij het kind aan haar teruggaf. 'Ik moet u vertellen, juffrouw Martin, dat ik dankbaar ben dat ik in de gelegenheid gesteld werd de jongen te opereren. Het is allemaal bijzonder nieuw en nog onbewezen. Niet veel patiënten zouden dit geriskeerd hebben.'

Ze keek verbaasd naar hem op. 'Ik denk dat ik niet echt over het risico nagedacht heb,' gaf ze enigszins schaapachtig toe. 'Niet na alles wat hij al te boven gekomen is. Ik wilde alleen dat hij de kans kreeg om zijn wereld te zien.' Ze glimlachte liefdevol naar het gezicht van het jongetje.

'Dat bewonder ik zo in u, juffrouw Martin; u houdt het oog ferm op de toekomst gericht. U bent bereid een nieuwe, betere manier van leven te omarmen en dat doet u met onwrikbare veerkracht.'

'Meent u dat nou?' Ze grijnsde. 'Dat moet de vechtende Ierse in mij zijn.'

Hij hield zijn hoofd schuin. 'Ik vergeet steeds dat u een Ierse bent.'

'Hoe kunt u dat nou vergeten terwijl mijn manier van spreken zoveel poëtischer is dan die van u?' plaagde ze terwijl ze een schepje boven op haar accent deed. 'Bent u nou zo'n eejit, of hebt u misschien een oorarts nodig?'

Hij draaide zich om en pakte zijn verbandtrommel netjes in. 'Tja, eigenlijk denk ik dat ik eerder een hartspecialist nodig heb.'

Julia's ogen gingen wijd open van verbazing en ze voelde dat ze verschrikkelijk begon te blozen.

'Eh... Ik neem aan dat dit niet geheel volgens protocol is,' – hij keek haar weer aan en deed alsof hij de kleurverandering niet opmerkte – 'maar ik vroeg me af of we vanavond misschien uit eten konden gaan? Even hier vandaan.' Hij wuifde naar de kamer in het algemeen. 'Ik ken een lieftallige verpleegster die met alle plezier hier bij Morgan wil zitten, en ik ken een restaurant waar ik u graag mee naar toe zou nemen. Een keurige gelegenheid,' voegde hij er snel aan toe. 'Geen schemerlampen en zo.'

'Ik heb niets tegen schemerlampen.' De woorden waren eruit voordat ze die kon tegenhouden.

'O nee?' Hij lachte. 'Tja, ik neem aan dat we ook nog... eh... Zal ik u hier om acht uur ophalen, dan? Acht uur vanavond?'

'Acht uur is prima.' Julia beet op haar lip. 'Maar ik moet u waarschuwen, dokter Wilkes. Ik ben zo Iers als maar kan en ik schaam me niets voor mezelf of mijn landgenoten. Ik hou niet van Engelsen,' zei ze en wenste toen dat ze zichzelf een draai om de oren kon geven.

'Bedankt voor de waarschuwing, maar ik geloof dat ik het risico toch maar neem.' Hij sloot zijn verbandtrommel en probeerde niet te glimlachen. 'Ik stel het bijzonder op prijs dat u voor mijn geval een uitzondering maakt en ik zal geen poging doen mezelf goed te praten, alleen hopen dat u mijn voor de hand liggende tekortkomingen over het hoofd wilt zien. Dag, kerel.' Hij klopte Morgan op de rug, leunde toen naar hem toe en zei in zijn oor: 'Ik zal goed voor haar zorgen, namens jou.'

Julia deed alsof ze het niet hoorde.

Daarna wendde hij zich weer tot haar. Zijn ogen waren vriendelijk; hij was in een uitstekend humeur. 'Acht uur dus, juffrouw Martin. Ik zal niet te laat komen.'

Julia keek hem na, met Morgan in haar armen; toen de deur dicht was, draaide ze vrolijk de jongen in de rondte.

'Nou, wat vind je daar in 's hemelsnaam van?' fluisterde ze in zijn oor. 'Jouw mam gaat uit eten met die knappe, briljante dokter Wilkes! Nigel,' probeerde ze uit. 'Nigel Wilkes. Goeienavond, Nigel,' oefende ze en schoot toen in de lach.

Morgan lachte en klopte haar op de wang. Julia ving zijn hand en kuste die; toen keek ze naar zijn gezicht en ze zag zijn vader in hem – en zijn moeder nog meer.

'Ze noemen me een heilige omdat ik je hierheen gebracht heb,' zei ze somber. 'Maar dat ben ik helemaal niet.'

Ze droeg de kleine jongen naar het grote raam en keek uit over het terrein dat er zacht en wazig uitzag in het lieflijke middaglicht van de lente. Het was verschrikkelijk fout geweest dat ze tegen Barbara gelogen had, dat ze Grace niet geschreven had. Ze hield met heel haar grote, liefdevolle hart van dit kind, maar alle liefde van de wereld woog niet op tegen wat ze gedaan had. Op een dag zou hij groot zijn en alles willen weten over zijn vader en over zijn echte moeder; zou ze in staat zijn hem in de ogen te kijken en tegen hem te liegen zoals ze iedereen voorgelogen had, zichzelf nog het

meest? Dat had Aislinn gevraagd. Ze was vriendelijk en zachtmoe-
dig geweest, niet veroordelend zoals Julia gevreesd had. Maar ze
had gevraagd of Julia hier de rest van haar leven mee zou kunnen
leven, en of ze Morgan hier ook mee zou laten leven.

Julia keek neer op zijn dierbare, lieve gezichtje, dat straalde van
tevredenheid. Nee, had ze tegen Aislinn gezegd, en ze wist dat dit
haar eerste stap in de richting van de waarheid was. Zelfs als dat
betekende dat ze hem moest opgeven – ze sloot haar ogen en legde
haar wang op zijn hoofd – toch had ze Aislinn beloofd dat ze Grace
zou schrijven om haar alles te vertellen. En dat had ze gedaan. Ze
was minstens twaalf keer opnieuw begonnen, maar uiteindelijk had
ze een lange brief geschreven en die was nu op weg naar Amerika.
Naar Grace, de moeder van de jongen die ze in haar armen hield.
Ze kon alleen maar hopen dat het niet te laat was.

Negenendertig

Liam zat op de rand van zijn bed; zijn gezicht was rood, zijn laars bonkte kwaad tegen de poot van Graces stoel.

'Hou daarmee op,' eiste ze. 'Wat zeg je er nou zelf van, jongeman?'

'Ik heb het niet gedaan,' antwoordde hij stuurs.

'Meneer Marconi zegt van wel.'

'Nou, dat zegt hij alleen omdat hij weet dat het mijn bende is, of niet soms?' hield Liam vol. 'Maar ik was er niet bij! Vraag maar aan de andere jongens! Marconi wil me gewoon te pakken nemen omdat –' Hij hield zich in en zweeg.

Grace kneep haar ogen samen. 'Omdat wát? Waarom?'

'Omdat ik een Ier ben en hij een stinkende knoflooketer is!' tierde Liam en schopte weer tegen haar stoel.

'Liam Kelley, dat soort praatjes wil ik hier in huis niet horen,' tierde zij op haar beurt, geschokt. 'We hebben niets tegen Italianen en meneer Marconi is zelfs een goede vriend!'

'Hij eet knoflook,' mompelde Liam. 'Hij is een knoflooketer.'

'En jij bent een aardappeleter,' diende ze hem van repliek. 'Liam, wat zijn dat nou allemaal voor praatjes, in vredesnaam! Ik kan mijn oren niet geloven!'

'Hij gooit rotte groenten naar ons!'

'Nou, jullie pikken elke dag appels van zijn kar en schelden hem uit voor knoflooketer en nog erger! Jullie beledigen die man en stelen zijn spullen. Je mag blij zijn dat hij de politie niet op jullie afstuurt! Dat soort problemen kunnen we niet gebruiken, Liam,' waarschuwde ze. 'Ik ben ten einde raad, jongen, en nou komt hij me vertellen dat jullie zijn kraam omver geschopt hebben zodat al zijn mooie fruit verpest is!'

'Hij liegt!' Liam bonkte weer met zijn voet.

'Hij liegt niet! Er is er maar één die liegt, jongeman, en die zit hier voor me!' verklaarde zij. 'Ik heb er genoeg van dat je met die herrieschoppers meeloopt. Jij gaat elke dag voor hem werken tot alles betaald is. Hoor je me?'

'Dat doe ik niet. Hij stinkt!'

'Liam!'

'Je geeft niets om me.' De tranen liepen over zijn wangen. 'Je geeft alleen om geld. En om Mary Kate.'

'Ach, nee, Liam, dat is niet waar,' zei ze vermoeid.

'Stuur me maar terug naar mijn pa. Waarom doe je dat niet? Ik ben toch net als hij!' Nu begon hij echt te snikken.

Ze ging snel naast hem op het veldbed zitten en sloeg een arm om zijn schouders.

'Liam, Liam toch! Het spijt me dat ik dat ooit gezegd heb. Ik was mezelf niet. Kun je me dat ooit vergeven?'

'Nee,' zei hij, terwijl de tranen van zijn kin op de donkere stof van zijn broek vielen. 'Nee,' herhaalde hij. Hij begon nog harder te huilen, sloeg zijn armen om haar heen en begroef zijn vochtige gezicht in het warme plekje tussen haar schouder en haar nek.

Ze hield hem stevig vast, ineenkrimpend bij de herinnering aan haar harde woorden en de woedende, onbeheerste manier waarop ze hem door elkaar gerammeld had. Geen wonder dat híj nu woedend en onbeheerst was! Vergeef me, Heer, bad ze terwijl de hete tranen achter haar ogen prikten; vergeef me, vergeef me, vergeef me dat ik niet gelet heb op degene die U onder mijn hoede gesteld hebt, deze jongen die U me toevertrouwde. Vergeef me dat ik alleen gedacht heb aan de kleine jongen die er niet was. En zo hield ze hem vast, wiegde hem, mompelde alle lieve woordjes die ze tegen haar eigen zoon gemompeld zou hebben, tot het snikken bedaarde en zijn adem diep en langzaam werd en zijn lichaam verslapte. Tot hij in slaap was gevallen, uitgeput van de last van zijn woede en verdriet. Zij zou hem helpen die last te dragen, beloofde ze hem in stilte. Ze zou het goedmaken. Voorzichtig kuste ze de bovenkant van zijn verhitte, zweterige hoofd. Toen liet ze hem op het veldbed zakken, maakte zijn zware laarzen los, zette die op de grond en trok een deken over hem heen.

'Mam?' mompelde hij met gesloten ogen. 'Het spijt me, mam.'

'Sst,' fluisterde zij. 'Het geeft allemaal niets. Ga nou maar slapen.'

Ze bleef nog even zitten, veegde het haar van zijn voorhoofd en keek naar zijn vermoeide, betraande gezicht. Over vijf minuten zou ze opstaan, naar beneden gaan en voor zijn avondeten zorgen, dacht ze. Maar uiteindelijk bleef ze naast hem zitten zolang hij sliep – omdat ze wilde dat hij, als hij wakker werd, zou zien dat ze hem niet alleen gelaten had, maar aan zijn zijde was gebleven.

Boardham zat zijn geld te tellen toen Callahan de deur van het slot deed en binnenwandelde.

'Dat hou je zeker voor mij in bewaring, hè?' Hij gaf een ruk met zijn hoofd; twee handlangers sloten de deur en gingen ervoor staan om ontsnapping te voorkomen.

'Ik weet niet waar u het over hebt,' antwoordde Boardham, terwijl hij het geld nonchalant in het zakje terugduwde. 'Dit is mijn geld. Wat ik gespaard heb.' Hij wierp een blik op de gewelddadige boeven bij de deur. 'Van mijn loon, weet u.'

'Zuinigheid met vlijt, hè?' Callahan ging schrijlings op de stoel tegenover hem zitten. 'Maar dat geloof ik niet. Wat is er gebeurd met het geld dat je gisteravond bij Stookey moest ophalen?'

Boardham haalde zijn schouders op. 'Dat heeft hij me niet gegeven. Hij –'

'– zegt dat hij dat wel gedaan heeft,' viel Callahan hem in de rede.

'Niet alles,' zei Boardham vlot, hoewel er zweetdruppels op zijn voorhoofd verschenen. 'Ik krijg de rest vanavond; daarom kwam ik het niet meteen brengen. Waarom zou ik twee keer komen?'

Callahan bekeek hem kalmpjes van top tot teen en merkte het zweet en de trillende handen op. 'Je hebt me bedrogen.' Hij liet dat even tot Boardham doordringen. 'En je weet wat ik doe met mensen die me bedriegen.'

'Nee!' Boardham stak zijn hand op om hiertegen te protesteren. 'Ik zweer u –'

'Stookey, Harriman, Jimmy Doyle, Grote Dan.' Callahan telde hen op zijn vingers af. 'Die blijken allemaal meer betaald te hebben dan jij hebt ingeleverd. Hoe komt dat, denk je?'

Boardham keek naar de twee mannen bij de deur. Hij zat duidelijk in de val. Nu werd hij strijdlustig. 'U krijgt het volle pond.' Hij sloeg zijn armen over elkaar. 'Ik neem geen penny van uw geld. Ik haal een beetje extra binnen – dat kan toch zeker geen kwaad?'

Callahan dacht hierover na. 'Daarom mag ik je zo graag, Boardham.' Hij glimlachte vol sympathie. 'Je bent een achterbakse bedrieger die zich nooit verontschuldigt.'

Boardham likte zijn lippen af; hij wist niet zeker of dit een compliment was.

'Ik heb het volgende besloten.' Callahan legde zijn hand op tafel. 'Jij geeft mij de helft van wat er in dat zakje zit, dan laat ik jou je lange vingers houden.'

'De helft!' Boardham graaide verontwaardigd het zakje naar zich toe.

'De helft nu meteen, of alles met rente. Jongens?'

De twee mannen haalden hun boksbeugels en een kleine bijl tevoorschijn. Daar leken vlekken op te zitten.

Onmiddellijk opende Boardham het zakje en strooide het geld weer op tafel.

'Heel verstandig. Maar dat ben je altijd wel, verstandig.' Callahan telde zijn helft uit. 'Vergeet niet dat ik met die kapitein Reinders van jou heb afgerekend. Weet je nog, die nagel aan je doodskist?' Hij trok een wenkbrauw op. 'Die is er vandoor gegaan, voorgoed, verwacht ik. Het huis is afgesloten, het schip is weg, zijn compagnon ook.' Hij duwde zijn geld in het zakje en liet dat van Boardham op tafel liggen. 'Jij staat dus bij mij in het krijt; denk daar liever aan in plaats van me te bestelen.'

Boardham knikte berouwvol, al voelde hij zich merkwaardig teleurgesteld door de gang van zaken. Hij had zo lang gedroomd van een verschrikkelijke wraak, dat Reinders alleen de stad uitjagen hem een ontmoedigd en depressief gevoel bezorgd had. Het smeergeld was een welkome afleiding geweest.

'Doe dat nooit meer.' Callahan stond op en stopte het zakje bij zich. 'En ik heb een karweitje voor je. Ik denk dat jij hem al kent – ene dokter Draper. De nieuwe gezondheidsinspecteur van onze gebouwen. Zorg ervoor dat hij onze vriend wordt. Betaal hem maar uit jouw aandeel daar.' Hij lachte.

Boardham begon te protesteren en stopte toen verslagen.

'Doe je werk goed,' waarschuwde Callahan. 'Mijn geduld is bijna op.'

Hij gaf zijn jongens een seintje en zij deden de deur open. Toen die weer dicht was, zonk Boardham neer over de tafel, ontmoedigd. Reinders was verdwenen, de helft van zijn geld was verdwenen, de andere helft zo goed als verdwenen. Het leven was zo oneerlijk, verzuchtte hij.

Dokter Draper was opiumverslaafd en zat zo krap bij kas dat Boardhams omkoopsom minder weerzinwekkend voor hem was dan Boardham zelf. Hij had het geld aangenomen – ja, dat gaf hij toe – en Callahans stinkende, door ratten geteisterde huurkazernes schriftelijk goedgekeurd. Eigenlijk was het allemaal de schuld van zijn vrouw, verdedigde de dokter zichzelf achteraf; zij was degene die eigen geld bezat, hij was degene met hersens en zonder geld. Zij was ontzettend gelukkig geweest toen ze met een toekomstig arts trouwde, maar jammer genoeg waren haar verwachtingen nooit uitgekomen. Niet alleen zou Draper de bovenste sport van de maatschappelijke ladder waarschijnlijk nooit bereiken, maar hij leek zelfs voortdurend verder af te glijden. De opium deed daar waarschijnlijk geen goed aan, maar hij dacht ook niet dat het kwaad kon. Zeker was dat hij er vrolijk van werd en dat de stof zijn intellect vergrootte, terwijl hij tegelijkertijd ontspannen bleef – een man met zijn beroep, getrouwd met een vrouw als de zijne, had een plek nodig waar hij zichzelf kon zijn.

Dokter Drapers heimelijke toevluchtsoord was het huis van mevrouw Chang in Mott Street. Beneden, in de gokhallen, werden dag en nacht de Chinese gokspelen *fan tan* en *pak ko piu* gespeeld; maar boven... Boven was het nirwana. Hij hield evenveel van het ritueel als van het verdovende middel zelf. De plakkerige bal opiumpasta werd vastgeprikt en met grote precisie boven de vlam van een kaars verwarmd tot het juiste moment, het moment waarop de rook moeiteloos door het lange ivoren mondstuk geïnhaleerd kon worden. Als ervaren roker kon Draper een flinke bal opium in één adem inhaleren; het effect was totale euforie.

Het feit dat hij 's avonds dit stukje van de hemel had, maakte het iets gemakkelijker zijn dagen door te brengen in de hel: het ergste deel van de stad, volkomen ondraaglijk door de stank van vuilnisbelten, rottend slachthuisafval, kokende beenderen voor lijmproductie, en menselijk verval. Hij moest inmiddels regelmatig troost zoeken in het huis van mevrouw Chang. Dat had hij nodig, dat schreef hij zichzelf voor. Maar het kostte geld, waarvan hij zelf bijzonder weinig bezat. Daarom had hij zijn ziel en zaligheid verkocht aan Callahan – de duivel zelf – en nu wachtte hij af wanneer hij betrapt en ontslagen zou worden. Want hoe lang kon het zo doorgaan? vroeg hij zich af. Hoe lang kon hij deze gebouwen met de ontbindende karkassen van knaagdieren in de muren, zichtbaar door het afbladderende pleisterwerk heen, voor gezond laten doorgaan? Gebouwen met bergen vuil voor de deur, wachtend op vuilniskarren die nooit kwamen – niet in deze buurt. Gebouwen die volgepakt waren met bijna naakte, aan lager wal geraakte, krankzinnige mensen. Als deze hitte voortduurde, zou de cholera uitbreken; daar twijfelde hij geen moment aan. Dan zou hij zijn ontslag aanbieden als ze hem vergaten te ontslaan, want zelfs de zoete rook van mevrouw Chang kon hem niet redden van die verschrikking.

Hij maakte zich niet langer zorgen over het verlies van zijn inkomen. Callahan had laten doorschemeren dat hij ander werk voor hem had nu hij er zo tot over zijn oren inzat, nu ze zijn ziel bezaten. Daarom deed hij zijn rondes, vulde zijn formulieren in, haalde eerst zijn loon op en daarna zijn omkoopsommen. En 's avonds ging hij naar Mott Street: de snelste weg naar verlossing.

Veertig

Reinders glipte achterom het grote huis in en deed de deur zachtjes achter zich dicht.

'Echt, kapitein, u hoeft niet zo heimelijk naar binnen en buiten te sluipen, alsof u een arm familielid bent,' mopperde de huishoudster vanuit de hoek van de keuken. 'De voordeur kan ook open, weet u.'

'Ik ben hier maar een paar dagen, mevrouw Jenkins,' legde hij uit. 'En ik wil liever niemand ontvangen.'

'Ja, meneer.' Ze perste haar lippen stevig op elkaar.

'Is er nog post voor me?'

'In uw kamer, meneer. Neem me niet kwalijk, meneer, maar komt de familie Darmstadt binnenkort ook thuis? Ik moet het echt weten,' drong ze aan, 'zodat ik het huis op tijd in orde kan hebben. Meneer Jenkins en ik komen alleen in onze eigen kamers en in de keuken, maar ik zou niet willen dat ze thuiskomen en alles nog in stofhoezen aantreffen.'

'Ze schijnen het nogal naar hun zin te hebben in San Francisco, mevrouw Jenkins. Maar ik weet zeker dat ze wel zullen schrijven om u te laten weten wanneer ze thuiskomen.'

Ze fronste haar wenkbrauwen; dat was niet het nieuws waarop ze gerekend had. 'Eet u vanavond hier, kapitein? Of gaat u uit?'

Hij dacht even na. Ze speelden dat nieuwe spel, honkbal, in Elysian Fields. Hij wilde Liam Kelley nog een keer naar een wedstrijd meenemen – de jongen was er gek op en in die grote menigte waren ze anoniem genoeg. Maar hij was weer een paar weken de stad uit geweest en er zou wel een stapel correspondentie van Lars liggen. Voor honkbal had hij nu geen tijd, realiseerde hij zich met tegenzin.

'Ik zal boven eten, mevrouw Jenkins, dank u wel.'

Het huis was donker met de ramen en het meubilair afgedekt, maar het was nog altijd fijn om thuis te zijn; hij liep met twee treden tegelijk de trap op. Ook zíjn kamers waren afgesloten, maar hij trok meteen de gordijnen opzij en duwde het raam wijd open. Het was hier nu, vroeg in de ochtend, al verstikkend heet. Als het weer zo bleef, zouden ze alle mannen in de stad vragen zich te melden voor de vrijwillige brandweer. Vooral in de wijken met huurkazernes: daar gingen die houten krotten eraan als aanmaakhout, waarbij ze ongelukkig genoeg de meeste van hun bewoners met zich meenamen. Hij was blij dat Lily en de kinderen daar weg waren en veilig en wel bij de vrienden van Florence in Boston verstopt zaten. Lily verkocht ook daar weer vis in de haven, samen met – Reinders was daar nog steeds enthousiast over – Jakob Hesselbaum. De vishandelaar was haar gevolgd zodra hij het verhaal hoorde en nu werkten ze als volwaardige partners samen, met Solomon en Mary aan hun zijde. Samuel en Ruth bezochten de school van de Quakers. Beter dan New York in de zomer, zei hij tegen zichzelf; hij dacht verlangend aan de prikkelende koelte van de zeewind.

Hij ging naar zijn bureau en bekeek de post, terwijl hij zijn jasje van zich afschudde en zijn overhemd losknoopte. Zie je wel, een pakket van Lars. Hij sneed het open en schudde alle door Darmstadt verzamelde informatie over houttransport eruit. Het was een heleboel. De brief alleen al was bladzijden lang, net als de andere brieven; Lars drong er bij zijn zakenpartner op aan dat hij zou opschieten, al hun rekeningen afsluiten en het schip meenemen – er was een fortuin te verdienen aan het vervoer van hout langs de kust. Dit keer was Reinders hem twee stappen voor: klaar om binnen een week vanaf Boston uit te varen met de beste bemanning die hij had kunnen vinden, waaronder Mackley. Hij kon haast niet wachten weer de zee op te gaan; het zou een nieuw begin zijn en hij was er klaar voor.

Maar het was ook een einde. Hij leunde in zijn stoel achterover en dacht aan Liam. Hij had de jongen zo vaak opgezocht als hij kon, telkens wanneer hij in de stad was. Grace had hem meer dan eens bij Reinders gebracht en de jongen hele middagen bij hem achtergelaten. Ze had de kapitein verteld dat ze haar zoon en haar vader verloren had en later had Liam hem toevertrouwd dat ze ernstig ziek geweest was. De jongen was bang geweest dat ze zou sterven en wat zou er dan gebeuren? vroeg hij de kapitein; zou hij naar zijn vader terug moeten? Reinders had gevraagd of Liam dat wilde en hij had nee gezegd; hij hield van zijn pa en vond het prima hem nu en dan op te zoeken, maar hij wilde niet bij hem wonen. De kapitein had hem verzekerd dat Grace niet zou sterven, maar dat Liam, áls er iets gebeurde en de Ogues hem niet als eersten opeisten, altijd aan boord van het schip mocht komen wonen. Liam had de hele middag lopen stralen; die belofte maakte hem nog gelukkiger dan de aanblik van de circusolifanten die door de straat sjokten. Reinders had dit aan Grace verteld en ook zij was dankbaar; ze had de kapitein verteld dat hij alles voor Liam betekende.

Reinders had heel behoedzaam afgetast hoe hij met Grace moest omgaan; ze leek veranderd, ouder dan toen hij haar voor het laatst gezien had op die kerstavond, maar ze spraken niet over haar ziekte. Evenmin spraken ze over haar relatie met Jay Livingston. Grace bracht die nooit ter sprake en hij kon dat zelf eenvoudig niet opbrengen. Hij betrapte zich erop dat hij uitnodigingen van Florence om te komen dineren afsloeg uit angst dat de aanblik van Grace met Jay de kwetsbare band die hij gesmeed had, zou verbreken. Dat was goed, wist hij; hij moest echt een leven voor zichzelf opbouwen. Hij zou hen nog eenmaal opzoeken. Daarna zou hij afscheid nemen met de belofte de jongen te schrijven. Dat was het verstandigste wat hij kon doen.

Hij keek uit het raam naar de ochtendzon op de daken. In de verte hoorde hij de brandklok luiden terwijl een wagen door de straat denderde. Dit was een prima moment om te vertrekken, zei hij tegen zichzelf; in de stad zou de hitte van de zomer zeker meedogenloos zijn.

Sean bekeek de woedende menigte vanuit het gerechtsgebouw en wierp toen een blik over zijn schouder naar meneer Osgoode die zijn borgtocht betaald had met het geld dat Sean afgeleverd had, en nu zijn hoed en mantel pakte.

Het was niet goed gegaan tijdens de hoorzitting; Osgoode zou terechtstaan wegens fraude, wegens pogingen onschuldige gezinnen van hun spaargeld te ontdoen onder het mom van godsdienstvrijheid. Dat was alweer een voorbeeld van de vervolging waaronder zij te lijden hadden, verklaarde Osgoode, veroorzaakt door boze families die niets begrepen van de verbintenis die hun familieleden aangegaan waren. Het was een reden te meer om naar het westen te gaan, hun eigen gemeenschap en hun eigen land onder zelfbestuur op te bouwen. Maar eerst moest hij uit de gevangenis zien te komen.

Sean haalde het geld uit Osgoodes kluis, zoals hem was opgedragen, en stelde Marcy gerust met de woorden dat hij snel thuis zou komen met haar vader. Ze was al vanaf zonsopgang aan het inpakken; zij en haar vader zouden onmiddellijk naar Nauvoo vertrekken, daarna proberen met de pioniers mee te reizen naar het westen, en Sean… Marcy had hem met tranen in haar ogen gesmeekt met hen mee te gaan om een nieuw leven te beginnen. Op dat ogenblik had hij zo veel van haar gehouden, omdat ze van hem hield en hem bij zich wilde hebben. Maar Grace zou nooit meegaan, wilde daar zelfs niet over denken, en hij had beloofd haar nooit alleen te laten. Nee, had hij tegen Marcy gezegd. Hij kon het niet doen. Maar als ze hem de tijd gaf, zou hij wel een manier vinden.

Nu wilde hij niets anders dan zich een weg banen door die menigte. Ze stonden te jouwen met hun vuisten in de lucht en zwaaiden met borden waarop stond: HEILIGEN OF ZWENDELAARS? en OSGOODE IS EEN SCHURK! Sean keek weer naar meneer Osgoode die bleek en geschokt naast hem bij de deur was komen staan.

'Daar is Tom Bishop.' Sean wees naar het rijtuig aan de andere kant van de menigte. 'Hij heeft Richard en Harold bij zich. Zodra we naar buiten gaan, komen zij hierheen om ons naar het rijtuig te brengen.'

'Goed dan.' Osgoode veegde het zweet van zijn voorhoofd, deed toen een stap naar Sean toe en vroeg zachtjes: 'Heb je het meegenomen?'

Sean deed zijn jasje een stukje open en toonde hem de kolf van het pistool dat hij tegelijk met het geld uit de kluis gehaald had.

'Klaar?'

'Ik ga voorop.' Sean ging naar voren. 'Blijf maar dicht achter me.'

Hij duwde de deur open en werd getroffen door een uitbarsting van woedende geluiden; de menigte stroomde naar voren toen de beklaagde van de trap kwam. Vlak voordat hij tussen de mensenmassa stapte, keek Sean over hun hoofden heen en zag Harold zijn plaats innemen en zich met zijn ellebogen en vuisten een weg door de menigte banen.

'Hou vast!' schreeuwde Sean boven het woedende geroep uit; Osgoode greep zijn jasje vast en trok hem achteruit.

'Pak hem!' brulde een man en de menigte sloot zich om hem heen.

Seans kleren werden gescheurd terwijl handen naar hem klauwden, hem sloegen en stompten. Hij kreeg een klap in zijn gezicht waardoor zijn bril op de grond viel en zag alleen nog maar woedende vlekken. Hij voelde een hand op zijn middel, die zich om het pistool sloot en het tevoorschijn trok. Sean greep de man bij zijn pols en hield die stevig vast.

'Kijk uit!' gilde iemand; toen ging het schot af.

De menigte deinsde terug, tijdelijk met stomheid geslagen. Een man viel op de grond en het pistool lag in Seans handen. Als één man keken ze naar het bloedende slachtoffer en toen weer naar Sean, achter wie Osgoode in elkaar dook. Een ogenblik voordat de mensen zich op hen stortten, pakten Richard en Harold hen beet en dreven hen door de menigte naar het wachtende rijtuig. Toen zaten ze binnen. Tom zweepte de paarden op tot ze de straat uitgaloppeerden en de woedende massa achter zich lieten.

'Lieve hemel, we werden bijna vermoord!' hijgde Osgoode. 'En de politie! Ze stonden gewoon binnen toe te kijken!'

'Dan hebben ze me gezien.' Sean kromp ineen toen hij dit besefte. 'Ze hebben gezien dat ik hem neerschoot. Ze weten wie ik ben.'

De andere mannen werden stil.

'Je zult met ons mee moeten gaan,' besloot Osgoode. 'Er is gewoon geen andere mogelijkheid. Als je blijft, arresteren ze je wegens moord, en je ziet hoe bevooroordeeld ze tegen ons zijn. Je maakt geen enkele kans.'

Sean keek eerst Harold, toen Richard en ten slotte meneer Osgoode aan. 'Dat kan ik niet doen,' zei hij eenvoudig. 'Ik wil mijn zus niet alleen laten.'

Grace bonkte op de deur van de Osgoodes, keer op keer, tot die op een kiertje openging en Marcy's behuilde gezicht verscheen.

'Waar is hij?'

'Snel.' Marcy trok haar naar binnen en deed de deur stevig achter haar op slot. 'Hierheen,' zei ze en liet het aan Grace over haar te volgen door de hal en in de studeerkamer, waar kleding, boeken en papieren hachelijk hoog opgestapeld lagen; alles was in een chaotische toestand door het inpakken.

'Wat is er aan de hand? De politie is bij ons in de bar geweest, Marcy. Ik wil het van jóu horen.' Grace greep de jonge vrouw bij de schouder en draaide haar om.

'We vertrekken,' flapte Marcy eruit; haar ogen waren roodomrand en uitzinnig. 'Alleen de huishoudster en ik zijn er nog. Ik ga vanavond naar de Bishops toe, en morgenochtend vertrek ik samen met Tom.'

Grace dacht dat haar hart stilstond. 'Waar is Sean, Marcy?'

Het meisje aarzelde tot Grace dreigend dichterbij stapte.

'Hij is bij mijn vader. Ze zijn uren geleden vertrokken. De politie is hier geweest!' Haar handen vlogen geschrokken naar haar mond. 'Ze hebben het huis doorzocht!'

'Ze hebben bij ons ook alles doorzocht,' zei Grace meedogenloos. 'Nou, hebben ze zich soms ergens in de stad verstopt?'

Marcy staarde haar met wijd open ogen aan, als verlamd.

'Hij is mijn broer. Ik zal niets aan de politie vertellen, als je dat soms denkt.'

'Jij hebt nooit gewild dat hij met ons meeging!'

'Ik wil ook niet dat hij naar de gevangenis gaat,' antwoordde Grace geërgerd. 'Kom op, meid, kom tot jezelf en vertel me nou waar hij is. Ik heb zijn spullen meegenomen.' Ze verschoof de mand aan haar arm.

Marcy schudde haar hoofd. 'Hij is weg, Grace,' biechtte ze op.

'Ze gaan naar Illinois, en van daar af – dat weet ik niet. Vader en ik gaan naar Utah. Wij gaan proberen de rest van de pioniers in te halen. Maar Sean…' Ze aarzelde. 'Hij zei dat hij in Nauvoo op je zou wachten als het veilig was. Hij zou je daarvandaan schrijven.'

Grace bekeek het gezicht van het meisje onderzoekend en hoorde een bezitterige toon in haar stem.

Marcy trok haar schouders recht. 'Ik hou van Sean,' verklaarde ze. 'En hij houdt van mij. Wij willen deel uitmaken van het nieuwe leven daar. Eerst wilde hij niet, omdat hij jou niet alleen wilde laten en wist dat jij nooit mee zou gaan. Maar Sean kan hier niet langer blijven, is het wel?' Ze zette haar handen op haar heupen.

'Nee,' gaf Grace toe. 'Dat kan niet.'

'Dit is Gods plan!' zei Marcy nu uitdagend. 'God wilde dat dit zou gebeuren zodat wij bij elkaar kunnen zijn!'

'Nou, ik betwijfel of God van plan was een man te laten dood-schieten om te zorgen dat jij er met mijn broer vandoor kan gaan naar Utah. Maar ik begrijp wel wat je probeert te zeggen.'

Marcy ontspande zich een beetje; haar handen vielen langs haar lichaam. 'Hij weigerde de stad te verlaten zonder jou eerst op te zoeken.'

'Echt?' Grace had het gevoel dat haar hart zou breken.

'Ze moeten de politie gezien hebben. En dat konden ze niet riskeren.'

'Nee. Ik ben blij dat hij ontsnapt is.' Ze pakte de mand op en hield die voor zich uit. 'Wil jij dit naar hem toe brengen? Er zit een beugel in die hij 's nachts draagt. Die heeft hij nodig. En een schoon overhemd.'

Marcy keek er even naar en pakte toen het handvat.

'En wil je hem vertellen dat ik van hem hou, en' – Grace aar-zelde en beet op haar lip – 'dat ik alles zal doen wat hij zegt. Wat hij maar wil.'

'Dat zal ik hem vertellen, Grace.' De jonge vrouw schonk haar een voorzichtige glimlach. 'Ik zal goed voor hem zorgen.'

'Dat is je geraden,' zei Grace en liep het huis uit.

Eenenveertig

Reinders besefte dat mevrouw Jenkins niet thuis was of in ieder geval de deur niet opendeed, dus sloop hij de trap af en gluurde uit het zijraam.

'Grace!' Hij begon zijn overhemd dicht te knopen en de onderkant in te stoppen.

'Vergeef me, kapitein. Ik wist niet waar ik anders naartoe moest.'

'Is er iets met Liam?' Hij stapte opzij, zodat ze kon binnenkomen. 'Zit hij weer in de problemen?'

'Nee, het is Sean,' zei ze, nog altijd geschokt. 'Er was een rel bij het gerechtsgebouw waarbij een man is neergeschoten. De politie kwam in de *Harp* naar Sean zoeken.'

'O, mijn hemel.' Reinders keek verbijsterd. 'Weet je waar hij is?'

'Ik ben naar het huis van de Osgoodes geweest. Marcy is aan het inpakken. Sean en haar vader zijn uren geleden al naar Illinois vertrokken. Zij vertrekt morgen en dan halen ze de karavaan naar Utah in.'

'Gaat Sean ook mee?'

'Dat weet ik niet. Ik denk het eigenlijk wel.' Grace ijsbeerde door het portaal. 'Hij werkt voor meneer Osgoode, ziet u. Hij helpt het geld beheren voor de pioniers, verkoopt hun eigendommen en zo. Dat gaat allemaal naar de kerk.'

'Ik snap het.'

'Daar werd over geklaagd en meneer Osgoode werd gearresteerd. Sean ging zijn borgtocht betalen, maar toen ze probeerden te vertrekken, stond er een bende herrieschoppers te wachten.'

'En er is een man gedood?'

Ze knikte.

'Heeft Sean dat gedaan?'

'Dat zegt de politie.'

Reinders ging op de onderste tree van de hoogste trap zitten. 'Dat is nogal ernstig. Wat gaan jullie doen?'

Grace ging naast hem zitten. 'Marcy zegt dat hij lang genoeg in Illinois zal verblijven om mij te schrijven.'

'En dan?'

'Dat weet ik niet,' bekende ze. 'Ik weet niet eens waar Illinois ligt.' Ze begroef haar gezicht in haar handen.

Hij keek even naar haar en stond toen op. 'We hebben een borrel nodig,' zei hij, pakte haar bij de hand en trok haar overeind. Hij ging eerst de zitkamer in, maar bedacht toen hoe heet en muf het daarbinnen was; bovendien waren de karaffen leeg. 'Het huis is afgesloten,' zei hij verontschuldigend. 'Lars en Detra zijn in San Francisco, dus zit ik meestal boven in mijn kamers. Daar is het wel aangenaam trouwens,' merkte hij op. 'Er waait een briesje door het raam naar binnen en ik heb net een nieuwe fles whisky.'

'Het is niet mijn gewoonte om 's middags al te drinken.' Ze beet op haar lip. 'Maar ik probeer de hele dag al de boel een beetje op een rijtje te krijgen. Ik kán gewoon niet meer.'

'Kom mee.' Hij stak zijn hand uit.

'Goed dan.' Ze liet zich de lange trap op leiden naar zijn kamers, vlak bij de overloop.

Hij had gelijk, het was aangenaam hier, dacht ze terwijl ze rondkeek naar de ordelijke studeerkamer, de zeekaarten en papieren op het bureau, twee gemakkelijke stoelen en zijn slaapkamer achter een doorgang in de muur.

'U hebt hier meer ruimte dan aan boord,' was haar commentaar.

'Ja, maar ik ben dol op die kleine hut. Ga zitten.' Hij ging naar een buffet, haalde de whisky en schonk een royale hoeveelheid in elk van de twee glazen. 'Drink dit maar leeg,' beval hij terwijl hij haar een glas overhandigde. 'Daar knap je van op.'

Ze begon gehoorzaam te drinken en voelde bijna meteen het effect van de drank op haar lege maag. 'Bent u nog maar net thuis?' Ze ging wat gemakkelijker zitten. 'Of maakt u zich klaar om weer weg te gaan?'

'Dat laatste.' Hij ging zitten, vroeg zich af of dit het juiste moment was om het haar te vertellen en besloot toen dat hij dat het beste meteen kon doen. 'Lars heeft een houthandel opgezet in San Francisco. Hij wil dat ik met het schip en een goede bemanning naar hem toe kom.'

Graces mond viel open van verbazing. 'Gaat u dan voorgoed weg?'

'Nee, maar voor een jaar of twee.' Hij nam een grote slok. 'Het zal me behoorlijk veel tijd kosten om daar te komen, en daarna zien we wel hoe het gaat.'

Grace, beverig als ze al was, had geen enkele weerstand meer; ze probeerde niet eens te verbergen hoe ze zich voelde. 'Nou, we zullen u missen, kapitein. Liam zal u missen. Nu hebben we helemaal niemand meer.'

Reinders keek haar over de rand van zijn glas aan, van zijn stuk gebracht. 'Jullie hebben de Livingstons nog,' bracht hij haar nadrukkelijk in herinnering.

'O, aye, die zijn goed voor ons geweest, dat is waar. Maar dat zijn eigenlijk Seans vrienden, hè? Ik denk niet dat we die nog vaak zullen zien nu hij weg is.' Ze nam nog een slok, sloot haar ogen en liet haar hoofd tegen de rugleuning van de stoel vallen. 'Misschien móet ik de kinderen wel meenemen naar Illinois,' overwoog ze treurig.

'Maar Jay dan?' Hij moest het gewoon vragen.

Grace deed haar ogen open en keek hem aan. 'Jay Livingston? Wat heeft die er nou mee te maken of we naar Illinois gaan?'

'Nou, ben je niet...' Hij fronste zijn wenkbrauwen, opeens onzeker. 'Ik dacht dat jullie tweeën...' Hij dronk zijn glas in één teug leeg. 'Ben je niet met Jay?'

Graces mond begon te trillen. 'Wat bedoelt u met: mét?'

'Ach, je weet wel.' Nu voelde Reinders zich verschrikkelijk slecht op zijn gemak. 'Samen. Een stel. Verloofd.'

'Bent u nou helemaal gek geworden, kapitein?' Ze schoot in de lach. 'Kunt u zich voorstellen dat een man als Jay Livingston ooit met iemand als ik zou trouwen?'

'Ja,' zei hij hulpeloos terwijl hij haar lieflijke gezicht bewonderde. 'Dat kan ik me voorstellen.'

'Nou, dan bent u dommer dan ik dacht, een echte eejit.' Ze dronk haar glas leeg en keek toen boos naar de bodem. 'En bovendien zou ik nooit met zo'n man als Jay trouwen. Ouwe vrijgezellen zijn het ergst,' verklaarde ze, 'jullie zijn zo koppig en vastgeroest.'

'En jij niet?' vroeg hij gekwetst.

'Aye.' Grace lachte opnieuw. 'Ik ook, denk ik. Maar waarom zou u dat in 's hemelsnaam denken over Jay en mij?'

Reinders haalde schaapachtig zijn schouders op. 'Ik heb gezien hoe hij naar je kijkt,' verzon hij ter plekke. 'En hij praat voortdurend over je. En hij heeft de gewoonte aangenomen om Ierse whisky te drinken.'

'U ook.' Ze keek naar de fles op het buffet. 'En volgens mij hebben we nu wel genoeg gedronken.'

'Of juist niet.' Hij vulde zijn glas opnieuw, terwijl zijn gedachten rondtolden: ze was hier, ze hield niet van Jay Livingston, ze ging waarschijnlijk naar Illinois, hij ging beslist naar San Francisco. Hij nam een besluit en sloeg zijn drankje achterover. 'Ga met mij mee,' drong hij aan. 'Ga met mij mee naar het westen. Met de kinderen.'

Ze keek hem verbijsterd aan. 'Wat zegt u nou allemaal in vredesnaam, kapitein? Ik kan toch niet zomaar mijn spullen pakken en naar zee gaan!' Ze sprong overeind en begon te ijsberen. 'Hoe moet dat dan met Liams vader – een ouwe slons, aye, maar nog altijd zijn vader. Die zou het nooit goedvinden, en terecht! Liam gaat zaterdags graag naar hem toe, al wil hij daar niet wonen, en hoe kan ik hem ooit in de steek laten?' Ze stopte. 'En hoe moet dat met mijn broer?'

'Hij gaat ook naar het westen, zei je.'

'Nou, maar dat weet ik niet zeker! Ik weet niet waar hij heen gaat of wat er gaat gebeuren! Ik weet dat hij hier niet kan terugkomen…' Ze schudde haar hoofd. 'En hoe zou ik Dugan en Tara ooit in de steek kunnen laten na alles wat ze voor ons gedaan hebben. Ze hebben mijn leven gered, dat weet u best! En ik ben ze geld schuldig. Nu hebben ze mij nodig, of niet soms? Ik wil hen niet in de boot nemen.'

'Schip,' corrigeerde hij dronken. 'En ik heb geld. Dat mag je hebben. Alles. Geef alles maar aan hen. Doe ermee wat je wilt. Mij kan het niet schelen.' Hij stond op, enigszins wankel. 'Als je maar meegaat. Alsjeblieft, Grace.'

'Ach, kapitein.' Haar mond beefde en haar ogen vulden zich met tranen. 'Dat kan ik toch niet doen.'

'Nee?'

Ze schudde bedroefd haar hoofd; hij zag er zo verloren uit dat ze, toen hij zijn armen naar haar uitstak, meteen naar hem toe stapte.

'Het spijt me,' fluisterde ze. 'God weet dat het me spijt.'

'Mij ook.' Hij liet zijn kin op haar hoofd rusten. 'Ik ben een dwaas. Een echte eejit, zoals jij dat zo fraai zegt.'

Ze lachte en snikte tegelijk. Toen ze haar hoofd ophief om hem aan te kijken, kuste hij haar zachtjes op de mond. Ze trok zich terug en begon te praten, maar hij kuste haar opnieuw, en het was zo zacht en warm en teder dat hij dacht dat hij erin zou verdrinken.

'Blijf bij me,' fluisterde hij in haar oor. 'Ik heb je nodig, Grace.'

Ze zocht zijn ogen, en hield een moment zijn blik vast. Toen pakte ze zachtjes zijn hand en leidde hem de slaapkamer in. Hoewel hij het nauwelijks durfde te geloven, keek hij toe terwijl ze zich begon uit te kleden. Toen haalde hij haar handen weg, knoopte haar blouse los en trok die over haar hoofd omhoog, keerde haar om en kuste de achterkant van haar nek terwijl zij haar kapsel losmaakte. Hij begroef zijn gezicht in die weelderige haardos en legde zijn handen om haar borsten.

Ze kusten elkaar opnieuw; hij droeg haar naar het bed en legde haar teder boven op de gladde lakens. Toen ging hij naar het raam en liet het zonnescherm zakken, zodat de kamer in een gedempte gloed gehuld werd. Hij kleedde zich snel uit, ging naast haar liggen en liet zijn hand over de lieflijke rondingen van haar lichaam glijden. Hij verlangde intens naar haar, maar was tegelijkertijd bang om te beginnen.

'Is dit... goed?' fluisterde hij terwijl hij het haar uit haar gezicht streek en in haar ogen keek, die ogen die hem opslokten als de zee.

'Aye.' Ze stak haar armen naar hem uit en trok hem opnieuw naar zich toe.

Toen kuste hij haar hartstochtelijk, nam haar in zijn armen, omving haar met zijn hele lichaam. Een koel briesje waaide door het open raam over het bed en het gordijn wapperde. Buiten vlogen vogels omhoog naar huis en riepen een afscheidsgroet door de tere pracht van de avondschemer. Vrede – eindelijk vond hij het woord – dit was vrede.

Later lag zij in zijn armen en vertelde hij haar zijn levensverhaal – hoe hij de boerderij had verlaten en verliefd was geworden op de zee – om vervolgens deemoedig te worden toen zij haar levensverhaal vertelde. Hij sloeg zijn armen nog steviger om haar heen en worstelde met het idee dat deze vrouw getrouwd was geweest met een wrede man, haar pasgeboren zoons had begraven, gevochten had om honger en ziekte te overleven en eindelijk met haar grote liefde trouwde, alleen om hem voorgoed te verliezen. En daarna zijn zoon te verliezen. Hij drukte zijn lippen op haar wang en proefde het vocht van haar stille tranen.

'Trouw met me, Grace,' fluisterde hij met bonkend hart.

Toen huilde ze nog harder, draaide zich om en begroef haar gezicht tegen zijn schouder. Hij begreep dat ze dat niet kon, dat haar hart nog altijd aan McDonagh toebehoorde en dat ze te eerlijk was om dat te verhullen.

'Het geeft niet,' mompelde hij en streelde haar hoofd, de dikke krullen op het kussen. 'Ik kan wachten. Ik wacht wel.'

Ze dommelden dicht tegen elkaar in. Toen hij wakker werd, was Grace bezig zich aan te kleden. Het was al zo laat, zei ze; de Ogues zouden zich zorgen maken, ze moest nu gaan. Hij stond snel op en schoot in zijn eigen kleren; toen hield hij haar nog eenmaal in zijn armen, bij het raam, kuste haar en bestudeerde haar gezicht in het maanlicht. Daarna nam hij haar bij de hand en bracht haar de trap af, de keuken door, naar buiten, naar de stal, waar hij een lantaarn opstak. Ze ging naast de deur staan terwijl hij zijn paard zadelde en klom er toen op, met hem achter zich, zijn arm om haar middel.

Langzaam droeg het paard hen door de warme zomeravond, door het lamplicht van de straten, onder de ogen van de mensen die uit hun raam leunden of op hun dak zaten om het briesje op te vangen, langs de open deuren van rumoerige bars, langs de donkere steegjes, de stille parken. Reinders wenste dat hij deze vrouw altijd tegen zich aan kon houden, haar geur kon inademen, de wereld door haar ogen kon zien. Hij liet zijn mond naar haar nek zakken, kuste haar en bleef zo zitten.

Ze passeerden de slagerij, gingen de hoek om en toen het steegje in. Reinders stopte voor de deur, steeg af en tilde haar van het paard af, maar was niet in staat haar meteen te laten gaan.

'Wil jij je nog bedenken?' vroeg hij zo luchthartig als hij kon opbrengen. 'Om mij te behoeden voor het hellevuur? Dit is je kans.'

'Geloof jij dan in de hel, Peter?' Ze deed een stap naar voren om zijn gezicht te kunnen zien in het licht dat door de geopende deur straalde.

'Dat denk ik wel.' Nu werd hij ernstig. 'De hel is wat jij doorgemaakt hebt in Ierland. En Lily in Georgia. De hel is honger en slavernij en oorlog.'

'En wat zou de hemel dan zijn? Volgens jou, bedoel ik?'

'Met jou trouwen,' zei hij eenvoudig.

Ze sloeg haar armen om hem heen en legde haar hoofd tegen zijn hart.

'Je bent een goede man, Peter.'

'Niet goed genoeg, helaas.' Hij kuste haar boven op haar hoofd. 'Maar twee jaar is een hele tijd. Alles kan nog veranderen.' Hij deed een stap achteruit en keek haar aan. 'Wil je me schrijven, Grace?'

'Aye.'

'En zul je... erover nadenken?'

Ze beet op haar lip en knikte toen.

Hij kuste haar nog één keer, zo lang en zo hartstochtelijk als hij durfde, en hield haar toen alleen vast. Ik zal deze vrouw niet verliezen, zei hij tegen zichzelf, hoe lang het ook duurt, hoeveel brieven ik ook moet schrijven. *Ik geef het niet op.*

'Dat hoop ik ook,' zei ze, terwijl ze hem in de ogen keek; toen liet ze hem los.

Tweeënveertig

'Waar neem je me nou mee naar toe, ouwe dwaas?' klaagde Barbara goedmoedig.

'Dat zie je gauw genoeg.' Abban ging haar voor op het bospad, zo handig met zijn krukken manoeuvrerend alsof hij dit dagelijks deed. 'Een beetje geloof hebben, meisje.'

Het was een prachtige dag voor een wandeling, moest ze toegeven. Het bos was koel na een lange hete middag werken in de zon; de grond was een kleed van veerkrachtig mos onder haar pijnlijke voeten, het gekwetter van vogels en het gescharrel van eekhoorns – er waren weer een paar dieren die in het wild leefden, zolang het duurde – was opwekkend.

Hij zat altijd vol verrassingen, haar vriend. Soms bracht hij haar iets waar ze verrukt of verbaasd over was, of waar ze over na moest denken. Vaak maakte hij eten of een kopje thee voor haar, of putte emmers vol water en verwarmde dat boven het vuur – uren werk, allemaal 's nachts – zodat ze een bad kon nemen in de gemeenschappelijke badkuip. Ze verdiende het niet, dat wist ze zeker, niet na alles wat zij gedaan had, maar o, wat was ze veel van hem en zijn vertrouwde manieren gaan houden.

Eindelijk kwamen ze op een kleine open plek en baanden zich een weg door een hobbelig veld vol wilde bloemen; daarna liepen ze een kleine helling op naar een verlaten, klein huisje. Het zag er bouwvallig uit, de deur stond open. Nu zweette ze; het haar op haar voorhoofd was vochtig, haar blouse plakte aan haar rug.

'Wou je me dat laten zien?' vroeg ze, haar ogen dichtknijpend tegen het licht. 'Van wie is dit dan?'

'Nou, van ons,' zei hij met twinkelende ogen. 'Als jij wilt, bedoel ik.'

'Van ons?' Ze keek hem aan. 'Doe niet zo stom! We hebben geen geld voor huisjes en land.'

'Kijk, daar vergis jij je nou in!' lachte hij. 'Julia heeft net wat geld gestuurd. Als huwelijksgeschenk,' voegde hij er nadrukkelijk aan toe.

'Wat?' Ze was van haar stuk gebracht. 'Heb je soms een zonnesteek? We zijn niet getrouwd!'

'Nog niet.' Hij legde zijn vinger op zijn lippen om haar tot stilte te manen. 'Nou kunt u wel naar buiten komen, meneer pastoor,' riep hij over zijn schouder en een priester maakte zich los uit de schaduw in het gebouwtje. 'Dit is een ouwe vriend van mij, Barbara. Pastoor Brown.'

'Ik ben blij dat ik u eindelijk leer kennen, juffrouw McDonagh.' Pastoor Brown stak vol sympathie zijn hand uit. 'Ik heb uw broer en Gracelin O'Malley getrouwd, weet u. Goede mensen, die twee. Nooit betere gekend. Ik bewonderde uw broer bijzonder.' Even verscheen er een trek van smart op zijn diep gerimpelde gezicht. 'Het is mij een eer hier te mogen zijn vandaag.'

'Maar weet u…' Ze wendde zich tot Abban. 'Weet hij dat ik…'

'O, aye.' Abban grijnsde. 'En je hebt beloofd dat je met me zou trouwen als ik een priester vond die bereid was dat te doen ondanks je kloostergeloften. Je bent toch niet van gedachten veranderd, hè?'

'Nou, nee, maar ik…' Ze keek de priester aan. 'Weet u het zeker, meneer pastoor?'

Pastoor Brown sloeg een arm om haar heen en leidde haar naar het huisje. 'Ik zal je eerst volledig de biecht afnemen,' legde hij opgewekt uit. 'En daarna houden we de trouwdienst.'

'Hier?'

'Daar bij de weg is een schattig klein kapelletje.' Hij wees naar de overkant van het veld. 'Ik geloof dat de Heer er heel blij mee zal zijn.'

'Abban?' vroeg ze met tranen in haar ogen.

'Schiet nou maar op,' drong hij aan. 'Jij eerst en dan ik.'

Ze volgde de priester het huisje in, knielde voor hem neer en stortte haar hart uit: al haar zorgen, al haar twijfels, al haar zonden. Hij luisterde aandachtig en toen gaf hij haar de absolutie: in het licht van de jarenlange zware omstandigheden en de eindeloze worsteling zou hun geliefde Heer met blijdschap al haar overtredingen vergeven. Ze huilde van opluchting toen ze naar buiten kwam; ze droogde haar tranen aan haar mouw. Abban legde een bruidsboeket van wilde bloemen in haar armen, uit het veld geplukt terwijl zij haar ziel van diens last bevrijdde.

Het schemerde toen ze hand in hand voor het kleine kapelletje stonden en de priester de huwelijksceremonie voltrok; toen was het voorbij. Beiden lachten door hun tranen heen en pastoor Brown wenste hun voordat hij weer verdween een lang en gelukkig leven, veel kinderen en vrede in de Heer tot het einde van hun dagen. Amen.

Drieënveertig

Grace en Liam vertrokken meteen na het ontbijt naar Orange Street, Grace met het wekelijkse bedrag voor Seamus in haar zak. Ze waren later dan gewoonlijk en het was al heet, maar dat vond Grace niet erg. Ondanks Seans afwezigheid en het naderende vertrek van kapitein Reinders voelde ze zich vrediger dan in lange tijd het geval was geweest.

Tara en Dugan hadden ongerust zitten wachten toen ze eergisteravond laat thuiskwam; ze waren bezorgd dat er nog iets ernstigs gebeurd was. Grace had hun verteld wat ze van Marcy te weten was gekomen; daarna had ze – aarzelend, maar zonder schaamte – opgebiecht wat er tussen haar en kapitein Reinders was voorgevallen. Alleen noemde ze hem nu Peter en klonk er een beschermende tederheid in haar stem door. Als de Ogues al geshockeerd waren, lieten ze dat niet merken. Dugan had verkondigd dat Reinders een eerzaam man was, waar je in een moeilijke situatie op kon rekenen. Tara verklaarde dat ze het altijd al geweten had en dat het hoog tijd werd dat zij tweeën er ook achter kwamen. Grace hield vol dat Peter en zij geen andere afspraak hadden dan dat ze elkaar zouden schrijven tot hij terugkwam. Hij zou nog langskomen om afscheid van Liam te nemen en dan mochten ze geen woord zeggen over liefde of trouwerijen en dergelijke, waarschuwde ze. Hoewel ze zichtbaar teleurgesteld waren, hadden ze dat beloofd.

Toen had ze gevraagd of zij en de kinderen mochten blijven, ondanks het feit dat Sean weg was; ze had zich gerealiseerd dat Liams vader zijn zoon net zo min toestemming zou geven om naar

Illinois te gaan als om naar San Francisco te gaan, en zij zou hem nooit in de steek kunnen laten. Tara en Dugan hadden onmiddellijk gezegd dat ze moest blijven; ze mocht haar hele leven bij hen blijven wonen – vooral omdat het ernaar uitzag dat ze toch nooit zou trouwen, kon Tara niet laten er met een vriendschappelijke por aan toe te voegen.

Ze lachte hardop bij die herinnering. 'Schiet op,' riep ze Liam, die voor de snoepwinkel stil was blijven staan, toe. 'Misschien vind ik op de terugweg nog wel een penny voor je.'

Ze liepen de ene straat na de andere door. Toen ze het steegje van Seamus naderden, drukte Grace een lap stof tegen haar neus en mond. Een gezondheidsinspecteur kwam hen tegemoet, samen met twee politieagenten. Waarschijnlijk wilden ze een gebouw laten afsluiten, of de kinderen weghalen bij ouders die er te wanhopig aan toe waren om nog voor hen te kunnen zorgen. Ze stak haar arm door die van Liam en trok hem dichter naar zich toe.

Ondanks alle viezigheid waren op de binnenplaats geïmproviseerde tenten opgezet; daar woonden pas aangekomen immigranten die geen kamers konden vinden of zelfs de slechtste kamers niet konden betalen. Ze hingen rond boven kookpotten die te dicht bij de privaten stonden; hun kinderen speelden op blote voeten in de smurrie.

Liam ging haar voor de trap op en de gang door naar nummer negen. Hoe Seamus in die kamer kon overleven, was Grace een raadsel. Ze koesterde de hoop dat hij zich ooit genoeg zou vermannen om te verhuizen, iets anders te doen dan zichzelf dood te drinken, eindelijk de jongen te leren kennen die zijn zoon was.

Toen hij mevrouw Donnelly door de straat zag sjokken, maakte Boardham zich los uit Drapers groep en volgde haar de houten barak in, want hij wist dat ze geld op zak had. Hij had een rampzalige week gehad, omdat er geen extra werk was – Callahan boycotte hem, vreesde hij – en het weinige geld dat hij bezat, was hij bij de hondengevechten kwijtgeraakt. Hij was op zoek geweest naar mogelijkheden om iemand uit te schudden, maar de paar penny's die hij van deze bottenkokers kreeg, leken de moeite niet waard. Nu had hij weer geluk. Hij stond even in de gang, voor nummer negen, naar het geluid van hun stemmen te luisteren en duwde toen de deur open.

'Goedemorgen, ouwe,' zei hij gemeen. 'Morgen, mevrouw Donnelly. Dag, jongen.'

Ze zwegen als verstijfd, maar hun ogen weerspiegelden hun angst.

'Ik kom de huur ophalen.' Boardham stak zijn hand uit. 'Nou?'

'Ik heb al betaald.' Seamus' rauwe stem beefde.

'Hij is omhooggegaan. Er is een tekort aan kwaliteitskamers, weet je. Heb je die lui niet gezien die op de binnenplaats kamperen?'

'Geef het hem maar,' zei Seamus vermoeid, meteen verslagen. 'Er is niets aan te doen.'

'We zouden de politie kunnen roepen,' blufte Grace.

Boardham ging op haar uitdaging in. 'Ga je gang. De inspecteur staat voor de deur. Dat is je ouwe vriend, dokter Draper. Ken je die nog?' Hij glimlachte flauwtjes. 'De agenten die bij hem staan, werken ook voor mij. Dus roep maar wat je wilt, er zal niemand komen.' Hij overwoog wat hij net gezegd had. 'Niemand zal ons storen.'

Grace wierp een blik op de deur achter hem. Boardham draaide zich om, deed de deur op slot en leunde ertegenaan.

'Kom hier, jongen, en breng me dat geld.'

Liam keek naar Grace die aarzelde en toen knikte.

Zodra Liam binnen zijn bereik kwam, graaide Boardham hem naar zich toe; zijn arm sloot als een bankschroef om de nek van de jongen. Met zijn andere hand trok hij een lang, smal mes uit zijn riem.

'Laten we een beetje plezier maken,' zei hij uitnodigend en likte zijn lippen af. 'Het is zeker lang geleden dat jij een vrouw gezien hebt, hè Kelley, ouwe dronkelap? Trek die jurk uit,' brulde hij Grace toe.

'Nee,' antwoordde zij met bonkend hart.

Boardham kneep zijn ogen half dicht en hield de punt van het mes omhoog tegen Liams wang. Hij tikte ertegen en de jongen snakte naar adem; een straaltje bloed liep langs zijn gezicht.

'Laat hem met rust,' gromde Seamus en kwam naar voren.

Boardham tikte weer en Liam schreeuwde het uit. Seamus stond stokstijf stil.

'Laten we nou redelijk blijven,' zei Boardham overredend. 'Wat geeft dat nou, een beetje lol trappen met een lekker wijf? Heb je soms liever dat ik zijn gezicht hiermee bewerk?'

'Goed dan,' zei Grace meteen. 'Ik doe het wel. Maar niet voor de ogen van de jongen. Laat hem eerst los. Hij wacht in de gang. Hij zal geen kik geven, dat beloof ik.'

'O, dat belóóf je, hè?' Boardham trok het mes subtiel over Liams keel. 'Dat denk ik toch niet. Het is veel leuker als hij toekijkt. Trek uit, nu!' snauwde hij.

Grace begon met trillende vingers de knopen van haar jurk los te maken. Boardham lachte en stopte het mes tussen zijn tanden; toen reikte hij naar beneden en maakte – terwijl hij met zijn andere arm Liam nog altijd stevig vasthield – zijn eigen broek los.

'Ik ben er klaar voor,' snoof hij spottend. Het mes rustte opnieuw tegen het gezicht van de jongen.

Verblind als ze was door tranen van frustratie en angst, kreeg Grace de laatste knopen niet los. Seamus keek naar haar worsteling en schatte toen zijn zoon en de positie van Boardhams mes in. Hij liet een strijdkreet horen en botste met zijn volle gewicht tegen het tweetal aan, dreunde hen tegen de deur en schopte Liam los. Daarna klemde hij zijn armen om Boardham heen en sleurde hem mee naar de grond; de hofmeester vloekte en vocht terug.

'Rennen!' schreeuwde Seamus tegen zijn zoon. 'Rennen, jongen!'

Grace aarzelde geen moment, maar greep Liam vast, gooide de grendel los en opende de deur. Vanuit haar ooghoeken zag ze dat Boardham het mes keer op keer diep in Kelleys borst stootte, en ze hoorde de hartverscheurende laatste kreet van de oude man.

Liam en Grace renden zo hard ze konden over de binnenplaats en door de steeg de straat op, waar ze bijna tegen Draper en zijn metgezellen opbotsten. Ze keken elkaar allemaal verbijsterd aan.

'Moord!' schreeuwde Boardham achter hen. 'Stop! Moordenaars!'

Grace greep Liam bij de arm en ze maakten dat ze wegkwamen, verder bij hun huis vandaan, denderden door steegjes en de doolhoven van het huurkazernedistrict, niet in staat af te remmen tot ze eindelijk aan de kant van de haven kwamen. Daar zochten ze beschutting in een deuropening, met pijn in hun zij, en probeerden op adem te komen. Grace zag dat ze er onfatsoenlijk bijliep en verhielp dat zwijgend.

'Ik weet niet waar we zijn,' zei ze. 'Is alles goed met jou?' Ze raakte zijn bebloede wang aan.

'Aye.' Hij kromp ineen. 'En ík weet hoe we hier vandaan thuis kunnen komen.'

Ze knikte; hij ging haar voor over de geheime paden van de kwajongens die door de stad zwierven, tot ze tegenover Eberhardt, de slager, uitkwamen. Ze bleven staan kijken tot de winkel even leeg was, renden toen naar de overkant en glipten naar binnen.

'We moeten de tunnel gebruiken,' riep Liam tegen mevrouw Eberhardt; hij wachtte niet op antwoord, maar gooide de kelderdeur open en ging naar beneden.

Hij schoof de vaten en kisten opzij en leidde haar naar de andere kant, naar de schemerige koelte van Dugans kelder.

'Blijf hier,' zei ze onder aan de trap. 'We weten niet wie daar boven is. Als ik schreeuw, ren je zo snel als je kunt naar kapitein Reinders. Vertel hem wat er gebeurd is en vraag of hij je wil verstoppen.'

Ze liep op de tast de donkere trap op, duwde tegen de deur en besefte dat hij van buitenaf vergrendeld was. Ze had geen keus. Ze bonsde zo zacht mogelijk met de muis van haar hand op de deur en riep zachtjes, maar dringend: 'Dugan! Dugan Ogue! Tara! Hallo!'

Volkomen onverwacht gleed de grendel weg en ging de deur open.

'Lieve hemel, wat doe jij nou daar beneden, Grace?' Dugan was stomverbaasd. 'Ik dacht dat je met Liam op stap was.'

'O, Dugan!' Ze liet zich tegen hem aan vallen en begon te snikken.

'Kom, kom, meisje!' Hij klopte haar op de rug. 'Wat is dat nou allemaal? Hoe lang heb je daar opgesloten gezeten?'

'Dat is het niet.' Ze hikte even en vermande zich. 'Is de politie er al?'

'Die is niet meer geweest sinds ze alles doorzocht hebben op zoek naar je broer.'

'Ze komen terug.' Ze keek bedroefd naar hem op. 'Seamus is dood. Boardham heeft het gedaan, maar hij geeft Liam en mij de schuld. We waren erbij toen het gebeurde.'

'Wacht, verroer je niet.' Hij verdween en kwam weer tevoorschijn, op de voet gevolgd door kapitein Reinders.

'Peter!' Grace begon opnieuw te huilen. 'God zij dank dat jij hier bent!'

Hij sloeg zijn armen om haar heen. 'Ik kwam afscheid nemen. Wat is er gebeurd?'

'Liam is gewond. We durven niet naar boven te komen.'

Dugan pakte een lantaarn van de tafel, stak hem aan en volgde haar naar beneden. Hij hield de lantaarn omhoog tot hij de jongen op een ton zag zitten, zijn rechterwang met bloed besmeurd.

'Wie heeft dat gedaan?' Reinders kwam onmiddellijk naast hem staan en onderzocht de snee voorzichtig.

'Het was die ellendige meneer Boardham van het schip,' verklaarde Liam kwaad. 'Hij zei dat Grace haar jurk uit moest trekken en toen ze dat niet wilde, heeft hij me gesneden.' Hij stopte toen het tot hem doordrong wat er gebeurd was. 'Ik denk dat hij mijn pa vermoord heeft.'

Reinders keek Grace aan.

'Hij kwam Seamus' kamer binnen terwijl wij daar waren…' Ze wendde zich af. 'De jongen heeft gelijk.'

'Hoe zijn jullie in vredesnaam ontsnapt?' vroeg Dugan verbijsterd.

'Seamus begon met hem te vechten.' Ze sloeg haar arm om Liams schouders. 'Hij heeft ons leven gered, jouw pa, of niet soms?'

'Aye,' zei Liam verwonderd en fronste zijn wenkbrauwen om niet in tranen uit te barsten. 'Dat heeft hij zeker gedaan.'

'Het spijt me dat ik je nog meer problemen bezorg, Dugan.' Grace keek hem handenwringend aan. 'Ik weet zeker dat de politie komt. Boardham heeft hen in zijn zak. Dokter Draper was daar ook,' vertelde ze de kapitein. 'Hij is de gezondheidsinspecteur.'

'Ongelooflijk.' Reinders schudde zijn hoofd. 'Wat Boardham betreft, heb je gelijk. Hij werkt voor Callahan.'

'Dan kunnen we het wel schudden.' Dugan zette de lantaarn neer. 'Niemand kan om die ellendeling heen.'

'Als we eenmaal weg zijn, komt hij niet meer,' redeneerde zij. 'We verstoppen ons wel in de tunnel tot we weten waar Sean is en dan gaan we daarheen.'

'Of jullie zouden met mij mee kunnen gaan,' bood Reinders zo terloops mogelijk aan. 'Ik heb gehoord dat San Francisco een bijzonder opwindende stad is. Anders dan New York, waar nooit iets gebeurt.'

'Dank je wel, Peter, maar als ik nu vertrek – zo ineens – dan zie ik mijn broer misschien nooit terug.'

'Neem je Liam mee?' Reinders legde zijn hand op de schouder van de jongen.

'Natuurlijk! Ik kan hem toch niet achterlaten.'

'Wat ik bedoel, is…' Hij wierp een blik op Liam, die naar hem opkeek en hem plotseling begreep.

'Wilt u me dan meenemen?' vroeg de jongen.

'Dat wil ik.' Reinders knikte ernstig. 'Maar die beslissing kan ík niet nemen.'

Liam wendde zich met een smekende blik tot Grace. 'Mag ik met hem meegaan? Alsjeblieft, mam?'

Grace keek de kleine jongen – niet zo klein meer, bedacht ze, volgende maand al twaalf – aan en drukte haar hand tegen haar borst. De vraag deed haar pijn.

'Wou je me nou vertellen dat jij je leven niet wilt wijden aan het werk in de woestijn met de Heiligen?' Ze deed of ze haar oren niet geloofde. 'Zou je soms liever naar zee gaan met kapitein Reinders?'

'O, aye,' fluisterde Liam ademloos.

'Wil je dan geen president meer worden?'

'Nee,' antwoordde hij flink. 'Ik word kapitein. Bovendien' – hij lachte die vertederende, scheve jongensgrijns van hem – 'zegt Sean dat de president in Amerika geboren moet zijn, dus dan wordt mijn zoon wel president.'

Ze dacht na over de wijsheid van die redenatie en begreep dat hij gelijk had: voor de kinderen van de immigranten die naar Amerika waren gekomen, was alles mogelijk.

'Goed dan,' gaf ze haar toestemming en Reinders pakte haar hand. 'Maar dat is niet voorgoed, denk erom. Over een jaar of zo moet je weer naar huis komen.'

Liam sloeg zijn armen om haar heen en hield haar stevig vast. 'Ik hou van je,' zei hij eenvoudig.

'En ik van jou.' De woorden bleven bijna in haar keel steken.

'Grace...' Reinders aarzelde. 'Ik vertrek meteen. Vandaag. Mijn rijtuig staat buiten. Ik kwam alleen even binnen om –'

'Hoe eerder hoe beter,' besloot Grace. 'Dugan, wil jij zijn kleren naar beneden brengen? En wil je Mary Kate ook hierheen halen?'

Bij de gedachte aan het kleine meisje werden ze allemaal even stil.

Het ging zo snel – Liams betraande, enthousiaste afscheid van Mary Kate, Tara en Caolon – dat Grace het nauwelijks besefte toen hij weg was. Peter had haar keer op keer beloofd dat hij goed voor de jongen zou zorgen, hem met zijn leven zou beschermen, hem zou helpen opgroeien tot een man waar Grace trots op zou kunnen zijn. En Grace wist dat dat waar was. Tenslotte was Liam niet háár, maar Gods kind – en God legde zijn leven opnieuw in de handen van kapitein Reinders.

Het vermoorden van Seamus Kelley betekende niets voor Marcus Boardham, maar de gedachte dat zijn wraak hem opnieuw door de vingers glipte, maakte hem razend.

Draper, die rat, had zijn beklag ingediend bij Callahan, had volgehouden dat hij niet medeplichtig wilde zijn aan zulk overduidelijk wangedrag – een moord, in 's hemelsnaam! Boardham hóórde de hoogdravende zeurtoon in de stem van de dokter. Alsof hij niet elke dag van zijn smerige leven medeplichtig was aan moord door toe te staan dat er meer huurders in die broeierige, van luizen vergeven gebouwen kwamen in plaats van ze dicht te timmeren en te laten afbranden. Boardham was tenminste eerlijk over zijn werk: hij wandelde naar binnen, deed zijn werk grondig en wandelde weer naar buiten, zonder gezeur. Als een mán.

Het doden van Kelley had hem niet méér verontrust dan het doden van de dolle honden die 's zomers door de straten zwierven; met het grootste gemak sloeg hij ze de hersens in voor vijftig cent per stuk. Toch had die ouwe dronkelap hem nog verrast; hij had hem overrompeld met dat laatste beetje moed. Heel ontroerend wat een man voor zijn zoon over heeft als hij de kans krijgt! Boardham vond het eigenlijk wel mooi dat hij hem de gelegenheid had gegeven een eervolle dood te sterven, hoe misplaatst zijn ingrijpen ook geweest was.

Wat hij niet zo mooi vond – helemaal niet – was dat hij mevrouw Donnelly en de jongen de moord niet in de schoenen had kunnen schuiven. Aangezien ze in Ierland al wegens moord gezocht werd, zou ze zeker schuldig bevonden zijn. Het was zo gemakkelijk. En Reinders zou – als de ridder die hij dacht te zijn – op zijn witte paard de stad inrijden om voor haar in te staan, of anders op zijn minst voor de jongen. Het was volmaakt. Maar Callahan had er niets van willen horen. Geen woord. Hij had een paar man gestuurd om Boardham naar Stookeys privé-vertrek boven te brengen. Daar had Callahan zijn woede de vrije loop gelaten: ditmaal was Boardham te ver gegaan, had te veel ongewenste aandacht op zichzelf en alle anderen gevestigd. Callahan had zich niet tot deze positie opgewerkt om door een minderwaardige verklikker geruïneerd te worden. Er zou geen politie naar de bar van Ogue gestuurd en geen arrestatie verricht worden, had hij volgehouden – te veel getuigen hadden Boardham uit het gebouw zien rennen met het bebloede mes in zijn hand. Op klaarlichte dag! Callahan had vergeefs geprobeerd te kalmeren; vervolgens had hij tussen zijn tanden gesist dat Boardham naar huis moest gaan en op nadere instructies moest wachten. Geen problemen meer, had hij gewaarschuwd, anders zwaaide er wat.

Vernederd sloop Boardham terug naar zijn warme kamertje boven in het huis; daar zat hij te zweten, terwijl hij met de minuut kwader werd als hij dacht aan de vrouw en de jongen die ergens in die oude bar, misschien in een kast of een voorraadkamer, in elkaar gedoken zaten, angstig bevend als muizen, bang om naar buiten te komen, een gemakkelijke prooi voor iemand die het karwei wilde afmaken. En o, hij wilde het zo graag afmaken! Voor eens en voor altijd. Hij ijsbeerde over de rotte vloerplanken en stopte alleen om met zijn vuist op het afbrokkelende pleisterwerk van de muur te slaan; zijn kleren waren doordrenkt met het zure zweet van zijn woede. Hij keek uit het raam terwijl de duisternis viel, keek naar gezinnen die op hun daken of buitentrappen klommen om aan de hitte te ontsnappen, terwijl pretmakers de straten opeisten. Hun rauwe gelach en plotselinge vuistgevechten werden telkens onderbroken door het geluid van de brandklok in de verte. Boardham hield zijn hoofd scheef en luisterde terwijl de wagen dichterbij kwam: paardenhoeven kletterden, mannen schreeuwden naar elkaar en renden de heuvel af in de richting van het vuur. Grijnzend propte hij een muts in zijn zak en ging naar buiten.

Grace werd wakker van het gekraak en geraas van iets zwaars boven haar hoofd; daarna hoorde ze gedempt het geluid van brekend glas. Ze ging overeind zitten en snoof de lucht op. Rook! Met bevende handen stak ze de lantaarn aan en tilde die op, zodat het licht door de donkere kelder straalde. Mary Kate lag nog te slapen in het veldbed naast haar, met haar pop stevig tegen zich aan geklemd. Grace liet het licht in de richting van de trap schijnen. Daar kwam de rooklucht vandaan; de rook golfde naar beneden en begon het vertrek te vullen. Boven klonk nog een glasexplosie. Iemand gilde daar boven, schreeuwde dat iedereen naar buiten moest. Ze pakte haar dochter en rende de trap op, maar de deur ging niet verder dan op een kiertje open. Door die kier stroomde de rook naar binnen. Grace realiseerde zich dat een balk haar de weg versperde. Mary Kate was inmiddels wakker en hield haar armen om de nek van haar moeder.

'Blossom,' huilde ze; Grace graaide de pop mee terwijl ze langs het veldbed rende in de richting van de tunnel.

Ze plonsde op blote voeten door de donkere plassen; de ratten schrokken op en verdwenen in spleten in de muren met hun lange, onbehaarde staarten achter zich aan zwiepend. Het leek eindeloos te duren, maar toen waren ze eruit; Grace gleed bijna uit terwijl ze naar Eberhardts trap rende. Ze drongen de winkel binnen en Grace riep de slager.

'Brand!' riep ze toen hij op de trap verscheen. 'Brand in de *Harp*!'

In de verte joeg het doordringende geluid van de brandklok de vrijwilligers weer eens uit bed. Ze gingen de straat op en sprongen op de passerende wagens die in de richting van de vlammen reden.

'Karl!' Mevrouw Eberhardt stond in de deuropening en hield een deken over haar nachtjapon krampachtig vast; haar ogen waren uitzinnig van angst.

Meneer Eberhardt riep haar in het Duits iets toe. Ze knikte en kwam onmiddellijk naar beneden.

'Blijf hier,' beval hij, rende de deur uit, riep meneer Marconi en vloog de straat door.

Grace stond hem na te staren. De politie zou er zo zijn. Maar Dugan… Tara… Ze gaf Mary Kate aan mevrouw Eberhardt en wees naar de laarzen die in de hoek stonden.

'Ik moet gaan. Ik ben zo terug.' Ze liet haar voeten erin glijden en kuste haar dochter.

Nu vloog ze de straat in, ging de eerste hoek om, passeerde het steegje vol rook en sloeg de laatste hoek aan hun kant van de lange straat om; daar stopte ze verbluft. Gretige tongen vuur, uitgebraakt door de benedenramen, likten omhoog naar de eerste verdieping en de kamer die van Grace en de kinderen was geweest; uit die ramen stroomde zwarte rook en het glas lag versplinterd op de grond eronder.

Aan de overkant van de straat had zich een menigte verzameld. Een aantal mensen voegde zich bij de brandweerlieden die water pompten en volle emmers aan elkaar doorgaven.

'Dugan!' schreeuwde ze boven het geraas van het vuur uit. 'Dugan Ogue!'

Hij draaide zich om en kwam met reuzenstappen naar haar toe rennen, tilde haar van de grond in zijn armen en drukte haar bijna dood.

'Ach, God zij dank, God zij dank!' snikte hij; zijn hele lichaam beefde. 'Ik dacht dat je er geweest was. Ik kon niet bij die deur komen.'

'Tara?' vroeg ze onmiddellijk.

'We zijn nu allemaal buiten.' Hij wees naar de plek waar zijn vrouw verbijsterd omhoog keek naar het vuur, met Caolon in haar armen; andere vrouwen hadden hun armen troostend om die twee heengeslagen. Zij draaide zich om en zag Grace; haar gezicht werd overspoeld door opluchting.

'De hemel zij geprezen.' Tara omhelsde haar. 'Hoe ben je daar ooit vandaan gekomen, en waar is Mary Kate?'

'Die is in de winkel van de Eberhardts. We zijn door de tunnel gegaan.'

'O natuurlijk! God zij dank voor dat ding. Karl!' Dugan riep naar de slager. 'Marconi!'

De groenteboer zag hen ook en baande zich een weg door de menigte. 'Het is echt verschrikkelijk voor jou, Ogue.' Hij schudde bedroefd het hoofd. 'Maar er is niemand dood, toch?'

'Una,' vertelde Dugan. 'Ons dienstmeisje.' Hij wendde zich tot Grace. 'Zij sliep in jouw kamer, omdat jouw spullen daar allemaal uit waren en ze dacht dat jij weg was. Ik had haar gezegd dat het mocht.' Zijn stem haperde.

'Je moet jezelf niet de schuld geven, Ogue,' troostte Karl hem. 'Je kan het niet weten. Het is zomer, en zo heet. Elke nacht gaat er wel iets in vlammen op. Waar is het begonnen?'

'In het steegje, denk ik.' Dugan en Grace wisselden een blik. 'Daar achter is het erger.'

Er was een plotselinge opleving van activiteit toen nog een wagen stilstond waar mannen uit sprongen.

'Politie.' Dugan stootte Grace aan en wendde zich weer tot Karl. 'Zou jij Grace naar jouw huis kunnen brengen, Karl? En Tara en Caolon ook?'

'Ik blijf hier,' zei Tara flink.

'Nee, moeder.' Hij sloeg een arm om haar heen. 'Dat is niet goed voor de jongen, met al dat glas en die rooklucht. Ga nou maar naar Karls huis. Ik ga helpen bij het blussen. Kijk, Marconi gaat omhoog.'

'Wees voorzichtig,' waarschuwde ze haar man. 'Jij bent te groot om die iele ladders op te klimmen.'

Hij lachte niet omdat hij zag hoe bezorgd ze was. 'Ik ga niet klimmen, Tara mijn lief, dat beloof ik.'

Karl nam de groep vermoeide mensen mee naar zijn kamers boven de winkel en keerde toen terug om samen met alle andere mannen uit de buurt de brand te bestrijden. Elke man was nodig. Een vuur als dit kon zich van dak tot dak verspreiden; je wist nooit waar het zou eindigen.

Mevrouw Eberhardt legde dekens op de vloer en de kinderen vielen in slaap terwijl de vrouwen praatten. Brand was verschrikkelijk, waren ze het fluisterend met elkaar eens, en wat zou er morgenochtend van het gebouw over zijn? Uiteindelijk dommelden ook zij in – mevrouw Eberhardt met haar hoofd achterover op haar stoel, lichtjes snurkend, en Tara languit op de vloer met haar kindje in haar armen. Alleen Grace bleef wakker; ze wist dat het allemaal haar schuld was, maar kon niet zeggen hoe ze anders had kunnen handelen. Ze keek uit het raam terwijl de oranje hemel dof grijs werd van roet en vroeg zich af waarom ze ooit gedacht had dat het leven van haar broer belangrijker was dan haar eigen leven, waarom ze niet begrepen had dat ze ieder hun eigen weg konden gaan en toch altijd broer en zus bleven, waar ter wereld ze ook terecht zouden komen. Ze had hem verteld dat ze het verleden losliet en toch was ze niet in staat geweest hém los te laten; ze had zich aan hem vastgeklampt, zelfs toen hij in een richting ging die zij niet wilde gaan. Er was een enorme vlammenzee voor nodig geweest om haar te laten beseffen dat het leven voorbijvloog en dat de toekomst nu begon. Toen Karl, Dugan en meneer Marconi uren later de trap op kwamen stommelen, stond haar besluit vast.

'Nou, het is erg,' gaf Dugan toe. 'Maar het had nog erger kunnen zijn. Die ouwe Dooley kwam bij het krieken van de dag de stoelen rechtzetten en beweerde dat niemand er met dit lekkere weer bezwaar tegen zou hebben dat er een briesje naar binnen kwam!'

'Die wil gewoon zijn plek bij de bar niet kwijt,' lachte Tara met Caolon aan de borst.

'En ik wil ook niet dat hij die kwijtraakt. We gaan herbouwen,' kondigde Dugan aan. 'Ik denk dat we dat kunnen, moeder. Als jij het aankunt, tenminste.'

'Dugan Ogue, ben ik ooit bang geweest om opnieuw te beginnen?' berispte ze hem. Toen liep hij met grote stappen de kamer door om haar voor het oog van God en de hele wereld vol op de mond te kussen.

'Ik kan helpen.' Karl veegde met een handdoek het roet van zijn gezicht. 'Ik ken nog wat jongens die ook wel willen helpen.'

'Vergeet meneer Marconi niet,' verkondigde de groenteboer. 'En de hamer van mijn vader. Helemaal uit Italië!'

'Jullie kunnen hier logeren tot het klaar is,' bood mevrouw Eberhardt in haar voorzichtige Engels aan. 'We maken wel ruimte.'

'Waar is de jongen?' Marconi keek bezorgd. 'Waar is Liam?'

'Bij kapitein Reinders.' Grace stond op en nam haar dochter bij de hand. 'Ik hoop dat je me vergeeft, Dugan. Je weet dat wij niet kunnen blijven helpen.' Ze zweeg even. 'Mary Kate en ik gaan vandaag naar Boston.'

Op Tara's gezicht brak een grijns door. 'Zo mag ik het horen.'

'Nou moe…' Dugan schoot in de lach. 'Goed dan. We zullen moeten opschieten als jullie hen willen inhalen voordat ze uitvaren.' Zijn gezicht betrok. 'Maar Grace, ik weet niet hoe. De kar is verbrand, en de muilezel…' Hij wierp een blik op Mary Kate.

'Je mag mijn kar en muilezel gebruiken,' bood Karl aan. 'Maar dat ouwe beest haalt het nooit naar Boston.'

'Als je ons naar de Livingstons kunt brengen, weet Florence wel hoe het verder moet,' zei Grace dankbaar.

'Marconi en ik slepen jullie hutkoffers door de tunnel,' dirigeerde Ogue. 'En Karl rijdt de wagen voor.'

De mannen gingen uiteen en Mary Kate trok aan haar moeders hand.

'Gaan we dan naar zee met Liam en de kapitein?'

'Dat denk ik wel.' Grace beet op haar lip. 'Wil je dan wel weer aan boord van die boot?'

'Aye.' Mary Kate grinnikte. 'En mam – het is een schíp.'

Boardham zat in een stoel bij het raam te wachten. Hij maakte zich zorgen, maar hield zijn emoties in bedwang met zorgvuldig afgemeten glazen whisky. Callahan had een boodschap gestuurd: hij had een karweitje voor de hofmeester. Dat betekende dat hij Boardham niet in verband had gebracht met de brand van de afgelopen nacht. Hij stond zichzelf een gespannen, tevreden glimlach toe. De bar in brand steken was gewoon briljant geweest. Callahan zou nooit in staat zijn Boardham als schuldige aan te wijzen, zo snel had hij gewerkt, zo lichtvoetig, zo bijzonder discreet. En zelfs als Callahan het uiteindelijk zou doorkrijgen – Boardham gooide zijn drankje achterover – de vreugde van het toekijken toen de kroeg van die Ierse ellendeling in vlammen opging, het zien dat het lichaam van mevrouw Donnelly naar buiten gedragen en op de lijkwagen gelegd werd, het horen van die lelijke reus toen hij het uitsnikte omdat zijn leven voor zijn ogen in vlammen opging, was het waard geweest. Ja, dat alles woog wel op tegen het verlies van zijn eigen levensonderhoud.

Langer was hij niet gebleven. Hij had zich voor zonsopgang naar huis gehaast en zijn spullen ingepakt, klaar om te vluchten indien noodzakelijk. Kort nadat hij thuiskwam, had de boodschapper aangeklopt. Het was een belangrijk karwei, had de boodschapper benadrukt, en als hij het er goed vanaf bracht, was alles vergeven. Zo niet, dan zou hij nooit meer naar deze kamer terugkeren, had Boardham besloten. Dan zou hij naar het zuiden trekken, naar nieuwe vrienden en een nieuw leven.

Het was stil vanavond: geen brandalarm, geen knokpartijen op straat. Hij schonk zichzelf nog een glas in uit de bijna lege whiskyfles. Een scherpe roffel op de deur doorbrak de stilte en maakte hem aan het schrikken; een deel van zijn drankje klotste op de tafel.

'Ja,' grauwde hij terwijl hij het glas neerzette.

De deur sprong open en daar stond zijn favoriete Bowery B'hoy – Kleine John English, de taaiste man uit de buurt. Dat was bemoedigend. Callahan moest meer geloof in hem hebben dan Boardham beseft had. English was heel kieskeurig; hij werkte alleen met mannen die het karwei voor elkaar konden krijgen.

'Whisky?' bood Boardham collegiaal aan, terwijl de knoop in zijn maag minder werd.

'Nee, bedankt.' De schurk had een ontwapenende glimlach. 'Later misschien.'

'Ik drink deze nog even op.' Boardham dronk het glas in één teug leeg. 'Beetje schrale keel vanavond.'

'Dan kun je beter kappen met roken.' English sloot zijn jasje over het mes aan zijn riem. 'Dat soort dingen wordt alleen maar erger.'

Vierenveertig

Jay stuurde Florence de boodschap dat zij meteen van haar vergadering naar huis moest komen. 'Zij onderhoudt alle contacten,' zei hij verontschuldigend. 'Ik geef alleen de fuiven en schenk de drankjes in. Nu we het daar toch over hebben...?'

'Nee, dank je wel.' Grace stond voor het raam naar buiten te kijken. 'Het is beter als ik helder blijf denken.'

Hij bediende zichzelf. 'En dacht je helder toen je deze bijzonder overhaaste beslissing nam om er met die saaie, bedaarde kapitein Reinders vandoor te gaan?'

'Jay,' mopperde ze afwezig, terwijl ze luisterde naar het gelach van Mary Kate vanuit de keuken waar de Ogues en zij een maaltijd voorgeschoteld kregen.

'Ik meen het, Grace. Het is een zeeman! Maandenlang weg, wie weet waarheen – vreemde landen, exotische vrouwen, rum smokkelen...'

'Ik dacht dat je zei dat hij saai en bedaard was?' Ze schoot in de lach.

'Je had mij kunnen krijgen, weet je,' berispte hij haar luchthartig. 'Ik begrijp het echt niet.'

'Jay!' Ze keek hem aan. 'Jij hebt nooit met me willen trouwen!'

'En als ik dat wel gewild had?' argumenteerde hij. 'Als ik je nu zou vragen? Zou je het overwegen?'

Ze schudde haar hoofd.

'Waarom niet, in vredesnaam?' vroeg hij dringend.

'Nou…' Ze zweeg even. 'Omdat we niet van elkaar houden.'

'O nee?' vroeg hij gemelijk. 'Ik weet zeker dat minstens een van ons wel van de ander houdt. O, daar ben je dan.' Zijn zus wandelde de kamer in. 'Ze gaat er met Peter vandoor en dat kan ik haar niet uit haar hoofd praten.'

'Goed zo.' Florence knipoogde naar Grace.

'Ik geef het op!' Jay liep met grote stappen naar het bureau in de hoek en hield een leren schoudertas omhoog. 'Dit is voor je broer. O'Sullivan kwam het een tijdje geleden brengen; vooral kranten en wat post. Wat moet ik daar nú mee beginnen?'

'Tja, het heeft geen zin dat zij het meeneemt naar San Francisco,' zei Florence tegen hem. 'Hou het maar hier tot Dugan wat van Sean hoort; dan sturen we het zelf wel naar hem toe.'

Jay haalde zijn schouders op en zette de schoudertas neer. 'Goed. Maar ik kan gewoon niet geloven dat je dit doet, Grace.'

'Toch doe ik het.' Grace stak haar hand uit. 'Vaarwel, Jay.'

'Ik zeg nooit vaarwel, en bovendien kom je terug.'

'Klaar?' vroeg Florence.

Grace knikte, kuste Jay snel op de wang en volgde zijn zus de keuken in.

Iedereen stond op en Mary Kate stak haar armpjes uit; haar moeder tilde haar op en ging de achterdeur uit naar het wachtende rijtuig. De koetsier laadde de hutkoffers in en toen was het tijd. Grace zette Mary Kate neer, streek haar jurk glad en wendde zich tot haar vrienden.

Tara hield Caolon naar voren. 'Hij wil zijn grote zus gedag zeggen.'

Mary Kate kuste zijn kleine knuistjes en daarna zijn bolle wangetjes. 'Dag, Caolon,' fluisterde ze en wreef haar gezicht tegen het zijne.

'Voor je het weet, zie je hem weer terug,' stelde Tara haar gerust, maar Mary Kate reageerde gelaten; ze had in haar korte leven al zo vaak afscheid genomen.

Grace hield de baby even vast, kuste hem, gaf hem terug aan Tara en omhelsde ook haar.

'Nou, stuur ons bericht. Laat ons horen wat er gebeurt. En Grace, bij ons is er altijd plaats voor je, dat weet je.'

'Bedankt, Tara. Voor alles.' De twee vrouwen leunden even tegen elkaar aan.

'Nou, zo is het wel goed, vrouw. Zijn ze al niet laat genoeg? En het is niet voorgoed, weet je.' Dugan tilde Mary Kate op; ze verdween helemaal in zijn machtige armen. 'Wees maar lief voor je moeder,' zei hij nors, en toen werd zijn stem vriendelijker. 'Ach, nou, dat ben je altijd, of niet soms? Te lief om waar te zijn.' Hij kuste haar, zette haar neer, deed een graai in zijn zak en haalde er een zakje snoepjes uit. 'Voor onderweg. Geef er ook maar een paar aan Liam. Als je hem ziet.'

'Aye, Dugan, bedankt.' Ze nam de zak aan en beet op haar lip, precies zoals haar moeder.

'En geef hem dit van meneer Marconi.' Hij overhandigde haar een klein zakmes met een glad, nieuw handvat. 'Om landjepik mee te doen.'

Ze knikte ernstig en stopte het in haar zak.

'Goed zo.' Hij wendde zich tot Grace. 'Hier heb ik nog wat.' Hij overhandigde haar een oud portret van zichzelf in zijn boksplunje, met een kop zwart haar, de armen omhoog in gevechtshouding. 'Vergeet je ouwe vriend Sterke Ogue nou niet, hè?'

Graces gezicht deed pijn van alle emotie. 'Nooit,' beloofde ze plechtig. 'Van mijn leven niet.'

'Ik zal uitkijken naar de brief van Sean en ik zal hem laten weten waar jij heen gegaan bent. Vaarwel dan, meisje.' Hij deed zijn armen wijd open.

Ze legde haar hoofd tegen zijn machtige borstkas en luisterde naar de slag van zijn sterke, trouwe hart. 'Dank je wel, Dugan.' Ze keek op in zijn ogen en ze begrepen allebei wat ze bedoelde. 'Bedankt voor mijn leven.'

'Jij was degene die Caolon ter wereld hielp en daarom zullen we altijd van je houden.' Hij kuste haar op de wang. 'Maak nou dat je wegkomt, allebei. God zij met jullie,' sprak hij plechtig terwijl hij haar losliet. 'Tot weerziens.'

Ze knikte en schonk hem een beverig glimlachje; toen klom ze in het rijtuig naast Mary Kate en tegenover Florence. Grace stak haar hand uit het raam en Dugan pakte die voor het laatst.

'Zorg dat je hem krijgt,' fluisterde hij.

Het rijtuig vertrok en ze keken het na tot het om de hoek verdween; Dugans arm lag stevig om Tara heen, die het kind dicht tegen zich aan hield.

'Ik hou van je,' zei ze, tegen haar man aan leunend.

'En ik hou van jou,' zei hij en kuste haar lieve mond.

Voor het bovenraam stond Jay het rijtuig na te kijken; toen keek hij naar beneden en zag Dugan, zijn vrouw en hun kind, badend in het zonlicht. En op dat ogenblik benijdde hij hen meer dan wie ook.

Vijfenveertig

'Hij is weg!' riep Lily terwijl ze de deur opendeed. 'Ach, lieve hemel, hij is gisteren vertrokken!'

Grace keek verbijsterd en zakte toen in elkaar; Florence en Lily vingen haar op voordat ze de grond raakte. Tussen beide vrouwen in werd ze het huis in gevoerd.

'Zet haar neer,' dirigeerde Lily. 'Ik zorg voor thee. Mary!' Haar dochter kwam binnen, intussen haar handen aan haar schort afvegend. 'We hebben bezoek. Hebben we iets te eten voor hen?'

'Ja, mama.' Het meisje glimlachte toen ze zag wie er waren.

Florence klopte Grace kordaat op haar hand en Lily waaierde haar met een krant frisse lucht toe.

'Hou op.' Grace knipperde en ging overeind zitten. 'Het gaat wel. Hou op.' Ze keek om zich heen naar Mary Kate en ontdekte dat die ongerust naast haar stoel stond; ze trok het kind op schoot en omhelsde haar.

'Ik kan het gewoon niet geloven!' Lily ging zitten.

'Ik wist wel dat we misschien te laat waren,' zei Grace uiteindelijk triest. 'Ik wilde daar gewoon niet aan denken.'

'Hij wist niet dat jullie kwamen, anders had hij gewacht. Dat weet ik zeker.' Lily schudde haar hoofd.

'Het is zijn schuld niet. Hij vroeg me om mee te gaan, maar ik zei nee. Ik zei tegen hem dat ik naar mijn broer in Illinois ging.'

Lily keek haar van terzijde aan. 'Je zei nee, maar je houdt van hem?'

'Ik weet niet wat ik voel,' bekende ze. 'Ik kan mezelf niet vertrouwen, wat dat betreft. Maar ik was bereid dat te riskeren. Hij heeft Liam, of niet soms? En ik denk dat hij echt van me houdt.'

'Dat is waar.' Lily leunde voorover. 'En hij is dol op die jongen. Op jou ook, Mary Kate. Dat heeft hij zelf gezegd.'

'Zijn ze nou weg?' vroeg Mary Kate verbijsterd.

De vrouwen keken elkaar aan.

'Aye,' gaf Grace toe, nog altijd niet in staat het volledig te geloven. 'We zijn hen misgelopen.'

Mary Kates mond viel open en ze barstte in tranen uit. Grace omhelsde haar heftig en worstelde met haar eigen vreselijke teleurstelling.

'Ach, meisje toch, het spijt me, het spijt me. Het is mijn schuld. Maar we bedenken wel wat. We komen er wel achter wat we moeten doen.' Ze keek eerst Florence en toen Lily hulpzoekend aan.

'Ruth,' riep Lily, en het verlegen meisje dat Grace zich herinnerde, kwam tevoorschijn. 'We hebben Mary Kate op bezoek. Neem haar mee naar de keuken, wil je, en laat haar de mama-hond zien.'

Mary Kate hief haar betraande gezichtje op zodra er over een hond gepraat werd. Ze liet zich van haar moeders schoot weglokken en stond het meisje toe haar bij de hand te nemen en uit de kamer te leiden.

'Wat moeten we nou doen?' vroeg Grace ontmoedigd. 'Ik kan niet alleen naar San Francisco gaan en ik kan niet terug naar de stad. Ik heb geen idee waar Illinois ligt of hoe ik mijn broer kan vinden als ik daar terechtkom.' Ze moest er zelf bijna om lachen, zo hopeloos klonk het.

'Je kunt hier blijven,' bood Lily aan. 'Je kunt een tijdje bij ons logeren. We kunnen plaats maken.'

Grace beet op haar lip. 'Kan ik werken voor de kost? Is er werk?'

'Een heleboel.' Lily werd enthousiast. 'We hebben bars en winkels, fabrieken, huishoudelijk werk… Een heleboel dingen die je kunt doen. Je kunt zelfs bij Jakob en mij werken als je niets tegen vis hebt. De zaken gaan heel goed hier! Ik kan het hem vragen.'

'Dat is geen slecht idee.' Florence knikte. 'Dan hoef je niet meteen te beslissen. De Ogues zullen het je laten weten als ze bericht krijgen van Sean' – Grace hoorde een beetje verdriet in haar stem toen ze de naam van haar broer noemde – 'en Peter zal schrijven zodra hij in San Francisco aankomt. Je kunt even de tijd nemen, weet je,' voegde ze er vriendelijk aan toe. 'Een tijdje in vrede leven en uitrusten. Je bent al zo ver gekomen.'

Grace pakte haar hand en dacht daar over na.

Ze bleven tot laat in de avond zitten, deze vrouwen die uiterlijk zulke verschillende levens leidden, maar innerlijk veel op elkaar leken – elk van hen had bemind en verloren en ging dapper door omdat ze begreep dat het leven bij ieder keerpunt opnieuw begint.

Toen het donker was, stak Lily de lampen aan en bracht Grace naar de kamer van haar dochters, de kamer die ze graag wilden delen met de Ierse vriendin van hun moeder, de vrouw van wie de kapitein hield.

'Het komt allemaal goed,' troostte Lily haar. 'Een heleboel mensen houden van je, Grace. Ze bidden voor je, op dit moment.'

Graces ogen vulden zich met tranen; Lily zette de lamp neer en sloeg haar sterke arm om die dappere schouders. 'Slaap jij maar. Als de morgen komt, weet je wat je moet doen.'

Grace bedankte haar, gaf haar een kus en kroop in bed om op Mary Kate te wachten. Die kwam even later binnen springen met gewassen handen en gezicht en gevlochten haar. Een van Ruths nachtjaponnen slobberde met opgerolde mouwen om haar lijfje.

'Hoe gaat het met jou?' fluisterde Grace.

'Goed.' Mary Kate kroop gezellig dicht naast haar. 'Ze hebben puppies.'

'Zijn ze leuk?'

'O, aye,' zuchtte het meisje. 'Ruth zegt dat ik er een mag hebben, maar ik heb nee gezegd.'

'Wil je dan geen puppy?' Grace streek een paar losse lokken glad en rook haar kindergeur.

'Aye.' Mary Kate keerde zich om en keek haar moeder in het donker aan. 'Maar waar wonen we nou?'

Grace voelde dat haar hart zich omdraaide; ze vroeg zich af wat ze tegen dit kind, dat al zo ver gereisd had, moest zeggen.

'Herinner jij je ons huis in Ierland nog?'

'Het was groot,' fluisterde Mary Kate. 'Maar ik vond grampa's huis leuker.'

'Aye.' Grace zag de hut duidelijk voor zich. 'Daar was het beter.'

'Waarom gingen we weg?' Mary Kate volgde met haar vingertje de kaaklijn van haar moeder.

'Er was geen werk en geen eten voor ons,' vertelde Grace haar. 'We zijn hierheen gekomen om een nieuw leven te vinden.'

'En hebben we dat gevonden?'

Grace dacht daar over na. 'Dat denk ik wel. Bijna.' Peters gezicht kwam haar voor de geest en ze glimlachte. 'Mary Kate,' fluisterde ze, 'we zijn al eens naar het westen gegaan, jij en ik. Zullen we nog een keer naar het westen gaan?'

'Wat zegt God?' vroeg Mary Kate slaperig.

'Ik heb het Hem nog niet gevraagd,' gaf haar moeder toe. 'Nou, slaap lekker, agra.'

Mary Kate sliep ogenblikkelijk in, maar Grace lag de hele nacht wakker en zag het maanlicht centimeter voor centimeter van de ene hoek naar de andere glijden. Uren gingen voorbij; uiteindelijk liet ze zichzelf uit bed glijden, kleedde zich snel aan, sloop de trap af en de voordeur uit om de frisse, winderige lucht in te stappen in de vriendelijke duisternis die aan de zonsopgang voorafgaat.

Ze wandelde naar de haven. Het voelde goed om haar benen te strekken en alleen te wandelen. Bij elke stap die ze nam, werd haar hoofd helderder. Eindelijk kwam ze bij de kade en zocht voorzichtig de weg naar het eind van een van de steigers, zo ver als ze kon. Toen stond ze stil en tuurde naar de horizon waar de zon juist tevoorschijn begon te komen. Het oosten, ze keek naar het oosten – naar Ierland en alles wat ze daar achtergelaten had.

Welke kant op? vroeg ze ten slotte. Op dat moment kwam de zon helemaal boven de horizon uit en verspreidde haar licht vrijmoedig over het water om de wereld te verlichten. Ze ging omhoog door de hemel – Grace keek naar die zelfverzekerde opgang – en als ze de hele dag zou blijven kijken, zou de zon haar gezicht van het oosten naar het westen richten: naar alles wat voor haar lag, alles wat nog komen zou.

Ze haalde diep adem, en nog eens; de schone, zilte lucht vulde haar longen en maakte haar sterk. Ze draaide zich om en wandelde de steiger weer op, over de kade, helemaal naar huis, met lange, zekere stappen. De zon scheen en de wind blies in haar rug. Ze duwde het hek open en stapte het pad op, opende de deur en luisterde. Nu waren ze allemaal wakker en zaten in de keuken te kletsen. Toen ze bij hen binnenkwam, stopten ze daarmee en keken vol verwachting op.

Mary Kate ging op haar stoel staan en beet op haar lip. 'Jay is er!' kondigde ze aan terwijl Livingston van tafel opstond; zijn haar en kleding stonden stijf van het stof van de zware, snelle rit.

'Deze zat in Seans tas.' Hij hield een gehavende brief omhoog. 'Hij is voor jou, Grace; van Julia Martin.'

Grace kon er alleen maar verbijsterd naar kijken.

'Ik heb hem gelezen,' zei Jay vriendelijk, terwijl hij naar voren stapte en de brief in haar hand legde. 'Hij leeft nog, jouw zoon. Hij is bij haar.'

'Echt waar.' Florence raakte Graces arm aan.

Lily knikte met stralende ogen en Mary's hand in de hare.

Grace trok de velletjes uit de envelop en las ze, klemde ze aan haar hart, keek verbaasd naar de gezichten vóór haar en zocht het dierbaarste – van het meisje dat haar armpjes al naar haar uitstrekte. Ze tilde haar dochtertje met een zwaai op en hield haar stevig vast.

'Hij leeft nog,' fluisterde ze. 'Je broertje leeft nog.'

'Ik ben zo snel gekomen als ik maar kon.' Jay grinnikte vermoeid. 'God zij dank dat je hier nog was.'

'Aye.' Grace knikte vol verwondering.

'Hoera!' riep Mary Kate uit terwijl ze haar handjes in de lucht stak, en iedereen juichte met haar mee.

Grace schoot in de lach en keek neer op dat lieve, stralende gezichtje; ze overdekte het met kussen en lachte opnieuw en danste met haar dochter in haar armen de kamer rond, met de anderen achter zich aan. De hele stoet ging de deur uit, het trapje af, het gras over naar het midden van de prachtige tuin waar bloemen de lucht vervulden met hun zoete geur en vogels de vreugde van het leven verkondigden, waar de zon op hen allen neerscheen. Dit was werkelijk een nieuwe dag!

Verklarende woordenlijst

* *Abolitionisme:* politieke stroming die de afschaffing van de slavernij voorstond.

* *Afschaffing:* de politieke stroming die de Act of Union van 1800, waarin Ierland het parlement en het recht op zelfbestuur ontnomen werd, ongedaan wilde maken.

* *Bowery B'hoy:* man uit de Bowery, een verpauperde wijk in New York; 'zware jongen.'

* *Chartisme:* arbeidersbeweging (1838-1848) die invoering van het algemeen mannenkiesrecht en andere politieke hervormingen eiste.

* *Knickerbockers:* afstammelingen van de oorspronkelijke, Nederlandse inwoners van de stad New York.

* *Minstrel show:* Amerikaanse variétéshow met geschminkte 'negerzangers'.

* *Shakers:* mystieke sekte, rond 1771 ontstaan als afsplitsing van de Quakers.

* *Uisage batha:* 'levenswater'; Oudiers voor whisky.

* *Whigs:* politieke partij, genoemd naar de Schotse presbyteriaan Whig, die de voorganger was van de Republikeinse Partij.

LEES OOK DEEL 1: *Grace O'Malley*

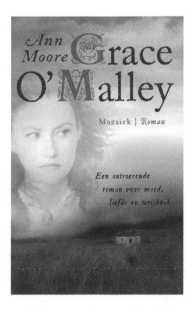

Het indrukwekkende verhaal van *Grace O'Malley* vertelt de lotge-
vallen van de Ierse arbeidersbevolking rond 1850, toen meer dan
een miljoen boeren stierven vanwege een grote hongersnood.

Moore weet met deze roman het hart van de lezer te raken. In
een prachtige vertelstijl voert ze de lezer de pijnlijke geschiedenis
van een onderdrukt volk binnen. Tegelijk laat ze zien hoe onvoor-
stelbaar groot de kracht van hoop, geloof en liefde is.

'... *historische fictie op haar best.*' PUBLISHERS WEEKLY

'*Van begin tot eind een meeslepende roman.*' EVA

ISBN 90 239 9087 0, 500 pag., € 22,50

❧ *Kijk voor een interview met Ann Moore op*
www.uitgeverijmozaiek.nl ❧